外 国 文 学 名 著 丛 书

〔波兰〕亨利克·显克维奇／著

你往何处去

张振辉／译

"外国文学名著丛书"编委会

人民文学出版社
PEOPLE'S LITERATURE PUBLISHING HOUSE

Henryk Sienkiewicz

QUO VADIS

根据波兰国家出版社华沙 1956 年版波兰文原著译出

图书在版编目(CIP)数据

你往何处去/(波)亨利克·显克维奇著;张振辉译. —北京:人民文学出版社,2022

(外国文学名著丛书)

ISBN 978-7-02-017044-9

Ⅰ.①你… Ⅱ.①亨…②张… Ⅲ.①长篇小说—波兰—近代 Ⅳ.①I513.44

中国版本图书馆 CIP 数据核字(2021)第 039220 号

责任编辑　刘　彦
装帧设计　刘　静
责任印制　王重艺

出版发行　人民文学出版社
社　　址　北京市朝内大街 166 号
邮政编码　100705

印　　刷　北京盛通印刷股份有限公司
经　　销　全国新华书店等

字　　数　506 千字
开　　本　850 毫米×1168 毫米　1/32
印　　张　23.75　插页 3
印　　数　1—4000
版　　次　2000 年 12 月北京第 1 版
印　　次　2022 年 1 月第 1 次印刷

书　　号　978-7-02-017044-9
定　　价　83.00 元

如有印装质量问题,请与本社图书销售中心调换。电话:010-65233595

亨利克·显克维奇

出版说明

　　人民文学出版社自一九五一年成立起，就承担起向中国读者介绍优秀外国文学作品的重任。一九五八年，中宣部指示中国科学院文学研究所筹组编委会，组织朱光潜、冯至、戈宝权、叶水夫等三十余位外国文学权威专家，编选三套丛书——"马克思主义文艺理论丛书""外国古典文艺理论丛书""外国古典文学名著丛书"。

　　人民文学出版社与中国科学院文学研究所，根据"一流的原著、一流的译本、一流的译者"的原则进行翻译和出版工作。一九六四年，中国社会科学院外国文学研究所成立，是中国外国文学的最高研究机构。一九七八年，"外国古典文学名著丛书"更名为"外国文学名著丛书"，至二〇〇〇年完成。这是新中国第一套系统介绍外国文学作品的大型丛书，是外国文学名著翻译的奠基性工程，其作品之多、质量之精、跨度之大，至今仍是中国外国文学出版史上之最，体现了中国外国文学研究界、翻译界和出版界的最高水平。

　　历经半个多世纪，"外国文学名著丛书"在中国读者中依然以系统性、权威性与普及性著称，但由于时代久远，许多图书在市场上已难见踪影，甚至成为收藏对象，稀缺品种更是一书难求。在中国读者阅读力持续增强的二十一世纪，在世界文明交流互鉴空前频繁的新时代，为满足人民日益增长的美好生活的需要,人民文学出版社决定再度与中国社会科学院外国文学研究所合作,以"网罗经典,格高意远,本色传承"为出发点,优中选优,推陈出新,出版新版"外国文学名著丛书"。

值此新版"外国文学名著丛书"面世之际,人民文学出版社与中国社会科学院外国文学研究所谨向为本丛书做出卓越贡献的翻译家们和热爱外国文学名著的广大读者致以崇高敬意!

"外国文学名著丛书"编委会
二〇一九年三月

编委会名单

译 本 序

在波兰文学史上，十九世纪是一个群星灿烂、光照千秋的伟大时代，而其中最耀眼的一颗明星就是显克维奇。他以他那"既巍峨高大又浩瀚广阔……达到了艺术上绝对完美的地步"的"史诗风格"的小说创作的成就，于1905年获诺贝尔文学奖，是波兰第一位获此殊荣的文学大师。他的作品，特别是他的历史小说以卓越的艺术成就受到波兰和世界各国读者的普遍喜爱和高度评价，使他成为一位享誉世界的历史小说家。

亨利克·显克维奇（1846—1916）出身于卢布林省伍库夫县沃拉·奥克热伊村一个爱国贵族的家庭。他在大学学习期间就开始创作和发表文学作品。在1883至1888年间发表的历史小说三部曲《火与剑》《洪流》和《伏沃迪约夫斯基先生》体现了他的历史小说的史诗风格，由于它们所取得的成就，确立了他在波兰文学史上的重要地位。后来在1895至1896年和1897至1900年，他又相继发表了历史小说《你往何处去》和《十字军骑士》，这是他后期创作的两部最重要的作品，其中《你往何处去》的艺术成就更是世所公认。

这是一部以公元一世纪罗马尼禄皇帝统治时期为背景的历史小说。它的产生可以追溯到显克维奇的青年时代，那时他对古罗马的历史就产生了很大兴趣，读过许多有关古希腊罗马历史和神话的书。十九世纪八十年代末和九十年代初,他还多次来到罗马,参观这里的名胜古迹。1893年初他来罗马参观时,一个在大门上刻有拉丁文"主啊! 你往何处去?"字样的小教堂引起了他极大的兴趣。传说耶稣的门徒彼得在罗马遭受迫害死里逃生,在这里遇见了耶稣。他问耶稣:"主啊! 你往何处去?"耶稣答道:"我要让人们把我钉在十字架上。"显克维奇自此得到启发,决心写这部以《你往何处去》为名的历史小说。1894年夏,他到波兰南部旅游胜地扎科潘内游玩,对小说已有全盘的构思。一年前,这里有个牧师曾倡议盖一座教堂,但是这座教堂还没有盖好,牧师就去世了。现在,有人发起把它盖好,并请显克维奇发表演说,显克维奇讲了他在罗马听到的那个"你往何处去"的小教堂的传说,把他获得的酬金捐献给了教堂。1895年初,他便全力以赴地投入了这部小说的创作。由于报刊编辑部的约定,小说于同年3月在《波兰报》《时代报》和《波兹南日报》上同时连载,到第二年2月就载完了,并于这一年出版了单行本。

公元一世纪是古罗马对外扩张和奴隶制经济迅速发展的时期。朱里亚·克劳迪乌斯王朝的最后两个皇帝克劳迪乌斯和尼禄(37—68)在位的时候,上层统治阶级内部争权夺利的斗争十分激烈。尼禄是克劳迪乌斯的妻子阿格丽披娜和她前夫所生之子,阿格丽披娜为让尼禄取代克劳迪乌斯的儿子继承皇位,将克劳迪乌斯毒死。尼禄当上皇帝后,和他的母亲、老师塞内加以及元老院发生了矛盾,他又狠毒地杀害了他的生母、妻子和老师塞内加。公元64年,罗马城发生大火,民间流传是尼禄下令烧的,尼禄为了转移视线,把火灾的发生归罪于当时属于社会下层的基督徒,将他们大批地逮捕和杀害。

此外他还以才子艺人自居,吟诗演唱,用布施和举办娱乐活动来收买游民无产者,挥霍无度,加重了各行省的租税负担,因而激起了人民的反抗。在国内阶级矛盾更趋尖锐的形势下,元老院宣布废黜尼禄,他逃出罗马,最后自杀。小说不仅真实地反映了这一历史背景,而且成功地塑造了尼禄这样一个暴君的典型。作者以他凶残暴戾、贪得无厌、爱虚荣、好猜疑而又胆小怕事等多方面的性格表现,指出了他倒行逆施、恶贯满盈的罪行,他的灭亡是不可避免的。

基督教当时在罗马社会,特别是在罗马社会下层已有很大影响,这是因为他们宣扬的宽恕、仁慈、公正和博爱的教义在罗马这个野蛮残酷的社会中容易为广大被压迫阶级所接受,代表他们的利益。但是这个宗教要求它的信徒"爱敌人","心甘情愿地忍受屈辱和迫害",同时把人的最大幸福看成死后才能够得到,说明它对压迫采取不抵抗主义,因而也决定了它不可能引导人民去推翻罗马奴隶主的统治。小说以主要篇幅描写以彼得和保罗为首的基督徒们的宗教活动和他们所宣扬的思想和道德,用来对比罗马奴隶主统治阶级的反动、腐朽和没落,显示了这个宗教当时所起的进步作用和它所具有的改造世界特别是改造人的精神世界的力量,因此这部小说又被称为"真正基督的史诗"。在基督精神的感召下,小说中两个主要人物维尼茨尤斯和基隆在思想、道德和行为上的转变就是一个突出的例证。

维尼茨尤斯出身于罗马官僚贵族家庭,从小就养成了贪图享乐、自私、任性和粗暴的习性。他当初对莉吉亚——一个莉吉亚国的国王为了表示永不侵犯罗马帝国的边境,在罗马留下的女人质——一见钟情,是看她长得很美,想占有她,他的爱是狂热和自私的。因为在他看来,"莉吉亚既然是皇帝赐给他的,他就不用去细问她的出身了……只要找回了她,他爱怎么处置都可以。"后来他和莉吉亚以及罗马的基督徒有过长时间的接触,在这种接触中,最初他还认为这个宗教所宣扬的仁慈、公正和博爱是要消灭罗马现有的统治,消灭一切差别,放弃对当时被罗马征服的各民族的统治,承认他们和自己平等的地位,这是他作为一个贵族子弟不能接受的。但他后来终于为莉吉亚以德报怨的精神所感化,开始接受基督教义的熏陶,他的舅舅裴特罗纽斯这时也写信对他进行教育,说:"那些下等人和动物都只能感受到肉欲的欢乐,一个真正的人和他们是不同的,因为他把爱情当成是一种高尚的艺术。他既能享受到爱情的甜美,又懂得它的全部神圣的价值。他把爱情铭刻在心,不仅得到了肉欲的满足,而且在灵魂上还能得到更大的满足。"小说通过对主人公细致而又激动人心的心理描写,反映了他在思想上起了很大变化的过程,他从爱莉吉亚的形体美转变为爱她身上所体现的基督教的仁爱精神。在这种精神的感召下,他宣布他的家奴获得自由。为了莉吉亚,他抛弃了贵族生活,甘愿去经受痛苦的折磨,甚至冒着各种危险,多次寻找一度失踪的莉吉亚,但他终于赢得了他所期盼的幸福。他和莉吉亚结合后,不仅自己得以安享这"无限幸福"的生活,也让他们的仆人信仰基督,主仆互敬互爱,和睦相处,作者把他们的幸福结合看成是一个基督教的理想世界。

基隆也是小说中的一个重要人物。他自称是哲学家、医生和占卦者,也确实有一些聪明的天赋。他不仅口齿伶俐,而且当维尼茨尤斯失去莉吉亚后,他不管莉吉亚藏在什么地方,都能够给维尼茨尤斯找到她。但基隆作恶多端,阴险、虚伪、狡猾、贪财、好吹牛等多方面的劣性都集中表现在他身上,他曾一再陷害基督徒和医生格劳库斯,而且要杀死他;后来当尼禄一伙要捕杀基督徒时,他又自告奋勇地要去搜捕基督徒以邀功请赏,他的这种行为可谓十恶不赦。尽管如此,他的灵魂并非无可挽救,如他在竞技场上一看见那些基督徒被野兽吞食的惨状,便感到无限痛苦和内疚,尤其是当他看见被他出卖的格劳库斯在御花园里被活活烧死的时候还宽恕了他,终于良心发现,感到自己罪孽深重,并开始以最坚决的行动立功赎罪。他在皇帝的御花园里,面对那些在这里看基督徒被绑在火刑柱上烧死的观众,指出焚烧罗马的真正纵火犯就是尼禄,为此他自己也被钉死在十字架上。显克维奇在维尼茨尤斯和基隆这两个人物的塑造中,说明了不管他们有什么固有的缺点或者做过什么坏事,只要他们身上还有一点积极因素,基督教的仁慈、博爱就可以把他们教育和改造过来,使他们成为高尚的人。

裴特罗纽斯是古罗马著名作家,也是尼禄近臣。他博学多才,情趣高雅,但他贪图享乐,瞧不起社会下层的劳动人民,因此他不愿接受基督的教义。他以他的聪明才智和丰富的社会经验曾经博得尼禄的信任,但他瞧不起尼禄那低劣的诗歌和蹩脚的表演。当尼禄和他的禁卫军司令官蒂盖里努斯要将火烧罗马的罪责转嫁给基督徒并杀害他们时,他虽不能接受基督的教义,但他深信他们是无辜的。为了伸张正义,他敢于冒生命危险,当面揭露尼禄一伙的罪恶阴谋,这样他和尼禄便产生了不可调和的矛盾,也决定了他的悲惨命运。他对维尼茨尤斯的关心和爱护也表现了他的自我牺牲精神。

除了人物塑造外,显克维奇在他的作品中,还善于描写生动曲折的故事情节,其中悬念的设置又能产生引人入胜的效果。在罗马大火和将基督徒送到圆戏场及御花园里残酷处死那些章节的描写中,更是充分显示了他真实再现那远在两千年前的人类社会的巨变的艺术功力,因此授予他诺贝尔奖的授奖词中,在谈到《你往何处去》的艺术成就时,对以上两个场面曾经给予很高的评价:"关于罗马大火的描写和角斗场中血腥场面的描写是无与伦比的。"①

关于罗马大火的起因,显克维奇在小说中通过主人公维尼茨尤斯,说明了尼禄这个蹩脚诗人要写一出反映一座城市被大火焚烧的悲剧,因此要看到这座城市真的被大火烧毁的情景,以获得创作的灵感。此外,尼禄也特别讨厌罗马苏布拉区那些脏臭熏人的街道,因此他便命令他的禁卫军司令官蒂盖里努斯去焚烧了罗马城。正如作品中写道:"他讨厌这座城市,也仇恨城里的百姓。他只爱他的诗歌。当他终于看见一场和他正要描写的内容差不多的悲剧已经发生的时候,他再也压制不住心中的狂喜了。这个蹩脚的诗人终于感受到了他所期盼的幸福,这个朗诵家终于产生了伟大的激情,这个孜孜不倦的探索者在他见到的这幅凶险可怕的图景中也终于找到了灵感。"

可是,这场大火不仅使得"大竞技场和周围的商场以及房屋全都化为灰烬",而且"火势蔓延得很快,一下子就烧到了市中心了。罗马自被布列努斯征服以来,还从来没有遇到这么大的灾难"。"老百姓不是被大火烧死,就是在惊慌和混

① 见显克维奇《第三个女人》第549页,林洪亮译,漓江出版社,1987年。

乱中被踩死、挤死……罗马全都完了!""一座世界最大的城市在山坡上燃烧,向混乱的人群喷发着灼人的热气,用浓密的烟雾把他们埋葬,使他们抬头看不见天日。""所谓法律的尊严、政府的管制、家族关系和等级差别全都被人们弃之脑后。奴隶们在这里用木棍殴打公民。角斗士们从市场上抢来烧酒,一个个喝得烂醉,然后他们结成一伙,在街边的广场上横冲直撞,狂呼乱叫,还拼命地追赶着城里的居民,只要抓到一个就拳脚交加,抢夺他的财物。"一大批野蛮人"肆无忌惮地行凶打人,抢走人们披在肩上的衣服,掳掠年轻的妇女"。"由于这场火灾的发生,无法估量的财富全都化为灰烬,城市居民失去了他们的一切。几十万人栖息在城外,无衣无食,无家可归。"一个基督的使徒说:"真是罪恶滔天,劫数就像大海一样无边无际。"

就是在这种情况下,尼禄在他无比的欣喜中获得灵感后,自以为能创作出一部伟大的传世之作,在他看来,"和这座巨大城市的毁灭相比,特洛亚的灭亡又算得了什么呢?……荷马和他相比,又算得了什么呢?那个手里拿着自己雕凿的竖琴的阿波罗和他相比,又算得了什么呢?"因此他便即兴创作,吟唱起来,并且马上赢得了一些追捧他的人的"暴风雨般的掌声"。"可是远处的群众却对他发出了愤怒的吼叫。因为这时候,谁都知道是他下令烧毁罗马的,他要欣赏这样的惨景,要对着它唱一首歌。"显克维奇在这里以罗马人民在大火中遭受的苦难和暴君爱慕虚荣、极端自私和残酷的性格对比,通过他所描写的一个又一个令人震惊的场景,突出了他在这里表现的主题。

古罗马的竞技比赛是这个奴隶社会的传统习俗,在意大利罗马保存至今的古罗马的圆戏场便是这种习俗的见证。作者在小说中所展示的画面更是突出地表现了这个社会的野蛮和残暴,在一次这样的竞技搏斗中,有成千上万的罗马人甚至以极大的兴趣来观看杀人的场面,竞技者如果把对方砍杀,便可赢得场上观众热烈的掌声和丰厚的赏赐。由于牺牲者众多,"沙土上出现了大片大片乌黑的血迹,越来越多的光身或者披着甲胄的尸体像一捆捆稻草似的堆在地上。活着的人踩在尸体上继续拼杀,各种武器互相碰撞。有的人两只脚被刀剑砍伤,倒在地上。观众们看得兴高采烈,渐渐陶醉在那些角斗士的死亡中,为死亡而欣喜若狂,他们的眼睛饱享着死亡的奇观,他们的肺部呼吸着带血腥味的空气。"作者在再现那两千多年前古罗马奴隶社会的这个生活场景时,带有强烈的讽刺意味。

小说不仅描写了罗马竞技场上这种生死搏斗的表演,还展示了用野兽来吞食基督徒这种更加残暴和野蛮的行径。显克维奇在这里不仅突出了这个社会的野蛮和残酷,而且也充分地反映了基督徒对命运的逆来顺受,如作品中写道:"这时在观众眼前便展现出了令人毛骨悚然的景象:一个个人头被狮子的血盆大口吞了下去。尖利的兽牙撕开胸脯之后,把里面的心肺全都扯了出来,还听得见咬碎骨头的喀吱声响。有的狮子嘴里噙着死者的肋骨或者脊椎骨,在场地上疯狂地乱跑,像是要找一个僻静的地方美餐一顿……观众们都从座位上站起来了。有些人想看得更加清楚,便离开自己的座位,从走道上到下面去,于是又拼命地你推我挤,乱踩乱踏,不顾死活。有些性急的人好像自己也要跳到比赛场上,和狮子一起去撕咬那些牺牲者似的。因此这里不时便可听到野兽的怒吼声和咬牙声,狼狗的狂吠声,观众的鼓掌声和喝彩声,还有牺牲者非人的惨叫声和哀婉的呻吟声。"就是在这种情况下,这些基督徒也没有表现丝毫的反抗。就像使徒彼得说的那样,他们要"心甘情愿地忍受屈辱和迫害"。

使徒彼得在这里表现着基督精神:"画着十字和这些在野兽的利齿下丧命的人们告别,为他们的苦难和流血牺牲祝福,也为他们被撕咬得不成形体的尸首和从血迹斑斑的沙土地上飞走的灵魂祝福。有些基督徒抬头望见他后,脸上都显得明亮起来,看见他在他们头上画着十字给他们祝福和告别,一个个都露出了微笑。可是彼得自己心里却像刀割一样痛苦,他对主耶稣不停地祈祷着:'啊,主啊!一切都是遵照你的意愿,为了你的光荣,为了证明你的真理,我的这些羔羊都牺牲了。你叫我去照管他们,我现在要把他们都还给你了,请你清点一下数目,把他们收回去吧!请你治好他们的剑伤,解除他们的痛苦吧!请你赐予他们比在这里遭受的苦难更加伟大的幸福吧!'"因此这些基督徒,也只有在他们死后,才能获得幸福。

小说中描写的竞技场上最后一场表演也非常精彩。作者在这里设置悬念,以吸引读者的注意力。维尼茨尤斯多次寻找他心爱的莉吉亚,最后他发现莉吉亚也和别的基督徒一样,被关在了罗马的监狱里,他甚至来到监狱里见到了她,但他却没法把她救出去,他以为莉吉亚和别的基督徒一样,是必死无疑的。但不久后就迎来了竞技场上的最后一次表演,这时谁也没有想到圆戏场上突然出现了莉吉亚的仆人乌尔苏斯,这个力大无比的莉吉亚人自从打死罗马最有名的格斗士克罗顿后,便在罗马人中享有极高的声誉,所以他的出场特别引人注目,可是他也和别的基督徒一样,准备在这里死去。但这个时候,他突然看见一头凶猛的日耳曼大野牛从圆戏场边上打开的铁栅栏门里跑了出来,直奔场内,它的两个犄角之间绑着一个女人,正是莉吉亚。出于对女主人的忠诚,乌尔苏斯马上前去和野牛搏斗,并以其超凡的神力,扭断了野牛的脖子。由于他打死了野牛,救下了莉吉亚,因而赢得了观众的喝彩。这些观众为他的英雄壮举所感动,因此强烈要求皇帝赦免莉吉亚,才使维尼茨尤斯和她有了幸福的结合。这同样是一个惊心动魄的场面,作者的描写是符合情理的。

显克维奇的一系列历史小说作品曾被译成多种外国文字,在世界各国流传很广。小说《你往何处去》自从问世以来,更是受到读者的青睐,它的译本种类和发行量之多又居显克维奇所有作品之冠。此外它还曾被改编成话剧和歌剧,以它的故事还创作了大合唱,编成了芭蕾舞在许多国家上演,甚至绘成了连环画在巴黎出版。后来意大利、法国和美国好莱坞又多次将它改编,拍成电影在各国上演,受到热烈欢迎。因此,《你往何处去》不论是以小说的形式出版,还是以其他形式出现,其影响之大,在波兰文学作品中都是首屈一指的。

张 振 辉
2018 年春

第 一 章

裴特罗纽斯①将近中午才醒来,他和往常一样,觉得全身都很疲劳,因为他昨天参加了尼禄举行的宴会,一直熬到了深夜。近来他的健康状况开始衰退了,他自己就曾说过,每天早晨醒来都感到周身麻木,无法集中精力去进行思考。可是他只要洗一个澡,再让熟练的奴隶仔细地按摩一番,就能逐渐加快他那滞缓的血液循环,消除他的劳累,增加活力,使他的头脑清醒过来。当他在涂油室里做完最后一道沐浴工序出来之后,就像一个刚刚活过来的人,两只眼睛闪烁着谐趣和快乐的光辉。他变得年轻了,充满了青春活力,他的儒雅就是奥托②也不能相比,所以人们都说他是一个真正的"风雅裁判官"。

他很少去公共浴池,除非那里来了一位天才的雄辩家,受

① 裴特罗纽斯(?—66),古罗马作家。贵族出身,曾任比提尼亚总督、执政官等职,因得尼禄皇帝的赏识,被召为朝臣,主管宫中娱乐,故称"风雅裁判官",后被怀疑参与了以披索为首的共和派反对尼禄的阴谋,被迫自杀而死。他的作品有长篇讽刺小说《萨蒂利孔》,原书约二十章,现仅存十五和十六两章,主要反映一世纪意大利南部的城镇生活,其中描写特里马奇奥家宴的文字是小说残存部分保存得最好的一段。

② 奥托(32—69),原为尼禄的朝臣,后当上了皇帝。

到全城的赞美,或者那里的青年竞技厅中举行精彩的比武。这是因为在他自己的官邸里就有专用的浴池,这个浴池经过和塞韦鲁斯一样出名的建筑师策莱尔的改造,和以前大不相同了。它虽然没有皇宫里的浴池那么宽大,它的设备也不如皇宫浴池那么豪华,但它却布置得十分精巧,就这方面来说,连尼禄本人也不得不承认,它是超过皇家浴池的。

在昨天的宴会上,他因为讨厌瓦迪纽斯和尼禄、琉康①、塞内加②的那种无聊的逗趣,便参加了一次关于女人有没有灵魂的讨论。今天他起得很晚,按照他过去的习惯,洗过澡后,要让两个身高体壮的侍者扶着他躺在一个铺着埃及白麻布的柏木卧榻上。然后他便闭上眼睛,让侍者用两只涂满了香馥馥的橄榄油的手按摩他那漂亮的身躯,再等浴池的热气和侍者手上的温暖沁入他的体内,这样便可驱散他身上的疲劳了。

过了一会儿他说话了,睁开眼睛先问天气,然后问珠宝商伊多门说定今天让他鉴赏的宝石送来了没有……天气看来是晴和的,从阿尔班山那边还不时吹来一阵阵微风,但宝石却没有送来,于是他又闭上了眼睛。当他正要呼唤侍者把他抬到温水浴池里去时,一个报客的家奴从门帘后面探出头来禀报说,马尔库斯·维尼茨尤斯少爷刚从小亚细亚回来,要拜见他。

---

① 琉康(39—65),古罗马诗人。塞内加的侄子,因参加披索反尼禄的阴谋活动,被判死刑,后自杀。他的史诗《法尔萨热》描写恺撒和庞培之间的斗争,对后来欧洲各国的史诗创作有很大的影响。
② 塞内加(约前4—65),古罗马雄辩家、悲剧作家、哲学家、政治家,曾任尼禄皇帝的教师,后被尼禄赐死。

裴特罗纽斯叫把客人请到温水浴池里去,然后他自己又回到了那里。维尼茨尤斯是他的外甥,他姐姐好多年前就嫁给了马尔克·维尼茨尤斯这个蒂贝留斯①皇帝统治时期的执政官。年轻的维尼茨尤斯在科尔布隆麾下服役,和安息②人打过仗,战争结束后,他回到了罗马。裴特罗纽斯很喜欢他,甚至对他有某种偏爱,这是因为他的这个外甥不仅长得英俊、漂亮,而且练就了一身高超的武艺,他即使在言行不端的时候也能保持某种高雅的风度,对于这种风度,裴特罗纽斯比什么都看重。

　　"裴特罗纽斯舅舅,你好啊!"这个年轻人迈着轻盈的步子走进了浴池,"愿诸位神明,尤其是阿斯克列庇俄斯③和吉普雷达④保佑你万事如意,有这两位神明的保佑,你会消灾免祸的。"

　　"欢迎你归来,打完了仗,你可以好好休息一下。"裴特罗纽斯说着便从裹在身上的柔软的卡巴斯披衫的褶子下伸出手来,"阿尔明尼亚那边的情况怎么样?你去亚洲玩了一通,没有顺便去比提尼亚⑤看看?"

　　裴特罗纽斯当过比提尼亚的总督,当时他还是一个为官清正、执法严明的总督,这和他那出了名的软弱无能和贪图享乐的习性形成了鲜明的对比。因此他很喜欢回忆他过去的那些年代,那些年代证明了他只要肯干,就能够干出一番大的事业。

---

①　蒂贝留斯(前42—37),古罗马皇帝。
②　安息,亚洲西部的古国,在今伊朗东南部。
③　阿斯克列庇俄斯,古希腊神话中的医药之神,有起死回生之术。
④　吉普雷达,希腊神话中的爱神。
⑤　比提尼亚,亚洲西部的一个古国,在今土耳其。

"我到过赫拉克列亚①,"维尼茨尤斯回答说,"科尔布隆派我去那里请过救兵。"

"啊！赫拉克列亚。我在那里还认识一个来自科齐达的姑娘,我一定要得到她,我要用罗马所有离过婚的女人,包括波贝亚在内,去把她换来,但这是过去的事了。你还是谈谈安息那边的情况吧！说实在的,我对沃罗盖茨、蒂里达特、蒂格拉内斯这些蛮种都厌恶透了。年轻的阿鲁拉努斯说得好,这些野蛮人在家里还刚刚在地上学爬哩！他们在我们面前才不得不装成个人样,可是现在,他们在罗马却成了热门的话题,这是因为谈别的事情有危险嘛!"

"战事的进展对我们很不利,如果没有科尔布隆请来的救兵,也许我们早就完蛋了。"

"说到科尔布隆,我以酒神巴克斯的名义起誓,他是一个真正的战神,一个地地道道的马尔斯②。他是一位伟大的统帅,但又是个蠢人。虽然他忠心耿耿,可他的性情太暴躁了。正因为尼禄怕他,我就特别喜欢他。"

"科尔布隆不蠢。"

"也许你的看法是对的,不过蠢不蠢都一样,皮浪③说过,愚蠢并不比聪明差,两者没有什么差别。"

维尼茨尤斯于是谈起了打仗的事,但他发现裴特罗纽斯合上眼皮后,他那有点瘦削的脸上浮现出了困倦的神色,便马上转移话题,表示关切地问起他的健康来。

---

① 赫拉克列亚,比提尼亚的一部分。

② 马尔斯,古罗马神话中的战神。

③ 皮浪(约前365—约前275),古希腊哲学家,怀疑论哲学的创始者。

裴特罗纽斯又睁开了眼睛。

　　健康！……不，他感到很不适，只不过还没有坏到年轻的希森拉那种地步。你看那个希森拉，早上有人把他抬到浴池里去的时候，他甚至像个白痴一样地问道："我到底坐下没有？"维尼茨尤斯正因为看到裴特罗纽斯有病，才为他祈求阿斯克列庇俄斯和吉普雷达这两位神明的保佑。可是他，裴特罗纽斯并不相信阿斯克列庇俄斯，因为大家都不知道，这个阿斯克列庇俄斯到底是谁的儿子？是阿尔西诺埃的儿子，还是科诺尼斯①的儿子呢？既然连他的母亲是谁都搞不清楚，还说什么父亲呢？在这个年头，有谁弄得清楚自己的生父是个什么人呢？

　　说到这里，裴特罗纽斯笑了一笑，又接着说：

　　"两年前，我到过埃皮达乌鲁②，我给那里的神明献上了三十六只活鸫鸟和一杯金子，你知道我为什么要这么做吗？我对自己说，不管我的奉献能不能感动神明，我这么做总不会有什么坏处。在这个世界上，除了我外，如果还有人向神明奉献供品的话，那我可以肯定，他们的想法准和我是一样的。我指的他们，并不包括那些在卡彭码头上受雇于旅客的骡夫。我去年得了轻度的膀胱炎，为此我不仅祈求过阿斯克列庇俄斯的保佑，还找过阿斯克列庇俄斯的两个儿子③，他们确实为我消除了潜在的危险。我知道他们都是

———————————

①　科诺尼斯，佛勒古阿斯的女儿，阿斯克列庇俄斯的母亲。她本来爱太阳神阿波罗，后同凡人伊斯库斯有私情，被阿波罗用箭射死。

②　埃皮达乌鲁，古希腊伯罗奔尼撒半岛上的一座城市，那里的居民崇拜医药之神。

③　阿斯克列庇俄斯的两个儿子，指马卡翁和波达列伊罗斯。马卡翁是古希腊的医生，参加过特洛亚战争。波达列伊罗斯也是特洛亚城下阿开亚军队的医生。

一些江湖骗子，但我又自我安慰道，这对我有什么妨碍呢？世界本来就建筑在欺骗上，人生不过是一种幻觉，灵魂也是幻觉，所以我们要有足够的理智，能够将美好的幻觉和丑恶的幻觉区别开来。我常常叫奴仆在暖炉里烧一种撒了龙涎香的雪松木，这是因为我平日爱闻香气，讨厌臭气。如果说到你为我祈求的吉普雷达，自从得到她的保佑，我的右脚反而疼痛起来了。但我承认她是一位大慈大悲的女神，我想你迟早也会在她的神坛上献上你的白鸽的。”

"是的，"维尼茨尤斯说，"安息人的箭没有把我射中，可我却中了爱神的箭……而且出乎意料的是，这就发生在离罗马的城门只有几斯达底安①的地方。"

"凭美惠三女神②洁白的双膝起誓，你以后有空，一定要把这件事给我说一说。"裴特罗纽斯说。

"我到这里来，就是为了这件事，要请你给我出个主意。"维尼茨尤斯回答说。

这时一个修指甲的奴隶进来，开始给裴特罗纽斯修剪指甲。于是，裴特罗纽斯叫维尼茨尤斯去洗澡，维尼茨尤斯马上脱下衣服，钻进了浴盆里。

"啊！我还没有问你，你的爱情是两相情愿的吗？"看到他那像大理石雕像一样的身躯，裴特罗纽斯又说，"如果李齐普③见到了你，他一定会把你塑成一个少年时期的赫拉克勒斯④，用来

---

① 斯达底安，古希腊的长度，约合 192 米。
② 美惠三女神是欧佛洛绪涅（快乐）、塔利亚（花）和阿格莱亚（光辉），她们司美丽和快乐。
③ 李齐普，公元前四世纪希腊著名雕塑家。
④ 赫拉克勒斯，希腊神话中的大英雄。他力大无比，据说曾完成十二大英雄业绩。

装点帕拉丁宫的大门。"

维尼茨尤斯颇为得意地笑了起来,他那浸泡在水中的身子不时地翻动,使池里溅起大量温热的水花,溅在对面一块嵌镶着赫拉请睡神给宙斯①催眠的图像的木板上。裴特罗纽斯以一个艺术家充满了喜悦的眼神望着他。

维尼茨尤斯洗完澡后,便让奴隶给他修剪指甲。这时来了一位朗诵家,他的胸前挂着一个铜盒子,盒子里装了几卷手稿。

"你想听听吗?"裴特罗纽斯问道。

"若是你的大作,我愿洗耳恭听。"维尼茨尤斯回答说,"要不然,我们就随便聊聊天吧!现在你无论走到哪条街上,都会遇到一些诗人,找你替他们朗诵作品。"

"是呀!你不论在圆柱大厅,在公共浴池,在图书馆还是书店里,都会见到那些像猴子一样手舞足蹈的诗人。阿格雷帕②从东方回来的时候,就把他们当成疯子了。现在就是这样一个时代,皇帝写诗,大家也跟着他写诗,但不许写得比他更好,我为这正在替琉康担忧……可我只写散文,既不是为了自我欣赏,也不给别人看。这位朗诵家现在要读的,是那个可怜的法布雷茨尤斯·维延托的一份《遗嘱增补》。"

"为什么说他'可怜'?"

"因为他已接到命令,要留居在敖德萨,在没有接到新的命令之前,他不能回家。但他在敖德萨的处境有一点比奥德

---

① 宙斯和赫拉,宙斯是希腊神话中的主神,诸神和万民的君父,赫拉是宙斯的姊妹和妻子。
② 阿格雷帕(约前63—前12),古罗马著名政治家,曾帮助屋大维扩建罗马城,制定罗马地图。

修斯好,就是他的妻子不是佩涅洛佩①。对他采取这种做法其实很不高明,这里的人只看到了一些表面现象,他的这本小书本来内容贫乏,枯燥无味,但因为书的作者遭到了流放,一些人就醉心地读起来了。现在到处都可听到'丑闻!丑闻!'的叫嚷。书中有的事情可能是维延托编造的,但我作为一个熟知罗马,又了解我们这里的贵族和妇女的人可以向你担保,他写的那些东西远不如实际情况那么坏。即使这样,也有很多人怕在这本书中找到他们自己,可他们却又想幸灾乐祸地见到他们所熟悉的人。阿维鲁努斯的书店还雇了一百个抄写员,按照口述在加紧抄录这部作品,可见它已供不应求了。"

"那本书里写了你吗?"

"写啦!但不合我的实际情况,我这个人比它写的还要坏,但不是它说的那么平庸。你知道,我们这里早就没有什么正义和非正义的区别了。虽然塞内加、莫佐纽斯和特拉泽阿斯都装腔作势地说他们知道这种区别,但我觉得这种区别是不存在的,对我来说,正义和非正义是一回事。凭赫拉克勒斯起誓,我说的是真心话。不过我要保持一种高雅,我知道什么是美,什么是丑。这一点,我们的红胡子②——诗人、驭者、歌

---

① 奥德修斯和佩涅洛佩,奥德修斯是希腊神话中伊塔卡岛国王,是荷马史诗《伊利亚特》和《奥德赛》中的主人公之一,曾参加希腊人对特洛亚的战争,是希腊军中主要将领之一。特洛亚战争结束十年之后,他还没有回到自己的家乡。佩涅洛佩是他的妻子,一直期待着他的归来。这期间,有一百零八个氏族首领纷纷向她求婚,但佩涅洛佩一而再地不予答复。最后她宣布,谁能挽她丈夫的弓,射箭得胜,她就嫁给谁。奥德修斯回来后,受到了求婚者的侮辱,于是他和他的儿子以及忠于他的奴仆一起,把这些求婚者全都杀了。
② 指尼禄皇帝。

手、舞师兼戏子——就不懂得。"

"不管怎么说,我为这个维延托还是感到很遗憾,他本来是个好伙伴。"

"是虚荣心害了他。现在大家都怀疑他,其实没有一个人真的了解他。他自己也不知道内外有别,把什么事情都说出去了。你听说过鲁菲努斯的事儿吗?"

"没有!"

"我们先去冷水浴室里凉快凉快吧!到那里我再告诉你。"

他们来到了冷水浴室,浴室中间有一座玫瑰色的喷泉在喷水,散发着紫罗兰的香气。舅甥俩都坐在铺着绸缎的壁龛里,缄默了好一会儿。维尼茨尤斯若有所思地望着一尊畜牧神铜像,看见他搂着山林女神的肩膀,馋涎欲滴地正要吻她的嘴唇,便说:

"他干得不错,这才是生活中最美好的东西。"

"是的,可你除了爱情还喜欢打仗。我可不爱打仗,一到营房里,我的指甲就要裂开,就会失去玫瑰色的光彩。不过说实在的,每个人都有自己的爱好,红胡子就爱唱歌,尤其爱唱他自己写的歌。老斯卡乌鲁斯呢?他爱他的那个科林斯花盆,晚上总要把它放在床边上。当他睡不着觉的时候,他就吻着这个花盆,他把花盆的边都吻得光溜溜的了。告诉我,你写诗吗?"

"不,我连一首完整的六脚韵诗都没有写过。"

"你会弹诗琴吗?会唱歌吗?"

"不会。"

"会驾赛车吗?"

“在安提奥齐亚赛过一次，输了。”

“要是这样，我对你就可以放心了。可是你在赛车场上参加哪一队呢？”

“绿队①。”

“那我就更放心了，特别是你还有很大一笔财产。虽说你没有帕拉斯和塞内加那么富有，你的那笔财产还是很有用的。你看，我们这里现在人人都在弹琴、写诗、唱歌、朗诵，去竞技场上参加角斗，这不是很好吗？但我认为，要是不写诗，不弹琴，不唱歌，也不去竞技场上角斗，那就更好了，特别是更安全了。最好的办法是，当红胡子要干什么的时候，你就去给他捧场。你是一个漂亮的小伙子，波贝亚若爱上了你，对你还可能有危险。她是一个情场老手，在前两个丈夫的身上，已经尝够了爱情的滋味，嫁第三个男人，她就别有所图了。你不知道那个傻奥托对她至今还是爱得发狂吗？他在西班牙的山崖上晃晃悠悠，唉声叹气，全不像他过去那么持重了。他每天只梳洗三个小时，变得邋遢不堪。谁能想到就是这个奥托会落到这种地步呢？”

“我了解他。”维尼茨尤斯回答说，“但我要是他，就不会像他现在这个样子。”

“你会怎么样呢？”

“我会招募当地的山民，成立几支效忠于我的军队，那里的伊比利亚人都是一些强悍无比的武士。”

“维尼茨尤斯！维尼茨尤斯！我不能不告诉你，你这是做不到的。你知道为什么吗？因为你要做就不能说出去，一

①　主要是皇亲国戚和高官显贵参加的赛车队。

点都不能说出去。如果我是他，我就会耻笑那个波贝亚，还要耻笑那个红胡子。我也会成立一支军队，但我不要伊比利亚男人，我要清一色伊比利亚女人。我还要诌一些讽刺诗，也不会读给别人听，我不学那个可怜的鲁菲努斯。"

"你说过要把他的事情告诉我。"

"去涂油室里再告诉你。"

可是一到涂油室，维尼茨尤斯就把他的注意力转了，转到那些正在等着伺候他们洗澡的美丽的女奴身上去了。在这些女奴中，有两个黑女奴就像两尊漂亮的乌木雕像，她们惯于用质地细软的阿拉伯香料给主客二人涂抹身躯。还有几个巧于梳妆的弗雷吉女奴，正用她们那双像蛇一样柔软的手托着磨光了的铜镜和木梳。还有两个科斯来的希腊姑娘简直貌若天仙，是专门折叠衣服的，她们正在准备给主客二人的宽袍整理裥褶。

"我以掌管云雾的宙斯起誓，你挑选的这些美人的确是很不错的。"马尔库斯·维尼茨尤斯说。

"我是重质不重量。"裴特罗纽斯说，"我在罗马的全部家奴还不到四百人。我想，大概只有那些暴发户才认为自己的奴仆越多越好吧！"

"红胡子的美人也没有你的这些美人那么漂亮。"维尼茨尤斯张开鼻孔吸了口气，说道。

裴特罗纽斯毫不在意地回答说：

"你是我的亲戚，你应当知道，我既不像巴苏斯那么不关心人，也没有阿卢斯·普劳茨尤斯那么多的学究气。"

维尼茨尤斯一听到普劳茨尤斯的名字，便忘了那两个科斯来的女奴，他高高兴兴地抬起头来，问道：

"你是怎么想起阿卢斯·普劳茨尤斯来的？你知道我在城外摔断了胳膊,在他家里养了十多天吗？情况是这样的,在我被摔伤的时候,他驾的车子恰好从我身边走过,他看见我痛得很厉害,便把我接到了他的家里,让他家的奴隶梅利翁医生给我治好了伤,我正要把这件事告诉你。"

"啊！大概就是这个偶然的机会,你爱上了蓬波尼亚吧？要是这样,我就为你感到遗憾了。这个女人虽有德行,但已经不年轻了,我想不出比这个结合更糟的了,嗯！"

"不,我爱的不是蓬波尼亚！"维尼茨尤斯急忙说。

"那么是谁呢？"

"我要是知道她是谁就好了。我连她的名字都搞不清楚,是莉吉亚呢？还是卡里娜呢？反正她家里的人都叫她莉吉亚,因为她出身于莉吉亚族,但她还有一个蛮族人的名字,就是卡里娜。普劳茨尤斯这个家庭很奇怪,他家里的人很多,却总是那么静悄悄的,就像苏比亚库姆的森林一样。有好多天,我根本不知道这位女神就在他的家里,后来有一天清早,我终于看见了她在果园的喷泉下洗澡。我向那个生出了阿佛罗狄忒①的水泡起誓,当我看见朝霞的微光照在她的身上的时候,我以为只要太阳一升起,她就会和朝露一起消失在阳光里。后来我还见过她两次,从此我就再也不能平静了。我没有别的愿望,也不想知道罗马会给我什么恩赐,我不要别的女人,也不要黄金,什么科林斯铜币和琥珀,什么珍珠、美酒和宴会我都不要,我只要莉吉亚。坦率地告诉你吧,舅舅！我真的

---

① 阿佛罗狄忒,古希腊神话中司肉欲、美和恋爱的女神,相当于罗马神话中的维纳斯。相传她诞生于大海,她的名字是"从海水的泡沫里诞生"的意思。

想念她呀！就像你的温水浴池里的镶嵌板上刻的那个睡神想念帕塞泰亚那样，我日日夜夜都在想着她呀！"

"如果她是个奴隶，我就把她赎给你。"

"她不是奴隶。"

"那么她是什么人？是不是普劳茨尤斯家的解放奴隶？"

"她没有当过奴隶，就说不上解放了。"

"那么她？"

"我也不很清楚，听说她是一个国王的女儿，或者这一类的人。"

"这姑娘倒挺有意思，维尼茨尤斯！"

"只要你愿意听我说下去，我马上就会使你得到满足。她的故事说起来并不很长。你大概认识斯威比国王万纽斯吧！他被赶到国外去后，就长期住在罗马，他因为玩得一手好骨牌，又会驾赛车，在罗马很出名。德鲁苏斯皇帝后来还恢复了他的王位。他很聪明能干，开初把国家治理得很好，还打过许多胜仗；可后来变了，他不仅肆无忌惮地掠夺邻国，而且残酷压迫自己的百姓。这时候，赫尔曼杜尔国王维比留斯的两个儿子，也就是他的两个外甥万吉奥和西多决定逼他退位，让他再去罗马……再去试试他那玩骨牌的手气。"

"我记得，那是不久前在克劳迪乌斯①王朝统治时期发生的事情。"

"是的，当时还爆发了战争，万纽斯向雅齐格人请求过援助，他的两个可爱的外甥则求救于莉吉亚人。莉吉亚人听说

---

① 克劳迪乌斯(前10—54)，古罗马皇帝，蒂贝留斯皇帝的侄儿。41至54年在位期间，巩固了罗马帝国的官僚制度，给贵族以参政的权利，后被其妻毒死。

万纽斯有巨额财产，就派来了许多军队。可是这么一来，使得克劳迪乌斯皇帝也为罗马边境的安全担起心来了。克劳迪乌斯因为不愿卷入蛮族之间的战争，便给多瑙河军团司令阿泰利尤斯·希斯特尔写了封信，命他密切注意战事的发展，以防蛮族破坏我们国家的和平。希斯特尔马上要求莉吉亚人做出不越边境的保证。莉吉亚人表示同意，而且还送来了他们的人质，在这些人质中，就有莉吉亚酋长的妻子和女儿……你知道，野蛮人打仗都要带着他们的妻子和儿女的……我所钟情的莉吉亚就是那位酋长的女儿。"

"你从哪里知道这些事情的？"

"是阿卢斯·普劳茨尤斯亲口告诉我的。莉吉亚人后来确实没有侵犯过罗马的边境，他们都是一些头上戴着野牛角的野蛮人，他们的进攻和退却都像急风暴雨似的一闪而过，一下子就变得无影无踪了。他们虽然打败了万纽斯的斯威比人和雅齐格人，可是他们的酋长也战死了。后来莉吉亚人带着他们的战利品走了，却把人质留在希斯特尔那里。莉吉亚的母亲不久后死了，希斯特尔一时不知怎么处置她的这个孩子，只好把她送到了全日耳曼的总督蓬波纽斯那里。蓬波纽斯和卡蒂人打完仗后回到了罗马。你知道，克劳迪乌斯陛下还恩准他在罗马举行了一次凯旋的庆典。莉吉亚当时一直跟在胜利者的战车后面，因为不能把人质当成俘虏，在庆典结束之后，蓬波纽斯也不知道该怎么处置她。后来只好把她交给了他的妹妹蓬波尼亚·格列齐娜。蓬波尼亚·格列齐娜是普劳茨尤斯的妻子，这一家，从主人到笼子里的家禽都具有高尚的品德。莉吉亚就是在这个家庭里长大的，因此她和他们一样，也培养了高尚的品德,尤其是她那出众的美貌,就是波贝亚和她相比,也会像一枝秋天的无花果放在赫斯珀里得斯①的苹果旁边一样,显得大为逊色的。"

"是吗?"

"我再对你说一遍,从我在喷泉旁边看见朝霞照在她的身上的那一瞬间开始,我就如痴如狂地爱上她了。"

"这么说来,她真的像鳗鱼或者像小沙丁鱼那么冰清玉洁了?"

"你别打趣了,裴特罗纽斯舅舅! 如果我的坦诚胸臆使你产生了别的想法,那就请你不要忘了,在漂亮的石榴裙下,隐藏的是难以治愈的伤痛。我还要告诉你,我从亚细亚回来的时候,在莫普苏斯②的神庙里睡了一晚,想在梦中听到这位神明的预言,莫普苏斯真的显灵了,他告诉我说,爱情会使我的生活产生巨大的变化。"

"我听普利纽斯③说过:神可以不信,但要信梦。也许他说得对,可是我的玩笑并不妨碍我有时产生这样一种想法:天上只有一个神,她至高无上,无所不在,她能够沟通灵魂,集中事物和肉体。她就是万物的创造者——维纳斯·基尼特里克斯④。埃罗斯⑤在混沌中创造了世界。她创造的这个

---

① 赫斯珀里得斯,希腊神话中守护金苹果的女神。
② 莫普苏斯,安皮克斯和女神克罗里斯的儿子,亦说是阿波罗的儿子。阿波罗传给他预言术,他作为预言家随同阿耳戈船英雄们远航,后被尊为英雄,在利比亚有他的神庙。
③ 普利纽斯(23—79),古罗马著名作家和学者。
④ 维纳斯·基尼特里克斯(Venus Genitrix),意指创造之女神,拉丁语 Genitrix 的意思是母亲。
⑤ 埃罗斯,希腊神话中的爱神。

世界是否完美？这是另一回事。可是她若真的创造了一个完美的世界，我们就应当承认她的伟力，尽管我们可以不去供她……"

"唉！裴特罗纽斯，在这个世界上，空谈哲学还不如出一个好的主意呢！"

"告诉我，你需要什么？"

"我要得到莉吉亚，我要用我这双一无所有的手臂拥抱她，把她紧紧地抱在我的怀里。我要嗅到她的呼吸的芳香，假如她是一个奴隶，我要在一百个姑娘的脚上涂满石灰，证明她们都是首次上市出卖的，然后带到阿卢斯那里去把她换来。我要和她生活在一起，直到我的头发变得像寒冬腊月的索拉克特山峰那样苍白。"

"她不是奴隶，她现在是普劳茨尤斯家里的人。既然她的生身父母已经舍弃了她，她就很可能成为普劳茨尤斯的螟蛉女，只要普劳茨尤斯愿意，他会把她送给你的。"

"看来你对蓬波尼亚·格列齐娜还不了解，他们夫妇俩已经把莉吉亚当成亲生女儿一样地疼爱了。"

"我了解蓬波尼亚，她是一根实实在在的柏树枝，如果她不是普劳茨尤斯的妻子，就可以把她雇来当哭丧人。尤莉亚死后，她就没有脱过丧服。她虽然活着，却好像已经走在阿福花①的草地上了。她还是个恪守妇道的女人，在我们这些连嫁四五个男人的女人当中，她真算得上一只凤凰了……你知道在上埃及真的孵出了凤凰吗？这种事是很少见的，大概要五百年才能有一次吧？"

---

① 古代传说中一种生长在亡灵乐园中的植物。

"裴特罗纽斯！裴特罗纽斯！凤凰的事我们以后再谈吧！"

"你要我谈什么，我的维尼茨尤斯？我了解阿乌拉·普劳茨尤斯。他虽然批评我的生活方式，但对我还是有好感的，他对我甚至比对别的人都更加尊重，因为他知道，我不像多米茨尤斯·阿菲尔、蒂盖里努斯和红胡子的那帮亲信那样，专事告密。我也不会假惺惺地把自己装扮成一个禁欲主义者，我对尼禄这一类人的罪恶行径曾经不止一次地表示愤慨，而塞内加和布尔胡斯却总是装着没有看见。如果你要我在普劳茨尤斯那里替你做点什么，我是很乐意的。"

"你一定做得到。你很聪明，很有办法，而且在他那里也很有威信，你只要去仔细地了解一下情况，和他谈一次话……"

"你把我的威信和聪明才智看得太高了，如果只是为了这件事，那我等到普劳茨尤斯一家迁回罗马，就去找他谈好了。"

"他们两天前就回来了。"

"那好啊！现在早点已经准备好了，我们先到餐厅里去就餐，然后休息一下，就打点轿子，到普劳茨尤斯家里去。"

"你对我总是这么好啊！"维尼茨尤斯十分激动地说，"我要叫手下的人在我家里的祖宗神位中间放一尊你的神像——像这尊神像一样漂亮——给你献上供品。"

说完他把身子转向这间芬芳扑鼻的房里那面摆满了塑像的墙，用手指着当中一座裴特罗纽斯手持权杖扮成赫耳墨斯①的塑

---

① 赫耳墨斯，亦译海尔梅斯。希腊神话中奥林匹斯山诸神的使者，宙斯的传旨者，亡灵的接引者，行路的保护者。罗马神话中称为墨丘利，掌管商业、畜牧、竞技、欺诈和盗窃等。

像,又说:

"我凭赫里奥斯①的光辉起誓,如果'天神'亚历山大②长得像你那么漂亮,海伦就一定会爱上他了。"

他的感叹里有一半是恭维,另一半是真情。裴特罗纽斯比维尼茨尤斯年长,长得没有他那么健壮,但比他漂亮。罗马城里的女人不仅赞叹他才思敏捷,情趣高雅,赠给他"风雅裁判官"的美名,而且也称颂他的美貌。这种赞美甚至在这个给他的披衫打褶的科斯姑娘的脸上也看得出来。其中一个叫尤妮丝的女奴甚至悄悄地爱上了他,她正以她柔顺和钦慕的眼光望着他的眼睛。

裴特罗纽斯对这些女奴根本就不屑一顾,他只是冲维尼茨尤斯笑了笑,用塞内加对女人的一个称呼做了回答:"厚颜无耻的动物!"

随后他扶着维尼茨尤斯的肩膀,把他领到餐厅里去了。

在涂油室里,那两个希腊姑娘,还有弗雷吉少女和两个女黑奴正在收拾香料盒。冷水浴室里的奴隶这时从帷幕后面探出头来轻轻地"嘘"了一声。听到这一声招呼,一个希腊姑娘、弗雷吉女奴和两个女黑奴马上跳了起来,一眨眼工夫,就在帷幕后面消失不见了,浴室里的人便肆无忌惮地淫乐起来,管事对这并不加以阻止,因为他自己也是经常参与的。裴特罗纽斯虽然心里明白,但他对下人从来宽厚仁德,不爱惩罚,也就睁一只眼闭一只眼地由他们去干了。

涂油室里只剩下了尤妮丝一个人。她细心地听了一会儿，最后发现那里的说笑声向蒸汽室的方向渐渐地远去了，这才端起主人刚刚坐过的那张镶着琥珀和象牙的小凳子，小心翼翼地放在他的雕像前。

涂油室里充满了阳光，阳光映在贴着大理石的墙面上，呈现一片金碧辉煌。

尤妮丝站在小凳上，便和雕像一样高了。她突然伸出两只胳膊抱住雕像的脖子，把头上一绺美丽的金发往后一甩，然后将自己玫瑰色的赤裸裸的身子紧贴在这尊洁白的大理石像上，激动不已地吻着裴特罗纽斯冰冷的嘴唇。

第 二 章

舅甥二人吃的这顿饭名为早餐，可是他们在饭桌边坐下的时候，已经是中午了。裴特罗纽斯建议饭后去休息一下，因为现在出门访友为时尚早。他见到过有的人太阳刚刚升起就出去访友，还说这是罗马的老规矩，但他认为这是一种不文明的习惯，下午出去会亲访友才是最合适的，而且要等到太阳照过卡比托尔朱庇特①神庙，开始向集市广场倾斜的时候。秋天虽然到了，天气依然很热，人都爱在饭后休憩一下。这时候，倾听庭院里喷泉的沙沙细语，或者在饭后规定的一千步的散步之后，在透过半开半合的紫色天棚射进来的红色阳光下

---

① 朱庇特，罗马神话中的主神，相当于希腊神话中的宙斯。卡比托尔朱庇特神庙是古罗马的主要神庙。

闭目养神,倒也十分惬意。

维尼茨尤斯觉得他的建议不错,便和他一起出去散了一会儿步,随便谈了一些帕拉丁宫和城里的情况,还就人生问题发表了许多议论。裴特罗纽斯随后回到了自己的卧室里,但他只睡了半个小时就出来了。他吩咐把马鞭草香料拿来,闻了闻它的香气,把它擦在自己的手上和太阳穴上,说:

"你不知道这东西是多么提神醒脑。我已经准备好啦!"

一乘轿子早就在等候着他们,二人上轿后,便命奴仆把他们抬到位于帕特里丘斯街的阿卢斯·普劳茨尤斯的府邸去。裴特罗纽斯的住宅坐落在帕拉丁宫南边的山坡上,距卡雷纳不远,走集市广场下面去本来最近,可是他想顺便去看望一下珠宝商伊多门,就让轿子走阿波林尼斯街和集市广场,先到斯策列拉杜斯街去。他们来到斯策列拉杜斯街口后,看见这里摆满了各种各样的货摊。

抬轿子的是几个身材魁梧的黑人,还有一些"家丁"在前面开路。裴特罗纽斯一直没有说话,他这时把他那散发着马鞭草香气的手掌抬了起来,摸着他的鼻子,好像在想什么事情,过了一会儿才开口说道:

"我有时以为,你的那位森林女神既然不是奴隶,她就可以离开普劳茨尤斯夫妇,住到你家里去。到那时候,你就可以把你的全部爱心倾注在她身上,让她和你共享荣华富贵,就像我对我的那位圣洁的赫雷佐泰米斯一样。可是我要告诉你,我们之间都感到有些厌腻了,你们也会这样。"

维尼茨尤斯摇了摇头。

"不会这样?"裴特罗纽斯问道,"当然,就是遇到最坏的情况,你还可以得到皇帝的恩赐,红胡子看在我的面上也会成全你的,这你可以放心。"

"你不了解莉吉亚。"维尼茨尤斯回答说。

"我倒要问你,你了解她吗?你除了和她见过一面之外,还有什么呢?你和她说过话吗?向她求过爱吗?"

"我第一次见到她是在喷水池旁,后来我又见过她两次。你要知道,我在普劳茨尤斯家里做客时,是住在一所专为接待客人用的别墅里,我的手臂当时又受了伤,不能和他们一同进餐,所以一直到我离开他们家的头天吃晚饭时才见到了她。但我又没法和她单独在一起谈话,因为我不得不听普劳茨尤斯没完没了地讲他那些在大不列颠打了胜仗的故事。他还说什么虽然利策纽斯·斯托罗尽了最大的努力,也未能挽回意大利的那些地主遭到破产的命运。我不知道他还要说些什么,反正你别想从他的那些故事中绕出来,除非你要他讲今天人们失掉了男子汉气的事情还差不多。他们家的鸡笼里养了许多野鸡,但他们却不肯杀了吃,因为他们有一种看法:每吃掉一只野鸡,就会使罗马帝国早灭亡一天。我第二次遇见她,是在花园里的池塘边,当时她手里拿着一根苇秆,用秆的一头去塘里沾水,浇洒着周围盛开的鸢尾花。你就看看我这两个膝盖吧!凭赫拉克勒斯的盾牌起誓,当一群黑压压的安息人大喊大叫地向我们的小队冲过来时,我这两个膝盖都没有发抖,可它们在这两个水塘边却颤抖起来。我真的像一个脖子上挂着垂花的少年那么腼腆,只会用眼光去乞求怜悯,很久说不出话来。"

裴特罗纽斯以羡慕的眼光望着他说:

"一个多么幸福的人啊!即使人世间和我们的生活都变得最坏,也还有一样东西永远是美好的,那就是青春。"

过了一会儿,他又问道:

"你和她说过话没有?"

"说过,我的脑子稍微清醒了点后,就对她说,我是从亚细亚回国的,我在城外摔伤了胳膊,痛得很厉害。可是当我要离开这所好客的房子时,我就感到在这里熬过的痛苦比在别处享受的欢乐要宝贵得多,我在这里生病也比在别的地方健康的时候要好得多。她听了我的话后,难为情地低下了头,用苇秆在脚边的沙地上画了些什么。随后她看了一下她画的那些符号,又看了我一下,好像有什么要问我似的,可是她又突然跑掉了,仿佛树仙遇到笨头笨脑的畜牧神,她不喜欢我似的。"

"她一定有双迷人的眼睛。"

"像大海一样迷人,我像淹没在大海里一样淹没在她的眼睛里了。请相信我,她的眼睛比岛屿密布的大海都显得更蓝,过了一阵,普劳茨尤斯的小儿子跑来问我一件事,我竟然什么也没有听懂。"

"啊!雅典娜①!"裴特罗纽斯叫道,"请你把埃罗斯绑在这个青年眼睛上的遮巾摘下来吧!否则他在维纳斯的神庙里,会在圆柱上碰破脑袋的。"

接着他对维尼茨尤斯说:

"你是生命之树上春天的蓓蕾,葡萄藤上新绿的嫩芽,我要把你送到盖罗茨尤斯的家里去,而不是送到普劳茨尤斯的家里去。盖罗茨尤斯家里有一所专为涉世不深的青年开办的

---

① 雅典娜,希腊神话中护佑和平、劳动和科学的女神,司丰产和智慧的女神。

学校。”

“你到底要干什么？”

“她在沙土上画的是什么？是爱神的名字，还是她那颗被射中的心？或者有关萨迪尔①在这位女神耳边悄悄说过的那些人生的秘密？你怎么不仔细地看一看那些符号呢？”

“你别小看人，我穿上长袍的时间比你料想的要早得多。”维尼茨尤斯说，“在小普劳茨尤斯来到之前，我就已经把那些符号看清楚了。我知道，在希腊和罗马，姑娘们羞于用嘴表达的爱情，往往写在沙子上……你猜猜，她画的是什么？”

“如果不是我刚才说的那些，我就猜不出了。”

“一条鱼。”

“你说什么？”

“我是说，一条鱼。我不知道这是不是意味着她的血管里流的是冰冷的血？你既然说我是生命之树上春天的蓓蕾，那你肯定知道这个符号是什么意思咯？”

“亲爱的，这种事你还是去问问普利纽斯吧！他最懂得鱼。如果老阿彼茨尤斯在世，他也会告诉你，他一生吃过的鱼比那不勒斯海湾的鱼还要多。”

他们乘坐的轿子已经来到了热闹的大街上，这里喧腾的人声使他们再也谈不下去了。过了阿波林尼斯街后，他们便拐进了罗马的集市广场。每当天气晴和，在日落前总有一些闲散的居民到这里来游玩：有的在圆柱间散散步，有的打听和谈论着各种新闻，有的爱看那些坐在大轿里的名声显赫的达

---

① 萨迪尔，希腊神话中半人半羊形状的森林男神，具有懒惰、好色、酗酒的性习。

官贵人。可是舅甥俩还要去参观卡比托尔①对面市场上的那些珠宝商店、书店、钱庄、绸缎铺、铜器店和别的商店。集市广场有一半处在城堡岩石的下方,被岩石的影子遮住了。神庙的圆柱所处的位置要高一些,阳光和蓝天交相辉映,使周围呈现一片金碧辉煌。位置较低的圆柱把一道道长长的影子投在大理石地板上。一眼望去,这些圆柱简直数不胜数,就像一片森林,望不到尽头。可是看起来,它们又好像和房屋连在一起,形成参差不齐的层次,向左右两边延伸,然后爬上山丘,贴着城堡的墙壁,或者相互之间紧紧地挨着,仿佛一排排树干,大小粗细交叉,红白两色相间。有的在楣下种植着老鸦花,有的卷着爱奥尼亚式的棱角,有的还在顶端造成一个简单的多利亚式的正方形。城里的神庙很多,在一大片宛如森林的建筑物上,闪耀着五颜六色的三垅板。山墙上耸立着诸神的雕像,屋顶上有许多飞马驾着的马车,那些飞马都展开了金色的翅膀,似要腾空而起,飞向静静高悬在罗马城上的蔚蓝色的苍穹。市场的中心和周围,人群川流不息,有的从尤利乌斯·恺撒②大殿的拱门下走过,有的坐在卡斯托尔和波卢克斯③神庙前的阶梯上,有的在维斯塔④的神庙前晃悠,就像一大群五颜六色的蝴蝶和甲虫,闪动在一块巨大的大理石上。新的人群又从"至高无上的朱庇特"神庙的上方,沿着一些巨大的阶梯拥过来了。讲台四周的人群都在倾听着演说家们偶尔到此

① 卡比托尔,罗马城中的七个山丘之一,有著名的卡比托尔朱庇特神庙。
② 尤利乌斯·恺撒(前100—前44),古罗马统帅、政治家和作家,曾建立独裁统治,制定历法。著有《高卢战记》《内战记》等。
③ 卡斯托尔和波卢克斯是宙斯的两个儿子,一对孪生兄弟。
④ 维斯塔,罗马神话中的灶神和火神。

发表的演说。到处都可听到人群的喧叫声,有卖水果、葡萄酒或无花果汁的小贩,有卖神药的江湖骗子,有算命先生,有能测出宝物藏地的卜人,还有详梦的人,他们自卖自夸的叫喊常常和远处或近处演奏的竖琴、埃及桑布基或者希腊风笛的乐声混在一起。还有一些病人、虔诚的信徒或者在人世间饱经忧虑的人在给神庙供祭品,祈求诸神的保佑。不时飞来一大群鸽子,在石板地上贪婪地啄食着人们给它们撒下的谷粒。不一会儿它们又扑着翅膀啪嗒啪嗒地向空中飞去,然后落在人群离散了的空地上,好似一群流动着的五颜六色的斑点。如果偶尔来了一乘轿子,人们还会给它让出一条道来,这样他们便可看到轿子里露出来的一位贵妇人的俏丽的面孔或者元老或骑士的头,可是这些贵人神色呆板,仿佛饱受过痛苦的折磨。观看者于是以不同的语言不断地叫唤着他们的名字和绰号,对他们说几句讽刺或者恭维的话。士兵和维持治安的巡警队都迈着整齐的步伐,在这些散乱的人群中来回地走着。人们在这里除了讲拉丁语外,也常常说一些希腊话。

维尼茨尤斯很久不在罗马了,因此乍一看到那些喧闹的人群和罗马的集市广场,他感到十分新奇,感到它既掌握着那许多人群的命运,又好像被人群淹没了似的。裴特罗纽斯猜出了他的心思,便把这座广场称为"没有克维雷特人①的克维雷特人的巢穴"。的确,罗马的风俗习惯在这些汇集着所有民族的人群中,已经不复存在了。因为这里除了罗马人外,还有埃塞俄比亚人,有身材高大、长着浅色头发从远处来的北方人,有不列颠人、高卢人和日耳曼人,有斜眼睛的塞利库姆人,

①　克维雷特人,古罗马有公民权的居民。

有来自幼发拉底河畔的人和胡须染成了砖色的印度人,有来自奥隆捷斯河畔、长着一双柔顺的黑眼睛的叙利亚人,有骨瘦如柴的阿拉伯沙漠的居民和胸脯陷了下去的犹太人,有老是露着一副无所谓的笑脸的埃及人,有基米提人和阿非利加人,还有来自赫拉斯①,来自爱琴海上的岛屿,来自小亚细亚、埃及、意大利和纳尔波高卢的希腊人。他们能够和罗马人并驾齐驱地统治这座城市,凭的是他们的知识、艺术和智慧,还有他们善于行骗的本领。还有一些游手好闲的自由民混杂在那些耳上穿了洞的奴隶中间,皇帝供给他们衣食,以他们取乐。还有一些人到这里来,是因为他们觉得这里容易找到职业,实现他们发财的梦想。此外还有许多小商小贩、手里拿着棕榈树枝的塞拉庇斯②僧侣和伊西斯③僧侣——伊西斯的神坛上的供品比卡比托尔朱庇特神庙里的供品还要多——手捧金黄色稻穗的库柏勒④僧侣和信奉巡游诸神的僧侣。还有头带鲜艳头饰的东方舞女和卖护身符的人,玩蛇的人和迦勒底的魔术师,还有许多无业流民。这些流民每周都到第伯河畔的粮库里去领取救济粮,为了抢到几张竞技场上的彩票便大打出手,晚上就在第伯河区一些破旧的房子里栖身。天热的时候,他们便到地下圣堂的柱廊里来乘凉,或者在苏布拉区的一些

---

① 赫拉斯,地名,在希腊中部,后来将古希腊人居住的地方称为赫拉斯。
② 塞拉庇斯,古希腊和埃及共尊的一位神祇,能使植物死而复生。
③ 伊西斯,古埃及最重要的女神,司生命和健康,庇护丰产、生育和繁殖的女神。她丈夫奥西里斯是古埃及自然界死而复生之神。奥西里斯为恶煞塞特杀害,尸体被剁成碎块,抛向全世界,伊西斯悲恸欲绝,到处寻找丈夫的尸体,后来她把丈夫的碎尸块收到了一起,奥西里斯因此死而复活,成为冥王。
④ 库柏勒,古小亚细亚崇拜的女神,称为“太阳母”,是诸神以及地上一切生物的母亲,她使自然死而复活,并赐予丰收。

肮脏的酒馆里喝酒,或者在密尔维尤斯桥上闲逛,在大户人家的门前等着里面不时扔出奴隶吃剩的菜饭。

广场上的人都认识裴特罗纽斯,他们不断地呼叫着"这就是他",因为他们都很爱他为人慷慨,特别是他在皇帝面前反对过对佩达纽斯·塞昆德总督一家奴仆的死刑判决,消息传开之后,他的声望就更高了。事情是这样的,塞昆德总督家里有个奴隶,因为不堪主人的虐待而把他杀了。罗马的法庭后来竟将他家所有的奴仆,不分男女老少都判处了死刑。裴特罗纽斯看到这个判决不公,表示了反对。他曾一再地说过,判不判死刑对他来说本来没有什么关系,他对皇帝也只是非正式地表示了一个态度,但他认为这种只有斯吉提人①而不是罗马人能采取的野蛮行动败坏了他作为一个"风雅裁判官"的雅兴。由于他的这种表示,一些对死刑判决感到愤慨的人们就更加爱戴他了。

可是裴特罗纽斯对这却不十分关心。他记得人民所热爱的布雷塔尼克②后来反被皇帝毒死了,人民所尊敬的阿格丽披娜③也被皇帝杀害了。还有奥克塔维亚④,她被割开了动脉,后来被闷死在潘达塔里亚的蒸气浴池里。鲁贝留斯·普拉乌特⑤也遭到了放逐,特拉泽阿斯不知哪天也会被处死的。因此他认为人民的爱戴乃是一种不祥之兆。裴特罗纽斯疑心很重,而且还迷信。作为一个性行高雅的贵族,他也看不起人

① 斯吉提人,古希腊罗马时代居住在黑海一带的一个民族。
② 布雷塔尼克,克劳迪乌斯皇帝的儿子,尼禄的异父兄弟。
③ 阿格丽披娜,克劳迪乌斯的妻子,尼禄的母亲。她为了让尼禄当皇帝,毒死了丈夫,但她后来又被尼禄杀害。
④ 奥克塔维亚,尼禄的结发妻子。
⑤ 鲁贝留斯·普拉乌特,蒂贝留斯的曾孙。

民群众,那些怀里揣着炒豆,身上散发着豆香的人,那些在街口或柱廊下声嘶力竭地叫嚷,不要命地进行赌博的下流汉,在他看来根本不算是人。

不管周围的人群怎么对他欢呼,或者向他飞吻,他都不理睬,只是一心一意地给维尼茨尤斯讲佩达纽斯·塞昆德的那桩事情。他还耻笑那些乌合之众的反复无常,因为他们本来反对那次不公正的死刑判决,但在死刑执行后的第二天,当尼禄前往朱庇特神庙时,他们又在路上向他表示热烈的欢呼。舅甥俩的轿子现在来到了阿维鲁努斯书店的门口,裴特罗纽斯于是吩咐停轿。他下轿后,马上去书店买了一本装帧得很漂亮的手抄书,把它送给了维尼茨尤斯。

"这是我给你的礼品。"他说。

"谢谢!"维尼茨尤斯看了一下书名,问道:"《萨蒂利孔》?是新书?谁写的?"

"我写的。可是我不学鲁菲努斯的样,他的事儿我以后会告诉你。我也不做法布雷茨尤斯·维延特那样的蠢事,我不会让任何人知道我是这本书的作者,你也不要告诉别人。"

"你刚才说你不写诗。"维尼茨尤斯说着翻开了一页,"可是这本书里却有许多诗呀!"

"你读的时候,要注意其中写特雷马奇奥宴会的那一段。说到写诗,自从我看了尼禄的史诗之后,就对这感到厌倦了。你看,维泰留斯要清洗他的肠胃,就把象牙筷子插在自己的喉咙里。有的人用火烈鸟羽毛沾上一点橄榄油或者百里香汁,放到嘴里后,也能把吃的东西全吐出来。我呢?我只要朗读一下尼禄的诗,就会产生同样的效果。因此我要感谢他,要对他的诗歌大加赞美一番,这种感谢虽然不是出自我纯洁的良心,但至少是出自干净的肠胃。"

他说完后又叫奴仆把轿子在珠宝商伊多门的店门前停下,等到办完了这里的事情,才让他们一直抬到普劳茨尤斯的家里去。

"路上我要给你讲讲鲁菲努斯的事情,因为他的事情可以说明一个作者的自负会带来什么样的后果。"

可是他还没有开始讲,他的轿子拐过帕特里丘斯街后,很快就来到了普劳茨尤斯的家门口。一个年轻的体格健壮的看门人给他们打开了通往穿堂的大门,他们马上看见门上挂着一个鸟笼,笼子里有一只喜鹊喊喊喳喳地叫着,好像在对他们表示欢迎。

在从穿堂走向客厅的时候,维尼茨尤斯对裴特罗纽斯说:

"你注意到了没有,这里的看门人身上没有戴锁链。"

"真是一个奇怪的家庭。"裴特罗纽斯低声回答说,"你一定知道,有人怀疑蓬波尼亚·格列齐娜信一种东方的迷信,崇拜一个叫基督的人,这是克雷斯披尼娜说出来的,她看不惯蓬波尼亚一生只嫁一个男人——不事二夫!今天,在罗马要找到她这样的女人比找半碗诺里库姆的蘑菇还难,为了这个,她还受到过家庭法庭的审讯……"

"你说得对,这是一个很怪的家庭。以后我要把我在这里听到和见到的都告诉你。"

这时他们来到了客厅里。这里管事的奴隶叫总管,这个总管见到他们后,马上派了专事接待的奴隶去向主人禀报了客人的光临,随后他又派了一些奴隶给他们摆好了椅子和踏脚凳。裴特罗纽斯从来没有到过这里,在他的想象中,这个严厉的家庭一定是充满了悲戚的。可是他环顾四周,这个客厅给他的印象却是很不错的,这不仅使他感到奇怪,而且使他感到有点失望。一束明亮的阳光通过屋顶上的巨大天窗直泻而下,照在客厅中间一个小蓄水池的喷泉上,于是化成了千千万万的光点。天阴下雨的时候,这个正方形的蓄水池还可用来盛接天窗上面落下的雨水。水池周围摆满了白头翁和一丛丛盛开着的百合花,有白的,也有红的,可以看出这一家人特别喜爱这种花。此外还有番红色的鸢尾花,它娇嫩的花瓣洒上喷泉的水沫之后,就像镀上了一层闪闪发亮的白银。还有一些种在盆里的百合花被藏放在潮湿的青苔中间,透过它们的枝叶又可看到一些小孩和水鸟的铜像。在客厅的一个角落里有一头铜铸的水鹿,把它那因受潮侵蚀而绿痕斑斑的头伸到了水边,似要喝水。客厅里拼铺着木质地板,四周的墙壁一部分嵌上了红色的大理石,另一部分用木板钉成,上面画着鱼、鸟和狮身鹰嘴的怪物,缤纷鲜艳的色彩令人赏心悦目。两边侧房的门上都装点着贝壳或象牙。在两扇门间的那道墙前,排立着普劳茨尤斯家祖宗的神像。到处都显示着这个家庭的祥和和富裕,但是又不奢华,使人感到主人的高贵和充满自信。

裴特罗纽斯虽然住惯了他那更加豪华和雅致的官邸,可是他在这里也不感到有伤他的雅兴。当他正要把这个印象告诉维尼茨尤斯时,一个奴隶拉开了隔着客厅和后院的门帘,于是他们看见阿卢斯·普劳茨尤斯从后院深处急急忙忙地走出来。

这是一位已近耄暮之年的老者,但他腰杆挺拔,一头银发显得神采飞扬。他的脸庞虽然短小一些,却像鸷鸟一样威严逼人。他看到来访的人是尼禄的朋友、伙伴和谋臣,感到十分意外,因而脸上露出了惊讶、甚至忐忑不安的神色。

裴特罗纽斯是一个饱经世态、机敏过人的人,当然不会不注意到这一点。在初见的几句寒暄之后,他便以他的全部口才和洒脱说明了他到这里来,是为了感谢普劳茨尤斯对他外甥的照顾,这就是他,作为主人的老朋友之所以贸然来访的目的。

普劳茨尤斯表示热烈欢迎贵客的光临,如果说到感谢,要感谢的倒是他自己。可是裴特罗纽斯却不知道普劳茨尤斯要感谢他什么。

裴特罗纽斯的确不知道这是怎么回事。他抬起他的那双榛子形的眼睛,力图回想起他为普劳茨尤斯或者其他的人是否效过什么劳,哪怕最最微不足道的效劳。可是他这种回忆是徒劳的,因为他什么也想不起来,除了他专程到此给维尼茨尤斯帮的这个忙之外。如果说他真的为普劳茨尤斯效过劳的话,那一定是无意的。

"我很尊敬和喜爱韦斯巴芗①,一次,他在聆听皇帝的御诗时,倒霉地睡着了,你当时可救了他的命啊!"普劳茨尤斯说。

"他没有听见这些诗倒是他走运。可是我认为,这件事也可能最终导致不幸的结局,因为红胡子本来要派一个百夫长,奉旨到他家里去,好言悦色地叫他割开自己的动脉。"

"可是裴特罗纽斯! 你笑话过他的这个打算。"

---

① 韦斯巴芗(9—79),古罗马皇帝,弗拉维王朝(69—79)的创立者。本为尼禄的将军,尼禄死后,在68至69年的内战中被军队拥立为帝,在位时整顿财政,加强集权统治,重建卡比托尔王朝,还建立了罗马大斗兽场、凯旋门等。

"是的,但也不完全是这样。我对他说,如果奥尔菲斯①的歌声能使猛兽入睡的话,那么陛下的诗也给韦斯巴芗起了催眠的作用,陛下和奥尔菲斯一样,都成功了。要责备红胡子只在一种情况下才有可能,就是在小骂中掺上一大堆吹捧。我们敬爱的皇后波贝亚就很懂得这一点。"

"很遗憾,如今的世道就是这样。"普劳茨尤斯回答说,"我少两颗门牙,是被一个不列颠人的石头砸掉的,所以我说起话来有杂音。但我一生中最幸福的时刻也是在不列颠度过的。"

"因为你在那里打了胜仗。"维尼茨尤斯插进来说。

裴特罗纽斯怔了一下,他怕这位军队的老统帅听了后开始没完没了地讲起他的战争经历来,因此马上把话题一转,说有个叫科达的人告诉他:有个农民在帕拉内斯特附近发现了一只双头小狼的尸体。在前天的那一场暴风雪中,雷电又劈掉了路娜②神庙上的一个屋角。现在已是深秋,还发生这样的事情,这是从来没有过的。科达还说,神庙的祭司预言,这意味着罗马城将要毁灭,或者至少一个大的家族将要灭亡,只有供奉别的祭品才能挽救这个危局。

普劳茨尤斯听了裴特罗纽斯的这些话,也觉得这些征兆不可忽视,如果积恶太多,就会激怒诸神,这是不奇怪的。只有及早献上供品,恳求神明的宽恕,才是最妥善的办法。

裴特罗纽斯又说:

① 奥尔菲斯,希腊神话中的诗人和歌手。传说他发明了音乐和作诗法,他的歌声能使树木弯枝,顽石移步,野兽俯首。
② 路娜,古罗马的月亮女神。

"普劳茨尤斯,府上不很宽敞,可是住着像你这样的大人物,它当然是太小了。舍下和府上差不多大,因为住着像我这样的平庸之辈,它又显得太大了。如果像皇宫那么宏伟的建筑物真的要变成废墟的话,那么你我为了拯救它,该不该都献上一点贵重的祭品呢?"

普劳茨尤斯一时没有回答这个问题,可是裴特罗纽斯对于他的这种小心谨慎的态度却感到有点不快,因为裴特罗纽斯认为他自己虽然有时分不清是非,但他从来不告密,和他谈话是大可放心的。不过他随后还是改变了话题,开始对普劳茨尤斯的住宅和这一家人的高雅情趣大加赞美起来。普劳茨尤斯听了后也说:

"这是一幢古老的宅院,由我继承之后,这里什么都没有改变。"

当奴仆把客厅和后院之间的门帘拉开后,这座府邸的内景就什么都可以看见了:后院往下有一道长廊通往内厅,从内厅一直可以望到花园里。这个花园远看就像装在深色的镜框里的一幅色彩明丽的图画,从那里传来了孩子们一阵阵欢快的笑声。

"啊!统帅!能否让我们去那里听听这种天真的笑声?今天能够听到这样的笑声是很难得的。"裴特罗纽斯说。

普劳茨尤斯起身回答说:

"好的!这是小儿在和莉吉亚玩球。如果说到笑,裴特罗纽斯,我想你的全部生活都是充满了笑的。"

"人生本来就很可笑嘛!所以我要笑。可是这里的笑声却不一样。"裴特罗纽斯答道。

"舅父白天从来不笑,晚上却要笑一整晚。"维尼茨尤斯又插了一句。

　　说到这里，他们穿过了整个住宅，来到了后花园里。小普劳茨尤斯正在那里和莉吉亚玩球，几个专门侍候这种球戏的人叫作捡球的奴隶，把球从地上一个个地捡起来递给他们。裴特罗纽斯马上冲莉吉亚瞥了一眼，小普劳茨尤斯看见是维尼茨尤斯便迎了上来。但维尼茨尤斯却一直走到了那个美丽的姑娘面前，向她鞠了一躬。莉吉亚手里拿着一个球，她的头发有点散乱，呼吸有点急促，脸上泛着红晕。

　　蓬波尼亚·格列齐娜坐在花园的餐室里。这里有许多高悬着的常春藤、葡萄和羊蹄蹄花枝叶，都是用来遮阳的。他们上前和女主人见了礼。裴特罗纽斯虽然没有到过普劳茨尤斯的家里，但他认识蓬波尼亚，因为他早先在鲁贝留斯·普拉乌特的女儿安迪斯第亚家里见过她一面，后来在塞内加的家里和波利约恩家里又见过两次。蓬波尼亚面带忧郁而又安详的神色，她那高雅的仪表和谈吐，落落大方的举止都使得裴特罗纽斯情不自禁地为之赞叹，因而也完全否定了他对女人的看法，使他这个自认为无可救药、可又无比自信的人不仅对她肃然起敬，而且也失去了他的自信。现在，当他向蓬波尼亚对维尼茨尤斯的照顾表示感谢的时候，便不假思索地称她为"夫人"了，这是他过去和卡尔维亚·克雷斯披尼娜、斯克雷波尼亚、瓦列利亚、索莉娜以及其他上流社会的女人谈话时从来没有过的。可是他在向她表示问候和致谢之后，又颇有怪罪地说，由于她在公共场所很少露面，大家在竞技场和剧院里都见不到她。蓬波尼亚于是把手放在她丈夫的手掌里，心平气和地回答说：

　　"我们两个人都越来越老了，所以爱在家过点清闲的日子。"

裴特罗纽斯对这本要表示一点不同的看法,可是普劳茨尤斯又用他那带杂音的口齿接着说了下去:

"我们对那些用希腊名字称呼我们罗马诸神的人,都感到越来越隔阂了。"

"其实长期以来,人们只在他们的演讲中才把那些神明称呼一下。可是自从希腊人教会了我们演说,连我自己也觉得,叫'赫拉'比叫'朱诺'①容易。"裴特罗纽斯毫不在意地答道。

他说完后,便把眼光投向蓬波尼亚,好像他要表明在她面前他是想不起任何别的神的。后来他又对她关于年老的看法表示了不同的意见:"人的确老得很快,可是有些人过的是另外一种生活,他们就不一样。还有一些人连死神是个什么样子都不知道。"裴特罗纽斯的这些话说得很坦率,因为他看到蓬波尼亚·格列齐娜虽已年过半百,却保持着异乎寻常的雅嫩隽秀。她虽然身穿深色的裙衣,面带严肃和忧郁的表情,但她有一个俊俏的额头,一张姣小的面孔,依然使人感到真像一个漂亮的少妇。维尼茨尤斯上次住在这里养伤时,就和小普劳茨尤斯交上了朋友,因此小普劳茨尤斯前来邀他去打球。莉吉亚也跟在他们后面走进了餐室,站在常春藤的天棚下。那频频闪烁的阳光这时照在她的脸上,使裴特罗纽斯觉得她比他刚才第一眼看去时还要漂亮,简直是一位仙女,可他直到现在还没有和她说话呢!因此他马上站了起来,向她鞠了一躬,用一句奥德修斯在迎接瑙西卡娅时朗诵的诗代替了平常

① 朱诺,罗马神话中主神朱庇特的妻子。

的问候：

> 我不知道你是女神还是凡间的少女，
> 如果你是凡人所生的姑娘，
> 那么你的父母和兄弟，
> 定要受到加倍的祝福。

这位社交名士的儒雅礼数首先给蓬波尼亚留下了美好的印象。莉吉亚听到这些话后，一下子便羞得满脸通红，连眼睛都抬不起来了。过了一会儿，她的嘴边露出了一丝调皮的微笑，她的脸上也表露出了少女羞怯和意欲表达的矛盾心情。这种表达的欲望终于占了上风，因此她对裴特罗纽斯望了一眼，也用瑙西卡娅的话来回答他，而且她在引用这些话时，就像背诵功课一样，一口气就说完了：

> 不管你是谁，也不管你有什么样的脑袋。

说完她又转身回到了她原先站立的地方，然后又跑掉了，仿佛一只受了惊的小鸟似的。裴特罗纽斯感到非常吃惊，他无论如何也想不到这个维尼茨尤斯说的蛮族出身的姑娘的口中能够说出荷马的诗句。因此他向蓬波尼亚投去了探问的目光，但是蓬波尼亚没法表示回答，因为她这时候正在笑容可掬地望着她丈夫脸上露出的自豪的神色。

老普劳茨尤斯之所以感到自豪，首先是因为他对莉吉亚像对亲生女儿一样地疼爱；再者，虽然他出于罗马人的许多古老的成见反对希腊语，不让它在人民中普及，但他还是认为，会说希腊话乃是社交文明的最高级的表现。他曾经为自己没有学会这种语言而暗自懊恼，怕裴特罗纽斯把他们一家看成是野蛮人。所以他一看见他的家里有人能在这位高贵的绅士和显赫的文人面前用荷马的语言和诗句来答话，真是高兴极了，便即刻转身对裴特罗纽斯说：

"我们家里请了一位希腊语教师。他除了教我的儿子之外，也让姑娘前来听课。这是一只鸟，一只可爱的小鸟，我们夫妇俩都和她处得很好。"

裴特罗纽斯通过常春藤和羊蹄躅花枝叶间的空隙，看见了对面的花园和在那里玩球的三个人：维尼茨尤斯脱去了宽袍，只穿一件衬衫，把球高高地抛起。莉吉亚站在他对面，高举着双臂，力图把球接住。第一眼望去，这个姑娘给裴特罗纽斯的印象并不很深，而且他还觉得她的身子太瘦小，可是当他在餐室里走近前来一看，便觉得她简直是一颗明丽的晨星。作为一个鉴赏家，他在她的身上已经发现了某种极不平常的东西。他自上而下地打量着她的全身，要对那里的一切做出正确的评价：她那玫瑰色的、明净如洗的面孔和清新雅嫩的嘴唇像是专为亲吻而生的。她的一双明媚的眼睛就像湛蓝的大海，她的前额白净得像雪花石膏一样。在那一头浓密和盘曲着的黑发丛中，闪烁着琥珀和科林斯铜饰的光辉。她的轻柔秀美的脖颈，仙女般的肩背，窈窕俊逸的体态都焕发着五月的青春，比刚从蓓蕾里绽放出来的鲜花都显得更美。而这一切在他那里也唤起了一个艺术家、一个美的鉴赏者的雅兴，使他感到在这个姑娘的塑像下面，可以写上"春天"二字。这时他还突然想起了赫雷佐泰米斯，虽然她的发上撒着金粉，眉上描着黑黛，但她却显得形容憔悴，就像一枝枯黄凋落的玫瑰，而罗马城里还有许多人非常羡慕她呢！接着他又想起了波贝亚，在他看来，久负盛名的波贝亚不过是一尊没有灵魂的蜡像。只有这个塔拉格利①的瓷形姑娘不一样,她不仅散发着春天的气息,而且有一个光彩照人的"灵魂"。这个灵魂的光芒是透过她的玫瑰色的肉体照射出来的,就像火光透过灯罩一样。

裴特罗纽斯暗自想道:

"维尼茨尤斯的眼力不错呀!我的赫雷佐泰米斯确实老了,老了……像特洛亚一样地老了!"

然后他把手指着花园,转过身来对蓬波尼亚·格列齐娜说:

"我现在才明白,夫人!你们二位为什么宁愿待在家里,而不去帕拉丁宫参加宴会,或者观看竞技场上的表演了。"

"是的!"她望着小普劳茨尤斯和莉吉亚那边回答说。

这时候,老统帅开始讲起了姑娘的身世和那些住在茫茫北国的莉吉亚民族的故事,这些故事是他许多年前在阿泰留斯·希斯泰尔那里听到的。

花园里的三个人打完球后,便在沙地上散步,他们由于身后衬着深色的桃金娘和柏树,看起来就像三尊白皙的雕像。后来莉吉亚拉着小普劳茨尤斯的手,又来回地踱了一阵,便在花园中间鱼池旁的一条板凳上坐下。过了一会儿,小普劳茨尤斯忽又站了起来,原来他要去逗吓那些在清冽的池水中翔游的小鱼。维尼茨尤斯仍在说着他们在踱步时已经开始说的话,他说话的声音很低,还有点颤抖:

"是的!我一脱下童装就到亚细亚军团里去了。我对罗马并不熟悉,既不了解这里的生活,也不知道什么叫爱情。我

---

① 古希腊地名,这里以产瓷器闻名。

虽然会背诵一点阿纳克瑞翁①和贺拉斯②的诗句,可是当我惊慌得说不出话来,或者找不到适当的言辞来表达的时候,我就不会驾轻就熟地引用那些古诗了,而装特罗纽斯却是做得到的。我小时候在莫佐纽斯办的学校里读过书,老师对我们说,一个人的幸福就是把诸神的要求当作自己的要求,只是看他有没有这种意愿和决心。但我认为幸福不是这样,它更伟大也更宝贵,它和意志无关,幸福是爱情创造的。这种幸福就是天神也十分向往,所以我也是很向往的。莉吉亚!我虽然至今还没有感受过爱情,但我要学天神的榜样,找到那种能够给我幸福的爱情……"

维尼茨尤斯说到这里便停了下来,只听见小普劳茨尤斯为了惊吓小鱼,将石子扔到池里激起轻微的水声。

随后他又开始用一种更加轻柔、更加细小的声音说:

"你知道韦斯巴芗的儿子蒂杜斯吗?有人说他刚刚成年就如痴如狂地爱上了贝列尼卡,还差点害相思病死了……啊,莉吉亚!我也会这么痴情的……财产、荣誉、权势不过是过眼烟云,富人有凌驾于他的更加富豪的人,显赫者在显赫于他的人面前会变得渺小,强权也会被强权征服的。但一个人,即便一个最最普通的人,他在他的怀中如能触到恋人跳动着的胸脯,或者能够亲吻她的嘴唇,那么他所感受的幸福和快乐,就连皇帝陛下或者天神也是感受不到的……所以爱情使我们和天神平等了,啊!莉吉亚!……"

---

① 阿纳克瑞翁(约公元前六世纪),古希腊抒情诗人。他的作品大都歌颂酒宴和爱情。

② 贺拉斯(前65—前8),古罗马诗人。他的作品有《讽刺诗集》《长短句集》《歌集》等。

莉吉亚听到他的这些话既感到惊讶和不安，又好像听到了希腊笛子和竖琴演奏的一首欢乐动人的乐曲似的。她还以为维尼茨尤斯在对她唱一支神奇的歌，这歌声在她的耳边回响，使她热血沸腾，也使她的心里充满了忧郁、惶恐和无可言状的快乐。她觉得他说出了以前就在她的心上可她却不知道如何表达出来的东西，而且他也唤醒了她身上一直沉睡着的东西。因此就在这个时刻，她的朦胧的梦境变得愈来愈清晰，愈来愈令人心醉了。

太阳早已越过了第伯河，渐渐沉落在雅尼库尔的山陵上，在一动不动的柏树上撒下了万道霞光，使整个天空都变得红通通的了。莉吉亚抬起她那宛如梦中苏醒的蓝莹莹的眼睛，向维尼茨尤斯投去了一瞥。维尼茨尤斯在夕阳余晖的映照下，把身子躬了下来，眼里透出了恳求的神色，使莉吉亚突然感到他比她在神庙祭坛上看到的那些希腊和罗马的神像都漂亮得多。于是他用手指轻轻地拉着她的手臂，问道：

"莉吉亚，你明白我对你说的这些话的意思吗？"

"不明白。"她的声音是那么细小，使他几乎都听不见了。

维尼茨尤斯不相信她的回答，而且他还使劲地把她的手拉到自己身边。如果不是老普劳茨尤斯正从两边种着桃金娘的羊肠小道朝他们走过来，他就要把这双俊美的小手放在他那像被槌子击打而怦怦跳动着的胸脯上。因为这位貌若天仙的姑娘已在他心上激起了强烈的欲望，他要向她倾诉炽热的衷肠。但这时候，普劳茨尤斯已经来到了他们跟前，对他们说：

"日头落山了！小心夜里着凉，和利比蒂娜①是开不得玩笑的。"

"我不冷。我没有穿外衣，并不觉得冷。"

"你们看，日头在山那边只剩下半个圆盘了。"老普劳茨尤斯说，"要说气候，只有西西里才是真正暖和的，那里的人在黄昏的时候都聚集在集市广场上，他们一起唱着歌，要和正待离去的福波斯②告别。"

普劳茨尤斯因为讲起了西西里的情况，便把刚才说过要警惕死神的话给忘了。他说那里有他的领地和他心爱的大农场，他曾不止一次地打算搬到那里去住，他的一生熬过了无数的寒冬霜雪，现在已经成了白发苍苍的老人，要在那里安度晚年。趁现在树叶还没有脱落，晴朗的天空在对罗马表示友好的微笑，不可失去这个美好的时机。一旦葡萄叶儿变得枯黄，阿尔班山上降下了大雪，诸神在坎帕尼亚平原上刮起了刺骨的寒风，到那时候，谁知道，他的全家也许就得搬到乡下那座寂寞的庄园里去了。

"你要离开罗马，普劳茨尤斯先生？"维尼茨尤斯听到他的话后，突然感到不安，问道。

"我早就有这个打算，因为西西里岛比这里清静，也比这里安全。"普劳茨尤斯回答说。

接着他又夸耀他的花园、他的牲畜和那幢被绿荫遮掩的房子，还有那片长满了麝香草和薄荷的山丘，花草丛中飞着一群群蜜蜂。可是维尼茨尤斯根本没有心思去听他的这支田园

---

① 利比蒂娜，古罗马的大地女神。大地是万物生长之处，又是万物归宿之地，因此她专司丰产和死亡。

② 福波斯，意为"光明"或"光辉灿烂"，是太阳神阿波罗的别名。

牧歌式的曲子，他怕他会失去莉吉亚，他凝视着裴特罗纽斯，好像只有他的这个舅舅才能够救他。

坐在蓬波尼亚旁边的裴特罗纽斯正在如痴如醉地欣赏着那红日西沉的美景，目不转睛地望着对面的花园和肃立于水池旁边的人影。这些人影的背后衬托着黑黝黝的桃金娘，他们身上的白衣在夕阳余晖的映照下，闪耀着金色的光辉。天空中的红霞逐渐染上了一层紫色或堇色，最后变成了一块白色的宝石，整个天空都呈现出了百合花的颜色。柏树黑色的姿体比白天显得更加清晰可见，在人和树之间，在整个花园里都充满了黄昏的宁静。

裴特罗纽斯对于这种宁静，尤其是对这里的人们感触很深。他在蓬波尼亚、老普劳茨尤斯的脸上，在他们的孩子和莉吉亚的脸上，都看到了一种在他每天，不，在他每天每夜都接触到的人们的脸上所看不到的东西。那是一种光明，一种恬静，一种在他们生活中直接表露出来的从容不迫。他惊异地发现，虽然他的一生都在追求美和欢乐，可是这里的美和欢乐却是他从来没感受过的。裴特罗纽斯这时候也无法隐瞒他的这种想法，于是转过身来对蓬波尼亚说：

"我觉得，你们这个世界和我们的尼禄统治的那个世界真的不一样啊！"

蓬波尼亚抬起她那姣小的面孔，两眼凝视着晚霞，憨直地回答说：

"统治世界的不是尼禄，而是上帝。"

随后大家都沉默了。这时在餐室近旁可以听到老统帅、维尼茨尤斯、莉吉亚和小普劳茨尤斯走在林荫道上的脚步声。裴特罗纽斯在他们来到之前又问：

"那么你信仰诸神吗？蓬波尼亚！"

"我只信上帝，上帝只有一个，他是公正的，也是万能的。"蓬波尼亚回答说。

第 三 章

裴特罗纽斯和维尼茨尤斯一起上了轿后，裴特罗纽斯把蓬波尼亚刚才说过的话又说了一遍：

"她只信上帝，上帝只有一个，他是公正的，也是万能的。如果她的上帝是万能的，他就主生也主死；如果他是公正的，就会公正地主死。既然是这样，那么蓬波尼亚为什么要为尤莉亚披麻戴孝呢？她哀悼尤莉亚，不是在责备她所信仰的上帝吗？我认为，我的这个辩证的推理是没有错的，可以和苏格拉底①媲美，所以我一定要把它说给这个红胡子猴子听听。至于女人嘛，我同意每个女人都有三个或者四个灵魂的说法，但是没有一个女人具有理智的灵魂。要让蓬波尼亚去和塞内加或者科尔努图斯一起研究一下，他们那个伟大的罗果斯究竟是个什么理性的概念？还要叫他们把色诺芬②、巴门尼德③、芝诺④和柏

---

① 苏格拉底（前469—前399），古希腊著名哲学家。

② 色诺芬（约前575—约前480），古希腊哲学家。

③ 巴门尼德（约前540—约前470），古希腊哲学家，主张灵魂绝对论。

④ 芝诺（约前490—约前430），古希腊哲学家，斯多噶学派的首创者，主张人应"顺应自然"，服从命运。

拉图①的阴魂全都召唤出来,因为这些人住在西梅利的国度②就像关在笼子里的黄雀一样,已经感到十分烦躁了。我要找她和普劳茨尤斯谈的,倒不是这件事。我以埃及人伊西斯的神圣的大肚起誓,如果我对他们干脆说明我们今天的来意,他们会像一个铜盾牌被人敲了一棒那样发出响声的。所以我不能这么说,维尼茨尤斯,请你相信我,我是不会说的。孔雀是一种美丽的鸟,可是它们的叫声太刺耳了,我就害怕这种刺耳的叫声。不过我对你选中的这个人还是要赞美一番的,她真是一位'玫瑰手指的启明女神'……你知道她还使我想到了什么吗? 她使我想起了春天! 这不是我们意大利的春天,在我们的意大利,只有稀稀落落几株开着花的苹果树,橄榄树还是以前那种灰暗的颜色。这是我见过的赫尔维亚的春天,一个春上枝头,清新明丽,新绿吐翠的春天。我对这轮苍白的月亮起誓,维尼茨尤斯! 我对你的选择并不感到奇怪;可是你要知道,你爱的是黛安娜③,普劳茨尤斯和蓬波尼亚会叫你粉身碎骨的,就像那群猎狗当年把阿克泰翁④撕得粉碎一样。"

维尼茨尤斯低着头,沉默了片刻,然后带着一种强烈的欲望,以激动的声调说:

"我以前要得到她,现在更需要她,我一抓住她的手,全

① 柏拉图(约前 427—前 347),古希腊著名哲学家。

② 西梅利国度,即冥府,或阴间。

③ 黛安娜,又叫阿泰弥斯,在希腊神话中,一作司草木禾谷丰产的女神,二作月亮女神。

④ 阿克泰翁,希腊神话中的猎人。他在狩猎时因偷看黛安娜沐浴,女神大怒,便把他变成了一只鹿,这只鹿后来被他的猎犬撕碎。

身就像烧起了大火一样……我一定要得到她。我若是宙斯，就用云彩把她高高地托起来，像宙斯爱护他的伊娥①那样。我要化作甘雨滋润她的身躯，就像宙斯变成雨水洒在达那厄②的身上那样。我要使劲地吻她，吻得她的嘴唇疼痛。我要把她紧紧抱在怀中，听到她的叫喊。我要把普劳茨尤斯和蓬波尼亚全都杀掉，然后把她抢过来，抱到我的家里去。今天我不睡了，我要把这些奴隶个个痛打一顿，听到他们的呻叫我就可以痛快一下。"

"冷静点吧！你真的像苏布拉来的木匠一样，欲火冲天了。"

"你说什么都不管用，我一定要得到她。我是来找你想办法的，如果你想不出办法，我自己也有办法……既然普劳茨尤斯把莉吉亚当成自己的女儿，那么我为什么要把她看成奴隶呢？既然你们没法处置她，那就让她到我家来装修大门，在门上涂上狼油，让她坐在我的炉灶旁，做我的妻子吧！"

"冷静点，你这个执政官的疯狂的后代！我们把那些蛮族俘虏绑在我们的战车上带到罗马来，并不是要娶他们的女儿为妻。你可不要冒失！现在非得想出一个妥善而又简易可行的办法来，因此你和我都要认真地考虑一下，我过去也把赫雷佐泰米斯当成朱庇特的女儿，因此我爱她，但我没有娶她，

---

① 伊娥，希腊神话中伊纳科斯王的女儿。她原是天后赫拉的女祭司，后与宙斯相恋，赫拉出于妒忌，把她变成母牛，还打发一只奇异的牛虻来刺她，母牛最后逃到埃及，宙斯在那里恢复了她的人形。

② 达那厄，希腊神话中阿耳戈斯国王的女儿。国王从神示中得知女儿达那厄日后生的一个男孩会推翻外祖父的统治，并把他杀死，于是把她关进地窖，但是宙斯化作黄金雨流进地窖里，和她幽会，达那厄因而怀孕，生下了儿子珀耳修斯。

正如人们都说阿克台是阿塔尔国王的女儿,尼禄并没有娶她一样……冷静点!你想一想,如果她为了你真的要离开普劳茨尤斯一家的话,他们也是无权阻止的。你应当看到,在爱火中烧的不单是你,埃罗斯也把它烧到她的身上去了,这个我看得最清楚,你应当相信我。只要有耐心,办法总是有的。不过今天我已经想得太多了,也感到疲倦了。我向你保证,明天一定会给你想出一个好的办法来,如果我裴特罗纽斯连这个都做不到,那还算得上裴特罗纽斯吗?"

两个人又缄默不言了。过了好一阵,维尼茨尤斯才开口说话,他这时的口气平缓些了:

"谢谢你,愿你吉星高照。"

"你就耐心地等着吧!"

"你现在到哪里去?"

"去赫雷佐泰米斯家……"

"你真幸福,你的心上人就在你身边。"

"我?你知道我为什么对她感兴趣吗?因为她和我的琴师、解放奴隶泰奥克列斯勾搭上了,她背叛了我,还以为我不知道,我以前爱过她,可现在,我感兴趣的是她的谎言和愚蠢。你也和我一起到她家里去看看吧!如果她对你卖弄风情,用手指蘸上酒在桌上给你写什么字儿,我是不会吃醋的,这你完全可以放心。"

舅甥俩便吩咐把轿子抬到了赫雷佐泰米斯的家里。

走进前厅后,裴特罗纽斯把手放在维尼茨尤斯的肩上说:

"等等,我有一个妙计。"

"愿诸神都报答你……"

"有了,有了,这是一个万无一失的妙计。你知道吗?维尼茨尤斯!"

"我听你的,我的智慧之神……"

"过不了几天,那个天仙般的莉吉亚就会和你共享得墨特尔①的饭食了。"

"你比皇帝都伟大。"维尼茨尤斯激动得叫了起来。

第 四 章

裴特罗纽斯找过赫雷佐泰米斯之后,第二天睡了一整天觉。到了晚上,他遵照诺言,打轿进了帕拉丁宫,和尼禄做了一次秘密的谈话。谈话后的第二天,一个百夫长果然奉旨带领着十几个禁卫军士兵,来到了普劳茨尤斯的家门前。

在一个充满了恐怖和不安的时代,这样的使者往往是来通报死讯的。因此,当百夫长用小锤敲打普劳茨尤斯家的大门,前厅总管报告院子里来了许多士兵时,阖家主仆都陷入了一片慌乱。他们认为,首先遇到危险的一定是老统帅本人,因此他们把他一个人围在中间。蓬波尼亚双臂搂着丈夫的脖子,尽全力地护在他的身上。她那发青的嘴唇在急剧地颤抖,轻声地说着话。莉吉亚的脸色也变得像夏布一样苍白,她一个劲地吻着老统帅的手。小普劳茨尤斯紧紧抓着自己的宽袍,男男女女的家奴、仆役从走廊里,从楼上女仆专用的房间里,从浴室里,从楼下的房间里,从所有的地方全都跑出来了,

---

① 得墨特尔,希腊神话中的丰产和农业女神,司谷物的成熟。

因此到处都可听到他们的叫嚷声:"哎呀! 哎呀! 大难临头了!"女人们放声大哭起来,有的抓着自己的面孔,有的用头巾蒙着脑袋。

只有普劳茨尤斯一人镇定自若,这位久经沙场考验的统帅敢于直面死亡,他那短小的鹰脸就像石雕一样坚毅。不一会儿,他就平息了全家的慌乱,命令奴隶们统统离去,然后对妻子说:

"放开我,蓬波尼亚,即使我的死期已到,我们还是来得及告别的。"

他轻轻地推开了妻子,但蓬波尼亚对他说:

"阿卢斯! 我们是要生死与共的呀!"

说完她便跪下,默默地祈祷着,只有为了最最亲爱的人,才能表现出她那样的虔诚。

普劳茨尤斯向客厅走去的时候,百夫长已经在那里等他。来者原来是老卡尤斯·哈斯塔,他远征不列颠时的旧部和战友。

"祝贺你,老统帅! 我给你带来了皇帝陛下的问候和意旨。这是令牌和玺印,我是奉旨来的。"百夫长说道。

"感谢陛下隆恩,恭聆陛下意旨。欢迎你,哈斯塔,请告诉我,你带来的是什么旨令。"普劳茨尤斯说。

"阿卢斯·普劳茨尤斯! 陛下听说你家里住着莉吉亚王的一位公主,她还是神圣的克劳迪乌斯陛下在位的时候,莉吉亚王为了表示永不侵犯帝国的边界,当作人质交给罗马的。神君尼禄衷心感谢你这位统帅多年来对这个女孩的殷勤照顾。现在陛下不想再麻烦你们全家了,同时也考虑到公主作为人质应当受到皇帝本人和元老院的监护,因此命令你把她交给卑职带进宫去。"

普劳茨尤斯是一个有着长年戎马生涯的军人,一位百炼成钢的英雄,面对这样的命令,他不会有任何悲伤、怨恨或者恳求的表示,但他依然压抑不住他那突发的愤怒和痛苦,因此他的眉上起了皱褶。过去在战场上,不列颠军队只要看见他的眉头这么一皱,就会吓得丧魂落魄,现在,作为钦差的哈斯塔的脸上也露出了害怕的神色。但普劳茨尤斯对皇帝的意旨是不能违抗的,他冲那块金牌和玺印看了一会儿,然后抬眼望着百夫长,平静地说:

"哈斯塔,请你在这里稍等一下,我就把人质交出来。"

说完这些话,他便来到了住宅另一头的一间叫作内厅的房子里。蓬波尼亚·格列齐娜、莉吉亚和小普劳茨尤斯都在那里惶恐不安地等着他。

"谁都没有死亡或者发配到远方海岛去的危险,但钦差带来的是一个不幸的消息,莉吉亚,和你有关系呀!"

"和莉吉亚有关?"蓬波尼亚惊慌地叫了起来。

"是的。"普劳茨尤斯回答后,转过身来对那姑娘说:

"莉吉亚,你在我们家里受到了和我们的孩子一样的教育,我和蓬波尼亚两人把你当作亲生女儿似的疼爱。可是你自己也知道,你不是我们的女儿,你是你的部落交给罗马的一个人质,因此你应当受到罗马皇帝的保护,现在皇帝要把你从我们家里接走了。"

老统帅说话的神气虽然平静自然,但却带有一种奇怪的、不寻常的声调。莉吉亚听到后,眨巴着眼睛,依然不知道这是怎么回事。蓬波尼亚的脸色变得苍白。在走廊通往后厅的门里,女奴们又一次地露出了惊慌的面孔。

"圣旨是不能违抗的!"普劳茨尤斯说。

"阿卢斯,还不如让她去死!"蓬波尼亚叫了起来。她用双手抱着姑娘,好像要保护她。

莉吉亚也紧紧地贴在她的怀里,不断地叫着:

"妈妈!妈妈!"由于止不住的啼泣,她说不出话来了。

普劳茨尤斯的脸上也显出了愤怒和痛苦的神色,他忧伤地说:

"我若孤身一人在这个世界上,是决不会把她交出去的。我的亲属也许今天会替我去给解放之神朱庇特上供……可是我不能让祸端殃及你和我们的儿子,他应当活到更加幸福的明天……我今天就去觐见皇帝,请求收回钦命。他会不会听我的,那就不知道了。莉吉亚,多多保重!我要告诉你的是,你来到我们家的那一天,将永远是我和蓬波尼亚值得纪念的一天。"

他说完后,便把手放在莉吉亚的头上,想尽力保持平静,可是当莉吉亚把泪水盈盈的眼睛转向了他,后又拿着他的手紧紧按在她的嘴唇上时,他的声音马上激动得颤抖起来,因而表露出了他那慈父般的深沉的悲哀。

"再见啦,我们的欢乐,我们眼中的光明!"他叫道。

为了不被这种和一个罗马人、一个统帅的身份不相称的激动所控制,他赶忙回到了客厅里。

蓬波尼亚这时也把莉吉亚带进了自己的卧室,开始安慰她,让她高兴,要她振作起来,还叮嘱了她一些使这个家庭感到奇怪的话①。这种奇怪感的产生是因为在这间卧室旁边的

---

① 普劳茨尤斯全家都信罗马多神教,但蓬波尼亚和莉吉亚信基督教,她们说的敬奉基督的话当然使这个家庭感到奇怪。

一间堂屋里,依然供着炉灶和家神的神龛。阿卢斯·普劳茨尤斯信守古老的习俗,常常给这个神龛上供。现在是经受考验的时候了。维尔吉尼要从阿彼乌斯的手中解救她的女儿,只有把她刺死①。卢克列茨亚早先也甘愿以生命的代价洗雪了她的耻辱②。皇宫本来就是罪恶和无耻之薮。"可是莉吉亚,我们知道我们为什么不能自杀……是的,因为我们两个人遵守的是另一种教规,它比所有别的教规都更加神圣,更加伟大,它要求我们在罪恶和耻辱面前保持清白,就是受苦受难和献出生命也在所不惜。谁能在那座邪恶的殿堂里保持清白,他就功德无量了。我们生活的这个世界也是一座邪恶的殿堂,但我们的一生不过是清晨的露水,瞬息即逝,从坟墓里起来就是复活,那里的主宰不是尼禄,而是仁慈,那里没有痛苦,只有快乐,没有眼泪,只有欢娱。"

蓬波尼亚随后还谈了她自己。她说她的心绪很平静,但也不乏隐痛。例如,她的阿卢斯的眼上还蒙着一层白内障,圣光照不进去,她也没法用真理去教诲她的儿子③。她觉得她的这种处境一辈子也不会改变,可是当她走到生命尽头的时候,和他们生离死别,一家人的痛苦就比现在和莉吉亚离别的痛苦要可怕一百倍了。她还觉得如果没有他们,她就是在天国里也不会幸福。她哭过不知多少个夜晚,还有许多夜晚她

---

① 相传罗马百夫长维尔吉尼有一个美丽的女儿被好色的执政官阿彼乌斯看中,阿彼乌斯于是叫随从把她抢走,宣布她为奴隶。维尔吉尼为了使女儿不受侮辱,当场把她杀死,并且向元老院控告阿彼乌斯,阿彼乌斯入狱后死去。

② 传说罗马有一节妇卢克列茨亚,她因被人奸污,便与其夫共谋雪耻,事成后自尽。

③ 指蓬波尼亚的丈夫普劳茨尤斯和他的儿子都还没有接受基督的教义。

也是在祈求怜悯和恩典中度过的。可是她把自己的痛苦献给了上帝,她一直在等待着,虔诚地等待着。而她今天又遭到了新的打击:暴君下令要夺走她心爱的孩子——普劳茨尤斯把她叫作他们眼中的光明——的时候,她依然在虔诚地等待着,相信有一种力量比尼禄更加强大,相信上帝的慈悲比尼禄的邪恶更胜一筹。蓬波尼亚把莉吉亚的头紧紧地抱在自己的怀里,过了一会儿,莉吉亚往下伏在她的膝盖上,把两只眼睛埋在她的长裙的褶裥里,长时间地没有说话。可是这个姑娘站立起来的时候,她的脸上就显得平静了。

"离开你,妈妈!离开爸爸和弟弟,我很悲伤,我知道,反抗是没有用的,只会让祸端殃及你们大家。可是我向你发誓,到了皇宫我将永远牢记你说过的话。"

莉吉亚再次伸手抱住了蓬波尼亚的脖子。后来她们两人又来到内厅里,莉吉亚便开始和小普劳茨尤斯告别,和他们的老师、年老的希腊人告别,和所有的奴隶都告了别。

在这些奴隶中,有一个身材高大、臂膀宽阔的莉吉亚人,家里人都叫他乌尔苏斯,他是当年和别的侍从一起,随同莉吉亚和她母亲来到罗马的。他现在突然跪倒在莉吉亚的脚下,后又爬到蓬波尼亚的膝前,恳求道:

"啊,夫人!请让我也跟我的女主人一同去吧!我要在皇宫服侍她,保护她。"

"你不是我们的奴隶,你是莉吉亚的仆人,我们是不会阻挠你的。可是皇宫会放你进去吗?即使你进了皇宫,又怎么保护你的女主人呢?"蓬波尼亚问道。

"我不知道,夫人!我只知道铁块到了我的手中,就像木头一样,会被我捏得粉碎。"

这时阿卢斯·普劳茨尤斯也来到了内厅。他听到乌尔苏斯的请求后,马上表示了由衷的赞同,而且说他也没有权利把他留下。他们必须把皇帝点到的人质莉吉亚送到宫里去,也有责任把她的随从一起送去,交给皇帝监护。说到这里,他悄悄地嘱咐蓬波尼亚道:"可以借侍从的名义,适当多带一些奴隶去,百夫长是不会阻止的。"

这么做不仅对莉吉亚是一个安慰,蓬波尼亚也很高兴,她现在可以亲自挑选一些奴仆来服侍莉吉亚了。因此,除乌尔苏斯之外,她还指派了一个管衣装的老女仆,两个巧于梳理的塞浦路斯女人和两个伺候沐浴的日耳曼姑娘。她选派的全都是新教的教徒,乌尔苏斯也信新教好几年了。蓬波尼亚相信这些奴仆忠实可靠,通过他们,真理的种子也会传播到皇宫里去,因而感到欣慰。

她还给尼禄的一个解放女奴阿克台写了一封几句话的短信,请她对莉吉亚多加照顾。蓬波尼亚在新教徒的集会上虽然没有见过阿克台,但她听新教徒们说,阿克台总是乐意为他们效劳,而且她还在如饥似渴地读着塔斯的保罗的信札,想懂得更多新教的教义。蓬波尼亚还了解到,这个年轻的解放女奴一直生活在忧郁中,她在尼禄宫里是一个与众不同的女人,永远怀着一副善良的心肠。

哈斯塔答应把信亲手交给阿克台。他也认为一个国王的公主当然不能没有自己的随从和奴仆,他不仅丝毫也不反对把他们带进宫去,而且对她的随从人员只有这么几个感到奇怪。他只是催促他们快点收拾动身,因为他怕耽搁久了会被认为执行圣旨不力。离别的时刻终于来到了,蓬波尼亚和莉吉亚的眼里都充满了泪水,普劳茨尤斯再一次用手摸了摸她的脑袋。过了一会儿，士兵们便领着莉吉亚出发了，小普劳茨尤斯因此对着这些士兵哭叫起来，他要保护他的姐姐，挥起小小的拳头来吓唬百夫长。

老统帅吩咐马上备轿。随后他和蓬波尼亚一起来到了内厅隔壁的一间画室里，把门紧紧地关上，对她说：

"蓬波尼亚，告诉你，我要去觐见皇帝，还要去找塞内加，虽然我知道塞内加的话皇帝是一句也听不进了，我去找他也没有用。今天，他的亲信是索弗罗纽斯、蒂盖里努斯、裴特罗纽斯或者瓦迪纽斯这些人。如果说到他本人，他一生中也许根本就没有听说过什么莉吉亚人。他之所以把莉吉亚作为人质要了去，一定有人怂恿过他，而且这个人是谁也不难猜出。"

蓬波尼亚突然抬起眼睛，望着他说：

"是裴特罗纽斯？"

"不错。"

沉默了片刻，随后老统帅又说：

"这就是我们放进了一个恬不知耻和没良心的人所造成的后果。维尼茨尤斯来到我们家就是一个祸害，裴特罗纽斯也是他带来的。可怜的莉吉亚，他们要的不是人质，而是姘妇。"

他既愤怒又感到无可奈何，他为养女的不幸而悲伤，因此他说话的声调也比平常高了许多。他的内心一时斗争得很激烈，单从他紧握着的拳头就可看到这种斗争给他带来了多么大的痛苦。

"我一向是信神的，可到这时候我才明白，原来统治这个世界的不是神，而是一个穷凶极恶、疯狂透顶的魔鬼，他的名字叫尼禄。"普劳茨尤斯说道。

"阿卢斯,在上帝面前,尼禄不过是一堆粪土。"蓬波尼亚说。

普劳茨尤斯在画室里的拼花地板上大步地来回走着。他一生中有过许多伟大的业绩,可他从来没有遇到过大的不幸,因此他一遇到这种不幸就受不了。这位老战士对莉吉亚的爱比他自己意识到的还要强烈,现在他却失去了她,这是他在思想上无法接受的。此外他还觉得自己也受到了侮辱,有一只手正压在他的头上,他虽然蔑视它,但他觉得这毕竟是一只强有力的大手,和它相比,他的力量太微小了。

直到最后,他才镇住了那搅乱了他的思想的愤怒,于是静下心来,开口说道:

"我想,裴特罗纽斯从我们这里把莉吉亚抢走,大概不会去献给皇帝,因为他是不愿得罪波贝亚的。所以,他要么留给他自己,要么送给维尼茨尤斯。我今天一定要去探个明白。"

过了不久,他就乘轿到帕拉丁宫去了。蓬波尼亚一个人待在家里,她随即去找她的小儿子,发现他一直在哭喊着他的姐姐,不停地咒骂着皇帝。

第 五 章

普劳茨尤斯的预料果然不错。尼禄不肯见他,宣旨的臣下回复他说,皇帝正在和琴师泰尔普诺斯一起唱歌,没工夫见他,他也从来不见未经宣召的人。换句话说,就是你普劳茨尤斯以后也别想见到他。这时候,塞内加为了表示对老统帅的尊敬,虽然有病在身,但还是以隆重的礼数接待了他。然而当他听到普劳茨尤斯说明了来意,也苦涩地笑了,他说:

"高贵的普劳茨尤斯!我对你唯一能做到的,就是我决不会把我对你的痛苦的同情和要帮助你的意思透露给皇帝。因为皇帝对我这方面只要产生一点最微小的怀疑,那么你知道,单是为了迁怒于我,他就无须别的理由,也会把莉吉亚扣下的。"

同时他也不主张普劳茨尤斯去找蒂盖里努斯、瓦迪纽斯和维泰留斯。"也许用金钱可以把他们收买;也许他们要对裴特罗纽斯使坏,极力破坏他的威信,会助你一臂之力。但他们很可能在尼禄面前进行挑拨,说莉吉亚对普劳茨尤斯一家是多么宝贵,这样一来,尼禄出于嫉妒,就更不会把她还给你了。"老哲人这时又针对他自己,说出了一些饱含着辛酸的挖苦话:

"你一向沉默寡言,普劳茨尤斯!这些年来,你从来不多说话,可是皇帝是不喜欢这种闷罐式的人的。对他的美貌、德行和吟唱,对他的辩才,他的驾车的本领和诗文,你为什么不去吹捧一番呢?对他杀死布雷塔尼克,你怎么不去大加赞美呢?对这个弑母的凶手,你怎么不去表示致敬呢?对他掐死奥克塔维亚,怎么不去祝贺呢?普劳茨尤斯,你太没有远见了!我们这些人能够幸存于宫里,在某种程度上不都是因为有这种远见吗?"

塞内加说着便把挂在腰带下面的一个杯子取了下来,在水池的喷泉下接了一杯水,润了润那干燥的唇舌,又说:

"是的,尼禄是知恩图报的!他喜欢你,因为你为罗马立过大功,使他名震天下。他也喜欢我,我是他年少时的教师。所以你瞧,我知道这杯水里没有放毒,可以放心大胆地把它喝下去。我家里的酒就不那么靠得住。你若是渴了,就大胆地把这杯水喝下去吧!这水是用输水管从阿尔班山引过来的,谁要是在里面放毒,就会毒化全罗马的喷泉。你看,在这个世界上,一个人还是可以安全地生活下去,并且会有一个平静的晚年。我确实有病在身,但不是在肉体上,而是在灵魂上。"

这是事实,塞内加缺少像科尔努图斯或者特拉泽阿斯那么坚强的意志,因此他一生中做过许多迁就和容忍犯罪的事。他自己也深感内疚,他知道他是一个契提姆的芝诺信条的信奉者,本来应当走另一条路的。由于他长期迷失了方向,他所感受的痛苦比对死亡的恐惧还要厉害。

老统帅打断了他的这种撕心裂肺的沉思。

"尊敬的塞内加!"他说,"我知道皇帝对你在他年少时给予的关照是怎么报答的,但是抢走我的孩子的肇事者是裴特罗纽斯。请你告诉我,该怎么对付他?有什么办法能够降服他?也请你看在我们老交情的分上,凭你三寸不烂之舌去说服他。"

塞内加回答说:"我和裴特罗纽斯是两个敌对阵营里的人,我不知道有什么办法能够对付他。他不会屈服于任何压力。尽管他很坏,但他比尼禄身边的那些坏蛋还是要好得多。如果要让他承认他做了什么坏事,那完全是浪费时间,裴特罗纽斯根本不知道有什么善和恶的区别。但你要是给他指出他的行为十分丑恶,他在你的面前也许会感到羞耻。我如果见到他,我也会对他说:'你的所作所为就像一个解放奴隶。'如果这也不起作用,那我就没有办法了。"

"这就非常感谢你了。"老统帅回答道。

随后他叫他的奴仆把轿子抬到了维尼茨尤斯的家里,这时维尼茨尤斯正在跟他家里的剑师习练剑术。普劳茨尤斯看到这个年轻人侵犯伤害了莉吉亚后,竟若无其事地在这里习剑,感到愤怒无比,只等剑师刚刚退到门帘后面,就把维尼茨尤斯狠狠地斥责了一顿。可是维尼茨尤斯一听到莉吉亚被抢走了,他的脸色马上变得令人心怵地惨白,使得普劳茨尤斯一下子又搞不清楚他是否参与了对莉吉亚的伤害。这个青年人的额头上沁出了大颗大颗的汗珠,刚刚汇集于心头的热血,现在变成了一股沸腾的巨浪,涌到脸上来了。他的一双眼睛冒出了火花,嘴里乱七八糟地抛出了一个又一个的问题。妒忌和愤怒像狂风暴雨似的对他进行着轮番的扫荡。他认为,只要莉吉亚一进皇宫的大门,他就再也得不到她了。因此,当普劳茨尤斯提起裴特罗纽斯的名字时,一个疑问像电光似的,顿时闪现在他的心上:裴特罗纽斯愚弄了他,他不是把莉吉亚当作礼物送给了尼禄,想要得到尼禄的赏赐,就是把她留给了自己。他想象不出有谁见到莉吉亚而不想占有她的。

他那祖传狂暴的脾性现在使他变成了一匹脱缰的野马,使他完全失去了理智。

"老统帅!"他上气不接下气地说,"您就回去等着我吧!……告诉您,即使裴特罗纽斯是我的生身父亲,我也要为受害的莉吉亚报仇。您就回去等着我吧!不管是裴特罗纽斯还是皇帝,都甭想得到她。"

他说完后,便使劲地攥着拳头,朝那几尊放在客厅神坛上的蜡像走去,一面大声地喊道:

"我对这些祖宗的神像起誓,我要先杀了她,然后自己去死。"

说完他又跳了起来,对普劳茨尤斯叫了一声:"等着我吧!"便像发了疯似的跑出了客厅,一路上推开行人,直奔裴特罗纽斯的官邸去了。

普劳茨尤斯满心欢喜地回到了家里。他认为,如果裴特罗纽斯怂恿皇帝把莉吉亚抢去,要送给维尼茨尤斯,那么维尼茨尤斯一定会把莉吉亚送到他家里来。他还认定,如果莉吉亚得不到拯救,她会怀恨地去死,以死来洗雪她蒙受的耻辱。想到这里,他便觉得安心多了。他相信维尼茨尤斯答应过的事情一定会做到。他刚才已经看见了他那狂怒的姿态,也知道他那暴躁的脾气是他家的祖传。普劳茨尤斯正因为把莉吉亚当成亲生女儿一样地疼爱,他宁愿把她杀死也不让她在尼禄那里陷入火坑。如果不是为了他的儿子,为了他家的这根独苗,他一定会这么干的。普劳茨尤斯是个军人,他从来没有听说过什么禁欲主义,可是他的性格却和禁欲主义者差不多,他的高傲使他宁死也不肯受辱。

他一回到家里就安慰蓬波尼亚,高高兴兴地把他想到的一切都告诉了她,于是夫妻俩就等着维尼茨尤斯的消息。客厅里不时响起奴隶的脚步声,他们总以为是维尼茨尤斯把他们心爱的孩子送回来了,因此准备衷心地祝福他们。但是时间一分一秒地过去了,却没有任何消息,一直等到傍晚,才听到有人用锤子敲门。

没过多久,进来一个奴隶,给普劳茨尤斯带来了一封信。老统帅见到后竭力保持平静,可是当他把信接过来时,他的手就有些发抖了。他仔细地看着这封信,好像觉得它对他们全家都事关重大。

他的脸上突然变得阴沉起来,仿佛被一片飘忽而至的乌云遮住了似的。

"你读吧!"他拿着信转身对蓬波尼亚说。

蓬波尼亚接过信后,便读了起来,信中写道:

> 马尔库斯·维尼茨尤斯谨向阿卢斯·普劳茨尤斯致以祝愿。该事系按皇帝意旨定夺,宜请阁下俯首听命,我和裴特罗纽斯亦然。

随后便是一阵长时间的沉默。

第 六 章

裴特罗纽斯正好在家。维尼茨尤斯像一阵暴风雨似的冲进了前厅,门房见他这个样子也不敢阻挡。当他得知裴特罗纽斯在书斋里后,又急忙赶到书斋,他在这里正好遇见裴特罗纽斯在写字,便气冲冲地夺过他手中的芦苇笔,把它一折两段,扔在地上,乱踩乱蹬。然后他又用手抓住裴特罗纽斯的肩膀,把脸伸到裴特罗纽斯的脸跟前,声嘶力竭地叫道:

"你是怎么处置她的,她在哪里?"

可这时却发生了一件意想不到的事情:苗条瘦弱的裴特罗纽斯一把抓住这位年轻战士放在他的肩膀上的那只手,然后又抓住他的另一只手。裴特罗纽斯这双手突然变得像铁钳一样坚硬,把维尼茨尤斯的两只手死死抓住不放。他说:

"我只是早晨才没有力气,一到晚上我就恢复了,就变得生龙活虎了。你不妨试试,看能否挣脱我的这双手?你的武艺肯定是跟一个织布匠学的,你的礼貌大概是跟一个铁匠学的吧!"

他的脸上并未显露愤怒的神色,可是眼里闪出了镇定自若和无所畏惧的光辉。过了一会儿,他放开了维尼茨尤斯的手。维尼茨尤斯痴呆呆地站在他跟前,虽然感到有点委屈和羞愧,但依然是怒气冲冲的。

"你的手像钢铁一样坚硬,可是我要对所有顽冥之神起誓,你如果背叛了我,我就用一把刀捅到你的喉咙里去,即便你在皇宫里,我也会这么干。"维尼茨尤斯说。

"我们还是来平心静气地谈一谈吧!"裴特罗纽斯回答说,"你看,钢比铁还是要硬得多的。虽然你一只胳膊有我的两只那么粗,我也不怕你。我为你的粗蛮无礼感到难过,更对你的忘恩负义感到惊奇。"

"莉吉亚在哪里?"

"在妓院里,也就是说,在皇宫里。"

"裴特罗纽斯!"

"安静点,坐下!我求陛下恩准我两件事,他都恩准了。一是把莉吉亚从普劳茨尤斯的家里接过来,再就是把她交给你。你的披衫里是不是藏了一把刀?你大概要杀我吧?我劝你还是耐心地等几天。否则的话,你会坐班房的。到那个时候,莉吉亚在你家里就太孤单了。"

又是一片沉默,维尼茨尤斯颇为惊奇地冲裴特罗纽斯望了一会儿,说道:

"请恕我鲁莽,我实在太爱她了,爱情把我弄得神魂颠倒了。"

"维尼茨尤斯,你会对我感到奇怪的。我前天曾这么启奏陛下,说我的外甥维尼茨尤斯爱上了普劳茨尤斯家抚养的一个瘦骨嶙峋的小姑娘,他整天唉声叹气,把他的家里都要变成一座蒸气浴池了。我说,陛下,不管是你还是我,都知道什么叫真正的美人,为了这么一个瘦小的姑娘,我们连一文钱都不会掏的。可是那个年轻人,本来就像三脚架一样愚笨,现在可真是笨得不能再笨了。"

　　"裴特罗纽斯!"

　　"你知不知道我这么做是为了莉吉亚的安全?如果你连这都不懂的话,那你就真像我所说的那么笨啦!我要对红胡子说,像他这样的审美家是绝不会把这个姑娘看得很美的。尼禄从来不以不同于我的眼光去看人,他绝对看不出莉吉亚的美。只要他不认为她很美,他就不会要她了。对这个猴子①还是提防点为好,要用绳子把它拴起来。现在真正认为莉吉亚美的不是尼禄,而是波贝亚。她当然不愿把她留在宫里。我后来没有办法,只好对红胡子这么说:'把莉吉亚要来,赐给维尼茨尤斯吧!你有这个权力,因为她是人质。可是你这么做,就伤害了普劳茨尤斯。'他应允了,因为我给他提供了一个伤害正派人的好办法,他不会反对。他们既然指派了你当这个人质的正式监护人,那不正好把这个莉吉亚宝贝送到了你的手里吗?这么一来,你不仅成了勇猛善战的莉吉亚人的朋友,而且也是皇帝的忠实臣仆了。你可不要把你的宝贝白白地浪费,你要努力增加它的分量。皇帝为了做个姿态,会把她留在宫里住几天,然后再把她送到你家里去,你就

---

　　① 指尼禄。

要走运啦!"

"这是真的吗?她在宫里一点危险都没有吗?"

"她在那里可不能长久地住下去,不然的话,波贝亚和罗库斯达就会合计把她害死。只住几天倒没有什么妨碍,皇宫里住着成千上万的人哩!尼禄把所有的事都交给了我,也许他根本不会去见她。百夫长刚才还向我报告,说他把姑娘带进宫后就交给了阿克台。阿克台是个好心人,是我把莉吉亚托付给她的。蓬波尼亚·格列齐娜也认为阿克台不错,所以她给她也写了一封信。明天尼禄要举行宴会,我在莉吉亚身旁给你留了一个位子。"

"舅舅,我脾气暴躁,请你原谅。"维尼茨尤斯说,"我原以为你把她抢来,是为了你自己或者要献给皇帝的。"

"我可以原谅你的脾气,但不能原谅你那粗莽的举动,不礼貌的呼唤和像猜'莫拉'拳似的声嘶力竭的叫喊。我讨厌这个,马列克①,你以后要注意。我要让你知道,只有蒂盖里努斯才撮合尼禄。你也该明白,我要是打算把姑娘留给我自己,我现在就可以坦率地对你说:'维尼茨尤斯,我要把你的莉吉亚留下,直到我玩腻了为止。'"

他一边说,一边用他那双榛子眼盯着维尼茨尤斯的眼睛,他的眼里露出了冷峻而又高傲的神情。年轻人听了后,简直羞愧得无地自容了。他说:

"是我错了。你既善良又正直,我打心眼里感谢你。可是请允许我再提一个问题,你为什么不叫他们把莉吉亚直接送到我家里来呢?"

---

① 即马尔库斯·维尼茨尤斯,马列克是马尔库斯的爱称。

"因为皇帝要做一点表面功夫。有了这个表面功夫,罗马人就会说,我们是把莉吉亚当作人质召进宫的,只要他们这么议论下去,莉吉亚就非得留在宫里不可,等到以后,再悄悄地送到你那里去,不就成了!红胡子是一只胆小怕事的狗,他虽然有无限的权力,但他做每一件事,都不愿暴露自己的真相。你现在冷静下来没有?能不能说点别的事呢?我常常想,像皇帝那样权势极大,犯了罪肯定不会受到惩罚的人,为什么还要尽量给自己披上一层法律、公正和美德的外衣呢?为什么他一定要这么做呢?我认为,杀兄、弑母、害妻的罪恶勾当只有那些亚细亚小国的君王才干得出来,罗马的皇帝是不会这么干的。我要是干了这种事,就不会写信给元老院为自己辩护……可尼禄却写了信。尼禄是个懦夫,他要欺骗视听。蒂贝留斯并不是胆小鬼,他为什么也要为自己的过失进行辩护呢?这是为什么呢?丑恶竟然对美德表示敬仰,岂非咄咄怪事?你知道我是怎么看的吗?其实,这种怪事的出现是因为罪恶毕竟是丑的,德行到底是美的。所以真正的审美家也是品德高尚的人,所以我也是个品德高尚的人。今天,我非得向普罗塔戈拉①、普罗蒂克②和戈尔吉阿斯③的阴魂敬上一杯美酒,这些诡辩家看来还是有点用的。你听着,我现在回到你原来的话题上来了,我把莉吉亚从普劳茨尤斯家里弄出来,就是给你的。现在好了,如果李齐普在世,他准会给你们塑一对美妙绝伦的雕像。你们两个都生得很美,所以我为你

---

① 普罗塔戈拉(约前480—前410),古希腊哲学家,诡辩派的主要代表。
② 普罗蒂克(约前五世纪),古希腊哲学家,诡辩派代表,传为苏格拉底的老师。
③ 戈尔吉阿斯(约前487—前375),古希腊哲学家,诡辩派的代表。

们采取的这个行动也是很美的。我的行动既然是美的，就不会是丑恶的。你看，维尼茨尤斯，坐在你面前的裴特罗纽斯就是一个美德的化身。如果亚里士多德还活在这个世上，他一定会到我这里来，为我讲的这堂简短的道德课付出一百个米那①。"

可是维尼茨尤斯关心的是现实情况，现实对他来说，比讲道德课要重要得多，他说：

"明天我就去见莉吉亚，以后我要把她留在我的家里，让我天天都能见到她，永远和她在一起，一直到我死去。"

"你会得到莉吉亚的，但普劳茨尤斯也会记恨于我，他一定会召唤所有的顽冥之神来对我进行报复。不过他在报复之前，至少也得去听一堂正规的朗诵课……他会像我以前的门房辱骂那些前来登门请事的人那样来辱骂我，但我为此已把那个门房送到乡下的牢房里去了。"

"普劳茨尤斯到我家来过，因为我答应把莉吉亚的消息告诉他。"

"你给他写封信，就说'神君'的意旨乃是最高的法律。你还要告诉他，你的第一个儿子也会取名阿卢斯，这样可以给他一点安慰。我要请红胡子明天把他也召来出席宴会，让他在宴会上看见你和莉吉亚坐在一起。"

"请不要这样做！我对不起他们，尤其是对不起蓬波尼亚。"维尼茨尤斯说。

于是他坐下来写了那封信，使老统帅失去了最后一线希望。

---

① 米那，古希腊的大笔货币的计算单位。

第 七 章

　　以前,即使罗马地位最高的官员见到这位曾是尼禄宠妃的阿克台,也都是要鞠躬敬礼的。可就是在那个时候,她也从不参与国事。如果说她有时对年轻的皇帝施加了影响,那很可能只是为了给人求情。她的温文尔雅和谦虚谨慎曾经赢得许多人的喜爱。她从来不得罪人,就连皇后奥克塔维亚也不视她为情敌,那些爱争风吃醋的人都认为她大可以放心了。大家知道她现在依然爱着尼禄,可是她的这种爱情是悲伤和痛苦的,滋养着它的不是希望,而是回忆。她常常想到过去那些时候,尼禄年轻,也很爱她,而且比现在心地要善良些。但今天由于情况的改变,她也只有通过这种回忆来寄托她的爱心而别无所求了。人们现在并不关心尼禄会不会回到她的身边,大家都把她看成一个毫无威胁的人,也就不太注意她了。波贝亚只不过把她当成一个不爱说话的女仆,因为她对自己没有妨碍,所以也没有打算把她赶出宫去。

　　但因为皇帝毕竟爱过她,在抛弃她时并没有侮辱她,而是平平静静地、甚至以友好的态度和她分手的,所以宫里的人对她依然很有礼貌。尼禄把她解放后,还赐给了她一套宫中的住房,里面有单独的卧室和几个服侍她的女仆。过去,克劳迪乌斯皇帝的解放奴隶帕拉斯和纳尔齐茨不仅参加皇帝陛下的宴会,而且他们和有权势的大臣一样,可以坐在贵宾席上。按照这个惯例,阿克台有时也被邀请出席过尼禄的宴会。他们这么做,大概是因为她的端庄的品貌能够给宴席增添光彩。但实际上,皇帝在宴请宾客时,早就没有什么顾忌了,被他请来参加宴会的,几乎包括所有阶层的人们:有元老院的元老,其实都是一些在舞台上演丑戏的人;有老老少少的贵族,这是一些放荡不羁的人,他们唯一的追求是奢侈和享乐;有上流社会的贵妇,她们虽然出身显贵,可是一到夜里,就恬不知耻地戴上浅黄色的假发,到阴暗的大街小巷里去寻欢乐,找刺激;有高级官吏和僧侣,他们只要有佳肴美酒,就是把自己敬奉的神明辱骂一顿也在所不惜。还有来自各行各业的人:有歌手、男女舞蹈家、乐师,还有一些诗人,他们最爱朗诵皇帝的诗,想讨得皇帝的赏钱;还有一些哲学家,他们的肚子饿得慌,正以贪婪的目光注视着桌上的美食。此外还有著名的赛车手、杂技演员、魔术师、说书的人、小丑演员以及爱赶时髦或者生性愚笨可又名噪一时的冒险家。在他们之中,甚至还有一些用他们的长发来遮掩耳边奴隶印记的人①。

名门显贵首先入席就座。地位低一点的在进餐时只能待在一旁自找乐趣,等着席前侍者到时候让他们去分享残羹剩饭。这都是蒂盖里努斯、瓦迪纽斯和维泰留斯请来的客人。为了不失皇宫的气派,还不得不让他们穿上礼服,可是皇帝却甘愿以他们为伴,感到在他们中没有拘束。这里到处都是金碧辉煌,光芒四射,显示了宫廷的奢侈和豪华。不论显赫人物还是平民百姓,不论名门世家的公子小姐还是市井无赖,不论天才的艺术家还是凡俗的卖艺者都蜂拥于此,要尽兴观赏这超乎人类想象的奢华,对这位赐予恩典、财富和慈悲的贤者表

①　指解放奴隶。

示亲近,因为他只要一个眼色就可以使人们陷入地狱而万劫不复,或者使他们飞黄腾达,一步登天。

莉吉亚今天也要去参加这样的宴会,惶恐不安和茫然若失这些在她骤然来到一个陌生之地时所产生的情绪本来不足为怪,但和她心中的反抗愿望却发生了激烈的冲突。她害怕皇帝,害怕众人,害怕宫里的喧哗会使她头晕目眩。她害怕这样的宴会,因为普劳茨尤斯、蓬波尼亚·格列齐娜和他们的朋友都对她说过这种宴会的下流无耻。她虽然年轻,也不会不懂得这些事情。在她生活的那个年代,即便是孩子,也很早就有一个丑恶的概念,所以她知道她一到宫中就有被毁掉的危险,实际上,蓬波尼亚在离别时就警告过她。不过她有一颗年轻和圣洁的心,信奉义母跟她说过的教义,她对义母,对她自己,对神圣的牧师①都起过誓,决不让人把她毁了。她不仅信仰神圣的牧师,而且以她一颗童稚的心表示了对他的爱。她爱他那甜美的教义,爱他死前所受的痛苦和他的光荣的复活。

莉吉亚深深知道现在不论普劳茨尤斯,还是蓬波尼亚·格列齐娜都管不了她。因此她想,是不是违抗圣旨,不去赴宴倒更好一些?她心中虽然感到惶恐不安,但她觉得她能勇敢和坚决地接受痛苦和死亡的考验。神圣的牧师是这么教导的,他本人就做出了榜样。蓬波尼亚也对她说过,最虔诚的教徒对于这种考验是求之不得的。当莉吉亚还在普劳茨尤斯家里的时候,她的心中就产生过这样一种愿望,她曾幻想自己是一个满身像雪一样洁白的殉难者,手上脚上伤痕累累,但她具有天仙般的美貌,她被那些和她一样洁白的天使送到天上去

---

① 指耶稣。

了。她很爱这样幻想,这种幻想有不少天真烂漫的成分,但也是蓬波尼亚曾经责备过她的自命不凡的表现。现在,违抗圣旨有可能招来残酷的刑罚,幻想中的受苦受难就要变成现实了,因此她的心中除了美丽的幻想和无尽的欢乐之外,又增添了某种混杂着恐惧的好奇心:他们会怎么惩罚她,打算对她用什么刑罚?

她的那颗童稚的心在这两者之间左右摇摆,无法定位。阿克台知道她的这种心情之后,甚至感到十分惊讶,以为她在发烧说胡话了。如果违抗圣旨,那她马上就会激起皇帝的恼怒,只有不懂世事、什么都不考虑的孩子才会这么去做。莉吉亚的言谈已经表明,她在这里并不是什么人质,而是一个被自己民族抛弃了的孤女。她得不到国际法的保护,即使能够得到法律的保护,皇帝在他发怒的时候,也不会顾及它,而且他也有足够的权威把这种法律踩在脚下。皇帝既然乐意把她召进宫来,以后就会给她适当的安置。她当然也得听从皇帝的意旨,除此之外,她在这个世界上是没有别的路可走的。

"是的。"阿克台继续说,"我读过塔斯的保罗的书信,我知道天上有上帝和他的死而复活的儿子,可是人间只有皇帝。莉吉亚,你要记住这一点!我知道,你信仰的宗教不允许你像我过去那样。你们和埃比克泰特①对我说过的那些禁欲主义者一样,当要你们在耻辱和死亡两者之间进行选择的时候,你们只能选择死亡。可是你能料定等待你的只有死亡而没有耻辱吗?你以前听说过塞扬的女儿的事情吗?她那时还是个小

---

① 埃比克泰特(约前130—约前50),古罗马斯多噶派哲学家,从事伦理学的研究。

姑娘,根据法律,对处女是不能判死刑的,可是蒂贝留斯竟下令先把她奸污,然后再处死她。莉吉亚,莉吉亚啊! 你可不要惹恼了皇帝! 要是事情真的闹大了,要你在耻辱和死亡两者之间做出抉择的话,你当然可以坚持你的信仰,但是你也不要轻易地毁了自己,不要为了一点小事去冲撞这位人间残酷的上帝。"

阿克台对莉吉亚十分同情,因此她说话时的心情很激动。她因为天生有点近视,便把自己的面孔亲昵地贴到了莉吉亚的面孔上,像要察看她的话在她那里引起了什么样的反应。

莉吉亚双手马上抱住了阿克台的脖子,表示了她对她的真诚的信赖,说:

"你真好,阿克台!"

阿克台为莉吉亚的赞美和信任所感动,把莉吉亚也紧紧地搂在自己的怀中。后来,她挣脱了莉吉亚的手臂,回答说:

"我的幸福已经不复存在,我的欢乐也早已消逝,但我不是坏人。"

说完她在房间里便疾步地踱了起来,濒于绝望地对自己说:

"不,皇帝本来不是坏人。他过去也想做一个好人,而且他也认为自己是个好人。这一点,我是最清楚的。一切都是后来才变的……是他不再爱我之后……别的人把他变成了今天这个样子,是别的人,其中就有波贝亚。"

她的眼里充满了泪水,莉吉亚用一双蓝莹莹的眼睛注视着她,过一会儿,问道:

"阿克台,你怜惜他吗?"

"我怜惜他!"这个希腊女人低声答道。

她又开始来回地踱着,两个拳头捏得紧紧的,好像很痛苦的样子,脸上也露出了无可奈何的神情。

莉吉亚有点畏葸地又问了一句:

"你现在还爱他吗,阿克台?"

"爱……"

过了一会儿,她还补充了一句:

"除了我之外,谁都不爱他……"

随后便是一阵沉默。阿克台这时候要竭力恢复她被回忆打破了的平静,直到她的脸上又现出了平常那种默默忧伤的表情,她才开口说道:

"现在就来谈谈你的事吧,莉吉亚!你绝不能有反对皇帝的想法,那么想是很危险的,你现在要安下心来。我对这座皇宫里的事情知道得很清楚。我认为,皇帝对你并没有威胁。他下令把你抢来要是为了他自己,就不会把你带到这座帕拉丁宫来,因为这里的管事人是波贝亚。波贝亚自从给尼禄生了个女儿后,尼禄就特别听从于她了……他不会来亲近你的。他虽然叫你去参加宴会,但他并没有来看你,也没有问起过你嘛!可见他的目的并不在你身上。他派人去普劳茨尤斯的家里把你抢来,也许是因为对他们有气,要进行报复。裴特罗纽斯给我写过一封信,要我对你多加照顾,蓬波尼亚也写过这样的信,这你是知道的。我以为,他们之间可能事先商量好了,裴特罗纽斯给我写信也可能是应蓬波尼亚的请求。要是这样,你在这里就一点危险也没有了,说不定尼禄以后还会听他的话,把你送回普劳茨尤斯的家里去哩!我不知道尼禄是否宠信他,但我知道尼禄不太敢于反对他的意见。"

"唉,阿克台!我被抓走之前,裴特罗纽斯到我们家里来过。我母亲认为,尼禄是听了他的谗言才把我抓走的。"

"要真的是这样,那就很难办了。"阿克台说。

她沉默了一会儿,又说:

"也许裴特罗纽斯有一次进晚餐时,对尼禄偶然谈到了他在普劳茨尤斯家里看见了一位莉吉亚的女人质,尼禄认为人质属于皇帝,他要显示皇帝的权威,就把你抢来了。此外尼禄也确实不太喜欢普劳茨尤斯和蓬波尼亚……至于裴特罗纽斯,我认为,他如果要把你从普劳茨尤斯的身边取走,也不会采取这种手段。在皇帝的近臣中,裴特罗纽斯是不是要好一些,我不知道,但我知道他和别的人是不一样的……除了他以外,你在宫中还能找到替你求情的人吗? 你在普劳茨尤斯家里时,见到过别的接近皇帝的大臣吗?"

"见到过韦斯巴芗和蒂杜斯。"

"尼禄不喜欢他们。"

"还有塞内加。"

"不行。如果让塞内加出了什么主意,尼禄又会采取另外的行动。"

莉吉亚的那张白净的脸上泛起了一阵红晕,说:

"还有维尼茨尤斯。"

"我不认识他。"

"他是裴特罗纽斯的亲戚,前不久才从阿尔明尼亚回来。"

"你以为尼禄会见他吗?"

"大家都很喜欢他。"

"他会替你求情吗?"

"会的。"

阿克台亲昵地笑了,她说:

"你在宴会上一定会见到他。你一定要去参加宴会,首先是因为你非去不可……你不应当有别的想法。再者,你如果真的想回到普劳茨尤斯的家里,就得设法求助于裴特罗纽斯和维尼茨尤斯,利用他们的影响为你争得回家的权利。要是他们在这里,也会这么说:企图反抗是发疯,是自寻绝路。皇帝在宴席上也许注意不到你来了没有,但他一旦发现你不在,就会说你违抗圣旨,到那个时候你就没有救了。走吧,莉吉亚……你听到宫里的喧闹声了吗?太阳落山了,客人们马上就要来了。"

"你说得对,阿克台,我应当照你说的去做。"莉吉亚答道。

她自己也说不清,促使她做出这个决定的,到底有几成是想见到维尼茨尤斯和裴特罗纽斯的愿望,有几成是女人的好奇心,想在一生中能够见到一次这样盛大的宴会,见到宴会上的皇帝,见到宫殿、闻名于世的波贝亚和其他的天姿国色,还有那闻所未闻的在罗马被称为神奇的奢侈和豪华。但姑娘心里明白,阿克台的话是没有错的。现在,她真的非去不可了,既然必要和简单的理智都在促成她的这种想法,她就不再犹豫了。

阿克台于是把莉吉亚带进了自己的卧室,要给她梳妆打扮。皇宫里的奴隶很多,阿克台身边就有好几个供她使唤的女奴,可是她因为同情这个姑娘的遭遇,对她的天真无邪和倾国倾城的美貌也感到由衷的倾慕,便决定亲自动手,给她打扮。可以看出,这个年轻的希腊女人虽然有她自己的不幸,虽然她也读过塔斯的保罗的书信,但是在她的身上还保留了不少希腊的情趣,她对肉体的美比对世界上别的一切都更加欣赏。当她脱下莉吉亚的衣服,看到她那柔软而又丰满、像是用珍珠和玫瑰香脂塑成的身躯时,便禁不住大声赞叹起来。她后退了几步,欣喜若狂地注视着这个焕发着青春气息的绝代佳人。

"莉吉亚! 你比波贝亚要美一百倍。"她大声说道。

莉吉亚是在蓬波尼亚这个严厉的家庭里教育长大的,她平日和女人在一起也是很胆小的。她的容貌看起来真像梦境一般地美妙,像普拉克塞泰列斯①的作品或者一支歌曲那样和谐动人,但她这时却感到心慌和难为情了,她的脸上泛起了一阵玫瑰似的羞红。她把双膝紧紧地并着,两手捂在胸上,紧蹙着眉头,垂下了眼皮,后来她又举起一只手,取下夹在头发上的发针,把头往后一转,让那垂着的秀发像外衣似的遮住了她的身子。

阿克台走到她的身边,用手抚摩着她那一绺绺乌黑的头发,说道:

"啊,你的头发真美! 我不用给它撒金粉了。你的头发波浪起伏,闪着金光,我只要给它撒上一点点金粉,少许一点点就够了,就像用阳光把它映照一下似的。你的莉吉亚国生出了像你这样美丽的姑娘,那里一定是美妙无比的。"

"我记不得了。乌尔苏斯只对我说过这样的话,我们的国家有许多森林,那里除了森林还是森林。"莉吉亚回答说。

---

① 普拉克塞泰列斯(公元前四世纪),古希腊著名雕刻家。

"森林里总是开满了鲜花。"阿克台说着用手蘸着瓶子里装得满满的马鞭草香油,把它擦在莉吉亚的头发上。

给姑娘的头发擦上油后,阿克台又用一种阿拉伯香油在她的身上轻轻地擦了一遍,然后给她穿上了一件没有袖子、质地轻柔的金黄色的衬衫,外面只要再加一件雪白的礼服就够了。可是她的头发还有点乱,阿克台于是又在她的身上披上一件被称作组合服的宽大的披肩,让她坐在椅子上,然后把她交给了几个女奴,让女奴给她梳理头发,自己则在远处观赏。这时候,另外两个女奴还给莉吉亚穿上了一双白底子上绣着紫花的鞋。为了配合这双美丽的绣花鞋,还在她洁白的踝骨上扎上两个金黄色的十字结。等到梳理完毕之后,便给她穿上了一件轻柔美丽、褶裥细巧的礼服。阿克台最后还把一串珍珠挂在她的脖子上,又在她的发髻上撒上一点金粉,完了才吩咐女奴给她自己更衣。这段时间,她一直望着莉吉亚,打心眼里对她赞慕不已。

于是一切都准备好了。等到宫门外出现第一批轿子,她们两人便走进了旁边一条秘密的通道,这里可以望见外面的宫门、宫内的画廊和庭院,庭院的周围有一排努米提亚大理石圆柱。

愈来愈多的宾客走进了那座雄伟高大的宫门。宫门上耸立着一辆李齐普雕塑的精美绝伦的四马大车,车上载着阿波罗和黛安娜的神像,正欲腾空而起。莉吉亚看到这一派富丽堂皇的景象,觉得这是她在朴素的普劳茨尤斯的家中所无法想象的。正当日落时分,夕阳的余晖把努米提亚黄色的大理石圆柱照得金光闪闪,上面有时还显露出玫瑰的色彩。成群结队的男女从这些圆柱中间和达那伊得斯①的白色雕像以及其他神明和英雄雕像的旁边川流不息地拥过,都来到了宫里面。他们一个个身穿大衣、长裙或礼服,后襟带着柔软的褶裥,风度翩翩地拖到了地上,就像宫里那一尊尊神像。照在他们身上的夕阳的余晖已经消失了,赫拉克勒斯的巨大的神像齐胸以下也笼罩在圆柱的阴影中,只有他那俯视着人群的头仍沐浴在阳光里。阿克台把那些穿着宽大的披衫、各种颜色的衬衣和半月形便鞋的元老们都指给莉吉亚看,还给她详细介绍了那些从她们身边走过的骑士、闻名的艺术家和罗马的贵妇人。这些贵妇有的身着罗马式的盛装,有的是希腊式的打扮,有的还穿上了东方的奇装异服。她们的头发或结成宝塔型、金字塔型,或梳成像女神那样的刘海儿头,上面插着漂亮的簪花。阿克台叫得出许多男人和女人的名字,她把他们每个人的简短、有时十分可怕的经历讲给莉吉亚听,使莉吉亚产生了一种惊恐和疑惑不解的感觉。对她来说,这真是一个奇妙的世界,它那盖世的豪华使她饱享眼福,可是它的善与恶和美与丑的强烈反差又是她所无法理解的。在这晚霞映照着的天幕之下,在这一动不动地屹立着的一排排伸向远方的圆柱之间,在这些线条十分简单的大理石建筑物中间,在这些像神仙一样的人们中间,笼罩着一种安详的气氛,使人感到这里一定活着一些无忧无虑、幸福安泰的半神半人的人物。可是

①　根据希腊神话,阿耳戈斯王达那俄斯有五十个女儿,叫达那伊得斯姐妹。他的孪生兄弟埃古普托斯有五十个儿子。埃古普托斯的儿子们强迫达那俄斯把女儿都嫁给他们,达那伊得斯姐妹遵从父命,在新婚之夜杀死了各自的丈夫,只有最小的女儿没有动手。她们死后被罚永无休止地往无底桶里灌水。

阿克台却小声地把这座宫殿和这些人的可怕而又千差万别的秘密一桩又一桩地揭示出来:远处那条暗道的圆柱和地面上还可见到斑斑血迹,因为卡里古拉曾被卡休斯·赫列阿砍死在那里,他的血洒在大理石上①。他的妻子也在那里被杀害了,还有他的孩子也在那里被摔死在一块石头上。那边一间侧房的下面还有一座地牢,年轻的德鲁苏斯在地牢里因为忍受不了饥饿的折磨,咬断了自己的手指头。他的兄长是在那里被毒死的,盖美卢斯被吓得浑身发抖,克劳迪乌斯全身痉挛,日耳曼尼库斯②也在那里痛苦地挣扎过。这里所有的墙壁都是过去那些弥留之际的哀痛和呻吟的见证。这些今天穿着长衫和五颜六色的衬衣、戴着簪花和珠宝、匆匆赶来赴宴的人,说不定明天就会成为死囚犯。实际上,他们中有不少人的笑着的脸上已经露出了不安和恐惧的神色。那些冠冕堂皇半人半仙的人物都是一些嫉妒鬼,他们的欲壑永远也满足不了。他们表面上装得无忧无虑,可心中却充满了焦虑和痛苦。莉吉亚被吓坏了,她跟不上阿克台的谈话。这个奇妙的世界愈是对她产生巨大的魅力,她就愈是感到害怕,她的心也收缩得更紧了。她这时对亲爱的蓬波尼亚·格列齐娜和普劳茨尤斯的宁静祥和的家庭骤然产生了一种无法表达的深切思念,她终于想到只有那里才是一个爱和没有暴虐的世界。

从阿波里尼斯街那边又不断地拥来了一批又一批新的客

①　卡里古拉(12—41),古罗马皇帝,曾实行专制政体,后被禁卫军队长卡休斯·赫列阿所杀。

②　日耳曼尼库斯(前15—19),古罗马统帅蒂贝留斯的侄儿,阿格丽披娜的前夫,尼禄的生父。他曾经征服日耳曼人,日耳曼尼库斯是他的封号,后被蒂贝留斯毒死。

人。宫门外人声嘈杂，许多平民百姓簇拥着他们出身于豪门贵族的监护人也到这里来了。庭院和圆柱走廊里站满了男女奴隶、小侍童和保卫宫廷的禁卫军士兵。在一些白色和黄色的面孔之间，有时还可见到努米提亚人的黑色的面孔。他们的头上戴着羽毛盔和金色的大耳环，手里拿着竖琴、三角琴、金银或铜制的手提灯和一束束鲜花。目前正值深秋季节，这些花当然是人工培养出来的。喧闹声越来越大，并且和喷泉的溅水声混在一起。喷泉在晚霞的映照下，抛出了一根根玫瑰色的辫子似的水带，从高处甩下来，落在大理石上，然后带着声声呜咽向四面散开。

阿克台不说话了。但莉吉亚却一直在注视着人群，好像要找到什么人似的。她的脸上突然泛起了一阵红晕，原来她看见裴特罗纽斯和维尼茨尤斯从圆柱中间走出来了，现正朝着大宴会厅走去。他们的身上披着披衫，显得英俊潇洒，从容不迫，就像两尊洁白的神仙。莉吉亚因为在许多陌生人中发现了这两张熟悉和友好的面孔，特别是她看见了维尼茨尤斯，便感到好像一块沉重的大石头从心上落了下来，她再也不会那么孤独了，刚才胸中涌流着的对蓬波尼亚和普劳茨尤斯家庭的浓重的思念现在也缓解些了，一种就要见到维尼茨尤斯，并且和他谈话的强烈的欲望吞没了她所有别的念头。虽然她想起了她曾听说过的皇宫中的那些丑闻，想起了阿克台的话和蓬波尼亚对她的警告，但这都阻挡不了她。她觉得，不管阿克台的话和蓬波尼亚的警告多么严厉，她都是应当去的，她不仅应当去，而且她自己也非常想去参加这次宴会。想到过一会儿又能够听到那个亲热和她爱听的声音，她真是高兴极了。这声音向她倾诉过爱情，讲述过只有神仙才能得到的幸福，它是那么悦耳动听,就像一支美丽的歌,至今萦绕于她的耳际。

但莉吉亚忽又害怕起来,觉得她这么想背叛了她自幼接受的那种纯真的教义,背叛了蓬波尼亚和她自己,被迫去参加宴会是一回事,从被迫变为乐意就是另一回事了。她觉得自己有罪,是自己把自己毁了。她的心上又笼罩着一种绝望的情绪,真想大哭一场。如果她是一个人在这里,她会马上跪倒在地,捶打着自己的胸脯,不断地高喊:"我有罪啊!我有罪啊!"可这时阿克台牵着她的手,领着她穿过几间内室,来到了一座大厅里。宴会就要在这里举行。莉吉亚只觉得眼前一阵昏花,激动的心绪使她两耳轰鸣,剧烈的心跳使她呼吸困难。她仿佛进入了梦境,看见桌上和墙上有千百盏华灯高照,听到宾客在欢呼皇帝陛下驾到。她觉得自己好像置身在朦胧的云雾中,她终于见到了皇帝。雷鸣般的欢呼震耳欲聋,强烈的灯光使她头昏目眩,弥漫于大厅中的香气使她心醉神迷,她什么都弄不清楚了,只辨得出眼前的阿克台。阿克台于是让她在桌旁就座,她自己也在她身边坐下。

过了不久,从莉吉亚座位的另一边传来了一个她所熟悉的声音,这声音悄悄地对她说:

"你好,世上最美丽的姑娘,天上最亮的星星!我向你致敬,女神卡里娜!"

莉吉亚稍微清醒过来后一看,原来维尼茨尤斯就坐在她的身旁。

他已经脱下了披衫。因为按照惯例,为了宾客的方便,这在宴会上是允许的。现在他身上只穿了一件没有袖子的紫红色的衬衣,上面绣着银灰色的棕榈树图案。他的两条胳膊裸着,上端束着两个宽大的金色肩章,这是按照东方的习惯;下半部分肌肉发达,上面的汗毛都剃光了,显得十分光滑。这是一双真正的武士的胳膊,天生用来挥舞宝剑和盾牌的。他的头上戴着一个玫瑰编织的花环,一双浓眉大眼和显示着阳刚之美的体形有如青春和力量的化身。莉吉亚一下子就被他迷住了,虽然她最初的慌乱已经不复存在,但她依然过了好久才勉强答道:

"向你问好,维尼茨尤斯……"

"能够亲眼看到你的芳容,亲耳聆听你的声音,我真是太高兴了。你的声音对我来说,比竖琴和芦笛还要甜美。如果有人在今天的宴会上,让我在你和维纳斯之间选择一人坐在我的身边,美人啊!我一定会选择你。"

维尼茨尤斯目不转睛地注视着她,似要饱飨她那迷人秀色,用自己的眼睛去燃烧她的眼睛。他的视线从她的脸上移到了她的脖子和裸露的肩膀上,一往情深地凝视着她那姣美的身姿。他迷恋着她,想拥抱她,把她攫为己有。由于爱情的冲动,他终于尝到了欢乐和幸福的滋味。

"我知道在皇宫里会见到你。今天我见到了你,我的心都高兴得要跳出来了,就像我意想不到地突然交上了好运。"

莉吉亚现在完全清醒了。她也感到,在这些人群中,在这座皇宫里,只有维尼茨尤斯才是她最亲近的人。她开始和他谈话,把她不理解和感到害怕的事情都拿出来问他:他怎么知道在皇宫里会见到她?为什么要把她弄到这里来?皇帝为什么要去蓬波尼亚家里抢她?她在这里担惊受怕,想早日回到蓬波尼亚的身边。要不是她还抱有一线希望,以为裴特罗纽斯和他两人会在皇帝面前替她求情的话,那她就非死于这种痛苦的思念和惊惶不可了。

维尼茨尤斯对她说,他就是从普劳茨尤斯那里知道她被抢走的。但他不知道她是怎么到这里来的,因为皇帝从来不把他的命令和意旨对人说个明白。不过她也不用害怕,因为有他维尼茨尤斯在她的身边。他将永远守在她的身边,他宁愿双目失明,也不愿失去她,他死也不离开她。她是他的灵魂,他要像保护灵魂那样保护她,要在自己家里给他的这位女神设立一座神坛,给她献上没药和芦荟香,到了春天,还要献上银莲花和苹果花……既然住在宫里她很害怕,他便向她做了保证,决不让她留在这个地方。

维尼茨尤斯的话虽然说得不很痛快,有时还带一些夸张,可是他的感情是真诚的,他的态度也是十分诚恳的。他确实很同情她,因此,当她向他表示感激,而且表示终生感激不尽,还说蓬波尼亚也很赞赏他的好心时,他的内心简直激动得无法克制了。他觉得任何时候也没法拒绝她的要求,他的心都要碎了。他为她那仙女般的美貌所陶醉,他很想得到她,觉得她是那样高贵,确实应当把她当作神仙一样地敬奉。维尼茨尤斯心中还有一种不可遏制的欲望,就是要把她那仙女般的美貌和他对她由衷的仰慕讲给她听。宴会上的喧闹声越来越大了,他也坐得更加靠拢她了,于是他向她低声倾诉着他那发自灵魂深处的温馨甜蜜的情话,似音乐般悦耳动听,像美酒样令人陶醉。

维尼茨尤斯那甜蜜的情话使得她也如痴如醉了。在周围这些陌生人中,她越来越觉得只有他才是最可亲、最可爱、真的可靠和可以全心信赖的了。他安慰她,答应把她接出宫去,他还向她保证,从此不离开她,要为她效劳。维尼茨尤斯在普劳茨尤斯家里时,对她只是一般地谈谈爱情和爱情能够带来幸福,现在他就毫不隐讳地对她说,他爱她,她是他最亲爱和最宝贵的人儿。莉吉亚一生中从男人的嘴里还是第一次听到这样的话,她觉得好像有什么东西把她从梦中唤醒了似的,觉得她已经被幸福包围了,这种幸福不仅给她带来了欢乐,而且也带来了烦恼。她的脸一下子烧得通红,心在扑扑地跳着。她惊奇地张开了嘴,听到维尼茨尤斯的这些话既感到害怕,可又怎么也不愿意放过其中的每一句甚至每一个字。她不时低下眼睛,然后又把眼睛抬了起来,向维尼茨尤斯投去明亮但又颇为惊惶和疑惑不解的目光,好像要对他说一声:"说下去!"阵阵袭来的喧闹声、乐声、花香和阿拉伯香料的香气搅得她头昏脑涨。罗马人参加宴会都习惯于斜躺在座位上,莉吉亚在普劳茨尤斯家里时,总是坐在蓬波尼亚和小普劳茨尤斯的中间,可现在躺在她身边的是维尼茨尤斯。他身材魁梧,年轻漂亮,他深深地爱着她,他的心像一团火似的在燃烧。她甚至能够感觉到他身上散发出来的热气,这不仅使她感到羞涩,也给她带来了欢乐。她只觉得全身上下是那么软弱无力,好像处于一种昏昏然和飘飘然的状态,好像沉迷于梦幻。

她在他的身旁也使他产生了同样的感觉。他的脸色顿时变得苍白,他的鼻孔在不停地翕动,就像一匹东方的骏马那样。他的心在急剧地跳动着,这从他那件上下起伏着的紫红色的衬衣下面可以看得出来。他的呼吸十分短促,说起话来上气不接下气,他和她靠得这么近还是第一次。他的脑子现在被搅得很乱,只觉得血管里仿佛燃起了一团火,用酒是浇不灭的。因为他为之激动和迷惑的不是酒,而是她那闭月羞花的容貌,她那裸露在外的娇嫩的手臂和在金黄色的衬衣下起伏着的处女的胸脯,还有她那穿着洁白礼服的绝妙的身材。

他终于抓住了她的手臂,这是他在普劳茨尤斯的家里已经有过一次的,把她拉到自己身边,以颤抖的嘴唇低声对她说:

"我爱你,卡里娜……我的女神!……"

"维尼茨尤斯,快放开我!"莉吉亚说。

维尼茨尤斯的眼前仿佛飘过了一阵云雾,又说:

"爱我吧!我的仙女……"

这时候,躺在莉吉亚另一边的阿克台开口说话了:

"皇帝在看着你们两个呢!"

阿克台的话把维尼茨尤斯那心醉神迷的感觉一下子给驱散了,因而激起了他对她和皇帝的怒火。在这个时候,就是表示友好的话他也是不爱听的,更何况他认为阿克台是在有意破坏他和莉吉亚的谈话呢!

因此他抬起头来,从莉吉亚的肩膀上冲这个年轻的解放女奴望去,恶狠狠地说:

"阿克台,你在宴会上躺在皇帝身边的那种日子再也不会有了。大家都说你的眼睛近视得快要瞎了,你怎么看得见皇帝呢?"

阿克台悲伤地答道:

"我看得见他……他也近视,他是透过绿宝石眼镜望着你们的。"

对尼禄的一举一动,即便和他最亲近的人,也得保持高度的警觉,因此维尼茨尤斯这时也感到惊惶不安了。他清醒过来后,便偷偷地朝着皇帝那边望去。莉吉亚在宴会开始的时候,因为心慌意乱,仿佛在雾中似的模模糊糊地看过他一眼。后来她被维尼茨尤斯和他的谈话迷住了,没有顾得上皇帝那边,现在她也好奇而又有点畏葸地把她的目光转到皇帝身上去了。

　　阿克台没有看错：尼禄正靠在桌子上，闭着一只眼睛，用两个手指捏着他那片磨得很光，而且总不离身的绿宝石圆眼镜，把它放在另一只眼睛前，留心地注视着他们两个人。不一会儿，他的目光便和莉吉亚的目光相遇了，姑娘的心顿时慌得紧缩起来。她突然记起了她还是个孩子的时候，曾经住在普劳茨尤斯在西西里岛的大庄园里，那里有一位年老的埃及女奴给她讲过栖息在高山低谷里的恶龙的故事，现在，她真的感到这条恶龙正在用它绿色的眼睛觑着她呢！因此她又像个孩子似的，吓得一把抓住了维尼茨尤斯的手。她的脑子里一下子闪出了许多杂乱无章的念头，难道这就是皇帝？就是这个可怕的、万能的皇帝？她从来没有见过皇帝，本以为皇帝是另一个样的。在她的想象中，皇帝有一副狰狞可怕的面孔，是的，她眼前出现的这个人就是这样，在一个粗壮的脖子上，插着一个大脑袋，确实令人不敢直面。可是这个脑袋从远处看又像一个孩子的脑袋，显得那么滑稽可笑。他的身上穿着一件普通人禁穿的紫晶色的衬衣，这件衬衣冲着他那又宽又短的面孔投去了一道道蓝光。他把他那黑色的头发，照奥托提倡的式样梳成了四道鬈发。他没有留胡子，因为他不久前把胡子献给了朱庇特。一些人私下里便议论开了，说他之所以这么做，是因为他一家人的胡子都是红的。不管怎么说，他这么做毕竟还是一种奉献精神的表现，对于他的这种奉献，整个罗马都是十分感激的。此外，他那眉上突起的额头也表现出了奥林匹斯神的气度，他的眉宇之间还显露着一种万能的自信。可是就在这个半神半人的额头下面，却嵌着一张猴子的面孔，一张酒徒和滑稽小丑的面孔。在这张面孔上，可以看出他那爱虚荣和自负的本性，以及他那变化无常的欲求。他虽然年岁不大，但全身上下却是那么臃肿肥胖，仿佛被病魔缠绕，又脏又丑。莉吉亚觉得他真的像一个魔鬼，一个卑鄙下流的恶魔。

过了不久，尼禄放下绿宝石眼镜，不再看她了。可正好在这个时候，莉吉亚看见了他的那双鼓出的蓝眼睛，在强烈的灯光照耀下，一上一下地眨着，显得那么呆滞无神，就像死人的眼睛一样。

尼禄于是转过身来，问裴特罗纽斯道：

"这就是维尼茨尤斯爱上的那个人质吗？"

"就是她。"裴特罗纽斯答道。

"她是哪国人？"

"莉吉亚人。"

"维尼茨尤斯认为她很漂亮？"

"在维尼茨尤斯看来，只要套上一件女人的衣服，一棵枯朽了的橄榄树也是漂亮的。可是陛下，你是世上最伟大的美的鉴赏家，你是一位神圣的审美家。在你看来，一个女人单是面孔长得漂亮并不算什么，更重要的是要有一个苗条的身材。那个姑娘长得太干瘦，干瘦得就像一朵长在细枝上的罂粟花，我从你的脸上，已经看出你对她的判决了，你不用说我也知道，你的判决三倍四倍地有理。我在你的身边过去学到了不少东西，但我没有学会陛下那种一眼看穿的本领……我敢和杜留斯·塞内茨约打赌，宴会上那些斜躺着的人没有一个能够对他情妇的身材做出明确的判断，只有你才看出了那个姑娘的臀部太瘦了。"

"她的臀部长得太瘦了。"尼禄眨巴着眼睛，也说了一遍。

裴特罗纽斯的嘴边露出了一丝几乎看不出的微笑。杜留斯·塞内茨约正在专心致志地和维斯迪努斯谈话,他一个劲地嘲笑维斯迪努斯那么相信梦兆,对裴特罗纽斯和尼禄的谈话本来什么也没有听见,可他这时却突然转过身来,对裴特罗纽斯说:

"你错了,我很赞同陛下的看法。"

"那好啊!我正在说你有那么一点点聪明,可是陛下却认为你干脆是一头蠢驴。"裴特罗纽斯回答说。

"一点不错!"尼禄说着大笑起来,他把大拇指往下一指,做了一个角斗场上的手势,好像要处死一个被击倒的角斗士似的。

维斯迪努斯也以为他们在谈论梦兆,因此大声地叫了起来:

"我相信梦,塞内加以前对我说,他也相信梦兆。"

"昨天夜里我还做了一个梦,梦见我变成了维斯塔的贞女。"卡尔维亚·克雷斯披尼娜靠在桌子边说道。

尼禄听了后,马上给她鼓起掌来,别的人看到尼禄这样,也跟着他鼓起掌来,整个大厅于是响起了一片掌声。大家知道,这个克雷斯披尼娜离过许多次婚,她那骇人听闻的淫佚和放荡在罗马是无人不知的。

可是她却一点也不感到害臊,又接着说:

"那有什么,所有维斯塔神庙里的女人都是那么老朽不堪,丑陋无比。只有鲁布丽亚还像个人样,加上我也只有两个人,而且她的脸上到了夏天还长雀斑。"

"可是我要告诉你,最最圣洁的卡尔维亚,你要成为维斯塔神庙的贞女,恐怕是做梦吧!"裴特罗纽斯说。

“要是陛下下了一道圣旨呢？”

“那样的话，我相信，即使比这更加离奇古怪的梦，也是能够实现的。”

“梦都是要实现的。有些人不信神还可以理解，又怎么能不信梦呢？”维斯迪努斯说。

“你相信算命吗？有人给我算了命，说罗马将要灭亡，但我却要统治整个东方。”尼禄说。

“算命和梦兆是有关系的。从前有一个总督，他是一位伟大的无神论者，他曾派遣一个奴隶给莫普苏斯神庙送去一封信，这是一封禁止拆开的密信，他想验证一下神明能否回答信中提出的问题。那个奴隶把信送到之后，便在庙里住了一宿，希望得到神的启示。回来后他告诉主人说，我梦见了一位年轻的神，他像太阳那么明亮，他对我只说了‘黑的’两个字。总督一听脸色霎时变白了，于是转身对他那些和他一样不信神的客人说：‘你们知道信里写的什么吗？’”维斯迪努斯说到这里突然停住了，然后拿起一杯酒，喝了下去。

“信里写了什么？”塞内茨约问道。

“信中提出了一个问题：我拿什么样的公牛去供神？拿白的还是黑的？”

大家都对这个故事很感兴趣。可这时候，那个在宴会上喝得醉醺醺的维泰留斯却无缘无故地傻笑起来，把他们的兴趣给冲散了。

“那桶肥油在笑什么？”尼禄问道。

“笑声可以区别人和动物。他的傻笑足以证明他是一头蠢猪。”裴特罗纽斯回答说。

维泰留斯笑了一半就停住了。可他随后又舔着他那被汤汁和脂肪抹得油光闪亮的嘴唇,颇为惊奇地看着周围的人,好像他从来没有见过他们似的。

他伸出了一个像枕头那么肥大的手掌,以嘶哑的嗓门叫道:

"我指头上戴的那只骑士的戒指丢失了,那是我父亲传给我的。"

"你父亲是个鞋匠。"尼禄马上补充了一句。

维泰留斯听到后,又莫名其妙地大笑起来。他还揭开卡尔维亚·克雷斯披尼娜的礼服,好像要在那里寻找他的戒指。

瓦迪纽斯看到这种情景也很激动,于是学起了女人惊慌时的叫喊声。卡尔维亚的女友尼吉蒂亚是个年轻的寡妇,长着一张孩子式的面孔和一双荡妇的眼睛,她这时也大声叫了起来:

"他什么也没有丢,可不是白找?"

"即使找到了,对他也没有用。"诗人琉康说。

宴会上更加热闹了。成群的奴隶从四面八方端上一道道菜肴,还不断地从一些外面包扎着常春藤、里面盛满了冰雪的大坛子里取出一瓶又一瓶的美酒送到席上。大家于是开怀畅饮,尽情欢乐,这时候,宴会厅的顶板上也不断地撒下许多玫瑰花,落在席面上,落在宾客们的身上。

裴特罗纽斯恳请尼禄趁大家还没有醉倒唱一首他自己创作的歌,给宴会增添光彩。与会者对这个提议也马上表示了赞同,但尼禄一开始没有接受。他说他不愿唱歌并不是因为他缺乏勇气……而是因为这要付出很大的代价……当然,他也不会知难而退,即便为了艺术,他也觉得应当有所表示,特别是阿波罗还赐给了他一副美妙的歌喉,就更不应当把这个神圣的天赋白白地荒废了,再说这也是他对国家负责的一种表现。可是嗓子今天确实哑了,昨天夜里睡觉的时候,他在胸脯上放了一个很重的东西,想用这种办法快点恢复嗓子的疲劳,但是没有达到目的……他很想去安茨尤姆,在那里痛快地呼吸一下大海新鲜的空气。

可是琉康又以艺术和人类的名义向他再一次地提出了请求。大家知道,这位神传天赋的诗人和歌手已经写成了一首《维纳斯颂》,和这首伟大的《维纳斯颂》相比,就连卢克莱修①的颂歌也会变得像狼崽嚎叫一样难听。让这次宴会成为一次名副其实的盛会吧!好心的君王是不会叫他的臣民失望的:"陛下,可别狠心啊!"

"可别狠心啊!陛下!"坐在旁边的人都叫了起来。

尼禄伸出双手表示愿意接受大家的请求。这时所有的面孔便露出了一副感激的表情,人们都用眼睛注视着他。但他首先得派人去告诉波贝亚,说他就要唱歌了。他告诉宴会的宾客,皇后因为身体不适,没有出席今天的宴会,但他不能让她失去聆听他的演唱的机会,因为任何一种药物都不能像他的歌声那样减轻她的痛苦。

过了不久,波贝亚就到大厅里来了。她虽然一直把尼禄管得像她的臣仆一样,但她知道,当他为了自己的虚荣心,要表现他是一位歌唱家、一位赛车手和诗人的时候,还是不去冲撞他为妙。波贝亚一走进大厅,便露出了她那女神般的美貌。她身穿一件和尼禄一样的紫晶色的大衣,颈子上挂着一串从

---

① 卢克莱修(约前98—前55),古罗马诗人、哲学家。他唯一的作品《物性论》共六卷,是古希腊罗马流传至今的唯一完整而系统的哲学长诗。

马塞尼萨抢来的大珍珠项链。她那天生的一头金发显得十分迷人,她虽然已经嫁过两次,但仍保持着少女般的面颊和眼神。

到会的宾客对她高呼"神圣的皇后陛下",以表示欢迎。莉吉亚还从来没有见过这么美的人,她不相信自己的眼睛,因为她早就知道,萨比娜·波贝亚是世界上最卑鄙和最恶毒的女人。她听蓬波尼亚说过,这个女人曾经挑唆皇帝杀害了自己的生母和妻子。她从普劳茨尤斯的客人和奴仆讲的故事中也对她的丑恶有所了解。莉吉亚还听说,有人曾在夜里推倒了波贝亚在城堡里树起的塑像,还有人散发过揭露波贝亚的罪恶的传单。虽然写传单的人会受到最严厉的惩罚,但是每天早晨在城墙上仍可见到这样的传单。而现在,当她亲眼见到这个臭名昭著、被基督徒视为丑恶和罪孽的化身的女人时,她却感到只有天使或者天上的女神才会享有她那样的绝色姿容。她的眼睛再也离不开她了,她情不自禁地问道:

"啊,维尼茨尤斯,这真的是波贝亚吗?"

维尼茨尤斯已经有点酒兴发作,又看到莉吉亚被那么多的事情分散了注意力,不能一心一意地陪伴着他,倾听他的情话,因而感到十分烦恼,便回答说:

"是的,她很美,但是你比她美一百倍。你不知道你自己有多么美,否则的话,你就会像纳尔齐斯①那样,爱上你自己的。波贝亚只不过用驴奶洗澡,而你呢,你配得上维纳斯用她的乳汁来给你洗澡了。你真不知道你自己有多美呀!我的

---

① 纳尔齐斯,希腊神话中的美少年,他因为没有接受厄科神女对他的爱,被罚在水中看自己的倒影,顾影自恋,相思而死,诸神把他变成了水仙花。

眼珠子,别望着她啦,望着我吧!……用你的嘴唇碰一碰这个酒杯,我再用嘴唇去吻你在酒杯上碰过的地方。"

由于他坐得越来越靠近她,她只好把身子缩到了阿克台的一边。这时候,皇帝陛下突然站了起来,大厅里马上发出了一道叫人们肃静的命令。歌手迪奥多尔给皇帝献上了一把德尔塔诗琴,另一位给他伴奏的琴师泰尔普诺斯也拿着一把纳布留姆琴走近前来。尼禄把德尔塔琴放在桌上,两只眼朝上望去。霎时间,宴会大厅里变得鸦雀无声,只有那顶板上的玫瑰飘落下来时的簌簌声响才打破了这里的寂静。

随后皇帝在两把诗琴的伴奏下,开始演唱他的那首献给维纳斯的颂歌,说得更确切一点,是在有旋律有节奏地朗诵。不论他那有点沙哑的嗓音,还是颂歌本身都是那么美妙,就连可怜的莉吉亚听了后也感到心里有愧了。因为她觉得,这首颂歌虽然赞美了淫秽的邪神维纳斯,可它确实写得太美了。此时此刻,这位头上戴着月桂花环、眼睛朝上看着的皇帝本人,在她的眼里也变得高贵起来了,他再也不是宴会开始时那么可怕、那么丑恶了。

宴会厅里响起了雷鸣般的掌声,宾客们都热情地欢呼道:"啊,天仙般的嗓子!"有些女人高举着双手,以表示她们的欣喜和赞美之意,一直到歌唱完之后都没有放下。还有一些在不断地擦着眼中的泪水。整个宴会大厅就像蜂窝一样轰隆隆地响闹起来。波贝亚把她那长着金发的头低了下来,捧起尼禄的一只手,把它按在自己的嘴上,默默地吻了很久。那个长得十分英俊漂亮的年轻的希腊人比塔戈拉斯这时也跪倒在尼禄面前,后来尼禄被他弄得神魂颠倒,还叫祭司以宗教和世俗的仪式给他举行了婚礼。

但尼禄正全神贯注于察看裴特罗纽斯的态度,因为无论在什么场合,裴特罗纽斯的赞扬对他来说都是必不可少的。这位皇帝的近臣终于开口说话了:

"如果说到这首歌的美妙的旋律,我看就连奥尔菲斯也会对它妒忌得脸色发黄,我们这里在座的琉康也是这样。至于歌词中的诗句,我倒希望写得比这差一点为好,那样我就可以找到适当的言辞来加以赞美了。"

琉康并不因为裴特罗纽斯说他妒忌而对他有所不满。相反的是,他为此还向裴特罗纽斯投去了感激的眼光,然后他又装着心情不好的样子,低声说道:

"如果不是那该诅咒的命运让我和这样一位伟大的诗人活在同一个时代,我本可以在人类的记忆中和帕尔纳斯山①上占有一席之地的。可是现在,我就像一盏油灯放置在太阳光下,已经暗淡无光了。"

裴特罗纽斯马上显示出了他那惊人的记忆力。他不仅开始大段大段地背诵着这首颂歌,而且引用一行行的诗句,对其中写得精彩的地方进行分析,表示赞美。琉康也被这首颂歌的魅力所吸引,他甚至全然忘掉了他的妒忌,把他的喜悦之情也加进了裴特罗纽斯的话语中。尼禄的脸上显得十分得意和自矜。这种自矜不只是接近愚蠢,而是地地道道的愚蠢,他居然亲自把那些自以为最美妙的诗句给大家指出来,以显示他的高明。最后,他还对琉康进行安慰,叫他不要失望,他说,一个人生出来后,不管自己的命运怎么样,都会受到人们的尊

① 帕尔纳斯山,希腊南部福喀斯境内的山岭,神话中是阿波罗和文艺女神缪斯的居住地。

敬,人们在敬奉朱庇特神时,不会忘记其他的神明。

尼禄说完后,便站起身来准备送波贝亚回去,因为波贝亚确实有病,要离开这里。他吩咐所有的客人都等着他,说他马上就回来。过了不久,他真的回来了,因为他离不开这香料烟云醉人的芳香,要继续欣赏他自己、裴特罗纽斯和蒂盖里努斯接下来准备表演的节目。

于是诗歌朗诵和演员的对话又开始了。这些演员的对话既荒诞又古怪,但缺少幽默。随后又是著名的滑稽剧演员帕里斯表演伊纳科斯的女儿伊娥的艳遇。有些宾客,特别是莉吉亚因为没有见过这样的表演,都以为自己在观赏奇迹和魔术。帕里斯的双手和全身上下都能表演舞蹈所不能表演的动作。他双手在空中挥舞,形成了一片充满色情意味的五光十色的云雾,它是那么活生生地富于肉感地颤抖着,把一个由于过分取乐而陷入半昏迷状态的少女包围起来了。那不是舞蹈,而是一幅揭示爱情秘密的鲜明的图画,一幅既妖艳而又恬不知耻的图画。帕里斯表演完毕之后,一群丑角演员马上拥了进来,随着三角琴、笛子、扬琴和小鼓音乐的节奏,又和一些叙利亚姑娘跳起了酒神舞。这些舞者一边粗野地叫喊,一边肆无忌惮地做着许多淫秽下流的动作。莉吉亚觉得自己好像置身于一场大火之中,她以为这座皇宫马上就会被雷电摧毁,它的屋顶就要坍塌下来,砸在宾客们的头上。

可是落下来的还是挂在顶板下的金色大网兜里的那些玫瑰花。维尼茨尤斯已经喝得半醉,对她说:

"我那次在普劳茨尤斯家的喷泉边见到你时就爱上你了。那时天刚刚亮,你以为不会有人看见你,但我却见到了你。你现在虽然用礼服遮住了身子,但你在我的眼里,依然像那个时候一样。你就学克雷斯披尼娜的样子,脱掉这身礼服吧!你看,无论是神还是凡人都向往爱情。在这个世界上,除了爱情之外,别的什么都不存在。把你的头放在我的怀中,闭上你的眼睛吧!"

莉吉亚的双手和太阳穴上的脉搏跳得很厉害。她有一种强烈的感觉,好像她已经陷入了深渊,过去她曾以为可以亲近和信赖的维尼茨尤斯现在不但不来救她,反而把她往深渊里拉。因此她不仅为维尼茨尤斯感到难过,而且对他,对这次宴会,对自己都感到害怕了。有一个声音,好像是蓬波尼亚的声音在呼唤她的灵魂:"莉吉亚,快救救你自己吧!"可是她又听到了另一个声音对她说,现在太晚了,因为她已经被一场大火所包围,她目睹了宴会上发生的一切。她一听到维尼茨尤斯的话就心跳得更厉害了。当他靠近她时,她简直害怕得浑身发抖了。她觉得自己已经无可挽救了,而且她在这里也确实支持不下去了,说不定什么时候就会晕过去,到那时,还会造成更加可怕的后果。但她知道,在皇帝没有离席之前,宾客们是不能离去的,因为谁都不敢惹皇帝生气。而她自己就是没有皇帝的威胁,现在也无力起身了。

可是到宴会结束还早得很,奴隶们还在不断地端上新的菜肴,把酒都斟得满满的。在敞开的大门旁的一张桌子前,出现了两个大力士,正准备给宾客表演角斗。

角斗很快就开始了。两个涂满了橄榄油而闪闪发亮的强壮的身躯抱成了一团,那铁一般的臂膀把他们的脊梁骨扭得嘎嘎直响。角斗的双方都紧咬着牙齿,因此发出了刺耳的咬牙声,在撒满了番红花的地板上,还可听到他们急速沉重的跺脚声。过了一会儿,他们又一动不动地默默地站着,使观众感到好像面前出现了一组石雕像。罗马人都很欣赏这种背部、腿部和肩膀的力的较量，可是这一场角斗并没有持续多久，因为角斗的一方是罗马角斗士学校的校长克罗顿，这位被认为是全国最强有力的角斗大师果然名不虚传，他的对手被他那双铁一般的胳膊死死地掐住，因而呼吸马上变得更加急促，嗓音变得嘶哑，脸色渐渐发青，终于口吐鲜血，倒在地上。

观众以雷鸣般的掌声欢呼角斗的结束。克罗顿这时把一只脚踩在他的对手的背上，又把他那双粗大的手臂交叉在胸前，以胜利者的眼光环视着大厅。

随后又来了一些魔术师和小丑演员，还有模仿野兽动作和叫声的演员。可是宾客们喝了那么多的美酒，一个个醉得两眼昏花，都不愿看他们的表演了。宴会于是变成了一场酒兴发作的肆无忌惮的狂闹，方才那些跳酒神舞的姑娘都插进了宾客们的座席中间。音乐停止了，取而代之的是三角琴、诗琴、阿尔明尼亚的铙钹、埃及的摇铃、喇叭和号角的一阵胡乱的吹奏和粗野的敲打。有些客人想说话，便大声地叫了起来，把乐师们都轰了出去。大厅里弥漫着鲜花和宾客脚上油脂的芳香，这些油脂是一些漂亮的侍童在宴会进行的过程中给他们涂上的。还有番红花的气味和汗臭混在一起，使人们感到呼吸困难。灯光渐渐暗淡下来，人们的脸色变得苍白，一个个满头大汗，他们头上的花环也东倒西歪的了。

维泰留斯滚到桌子下面去了。尼吉蒂亚裸露着上半身，把她那个醉醺醺的孩子式的脑袋依偎在琉康的怀里。琉康也喝醉了，便用嘴吹拂着她头发上的金粉，然后抬起眼睛，高高兴兴地朝上望去。维斯迪努斯以他酒后所特有的倔强，把莫普苏斯回答总督密信的事情复述了十遍。还有那个杜留斯，

他过去就曾亵渎诸神,现在他又拖着长长的声调,不时还打着嗝地说:

"如果我们相信色诺芬的话,说神的体形是圆的,那么我们就可以把这样的神当成木桶一样,一脚踢得滚开去了。"

多米茨尤斯·阿菲尔虽然是个年老的惯偷和告密者,听到这样的话也感到十分恼火,一气之下就把法莱尔尼斯葡萄酒洒得满身都是。阿菲尔笃信诸神,有人说罗马必将走向灭亡,有人还说罗马已经走向灭亡,这是真的……这种情况的发生是因为年轻人没有信仰,没有信仰就没有高尚的品德,人们抛弃了早先流传下来的严于律己的好习惯,可是他们没有想到,享乐主义者是抵挡不住野蛮人的。说到他自己,他知道他自己操这份心也是白操。他感到悲哀的是他居然见到了这样的世道,在这个世道,他只有一味地去寻欢作乐,以消愁解闷,否则他就要愁死了。

他说完后,便把一个叙利亚姑娘拉到自己身边,用他那张掉光了牙齿的嘴去吻她的颈项和肩膀。执政官梅米尤斯·莱古卢斯见到这种情景便大笑起来,笑完他又抬起他那斜戴着花环的秃头,说道:

"谁说罗马就要灭亡?这是蠢话!……我是执政官,我最清楚……执政官最清楚①!有三十个兵团……在保卫我们罗马的安全②。"

说到这里,他把两个拳头压在太阳穴上,开始大声地叫了起来,使整个大厅都听得见:

"三十个兵团!——三十个兵团!……从不列颠一直到

①② 原文是拉丁文。

安息的边境上都有布防。”

他又突然把话停了下来，用手指按着脑门，想了一想，又说：

“啊！好像有三十二个兵团……”

说完他也滚到桌子下面去了，过了一会儿，便在桌子下面把他吃的那些火烈鸟的舌头、干烘蘑菇、冻菌子、蜜拌蝗虫、鱼、肉和其他所有的东西吐个干净。

然而不管有多少兵团保卫罗马的安全，都不能使多米茨尤斯安下心来。“不！不！罗马一定会灭亡，因为大家都不敬奉神明，都抛弃了严于律己的好习惯。罗马就要灭亡了。可惜啊！这里的日子多么快活，皇帝龙恩浩荡，还有美酒，唉！真遗憾啊！”

随后他把头靠在一个叙利亚舞女的肩膀上，放声大哭起来。

“以后的生活会怎么样？我管不了！……阿基琉斯①说得对，在阳光普照的大地上，即使当一个奴隶，也比当基米里②部落的头人好。虽说年轻人没有信仰，腐化堕落，可现在的问题是，到底有没有神？……”

这时候，琉康已把尼吉蒂亚头上的金粉都吹掉了，尼吉蒂亚醉倒在他的身上，也睡着了。于是他又把他面前花瓶里的一束束常春藤取了出来，缠在她的身上。等到他把这个做完之后，便以颇为兴奋而又带着疑问的眼光望着在座的人。

然后他又开始用常春藤来装扮自己，以十分肯定的口气

①　阿基琉斯，希腊神话中的英雄。
②　古代居住在里海北岸地区的游牧民族。

再三地说：

"我本来不是人，我是牧神。"

裴特罗纽斯没有喝醉。尼禄为了保护他那"天仙般"的嗓子，最初也喝得不多。但到宴会快要结束的时候，他就一杯接着一杯地喝下去，也喝醉了。他本来想用希腊文再朗诵几首自己写的诗，可他这时却记不起来，因此又糊里糊涂地唱起了一首阿纳克瑞翁的短歌，比塔戈拉斯、迪奥多尔和泰尔普诺斯都来给他伴唱，后来因为配合不好，只好停了下来。这时候，尼禄这个美的鉴赏家和审美家又被比塔戈拉斯美丽的容貌迷住了。他还十分高兴地亲着比塔戈拉斯的两只手，像这样漂亮的手他以前只见过一双……谁的一双呢？……

他把手心压在大汗淋漓的脑门上，使劲地回想着。过了一会儿，他的脸上露出了恐怖的神色。

"啊，那是母亲的一双手，是母亲阿格丽披娜的一双手。"

尼禄的眼前马上出现了一个阴森可怕的幻影，便说：

"听人说，母亲总是在月亮高照的夜晚，在巴埃和巴乌利附近的海面上徘徊，这倒没什么，她不过是来这里走走，像要找回什么东西。她如果遇到了一只小渔船，就一定要朝船里看一看，然后才离去，可是她看见的那个渔夫就非死不可了。"

"这个题材不错。"裴特罗纽斯说。

维斯迪努斯这时像一只仙鹤似的把脖子伸得老长，颇为神秘地低声说：

"我不信神，我只相信灵魂……噢！"

尼禄没有听他们的谈话，又插进来说：

"我已经超度了母亲的亡灵，不想再见到她了，她都死了五年啦!她当时派来刺客,要杀我,我是不得已才杀了她的。如果我没有先除掉她,你们今天晚上就听不到我唱歌了。"

"感谢陛下,我们以全罗马和全世界的名义向您表示感谢!"多米茨尤斯·阿菲尔大声说。

"斟酒,把板鼓敲起来!"

宴会厅里重又喧闹起来。琉康的身上缠满了常春藤,他突然站了起来,大声地喊着,想要盖过皇帝的声音:

"我不是人,我是牧神,我住在森林里。哎……嚯……嚯……嚯!"

尼禄最后也喝醉了,所有的男人和女人都醉倒了。维尼茨尤斯的醉意不浅,因此他心中除了情欲的冲动之外,还想寻衅闹事,他每次喝醉了酒都是这样。他那黑油油的脸庞也变白了,说起话来颠三倒四,随后他便以命令的口气大声地叫了起来。

"让我吻你的嘴吧!不管今天还是明天都一个样!……不要故作姿态了,皇帝把你从普劳茨尤斯家里要来,就是赏给我的。你知道吗?明天天一黑我就派人来接你,你该明白了!……皇帝把你召进宫后就答应了我……你肯定是我的了,让我吻你一下吧!我不要等到明天了……快把你的嘴凑过来吧!"

维尼茨尤斯说完便把莉吉亚抱了起来。阿克台见到后马上给她解围,莉吉亚自己也在尽力地挣扎,因为她觉得这下子她可完了。她力图挣脱他那两条剃光了汗毛的胳膊,可是挣脱不了,于是她又以她在痛苦和恐惧中颤抖着的声音恳求他不要这么做,恳求他的怜悯,但这也没有用。他那充满了酒气的呼吸从四面八方向她包围过来,他的脸已经挨在她的脸上了。他再也不是过去那个善良和她打心眼里感到亲切的维尼茨尤斯了,他变成了一个醉鬼,一个可恶的色情狂,她对他感到厌恶,感到害怕。

她这时也越来越没有力气了。她只好低下头来,把脸转了过去,想躲避他的亲吻,但也躲避不了。维尼茨尤斯于是站了起来,伸出双手把她抱住,把她的头搂在自己的怀里,然后便气喘吁吁地将他的嘴唇使劲地按在她那苍白的嘴唇上。

正在这个时候,一种可怕的力量把他的胳膊当成孩子的小手似的从莉吉亚的颈子上轻易地拉了下来,然后又把他像一根干枝或者一片黄叶那样推到了一边。这是怎么回事?维尼茨尤斯擦了擦他那双惊慌的眼睛,突然发现他在普劳茨尤斯家见过的那个莉吉亚巨人乌尔苏斯就在他的身旁。

乌尔苏斯一声不响地站着,一双蓝眼睛颇为奇怪地望着他,使这个年轻人吓得全身的血都要冻结了。这个巨人马上把他的公主抱在手中,以轻微而又整齐的步伐走出了宴会大厅。

阿克台跟在他的后面也出去了。

维尼茨尤斯感到全身上下好像都僵硬了,他痴呆呆地坐了一会儿,然后站起身来向大门跑去,一边大声地喊道:

"莉吉亚!莉吉亚!"

但是情欲、惊愕、愤怒和浓浓的醉意把他的腿好像都砍伤了似的,他摇摇晃晃地只走了一两步就不得不抓住一个叙利亚姑娘光着的肩膀。他对这个姑娘眨巴着眼睛,问道:

"出了什么事呀?"

这个叙利亚姑娘露出了一双迷迷糊糊带微笑的眼睛,拿起一杯酒献给他说:

“喝吧!”

维尼茨尤斯把酒一饮而尽,就倒在地上。

大部分客人都倒在桌子下面了。还有一些人摇摇晃晃地在大厅里蹒跚。一些人睡在桌子旁边的躺椅上打着呼噜,或者似梦非梦地把吃到肚里的东西全都呕了出来。顶板下的金丝网兜里的玫瑰花仍在缓缓不停地飘下,落在那些酒酣耳热的执政官和元老们的身上;落在那些醉意朦胧的骑士、诗人和哲人们的身上;落在那些烂醉如泥的舞女和贵妇人的身上;落在这个虽仍享有万能的统治但已失去了灵魂,虽然头顶桂冠、饱食终日,但已走向没落的世界上。

窗子外面已是拂晓。

第 八 章

谁都没有阻拦乌尔苏斯,而且根本没有人去过问。那些尚未滚到桌子下面的宾客也不再守在他们原来的座位上了。仆役们看到这个巨人抱着一个女客,都以为是她的奴隶,要送走他的喝醉了的女主人,再说还有阿克台跟在后面,对这就更没有怀疑了。

他们走出宴会大厅后,来到了隔壁的一间房里,然后又走进了通往阿克台住房的走廊里。

莉吉亚因为全身无力,像死人一样躺在乌尔苏斯的胳膊上。直到她呼吸到了早晨清凉的空气,觉得精神好了一点,这才睁开了眼睛。外面的天色愈来愈亮,他们在圆柱走廊里走了一会儿,便拐进了侧边的一条小走廊里。这条走廊不是通往前院,而是通往御花园的。御花园中松柏的树梢在朝霞的映照下,显出一派绯红。宫殿里的这一部分没有人住,宴会上的音乐和喧哗声到这里也渐渐听不见了。莉吉亚觉得她好像从地狱里被救出来后,又被送上了光明的天国世界。原来除了那个丑恶的宴会大厅之外,还有这么美好的地方,这么美好的天空、朝霞、光明和宁静。莉吉亚不由得哭了起来,她依偎在巨人的胳膊上,呜咽着说:

"回家去吧!乌尔苏斯!回家去吧!我要回到普劳茨尤斯的家里去!"

"我们走吧!"乌尔苏斯回答说。

这时他们已经来到了阿克台的小客厅里。乌尔苏斯把莉吉亚放在喷泉旁的一条大理石凳上。阿克台便尽心地安慰她,要她好好地休息,还向她保证,这一阵不会有什么危险,因为那些酩酊大醉的客人宴会之后一定要睡到晚上。可是莉吉亚仍久久地不能安下心来,她双手抱着两鬓,像孩子似的不停地叨唠着:

"我要回家,我要回到普劳茨尤斯的家里去!……"

乌尔苏斯已经做好了准备。虽然大门口守卫着禁卫军,但他也有办法从那里通过。其实那些士兵对出去的人并不加以阻拦,大门前的广场上停满了轿子,宾客们马上就会成群结队地出来了,乌尔苏斯和莉吉亚便可混在这一大群人中走出宫门,然后径直回到家里去。因此他什么都不怕,只要公主一声令下,他就马上行动起来,他来到这里就是听她差遣的。

莉吉亚又说:

"好吧!乌尔苏斯!我们出去吧!"

可是阿克台对他们两个还必须讲清道理。从宫里出去并不难,的确,谁都不会阻拦他们,但他们却不能这么做,因为这么做是犯上。他们要是真的出去了,百夫长不到晚上就会带领士兵来给普劳茨尤斯和蓬波尼亚·格列齐娜宣布死刑的判决,把莉吉亚又抓回宫里去。到那个时候,莉吉亚就没有救了。普劳茨尤斯夫妇如果把莉吉亚收留在自己家里,等待他们的也肯定是死。

莉吉亚听了后把双手垂了下来,觉得再也没有办法了。她必须在以下两者之间做出抉择,不是嫁祸于普劳茨尤斯夫妇,就是自己去死。她来这里赴宴之前,曾经寄希望于裴特罗纽斯和维尼茨尤斯能够请求皇帝把她送回到普劳茨尤斯家里去。可她现在已经知道,就是他们怂恿皇帝把她从普劳茨尤斯家里抢来的。她觉得现在真的无路可走了,恐怕只有奇迹才能把她从这个深渊里救出来,只有奇迹和上帝的威力才救得了她。

“阿克台,维尼茨尤斯的话你听见了没有?他说皇帝把我赐给了他,今天晚上他就要派奴隶来把我接到他家里去。”莉吉亚绝望地说道。

“我听见了。”阿克台答道。

可她只是摊开双手没有什么表示,莉吉亚说话时表露的绝望在她那里也没有引起反应。她自己就曾经是尼禄的情妇。她心地善良,但不认为这是一种可耻的关系。她过去是个奴隶,对奴隶应当遵守的法规早已习以为常。而且她还一直在爱着尼禄,如果尼禄想要回到她的身边,她对他会像喜迎幸福一样伸开双臂的。她现在也很明白,莉吉亚非得去当年轻漂亮的维尼茨尤斯的情妇不可,否则她和普劳茨尤斯夫妇

就会大祸临头了。她不能理解的是,莉吉亚在这个问题上怎么可以迟疑不决。因此过了一会儿,她便说道:

"你在皇宫里,不见得比在维尼茨尤斯的家里更加安全。"

她没有想到,她这句话不只道出了实情,而且还表露了另一层意思:"听天由命吧! 当维尼茨尤斯的情妇去吧!"可是莉吉亚呢,她的嘴上却没有忘记他那为了发泄兽欲、像炭火燃烧似的接吻,所以她一想到它,就臊得面红耳赤。

"决不! 我既不留在这里,也不去维尼茨尤斯那里,我决不!"她突然怒气冲冲地叫了起来。

阿克台见到她这么发火,倒感到十分惊奇,便问道:

"你真的那么痛恨维尼茨尤斯吗?"

莉吉亚没法回答她的问题,又哭了起来。阿克台马上把她搂在怀里,竭力让她恢复平静。乌尔苏斯也气喘吁吁地紧攥着他那双巨大的拳头,因为他像义犬一样忠心耿耿地爱着他的公主,他不忍心见到她流泪。在他那颗半开化的莉吉亚人的心中,这时还产生了一个愿望:回到大厅里去,把维尼茨尤斯掐死,必要的话,把皇帝也掐死。这对他来说本来是件轻而易举的事,却又怕这么做反而害了他的女主人。再说他也不知道,作为一个钉死在十字架上的羔羊①的信徒,他这么做合适吗?

阿克台一边安慰莉吉亚,一边问道:

"你真的那么恨他吗?"

"不,我是一个基督徒,不会记恨他。"莉吉亚说。

---

① 指耶稣基督。

"这我知道,莉吉亚!我也读过塔斯的保罗的书信。我知道,你们不愿蒙受耻辱,你们宁死也不愿犯罪,那么请你告诉我,你们的宗教能让无辜的人去死吗?"

"不能。"

"那么你怎么能让皇帝去惩罚普劳茨尤斯全家呢?"

随后沉默了半晌,那个无底的深渊又向莉吉亚张开了大口。

这个年轻的解放女奴接着说:

"我问你这些,是因为我很怜悯你,也很怜悯好心的蓬波尼亚、普劳茨尤斯和他们的孩子。我久住在这座皇宫里,深深知道皇帝的动怒会产生多么严重的后果。不!你们绝不能从这里逃走。对你来说,现在只有一条路:恳求维尼茨尤斯,让他把你送回到蓬波尼亚家里去。"

但莉吉亚却双膝跪下,仿佛要求助于别的什么。过了不久,乌尔苏斯也跪了下来,主仆俩面对着晨曦的映照,在皇宫里开始做祈祷了。

阿克台还是第一次看见这样的祈祷。她目不转睛地注视着莉吉亚,从莉吉亚的侧面看见她抬起了头,举起了双手,两眼望着天空,仿佛在祈求上苍的保佑。黎明的曙光照在她乌黑的头发和白色的礼服上,又从她的眼睛里反射出来,使她的全身都沐浴在一片光芒之中,看起来就好像她自己也变成了一团明亮的大火。不论在她苍白的面孔和微微张开的嘴唇上,还是在她高高举起的双手和向上望着的眼睛里,都显示出了一种超凡脱俗的高雅的神情。阿克台现在才懂得,莉吉亚为什么不会去做别人的情妇。挡在这位尼禄昔日宠妃面前的那一道帷幕似乎揭开了一角,使她看见了藏在那边的一个新的世界,和她过去习惯了的那个世界迥然不同。莉吉亚能在这个罪恶和耻辱的宫殿里进行祈祷使她惊叹不已。刚才她还认为这个姑娘没有救了,现在她甚至相信会出现某种超凡的奇迹,某种救援的力量一定会来到,它是那么强大,连皇帝也阻挡不了。阿克台相信天上会降下一支展翅的神军,来救助这个姑娘,太阳会向她投下一道光线,把她拉到它的身边去。她曾听说基督徒们创造出许多奇迹,现在她一看见莉吉亚这么专心致志地祈祷,便深信这种说法肯定是没有错的。

莉吉亚终于站起身来,她那豁然开朗的脸色表明她真的有了希望。乌尔苏斯也站起来了,他这时蹲在石凳旁,望着他的女主人,等着她发话。

过了一会儿,莉吉亚的眼睛忽又黯淡起来,两大滴泪珠从她的脸上慢慢地滚下来。

"求上帝保佑蓬波尼亚和普劳茨尤斯吧!我不能嫁祸于他们,我从此永远也见不到他们了。"她说。

然后她转过身来,又对乌尔苏斯说,在这个世界上,她只有依靠他了,他就是她的父亲和保护人。他们现在不能到普劳茨尤斯家里去寻找安身之地,因为去那里会激起皇帝的恼怒。她既不能留在宫中,又不愿去维尼茨尤斯的家里,就只好让乌尔苏斯带着她离开罗马,把她藏在一个维尼茨尤斯和他的奴仆都找不到的地方。因此她不论去什么地方,都会跟着乌尔苏斯,跟着他翻越崇山峻岭,走遍海角天涯,去到那野蛮人居住的地方,去到那再也听不到罗马的名字,再也没有皇帝管辖的地方。现在她就要他把她带走,要他救救她,因为她只有依靠他了。

乌尔苏斯一切都准备好了。他躬下身来,抱着莉吉亚的两只脚,以表示对她的忠诚。阿克台本期待着奇迹的出现,现在她的脸上却露出了失望的表情,难道祈祷就只有这么一点点用处?从皇宫里逃走,这是对皇帝犯罪,皇帝是一定要惩罚的,到那个时候,即使莉吉亚能够躲藏起来,普劳茨尤斯一家也免不了皇帝的报复。如果莉吉亚一定要走,她还是从维尼茨尤斯的家里逃走为好,因为她这么做没有对皇帝犯罪,皇帝也不爱管别人的事情,也许他不会帮维尼茨尤斯去追捕他们。

可是莉吉亚有自己的打算,她认为普劳茨尤斯绝对不会知道她在什么地方,就是蓬波尼亚也不会知道。为了避免去维尼茨尤斯家里,她准备在半路上逃走。维尼茨尤斯酒后对她说过,晚上就派奴隶来接她,他这话绝不是撒谎,如果他当时没有喝醉,就不会这么说了。很明显,维尼茨尤斯或者他和裴特罗纽斯一起在宴会前晋见过皇帝,请求皇帝答应了在第二天晚上把她交给他。即使他们今天把这件事忘了,明天也一定会来把她要走。但是从另一方面来说,乌尔苏斯也会来救她,他肯定会来,把她从轿子里抱走,就像昨天晚上把她从宴会厅里抱走一样。然后他们就可以远走高飞,到广阔的大千世界里去了。任何人都抵挡不了乌尔苏斯,就连那个在宴会上斗胜了的可怕的角斗士也碰他不得。不过维尼茨尤斯也许会派许多奴隶来,因此得让乌尔苏斯马上去找李努斯主教,请他拿个主意,给予帮助。主教一定会怜悯她,绝不会让她落入维尼茨尤斯的手中,他会叫基督徒们和乌尔苏斯一起来救她。这些基督徒会把她抢过来,送到一个联络的地方,然后乌尔苏斯就有办法把她带出城去,带到罗马权力所管不到的地方去躲藏起来。

想到这里,她的脸上又露出了微笑和红光。她感到拯救

的希望好像已经变成了现实,因此她又得到了安慰。她突然抱住了阿克台的脖子,把她纤丽的嘴唇按在阿克台的面颊上,悄声地说:

"你不会把我们的事情说出去吧,阿克台?"

"我对先母的亡灵发誓,我决不会把你们的事情说出去。只是你要祈求你的上帝,保佑乌尔苏斯能够把你救出来。"这个解放女奴回答说。

乌尔苏斯一双天真烂漫的蓝眼睛闪出了幸福的光辉。如果要他干别的什么,就是打破他的脑袋,他也想不出个好的办法来,可是干这一行他却是很行的,不管是白天还是晚上都干得了!……他要去找主教,主教会观天象,知道什么该做什么不该做。至于把基督徒召集起来,他自己也办得到。无论在苏布拉区,还是在桥那边,他都有很多熟人,有他熟悉的奴隶、角斗士和自由民。他能即刻召来一千甚至两千个基督徒,去把他的女主人救出来。他也能够设法把她带出城去,和她一起逃走,哪怕去那最最边远的地方,或者回到莉吉亚国去,那里的人根本不知道罗马是个什么地方。

想到这里,他把眼睛朝前望去,仿佛要看清那些未来的、非常遥远的事物。他说:

"去森林里好吗?去吧!那是多么美丽的森林,多么美丽的森林啊!……"

没有多久,他就从幻想中清醒过来了。

好!他这就去找主教。等到晚上,他就可以组织一百多人守候着轿子,让维尼茨尤斯派奴隶甚至派禁卫军来吧!那些全身武装着钢盔铁甲的人还是不要碰他的拳头为好,难道铁甲就是那么坚不可摧吗?只要他用拳头使劲地打一下,铁盔下面的脑袋是经受不了的。

可是莉吉亚非常严肃而又孩子似的把手往上一指,说道:
"乌尔苏斯,可不要杀人啊!"

乌尔苏斯把他一只像棒槌一样粗大的手臂伸到了脑袋后
面,不很灵便地搔着他的脖子,嘟囔着说,他一定要把她救出
来……"他的光明"……她亲口说过,现在就看他的本事
了……他当然会尽量小心一点,可万一失手伤了人又怎么办
呢?不管怎样也一定要把她救出来,如果真的伤了人,那他也
只好等到以后忏悔赎罪了。他会请求"无罪的羔羊"饶恕他,
"钉在十字架上的羔羊"也一定会饶恕他这个可怜的人……
他真的不愿意去冒犯"羔羊",可是他的拳头实在太重了……

他的脸上显露出了情真意切的神情,但他又想掩饰这种
神情,便对莉吉亚躬下身来,说道:

"我这就去找神圣的主教。"

阿克台抱着莉吉亚的颈项,失声痛哭了……她又一次明
白了原来还有另外一个世界,在那里,人们即使受苦受难,也
比在皇宫里享尽荣华富贵要幸福得多。通向光明的大门于是
又一次地向她微微地敞开,但她马上感到,她是不配走进那里
面去的。

第 九 章

莉吉亚因为失去了她衷心爱戴的蓬波尼亚·格列齐娜,
并且就要离开普劳茨尤斯全家而感到十分悲哀。但她并没有

产生绝望的情绪,她觉得为了她所追求的"真理"而舍弃富足和安乐,去过那种对她而言陌生的漂泊流浪的生活,这是一件值得高兴的事。在这种高兴中,也许还有一点孩子式的好奇心,想知道在遥远的异国,同蛮人和野兽生活在一起到底是个什么样子?但主要是由于她那深刻和虔诚的信仰,她认为,如果她的一切行动都能遵循基督的意旨,基督就会把她当成一个顺从和忠实于他的孩子来保护了。到那个时候,还有什么凶险可怕呢?即使大难临头,她以"主的名义"也忍受得了。如果她突然死去,主就会把她带在他的身边,等到蓬波尼亚百年之后,她们就会永不分离了。早在普劳茨尤斯家里的时候,莉吉亚的童稚的心中就曾想到像她这样一个基督徒,却不能为受难的基督做一点事,而乌尔苏斯一谈到"他",还表现了那么深厚的感情,因此她那时候总是感到苦恼。现在,她认为她该实现自己的诺言了,她感到自己很幸福,她要把她的幸福讲给阿克台听,可是阿克台却不理解她。把所有的一切,把家庭、财产、城市、花园、神庙、圆柱走廊全都抛弃,把所有美丽的东西,把阳光普照的国土和自己的亲人全都抛弃,这究竟是为了什么?难道只是为了逃避一个年轻漂亮的军官的爱情?……这一切对阿克台来说,当然是不能接受的。但阿克台有时也觉得莉吉亚的话不无道理,也许这里面真的有一种巨大而又神秘的幸福,可是这种幸福到底是什么呢?况且莉吉亚做的是一桩冒险的事,可能产生很严重的后果,她还可能丧命。阿克台生来就胆小怕事,她真的害怕今天晚上会出什么事,只是她不愿意把她的这种担忧说给莉吉亚听。天这时已经大亮,阳光照到客厅里来了,阿克台就劝莉吉亚去休息,一夜没有睡觉,对她来说这是很需要的。莉吉亚没有拒绝,她和阿克台于是来到了卧室里。这间卧室不仅十分宽敞,而且也布置得很豪华,这是因为阿克台和皇帝有过亲属关系。她和莉吉亚于是并排躺在一张床上,她虽然觉得全身都很疲劳,但却无法入睡。多年来,她一直处于忧伤和烦恼之中,现在又有一种似乎从来没有感受过的不安涌上她的心头。她本以为她的生活只不过艰难困苦,没有前途,现在却又深感这种生活十分可耻了。

她的心思越来越乱,通向光明的大门一会儿向她敞开,一会儿合上。当这扇门向她敞开的时候,那强烈的光线照得她头昏目眩,使她什么也看不见。但她猜想在那一片光明中一定有着无限的幸福,和那种幸福相比,其他的一切都是毫无价值的。即使皇帝抛弃了波贝亚,又回到了她身边,那也是微不足道的。阿克台觉得她深深爱着的这个皇帝虽然过去一直被她看成是一个半神半人的人物,现在也和一个普通奴隶一样,粪土不如。这座用努米提亚大理石圆柱支撑起来的皇宫比一堆乱石也好不了多少。可是这种不知是什么的感觉却给她带来了烦恼,她真的想睡,心中的不安又使她无法入睡。

后来她以为,莉吉亚经受了那么多的恐怖和疑虑,也肯定是睡不着的。因此她转过身来,想和这姑娘谈谈晚上逃走的事。

但莉吉亚这时已经安安稳稳地睡着了。有几道阳光通过没有拉紧的窗帘的缝隙,照进了黑咕隆咚的卧室里,在这些光线中还飘舞着许多金色的尘埃。阿克台凭借着阳光的照明,正好看见了莉吉亚那枕在裸露胳膊上的美丽的面孔、一双紧闭着的眼睛和微微张着的嘴。她的呼吸很均匀,和平常睡觉时一样。

"她睡着啦,真的睡着啦,她真的是个孩子!"阿克台想。

但过了一会儿,她的脑子里又产生了另外一个印象:这个孩子,她宁愿逃走也不做维尼茨尤斯的情妇,她宁愿一贫如洗也不愿蒙受耻辱,宁愿漂流四方也不愿享受她在卡雷纳街上的豪华的住宅和那些漂亮的衣着、首饰、上等的筵宴以及诗琴和芦笛的美妙的音乐。

"这是为什么?"

阿克台只是目不转睛地望着莉吉亚,好像要在她的睡容上找到答案。她不停地注视着她光洁的前额、明朗的弓眉、乌黑的秀发、微微张着的小嘴和她那在平缓的呼吸中上下起伏着的少女胸脯。与此同时,这位皇帝过去的宠妃便逐渐地陷入了沉思:

"她和我是多么不一样啊!"

她觉得莉吉亚是一个奇迹,是神明显圣,是诸神掌上的明珠,她比御花园中的百花,比皇宫中的精雕都要美丽千百倍。阿克台对她并没有妒忌的心思,相反的是,她一想到这个姑娘会遇到许多凶险,就特别怜悯她,由此也激起了她对姑娘的母亲似的怜爱。莉吉亚像梦幻一样美丽,阿克台就更加心疼她,她把她的嘴伸向了莉吉亚乌黑的头发,开始在发上亲吻。

莉吉亚睡得很香,就像在家里有蓬波尼亚侍候着她时一样。她睡了很久,等到她睁开一双蓝莹莹的眼睛,十分惊异地朝卧室的周围一看,已经是午后了。

显然她很奇怪自己怎么没有睡在普劳茨尤斯的家里,直到她在尚未消除的蒙眬的睡意中看清了阿克台的面孔,她才开口问道:

"阿克台,是你吗?"

"是我，莉吉亚。"

"是不是已经到了晚上？"

"还没有，孩子，不过已经午后了。"

"乌尔苏斯怎么还没有回来？"

"乌尔苏斯并没有说他要回来，他只说他晚上会和基督徒们一起守候着你的轿子。"

"哦，是的！"

随后她们离开了卧室，来到了浴室里。阿克台侍候着莉吉亚洗了个澡，又带她去吃早饭，早饭后又和她一起来到御花园里。这时皇帝和他那些显要的朝臣都还在睡觉，所以她在这里不会遇到什么危险。莉吉亚生平还是头一次看见这么富丽堂皇的花园，园中到处长着高大的松树、柏树、橡树、橄榄树和桃金娘。树木之间还隐隐约约地可以见到许多白色的塑像。池塘里的水面一平如镜，闪着亮光，一丛丛玫瑰花在喷泉的浇灌下争奇斗艳。在一些十分神奇的山洞的洞口，长满了常春藤或葡萄藤。水中闲游着银白色的天鹅。一群群驯化了的非洲羚羊和从世界各地采集来的色彩艳丽的珍禽异鸟都在树木和塑像之间信步地徘徊。

花园里没有游人。一些奴隶手握锄铲在那里干活儿，还低声地唱着歌。还有一些坐在池塘旁边和橡树的阴影下偷闲，阳光通过树叶之间的空隙照了进来，在他们身上投下了闪烁的光点。还有几个奴隶正在给玫瑰花和灰白色的番红花浇水。阿克台和莉吉亚在这里逛了很久，她们尽兴地观赏了园中所有的珍奇异宝。莉吉亚到底是个孩子，虽然她心神不安，可是当她看到这一切后便不由自主地感到好奇，表露了兴高采烈的情绪，对这里的一切都赞叹不已。她甚至认为，皇帝如果是个好人,他住在这么富丽堂皇的宫殿和花园里,一定是很快活的。

后来她和阿克台都有些累了,便在一张条凳上坐下。这里几乎完全被柏树的枝叶荫翳了,她们于是谈起了莉吉亚晚上如何逃走的事情。这是她们最担心的事情,阿克台对莉吉亚这次能否逃出宫门比莉吉亚更加担心。她甚至认为这是一个疯狂的图谋,它是注定要失败的。她越来越对这个姑娘感到怜惜了,她有时以为,如果能把维尼茨尤斯说服,要比逃走稳妥一百倍。因此过了一会儿,她便问莉吉亚和维尼茨尤斯相识多久了,能不能恳求他把她送回到蓬波尼亚家里去。

莉吉亚伤心地摇了摇头,说:

"不行,在普劳茨尤斯家里的时候,他和现在不一样,他本来是一个很好的人,可是我在昨晚的宴会上见到他后,我就害怕他了,我宁愿回到莉吉亚人那里去。"

阿克台又问道:

"在普劳茨尤斯家里的时候,你是不是觉得他很可爱?"

"是的!"莉吉亚点了点头表示同意。

阿克台想了一会儿,接着说:

"你不是奴隶,和我过去不一样。你是个人质,又是莉吉亚国王的公主,维尼茨尤斯当然可以娶你。普劳茨尤斯夫妇既然把你当成亲生女儿一样地疼爱,他们也会认你做他们的女儿。维尼茨尤斯会娶你的,莉吉亚!"

莉吉亚更加伤心了,她低声答道:

"我宁愿回到莉吉亚人那里去。"

"莉吉亚,我马上去找维尼茨尤斯,如果他还在睡觉,我就叫醒他,把我方才对你说的这些话全都告诉他,你愿意吗?

亲爱的,我一定要去找他,我要对他说:'维尼茨尤斯,莉吉亚是一位公主,又是享誉罗马的普劳茨尤斯钟爱的孩子。你如果真的爱她,就要把她送回到普劳茨尤斯家里去,然后你再去他家里明媒正娶,和她成婚。'"

姑娘回答的声音更加细小,阿克台勉勉强强才听见了:

"我要回到莉吉亚人那里去……"

两颗泪珠挂在她那垂着的睫毛上。

骤然临近的脚步声打断了她们的谈话。当阿克台还没有来得及看清来者是谁的时候,萨比娜·波贝亚带着几个随从的女奴已经出现在她们的坐凳前。两个女奴在她的头上各自撑着一把用金丝编织成的鸵鸟毛团扇,她们一边给她轻轻地摇扇,一边用它们遮住了那炽热未减的秋阳。站在波贝亚前面的是一个皮肤黑得像乌木一样的埃塞俄比亚女人,她的两个乳房鼓得很高,好像胀满了乳汁似的。她的怀里抱着一个用带金边的紫斗篷包着的婴儿。阿克台和莉吉亚于是站了起来,心想波贝亚只不过从坐凳前走过,不会注意她们,可是波贝亚却在她们的面前停了下来,说道:

"阿克台,你给孩子的洋娃娃缝的那些小铃铛缝得太不结实,孩子扯下一个就往嘴里塞,幸亏莉丽特发现得早。"

"宽恕我吧,圣洁的皇后!"阿克台把两只手叉在胸前,低着头说。

波贝亚打量着莉吉亚,过了很久才开口问道:

"这个女奴是谁?"

"她不是奴隶,圣洁的皇后!她是蓬波尼亚·格列齐娜的养女,是莉吉亚国王的公主,当作人质送到罗马来的。"

"她到这里是来看你的吗?"

"不,娘娘!她前天就进宫了。"

"昨晚她也参加了宴会?"

"参加了,娘娘!"

"谁的命令?"

"皇帝陛下。"

波贝亚更加仔细地察看着莉吉亚。莉吉亚低着头站在她面前,不时好奇地冲她抬起一双明亮的眼睛,然后又把眼皮合上。这位皇后是很看重自己的美貌和权势的,平日她总是那么忧心忡忡,怕有一天一个幸运的对手把她毁了,就像她毁掉了奥克塔维亚那样,宫里出现的每张漂亮的面孔都会引起她的猜忌。她这时以行家的眼光马上看清了莉吉亚的整个体态,对这姑娘脸上的每一个部位都有了正确的估价。因此她突然皱起眉头,感到害怕了,便暗自思忖着说:"这真是个仙女,是维纳斯生下的女儿。"她也想到自己比这个姑娘要老多了,这是她过去看到别的美人时从来没有想过的。她那被伤害的自尊心在战栗,一种惶恐不安的情绪涌上了心头,许多可怕的景象迅速掠过了她的脑海:"也许尼禄还没有看见她,即使看见了她,戴着眼镜他也看不清楚。他要是在大白天,在阳光下遇到了这么一个天仙般的美人,那会发生什么事呢?……况且她不是奴隶,她是一位公主,尽管是蛮族国王的公主,但她毕竟是国王的女儿啊!……永生不灭的诸神啊!她和我一样美,可是她比我年轻。"她那眉宇之间的皱纹更加明显了,从金色睫毛下的眼睛里,射出了冷冰冰的目光。

但她依然装出一副毫不在意的样子,问莉吉亚道:

"你和陛下说过话吗?"

"没有，皇后娘娘。"

"为什么你要到宫里来，而不愿留在普劳茨尤斯的家里呢？"

"不是我自己要到这里来的，娘娘！是裴特罗纽斯进言皇帝，把我从蓬波尼亚家里要来的，我是不愿来的啊，娘娘！"

"你想回到蓬波尼亚那里去吗？"

这最后一个问题，波贝亚是用比较平和温柔的口气提出来的，因此在莉吉亚的心中骤然起了一线希望，她向波贝亚伸出了双手，说：

"娘娘，皇帝答应维尼茨尤斯，要把我当作女奴赐给他，所以我恳求您给我说个情，还是让我回到蓬波尼亚家里去吧！"

"原来裴特罗纽斯让皇帝把你从普劳茨尤斯家里接来，是要送给维尼茨尤斯的？"

"是的，娘娘，维尼茨尤斯今晚就要派人来接我了。所以我求您，仁慈的娘娘，求您可怜可怜我吧！"

莉吉亚说完后便弯下腰去，抓住了波贝亚衣裙的边褶，等着她的回答，她的心怦怦地跳得很响。可是波贝亚的脸上却露出了一阵狞笑，她看了一会儿莉吉亚，说：

"我答应你，你今天就去做维尼茨尤斯的女奴。"

说完她就像一个美丽但又十分凶恶的幽灵那样马上离去了。这时莉吉亚和阿克台突然听见了一个婴儿的啼哭声，她们不知道这孩子是怎么哭起来的。

莉吉亚的眼里饱噙着泪水。过了一会儿，她又拿起阿克台的手，说道：

"回去吧！我们只有去那些乐意助人的地方才能得到

帮助。"

　　她们回到了客厅里,在这里一直待到了晚上。天黑了,奴隶们拿着四盏点得很亮的灯走了进来。在灯光的照射下,她们两个的面孔都显得十分苍白。她们的谈话也不时中断,因为她们都在留心地听着外面是不是有人来了。莉吉亚不断地重复着一句话:虽然她舍不得离开阿克台,但她知道,乌尔苏斯现在一定埋伏在一个黑暗的地方,正在等候她的到来。她也正期待着这一切就在今天发生。由于心情紧张,她的呼吸也变得急促和粗声粗气的了。阿克台马上取来了她自己的那些珠宝,把它们全都缝在莉吉亚外衣的一个衣角里。她恳请莉吉亚不要拒绝这些礼物,它们可以用作逃走时的花费。随后便出现了一片深沉的寂静,在寂静中又似乎到处都可以听到响声,好像门帘外面有人在窃窃私语,远处还传来了孩子的啼哭声和猖獗的狗叫声。

　　客厅的门帘骤然一声不响地被掀开了。一个身材高大、皮肤黢黑、长着一脸麻子的人影像鬼魂似的出现在客厅里。莉吉亚马上认出了这就是阿塔岑——维尼茨尤斯的解放奴隶,他到普劳茨尤斯家里去过。

　　阿克台吓得叫了一声,可是阿塔岑却对她们深深地鞠了一躬,说道:

　　"马尔库斯·维尼茨尤斯谨向天仙莉吉亚致敬,并在绿叶点缀的舍下设宴,恭请大驾光临。"

　　姑娘的嘴唇霎时变白了。

　　"我去!"她说。

　　她用两只手一把抱住阿克台的颈子,和她告了别。

第 十 章

　　维尼茨尤斯的府邸果真用桃金娘和常春藤装点一新。屋主人除了把它们挂满墙头和屋门上面,又将葡萄藤缠在一些柱子上,使周围呈现一片新绿。客厅里的天窗上拉着紫红色的呢制帷帘,用来挡御夜里的寒气。整个府邸都像白昼一样明亮。台灯里燃着八根或十二根灯芯,它们的形状各异,有的像容器,有的像树,有的像飞禽走兽,有的呈人形,手里捧着盛满了香馥馥的橄榄油的碗盏。这些台灯都是用雪花石膏、大理石或者镀金的科林斯铜雕制成的,虽然没有尼禄从阿波罗神庙拿来自己使用的那盏著名的神灯那么精致,但也显得十分美观,因为它们都是著名工匠的杰作。有些台灯上还罩着亚历山大出产的玻璃罩或者透明的印度绢纱灯罩。这些灯罩有的呈红色,有的呈蓝色、黄色和紫色,因而使整个客厅都闪耀着五光十色,绚丽无比。客厅里还弥漫着甘松的香气,维尼茨尤斯在东方时就习惯了这种香气,并且很喜欢它,所以把它带回来了。男女奴隶在府邸里出出进进,屋里屋外灯火通明。餐厅里准备了一张供四人用餐的餐桌,将要入席就座的除了维尼茨尤斯和莉吉亚外,还有裴特罗纽斯和赫雷佐泰米斯。

　　维尼茨尤斯一切都是按裴特罗纽斯的指点去做的。裴特罗纽斯叫他不要亲自去接莉吉亚,而是派阿塔岑拿着皇帝的手谕去接她,他自己留在家里等候,对她要表示亲切、友好和尊敬。

"你昨晚喝醉了。我看你的行为举止就像一个阿尔班的石匠,你不要那么性急鲁莽! 要记住,好酒应当慢慢地品尝。你也该明白,追求一个心上人固然很甜蜜,但要被人追求才真正甜蜜啊!"

对这个问题赫雷佐泰米斯有不同的看法,但裴特罗纽斯马上亲热地称她是他的维斯塔贞女,他的小鸽子,还给她讲了一个有经验的赛场驭手和一个初次驾驭战车的黄毛小子有什么不同。然后他又对维尼茨尤斯说:

"你要使她相信你,使她高兴,对她表现你气度不凡。我不愿看到一个不愉快的宴会。我以为,你甚至可以以哈得斯①的名义向她起誓,说你一定把她送还给蓬波尼亚。至于她明天愿不愿意留在你这里,那就看你的本事了。"

说完他又指着赫雷佐泰米斯说:

"对这只胆小怕事的斑鸠,五年来我几乎每天都是这么做的,我从来没有抱怨过她那颗冷酷的心。"

赫雷佐泰米斯用孔雀羽扇敲了他一下,说道:

"那是因为我拒绝过你,你这个色鬼!"

"你的拒绝是为了顾全我前面那个的脸面……"

"难道你在我的脚前就没有下过跪?"

"我跪过,那是要给你的脚趾戴上戒指。"

赫雷佐泰米斯不由得看了看自己的脚掌,她的脚趾上确实有珠宝在闪闪发亮,她和裴特罗纽斯便忍不住大笑起来。可是维尼茨尤斯并没有留心去听他们的争辩,为了莉吉亚的

---

① 哈得斯,希腊神话中的地狱和冥国之王,掌管地下财富,司丰收,并从地下赐予人间好收成。

到来,他特地穿上了一件叙利亚僧服样的花纹披衫,他的心在这件披衫下猛烈地跳动着。

"他们这个时候应当离开皇宫了。"他自言自语地说。

"那是当然。"裴特罗纽斯答道,"我看这个时候还是来给你讲讲迪安那的阿波罗纽斯的预言或者鲁菲努斯的故事吧!我不记得上次为什么没有把这个故事讲完。"

可是维尼茨尤斯不论对阿波罗纽斯的预言还是对鲁菲努斯的故事都没有兴趣,他一心想的是莉吉亚。他虽然知道,在家里迎候她比去皇宫里充当一名警官要礼貌些,但他依然后悔自己没有去接她,要不然他就可以早点见到她,还可以夜里和她同坐在一乘轿子里了。

奴隶们这时端来了一个带羊头形装饰物的三角铜火盆,盆里生了炭火。他们开始把没药和甘松的树枝一根根往盆里抛去。

"他们已经拐过弯,到卡雷纳街了。"维尼茨尤斯又说。

"他实在待不住了,他要跑出去接她,可是他一定会错过她的。"赫雷佐泰米斯叫道。

维尼茨尤斯不觉笑了起来,说:

"不,我待得住。"

但他的鼻孔却不停地翕动着,呼哧呼哧地喘着气。裴特罗纽斯看到他这个样子,便耸了耸肩膀,说:

"他连一文钱的哲学家风度都没有。这个战神的儿子,我是没法把他变成个人样了。"

维尼茨尤斯根本没有听见他的话。

"他们准定到了卡雷纳街。"

莉吉亚的轿子这时候确实拐进了卡雷纳街。几个被称作

"掌灯"的奴隶走在前头,还有几个"跟班"的奴隶护在轿子的两侧,阿塔岑在后面坐镇,照看着整个轿队。

轿队走得很慢,因为城里没有照明的设施,光有几个灯笼是不能把道路照得很亮的。皇宫附近的几条街上几乎都是空荡荡的,只是偶尔有个把行人提着灯笼穿行而过。可是再往前走,行人就多起来了。差不多从每一个街口都有三五成群的人走了出来,他们全都身穿黑色的大衣,手里也没有拿灯笼。有一些人和轿队走在一起,掺和在护轿的奴隶中间,还有一大群却是面对面地走过来了,有的人跌跌撞撞像个醉鬼,轿队因此被他们阻住,难以前进,掌灯的奴隶不得不大声地叫喊:

"给尊敬的马列克·维尼茨尤斯让道!"

莉吉亚把轿帘掀开,看见这一大片黑压压的人群,她的心情十分激动,希望和恐惧都涌上心头。"这就是他,是乌尔苏斯和基督徒们!他们马上就要动手了。啊,基督,保佑我吧!啊基督!快来救救我吧!"她说话时嘴唇在不停地颤抖。

阿塔岑对街上这种拥挤起初不很在意,到后来他终于发现情况有些异常,因此感到不安了。掌灯的奴隶越来越需要不断地喊着:"给尊敬的司令官的轿子让道!"可是两旁的行人却不顾一切地向轿子这边挤了过来,阿塔岑不得不命令奴隶用棍棒把他们驱开。

轿队前面突然发出了一声叫喊,霎时间,所有的灯火都熄灭了,轿子周围拥上了许多人,乱糟糟的,发生了打斗。

阿塔岑明白了,这是一场突袭。

他简直吓呆了。因为大家知道,皇帝需要取乐的时候,也常常带着一帮人马,在苏布拉区和城内别的区域行凶打人。

据说他在这种夜间的出击中,还曾被人打得鼻青脸肿,可是在这种情况下,那个出于自卫打了皇帝的人,哪怕是元老院的元老,也免不了一死。市治安警备处离这里并不很远,但他们遇到这种事件的发生,总是装聋闭眼,不加理会。轿子的周围这时一片喧嚣,人们互相扭打、挣扎,把对手摔倒后,就乱踩乱踢。阿塔岑顿时闪出了一个念头:还是赶紧把莉吉亚救出来,别的人就不管了。他立刻从轿子里把莉吉亚拉了出来,抱着她,奋力往暗处跑去。

可是莉吉亚喊起来了:

"乌尔苏斯!乌尔苏斯!"

阿塔岑见她穿的是一身白衣,容易被人看见,又急忙用他那只空着的手扯起自己身上的大衣把她裹住。就在这一瞬间,一只可怕的铁钳掐住了他的脖子,一个像石头一样巨大的重物猛然打在他的头上。

阿塔岑马上倒了下去,就像一头用作供品的公牛在朱庇特神坛前被斧背砍倒了一样。

大部分奴隶都被打倒在地,有些人以黑色夜幕作掩护,翻墙越壁,四散逃命。只有那乘轿子还停放在原处,它在这一场混战中也被撕扯得破乱不堪。乌尔苏斯背着莉吉亚立即奔向苏布拉区,他的同伙全都跟在他的后面,但在路上就逐渐离散了。

奴隶们都汇集在维尼茨尤斯的家门前,商议该怎么办。他们都不敢进去,于是经过一番简短的议论,又回到了出事的地方,找到了几具尸首,其中有一具是阿塔岑的。阿塔岑的躯体还在抽搐,但在一阵剧烈的颤抖之后,就挺得笔直,一动也不动了。

他们把他抬了起来，又回到维尼茨尤斯的家门前停下。这时候，他们就非得把刚才发生的一切禀报给主人了。

"让古罗去禀报吧！他和我们一样，脸上都有血，但主人更喜欢他，他比别人去要稳当些。"有几个人小声地说道。

日耳曼人古罗是个上了年纪的奴隶，他在维尼茨尤斯年幼时照顾过他。维尼茨尤斯的母亲，也就是裴特罗纽斯的姐姐死后，便把他留给了维尼茨尤斯当奴仆。古罗因此对大家说：

"我愿意去禀报，可是我要和大家一起进去，免得他只对我一个人发火。"

维尼茨尤斯已经等得很心焦了。裴特罗纽斯和赫雷佐泰米斯都取笑他，他只好在大厅里急急忙忙来回地踱步，不断地念叨着：

"他们该到了嘛！早就该到了嘛！"

他本来要出去看一看，但裴特罗纽斯和赫雷佐泰米斯阻止了他。

前厅里突然传来了脚步声，一群奴隶闯入了大厅，在墙边迅速停下，他们把手高高地举起，哀声哀气地叫道：

"啊啊……啊啊……"

维尼茨尤斯马上冲到他们面前。

"莉吉亚在哪里？"他的这一声叫喊可真是吓人，连声调都变了。

"啊啊……"

这时古罗向前走了一步，露出他那血迹斑斑的面孔，急忙向维尼茨尤斯乞求怜悯：

"老爷，您看我们身上的血吧！我们是拼了命去保卫她的。您看这血,老爷,我们流的血……"

维尼茨尤斯没有等他说完,就拿起一盏铜灯,照他的头上猛然一击,把他的头打得粉碎。然后他双手抱着自己的脑袋,把手指抠在头发里面,声嘶力竭地叫道:"我是多么不幸啊!我是多么不幸啊!① ……"

他顿时脸色发青,两眼无神,口吐白沫。

"拿鞭子来!"他终于大声地吼叫起来,这声音不像是人发出来的。

裴特罗纽斯也站了起来,脸上露出了厌恶的神色,说道:

"走吧,赫雷佐泰米斯!你如果要看血淋淋的肉,我可以叫人打开卡雷纳的一家屠宰场,让你开开眼界。"

他们走出了大厅。在这座用常春藤装点起来的房子里,本来是要举行宴会的,可现在却传出了一阵阵鞭笞声和呻吟声,差不多持续到了第二天早晨。

第十一章

维尼茨尤斯这一夜都没有睡,裴特罗纽斯走后,虽然奴隶们被打得呻吟不止,可是过了一好阵,他都感到这并没有减轻他的痛苦,也没有平息他的愤怒。因此他又召来了一大帮奴隶,也不顾夜深,就带领他们去寻找莉吉亚,首先去艾斯克维林斯卡区寻找,后来又找遍了苏布拉区、维库斯·斯策列拉杜

---

① 原文是拉丁文。

斯街和附近所有的大街小巷。接着他又绕过卡比托尔山,走过法布雷茨尤斯桥,来到了桥那边的一个小岛上,后来他还跑遍了第伯河那边的市区。但这种寻找却是毫无目标的,他自己也知道他找不到莉吉亚,他之所以这么找,是想以此消磨这可怕的一夜,所以他一直找到第二天早晨才回到家里。这时菜贩子已经赶着骡马和大车到街上来叫卖了,面包房也开门了。他一回到家里,就命奴隶把古罗的尸体抬走,在这之前,是没有人敢动这具尸体的。随后他又叫把那些丢失了莉吉亚的奴隶全都押送到乡下的牢房里去,这种惩罚比死刑还厉害。最后他在客厅里的一张卧榻上躺下,便胡思乱想起来,有什么办法能够找到莉吉亚,把她抓回来?

舍弃她,失去她,再也看不到她,对他来说都是不可想象的,因为一想到这些他就要发疯。这位青年军官专横的脾性生平第一次遇到了对手的挑战,遇到了一个敢于对抗他的威武不屈的力量。他简直无法理解有人竟敢违拗他的意愿。为了实现他的意愿,就是把全世界和罗马城都变成废墟他也在所不惜。一杯就要到口的欢乐的美酒竟被人抢去,在他看来,这真是旷古未有的憾事,应当呼唤天上和人间的法律来为他报仇。

首先,他不愿意、也不会向命运妥协。他一生中对任何东西都没有表现过像对莉吉亚那么强烈的渴求。他觉得没有她就活不下去。他不知道要是没有她明天能干什么,往后日子怎么过。有时他几乎气得要发狂了。他要把她攫为己有,把她痛打一顿,揪住她的头发,拉到卧室里,随心所欲地折磨她。可是他又抑制不住对她的强烈思念,她那委婉动听的声音、闭月羞花的容貌和迷人的眼睛都使他肝肠寸断。他甘愿拜倒在她的脚下,咬着自己的手指,抱着自己的脑袋呼喊她。他力图集中自己的思想,平心静气地想出一个能够找到她的好办法来,但是他又做不到。成千上万种手段和方法在他的脑子里频频掠过,一个比一个疯狂,最后他突然得出了一个看法,认为抢走莉吉亚的不是别人,就是普劳茨尤斯,即便不是他,他肯定也知道莉吉亚藏在什么地方。

维尼茨尤斯立刻站起来,打算去普劳茨尤斯家里跑一趟。要是他们不怕他的威胁,不把她交还给他,他就要去奏明皇帝,说这位老帅违抗圣旨,让皇帝治他死罪。但若他们真的把莉吉亚交出来了,甚至心甘情愿地交出来了,他也免不了要对他们进行报复。不过在这之前得让这位老帅首先招供出莉吉亚躲藏的地方。他们的确款待过他,把他留在家里养伤,可那有什么了不起呢?这次对他的侮辱就把他欠下的恩债全都抵消了。这位青年军官生性固执,又爱记仇,所以他一想到百夫长会给普劳茨尤斯送去死刑判决书,蓬波尼亚·格列齐娜听到后会那么悲痛欲绝,就扬扬得意起来。他认为自己一定能够拿到这份死刑判决书,因为裴特罗纽斯在这件事上首先会帮助他,再说皇帝陛下也不会拒绝他的宠臣的请求,除非他对这种请求本来就很讨厌,或者他自己也有这样的要求。

但维尼茨尤斯突然产生了一个可怕的想法,把他自己都吓得几乎停止了心脏的跳动:

“如果是皇帝本人抢走了莉吉亚呢?”

谁都知道,皇帝在闲散无聊的时候,常常夜间到外面去进行抢劫,把它当作娱乐和消遣,裴特罗纽斯也参加过这种无耻的活动。他们主要是抢女人,抢到了后就把她们兜在军大衣上,上下地抛掷,直到把她们抛得晕过去了为止。尼禄有时还把这种抢劫叫作"猎珍珠"。如果他们在穷苦人聚居的城郊捕捉到了一个年轻美貌的"珍珠",把她放在军大衣上上下地抛掷,那么这种他们称之为"萨加提奥"的在军大衣上抛掷女人的活动也就成了名副其实的抢劫。他们把这颗"珍珠"抢到了后,还要把她送进帕拉丁宫或者皇帝无数行宫中的一座,再由尼禄把她赐给他的某个亲信。这种情况莉吉亚也可能遇到,因为皇帝在宴会上见到过她。在维尼茨尤斯看来,皇帝定会把她看成是他见到过的最漂亮的女人,他一定会这么看。当然,莉吉亚在宫里住过,尼禄那个时候要是公开把她留下也是做得到的,但是正如裴特罗纽斯所说,尼禄毕竟不敢明目张胆地干坏事。虽然他有权那么干,但他也只能偷偷摸摸地干。比如这一次,他很可能是害怕波贝亚,才采取了夜里偷袭的办法。维尼茨尤斯认为,普劳茨尤斯是不敢抢走皇帝送给他的姑娘的,那么谁敢这么做呢?是不是那个生着一双蓝眼睛的莉吉亚巨人呢?他不是胆大妄为地闯进宴会大厅,把她抢走了吗?可是这个莉吉亚人能把她藏在什么地方,把她带到哪里去呢?不,这种事一个奴隶是干不了的。所以,这种事除了尼禄外,谁都干不了。

想到这里,维尼茨尤斯觉得他的眼前黑了,他的额头上冒出了大颗大颗的汗珠,要真是这样,他就永远失去了莉吉亚。他从随便什么人的手里都可以把她夺回来,但从皇帝的手中是夺不回来的。"我是多么不幸①"这一声叫喊现在比任何时候都能更加真实地反映他的处境。在他的脑子里,已经出现了莉吉亚被尼禄抱在怀里的情景。他这一生终于懂得,有些

_____

① 原文是拉丁文。

想法一个人是根本不能接受的。他到这个时候也才明白，他是多么地爱莉吉亚，他就像一个溺水的人，一瞬间便想起了自己的整个一生。莉吉亚的身影在他的眼前慢慢地移过，他看见了她，听到了她说的每一句话。他看见她在喷泉旁，在普劳茨尤斯的家里，在那次宴会上。他觉得她又回到了他的身边，他已经闻到了她头发的香气，感觉到了她身体的温暖，而且重又享受到了他在宴会上使劲亲吻她那天真无瑕的嘴唇时享受过的快乐。他觉得她比以往任何时候都更加迷人，更加美丽和可爱一百倍，她是他从所有的女人和女神中挑选了一百多次才挑选出来的唯一的美人。因此，当他想到所有这些和他心连着心的东西，这些构成他的血肉和生命的一切都已经被尼禄占有时，他便陷入了一种纯粹是肉体的痛苦之中。这种痛苦是那么来势汹汹，真是逼得他要用自己的脑袋去撞大厅的墙壁，直到把它撞得粉碎。他觉得他简直快要疯了，只是因为他的心中一直在想着要报仇雪恨，他才没有变成疯子。以前，他曾深感得不到莉吉亚就活不下去，现在他认为，没有替她报仇他是不能死的。这种想法总算给他带来了一点安慰，因此他一想到尼禄，就不断地重复着一句话："我要做你的卡休斯·赫列阿！"过了一会儿，他在天井旁的花盆里抓了一把土，便对厄瑞玻斯①、赫卡特②和自己的家神起了一个可怕的誓，说他一定要报仇雪恨。

① 厄瑞波斯，希腊神话中的黑暗神，他是混沌神卡俄斯的儿子，夜神尼克斯的兄弟。
② 赫卡特，古代东方女神。对她的崇拜传入希腊后，人们以她主宰大地、海洋和天空，掌管人间事物。从公元前五世纪起，她又成为司幽灵、噩梦、魔法和咒语的女神，也是冥界鬼魂的总管。

这样他心里就宽松多了,因为至少有了生活的目的,在他度过的那些悠闲自在的日子里不会感到寂寞。他放弃了去普劳茨尤斯家的打算,便命奴仆把他抬到帕拉丁宫去。一路上他还在想,如果看宫门的不让他去晋见皇帝或者要检查他是否随身带了武器,那就证明皇帝抢走了莉吉亚。他当然不会携带武器,只是他由于一心想着要报仇雪恨,已经失去了正常的思维,正像人们平常专注于某件事儿那样。他不愿让这事过早地暴露,要先去面见阿克台,认为在阿克台那里大概能够了解到真实情况。他的心中不时还抱有一线希望,也许他还能见到莉吉亚,想到这里,他便浑身激动得战栗起来。也许皇帝在抢走她时过于性急,没有搞清楚他抢的是什么人,今天就会把她送还给他。可是过了一阵,他又否定了他的这种想法,因为宫里如果决心把她送还给他,那么昨天就该送回来了。现在只有阿克台一个人能够把事情的全部底细都告诉他,所以他非得马上去找她不可。

他的心里想准了后,便即刻命令奴隶加快步履,一路上还不断地想着莉吉亚和报仇的事。他曾听说供奉埃及女神帕赫特的僧侣要谁生病谁就会病倒,因此他决心首先去求他们传授这种致病的法术。他在东方的时候,有人还告诉过他,说犹太人有一种咒语,只要把它一念,便可使仇敌的身上长满毒疮。他家里就有十几个犹太奴隶,因此他也暗自承诺,回去后要对他们进行拷问,一直到他们把这个秘密全都说出来为止。但他感到最高兴的,还是因为他想起了罗马制造的一种短剑,用这种剑往人的身上一刺,鲜血就会马上涌流出来。当年卡尤斯·卡里古拉的血就是这么流出来的,这位无辜的牺牲者在走廊的圆柱上还留下了永远消失不了的血迹。因此维尼茨尤斯已经横下了一条心,为了报仇,就是杀掉罗马全城的人也在所不惜。只要仇神答应,除了他自己和莉吉亚外,他会叫所有的人去死。

走到皇宫的拱门前时,他更加清醒了。一看见禁卫军的守卫他就想,只要他们对他进宫稍加阻拦,就足以证明莉吉亚已照皇帝的意旨被抢到宫里去了。但是值勤的百夫长却对他露出了一张亲切的笑脸,还有礼貌地向前跨了几步,说:

"欢迎你,尊敬的司令官阁下,如果你是来参见陛下,那你就来得不是时候,你大概见不到他。"

"出了什么事?"维尼茨尤斯问道。

"圣洁的小公主想不到昨天病了。皇帝和波贝亚皇后都守护在她的身旁,还把全城的名医都宣召来了。"

这可是件了不得的大事。在这个孩子出生的时候,皇帝简直高兴得都要发疯了,他曾经以"超乎人间的欢乐"来迎贺她的降生。在她出生之前,元老院还很隆重地举行过一次祈求诸神为波贝亚护胎的典礼。后来为了还愿,又在皇后分娩的地方安茨尤姆给诸神贡献了祭品,还在那里举行了盛大的游艺比赛和庆祝会,此外还给两位命运女神建造了一座神庙。尼禄干什么都没有节制,他对这个公主的珍爱更不一般。对波贝亚来说,这个孩子当然也是心肝宝贝,就以这孩子巩固了她的地位,给了她至高无上的权势,已经宝贝得无以复加了。

虽然小公主的健康和生命关系到整个罗马帝国的命运,但维尼茨尤斯一心想的是他自己,他自己的事情和自己的爱情。他对百夫长的消息一点也不关心,只是对他说了一句:

"我不过想见见阿克台。"

说着他便走进了宫里。

可是阿克台也照看小公主去了，因此他不得不久久地等着她，一直等到中午，阿克台才回来。阿克台回来时已经疲劳不堪，显得面无血色，她一见到维尼茨尤斯，脸色更加苍白了。

维尼茨尤斯抓住阿克台的手，把她拉到客厅中间，对她叫唤道："阿克台，莉吉亚在哪里？"

"这个我正要问你呢！"她以责备的眼光望着他，回答说。

维尼茨尤斯本来想平心静气地向她问个明白，但他忍受不了自己的痛苦和愤怒，因此又双手抱着脑袋，把脸绷得紧紧的，不停地说：

"莉吉亚半路上被人抢走了，不知到哪里去了！"

过了一会儿，他恢复了平静后，又把自己的脸靠近阿克台的脸，对她咬牙切齿地说：

"阿克台……如果你认为生命是最宝贵的，如果你真的不愿给别人造成你所想象不到的不幸，你就该对我说实话，是不是皇帝把她抢走了？"

"皇帝昨晚没有离开皇宫。"

"你对你母亲的亡灵起誓，对诸神起誓，老实告诉我，莉吉亚到底在不在宫里？"

"我对我母亲的亡灵起誓，维尼茨尤斯！莉吉亚根本不在宫里，皇帝也没有去抢她。小公主昨天就病了，皇帝一直守在她的摇篮边。"

维尼茨尤斯总算松了一口气，他觉得那最可怕的威胁对他来说已经不存在了。于是他在一张条凳上坐下，紧紧地握着两个拳头，说："这么说来，是普劳茨尤斯他们抢走了她，那他们就要倒霉了。"

"阿卢斯·普劳茨尤斯今天早晨到这里来过。我那时在看护公主,他没有见到我,但他找埃帕弗罗迪特和陛下其他的奴仆问过莉吉亚的情况,并且对他们说,他还会来找我。"

"他这是要大家别对他产生怀疑。假如他真的不知道莉吉亚出了什么事,他就会到我家里来找她。"

"他在一块留言板上给我写了几句话,你一看就会明白。他知道,正是由于你和裴特罗纽斯的要求,皇帝才把莉吉亚从他家里要走的。他原以为莉吉亚已被送到你家里去了,今天早晨他去过你的家,从你家里人的嘴里,他才知道是怎么回事。"

说完她便走进了卧室,没多久,就把普劳茨尤斯给她留下的那块留言板拿出来了。

维尼茨尤斯看了后就不说话了。阿克台从他那悲伤的面容中似乎看出了他在想些什么,过了一会儿,便对他说:

"你不要想别的了,维尼茨尤斯!这件事是莉吉亚自己要干的。"

"那么你早就知道她要逃走吗?"维尼茨尤斯突然怒火中烧。

她那忧郁的眼睛甚至带着严厉的神色望着他:

"我只知道她不愿做你的情妇。"

"那么你这辈子又做了什么呢?"

"我和她不一样,我过去是奴隶。"

但她的话并没有消除维尼茨尤斯的怒火。在维尼茨尤斯看来,莉吉亚既然是皇帝赐给他的,他就不用去细问她的出身了。他就是下到地狱里去,也要把她找回来,只要找回了她,他爱怎么处置都可以。是的,他只能把她当作情妇,这样他就可以随便打她,把她玩腻了后,还可以送给他最下贱的奴隶,或者让她到他在非洲的庄园里去推磨。他要把她找回来，就是为了蹂躏她，践踏她，让她驯服于他。

他的情绪越来越激动，到后来已经失去了常态，连阿克台也看得出他在信口开河，嘴里说的实际上做不到，是愤怒和痛苦使得他这么胡言乱语。阿克台对他的痛苦虽然有些同情，可是他那失去理智的态度却叫她忍受不了，因此她问他找她究竟有什么事。

维尼茨尤斯一时不知该怎么回答。他到这里来，是想探听一些消息，但他真正的目的还是想要面见皇帝，因为见不到皇帝，才到这里来找她。莉吉亚的逃走违抗了皇帝的意旨，所以他可以奏请皇帝发布命令，在罗马全城或者到全国各地去捉拿她。必要的话，可以动员所有的军队进行挨家挨户的搜捕。裴特罗纽斯也会帮他说话，但搜捕今天就得开始。

阿克台回答说：

"你要小心。你如果不想永远失去她，那就不要去奏请皇帝。"

维尼茨尤斯皱起了眉头，问道：

"你这话是什么意思？"

"你听我说，维尼茨尤斯！昨天我和莉吉亚一起去过御花园，在那里还遇见了波贝亚。她当时带着一个黑人女孩莉丽特，让莉丽特给她抱着小公主。可是到了晚上，公主就病倒了，莉丽特胡说什么小公主是中了魔，是她们在御花园里碰到的那个外国女人对她施了妖术。如果孩子能够恢复健康，她们自当忘掉这件事情；否则的话，波贝亚第一个就会追究莉吉亚施妖弄法的罪行，到那个时候，如果皇帝找到了她，她就没有救了。"

维尼茨尤斯沉默了半晌,才开口说:

"也许她当真施了妖法,把我也魔住了。"

"莉丽特一再地说,正好在她抱着公主走过我们身边的时候,公主就哭起来了。公主当时哭了,这个不假,但她毫无疑问是在她们把她抱进花园之前就已经病了。维尼茨尤斯,你还是自己一个人随便到哪里去找莉吉亚吧!在公主病愈之前,你可不要在陛下面前提起莉吉亚啊!因为那会激起波贝亚对她的复仇心的。莉吉亚已经为你流了很多眼泪,你现在应当祈求诸神保佑她那可怜的性命。"

"阿克台,你爱她吗?"维尼茨尤斯忧郁地问道。

这个解放女奴的眼里涌出了泪水,她回答说:

"是的,我爱她。"

"那是因为她对你和对我不一样,她没有以仇恨来回报你。"

阿克台久久地注视着他,好像对他有点疑惑不解,又好像在察看他是不是说了实话。过了好一会儿,她才说道:

"你这个急性鬼真是瞎了眼,她是爱你的呀!"

维尼茨尤斯听到她这些话,就像当头挨了一棒似的跳了起来,不对,她恨他。阿克台怎么知道她的想法呢?她认识她才一天,莉吉亚就会对她说心里话吗?她宁愿以流浪为生,忍受贫困和耻辱,不管明天怎么样,甚至悲惨地死去,也不愿住在豪华的府邸里,接受爱她的人的宴请,这算什么爱情呢?维尼茨尤斯觉得他还是不听阿克台的这些话为好,因为他真的要发疯了。对他来说,即使有人把皇宫里所有的财宝都拿出来换她,他也是不肯的,可是她却自己逃跑了,这又算是什么爱情呢?哪有这种拒绝欢乐而甘愿献身于痛苦的爱情呢?谁能理解这种爱情呢?谁又能接受它呢?他若不是尚存一线能够找到她的希望,他就要拔剑自刎了。爱情难道只有奉献而没有收获吗?维尼茨尤斯在普劳茨尤斯家里的时候,以为自己的幸福已经来到,可现在他明白了,她过去恨他,现在恨他,到死都会恨他的。

然而平时怯懦而又温顺的阿克台对维尼茨尤斯这时却忍不住生气了:他是怎么去向莉吉亚求爱的呢?他不但不对普劳茨尤斯和蓬波尼亚恭恭敬敬地表白他要向莉吉亚求婚的愿望,反而玩弄阴谋诡计,把她从他们的家里抢走。莉吉亚是一个有声望的家庭的养女,她的生身父亲又是一个国王,可他却不肯娶她为妻,而要把她当作情妇。他还把她送进了这座充满了罪恶和耻辱的皇宫,让她目睹那无耻的宴会,玷污她那天真无瑕的眼睛,他把她真的看成是妓女一样。难道他真的忘了普劳茨尤斯的家庭是个什么样的家庭,教育莉吉亚的蓬波尼亚·格列齐娜是个什么样的人吗?难道他连蓬波尼亚、莉吉亚这样的女人和尼吉蒂亚、卡尔维亚·克雷斯披尼娜、波贝亚以及他在皇宫里见到的所有别的女人有什么不同都弄不清楚吗?他见到莉吉亚时,为什么就看不出这是一位宁死也不肯受辱的洁身自好的姑娘呢?难道他不知道她所信奉的是什么神,也不知道这种神比起那些淫佚放荡的罗马女人所敬奉的同样淫佚放荡的维纳斯或者伊西斯①要纯洁和高贵得多吗?啊!不!莉吉亚对阿克台虽然没有表白过她对维尼茨尤斯的爱恋之情,但是她对她说过,只有他,只有维尼茨尤斯才

---

① 伊西斯的故事见第 26 页注③。在这里,女主人公阿克台说伊西斯女神淫佚放荡是没有根据的。她这么说,是从维护莉吉亚信奉的基督,反对罗马人信奉的多神教的立场出发的。

救得了她,她曾寄希望于他能奏请皇帝恩准她回去,让她回到蓬波尼亚的身边。她在谈到这些的时候,脸上还泛起了一阵红晕,这说明她正在爱恋,她有一颗赤诚的心。她的心是向着维尼茨尤斯的。可是她对他又感到害怕、厌恶和气愤,就让他动用皇帝的军队来追捕她吧!不过他应当知道,倘若波贝亚的孩子死了,她最后脱离不了干系,也就必死无疑了。

维尼茨尤斯既感到愤怒,又十分痛苦,当他知道莉吉亚爱他时,他的灵魂深处都为之震动了。他想起了她在普劳茨尤斯家的花园里,一听到他讲话,脸上就泛起了红潮,眼里就闪出了光辉。他觉得她那个时候就真的爱上他了,一想到那种情景,一种幸福的感觉便涌上了他的心头,比他现在想要得到的还要强烈一百倍。他想,他确实应当慢慢地进行,只有这样,他才能够赢得她的欢心,让她成为他自己的。然后她就会给他装饰大门,在门上涂上狼油,以妻子的身份坐在他火炉边的羊皮上,并且亲口对他庄严地宣誓:"卡尤斯,你走到哪里,我卡亚也跟随到哪里,我和你永远在一起。"到那个时候,她就永远是他的了。为什么他没有那么去做呢?他本来是要那么做的,可现在他却失去了她,也许再也找不到她了。而且他也不能去找她,因为把她找回来,反而有可能害得她丢了性命。再说他即使没有害得她遭此厄运,她和普劳茨尤斯一家也会厌弃他的。想到这些,维尼茨尤斯简直气得头发都要竖起来了,他现在不是对普劳茨尤斯或莉吉亚生气,而是对裴特罗纽斯生气。裴特罗纽斯要负全部责任。如果不是他,莉吉亚就不会被逼得到处乱跑;如果不是他,她就成了他的未婚妻,什么灾祸都不会降临到她那宝贵的头上。可现在已经铸成了大错,想要挽回也为时已晚了,挽回是不可能的了。

"太晚了!"

维尼茨尤斯觉得在他的脚前好像裂开了一道深渊。他不知该怎么办,也不知道应当采取什么行动,现在去哪里才好。"太晚了!"阿克台像发出回声似的又说了一遍。对维尼茨尤斯来说,这句话虽然出自他所熟悉的人的口,但他却感到好像是给他下了死刑的判决。他心里只知道他非得去找莉吉亚不可,否则他就要倒霉了。

他不由自主地披上了外衣,想马上出去,连阿克台都不与告别。可正好在这个时候,隔着前厅和客厅之间的门帘被揭开了,蓬波尼亚·格列齐娜突然出现在他的眼前。

她满面愁容,显然已经知道了莉吉亚的失踪,她认为自己要见到阿克台比普劳茨尤斯容易,所以她是来找阿克台打听莉吉亚的消息的。

可是她一见到维尼茨尤斯,就把她那瘦小而又苍白的脸孔转向了他,过了一会儿,便说:

"维尼茨尤斯,你给我们和莉吉亚造成了痛苦,求上帝宽恕你吧!"

维尼茨尤斯低下了头。他觉得自己虽然不幸,但他是有罪的,他不知道什么样的上帝才会宽恕他。蓬波尼亚对他本来应当说报仇的,为什么她要说宽恕呢?

他始终没有想出一个好的办法,因此他只好离开这里,但他的脑子里依然充满了忧虑、惶恐和无限的悲愁。

皇宫里的院子和走廊上挤满了人,他们一个个都显露出了忐忑不安的神色。在宫里的奴仆中间,还混杂着一些武士和元老院的元老,他们到这里来,也是想要知道小公主的健康状况,这些人在宫中露面,尤其是在奴仆们中露面,的确显示了他们一片关切的热忱。"小女神"染病的消息很快就传出去了。因此宫门外不断地有人前来探望,而且越来越多,不一会儿,通过拱门向外望去,已经是人山人海了。一些刚刚来到这里的人们看见维尼茨尤斯从宫里出来,便拥上前去打探消息,可是维尼茨尤斯什么也没有说就离去了。后来因为裴特罗纽斯前来问讯,和他几乎面对面地碰在一起,才把他截住了。

维尼茨尤斯从阿克台那里出来之后,显得神思恍惚,精疲力尽,由于痛苦的折磨,他天生的暴躁脾气一下子不见了。要不然,他一看见裴特罗纽斯就会怒火冲天,在皇宫里不顾一切地干出违法的事情来。他把裴特罗纽斯推到一边,要走过去,可是裴特罗纽斯却使劲地拉住了他。

"小公主怎么样啦?"他问道。

可是他的这个举动冲撞了维尼茨尤斯,使得维尼茨尤斯的满腔怒火一下子又爆发出来了。

"愿地狱把她和这座皇宫全都吞下去!"他咬牙切齿地答道。

"别说了,你这个倒霉鬼!"裴特罗纽斯说完后,环顾了一下四周,又急忙补充道:

"你想知道莉吉亚的消息,就跟我来吧!不,我在这里不能对你讲。走吧!坐到轿子里后,我把我的想法全都告诉你。"

他挽着维尼茨尤斯的胳膊,马上就离开了宫门。

其实他并没有什么消息。他的目的是要把维尼茨尤斯带出宫去。裴特罗纽斯是一个精明能干的人,他昨天虽然生维尼茨尤斯的气,但他却是很同情他的。再者他也觉得自己对

这件事确实该负一定的责任,因此他为了挽回局面,已经采取了一些积极的措施。等到他和维尼茨尤斯上了轿后,他便开口说道:

"我已经派遣我的奴隶守住了所有的城门,还对他们详细地讲述了姑娘和在宴会上把他抱走的那个巨人的相貌特征,一定是那个巨人抢走了她。你听我说,普劳茨尤斯夫妇或许会把她藏在他们在乡下的一个庄园里,因此我们很快就会知道他们把她带到哪里去了。如果守在城门口的人都没有发现她,那就说明她还在城里,我们从今天起就得开始在城里搜查。"

"普劳茨尤斯夫妇不知道她在什么地方。"维尼茨尤斯回答说。

"你能肯定他们不知道?"

"我见到了蓬波尼亚,他们也在找她。"

"昨天她出不了城,因为夜里城门都关了。我在每一座城门口都派了两个奴隶在那里守候,一个准备跟踪莉吉亚和那个巨人,另一个回来报信。只要他们还在城里,我们就一定能够找到她,那个莉吉亚巨人高大的身材和宽阔的肩膀是很容易认得出来的。你算是走运,因为抢走她的不是皇帝,这一点我可以担保,帕拉丁宫的事情我是无所不知的。"

可是维尼茨尤斯的情绪依然十分激动,他的悲伤大于愤怒,因此他上气不接下气地把他从阿克台那里听来的消息和莉吉亚将要遇到的新的危险都讲给了裴特罗纽斯听。他还说:由于这种危险非常可怕,他即便找到了她,也得把她小心谨慎地藏起来,绝不能让波贝亚知道。然后他又痛心疾首地责备裴特罗纽斯不该出那些坏主意,要不是他,事情就不会闹成现在这个样子。莉吉亚本来可以照旧住在普劳茨尤斯的家里,他维尼茨尤斯也可以天天见到她,这么一来,他甚至可以过得比皇帝都要快活。他越说越窝火,越说越激动,悲伤和激动的泪水终于夺眶而出了。

裴特罗纽斯想不到这个年轻人会钟情和迷恋到这种地步。看到他那悲恸欲绝的样子,他惊讶地暗自思量道:

"噢,威力无比的塞浦路斯女王①,你真是神和人的唯一的统治者啊!"

第 十 二 章

他们在裴特罗纽斯府邸的大门前下轿后,客厅总管马上前来禀告,派到各处城门的奴隶还一个都没有回来。于是他命奴仆们马上给他们送饭去,此外他还下了一道新的命令,要求那些守城的奴隶对出城的人个个都要仔细地察看一番,如不勤于职守,就要处以笞刑。

裴特罗纽斯说:"你看,他们这时一定还在城里,我们一定能够找到他们;不过你也要吩咐你的奴隶好好守住城门,就派那些接过莉吉亚的奴隶去吧! 他们都认得她。"

"我已经把他们送到乡下的地牢里去了。"维尼茨尤斯回答说,"但我可以马上收回那个命令,把他们叫回来去守城门。"

~~~~~~~~~~

① 指阿佛罗狄忒或维纳斯,因为在塞浦路斯有她们最著名的神庙。

于是他在打了蜡的记事板上写了几个字,交给裴特罗纽斯,请裴特罗纽斯派人把它马上送到他家里去。

随后他们走进内庭的一进走廊里,坐在一条大理石凳上,又开始谈话。

金发的尤妮丝和伊拉斯这时拿来了两个小铜凳给他们垫脚,随后又搬来了一张小桌子,放在石凳前,将那些在沃拉泰拉和策里纳制作的精美无比的细颈瓶子里的葡萄酒斟满了他们的酒杯。

"你家里有没有人认得那个莉吉亚巨人?"裴特罗纽斯问道。

"阿塔齐努斯①和古罗都认识他,可是阿塔齐努斯昨天在轿子旁被杀了,古罗也被我打死了。"

"我真为他伤心。我们小的时候,他不仅抱过你,还抱过我呢!"裴特罗纽斯说。

"我本来是要解放他的。"维尼茨尤斯回答说,"现在你就别提他了,我们还是来谈谈莉吉亚吧!罗马是一片汪洋大海……"

"珍珠就是从海洋里捞出来的……虽然我们今天明天都找不到她,但我们总有一天会找到她的。你方才怪罪我出了坏主意,其实我的主意并不坏,只是因为没有把它干好才成了坏主意。你说你听普劳茨尤斯说过,他打算全家都搬到西西里岛去住,那样的话,莉吉亚不是也要远远地离开你了吗?"

"我会跟他们一起去。"维尼茨尤斯回答说,"不管怎么样,她去那里总还是没有危险的。现在可糟了,一旦那个小公

---

① 阿塔齐努斯,即阿塔岑。

主死了，波贝亚不仅会追究莉吉亚的罪责，而且她还会进谗皇帝。"

"是的，我也为此感到不安，可是这个娃娃也许还能恢复健康。退一步说，即便她死了，我们也有补救的办法。"

裴特罗纽斯沉思了一会儿，又说：

"听说波贝亚信犹太教，她相信魔鬼，皇帝也迷信……如果我们散布言论，说莉吉亚是魔鬼抓走的，会有人相信的，特别是因为不论皇帝还是普劳茨尤斯都没有抓她，她的失踪实在太神秘了。这种事情那个莉吉亚人一个人干不了，他非得有帮手不可，但是他，一个奴隶怎么能在一天之内召来那么多人呢？"

"罗马的奴隶都是互帮互助的。"

"但也为此付出过血的代价。他们确实能够互相帮助，但他们绝不会帮助一些人去反对另一些人。这一次，谁都知道，责任在你的奴隶身上，你的奴隶应当受到惩罚；只要你说这是魔鬼捣的乱，他们马上就会出来作证，说他们亲眼见到了魔鬼，因为他们可以借此推掉自己的责任……你不妨找一个奴隶来试试，问他是否见过魔鬼把莉吉亚举到了空中，他会马上对宙斯的神盾起誓，说他确实见过。"

维尼茨尤斯也迷信，他听了裴特罗纽斯的话后，一下子感到惶恐不安了。

"乌尔苏斯如果没有人帮助，他一个人是没法抢走莉吉亚的，那么是谁抢走了她呢？"

裴特罗纽斯笑了起来。

"既然连你都有点信了，那么他们就更不会怀疑了。我们的世界就是这么一个疑神疑鬼的世界。他们信了我的话，就不会再去找她了。到那个时候，我们就可以把她带到离城很远的地方去，把她藏在我的或者你的别墅里了。"

"那么是谁救了她呢？"

"和她一样的信徒。"裴特罗纽斯答道。

"那是些什么人？她信仰的是什么神？这些我本应当比你知道得更清楚的呀！"

"罗马女人信仰的神几乎每个都不一样，蓬波尼亚当然是以她自己信仰的神来教育莉吉亚的，但我不知道她信的是什么神。不过有一点可以肯定，就是谁都没有见过她去神庙里向我们信奉的神供祭品，有人甚至告她是一个基督徒，这是不可能的。家庭审判庭已经否决了这种控告。据说基督徒崇拜驴头，他们是人类的大敌，他们会干出最最卑鄙的罪恶勾当。因此蓬波尼亚不可能是基督徒，她的高尚品德是尽人皆知的，一个人类的大敌不会像她那么仁慈地对待奴隶。"

"没有一家人对待奴隶有普劳茨尤斯一家那么亲善。"维尼茨尤斯插了一句。

"是啊！蓬波尼亚对我说起过一位神。她说这是一位全能而又慈悲的神明，那么她对别的神是怎么看的，就是她自己的事了。但我可以肯定，她信仰的这个神并不是全能的。如果只有两个人，即她和莉吉亚，再加上一个乌尔苏斯信仰他的话，那他一定没有什么本事。他应当有许多信徒，正是这些信徒帮助了莉吉亚。"

"这种宗教叫人们宽恕。"维尼茨尤斯说，"我在阿克台那里遇见了蓬波尼亚，她对我说：'你给我和莉吉亚造成了痛苦，愿上帝宽恕你吧！'"

"他们的神显然是一位忠实可靠的保护神，那么就让他宽恕你吧！如果他要表示他对你的宽恕,就该把姑娘还给你。"

"要是那样,明天我就拿一百头牛去给他上供。我现在吃不下饭,也不愿意洗澡,也不想睡觉。我要披上一件黑大衣,去城里逛逛,也许这一身打扮能够找到她,唉！我真的病了。"

裴特罗纽斯以同情的目光望着他。他看见维尼茨尤斯的眼皮确实有点发青,烧灼的瞳孔闪闪发亮。他早晨没有刮脸,那密匝匝的胡须在他的轮廓分明的下巴上形成了一条黑色的带子。他的头发也很乱,真像个病人。伊拉斯和金发的尤妮丝也向他投去了表示同情的目光,但他根本没有理会她们。实际上,这两个女奴的在场不仅没有引起他注意,也没有引起裴特罗纽斯的注意,他们只是把她们当成在身边打着转转的两只小狗而已。

"你发烧了。"裴特罗纽斯说。

"是的！"

"那么你听我说……我不知道医生会给你开什么药方,但我要是处在你的地位,我就知道该怎么办。在没有找到那个女人之前,我一定要找到另外一个女人来填补我的空缺。我看你家里就有很多美女,你不要和我争了……我懂得什么叫爱情,我也知道你想得到的那个人是不能用别的人来代替的。不过你要是有一个漂亮的女奴,至少可以暂时享受一下她的乐趣嘛！……"

"我不要那种乐趣！"维尼茨尤斯回答说。

裴特罗纽斯确实很爱他,他很想减轻维尼茨尤斯的痛苦,而且他正在考虑有什么好的办法。过了一会儿,他说:

"也许你的女奴对你再也没有什么吸引力了,那么,"说到这里,他用眼睛轮番地扫视着伊拉斯和尤妮丝,又将手掌放在金发女奴尤妮丝的大腿上。"你就瞧瞧这个仙女吧!前几天,年轻的方泰尤斯·卡庇顿想得到她,还说要拿三个卡拉佐梅内的漂亮少年来和我交换。像她那么美妙的身段大概连斯科帕斯①也没有雕出来过。我自己也不明白,我对她为什么那么无动于衷,其实并不是因为我的心里一直在想着赫雷佐泰米斯。好吧,我就把她送给你,你把她领走吧!"

金发尤妮丝听到这些话,面孔霎时变得像麻布一样苍白。她以惶恐不安的眼神望着维尼茨尤斯,一声不响地等着他的回答。

维尼茨尤斯突然跳了起来,把双手紧紧按在太阳穴上,仿佛一个病魔缠身的人。他只管自己急急忙忙地说话,别人的话什么也听不进去:

"不!不!我不要她!我谁都不要……谢谢你啦,我不要她!我要到城里去找莉吉亚,叫你的下人给我拿一个带风帽的高卢斗篷来!……"

随后他便匆匆忙忙地出去了。裴特罗纽斯见他实在没法待在这里,也就不阻拦他,但他认为维尼茨尤斯的拒绝不过是出自他对除莉吉亚之外的别的女人一时的厌恶,他不愿意让他慷慨大方的表现毫无结果,因此转身对尤妮丝说:

"尤妮丝,你先去洗个澡,擦上香脂,换一身衣服,然后你就到维尼茨尤斯家里去!"

可是尤妮丝马上跪倒在他面前,给他磕头作揖,求他不要

---

① 斯科帕斯(公元前四世纪),古希腊著名雕塑家和建筑家。

把她赶走。

她不愿到维尼茨尤斯那里去,她情愿在主人家的火房里搬柴火,也不愿去那里当工头。她不愿到那里去,也不能去那里。她求主人怜悯她,只要不把她撵走,就是每天挨一顿鞭打也愿意。

她既害怕又非常激动,全身上下像被摇动的树叶一样颤抖起来。她向裴特罗纽斯伸出了两只手。裴特罗纽斯听到她的话后也惊呆了,一个奴隶竟敢违抗他的命令,说什么"不愿意也不能去"的话,这在罗马是从来没有过的事情。他皱起了眉头,简直不敢相信自己的耳朵。可是他情趣高雅,从来也没有凶恶地对待过别人,他家的奴隶也比别人家的奴隶享有更多的自由,在娱乐方面就自由得多了。只是有一个条件,就是他们必须把自己的差事做好,要把主人的意旨敬若神旨,如果违背了这两条,照他的习惯,他对他们也是不会轻饶的,因为他平生最讨厌的就是一切违抗命令或者打搅他的平静的举动。他这时冲着这个跪在地上的女奴望了一阵,说:

"去把泰列兹亚斯叫来,你也跟他一起到这里来!"

尤妮丝哆哆嗦嗦地站起来后,噙着眼泪走了出去。过了不久,她和客厅总管、克列特岛人泰列兹亚斯都回来了。裴特罗纽斯对总管说:

"你把尤妮丝带下去,抽二十五鞭子,但不要伤她的皮肉。"

说完他便走进书房,在一张玫瑰色的大理石桌子旁坐下,开始写他的作品《特雷马奇奥的家宴》①。

① 《特雷马奇奥的家宴》是裴特罗纽斯的小说《萨蒂利孔》中的一段。

可是莉吉亚逃走和小公主生病把他的心思搅得很乱,而且后者还是一件关系全局的大事,使得他实在没法长时间地工作下去。他想,如果皇帝也真的相信莉吉亚对小公主施了魔法,那就会要他负责了,因为是他提出要把莉吉亚召进宫的。不过他认为他一见到皇帝就有办法对他说明这种猜疑十分荒唐。此外他还觉得波贝亚对他也一定有某种好感,虽然她把这种好感小心地隐藏起来了,但还没有小心到使他察觉不出来。过了一会儿,他耸了耸肩膀,又觉得这些担心和害怕都没有必要,因此他决定先去餐厅里用餐,然后乘轿子到皇宫里去,再从那里转向战神广场,到赫雷佐泰米斯家里去。

他去餐厅经过奴仆候差的走廊口时,突然遇见了身材秀美的尤妮丝,她靠墙站在别的奴隶中间。而他这时却忘了他只叫泰列兹亚斯鞭笞她,并没有下过别的命令,因此他又皱起了眉头,去走廊里寻找泰列兹亚斯。

他在这里并没有找到他,便转身问尤妮丝道:

"你挨过鞭子了吗?"

她又跪倒在他的脚前,吻了一下他的披衫的下摆,回答说:

"啊,挨过了,老爷,我挨过打了,老爷!"

她说话的声音仿佛表露出了某种喜悦和感激之情。很明显,她认为挨了打就不会被主人赶走,现在可以留下了。裴特罗纽斯明白了她的意思后,他对这个女奴所表现出的强烈的反抗精神感到十分惊讶,但他作为一位人类天性的通晓者,也不难看出只有爱情才能激起这么强烈的反抗。

"你在这个家中有个心上人吧?"他问道。

尤妮丝马上冲他抬起了一双满噙着泪水的蓝眼睛,用小得几乎听不见的声音回答说：

"是的,老爷!"

她那双泪水浸湿的眼睛、披散在脑后的金发,和她那表露着畏怯和祈求的面孔显得格外地动人,再者她又是那么乞求地望着他,使得裴特罗纽斯这个崇尚爱情威力的哲学家和敬重一切美好事物的审美家也对她产生了同情。

"他们中哪一个是你的情人?"他把头对那些奴仆点了一下,问道。

对这个问题,尤妮丝没有回答。她只是把脸往下靠在他的脚边,趴在那里一动也不动。

裴特罗纽斯看了看这些奴隶,其中不乏身材魁梧英俊漂亮的年轻人,可是他们的脸上全都露着古怪的微笑,看不出有什么迹象。因此他又望了一下伏在他脚前的尤妮丝,便默不作声地到餐厅里去了。

吃过饭后,他命轿夫把他抬到了皇宫里,随后又到了赫雷佐泰米斯的家里,在那里一直待到了深夜。等他回到了自己的府邸,便把泰列兹亚斯叫来,问道：

"你鞭打了尤妮丝没有?"

"打过了,老爷! 不过,你叫我不要伤她的皮肉。"

"我还下过别的命令没有?"

"没有,老爷!"客厅总管惶恐不安地答道。

"那好。哪个奴隶是她的情人?"

"这里没有她的情人,老爷!"

"你知道她平日的表现怎么样?"

泰列兹亚斯有点迟疑地回答说：

"尤妮丝和阿克蕾齐约娜·伊菲达住在一起,晚上从来不出她的卧室。老爷,她伺候您洗完澡后,也从不留在浴室里……别的女奴都笑话她,叫她黛安娜。"

"行啦!今天早晨,我说过要把她送给我的外甥维尼茨尤斯,他不要,那就留在家里吧!你可以走了。"

"我可不可以再说一点她的事情,老爷?"

"我已经对你说了,要把你知道的都说出来。"

"现在全家上下都在议论,说那个国王的女儿本来要到高贵的维尼茨尤斯的府邸里去,可她现在却逃走了。你出门后,尤妮丝来找过我,她说她认识一个人,能找到那个国王的女儿。"

"哦,那个人是谁?"裴特罗纽斯问道。

"我不知道,老爷!不过我觉得应当把这个消息事先禀告您。"

"你做得对。明天早晨,你以我的名义把军团长请到这里来,也让那个人在我家里等着和他见面。"

客厅总管鞠了一躬,便退下了。

裴特罗纽斯不由得又想起了尤妮丝。起初他觉得事情很明白,这个年轻的女奴盼着维尼茨尤斯能够找到莉吉亚,她就可以不被送到他家里去替代她了。可是后来他又产生了一个新的想法:尤妮丝举荐的那个人也许就是她的情人,一想到这里,他反而觉得很不愉快了。当然,要知道事情的真相并不难,把尤妮丝叫来就是了,但现在时间太晚,再加上他在赫雷佐泰米斯那里待得太久,全身上下已经困乏不堪,急着要睡觉去了。裴特罗纽斯还没有走到卧室,不知怎么又想起了他今天发现赫雷佐泰米斯的眼角已经起了皱纹。因此他觉得她的美貌虽然享誉罗马,但实际上名不副实。相反的是,那个方泰尤斯·卡庇顿只说用三个卡拉佐梅内的少年来换取尤妮丝，又把尤妮丝看得太不值钱了。

第 十 三 章

　　第二天，裴特罗纽斯在涂油室里刚刚穿好衣服，泰列兹亚斯就把维尼茨尤斯请来了。在这之前，维尼茨尤斯在各城门口都打听过，知道那里没有消息。这种情况好像说明了莉吉亚还在城里，但这不仅没有使他感到高兴，反而使他更担忧了。他觉得，乌尔苏斯把她抢走后，大概马上出城去了，也就是说，在裴特罗纽斯还没有来得及派人守住城门之前就出城了。现在是秋天，白昼越来越短，城门通常很早就关了，但如果有人要出城，守城的士兵还是给他们开门的，像这样出去的人也不少。实际上，出城的办法还有很多，那些想从城里逃出去的奴隶是最有办法的。维尼茨尤斯已经派了手下人去把守各条通往外省的大路的路口，并给各个城镇的守卫送去了通缉两名逃跑的奴隶的布告，布告上标明了乌尔苏斯和莉吉亚的相貌特征以及悬赏捉拿他们的金额。然而这种通缉能否奏效却不一定，即便把他们抓到了，那些地方官如果没有罗马法庭的批准，单凭维尼茨尤斯个人的要求，能够把他们关起来吗？要得到法庭的批准可需要时间，对维尼茨尤斯来说，这么做也来不及。他昨天化装成奴隶在罗马城里的大街小巷找了莉吉亚一整天，却没有发现她丝毫的踪影。他在城里确实遇见了普劳茨尤斯家里的仆人，可是他们好像也在找人，这就更说明了抢走莉吉亚的不是普劳茨尤斯夫妇,他们根本不知道莉吉亚出了什么事。

因此在泰列兹亚斯告诉他有人能够找到莉吉亚后,他一口气就跑到了裴特罗纽斯的家里。他和裴特罗纽斯刚一照面,便问起那个人的情况来。裴特罗纽斯回答说:

"我们等一下就会见到他。他是尤妮丝的熟人,尤妮丝马上就要来给我的披衫打褶,她会对我们详细报告这个人的情况。"

"哦!她就是昨天你要给我的那个女奴吧?"

"是的,就是昨天你不肯要的那个女奴。为此我还要感谢你,她是全城给披衫打褶最出色的能手。"

他的话还没有说完,这位打褶的能手就进来了。她即刻拿起那件卷放在镶嵌着象牙的椅子上的披衫,把它打开后,披在裴特罗纽斯的肩上,她的脸色显得明朗而又平静,眼睛里闪耀着快乐的光辉。

裴特罗纽斯久久地注视着她,觉得她长得很美。过了一会儿,她把披衫又给他穿上,把它抻直后便躬下身去,放长了它的下摆。这一瞬间,裴特罗纽斯又看见她的肩膀呈现出非常漂亮的粉红色,她的胸部和背部是那么光滑和明亮,就像珍珠或者雪花石膏一样。裴特罗纽斯问她:

"尤妮丝,你昨天对泰列兹亚斯说的那个人来了没有?"

"来了,老爷!"

"他叫什么名字?"

"基隆·基洛尼德斯,老爷。"

"他是干什么的?"

"是个医生。他还是学者和占卦的人,他会给人算命,给人预卜未来。"

"他卜过你的未来吗?"

尤妮丝的脸上涌现出了一阵红晕,连耳朵和颈子都红了。

"卜过,老爷!"

"他给你预卜了什么?"

"他说我会有痛苦和幸福。"

"昨天你在泰列兹亚斯手下受了苦,那么幸福也该来了吧?"

"幸福已经来了,老爷!"

"什么样的幸福?"

尤妮丝轻声回答说:

"我可以留在这里了。"

裴特罗纽斯把手掌放在她那长满了金发的头上,说道:

"你今天打褶打得不错,我很高兴,尤妮丝!"

裴特罗纽斯的触摸使她眼前顿时闪过一阵幸福的迷雾,她的胸脯开始急剧地跳动起来。

随后裴特罗纽斯便和维尼茨尤斯一起来到了客厅里,基隆·基洛尼德斯正在那里等候,一见到他们便深深地鞠了一躬。裴特罗纽斯马上想起了昨天他曾疑心他是尤妮丝的情人,嘴边上不觉露出一丝微笑。站在他面前的这个人绝不可能是谁的情人,他那古怪的形象是那么滑稽可笑,令人生厌。他还不老,在他脏乱的胡须和拳曲的头发中,只不过稀稀疏疏地现出了几根斑白的发丝。他的肚子瘪下去了,肩膀有些弯曲,乍一看像个驼背。驼背上竖着一个硕大的脑袋,脑袋上长着一副像猴子又像狐狸的面孔和一双咄咄逼人的眼睛。他的面孔呈现黄疸色,上面长着斑斑点点的丘疹,还有那布满鼻梁的红疹表明他酗酒。此人也不讲究衣着,身穿一件黑羊毛衫和一件满是窟窿的外套,说明他不是真穷就是装穷。裴特罗纽斯看见他这副模样,便想起了荷马史诗中的瑟息提斯①,他对他挥手答礼之后,说道:

"欢迎你,神圣的瑟息提斯!尤利西斯②在特洛亚城下把你打得遍体鳞伤,现在好些了吗?他自己在伊甸园③里又干什么呢?"

"尊敬的老爷,冥司里足智多谋的尤利西斯托我向人间最聪明的裴特罗纽斯问好,并求您赏给我一件新的外衣,来遮住我的伤肿。"

"我向三体女神赫卡特④发誓,单凭你的这个回答,就值得赏给你一件外衣。"裴特罗纽斯叫道。

但是维尼茨尤斯已经等得不耐烦了,他即刻打断了他们的谈话,开门见山地问道:

"你知不知道,我们把你找来干什么?"

"既然贵府两个家丁没有说什么别的,而半个罗马城又都在谈论着一个消息,那么找我来干什么就不难猜到了。听说有个在阿卢斯·普劳茨尤斯家里抚养长大的姑娘,她的名字叫莉吉亚,确切地说叫卡里娜,昨天晚上,您的奴隶正要把

---

① 瑟息提斯,荷马史诗《伊利亚特》中写的希腊军中的一个士兵。他由于在特洛亚城下的军事会议上同希腊军统帅及其他将领争辩,被奥德修斯鞭打了一顿。
② 尤利西斯,即奥德修斯。
③ 伊甸园,希腊人想象死后的极乐世界,只有得到神祇特别垂青的英雄才能住在那里。关于伊甸园的传说后来为基督教所接受,它本来在地上,又转到了天上,成了天堂。
④ 赫卡特女神的雕像有三头六臂,手持剑、矛和火炬,向着三面,故称三体神。

她从皇宫接到府上来时,路上被人抢走了。我的任务就是要在城里找到她,如果她不在城里——但这不太可能——就得为您打听到她逃走的方向和隐藏的地方,尊敬的军团长老爷。"基隆回答说。

维尼茨尤斯见他回答得很准确,高兴地说:

"好！你有什么办法吗?"

基隆狡黠地笑了。

"办法在您的手中,老爷,我只会出谋划策。"

裴特罗纽斯对这个客人感到满意,也笑了起来。

"这个人能够找到莉吉亚。"他想。

但维尼茨尤斯这时却把浓眉一皱,说:

"穷鬼,你如果想要搞钱,到这里来骗我,我就叫人用棍子揍你一顿！"

"我是一个哲学家,老爷,哲学家是不贪财的,况且您已经那么慷慨大方地许下了丰厚的报酬。"

"哦！你还是个哲学家? 尤妮丝对我说,你是个医生,是个占卦的,你是怎么认识她的?"裴特罗纽斯问道。

"我的名声传到了她的耳朵里,她来向我求教了。"

"她向你求教什么?"

"爱情方面的事,老爷,她要我治好她的单相思病。"

"你治好了她的病吗?"

"比治好她的病还强,老爷！我给了她一道十分灵验的符,能使她和她的对象相亲相爱。在塞浦路斯岛的帕弗斯城里有一座神庙,神庙里保存了维纳斯的一根腰带,我从腰带上撕下了两根线,放在一个核桃里送给了她。"

"那你一定要了她很多谢礼吧?"

"为了这种相亲相爱，花多少钱都值得。我的右手少两个指头。我正要攒一笔钱，买个会记事的奴隶，把我的思想记录下来，让我的学说流传于世。"

"你是哪个学派的，神圣的学者?"

"老爷，我身穿破旧的衣裳，是个犬儒派;我能忍受贫困，是个斯多噶派。我没有轿子，只能徒步从一家酒店走到另一家酒店，路上如果有人给我买一壶酒，我就教他本事，所以我又是个逍遥派。"

"你大概喝一壶酒就会成为一个演说家吧!"

"赫拉克利特①说过:'一切都在流动。'老爷，你不会否认酒也是一种流体吧?"

"他还说火也是神，大概就是这个神把你的鼻子烧红了吧?"

"可是阿波罗尼亚的圣迪奥盖内斯说过，物的本原是空气，空气愈暖，它创造的生命就愈完美，圣贤的灵魂就是在最暖和的空气中创造的。到了秋天，天气冷了，一个真正的圣者应当懂得用酒来温暖他的灵魂……老爷，您也不能否认，一瓶卡普伊酒或者泰列兹酒是多少可以把一个微不足道的人体身上的骨头暖和起来的。"

"基隆·基洛尼德斯，你的老家在哪里?"

"在艾乌西尼岸边的彭特，我出生在梅哲姆布里亚。"

"基隆，你真是个了不起的人。"

"可是没有人承认。"这位贤者不高兴地补充了一句。

维尼茨尤斯又急了，他一看到有了希望，便要叫基隆马上

① 赫拉克利特(约前540—前480)，古希腊哲学家。

156

去寻找。他认为他们的谈话都是毫无意义的浪费时间,因此他对裴特罗纽斯也生气了。

"你什么时候去寻找?"他问基隆道。

"我正在找啊!从我到这里来回答您的殷勤的提问开始,我就在找了。您尽管放心,高贵的军团长大人!您要知道,您就是丢了一根小小的鞋带,我也能把它找回来,或者找到那个在街上捡了你的鞋带的人。"基隆回答说。

"你以前办过这种事吗?"

这个希腊人抬起了眼睛:

"现在人都把道德和智慧看得一文不值,一个哲学家就不得不另找生路了。"

"你找到了什么生路?"

"打听所有的消息,把它们提供给想要知道的人。"

"他们给你报酬吗?"

"啊,大人!我要买一个记事员,不然的话,我的智慧就会和我一道死去。"

"直到现在,你连一件好的外套都没有挣到,你的本事也不怎么大嘛!"

"谦虚的人是不愿意表现自己的。可是大人,您要知道,今天没有以前那么多好施乐善的人了,以前的好人只要为他们效了劳,他们赏金赐银就像吃普泰奥拉的牡蛎那么痛快。我给别人效过不少劳,而他们却不懂得知恩图报。有时候,一个重要的奴隶逃跑了,如果没有我父亲的这个独生儿子,那么谁能找到他呢?当墙上出现攻击神圣波贝亚的标语时,有谁能够说出贴标语的人是谁呢?谁能在书摊上搜出诋毁皇帝的诗歌呢?谁又能够探听到元老们和武士们在家里的秘密谈话呢？谁能传送那些不敢交给亲信奴仆的信件呢？谁能知道理发店里的新闻呢？酒店老板和面包师傅敢对谁宣布重大的秘密呢？谁才是奴隶们信得过的人呢？谁能一眼看出每栋房子从客厅到花园是个什么样子呢？谁最熟悉所有的大街小巷和藏身之处呢？谁能知道人们在浴池、竞技场、市场、角斗士学校、奴隶市场甚至剧院里说些什么呢？除了我之外，没有第二个人……"

"老天爷，够了，够了，高贵的贤人！"裴特罗纽斯大声叫道，"你的功德、智慧和口才快要把我们淹死了。我们只不过想知道你的身份而已，现在全都知道了。"

维尼茨尤斯听了后倒很高兴，他觉得这个人就像一只猎狗，如果让他去追踪猎物，他找不到猎物藏匿的地方是不会罢休的。

"好吧！你还需要什么指点？"他问道。

"我需要武器。"

"什么样的武器？"维尼茨尤斯十分惊讶地问道。

希腊人伸出了一只手，用另一只手做出个数钱的样子，然后叹了口气，说：

"老爷，现在就是这种世道。"

"这么说，你要当毛驴，驮着一袋金子去攻堡垒。"裴特罗纽斯说。

"我只是一个穷哲学家，你们有的是金子。"基隆谦恭地说。

维尼茨尤斯给他扔去了一个钱袋。基隆的右手虽然少两个指头，但他很轻易地便从空中把钱包接了过去。

然后他抬起头来，说道：

"老爷,我知道的比您料想的还要多,我不是空着两手到这里来的。我知道抢走莉吉亚的不是普劳茨尤斯,因为我和他家的奴仆谈过话。我也知道她不在帕拉丁宫,因为宫里的人都在侍候生病的小公主。我甚至猜得出,你们为什么不叫卫戍部队或禁卫军去追捕莉吉亚,而要来找我。我还知道帮助她逃走的是一个和她来自同一个国家的奴仆,他不可能得到罗马奴隶的帮助,因为罗马奴隶都是结成一帮的,他们不会支持他去反对你的奴隶,只有和他信同一个宗教的人才会帮助他……"

"你听,维尼茨尤斯,我不是对你说过这样的话吗?"裴特罗纽斯打断了基隆的话,说道。

"这对我真是莫大的荣幸,老爷!"基隆说完又转身对维尼茨尤斯说,"这个姑娘和罗马女人中那位品德最高尚的、真正的女恩主蓬波尼亚信的一定是同一个神。听说蓬波尼亚信的是一个外国神,由于这个原因,她在家里还受到过审讯。但她信的究竟是什么神? 这个神的信徒怎么称呼? 我在她的奴仆那里还没有探听出来。如果我探听到了这些,我就要到他们中间去,假装是他们中最虔诚的信徒,以取得他们的信任。可是据我所知,老爷您就在高贵的普劳茨尤斯的家里住过十几天,您能给我介绍一些这方面的情况吗?"

"我也说不出什么……"维尼茨尤斯回答说。

"尊敬的大人们! 你们花了好多时间问了我这么多的事情,我全都做了回答。现在我要向您提一个问题,尊敬的军团长,您在蓬波尼亚或者您那位天仙般的莉吉亚身上见到过什么小神像、供品、宗教的标志和符咒之类的东西没有? 您看见她们画过一些只有她们自己才懂的符号没有?"

"符号？我想想，是的，有一次，我看见莉吉亚在沙地上画了一条鱼。"

"一条鱼？哦！她只画过一次，还是画过许多次？"

"只画过一次。"

"大人，您敢肯定她画的是……一条鱼吗？"

"是的，你看得出这是什么意思吗？"维尼茨尤斯起了好奇心，他也问道。

"让我想一想！"基隆大声叫道。

随后他行了个鞠躬礼表示要和他们告别，但他又补充了一句：

"高贵的老爷们，命运女神把所有的福分都均等地赐给你们了！"

"你替我下一道命令，说我要赏给你一件外衣！"裴特罗纽斯见他正要出去，便说。

"尤利西斯替瑟息提斯向您道谢啦！"这个希腊人回答说。

他又鞠了一躬，便离去了。

"你看这位高贵的贤者怎么样？"裴特罗纽斯问维尼茨尤斯道。

"我认为他能够找到莉吉亚。"维尼茨尤斯高兴地叫了起来，"不过我还要说一句，如果世界上有个流氓王国，他也够得上充当这个王国的国王。"

"你说得不错。我一定要进一步结识这个斯多噶派。但我现在先得叫人用香熏掉他在客厅里留下的臭气。"

基隆·基洛尼德斯于是把那件外套裹在身上，用藏在衣褶下面的手掂量了一下维尼茨尤斯给他的那个钱袋，它那沉匋匋的手感和清脆的响声使他兴高采烈。他慢慢地往前走去,不时回过头来,看裴特罗纽斯家里的人是否在跟踪他。他穿过利维斯柱廊,来到了克利乌斯·维尔比乌斯街角上,随后又转到苏布拉区去了。

"我应当去一趟斯波鲁斯酒店,向命运女神献上一杯酒。我终于得到了我做梦都得不到的东西。这个年轻人富得像塞浦路斯的金矿一样,可是他的性子太急,为了得到那只莉吉亚小红雀,他会把一半家财分给我的。是啊,我要找的就是这么一个人,但我对他也不能粗心大意,看他那眉头一皱,绝不意味着有什么好兆头。哎呀! 如今是狼崽统治的天下啊!……那个裴特罗纽斯我倒不怎么害怕。啊,诸位神明在上,今天,开窑子比讲道德是更好赚钱的。不是说她在沙地上画了一条鱼吗? 只要能够弄懂它的意思,就是把一块山羊干酪卡在我的喉咙里也愿意,我一定要弄明白它。鱼是生活在水中的,去水里寻找比在陆地上寻找要困难得多,所以他为了这条鱼,还得付给我一笔钱。要是他再给我这么一个钱袋,我就可以抛掉我的那个讨饭包,给自己买个奴隶了……可是基隆呀! 我要是劝你不买男奴隶而买一个女奴隶,你有没有意见?……我是了解你的,我知道你不会反对……如果那个女奴生得很美,像尤妮丝那样,你和她在一起,也会变得年轻的,而且你在她的身上,还可得到正当和可靠的收入。我从我的旧大衣上扯下了两根线,卖给了这个可怜的尤妮丝……她很傻,可是裴特罗纽斯若肯把她送给我,我还是要的……是的,是的,基隆啊,老基隆的儿子啊! 你丧了父母……你是个孤儿,为了使自己得到安慰,你还是买个女奴吧! 当然她得有个住处,维尼茨尤斯一定会给她租一套房间,这样你也就有个安身之地了。

她要吃喝,维尼茨尤斯不会亏待她,她还要穿戴,维尼茨尤斯也会给她买的……啊,一个人一辈子是多么艰难啊!从前,用一个奥波尔①就能买到满满一捧猪油炒豆子,或者一根足有十二岁的男孩的手臂那么长的血淋淋的山羊肠,这种时代现在又到哪里去找呢?……哦!已经到了斯波鲁斯窃贼的酒店。酒店里打听消息是最方便的。"

他自言自语地走进了店里,叫了一壶"浓色"酒。当他看见酒店老板对他露出了怀疑的眼光后,便从钱袋里掏出了一枚金币,放在桌上说:

"斯波鲁斯,今天我和塞内加从一大早一直干到了中午,这些钱是我这个朋友在回家的路上分给我的。"

斯波鲁斯一双圆圆的眼睛看见金币后就睁得更圆了。他马上给基隆上酒,基隆用手指沾着酒,在桌上画了一条鱼,说道:

"你知道这是什么意思吗?"

"鱼吧?嗨!鱼就是鱼呗!"

"虽然你在酒里掺了那么多的水,里面都可以养鱼了,但你却是个蠢货。这是一个象征,用哲学家的话来说,它象征命运女神的微笑。你要是能猜出它的意思,你也会时来运转。我对你说,你要尊重哲学,否则我就要到别的酒店里去了,我的好朋友裴特罗纽斯早就对我这么说过。"

---

① 奥波尔,古希腊钱币。

第 十 四 章

从那次会见后,基隆好几天都没有露面。维尼茨尤斯自从听阿克台说莉吉亚是爱他的以后,他就更加百倍地想要找到她了。但因为小公主的病使皇帝每天都是那么惊惶不安,他不想也不可能求得皇帝的帮助,所以他不得不亲自出门去寻找。

无论是在神庙里的祭祀、祈祷和许愿,还是采用药物治疗,以至最后使尽了所有的巫法,都未能奏效,一个星期后,小公主死了。悲哀的气氛终于笼罩了整个皇宫和罗马,皇帝在公主诞生时曾经欣喜若狂,现在他因为处于绝望的悲痛之中,一下子又变得神志不清了。他躲在自己的宫室里,整整两天没有进食。虽然许多元老和朝臣都急忙赶来慰问和吊唁,把皇宫挤得满满的,但是他不见任何人。元老院还开了一次特别会议,会上追封薨逝的公主为女神,决定为她修建一座神庙,指派专门的祭司负责管理。其他一些神庙也为死者做了祭奠,用贵重金属给她铸造了神像,还为她举行了十分隆重的葬礼。在葬礼上,人们对皇帝所表现出的过分的悲哀都感到惊奇,但他们后来也和他一起放声大哭起来。哭完之后,又向他伸出手来乞讨赏赐,看到这种异乎寻常的景观,他们反而兴高采烈了。

裴特罗纽斯对小公主的死感到惶恐不安。因为全罗马都知道,波贝亚把孩子的死归咎于巫咒,那些庸医便可借此机会开脱自己的无能,那些祭司也要为他们的祭物不灵进行辩护,因此他们便把波贝亚的这个看法大肆宣扬起来。还有那些怕死怕得直打哆嗦的巫士和那些老百姓也都一传十,十传百地叙说着她的这种看法。这么一来,裴特罗纽斯反而为莉吉亚的逃走感到高兴了。他不愿看到普劳茨尤斯一家遭难,也希望自己和维尼茨尤斯都平安无事,所以当插在帕拉丁宫门前以示举哀的柏树被撤去后,他就马上去参加专为招待元老和朝臣们举行的宴会,以便了解尼禄对这种巫咒的传闻到底有几分相信,好想办法对付由此而可能产生的严重后果。

裴特罗纽斯深知尼禄的性情,他料定尼禄虽然不信巫法,但他会假装相信的,因为他要以此虚张他的痛苦,要对某个人进行报复,还要制止那种说什么诸神已经开始惩罚他的罪恶的议论。即使他是那么狂热地爱着他的女儿,裴特罗纽斯也不认为他对她真有那么深厚的感情。他断定皇帝会装出一副悲痛已极的样子,他没有看错。尼禄一声不吭地听着元老和武士们对他的劝慰,他的面部表情如石头般冷漠,眼睛只是痴呆呆地盯着一个地方。可以看出,他即使真的悲伤,也得顾及他给在场的人留下什么印象。为了表现一个父亲的悲哀,他还故意装作尼俄柏①的姿态,就像一个喜剧演员在舞台上演戏似的。可是他却不能长久地坚持这种沉默而又僵化的痛苦的姿态,因此他有时不得不做出一个手势,好像要在地上抓一

---

① 尼俄柏,希腊神话中特拜国王安菲翁的妻子。她以拥有众多的子女而自豪,并且嘲笑女神勒托只生了一个儿子阿波罗和一个女儿阿耳特弥斯,她还禁止特拜妇女向勒托奉献祭品。勒托要复仇,她的儿子阿波罗便用弓箭射死了尼俄柏的所有的儿子,女儿阿耳特弥斯也射死了尼俄柏的所有的女儿。尼俄柏的丈夫安菲翁得悉噩耗后自杀,宙斯把他们的子女的尸体化成石块,尼俄柏因悲伤过度,也化成了岩石。

把土,撒在自己的头上,有时他又小声地哼了起来。他一看见裴特罗纽斯就马上跳了起来,以悲怆的声调大声地喊着,使在场的人都听得见:

"啊!我女儿的死是你的罪过!我就是听了你的话才把那个恶鬼召进宫的,它只对她扫了一眼,就把她的生命从她的胸口上吸走了……我是多么可怜啊!我情愿让我的眼睛看不见赫里奥斯的光明……唉!我是多么可怜啊!……"

他的喊声越来越大,最后甚至变成了一种绝望的尖叫。裴特罗纽斯这时决定不顾一切地把手伸过去,马上扯下了尼禄经常戴在脖子上的那条丝缎围巾,用它捂住了他的嘴巴。

"陛下!"裴特罗纽斯严肃地说,"你在悲痛的时候,就是放火烧掉罗马和整个世界都可以,但是你要为我们保护好你的嗓子呀!"

在座的人都惊呆了,连尼禄一下子也愣住了。但裴特罗纽斯却什么也不在乎,他很清楚他干了什么,因为他记得泰尔普诺斯和迪奥多尔在皇帝说话嗓门太大有伤声带的时候,也上前进过谏。

"陛下!"裴特罗纽斯又带着一种严肃而又悲伤的声调说,"我们已经遭受了无可估量的损失,你这件令人快慰的宝物可一定要给我们留下啊!"

尼禄的面孔抽搐起来,过了一会儿,他的眼里掉下了泪珠。他突然把两只手搭在裴特罗纽斯的肩膀上,把头靠在他的胸前,呜咽着说:

"这么多朝臣,只有你一个人想到了我,只有你一个人呀!裴特罗纽斯,只有你一个人!"

蒂盖里努斯妒忌得脸都变黄了,但裴特罗纽斯却说:

"到安茨尤姆去吧！那里是她出生的地方,她在那里曾给陛下带来欢乐,陛下在那里也可得到安慰。海上的空气可以清洁你天仙般的歌喉,你的心胸也能够吸进一些带有咸味的潮气。我们是你忠实的臣仆,不论你去什么地方,我们都伴随着你,我们要用我们的友情来减轻你的悲痛,你也会以你的歌声给我们带来安慰。"

"说得不错！我要写一首悼念她的诗,给它谱上乐曲。"尼禄悲伤地说。

"然后陛下再去拜埃,那里有和煦的阳光。"

"我还要到希腊去,把一切都忘掉。"

"希腊是诗和歌的祖国啊！"

尼禄脸上呆滞阴郁的表情就像遮翳着阳光的乌云一样,逐渐地消散了。他的谈话虽然还带有悲伤的情调,但他已经把话题转到商讨未来的计划上去了。他的计划包括旅行和艺术表演,此外还有一系列的宴会,这是阿尔明尼亚国王提里达特前来访问时要举行的。蒂盖里努斯这时又提起了巫咒的事,但裴特罗纽斯胸有成竹,他毫不畏缩地接受了对方的挑战,说:

"蒂盖里努斯,你认为巫咒会伤害诸神吗?"

"陛下也这么说过。"这位大臣答道。

"陛下没有这么说,是痛苦说的,可你是怎么看的呢?"

"诸神威力无比,当然不怕巫咒。"

"那么你是说陛下和陛下的亲属都不是神喽?"

"胜败已成定局!"站在一旁的埃普里尤斯·马尔采卢斯低声说,并且把这句话重复了好几遍,就像在角斗场上,一个角斗士受到了致命的一击,无须再补上一刀时,观众也总是这么叫一样。

蒂盖里努斯只好咽下了这口气。长期以来,他和裴特罗纽斯为了在尼禄面前争宠,一直是那么唇枪舌剑,互相指责。蒂盖里努斯的优势是尼禄对他比较随便,但是裴特罗纽斯在和他的许多次的交锋中,都以智慧和幽默战胜了他。

现在出现的情况就是这样,裴特罗纽斯退到大厅里去后,一些元老院的元老和武士便立即上前把他围住,他们料定,经过这一番舌战,裴特罗纽斯会成为皇帝的头号宠臣。蒂盖里努斯无话可说了,他只有牢牢记住这些元老和武士们的名字。

裴特罗纽斯当即离开了皇宫,到维尼茨尤斯的家里去了。他一见到维尼茨尤斯,就把他和尼禄以及蒂盖里努斯之间发生的事都告诉了他,然后他又说道:

"我不仅救了普劳茨尤斯和蓬波尼亚,而且使我们两个人甚至连莉吉亚都化险为夷了。我已经说动了那个红胡子猴子去安茨尤姆旅行,他们不会去找莉吉亚了。他从安茨尤姆还可以到那不勒斯或者拜埃去,他一定会去的,因为他现在还不敢在罗马的戏院里公开表演。但我知道,他早就要到那不勒斯去登台了。他还要到希腊去,要在希腊所有的大城市里举行演唱会,然后带着希腊人献给他的所有的桂冠,胜利地回到罗马。在这段时期,我们便可以毫无拘束地去寻找莉吉亚,把她藏在一个安稳的地方。你看怎么样?我们那位高贵的哲学家来过没有?"

"你那位高贵的哲学家是个骗子。没有,他没有来过,他根本没有露面,他再也不会来了。"

"如果暂不说他到底诚不诚实,而是指他有些聪明才干的话,我的印象倒好一些。他已经在你的钱袋子里尝到了甜头,他还会来尝第二次的。"

"叫他小心一点,我不会再让他尝到什么甜头了。"

"你可不能这样,你现在并不能证实他就是一个骗子,你对他还得耐心一点。你可以不再给他钱,但是你要答应他,只要他真的送来了可靠的消息,就给他丰厚的报酬。你还有什么要做的吗?"

"我有两个解放奴隶尼姆菲丢斯和德马斯带了六十个人正在找她。我许诺他们凡是找到了她的,都可以马上获得自由。此外我还派了一些专差,到所有从罗马出发的大路上的客栈里去打探那个莉吉亚人和那个姑娘的消息。我自己也整天整夜地在城里到处奔走,希望能够碰巧遇到他们。"

"你听到了什么消息,就派人来告诉我,因为我要到安茨尤姆去。"

"好的!"

"假如有一天早晨你醒来后,意识到不值得为一个姑娘去折磨自己,为了寻找她去耗费那么多的精力,那你就到安茨尤姆来吧,那里有的是女人,有的是乐趣!"

维尼茨尤斯心急如焚地来回踱着。裴特罗纽斯望了他一会儿,又说:

"你对我说实话,别像个疯子那样尽说些胡话,自找苦吃,对朋友说话要正经一点。你是不是还像以前那样,迷恋着那个姑娘呢?"

维尼茨尤斯停住了脚步,冲着裴特罗纽斯望了好一阵,好像以前从来没有见过他似的,然后他又来回地踱了起来。很明显,他想尽力压制住他那就要爆发的激动心情,可是由于悲伤、愤怒、绝望和抑制不住的怀念,他的眼泪终于夺眶而出。

对裴特罗纽斯来说,他的这种表现比最雄辩的演说都更有说服力,因此他沉思良久,说道:

"用肩膀扛着这个世界的大概不是阿特拉斯①而是女人吧？女人有时候像玩皮球似的玩弄着这个世界。"

"一点不错。"维尼茨尤斯说。

舅甥俩要告别了。可正好在这个时候,一个奴隶进来通报,说基隆·基洛尼德斯已在前厅等候,求见老爷。

维尼茨尤斯即命奴仆马上把他领进来。裴特罗纽斯说:

"嗨！我不是对你说过吗？凭赫拉克勒斯起誓,你可要冷静点,否则的话,不是你支使他,而是他要支使你了。"

"向尊贵的军团长和您——裴特罗纽斯大人请安！致敬!"基隆一进来就说,"祝二位大人吉星高照,名扬天下,大人的声望将普照全球,从赫拉克勒斯的圆柱到阿萨息斯②的边境。"

"欢迎你,道德和智慧的立法者!"裴特罗纽斯答道。

维尼茨尤斯装着心平气和的样子,问道:

"你带来了什么消息?"

"老爷,我第一次到这里来,给您带来了希望,现在我带来的是我肯定能够找到那个姑娘的答复。"

"这么说,你现在还没有找到她?"

"是的,老爷,可是我已经弄清楚了她画的那个符号是什么意思。我已经打听到了抢走她的是些什么人,我也知道该

---

① 阿特拉斯,希腊神话中肩扛着天的提坦巨神之一,他因参与提坦神反对奥林匹斯诸神的斗争,被罚支撑天宇。

② 阿萨息斯,安息国诸王的朝代名。约前250年为阿萨息斯所建立,226年被波斯人灭亡。

到什么神明的信徒那里去找她。"

维尼茨尤斯正要从他的座位上跳起来,可是裴特罗纽斯伸手按住了他的肩膀,然后转身对基隆说:

"说下去!"

"老爷,您能肯定那个姑娘在沙地上画的的确是一条鱼吗?"

"没错!"维尼茨尤斯的火气又上来了。

"那么她肯定是一个基督徒,而且她也是被基督徒抢走的。"

随后沉默了半晌。裴特罗纽斯说:

"你听着!基隆!只要你找到了那个姑娘,我的这个亲戚会给你一大笔赏钱,但你要是骗了他,你也不会少挨鞭子的。有了这笔赏钱,别说买到一个记事员,你就是买三个也足够了,但你要是挨了鞭子,你就是有七个贤人的哲学再加上你自己的哲学,也不够你买膏药来敷治你的伤口。"

"老爷,那个姑娘肯定是基督徒!"希腊人嚷了起来。

"你再想一想,基隆,你不是蠢人。我们知道,尤妮亚·希拉娜和卡尔维亚·克雷斯披尼娜一起控告了蓬波尼亚·格列齐娜信基督教迷信;可是我们也听说家庭法庭判了她无罪。你是不是又要提起这件事来呢?你是不是要我们相信蓬波尼亚和她的莉吉亚都是人类的公敌,都是在井里和喷水池里放毒的坏人,都是崇拜驴头的蛮子、虐杀婴儿的刽子手和最最淫秽的无耻之徒呢?你想想,基隆,你对我们表示的这个看法会不会成为一个反证,反而打在你的脊梁骨上呢?"

基隆摊开了双手,表示他没有过错,然后说:

"老爷,请您用希腊语念一念下面的几个字:耶稣基督,上帝之子,救世主。"

"好吧,我这就念……念了又怎么样呢?"

"现在您把这几个字的第一个字母都拿出来,拼在一起是不是又成了一个字?"

"鱼!"裴特罗纽斯惊讶地说。

"这就是基督徒的符号为什么是鱼的来历。"基隆颇为得意地回答说。

三人又沉默了一会儿。这个希腊人的论证是那么无懈可击,使得舅甥俩也不由得为之惊叹。

"维尼茨尤斯,你是不是看错了? 莉吉亚给你画的真的是鱼吗?"裴特罗纽斯问道。

"我敢对所有的冥神发誓,这简直要叫人发疯了! 如果她画的是一只鸟,我绝不会说它是一条鱼!"这个年轻人激动得叫了起来。

"所以她是一个基督徒。"基隆又说了一遍。

"这么说来,蓬波尼亚和莉吉亚不就在干那种往井里放毒,杀害在街上抓到的儿童和淫佚放荡的勾当吗? 胡说八道! 维尼茨尤斯,你在他们家里住了很久,我在那里只待了一会儿,可是我对普劳茨尤斯和蓬波尼亚甚至对莉吉亚都很了解。我要明确地指出,这是诽谤中伤,是胡说八道。说鱼是基督徒的象征,那没有错。但如果说她们俩真的是基督徒,那我就可以对普罗塞庇娜①起誓,基督徒绝不应该是我们所想象的那个样子。"裴特罗纽斯说。

①　普罗塞庇娜,宙斯和得墨特尔的女儿。她被哈得斯劫走后,带到冥国,哈得斯强迫她吞下石榴子,因而成了他的妻子,冥府的王后。

"老爷,您的言谈真的和苏格拉底一样。"基隆回答说,"可是至今有谁调查过基督徒,了解他们的教义呢? 三年前,我从那不勒斯到罗马来旅行(唉,我怎么没有留在那不勒斯呢!),途中遇到一个叫格劳库斯的医生前来和我结伴,人们都说他是个基督徒,不管他是不是,我都深深感到他是一个善良和诚实的人。"

"你有没有从这个诚实的人那里问到鱼的意思呢?"

"可惜得很啊,老爷! 这个诚实的老人路上在一家酒店里被人用刀子捅死了,他的妻儿也被奴隶贩子劫走了。我就是因为救他,才失去了这两个手指头,可是我听说在基督徒中间,常常出现奇迹,因此我认为,我的手指也会重新长出来的。"

"你说什么? 难道你也变成了基督徒?"

"从昨天起,老爷,从昨天起,这条鱼就把我变成了一个基督徒。您看,它的力量有多么大啊! 我要使他们让我参与他们所有的秘密,再过几天,我就要到那些虔诚的教徒中去,我要成为他们中的最虔诚的一个。只有这样,我才能够探知那个姑娘藏在什么地方。到那个时候,我的基督信仰也许能比我的哲学给我带来更大的收入。我已经向墨丘利①神许了愿,如果他帮助我找到了那个姑娘,我就给他供上两头年龄和个头都一样的母牛犊,而且还要叫人在牛角上镶金。"

"这么说来,你昨天才开始信仰的基督教和你以前倡导的哲学都允许你信奉墨丘利喽?"

①　墨丘利,罗马神话中的畜牧神,又是牧人和商人的保护者,商业和盈利之神。

172

"我的信仰从来都是由我的需要决定的,这就是我的哲学。这种哲学特别合墨丘利的胃口。但遗憾的是,两位尊敬的大人,你们知道这位神明是多么存疑的吗?他甚至对一个从不撒谎的哲学家的许愿也不相信,他要首先得到那两头小母牛才肯给予帮助,而这却是一笔很大的开销啊!并不是每个人都和塞内加一样,我也确实承担不了这么一笔费用,如果尊敬的维尼茨尤斯肯赏个脸,把许给我的那笔钱预先支付一点的话……那么……"

"一分钱也不给,基隆!一分钱也不给。维尼茨尤斯比你想象的要慷慨得多,但是要等你把莉吉亚躲藏的地方告诉了我们,也就是说,等到我们相信可以找到她的时候,他才会付给你赏钱。你只好欠墨丘利两头母牛了,他不愿你这么做,我并不奇怪,我认为这说明他很聪明。"

"高贵的老爷们,你们听我说。我这次发现是很了不起的,虽然我还没有找到那个姑娘,可是我发现了能够找到她的正确的途径。你们派了那么多的解放奴隶和奴隶跑遍了全城,又到外省去寻找,有哪个给你们带来了一点线索呢?没有!只有我才找到了线索,而且我还要告诉你们,在你们的奴隶中间,也许就有为数不少的基督徒,可你们还不知道。这种迷信已经传播到了四面八方,他们不仅不会帮助你们,反而会出卖你们。他们已经发现我到你们这里来了,这是很糟糕的,所以,尊敬的裴特罗纽斯老爷!请您叮嘱尤妮丝,说话一定要注意。尊敬的维尼茨尤斯,您也要传话出去,说我到这里来,是要卖给您一种膏药,用它贴在马的身上,就能在赛场上取胜……我要独自一人去寻找她,我一个人就能找到那些逃走的人。但是你们要相信我,你们要知道,如果能够预付我一些赏钱,对我来说可是一种鼓励,因为我对这总是抱有很大的希望的,再说这也可以使我更加放心,觉得允诺我的报酬不会落空。啊,说真的,作为一个哲学家,我对金钱本来是不屑一顾的,可是像塞内加,甚至像莫佐纽斯或者科尔努图斯那样的哲学家,他们并没有为救护别人而失去手指,他们可以著书立说,名扬后世,而他们却是那么爱财如命。我呢,且不说我想要买一个奴隶和我得献给墨丘利我许下的两头母牛(你们知道,牲畜的价钱今天是多么贵吗?),单找人我就得花很多钱。请你们耐心地听我说吧!这几天,我马不停蹄地四处奔走,连脚都跑伤了。我去酒店里找人谈了话,我到过面包房和屠宰场,我走访过卖橄榄油的小贩和渔夫。我跑遍了所有的大街小巷,找到了逃亡奴隶的藏身之处。我还去过赌场,在那里赌‘莫拉’,输了差不多一百个铜钱。我也到过洗衣店、烤房和小饭铺。我和赶骡马的人、雕刻匠以及治膀胱病和拔牙的郎中都会过面,和卖无花果干的小贩也聊过天,连坟场我都去了。你们知道这是为什么吗?我要去那些地方画鱼,察看和倾听那些地方的人对这个符号有什么反应。可是过了很长时间,我却毫无收获。后来有一次,我见到一个老奴隶在喷泉旁用吊桶打水,还一边哭泣,便走上前去问他为什么悲伤。我们两个在喷泉旁的台阶上坐下来后,他对我说,他的爱子是个奴隶,他要替他赎身,这辈子一个铜板一个铜板地积攒起了一笔钱,可是他那个叫潘萨的主人看到这些钱后,就全都抢走了,却不肯把他的儿子放出来,让他依旧当他的奴隶。‘我当时哭了,’那个老人说,‘虽然我不断地念叨着,这是上帝的意旨,可是我这个可怜的罪人还是忍不住哭了。’这时候,我好像有一种预感,便用手指在水桶里沾了点水,给他画了一条鱼。他马上回答说：'我只有盼着耶稣基督了。'我就问他：'你从这个符号能认得出我是什么人吗？'他回答说：'我认出来了，愿平安与你同在。'从这之后我便设法打开他的话匣子，这个诚实的老汉把什么都说出来了。他的主人，就是那个潘萨，本来是另外一个很了不起的潘萨的解放奴隶，他从第伯河把石头运到罗马，然后叫奴隶和雇工在那里卸船。卸了船后，为了不妨碍市内街上的交通，他一直要等到晚上才把这些石头运到建筑房屋的工地上去。在这些干活的人当中，就有不少基督徒，老汉的儿子也在里面。由于扛石头的活儿太重，他儿子干不了，他才要把他赎出来。可是潘萨既要钱又不肯放人，老汉说着又哭了起来，我也陪着他掉了许多眼泪，这是因为我这个人心肠慈软，再加上过分地奔劳，我的两只脚也疼得厉害。随后我也开始诉起苦来，我说我从那不勒斯到这里才不过几天，一个教徒都不认识，也不知道他们都在哪里祈祷。他很奇怪那不勒斯的教徒为什么没有把他们写给罗马教徒的信托我带几封来。我便告诉他，这些信在路上被盗走了。他要我晚上到河边去，让我认识一些教友。他说这些教友会把我领到一些做祷告的房子里，去会见那些掌管基督教教会的长老们。我听到后高兴极了，便给了他一笔他儿子赎身需要的钱，这笔钱就盼着慷慨的维尼茨尤斯能够加倍地偿还给我……"

"基隆！"裴特罗纽斯打断了他的话，"在你的述说中，谎言都露在真话上，就像橄榄油浮在水面上一样。你带来了重要的消息，这不可否认。我甚至认为，你在寻找莉吉亚的道路上已经迈出了一大步，但是你可不能在你的消息中掺假啊！我问你，那个告诉你基督徒是用鱼的符号来相互认识的老人叫什么名字？"

"他叫埃乌里茨尤斯，老爷，这是一个不幸和可怜的老人。他使我想起了那个我在强盗面前保护过的格劳库斯医生，因此我一想起他就特别激动。"

"我相信你的确结识了这么一个人，而且你很善于利用你的这次相识。可是你没有给他钱，你连一个铜板也没有给他，你听明白我的话了吗？你什么也没有给他！"

"可是我帮他提过吊桶，我在谈话中对他儿子的遭遇也表示了最大的同情。是的，老爷，有什么能瞒得过明察秋毫的裴特罗纽斯老爷呢？要说我没有给他钱，还不如说我给了他钱，只不过我是心里给了，我在思想上给了，他如果是一个真正的哲学家，这就该领情了……我所以给他钱，是因为我认为这么做很有必要，对我有利。您想想吧，老爷！这样便可马上赢得所有基督徒对我的好感，从而打开通向他们的大门，他们就会信任我了。"

"是的，你做得很对。"裴特罗纽斯说。

"我正是为了这件事来的，希望能在这里领到我送给他的那笔钱。"

裴特罗纽斯转身对维尼茨尤斯说：

"你叫人支给他五千塞斯泰拉银币，只不过在心里，在思想上……"

但维尼茨尤斯却说：

"我要派一个小当差跟在你的身边，他会把你要的那笔钱也带去，你就对埃乌里茨尤斯说，这个小当差是你的奴隶，但是你要当着他的面把钱交给那个老人。为了犒赏你带来的重要消息，我还要另外给你一笔和这一样多的钱，今天晚上，你就来领取那个当差和那笔钱吧!"

"这才真的是一个皇帝!"基隆说,"请允许我,老爷,把我未来的成果奉献给您。可是今天晚上,我要先来取那笔钱,因为埃乌里茨尤斯对我说过,所有的船只都卸完了,从奥斯提亚要过几天才会有新的船来。愿平安与你们同在! 基督徒们都是用这句话来告别的……我要给自己买一个女奴,啊,不,我是说要买一个男奴。用钓饵可以钓到鱼,用鱼就可以钓到基督徒了。祝你们平安! 平安……平安! ……平安!① ……"

第十五章

裴特罗纽斯给维尼茨尤斯的信:

我从安茨尤姆派一个忠实可靠的奴隶,给你捎去了这封信。虽然你的手不经常执笔而惯于投矛和舞剑,但我还是希望你能够毫不迟疑地写封回信,就让这个信差带回来。在我离开你的时候,你已经顺利地找到了踪迹,而且抱有很大的希望。因此我料想,你已经在莉吉亚的怀抱里饱尝了甜蜜的恋情,或者至少在仲冬的寒风从索拉克特的群峰吹到坎帕尼亚平原以前,你就会尝到这种恋情的。啊,我的维尼茨尤斯! 但愿那位塞浦路斯的黄金女神②能够成为你的老师。我也希望你能成为这个逃

---

① 原文是拉丁文。
② 塞浦路斯的黄金女神,即阿佛罗狄忒。

离了爱情的太阳的莉吉亚晨星的引路人。你要永远牢记，大理石固然贵重，但它本身并没有什么用，只有经过雕塑家的巧手把它雕成一件杰作，它才具有真正的价值。你应当成为这样的雕塑家，**最亲爱的**①！单有爱情是不够的，要懂得怎样去爱，还要教育别人也懂得爱。那些下等人和动物都只能感受到肉欲的欢乐，一个真正的人和他们是不同的，因为他把爱情当成是一种高尚的艺术。他既能享受到爱情的甜美，又懂得它的全部神圣的价值。他把爱情铭刻在心，不仅得到了肉欲的满足，而且在灵魂上还能得到更大的满足。我在这里有时感到人生空虚、寂寞和无常，便以为你的选择也许是对的。一个人出生和活在这个世界上，不是为了在皇宫里享乐，而是为了爱情，为了去参加战争。

你在战争中是很幸运的，但愿你在爱情上也能够时来运转。你如果对皇宫里发生的事情有兴趣，我会常常写信告诉你。我们现在还在安茨尤姆，侍候着我们那位天神保养嗓子，但我们总是感到罗马是那么讨厌，冬天一到，我们就要到拜埃去，打算在那不勒斯公演几场，那里住的是希腊人，会比第伯河边的狼族②更加欣赏我们的演出。到时候，拜埃、庞培、普泰奥里、库马和斯塔比亚的居民都会拥到那不勒斯来，掌声和桂冠是不会少的，这将鼓舞我们去完成远征阿哈亚③的计划。

我们是怎么怀念小公主的呢？是啊！我们还在哀悼

---

① 原文是拉丁文。
② 狼族指罗马人。
③ 阿哈亚，古罗马帝国的一个省区。

她。我们都在唱着陛下亲自谱写的一首赞歌，它是那么优美动人，连会唱歌的水妖也自愧不如地躲进阿姆菲特里特海神最深的洞穴里去了。如果不是大海呼啸的妨碍，海豚也会来听我们的歌。由于我们的悲哀还没有消除，我们还要以雕塑上的各种姿态把这种悲哀表现出来。因此，这种姿态的表现是否优美，观众会不会赏识，都是我们非常关心的。啊，我亲爱的！我们不得不扮演喜剧演员和小丑，一直到死都不会变。

所有的皇亲国戚、达官贵人都到这里来了。他们还带来了一万名奴仆和五百头专为波贝亚洗澡提供驴奶的母驴。这里有时也会出现一些趣事：卡尔维亚·克雷斯披尼娜老了，人们都说她恳求过波贝亚让她在她洗完澡后也去洗一个澡。琉康认为尼吉蒂亚和角斗士有不正当的男女关系，抽了她一记耳光。斯波鲁斯和塞内茨约赌骨牌，把老婆都输了。托尔克瓦杜斯·塞拉努斯要拿四匹栗色的马来换我的尤妮丝，他说这四匹马在今年的比赛中一定会获胜，可我是不会换的，我还要感谢你当时没有要她呢！说到托尔克瓦杜斯·塞拉努斯，这个可怜的人根本没有想到，他已经是三分像人七分像鬼了。他被判处了死刑，你知道是什么罪吗？就因为他是圣奥古斯特皇帝的曾孙，现在谁都救不了他，我们的世界就是这样的啊！

你也知道，我们都期待着蒂里达特到这里来，可是沃罗盖哲斯①却写来了一封盛气凌人的信。他因为征服了

---

① 沃罗盖哲斯是帕提亚国王蒂里达特的哥哥。

阿尔明尼亚,为了蒂里达特便要求把这个地方留给他。如果我们不同意,他也不会把这个地方交出来。这对我们来说,简直是一个讽刺,因此我们要和他打仗。科尔布隆即将掌握和伟大的庞培在征灭海盗时同样大的兵权,尼禄为这件事也曾经犹豫过。很明显,他是不愿科尔布隆打了胜仗后获得很大的荣誉。他甚至考虑过把统军的大权交给我们的普劳茨尤斯,但波贝亚又反对他这么做,对她来说,蓬波尼亚的高尚品德就像撒进了她眼里的一把盐似的。

瓦提纽斯对我们说,他要在贝内文特筹划一场极为盛大的角斗士比赛。你看,常言道:"人都要各守本业。"

可是在我们的时代,鞋匠也是能够飞黄腾达的。维泰留斯就是鞋匠的后代,瓦提纽斯还是鞋匠的儿子,说不定他自己就缂过鞋呢!阿里杜鲁斯昨天演奥狄浦斯①,演得好极了。因为他是个犹太人,我便问他,犹太教和基督教是不是一回事?他回答说,犹太人信仰的宗教历史久远,基督教只不过是不久前在犹地亚②兴起的一个新的教派。蒂贝留斯当政的时候,那里有一个人被钉死在十字架上,后来信奉他的人愈来愈多,便尊他为上帝。那些信徒好像不承认别的神明,特别是不承认我们的神明。我不明白承认别的神明对他们有什么不好。

蒂盖里努斯已经公开和我为敌了,但他现在还没有对付我的好办法,只是有一点他胜过了我,就是他比我更

① 奥狄浦斯,古希腊悲剧诗人埃斯库罗斯的悲剧《奥狄浦斯》中的主人公。
② 犹地亚,指古罗马帝国统治下的巴勒斯坦地区。

加珍惜生命。他是一个比我更了不起的坏蛋,所以他跟红胡子能够一拍即合,两个人迟早会勾结起来的,到那个时候,就轮到我倒霉了。至于这种情况什么时候出现,我也难以预料,反正它是会出现的,时间的迟早我就不管了。现在我们正要找一番乐趣,如果不是红胡子在这里,我们的生活本来是很不错的,就因为有了他,一个人有时候对自己都感到厌恶。不能把在皇帝面前争宠看成是竞技场上的角逐,看成是赌博或者角斗。赛场上的胜利只能满足一个人的虚荣心,我对这种事常常是这么看的,但我有时候又觉得我和基隆这个人差不多,一点也不比他强。等到你不需要他的时候,就把他送到我这里来吧!我喜欢他那富于创见的谈话。请代我问候你那位天仙般的基督徒,并以我的名义请求她不要为你变成一条鱼。把你的健康和恋爱的情况都告诉我!要懂得怎么去爱,也要教育别人懂得爱,再见!

维尼茨尤斯给裴特罗纽斯的回信:

直到今天还没有找到莉吉亚。我如果不是盼着很快就能够找到她,我就不会给你写这封回信了,因为一个人在感到生活腻烦的时候,是不愿写信的。我想查看一下基隆是不是在骗我。就在他来取了钱后给埃乌里茨尤斯送去的那天晚上,我穿上一件军大衣,便悄悄地跟在他和我给他的那个小当差的后面。等到他们到了目的地,我就藏在码头上的一根柱子后面,在远处注视着他们。当时我看到确实有埃乌里茨尤斯这个人。在下面的河边上,燃起了许多火把,有几十个人正在把一条大船上的石头卸下来,堆放在堤岸上。我看见基隆走到了他的身边,在和一个老人谈话。过了一会儿,这个老人骤然跪倒在他的脚下,一些围观者便发出了表示赞美的吼叫声。我亲眼见到那个小当差把钱袋交给了埃乌里茨尤斯,埃乌里茨尤斯接过钱袋后,便举起双手,开始祈祷了。在他身旁还有一个人也跪了下来,显然是他的儿子。基隆还说了些什么,我就听不清楚了。他用手在这两个跪下的人和其他一些人的头上画了十字,表示为他们祝福。于是他们也都跪了下来,看来对他画的十字是十分敬仰的。我真想走到他们中间,向他们表示:要是有人把莉吉亚给我送回来,我就给他三个这么大的钱袋。但是我怕这会打乱基隆的行动计划,我想了一下,还是离去了。

这件事是在你走后至少过了十二天才发生的。他这些天来找过我好几次,并亲口对我说,他在基督徒中间已经有了很高的威信,他说他之所以至今还没有找到莉吉亚,是因为基督徒仅在罗马城里就多得不可胜数,他们之间当然就不可能人人都相识,也不可能全都知道他们中所发生的事情。他们都很小心谨慎,一般不爱说话,不过他向我保证,他只要结交了那些称之为教长的长老,就能探听到所有的秘密。他已经认识了好几个这样的长老,向他们打听过,不过是很小心的。因为过于急躁反而会引起他们的怀疑,使工作难于进展。等待当然是不好受的,耐心我也确实没有了,可是我觉得基隆的话说得很对,还是要耐心地等着!

基隆也打听到了他们祈祷的时候许多人都集中在一个地方,常常是在城外的一些空房子里,甚至在沙子坑里。他们在那里礼拜基督,唱赞美诗,举行庆典。这样的地方很多。基隆认为,莉吉亚在有意躲避蓬波尼亚常去的那个地方,好让蓬波尼亚在接受审讯和调查时可以大胆地发誓,说她根本不知道莉吉亚藏在哪里。莉吉亚的小心谨慎也可能是因为长老们嘱咐过她。基隆如果找到了这些地方,我就会跟他一起去,只要诸神保佑我见到她,我就要以朱庇特的名义对你发誓,我绝不会再让她从我的手里逃走了。

我一直在想着这些做祈祷的地方。基隆不愿和我一道去,他怕出事,但是我不能一个人呆傻地坐在家里。我见到她会马上就认出来,不管她改了装还是蒙上了面罩,我都认得出来。他们都在夜里聚会,我在夜里也认得出来,不管在什么场合,我都能识别她的声音和动作。我会化好了装到那里去,我要察看那里所有来往的人们。我现在老是在想着她,我一定能认出她来。基隆明天就该到我这里来了,我们会一起去。我还要随身带着武器。我派到外地去的几个奴隶都空手回来了。因此我可以肯定,她还在城里,甚至有可能就在附近的一些地方。我借口租房子,去看过不少人家,知道那里住的都是穷苦人。她要是和我住在一起,何止舒服一百倍,我对她是不会吝惜花销的。你说我选得不错,可我却选择了忧愁和痛苦。我们首先要到城里的那些人家里去找她,然后到城外去。每天早晨起来我都满怀着希望,要不是这样,我就活不下去了。你说要学会怎么去爱,我已经学会了怎么去和莉吉亚谈情说爱。可是我现在只有思念,只有等着基隆的到来,待在家里实在受不了。再见!

第十六章

可是基隆很长一段时间都没有露面,到后来维尼茨尤斯也不知道这是怎么回事了。虽然他不断地念叨着:要想在寻访中获得一个圆满和肯定的结果,还得按部就班地慢慢来,可是这并不能解决任何问题,因为他那火一般的热情和暴躁的脾气都在强烈地反抗这种理智的声音。什么事都不干,又着手臂坐在那里傻等,这和他的性格是完全不相容的,他绝不会这么去做。但是他又觉得穿上奴隶的黑大衣,即使跑遍所有的大街小巷,也只能使他在空虚和寂寞中解解闷,而不会有什么结果,因此也不可能满足他的要求。他派去寻找的那些解放奴隶本来都是一些聪明能干的人,但现在看来,比基隆就相差一百倍了。在维尼茨尤斯的身上,除了对莉吉亚的爱之外,又产生了一种赌徒式的孤注一掷的思想情绪。他生来就是这样,从小他就我行我素,极端任性,从来不约束自己的行动,也不考虑失败的后果。军队里纪律严明,确曾把他管住了一阵,但这也给他灌输了一种思想,就是他给部下发布的每一道命令都非得完成不可。由于他曾长时期地军旅于东方,看到那里的人民生性柔弱,惯于奴隶式的服从,这就使他更加坚信,对他来说,"我要"什么是没有办不到的。可是这一次,不仅他的自尊心受到了极大的伤害,而且他在莉吉亚的拒绝、反抗和逃跑中,还察觉到了一种无法理解的东西,一个猜不透的谜,为了这个他已经伤透了脑筋。他觉得阿克台虽然说得不错:莉吉亚对他并非寡情薄义,但她为什么又甘愿去受苦,流浪,而不愿接受他的爱情,他的温存和体贴,不肯到他的漂亮的住宅里来呢?他回答不了这些问题,而只是模模糊糊地感觉到,他和莉吉亚之间,他们两个人的观念之间,他和裴特罗纽斯的世界同莉吉亚和蓬波尼亚·格列齐娜的世界之间有某种差别,有某种隔阂,就像隔着一道永远填不满的无法逾越的鸿沟。想到这里,他才意识到他已经永远失去了莉吉亚,因此他现在连裴特罗纽斯要他保持的一点镇定也保持不住了。有时他自己也弄不明白,他究竟是爱莉吉亚还是恨她?他只知道一定要找到她,如果他见不到她,不能占有她,那他情愿让大地吞食了她。但有时他在想象中又明明白白看见了她,莉吉亚好像就站在他面前。他想起了他对她说过的每一句话,他觉得她就在他的身边,在他的胸脯上,在他的怀里,一股爱情的欲火把他的全身都烧起来了。他爱她,他在呼唤她,每当他想到她也爱他,本来也会心甘情愿地满足他的一切欲望时,一股柔情便涌上心头,仿佛大海掀起的巨浪,给他带来了无比深沉的悲哀和绝望。但有时他又气得脸色发白,他设想如果找到了她,非得把她痛骂一顿,把她折磨个够不可。他不仅要把她攫为己有,而且要把她当作奴隶肆意践踏。可是他在这么想的时候,又觉得如果要在当她的奴隶或者一生中再也见不到她两者之间进行选择,他一定会当她的奴隶。有些日子,他还想过要用鞭子抽打她的玫瑰色的肉体,在上面留下伤痕,他要亲吻这些伤痕。在他的脑海里甚至出现过这样的念头:如果能够把她杀死,他就会得到幸福。这种内心的矛盾、烦扰、不安和痛苦的折磨,不仅使他的健康受到了损害,而且也使他那英俊漂亮的面容失去了常态。这个年轻的军官变成了一个丝毫也不懂得宽容的残酷无情的奴隶主。他手下的奴隶就连解放奴隶一见到他都害怕得要命。他常常无缘无故地惩罚他们,他的惩罚是那么残暴,那么蛮不讲理,使得他们都暗地里怨恨他了。他有时感到自己十分孤独,可这反倒使他对他们更加凶恶了。他只有在基隆面前才注意保持了一定的克制,这是因为他怕他不去找她。基隆注意到这一点后,也正好加以利用,并企图逐渐地控制他,开始向他提出了愈来愈苛刻的要求。当初,他每次来到维尼茨尤斯这里,都要向他保证,说事情不难办,很快就可以找到她。可是现在,他就开始强调起困难来了。虽然他还是说一定能够找到莉吉亚,但他也不回避这还需要很长的时间。

过了好多天后,基隆终于来了,可是带着一副沮丧的面孔。维尼茨尤斯看见他这个样子,脸色也变白了。于是他马上跳起身来,跑到基隆面前,使出仅有的一点力气问道:

"她在不在基督徒中间?"

"在,老爷! 我在那里还见到了格劳库斯医生。"基隆答道。

"你说什么? 格劳库斯是谁?"

"你真的忘了? 老爷! 他就是那个我从那不勒斯到罗马来时和我结伴的老人。我为了救他,才失去了两个手指头,由于少了这两个指头,我现在没法拿起笔来写字。一伙强盗抢走了他的老婆和孩子,又用刀去戳他,我看他已经奄奄一息,便把他放在明杜纳埃的一家客店里。我还为他哭了一场,真的可怜啊! 我见他刚才还是好好的嘛! 而且他还是罗马基督教会的人。"

维尼茨尤斯不明白他说这些话是什么意思,他只知道那

个格劳库斯是他寻找莉吉亚的一道障碍,因此他不得不按捺着心上正要升起的怒火,说道:

"你如果救了他,那他就应当感谢你,帮助你嘛!"

"唉!高贵的军团长大人!就连神仙也不是都知道感恩戴德的,更何况人呢!不错,他应当感谢我,但可惜的是,他是个老人,他的年龄和他所经受的忧患已经使他变得思想迟钝、心神恍惚了。后来我从他的那些教友那里才知道,他不仅不感谢我,反而说我勾结强盗,把他害了。这就是我丢了两个指头得到的回报。"

"你这个坏蛋,我敢肯定他没有说错。"维尼茨尤斯说。

"那么您比他还知道得多喽,老爷?"基隆非常严肃地回答说,"他只不过做了这样的猜想。他会去召集基督徒来对我进行残酷的报复,他一定会这么干,而且他还会得到别人的帮助。幸好他不知道我的名字,我和他是在那间祈祷室里遇上的,他没有看清我,但我马上就认出了他。在最初的一瞬间,我真想扑到他的脖子上和他拥抱,但我毕竟是个小心谨慎的人,每做一件事都得事先考虑一下,因此我不敢贸然地那么去做。后来我离开了祈祷室,要去打听他的情况,那些认识他的人都对我说,他从那不勒斯来,被他的一个旅伴出卖了……要不是这一打听,我就不会知道他是一个爱胡说八道的人。"

"这件事和我有什么关系?你就说说你在祈祷室里见到了什么吧!"

"这件事和您虽然没有关系,老爷,可它却关系到我是死是活呀!为了把我的学说传给后代,我情愿放弃您答应给我的报酬,而绝不为一点点可怜的钱财去冒生命危险。我作为一个真正的哲学家,没有钱也能活下去,也会找到神圣的真理。"

可是维尼茨尤斯却露出了一副凶恶的面孔,他走上前来,以压低的嗓音说道:

"谁能向你担保,你不会死在我的手中而只会死于格劳库斯之手呢?狗东西,你知不知道你马上就要被埋葬在我的花园里呢?"

基隆是个胆小怕事的人,他朝维尼茨尤斯望了一眼,便意识到了他只要一句话说得不当就活不成了。

"我一定去找她,老爷!我一定会找到她!"基隆慌忙大声地叫了起来。

随后出现了一片沉默,只听得见维尼茨尤斯急促的呼吸声和从远处传来的奴隶们在花园里劳动的歌声。

过了好一阵,这个希腊人看见维尼茨尤斯稍微平静了点,才开口说道:

"死神来找过我,我一点不害怕地望着它,就像苏格拉底那样。不,老爷!我并没有说我不去找那个姑娘,我对您要说的,只是我现在去找她会遇到很大的危险。上次您就怀疑在这个世界上是不是真的有个埃乌里茨尤斯,后来您亲眼看见了我父亲的这个独生儿子并没有撒谎,可您现在认为这个格劳库斯又是我杜撰的。唉!要是真的没有格劳库斯这个人倒好了,那样我就可以和过去一样,在基督徒中间走来走去没有危险了。为了这种方便,我情愿把我在三天前买来侍候我这把残废的老骨头的那个老女奴转让出去。可是格劳库斯还活着,老爷!只要他一见到我,您就别想再见到我了。到那个时候,又有谁给您去找那个姑娘呢?"

说到这里他停住了,开始擦眼泪,过了一会儿,又说:

"既然格劳库斯还活着，我又怎么能去找那个姑娘呢？我时时刻刻都可能遇到他，我只要碰上他就活不成了，我的寻找也就和我一起全都完蛋了。"

"你到底想干什么？你有什么补救的办法吗？你打算采取什么行动？"

"亚里士多德教导我们，为了成就大事，就顾不得小事。普里阿摩斯①国王也曾说过，衰老是一个沉重的负担。正因为这种衰老和不幸一直沉重地压在格劳库斯的身上，所以对他来说，还不如死了的好。其实在塞内加看来，死亡就是解放，而不是别的……"

"你还是对裴特罗纽斯去演你的小丑吧，别跟我来这一套！你干脆说吧，要干什么？"

"如果说讲道德是演小丑，那我便要请诸神让我当一辈子小丑。老爷，我要除掉那个格劳库斯，因为只要他活着，我的生命安全就会受到威胁，寻找那个姑娘的事也会遇到难以克服的障碍。"

"那你就去雇几个人，一顿棍棒把他打死好了，我给他们付钱。"

"老爷，这样的人首先会对您敲诈勒索，然后秘密地去干一些不法的勾当。罗马城里的流氓多得像竞技场上的砂子一样，一个诚实的人若要雇用他们去干坏事，您想象不出他们会怎么个要价的。再说，高贵的军团长大人！如果这些打手在杀人时被巡警队抓住，他们会怎么样呢？他们一定会把雇主招供出来，这样就会给您带来麻烦。但他们招不出我，因为我

---

① 普里阿摩斯即古希腊神话中特洛亚的末代国王。

不会把我的名字告诉他们。您应当相信我,您想想,且不说我为人正直,这里还涉及两件大事——我的性命和您答应给我的报酬。"

"你要多少钱?"

"我需要一千个塞斯泰拉银币。老爷,我还要告诉您:我要找那些比较诚实可靠的打手,也就是说,那些拿了钱后不至于溜之大吉的打手。为了一个上好的工作就得付出上好的报酬。我为可怜的格劳库斯已经流了许多眼泪,要我擦干这些眼泪也总得在这里捞到一点好处吧!至于我爱不爱他,诸神可以作证。但如果我今天能够得到这一千个塞斯泰拉银币,那么只要两天,他的灵魂就会在哈得斯的地府里了。他在那里要是还能保持他的记忆和思维的能力,就会知道我是多么地爱他啊!我今天就可以找到人,跟他们讲好,明天晚上便立即动手。要是格劳库斯多活一天,我甘愿少拿一百塞斯泰拉的酬金。另外我还有一个办法,也是一个万无一失的办法。"

维尼茨尤斯又答应了给他这一笔钱。但是不许他再提格劳库斯的事。他还问他有没有别的消息,问他这些时候到哪里去了。看见了什么,发现了什么。基隆也说不出更多的新鲜事,他去过两个做祈祷的房子,仔细察看了那里面的人,特别是女人,但他没有发现一个像莉吉亚的人。基督徒们已经把他看成是自己的人了,自从他替埃乌里茨尤斯的儿子赎了身后,他们都十分尊敬他,把他看成是一个紧跟基督足迹的人。而他通过他们也了解到有一位名叫塔斯的保罗的大法师,由于犹太人的控告,现在被关在罗马,他一定要去结识他。此外他还探听到了一个最让他高兴的消息,那就是基督教门中最高级的教长不日也会到罗马来。这位教长是基督教的及门弟子,受基督的委托,掌管全世界基督徒的事。罗马的基督徒当然都很想见到他,聆听他的布道。因此这里将要举行几次大的集会,这样的集会不仅基隆会去参加,而且他还可以把维尼茨尤斯也带进去。他知道,要让维尼茨尤斯混在杂乱的人群中是不难的,到那个时候,他们就一定会找到莉吉亚了。但是首先要除掉格劳库斯,他才不会遇到大的危险。如果说报复,基督徒也是讲报复的,但总的来说,他们还都是些不爱闹事的人。

随后基隆又颇为惊奇地说他从来没有见过这些人有什么放荡的行为,或者在井水和泉水里放毒。他们并不崇拜驴头,也不以小孩的肉为食,当然就更说不上是人类的大敌了。不,不!他确实没有见到过这一类的事情。当然在他们中,那种只要给钱就肯除掉格劳库斯的人还是有的,但他也知道,他们的宗教不仅不愿意人们去进行犯罪活动,而且教人宽恕罪过。

维尼茨尤斯这时也想起了蓬波尼亚·格列齐娜在阿克台那里对他说过的话,所以他听了基隆的话后,感到高兴了。他对莉吉亚本来已经产生了仇恨的感情,现在当他了解到她和蓬波尼亚所信仰的宗教既不是那么罪恶滔天,也并非淫秽可憎以后,确实感到莫大的安慰。可是在他的心中,却又模模糊糊地产生了另外一种感觉:正是这种对他来说既陌生而又神秘的基督崇拜,在他和莉吉亚之间造成了隔阂,所以他既很害怕又非常仇恨这种宗教。

第 十 七 章

对基隆来说,除掉格劳库斯的确是非常要紧的。格劳库斯虽然上了年纪,但是一点也不显得衰老。基隆对维尼茨尤斯说的话也大部分反映了实情,他以前认识格劳库斯,后来他把格劳库斯出卖给了强盗,还抢走了他的亲属和财物,甚至叫人杀他。但基隆对自己做的这些事并不感到后怕,因为他没有把那个将要死去的格劳库斯留在客店里,而是把他扔到明杜纳埃附近的野地里去了。只是有一件事他没有料到,就是格劳库斯不仅没有死,而且治好了刀伤,还到罗马来了。因此当他在做祈祷的那栋房子里见到他时,他真是吓得魂飞胆丧了。在最初的一瞬间,他确实不愿再去寻找莉吉亚了。可是他最害怕的还是维尼茨尤斯。他很明白,现在除了格劳库斯的威胁之外,还有一个很有权势的贵族在追逐他,要对他进行报复,而且这个有权势的贵族还能得到另外一个权势更大的贵族裴特罗纽斯的支持。他必须在这两者之间做出抉择。面对这种情况,他就不再犹豫了,与其招来大敌还不如去对付小敌。虽然他那怯弱的天性在采取血的手段时有些害怕,但他认为,假他人之手去杀死格劳库斯还是做得到的。

对他来说,现在最迫切的是人手的挑选,在这件事上,他想起了他对维尼茨尤斯提起过的那个办法。基隆因为夜里常常住在酒店里,和一些无家可归的、失去了尊严和信仰的地痞流氓混得很熟,在他们中不难找到那种什么事都敢干的人,而且有的人一嗅到钱的气味,就什么都愿意干。可是这种人有的可能真的替他去效力,有的拿到预付的定钱之后,也可能反过来以去报官来威胁他,把他所有的钱财都要了去。实际上,基隆对那些躲在苏布拉区或第伯河对岸的一些房子里的流氓无赖和可恶的盗匪已经产生了厌恶感。他惯于以自己的想法去度量别人,就以基督徒来说,他虽然并不十分了解他们和他们的宗教,可是他断定在他们中间一定能找到听他使唤的人。在他看来,这是一些比别的人都更加忠实可靠的人,他一定要去找他们,要使他们懂得不是为了钱,而是要真心实意地替他效劳。

基隆决定就在当天晚上去找埃乌里茨尤斯。他知道埃乌里茨尤斯是忠于他的,会尽心尽力地支持他。但基隆是一个遇事谨慎的人,他知道,干这种事和那个老人对他的信任,和老人的高尚品德以及他对神的敬仰都不相容,因此他就不能把真实意图告诉他。他要找的是什么都能够干得出来的人,而且他还要对他们采取一个绝妙的办法,使他们为了自身的利益,也非得替他干过的这件事永远保守秘密不可。

埃乌里茨尤斯老汉把儿子赎出来后,便在大竞技场附近那些多得不可胜数的小店铺中租了一间铺房。他在这里向前来看比赛的观众出售橄榄、豆子、无盐糕点和蜜糖水。基隆来到这里后,正遇上他在收拾铺面。基隆以基督的圣名向他问候,随后便开始谈起他来找他要办的事情。他说他过去帮助过他们,想必他们也该报答他了。他现在需要两三个身强力壮和胆大无畏的人去铲除一个危险,这个危险不仅对他是一个威胁,而且也威胁着所有的基督徒。他现在很穷,因为他把他的钱几乎一文不剩地全都给了埃乌里茨尤斯;但若有人能够替他效这个劳,他还是要给他们一笔酬金的。只是有一个条件,就是他们要相信他,老老实实替他把这件事办好。

埃乌里茨尤斯和他的儿子克瓦尔杜斯在这位恩人面前,几乎是跪着听完了他的这一番话。他们两人随即表示,他们已经做好了准备,只要他一声令下,就是让他们上刀山下火海也决不退缩。他们深信,像他这样一位圣人绝不会要他们去做违背基督教义的事情。

基隆也向他们保证,他要做的这桩事绝不会违背基督的教义。他这时还抬起眼睛朝天望去,好像要做祈祷,实际上他在想,既然他们已经提出了请求,是不是就把这件事交给他们去做,这样他还可以省下一千个塞斯泰拉银币。但他经过一番慎重的考虑之后,还是打消了这个念头,埃乌里茨尤斯已经老了,也许还不只是年龄而主要是忧愁和病魔已经把他摧残得衰颓不堪,他的儿子克瓦尔杜斯又只有十六岁。基隆需要精明能干的人,尤其需要身强力壮的汉子。至于那一千个塞斯泰拉银币,他觉得,只要他那绝妙的计策能够生效,省下大部分是不成问题的。

但埃乌里茨尤斯父子仍表示他们一定要亲自去办理这件大事,直到基隆坚决予以回绝之后,他们才退让了。克瓦尔杜斯这时便开口说道:

"我认识面包房老板德马斯,老爷!在他家的磨坊里干活的有奴隶也有他雇来的人,有个雇工力气很大,他一个人能干两个甚至四个人的活。我亲眼见过他举起一块四个人都搬不动的大石头。"

"如果他笃信上帝,又能为同教的兄弟做出牺牲的话,你就让他和我认识一下吧!"基隆说道。

"他是个基督徒,老爷!"克瓦尔杜斯回答说,"在德马斯家干活的,大部分是基督徒。他们有的白天干,有的干夜班,他是干夜班的。如果我们现在去,就正好碰上他们吃晚饭,你不要有什么顾虑,德马斯的家在中心市场附近。"

基隆很高兴地表示了同意,中心市场①就在阿芬丁山脚下,距离大圆戏场也不很远。他们不需要绕过山脚,只要沿着河边走去,穿过阿米里亚柱廊②就到了,这么走近得多。

他们走进柱廊后,基隆说:"我老了,好忘事,是的! 我们的基督被他的一个门徒出卖过,可是这个叛徒叫什么名字,我这会儿怎么也想不起来了。"

"叫犹大,后来他也上吊自杀了,老爷!"克瓦尔杜斯回答说,他心里觉得有点奇怪,为什么连这个名字都忘了呢?

"啊,是的! 叫犹大,谢谢你。"基隆说。

两个人默不作声地走了一会儿,便来到了中心市场,可是这里的大门已经关了,他们只好从它的旁边绕了过去。然后他们围着向民众发放粮食的仓库又转了一阵,就拐到左边去了。这里有许多房子,沿着奥斯天希斯大街③整整齐齐地排成一排,一直排到了泰斯塔丘斯山丘和彼斯托留姆市场上。他们在一栋木房子前停了下来,听见里面有轰隆隆的推磨声响,克瓦尔杜斯马上走了进去。但基隆却不愿在人多的地方露面,他总是害怕命运之神让他碰上那个格劳库斯医生,所以他宁愿一个人等在外面,抬头望着天上的月亮,自言自语道:

"这个当磨工的赫拉克勒斯倒挺有意思,如果他是一个老老实实的基督徒而又生性愚笨的话,那就不用为他花钱,他

---

① ② ③ 　原文是拉丁文。

也会给我办事的。如果他是个流氓但很机灵的话,付给他一点酬金也很值得。"

他的这些胡思乱想在克瓦尔杜斯回来后被打断了。克瓦尔杜斯给他带来了一个体格健壮的汉子,他身上穿的那件爱克梭米斯汗衫总是把右肩和右胸露在外面,这样便于干活,工人们都很喜欢这种汗衫。基隆看见来人后,满意地松了口气,因为他一生中还从来没有见过这么粗壮的胸脯和臂膀。

"老爷,这就是你想见到的弟兄。"克瓦尔杜斯说。

"愿基督赐予你平安!克瓦尔杜斯!你先问问这位兄弟,我这个人可不可靠?值不值得信赖?然后,以上帝的名义,你就回去吧!别让你那年老的父亲孤单单地一个人待在家里!"基隆说。

"这是一位圣人,为了把我这个素不相识的人赎出来,他献出了他的全部财产。愿我们的——救世主给他准备一份天国的赏礼!"克瓦尔杜斯说。

这个膀阔腰圆的汉子听了他这些话,便躬身吻了一下基隆的手。

"你叫什么名字,兄弟?"希腊人问道。

"我在受神圣的洗礼时取的名字叫乌尔班,长老!"

"乌尔班,我的兄弟,你有空和我随便谈谈吗?"

"我们要到半夜才上班,现在在给我们做晚饭。"

"那么时间还早得很,我们就去河边走走吧!到那里我再把我的来意告诉你。"

他们来到了河边,在石头堤岸上坐下,远处传来的碾磨声和河水流向远方的哗啦声不时打破了这里的寂静。基隆仔细打量着这个工人,虽然他的脸色有点忧郁和可怕,就像罗马的野蛮人一样,但他觉得他是个善良和诚实的人。

"不错,这个人既和善又愚笨,叫他杀死格劳库斯是不用花钱的。"基隆暗自思忖道。

"乌尔班,你爱基督吗?"

"我衷心地热爱基督。"那个工人回答说。

"你也爱教里的兄弟姊妹,爱那些教给你基督的真理和信仰的人吗?"

"我也爱他们,长老!"

"祝你平安!"

"也祝你平安,长老!"

随后沉默了半晌,只听见远处的碾磨声和下面河水的哗啦声。

基隆凝望着亮堂堂的月光,以缓慢而又低沉的声调开始讲起了基督死时的故事。但他好像不是在对乌尔班说话,而是他自己想起了基督的死,他要把这个秘密告诉这座沉睡的城市。他讲得那么严肃动人,使得那个工人也哭起来了。基隆于是叹息起来,他很激动地说,在救世主遇难的时候,竟没有一个人来救他,即使不能把他从十字架上救下来,至少也应当制止士兵和犹太人去侮辱他嘛!那个野蛮人听后,由于悲伤和抑制不住的愤怒,紧握着他的一双大拳头,听到基督的死他很激动,当他想起那群恶棍是怎么嘲弄钉在十字架上的羔羊时,他那纯洁的灵魂更是义愤无比。由于这种义愤,他的心中产生了一种要求复仇的强烈愿望。

基隆突然问道:

"乌尔班,你知道犹大是个什么人吗?"

"知道,知道! 可是他已经上吊死了。"那工人大声说道。

在他的话中,仿佛表露出了一种遗憾的情绪。他遗憾的是,那个叛徒自己惩罚了自己,没有让他亲手去惩罚他。

基隆继续说:

"假如犹大没有吊死,他在陆地上或海上又遇到了一个基督徒的话,这个基督徒为了救世主的苦难、流亡和死去,应不应当对他报仇呢?"

"谁能不去为救世主报仇呢?长老!"

"愿平安与你同在,羔羊的忠实仆人!是的,我们自己受一点委屈倒也没什么,可是谁有权利宽容对上帝犯下的罪过呢?毒蛇只能生出毒蛇,罪恶只能生出罪恶,叛逆也只能生出叛逆,你看,从犹大的毒液中现在又生出了第二个叛徒。正像第一个叛徒把救世主出卖给了犹太人和罗马士兵那样,在我们中也出了一个叛徒,他要把救世主的羊群出卖给恶狼。如果谁都不加以防备,如果没有人及早斩断这条毒蛇的脑袋,那么我们大家就会遭到灭亡,基督的光荣也会和我们一起遭到灭亡。"

这个工人非常惊恐地望着基隆,好像不明白他说的这些话是什么意思。希腊人于是扯起他的外衣的一角,把它蒙在头上,然后用一种仿佛从地里发出来的声音不断地说:

"你们要大难临头了,真正上帝的仆人!你们就要大难临头了!基督教的善男信女们!"

接着又是一阵沉默,只听得见碾磨的轰隆响声,碾磨工人低沉的歌声和河水的哗啦声。

"长老,那个叛徒到底是什么人?"工人终于问道。

基隆低下了头。那个叛徒是什么人?他是犹大的儿子,是犹大用他的毒汁喂养大的儿子。他伪装成基督徒,到做祷告的房子里去,要向皇帝控告我们的弟兄不承认皇帝是神,控告他们在泉水里放了毒,控告他们虐杀儿童,还说他们要消灭罗马这座城市,叫它连一块石头都不留下。再过几天,皇帝就会命令禁卫军把罗马城的男女老幼都监禁起来,然后把他们处死,就像他们过去处死佩达纽斯·塞昆德的奴隶那样。所有这些事情都是那个叛徒干的。既然过去没有人惩罚第一个犹大,在基督受难的时候没有人救他,也没有人为基督去报这血海深仇,那么现在有没有人能够胆大无畏地去惩罚那个叛徒,去打死那条毒蛇呢?有没有人能在他还没有来得及向皇帝控告之前,就把他消灭掉呢?在我们的弟兄和我们对基督的信仰就要大难临头的时候,有没有人能够起来保卫我们呢?

乌尔班一直坐在石头井台上,这时他突然站了起来,说:

"我做得到,长老!"

基隆也马上站了起来。他冲乌尔班那张被月光照得很亮的面孔望了一阵,便伸出双手,把手掌慢慢放在他的头上,庄严地说:

"你到基督徒中间去,到做祷告的房子里去!找弟兄们问一个叫格劳库斯的医生。只要他们给你指了出来,你就以基督的名义把他杀了……"

"啊,格劳库斯?……"这个工人不断地重复着说,好像要把这个名字铭刻在他的记忆中。

"你认识他?"

"不,不认识!罗马的基督徒有千千万,不是每个人都认识的。可是明天晚上,我们的兄弟姐妹都会去奥斯特里亚努姆参加一个集会,因为来了一位基督的大使徒,他要在那里讲道。到那个时候,弟兄们会把格劳库斯指给我看的。"

"奥斯特里亚努姆?"基隆问道,"那里是城外,兄弟姐妹们都会去吗?集会在晚上举行?在城外的奥斯特里亚努姆?"

"是的,长老,那里是我们的墓地。就在维亚·萨拉里亚大道和诺门塔拉大道之间,您怎么不知道使徒要在那里讲道呢?"

"我已经两天没有回家了,所以没有接到通知。再者,我从科林斯来到这里也没有多久,我不知道奥斯特里亚努姆在哪里。在科林斯我掌管一个基督教区⋯⋯现在好了!既然基督这么启示了你,那你明天晚上就到奥斯特里亚努姆去吧,我的孩子!你在那里的听众中,一定会找到格劳库斯,你就在回城的路上,把他杀了吧!为了这件功德,你的全部罪过都会得到赦免的。祝你一路平安⋯⋯"

"长老⋯⋯"

"你还有什么事吗,羔羊的仆人?"

那个工人的脸上有难色,因为他不久前杀了一个人,也许是两个。但基督的教义是不允许杀人的,而且他杀死那两个人并不是出于自卫;即便为了自卫,也是不许杀人的。他杀人当然不是为了谋取钱财,这一点基督是明察的⋯⋯主教当时还亲自派了弟兄去帮助他,就是不让他杀人,他自己其实也不愿意杀人,只因为上帝要惩罚他,给了他太大的力气⋯⋯直到现在他还在痛苦地忏悔⋯⋯别的人推磨时都高高兴兴地唱着歌,只有他这个不幸的人在不断地反省自己的罪愆,反省他对羔羊犯下的罪过⋯⋯他为此不知祈祷过多少次,哭过多少次,也不知多少次地祈求过羔羊的饶恕,但他仍然觉得这一切都不足以赎他的罪孽……可是今天,他又答应去杀死一个叛徒……好吧!既然一个人要能够忍受别人对他的侮辱,那么明天,他就是在参加奥斯特里亚努姆集会的兄弟姐妹的众目睽睽下,也要杀掉那个叛徒,只是首先该让那个叛徒去接受长老会的审判,接受主教或者使徒的审判。杀人并没有什么了不起,杀一个叛徒还是一件痛快的事,就像杀一只狼或者杀一头熊那样。但格劳库斯如果是无辜的呢?一次新的谋杀,新的犯罪和对羔羊的新的触犯不是又会给他的良心带来更大的痛苦吗?

"没有时间审判了,我的孩子!"基隆说,"因为这个叛徒会从奥斯特里亚努姆一直跑到安茨尤姆去晋见皇上,或者就在他当差的一个贵族家里躲藏起来。我现在可以给你一个凭证,你杀死格劳库斯后,就拿出来给别人看,不管是主教还是使徒,都会祝福你的善举的。"

说完他从身上掏出了一枚小钱币,又在腰带上找那把小刀。他用刀尖在钱币上刻了个字,把它交给了那个工人。

"这就是对格劳库斯的死刑判决,也是你的凭证。你杀了格劳库斯后,把它拿给主教看,主教会祝福你的功德,还会宽恕你以前那次非本意犯下的杀人罪。"

这个工人不由自主地伸手接过了那枚钱币,但他对他前次杀人的情景记忆犹新,所以马上产生了一种恐怖的感觉。他带着一种几乎是哀求的声调问道:

"长老,你做这件事是凭良心的吗?你亲耳听到过格劳库斯要出卖我们的弟兄吗?"

基隆明白了,他非得拿出一些证据或者说出一些人的名字来不可,否则他在这个巨人的心中就会引起怀疑。他的脑子里马上产生了一个绝妙的想法，便说：

"你听着，乌尔班。我虽然住在科林斯，但我是科斯人。我在罗马给一个名叫尤妮丝的女奴讲过基督的教义，她是我的同胞，现在在一个叫裴特罗纽斯的人的家里当服装师。这个裴特罗纽斯是皇帝的朋友，我就是在他家里听到了格劳库斯要出卖所有的基督徒。他还答应给皇帝的另一个亲信维尼茨尤斯去基督徒中寻找一个姑娘……"

说到这里他停住了，忽然惊奇地望着那个工人，因为他发现那个工人的一双眼睛像野兽一样突然冒出了火光，他的脸上露出了一种狂野的愤怒和威逼恐吓的神态。

"你怎么啦？"基隆有些害怕地问道。

"没什么，长老，明天我就去杀了那个格劳库斯！……"

这个希腊人不再说话了。他拉着乌尔班的胳膊，让他转过身来，趁月光直接照射在他的脸上，又仔细地端详着他。显然他心里还拿不定主意，是再追问下去，把所有的一切都问个明白，还是暂且停留在目前已经打听到或者可以推测到的事情上，不再问下去了？

他那谨小慎微的天性终于取得了胜利，因此他深深地喘着气，又把手掌放在那个工人的头上，用一种庄严而又动听的声调问道：

"是在神圣的洗礼时给你取了这个乌尔班的名字吗？"

"是的，长老。"

"祝你平安，乌尔班！"

第十八章

裴特罗纽斯给维尼茨尤斯的信:

你的情况确实很不妙,我最亲爱的①! 维纳斯把你的思想全都搞乱了。她夺走了你的理智和记忆力,让你整天除了想你的爱情之外,别的什么也不知道。过些时候,你再读读你给我的回信吧! 你会知道你的心中除了莉吉亚外,对别的一切都是非常冷淡的。你一心想的是她,无时无刻不在思恋着她,就像一只老鹰发现了猎物,总是在她的头上盘旋。

我凭波卢克斯起誓,你一定要快点找到她,不然的话,在你还没有被烈火烧成灰烬之前,你就会变成埃及的斯芬克斯②。有人说这个斯芬克斯爱上了白皙的伊西斯,便对他在世上看到的一切都毫不关心了。他只盼着在这里能够用石头的眼睛望着他所爱的人。

你不妨在晚上化了装去各地走一走,甚至可以和你那位哲学家一起到那些基督徒做祷告的房子里去。所有能够唤起希望和消磨时间的事儿都是值得称道的。出于对你的友爱,我要提醒你注意一件事:那个莉吉亚的奴隶乌尔苏斯听说是个力大无比的汉子,所以你非得把克罗顿雇

━━━━━━━━━━

① 原文是拉丁文。
② 斯芬克斯,古埃及的狮身人面像。

来,三个人一道去不可。这样行动起来就没有危险,也更理智些。既然蓬波尼亚·格列齐娜和莉吉亚都是基督徒,那么基督徒绝不是人人都说的那种坏蛋。但劫走莉吉亚这件事也说明了只要他们的羊群中有一只羊遇到了危险,他们也是不会不管的。我知道,你只要看见了莉吉亚就克制不住自己,你会马上把她抢过来,可是就你和基隆两个人能做得到吗?告诉你吧!在这种情况下,只有克罗顿才有办法,即便有十个像乌尔苏斯那样的莉吉亚人来护卫着那个姑娘,他也能把她抢过来。你不要让基隆再来敲诈勒索了,但对克罗顿却要舍得花钱。在我给你出的主意中,这是一个最好的主意。

　　我们这里已经不谈小公主的事了,也没有人再说她是被妖术害死的。虽然波贝亚有时还要提起她,可是皇帝的心思已经转到别的事上去了。另外,听说皇后又有喜了,如果这是真的,那么我们就连对小公主的记忆也会被吹得无影无踪的。我们在那不勒斯或者不如说在拜埃已经待了十多天了。如果你还能够想到一些别的事情,那么我们这里生活的动静一定会传到你的耳朵里,因为整个罗马都在谈论着我们。我们是直接来到拜埃的,到这里后我们就想起了皇太后,因而感到自己也应当受到良心上的责备。可是你知道红胡子无聊到了什么程度吗?他甚至把他母亲的被杀当成他写诗的唯一题材,当成他表演滑稽悲剧的出发点。以前他也觉得自己在良心上过不去,那是因为他是一个懦夫。可是现在,他却深信他脚下的这块土地还是和原来一样没有改变,也没有神明来报复他,因此他就装腔作势,要以悲剧命运的表演来打动人。有时他在夜里突然跳起来，把我们全都叫醒，说什么复仇女神正在追踪他。他老是望着背后，装出一个喜剧演员扮演奥列斯特①的姿势，但他只够得上一个蹩脚的喜剧演员。他朗诵希腊文诗歌，看我们是不是称赞他。我们呢，当然会给他捧场！我们不会对他说：小丑，你该睡觉去了。相反，我们也会学着悲剧的腔调，在复仇女神面前保卫这位伟大的艺术家。我向卡斯托尔起誓，他在那不勒斯公开表演的消息至少你是应当听到了的。所有那些那不勒斯和附近城市里的游手好闲的希腊人都被赶到这里来了，使剧场里充满了大蒜和汗水的臭气。我要感谢诸神的是，我没有和那些大臣显贵们坐在前排，而是陪着红胡子留在后台。他胆怯了，你信不信？他真的害怕了。他拿着我的手放在他的心口上，他的心确实跳得很厉害，他的呼吸也很急促，是他登台的时候了，他的脸变得像羊皮纸一样苍白，额头上冒出大颗大颗的汗珠。其实他并不是不知道，在每一排座位上都安排了他的禁卫军就座，他们以棍棒为武器，在必要的时候可以鼓起观众的热情。但这完全是不必要的，因为就是迦太基②近郊的那一群猴子，也没有像这一群乌合之众叫得那么响亮。告诉你吧！那股大蒜的气味也熏到舞台上来了。尼禄于是向观众鞠躬答礼，他把手放在胸脯上，从嘴

---

① 奥列斯特，希腊神话中阿伽门农和克吕泰涅斯特拉的儿子。阿伽门农从特洛亚归来，被妻子克吕泰涅斯特拉和她的情夫谋杀。奥列斯特为父报仇，将母亲和她的情夫杀死。

② 迦太基，古代北部非洲的一个奴隶制国家，首都迦太基城。后在和罗马的战争中遭到失败，沦为罗马的一个行省（阿非利加省）。

边抛出了飞吻,还流了泪。然后他又跑到我们这些在后台等着他的人们中间,像个醉汉似的大声叫道:"和我这次胜利相比,其他所有的胜利又算得了什么呢?"台下的观众还在不停地欢呼和鼓掌。他们知道,鼓掌对他们是有好处的,这样可以得到彩票和赠礼,还可参加皇帝举行的宴会,这位小丑皇帝也会拿出新的节目来。对他们这么热烈的欢呼和鼓掌我并不感到奇怪,因为他们从来没有见过皇帝的表演,皇帝也连声说道:"你看,希腊人怎么样?这些希腊人真好啊!"但我好像觉得,从这个时候起,他就更加仇恨罗马了。他还特意派了使臣去罗马报告这次胜利的消息,我想就在最近几天,元老院会派人来对他表示祝贺和感谢的。可是尼禄这次演出刚一结束就发生了一件奇怪的事情,这就是他演出的那个剧场突然倒塌了,幸好观众已经离去。我当时也在场,我在废墟中没有发现死人。许多人,其中包括那些希腊人,都认为这是诸神对那种蔑视皇帝权威的言行表示愤怒。皇帝也把这看成是诸神对他的恩赐,诸神显然都很关心他的演唱,而且也护佑了他的听众。因此他在所有的神庙里都献上了供品,还举行了大规模的祭祀,以答谢神明的恩典。他还认为,这也是对他去阿哈亚的一种鼓励。可是他在几天前又对我说,他很担心罗马人对他的长期出巡会有什么意见。正因为他们都很爱戴他,所以他们怕在皇帝不在的时候,粮食分配和竞技表演会出什么问题,并由此而发生骚乱。

不过我们还是要到贝内文特去,观赏瓦提纽斯在那里摆设的臭皮匠的豪华场面。然后在海伦的神圣兄弟的护佑下,再从那里去希腊。如果说到我自己,我在自己身上也发现了一个真理,那就是生活在疯子中的人自己也会变成疯子,更不用说在这种疯狂中还确实有某些吸引人的东西。希腊和千万人的海上旅行,酒神巴克斯①式的胜利进军,在许多头戴桃金娘、葡萄藤和金银花花冠的仙女和酒神女祭司的簇拥下。还有套着老虎的大车、鲜花、酒神的手杖、花环、醉后的狂呼、音乐、诗歌和希腊人的掌声,所有这一切都再好不过了,可是我们还有一个更加大胆的设想:我们要创造一个神话般的东方帝国,一个到处都是棕榈树和阳光普照的诗歌帝国。它要把现实变为梦幻,使生活充满了欢乐。我们要忘掉罗马,在希腊、亚洲和埃及之间的某个地方建立一个世界的中心。到那个时候,我们过的不再是人世间的生活,而是神仙的生活,不再困扰于日常的平庸和烦琐。我们要乘坐金色的大船,张开紫色的风帆,沿着群岛漂游,一个人充当阿波罗、奥西里斯②和巴尔③三个神明,变成曙光的玫瑰色,发号施令,唱歌,沉迷于梦境……你信不信,像我这样的人,本来还有一点理智和判断力,也陶醉在这种幻想中。我之所以这样,是因为我觉得这种幻想虽然不能实现,但它至少是伟大和不平凡的……这个神话般的帝国过了许多世纪之

① 巴克斯,即狄奥尼索斯,古希腊神话中的植物神、葡萄种植业和葡萄酿酒业的保护神,经常有一些酒神女祭司伴随着他,参加他的游行队伍。
② 奥西里斯,古埃及的自然界死而复生之神。
③ 巴尔,古犹太神话中的暴风雨和丰收神。

后,也可能被人们看成是一场梦。如果维纳斯没有变成莉吉亚或者变成像尤妮丝这样的女奴,如果艺术不把人生来装点,那么生活就会显得空虚,就会常常露出一副猴子的嘴脸。红胡子当然实现不了他的计划,理由很简单,因为在那个诗歌和东方的神话帝国中,是不容许叛变、卑鄙和死亡占有一席之地的。他把自己装扮成一个诗人,但他实际上是一个拙劣的喜剧小丑、一个笨手笨脚的车夫和昏聩的暴君。如果有人要阻挡我们,我们就把他掐死。几天前,可怜的托尔克瓦杜斯·塞拉努斯就割开了自己的血管,他现在已经变成鬼魂了。列卡纽斯和李齐纽斯在任执政官时,干什么都那么心惊胆战。老特拉泽阿斯要做一个正直的人,就更免不了一死。但蒂盖里努斯至今还没有求得一道令我割开血管的圣旨。他们之所以少不了我,不只是因为我是"风雅裁判官",而且也是因为没有我的好主意,没有我的高尚的情趣,这次去阿哈亚的旅行就搞不好。但我有时也想,我迟早也会割断血管死去的。你知道我最关心的是什么吗?就是到那个时候我不能让红胡子得到我的那只米兰酒杯,那只酒杯你是见过的,你很欣赏它。我临终时你要是在我的身边,我就把它送给你,你要是离得我远远的,我就把它摔碎。可是我们现在还是要到那个臭皮匠的贝内文特和奥林匹斯的希腊去,每个人都脱离不了命运之神的摆布,无法预料自己未来的人生道路。祝你健康,快把克罗顿雇来吧!要不然他们就会再一次抢走莉吉亚了。那个基隆你以后如果不需要他,不管我在哪里,你都把他给我送来!我也许能把他造就成第二个瓦迪纽斯。那些执政官和元老们见到他会吓得浑身颤抖，就像他们在那个德拉泰夫卡骑士面前发抖一样。我要是能够亲眼见到这种场面，我这辈子就算没有白活了。你如果找到了莉吉亚，要马上告诉我，我要在这里的维纳斯圆形神庙里为你们献上一对天鹅和一对鸽子。我梦见过莉吉亚坐在你的膝盖上，要吻你。努力去找吧！也许这个梦是一个好的预兆。但愿你的头上晴空万里，如果有云的话，就让它显现出玫瑰色，散发出玫瑰的芳香。祝你健康，再见！……

第十九章

维尼茨尤斯刚刚把信读完，基隆未经通报便悄悄地走进了书房。因为仆役们早已受命，不管是白天还是夜里什么时候，都不要阻拦他。

"愿您宽宏大度的祖先埃内阿斯①神圣的母亲施大恩于您，就像玛娅②神圣的儿子曾经施恩于我一样。"基隆说。

维尼茨尤斯即刻从他的桌子旁跳了起来，问道：

"你这话是什么意思？"

"我找到啦！"

---

① 埃内阿斯，特洛亚战争中的英雄。
② 玛娅，希腊神话中普勒阿德斯七姊妹的大姐，赫耳墨斯的母亲。

年轻的贵族激动得好长时间都说不出话来,最后他问道:
"你见到了她吗?"

"我见到了乌尔苏斯,老爷,我还和他说了话。"

"你知道他们躲在什么地方吗?"

"还不知道。老爷!如果是别人,他一下子得意忘形,就会让那个莉吉亚人把他猜出来。如果换一个人,他又会死乞白赖地去追问这个莉吉亚人住在哪里。这么一来,他要么吃一顿拳头,尘世间的一切也就和他断绝缘分了;要么引起那个巨人的怀疑,结果是:也许就在当天晚上,那个姑娘就会被转移到别的地方藏起来了。我就不会做这种事。老爷!我已经打听到了乌尔苏斯在中心市场附近的一家磨坊里干活,磨坊主叫德马斯,和您的一个解放奴隶同名。您现在只要派一个可靠的奴隶一大早跟踪着他,就会找到他们的藏身之地,这不就行了吗?我可以向您担保说:既然乌尔苏斯还在城里,那个天仙般的莉吉亚也不会离开罗马。此外我还给您带来了一个消息:她今天晚上准会到奥斯特里亚努姆去……"

"奥斯特里亚努姆?这是什么地方?"维尼茨尤斯打断了他的话,很明显,他想马上跑到基隆说的那个地方去。

"那是萨拉里亚大道和诺门塔拉之间一个古旧的坟地。我向您提起过的那位基督教中最高级的长老①,人都说他要很晚很晚才会到罗马来,可是他已经来了,今天晚上就要在那个坟地上施受洗礼和布道。虽然到今天也没有任何禁止基督教的法令,但教徒们都不愿公开自己的信仰,因为他们一直受到人们的歧视,不得不小心谨慎一点。乌尔苏斯还亲自告诉

———————
① 原文是拉丁文。

我，今天晚上，所有的教徒会一个不缺地都聚集在奥斯特里亚努姆。他们把那位基督的大弟子称为使徒，当然都想和他见面，聆听他的布道。在他们那里，女人可以和男人一起听道，享有平等的权利。她们中大概只有蓬波尼亚一个人不能到那里去，因为她对阿卢斯这位旧神的崇拜者无法解释她为什么要在夜里出门。而莉吉亚则不一样，她是受到乌尔苏斯和长老们保护的，她一定会和别的女教徒一起到那里去。"

维尼茨尤斯直到现在都好像处在发高烧的状态，并一直是单靠着希望来支持自己。当他听到这种希望就要变成现实的时候，他就像一个旅行者在完成了超越自己可能的艰难跋涉，快要到达目的地时那样，突然感到一阵虚脱。基隆看到他这个样子，正好想利用一下。

"城门确实都有您手下的人在那里把守，老爷！这些基督徒们也肯定知道，可是他们用不着走城门，也不用过第伯河。他们现在要走的是几条离河边很远的道路，为了见到那位大使徒，绕远一点也很值得。实际上，他们还有千百种出城的办法，我知道，他们的办法多得很。您在奥斯特里亚努姆一定会找到莉吉亚，如果她真的出我所料没有到那里去，那乌尔苏斯也一定会去的，因为他答应了我去杀掉那个格劳库斯。他亲口对我说过，他要在那里把他杀了。您听见了吗？高贵的军团长大人！您现在应当去跟踪他，这样您就可以找到莉吉亚的住处，要不您就命您手下的人把他当作杀人凶手抓起来；如果他落到了您的手中，您也可以要他供出他把莉吉亚藏在什么地方。我已经做了我该做的一切。如果是别人，老爷，他就会对您说，为了从乌尔苏斯那里探出这个秘密，他和他一起喝了整整十大碗陈年好酒。如果再换一个人，他又会告诉您,他和他赌'十二点'牌,输给了他一千个塞斯泰拉。他还会对您说,他花了两千个塞斯泰拉,才买来了这个消息……我知道您会加倍地酬谢我,但不管怎样,我这辈子第一次想到了——我要说的是——要永远做一个诚实的人,因为我相信,正如慷慨大方的裴特罗纽斯所说的那样,您的慷慨解囊会超出我的期待和想象。"

可维尼茨尤斯是个军人,他对所有的事情都惯于按照自己的意愿去处理,而且他是说干就干的,因此他很快就克服了他一时的虚脱,说道:

"我的慷慨是不会欺骗你的。但你首先要和我一起到奥斯特里亚努姆去。"

"要我去奥斯特里亚努姆?"基隆问道,他压根儿就不愿到那里去,"高贵的军团长大人,我只说要给您打听那个姑娘住在什么地方,并没有答应您去把她抢来……大人,您想想吧!如果那头莉吉亚熊把格劳库斯撕碎之后,又觉得他这么干并不很对的话,那么他会怎么来对待我呢?他会不会把我当成是这次谋杀的指使者呢?(这当然不对。)大人您要知道!越是伟大的哲学家,就越是难于回答那些头脑简单的人提出的蠢问题。如果他问我,你为什么要加害于格劳库斯医生?我怎么回答呢?您若认为我是在欺骗您,那我可以向您表示,待我把莉吉亚的住所指给您看后,我再来领您的酬金吧!今天我只求您对我略微表示一点慷慨大方,不然的话,老爷您若是遇到了什么不测(愿诸神保佑您平安无事),那我就一点赏钱也拿不到了。以老爷的宽宏和慈悲,您任何时候对我都不会这么忍心的。"

维尼茨尤斯走到放置在大理石座子上一个叫作"方舟"

的钱柜前,从柜里拿出一个钱包,塞给了基隆,说:"这是些小金币,等到莉吉亚回到了我的家里,我再给你这么多的大金币。"

"老爷真是一位人世间的朱庇特神啊!"基隆叫了起来。

可是维尼茨尤斯却蹙起了眉头。

"你就在这里吃饭,然后可以去休息一下。黄昏前你不要离开这里,等到天黑了之后,你就陪我到奥斯特里亚努姆去。"

这个希腊人的脸上马上露出了惊慌和迟疑的神色。但是过了一会儿,他还是镇静了下来,说道:

"谁能够违抗您呢?老爷!请相信我的这些话乃是一个好的兆头,因为它们和我们国家伟大的英雄在阿蒙①神庙里听到的那些话是一样的。至于我,您给我这么多小金币(说到这里,他摇晃着钱包)已经抬高了我的身价,使我能够和老爷您做伴了,这是我的荣幸和快乐……"

维尼茨尤斯急不可待地打断了他的话,开始问起他和乌尔苏斯谈话的详细情况来。在他们那次谈话中,有一点讲得很清楚,那就是:要么今天晚上找到莉吉亚躲藏的地方,要么从奥斯特里亚努姆回城的路上抓到她本人。维尼茨尤斯想到这里,高兴得都要发疯了。他认为,他现在确实有把握能够找到莉吉亚了,因此他对她的愤怒和从她那里感受的委屈也就不复存在了。由于这一阵欣喜,他也可以原谅她的全部过错了。于是他又产生了一个想法,就是她是他最心爱和思念的宝贝,他似乎感到她在经历了一次长途旅行之后就要回到家

---

① 阿蒙,古埃及太阳神,在希腊和罗马称为哈蒙,和宙斯-朱庇特混为一体。

里来了。他还要把奴隶们召集起来,叫他们用花环把房子装饰一下。此时此刻,他也不再怨恨乌尔苏斯了,他要宽恕所有的人,原谅所有的事情。基隆过去给他效过许多劳,但他一直很讨厌他。现在,他终于感到这个人很有趣,很不平常。他觉得自己家也变得更加明亮了,他的眼睛和面孔也亮起来了。他变得年轻了,重新感受到了生活的乐趣。过去那种阴森森的折磨人的痛苦使他无法知道他对莉吉亚到底爱到了什么程度。只有当他真正抱有一线能够得到她的希望,他才明白了这种感情是多么深厚。正像春天来到,大地在阳光普照下复苏了一样,他对她的恋情也复苏了,而且这种恋情也不像以前那么盲目和粗野,而带有更多的欢乐和柔情了。他觉得自己身上有使不完的劲,他也确信一旦见到了莉吉亚,那么即便全世界所有的基督徒,或者就连皇帝本人也没法把他的莉吉亚抢走了。

基隆见他这么高兴,又大胆地和他说起话来,还给他出了主意。他认为事情到现在并没有完,还应当保持最高的警惕,否则过去的一切努力都会付之东流。他恳求维尼茨尤斯不要在奥斯特里亚努姆动手去抢那个姑娘;他们到那里去要戴上风帽,把脸遮住,不要让人看见;到那里后要站在一个黑暗的角落里,在暗中窥视所有来参加集会的人。发现莉吉亚后,要在远处跟踪着她,看明白她走进了哪一栋房子。等到第二天早晨,再派一大批奴仆把那栋房子包围起来,就在大白天把她抓走,这才是最保险的。她是人质,本来是属于皇帝的,所以这么做也不犯法。如果在奥斯特里亚努姆没有找到莉吉亚,他们就跟在乌尔苏斯的后面,这样也可以找到莉吉亚的住地。去墓地不能多带人,否则会引起人们的注意。基督徒只要把灯火一熄灭,就会在黑暗中四处逃走,或者在一些人所不知的地方躲藏起来,就像他们上次抢走莉吉亚时那样。但他们一定要带武器去,最好还带两个身强力壮而又忠实可靠的人去,能够在危急的时候保护他们。

维尼茨尤斯认为他说得很对,他这时也想起了裴特罗纽斯的建议,因此他叫奴隶们马上把克罗顿找来见他。基隆认识罗马城里所有的名人,他一听到这个著名的大力士的名字,就特别放心了,因为他在比赛场上,亲眼见过这位角斗士的表演,对于他的超人的力气,他曾不止一次地表示过赞美。所以他最后也表示了愿意到奥斯特里亚努姆去,他觉得要得到维尼茨尤斯那只装满了大金币的钱包,有克罗顿的帮助就很容易了。

过了不久,当客厅主管来招呼他去吃晚饭时,他便高高兴兴地坐在餐桌旁。在吃饭的时候,他又对奴隶们讲他送给了主人一种神奇的药膏。如果用它擦在马蹄上,就是最劣等的驽马,在赛场上也会疾驰如飞,把别的赛马远远地抛在后面。他说这种药膏是一个基督徒教他调制的。基督教的长老们精通魔术,会创造奇迹,他们在这方面,比那些以魔术技艺闻名于世的泰撒利亚人要高明得多。基督徒们对他们也很信任。为什么会这样呢?只有那些懂得鱼是什么意思的人才知道。他一边说,一边仔细地察看着这些奴隶的脸色,希望在他们中能够发现基督徒,以便报告维尼茨尤斯。当他看到这种希望落空之后,便狼吞虎咽地吃了起来。他还滔滔不绝地赞美厨师的手艺,说他一定要把这个厨师从维尼茨尤斯的手里赎买过来。可一想到晚上还要去奥斯特里亚努姆,他的快乐又好像蒙上了一层阴影似的消失了。但有一点使他感到可以自慰,那就是他这次要化了装出去,要在暗中行动,还有两个人同去。一个是在罗马被奉若神明的大力士,另一个是贵族,是军中的高级将领。他自言自语地说:"他们即便发现了维尼茨尤斯,也不敢对他动手。至于我,他们只要能够认出我的鼻子来,就算是很机灵了。"

然后他又想起了他和那个工人的谈话,那个工人是乌尔苏斯绝不会有错,他无论从维尼茨尤斯的谈话中还是从那些去皇宫里接莉吉亚的人的述说中都已经了解到那个人有超凡的力气。因此毫不奇怪的是,当他向埃乌里茨尤斯问起那些力气特别大的人时,埃乌里茨尤斯马上就说出了乌尔苏斯的名字。后来他一提到维尼茨尤斯和莉吉亚,那个工人就表现得愤懑和不安。他和他们无疑有着很特殊的关系,那个工人还谈起过他因为杀了一个人而后悔不已。乌尔苏斯不是杀死了阿达岑吗?而且他的容貌和维尼茨尤斯说起的那个莉吉亚人也一模一样。令人不解的只是他为什么改了名字。但基隆知道,基督徒们在受洗时总是要取一个新的名字。

"如果乌尔苏斯杀了格劳库斯,那当然是再好不过了。"基隆暗自思忖道,"如果他不杀他,那也不是什么坏事,因为这说明基督徒是不轻易杀人的。我把格劳库斯说成是犹大的儿子,是基督教的叛徒,我说得那么情真意切,连石头听了后也会气愤不已地跳起来,往格劳库斯的头上砸去。然而我也只是勉强说服了这头莉吉亚大熊,答应用它的爪子去掐死格劳库斯……他至今还犹豫不决,百般无奈,不断地诉说他的痛苦和他要忏悔赎罪的心愿。基督徒要杀人显然是很难的……他们能够忍受自己所受的侮辱,也不愿意去替别人报仇。既然是这样,基隆啊,你就好好地想一想,你还有什么可怕的呢?

格劳库斯是不会报复你的……如果乌尔苏斯连一个犯了背叛全体基督徒这种滔天大罪的格劳库斯都不肯杀的话,那么格劳库斯又怎么会因为你只出卖了一个基督徒来杀你呢?说句老实话,我只要替这只狂热的公鸽找到了那只小斑鸠的窝,我就再也不干这一行了。我要搬到那不勒斯去住。基督徒们爱说洗手不干这句话,洗手不干看来是一个好办法,谁如果和他们有什么纠缠不清的事情,便可借洗手不干一走了之。这些基督徒是多么善良啊!可是人们却把他们说得那么坏。诸位神明在上!这个世界到底还有没有正义呢?就以基督教不允许杀人来说,我是很爱这种教义的。既然不许杀人,那当然也不许盗窃,不许欺骗,不许做假证明,要做到这些,也确实不容易。看来这种宗教不仅教导人们要死得清白,就像禁欲主义者那样,而且也要人们活得清白。如果我将来有一笔财产,有一栋房子和像维尼茨尤斯那么多的奴隶,我也愿意当一个基督徒。只要有了这些好东西,我当多么久的基督徒都愿意。有了钱什么都能干,就是行善的事也可以干……是呀!这本来就是一个有钱人的宗教嘛!可是我不明白,在它的信徒中为什么有那么多的穷人呢?这些穷人从它那里能够得到什么好处呢?他们为什么要让德行捆住自己的手脚呢?这些问题以后有空我倒要认真地研究一下。赫耳墨斯啊!我真的要把你赞美一番,我想你一定能够帮我找到那只母獾的……如果你硬要得到那两头角上镶着黄金刚满周岁的白牛犊才肯帮助我的话,那我就不承认你是一位神明啦!杀死亚各斯[①]的英雄啊!像你这样一位聪明盖世的神,事先也该想到你是什么

---

① 亚各斯,希腊神话中的独眼巨人,后被太阳神阿波罗所杀。

东西也得不到的吧!你如果连这个都没有想到,你不感到羞耻吗?为了你对我的帮助,我只能奉献给你一片感激之情,如果你不愿意领这个情,而一定要那两只小牛犊的话,那你自己就成了第三只牛犊了。说得好听一点,你最多也只是一个牧人,而不是神。你要小心,像我这样的哲学家,只要向老百姓证明没有你这个神,他们就再也不会给你上供了。跟哲学家搞好关系,对你是有好处的。"

他这么自言自语地和赫耳墨斯说了一阵后,便在一条长凳上躺了下来,用折着的外套当枕头,等到奴隶们来收拾碗碟时,他已经酣然入睡了。一直到克罗顿来到这里,他才醒了过来,说得确切一点,是被人叫醒的。随后他便来到客厅里,看到那个角斗士魁梧的身材,感到十分高兴。克罗顿现在担任角斗士教练,他那巨大的身躯似乎要把这间客厅都塞得满满的。他和维尼茨尤斯已经谈好了这次陪同出征应得的报酬,正在和维尼茨尤斯说话:

"大人,凭赫拉克勒斯起誓,您今天来得正好,因为我明天就要到贝内文特去了,高贵的瓦提纽斯给我发出了邀请,要我在皇帝面前和一个名叫塞法克斯的黑人比武。这个人出生在非洲,是那里最强有力的角斗士。大人您想想!我不仅要拧断那个家伙的脊梁骨,而且会用拳头打掉他的黑下巴。"

"凭波卢克斯起誓,我相信你一定做得到,克罗顿!"维尼茨尤斯说。

"这么干最好。"基隆也插进来说,"是的!……就是要打掉他的下巴!这是一个很好的办法,只有你才做得到。我敢打赌,你一定会打掉他的下巴颏儿。不过你现在要给你的手脚擦上橄榄油,把腰带系得紧紧的,做好准备。我的赫拉克勒斯!你要知道,你今天的对手是一个真正的卡库斯①,这个人好像有非凡的力气,尊敬的维尼茨尤斯看上的那个姑娘,就是受到他的保护哩!"

基隆这么说,只不过想激起克罗顿的好胜心,可是维尼茨尤斯又补充说:

"是的,我没有见过他,但我也听说,他抓住公牛的犄角,能够把牛随便拉到什么地方去。"

"哎呀!"基隆惊讶地叫了起来,他怎么也想不到乌尔苏斯会有这么大的力气。

克罗顿听后,却轻蔑地笑了一笑,说:

"高贵的大人,我可以用这只手把您要的那个姑娘抢过来,同时用另一只手去对付七个这样的莉吉亚人。即便全罗马的基督徒都像卡拉布里的狼群那样来追赶我,我也会把那个姑娘送到您府上来。如果我没有做到,我甘愿在这个蓄水池旁挨您的鞭子。"

"老爷,他这么干不行!"基隆嚷道,"如果他们对我们扔石头,他的力气又帮得了什么忙呢?我看最好还是到她住的地方去抓她,这样她既没有危险,我们也不用害怕。"

"就这么干吧,克罗顿!"维尼茨尤斯说。

"您付了钱,我当然照您的意思去做!不过您要记住,我明天就要到贝内文特去啦!"

"我在那座城里有五百个奴隶。"维尼茨尤斯答道。

说完他把手一挥,示意他们两个退下去。然后他走进自

---

① 卡库斯,罗马神话中的喷火巨人。他因为偷了赫拉克勒斯的牛而被赫拉克勒斯杀死。

己的书房,坐下来后,给裴特罗纽斯写了下面这几句话:

> 基隆已经找到了莉吉亚。今天晚上我将和他,还有克罗顿一同前往奥斯特里亚努姆。到那里后,要么即刻动手,要么明天早晨把她从她的住所里抢过来。愿诸神保佑你万事如意,祝你健康,最亲爱的①! 我高兴得再也写不下去了。

于是他放下苇笔,在书房里急急忙忙来回地踱着。他虽然感到无比的欢乐,可是还有一种焦急的情绪涌上心头,给他带来了痛苦。他问自己,明天莉吉亚就要到这栋房子里来了,他该怎么对待她?他觉得,如果她真的爱他,他就是当她的奴仆也心甘情愿。他想起了阿克台曾经担保,说莉吉亚是爱他的,因此他的内心深处激动不已。现在的问题是如何让她克服她那处女的羞涩,放弃基督教强加于她的誓言。只要做到了这一点,莉吉亚进了他的家门后,就会听信他的劝说,屈从于他的压力了。她会对自己说:"就这样了。"到那时候,她就会乖乖地听他的话,真心地爱他了。

可是基隆一走进来,就把他那甜蜜的心思给打断了。

"老爷,我又想起了一件事。"基隆说,"基督徒们会不会都有入场券或者骨牌这一类的东西呢? 没有这种东西大概谁都是进不了那个奥斯特里亚努姆坟场的吧? 我知道,在那些做祷告的房子里,有的人身上就带着这样的牌子,埃乌里茨尤斯还给过我一个。现在请您让我到他那里去一趟吧! 老爷,我要向他问个明白,如果真的需要,我就问他要一些来。"

---

① 原文是拉丁文。

"好啊,敬爱的哲学家!"维尼茨尤斯高兴地回答说,"你有先见之明,应当受到赞赏。你现在就去找埃乌里茨尤斯吧!你愿意去哪里就去哪里,不过你要把我刚才给你的那个钱包留在桌上作抵押。"

基隆是个从来不愿和金钱分手的人,他听了后感到为难地皱起了眉头,但他又不能不服从命令,只好放下钱包,走出去了。从卡雷纳去埃乌里茨尤斯在大剧场旁边开的那家店铺并不很远,所以他回来的时候,离黄昏还早得很。

"这就是入场券,老爷!没有这东西他们是不会放我们进去的。我把去那里的路也问清楚了。我对埃乌里茨尤斯说,我要这些牌子是给我的朋友的,我自己就不去那里了。像我这样的老人走不了这么远的路。反正我明天就会见到大使徒,他会把他布道演说中一些最精彩的片段讲给我听。"

"怎么,你不去了?你一定要去啊!"维尼茨尤斯说。

"我知道我非去不可,不过我要戴上风帽去。我劝你们也把风帽好好地戴上,要不然,我们就会吓跑那些鸟儿的。"

等到天色渐渐黑了,他们才开始做出发前的准备。他们全都穿上了带风帽的高卢外套,手里提着灯笼。维尼茨尤斯还随身带了一把短小的弯刀,他让他的同伴也带上这种弯刀。基隆的头上还戴着假发,这是他从埃乌里茨尤斯家回来的路上弄到的。随后他们便急急忙忙地出发了,希望能在那远处的诺门塔拉城门没有关门之前就赶到那里。

第 二 十 章

　　他们穿过维库斯·帕特利丘斯大街,沿着维米纳尔街来
到古老的维米纳尔大门前。大门附近有一块平地,迪奥克列
茨扬①后来在这里盖了一座豪华的浴池。随后他们又穿越了
塞尔维斯·杜留斯②皇帝昔日残存的城墙,走过一些更加荒
凉偏僻的地方,来到了诺门塔拉大道上;再从这里往左拐,朝
萨拉里亚那边走去,到了一块丘陵地上。这里到处都是沙坑,
有的地方还有坟冢。这时天色完全黑了,但月亮还没有升起,
因此到处都是一片漆黑,幸好基隆早就料到会有基督徒给他
们引路,要不然,单靠他们自己走这条路就会遇到很多困难。
在他们的左右两边和身前身后都有一些黑色的人影,正在小
心翼翼地朝着沙石沟那边移动。有几个人虽然打着小灯笼,
也用外套竭力把灯光遮住。还有一些人对这条路比较熟悉,
就摸着黑前进。维尼茨尤斯那双军人的眼睛这时能够从他们
的动作辨认出哪一个是青年人,哪个倚着拐杖,步履蹒跚,显
然是老者,也看得出那些女人穿着衣裙的一本正经的样子。
偶尔到此的过路人和离城回乡的农民看到这些夜游神,还
以为他们是到沙沟里去干活的苦力,或者是一些送葬的人,
要在夜里祭奠亡人。这位青年贵族和他的随从越是往前走

---

①　迪奥克列茨扬(284—305),古罗马皇帝。
②　塞尔维斯·杜留斯(前578—前534),罗马第六代皇帝。

去,周围那些闪烁的小灯笼和走动的人就越来越多了。有的人还低声地唱着哀婉动人的悲歌,这歌声使维尼茨尤斯感到似乎充满了无尽的思念。不时还传来了一两句歌词,如"醒来吧,沉睡的人!"或者"从死亡中复活吧!"一些男女的口中不断地念叨着基督的名字。但维尼茨尤斯对这些都不很关心,他一心想的是莉吉亚,他以为莉吉亚可能就在这一大片黑压压的人群当中。当有人从他身旁走过,对他说一声"平安与你同在"或者"赞美基督"时,他甚至把这当成是莉吉亚在对他说话,他的心也跳得更厉害了。一些相貌或者动作和莉吉亚相似的人影使他在黑暗中不时产生错觉,一直到这种错觉产生了许多次后,他才不敢相信自己的眼睛了。

他对这一带本来是很熟悉的,但是夜色很暗,难以辨认方向,又使他觉得这条路实在太远了。道路有时变得十分狭窄,还总要遇到一些颓垣断壁和房屋,他无论如何也想不起罗马市郊会有这么一些东西。过了一会儿,在高高的云层上终于露出了一轮皓月,把地面照得比昏暗的小灯笼亮得多了。随后在远处又出现了闪烁的篝火和闪光的火炬。维尼茨尤斯转身问基隆道:"那边是不是奥斯特里亚努姆?"

茫茫的黑夜,远离城市,还有那些幽灵似的人影给基隆留下了十分可怕的印象,因此他听到维尼茨尤斯的问话后,有点迟疑地回答说:

"不知道,老爷!我没有去过奥斯特里亚努姆,不过罗马城的近郊区,也是可以找到地方礼拜基督的。"

过了一会儿,他觉得还是说点话来壮壮胆子为好,于是他又说道:

"虽然他们好像一伙聚众的强盗,但他们是不许杀人的。我想那个莉吉亚人是不会欺骗我的。"

一直在思念着莉吉亚的维尼茨尤斯,看到这些基督徒那么小心和神秘地集合起来,去听他们的最高教长的讲道,也感到非常奇怪。他说:

"像所有别的宗教一样,基督教在我们的人中也有不少的信徒。但它只不过是犹太教的一个教派,既然犹太教的神庙都在第伯河对岸,犹太人白天到那里去上供,那么这些基督徒为什么要到这里来集合呢?"

"不,老爷! 犹太人和他们是势不两立的仇敌。我听说在当今皇帝还没有登基之前,犹太人和他们就差点要打起仗来了。克劳迪乌斯皇帝就是因为对他们之间的争斗感到厌恶,才把那些犹太人全都赶走了。这条驱逐令今天虽已取消,但是基督徒见到犹太人和罗马市民,还是不愿和他们接触。你也知道,罗马市民都把他们看成是罪犯,对他们十分仇视。"

随后他们沉默不语地又走了一会儿,走得离城门越远,基隆就越害怕了,他说:

"我从埃乌里茨尤斯那里回来的时候,在一家理发店里借了一副假发,还在鼻孔里塞进了两粒豆子,这么一来,就不会有人认得出我了。他们就是认出了我,也不会杀我! 他们不是坏人,他们都是一些非常正直的好人。我喜欢他们,也尊敬他们。"

"你且不要把他们夸得太早了!"维尼茨尤斯说。

这时他们走进了一条狭窄的坑道。坑道被两条水渠夹在中间,水渠上面还有一道水槽横穿而过。月亮从云层里出来后,可以看见坑道的末端有一堵墙,墙上面爬满了常春藤,在月光的映照下,闪耀着银色的光辉。那里就是奥斯特里亚努姆。

维尼茨尤斯的心跳得更剧烈了。

大门前有两个采石工人在收牌子。没多久,维尼茨尤斯和他的随从便来到了一个颇为宽敞的地方,它的四周围着一道土墙。这里到处都是散乱的墓碑,正中间有一个通往地窖——也就是墓穴——的大门。墓穴的底层在地平面下,里面有许多坟墓。大门前有一座喷泉在哗啦啦地喷着水。由于前来参加集会的人太多,地窖里显然容纳不下,维尼茨尤斯很快就想到了仪式将在露天举行,不一会儿,这块宽敞的平地上也挤得人满为患了。一眼望去,那些灯笼都一盏盏地挨在一起,还有许多人没有带灯笼来。除了少数几个人之外,几乎所有的人都戴上了风帽,并且用它遮住了脸,这是为了提防奸细,也是为了御寒。维尼茨尤斯感到有点不安了,他想,如果他们始终都是这个样子,灯光这么暗淡,要在他们中辨认出莉吉亚就不可能了。

但是在墓穴的近旁突然点燃了几根松脂火把,然后又垒起了一个小火堆,一下子就把四周围照亮了。人群开始唱着一首奇怪的赞美歌,起初声音很小,后来越唱越大。维尼茨尤斯还从来没有听到过这样的赞美歌,他在前来墓地的路上听到那一个又一个行人低声哼唱的歌曲中,曾经感受到一种缅怀的情调。这种情调仿佛也反映在这首赞美歌中,而且反映得更加强烈,更加突出。到最后,它那无比强大的感人力量促使整个坟场、山丘、沟堑和附近所有的地区都好像和人们一起加入了这股缅怀的巨流。这歌声又像是一种深夜的呼唤,一种在迷途和黑暗中的哀婉的求救。人们都用眼睛仰望着天空,好像在那里看见了什么人似的,于是他们又把双手高高地举起,恳求他降临尘世。歌声停下来后,他们又默默地等待着。这种等待是那么激动人心,使得维尼茨尤斯和他的同伴也不由自主地朝星空望去,怕真要发生什么不寻常的大事,怕真有人从天而降。维尼茨尤斯不论在小亚细亚、在埃及,还是在罗马都见到过各种各样的寺院和庙宇,接触过许多不同的宗教信仰,也听到过数不清的赞美歌,可是那些地方的人都只是为了履行一种规定的仪式。只有在这里,人们对神明的呼唤才是出自内心的要求,出自对神的真挚的思念,就像孩子想念他们的父母那样。一个人只要有一双眼睛就不难看出,这些人不仅崇拜他们的神明,而且以整个灵魂热爱"他"。这是维尼茨尤斯今天无论在哪个国家,在哪一种仪式上或者哪一个神庙中都没见到过的。希腊人和罗马人敬奉神明只不过是希望得到神明的护佑,或者因为他们害怕神明,他们谁都没有想到过要热爱他们的神明。

年轻的军团长的心思虽然专注于莉吉亚身上,急于想在人群中找到她,但他看到这些在他周围发生的令人惊异的极不平常的事情,也不能不分散了自己的注意力。这时有人不断把火把往火堆里抛去,于是燃起一团红色的大火,把坟场照得更加明亮了。可是那些灯笼在火光的照耀下,也就显得暗淡无光了。就在这个时刻,一个老人从地窖里走了出来,站在火堆旁的一块大石头上。他身穿一件带风帽的外衣,但是把脑袋露在外面。

人们一看见他都显得非常激动。维尼茨尤斯听到他旁边的人在低声地说:"彼得!彼得!……"有些人跪下了,还有一些人向他伸出了双手。周围肃静异常,只听见烧尽了的炭屑从火把上掉下来的响声,从远处诺门塔拉大道上传来的车轱辘声和晚风吹动坟场旁边几株松树的簌簌声。

基隆躬下身子,凑到维尼茨尤斯跟前,悄悄地说:

"就是这个人,基督的大弟子,一个渔夫!"

那个老人举起一只手画了个十字,给众人祝福,在场的人马上跪倒在地。维尼茨尤斯和他的同伴为了不引起周围的注意,也跟着他们一起跪了下来。他对周围给他留下的印象一时还不很理解,只觉得站在他面前的这个人既很单纯又极不平凡,而这种不平凡又正好是出自他的单纯。这位老人头上没有戴法冠,额前也没有戴橡树枝花环,他的手上没有拿棕榈枝,胸前也没有挂金牌,他的身上既没有穿绣着星辰的袍褂,也没有披白色的袈裟。一句话,他身上连一点东方、埃及和希腊的僧侣以及罗马祭司的标记都没有。维尼茨尤斯觉得这位老人真的像他听到基督徒们唱的那首赞美歌那样非同凡响。在他的眼中,这个"渔夫"不仅是一位精通宗教仪典的高僧,而且是一位生性质朴、令人尊敬的证人和长者。他从远方来到这里,要向人们讲述他耳闻目睹和亲身感受的真理,他相信这种真理就像相信眼前的事实一样,他热爱这种真理也正因为他相信它,因此他的脸上就显示出了真理本身具有的那种信念的力量。维尼茨尤斯是一个怀疑论者,本来不受任何魅力的影响,可这时候却有一种强烈的好奇心促使他想知道这位基督神秘的同道要说些什么,希望通过他去了解莉吉亚和蓬波尼亚·格列齐娜信奉的这个宗教到底是怎么回事。

彼得开始讲话了。他首先像父亲教导孩子那样,告诉他们应当怎样生活,要他们舍弃一切荣华富贵和纵欲享乐,要他们安贫乐道,爱护纯洁的贞操,要他们热爱真理,心甘情愿地忍受屈辱和迫害,服从自己的主人和上司,谨防叛逆、欺骗和诽谤。还要他们彼此间都做出好的榜样,甚至给异教徒也要做出好的榜样。可是对维尼茨尤斯来说,只有把莉吉亚送还给他才是好的,一切在他们之间设置的障碍则都是坏的,因此他觉得老人所说的这些真理有的触犯了他,引起了他的愤怒。他认为,老人公然劝说大家抛弃欲望,保持纯洁,这不仅是对他的爱情的指责,而且还会激起莉吉亚去反对他,助长她的反抗情绪。维尼茨尤斯很清楚,莉吉亚只要听到了这些话,把它们记在心上,她就一定会把他看成是基督的敌人,看成是一个坏蛋。他一想起这些,就压制不住心中的怒火,因此他颇为遗憾地说:"我在这里听到的东西有什么新鲜呢?难道这就是那个不为人知的新的宗教吗?这不是谁都知道,谁都听说过的东西吗?犬儒派同样安贫乐道,节制人欲,苏格拉底还说过美德是一种古老和尽善尽美的东西。就连最高尚的禁欲主义者,那位家里收藏着五百张柠檬木桌的塞内加也赞美温和的中庸之道,倡导真诚的美德,在逆境中忍辱负重,在不幸中坚贞不渝。可实际上,所有这些东西就像陈仓里的糠谷一样,年长日久,便腐烂发霉,只有耗子才去用它们磨牙,人是不会吃的。"因此维尼茨尤斯除了愤怒之外,又好像产生了一种失望的情绪。他本以为在这里能够发现一种人所不知的魔法的秘密,或者至少听到一篇演说家的妙语连珠、令人赞叹的演说,可是他现在听到的却只是一些毫无修饰的最简单的说教。他感到更奇怪的是,在场的人对这种真理却听得那么全神贯注,鸦雀无声。彼得又向这些虔诚的听众继续说了下去,他规劝他们要善良、驯和,要主持正义、安于贫困和保持纯洁。这不但是为了在现世能够活得安稳,更重要的是在来世能够永远和基督在一起,享有在现世中得不到的那种欢乐、荣誉、幸福和发展。维尼茨尤斯对老人所说的道理虽然刚才还抱有成见,不愿意听,但他听到这里,也不能不承认这些道理和犬儒派、禁欲主义派以及其他哲学家们的主张有所不同。这些学派宣扬的善良和美德虽然是合理的,但它们只存在于人世间,而这位老人却认为美德和善良是永生不灭的。这种不灭不是埋在地下的那种可怜的不灭,不是寂寞和空虚的不灭,它是一种壮丽无比的不灭,可以和永生不灭的神媲美。他在说这些话时是那么自信,使人们感到这种永生不灭的美德乃是一种无价之宝,和它相比,生活中遇到的灾难就算不了什么了。为了获得这种享受不尽的幸福而暂时受苦,和自然规律的受苦是完全不同的。这个老人接着说了下去:每个人都应当热爱并保持善良和美好的品德,因为最高尚的善良和永恒的美德就是上帝,一个人热爱善良和美好的品德就是热爱上帝,他也就成了上帝所怜爱的孩子。维尼茨尤斯对这些话虽然不很理解,但他早先从蓬波尼亚·格列齐娜对裴特罗纽斯说过的一些话中已经知道,按照基督的信仰,上帝只有一个,"他"是全能的。而现在,他从老人的嘴里,又听到这位上帝不仅是全能的,而且还是至善和至真的。因此他不由得产生了一个想法:和这样的神相比,朱庇特、萨图尔努斯①、阿波罗②、朱诺、维斯塔和维纳斯不过是一群吵吵嚷嚷、微不足道的乌合之众,他们在一起就你争我夺,为非作歹。使维尼茨尤斯最惊奇的是,

---

① 萨图尔努斯,古罗马播种之神,象征平等、富裕和永久的和平。
② 阿波罗,希腊神话中的太阳神和光明神,艺术和科学的保护神。人们为纪念他,常举行体操和表演比赛。

他听到这个老人说,上帝要把爱普及于天下,一个人只要爱其他的人,他就完成了上帝赋予的最高使命。可是单爱自己民族的人是不够的,因为上帝在为全人类流血,他在异教徒中还找到了像百夫长科内留斯那样的选民。只爱那些对我们行善的人也是不够的,基督连那些把他拿去处死的犹太人和把他钉死在十字架上的罗马士兵都宽恕了,所以我们不仅要宽恕而且要爱那些曾经加害于我们的人,以恩德报他们的仇怨。我们不仅要爱善良的人,还要爱那些恶人,只有爱才能清洗掉他们身上的恶。可是基隆听到这些话后,却马上想到他的一切努力都将毫无成效了,因为乌尔苏斯别说今天晚上,而且以后任何时候都不会再去杀死格劳库斯了。不过他感到高兴的是,他从老人的谈话中又得出了另外一个结论,那就是格劳库斯即便发现了他,或者认出了他,也不会杀他。如果说到维尼茨尤斯,他这时候也不再认为老人的话中没有任何新的东西了,他颇为惊奇而又困惑不解地问自己道:这究竟是个什么样的上帝呢? 这究竟是个什么样的宗教呢? 这究竟是些什么人呢? 所有这一切对他来说,都是从来没有过的新的概念,他根本无法理解。他觉得如果信仰这种宗教,就非得把他原来的思想、习惯、性格,把他的天性全都烧成灰烬,然后去过另外一种生活,换一个全新的灵魂。这种宗教叫他这个罗马军人去爱安息人、叙利亚人、希腊人、埃及人、高卢人和不列颠人,去宽恕敌人,对敌人以德报怨,还要去爱他们。在他看来,这简直是一个疯狂的要求,可是这种要求的力量却比以前所有哲学的力量都更加强大。正因为它是疯狂的,就不可能实现,也正因为不可能实现,它就显得特别神圣。维尼茨尤斯心里虽不愿接受它,但他如果真的要离开它,又会觉得像离开一片百花盛开的大草原那样，有点依依不舍。因为那里到处都是醉人的芳香，不管是谁，只要闻到这种芳香，就好像来到了洛托法戈伊人①的国度一样，会把所有的一切全都忘记，一心想着那一片大草原。他觉得这种宗教虽然一点也不现实，可是罗马的现实和它的教义相比，却显得太渺小了，因而也不值得为这种现实去尽心思考。他觉得他周围出现了一个简直无法想象的浩瀚广阔的天地，而他自己则仿佛置身于漫无边际的云海之中。这座坟场就像是一个疯人聚集的场所，一个神秘莫测、令人心怵的地方。它是一张魔床，一种世界上从来没有过的东西在这里诞生了。他这时把老人从一开始发表的关于生活、真理、爱情和上帝的言论又想了一遍，但是他的思想被这种教义的光辉搅得很乱，就像他的眼睛被不断闪烁的电光弄得什么也看不见了一样。人们通常爱以激情表现生活，维尼茨尤斯也是以他对莉吉亚的爱来看待生活中的一切。那闪电般的光辉的照耀，使他心里明白了一件事：如果莉吉亚今天来到了这块墓地，如果她真的信奉这种宗教，而且受到了老人布道的感动，那她一定不会做他的情妇。

从维尼茨尤斯在普劳茨尤斯家里认识莉吉亚以来，他终于认识到现在即使找到了她，也不能说就得到了她。以前他从来没有这么想过，现在他虽然这么想，但还是弄不明白这究竟是怎么回事。因为对他来说，这并不是一个十分明确的认识，而只是一种模模糊糊的感觉，觉得他已经遭受了不可挽回的损失，他很不幸。这种不幸给他带来了痛苦，这种痛苦又激

---

① 洛托法戈伊人，北非海岸上的部落。荷马史诗《奥德赛》叙述了尝过洛托法戈伊人的忘忧花的人会忘记返回家乡。

起了他对所有的基督徒,尤其是对那个老人极大的仇恨。这个渔夫最初给他的印象,本来是一个很普通的人,而现在却是那么可怕,就好像是一位神秘莫测的命运之神,毫不留情地判给了他悲剧的命运。

采石工人又给火堆添上了几根松枝。松树林中的晚风这时也停止了呼啸,于是火焰悠悠上升,最后形成了一丝细长的火梢,朝着那万里晴空中闪烁的繁星飞逝而去。老人随后谈起了基督的死,从这里开始他就一直在谈着基督了。在场的人都屏气凝神地倾听着,周围更加静寂无声,连人们的心跳都听得见。老人因为是基督生平的见证人,他叙说的一幕又一幕的场景都是从他的记忆中反映出来的。他就是闭上眼睛,也会再一次地看到那些场景的出现。他说他从十字架那里回来后,和约翰一起在饭厅里整整坐了两天两晚,既不吃也不睡,他用双手抱着脑袋,一直在想着"他"已经死了,他的内心深处充满了痛苦、悲哀、惊惶和疑虑。唉,那是多么艰难和痛苦啊!等到第三天早晨,黎明的曙光已经照到餐厅里的墙壁上,但他和约翰两个人还是那么束手无策地坐着,真是毫无希望,后来他们昏昏欲睡了(因为他们从耶稣受难前的那个晚上起就没有睡觉),可是过了一阵,他们忽又惊醒过来,便禁不住失声痛哭了。太阳刚一升起,抹大拉的马利亚就跑了进来,她蓬头散发,气喘吁吁地大声叫道:"主被人偷走了!"听到这个消息,他们马上跳了起来,向墓地跑去。约翰年轻,第一个跑到了墓地,看到墓穴是空的,他不敢进去。等到三个人都来到了墓穴的大门前,他,也就是现在给大家讲道的这个人便走到墓穴里面,但他只在地板上发现了一件衣服和一块裹尸的白布,尸体却没有找到。

他们都很害怕,因为他们以为基督的遗体肯定是被祭司们偷走了。两个人回到家后,陷入了更大的悲哀。后来别的门徒也来了,于是一齐举哀,放声大哭,要使上帝也能听到他们的哭声,接着他们又一个个地轮流悼念。他们本来期盼着基督会把以色列赎救出来,但是基督已经死去三天了,因此他们感到十分懊丧,都不理解为什么天父抛弃了他的儿子。他们宁愿不见天日,宁愿死去,也不愿承受这么大的痛苦。

老人一想起那些可怕的日子便热泪盈眶,两行泪水顺着他的白胡须流下来了,在火光的照耀下十分醒目。他那颗光着的脑袋在不停地颤抖着,他的话都憋在喉咙里说不出来。维尼茨尤斯寻思:"这个人在传授真理,他在为真理哭泣。"那些纯朴善良的听众也悲伤得连气都喘不过来了。他们不止一次地听到过基督受难的故事,本以为在悲伤之后就是欢乐的,但现在讲故事的人是一位亲眼见到过基督受难的使徒,大家都被他感动得哭了起来,用双手捶打着自己的胸脯。

可是一种想要继续听下去的强烈愿望使他们又慢慢地安静下来。老人这时闭上眼睛,仿佛要在灵魂深处更仔细地回想起那些遥远的往事,他接着说:

"正当大家都在哀悼的时候,抹大拉的马利亚又跑了进来。她大声地叫嚷,说她看见主了,只是由于强烈的光照,她当时没有看清楚,还以为那是个园丁。可是主却在呼唤她:'马利亚!'她听到后,马上叫了一声'拉披尼①!'便跪倒在他的脚前。主吩咐她去找他的门徒,随后他就消失不见了。马利亚高兴得要哭了,可是使徒们却不相信她的话是真的,有人责备她,还有人说她是由于悲痛而失去了理智,可她又说她在

———————————

① 拉披尼即天主的意思。

坟墓里还见到了天使。他们只好又一次地进到了墓穴里,但发现里面依然是一座空墓,所以就更不相信她了。当天晚上,克列奥法斯和另一个人从玛阿斯急急忙忙地赶了回来,对他们说:主真的复活了。大家因为怕犹太人知道,便关上大门议论起来。这时候,房门虽然没有响,主却突然出现在我们面前,他发现我们大家有些惊慌,便说:'平安与你们同在。'

"我看见他了,我们大家都看见他了。他是光明,是我们心中的幸福,我们相信他已经复活了,哪怕山崩地裂,海枯石烂,他的光荣永远也不会消失。

"过了八天,托马斯·狄提莫斯把手指插进了主的伤口,触到了'他'的肋骨,他跪倒在主的脚前,叫唤道:'我的主啊!我的上帝!'主对他说:'你是因为见到了我,才相信我的。我要祝福那些没有看见我也相信我的人。'我们都注视着'他',仔细地听完了'他'的这些话,'他'就在我们中间。"

维尼茨尤斯听后感到有些奇怪。好一会儿,他竟忘了自己在什么地方,完全失去对现实的感觉,也不知道用什么标准去判断事物。他不相信这个老人说的是真话,可是他又觉得,只有瞎子和失去了理智的人,才会认为老人说的"我看见了"是谎话。不论他那激动的情绪和眼泪,他的整个讲话的姿态,还是他所讲的每一件事,都毫无疑问地给人们留下了美好的印象。维尼茨尤斯有时以为自己在做梦。他不断地环顾着周围这些听得入神的人群,灯笼的油烟味扑入了他的鼻孔。在不远的地方烧着一堆火把,火堆旁边靠近坟墓的一块石头上站着这个老人,他的头有点颤抖,为了使人们相信他,他把"我看见了"这句话反复地说了好几遍。

往下他还要把有关基督所有的故事,一直到"他"最后升天的故事都讲给大家听。他讲得很详细,有时累了就停下来休息一下,使人感到这位老人连最微小的事情都记得很清楚,就像他把它们已经铭刻在石碑上一样。这便给所有听讲的人都带来了极大的满足,他们对这些在他们看来无比珍贵的话语一句也不愿放过。为了听得更清楚,他们都脱下了风帽,这样他们便觉得好像有一种超人的力量把他们送到了加利利①,他们正和使徒们一起在那异国丛林和烟波湖岸上徘徊。这个奥斯特里亚努姆坟场也变成了提贝拉兹湖,湖岸上笼罩着晨雾,基督站在那里,和约翰那次在小船上看到的情景完全一样。他当时在船上叫了一声:"主显圣了!"彼得便跳入水中,向那边游去,想即刻趴在那双可爱的脚跟前。听众们的脸上都露出了激动不已的神色,他们忘却了人生,充满了幸福和无限景仰的感情,有一些人还产生了幻觉。彼得讲到基督升天的情景时说,祥云瑞气是怎么涌现在救世主的脚下,遮住了他的身子,不让使徒们看见。这时听众们都不由自主地抬眼望着天空,希望能够再见到"他"一面。他们以为"他"会从天国再一次地来到人间,看看这个老使徒是怎样看护"他"的羊群,给"他"和"他"的羊群祝福。

对这些虔诚的听众来说,罗马已经不复存在了,疯狂的皇帝也不存在了,神庙、诸神和异教徒都不存在了。只有基督和他们在一起,"他"是整个大地、海洋、天空和宇宙中的一切。

在零零落落分布在诺门塔拉大道两旁的一些房子里,这时传来了公鸡的鸣叫声,报告午夜已过。基隆于是扯着维尼

---

① 加利利,古代巴勒斯坦北部地区的名称,东临淡水湖加利利海。据《圣经·新约》记载,耶稣的故乡拿撒勒在其南部,他的大多数门徒都是加利利人。

茨尤斯的衣角,小声说道:

"老爷,我看见乌尔班了,他就站在离老人不远的地方,他身边还有一个姑娘。"

维尼茨尤斯一下子好像从梦中惊醒了似的,他转身朝着希腊人指出的那个方向一看,果然是莉吉亚。

第二十一章

这个青年贵族见到莉吉亚后,全身的热血都沸腾起来。他忘记了听众,忘记了老人,也忘记了他听到那些无法理解的事情后感到的惊讶,他的眼里只有莉吉亚一个人了。在尽了自己的一切努力,经受了不知多少个日日夜夜的惊惶、痛苦和忧虑之后,现在终于找到她了。他生来第一次感受到欢乐就像野兽一样,猛扑到他的身上,使得他喘不过气来。他过去一直认为命运之神应当帮助他去实现他的一切愿望,而现在反倒不敢相信自己的眼睛和眼前的幸福了。他生性暴躁,要不是他真的不敢相信眼前的事实,他一定会采取不理智的行动。他首先要弄个明白,这到底是不是那些他曾多次想象过的奇迹出现了,或者他依然在做梦?可是他看见了莉吉亚,她距离他不过十来步远,这是千真万确的事实。姑娘的身上映照着明亮的火光,他可以尽情地欣赏她那天仙般的美貌了。她的风帽滑下来了,头发有点散乱,嘴唇微微地张着,两眼凝视着大使徒,对他的讲话听得十分入神,脸上还露出了颇为激动的神色。她身穿一件深色的呢外套,仿佛一个平民出身的少女,可是维尼茨尤斯却感到她比以往任何时候都更加美丽动人。尤其是她这一身奴隶式的打扮和她的头上、脸上显露出来的贵族般的高贵气质形成了鲜明的对比,给他留下了很深的印象。爱情像烈火一样燃遍了他的全身,它和怀念、赞美、敬仰以及欲望融合在一起,就变得更加伟大了。她的出现给他带来的欢乐好似久渴之后突然遇见了一泓清泉。她站在乌尔苏斯这个巨人的身边,看上去比以前个子小了,几乎像个孩子,他也注意到她的身材比以前更加苗条了。她的皮肤分外光泽,好似一朵鲜花,或者像一个精灵。特别是她和他在东方及罗马看见或者接触过的那些女人都不一样,使得他更加狂热地想要占有她。为了得到她,他就是拿他看到和接触到的所有女人去进行交换,就是付出整个罗马和全世界的代价也在所不惜。

要不是基隆使劲地扯着他的衣角,怕他干出什么伤害他们的蠢事来,那他一定会把所有的一切全都忘记,就这么痴呆呆地一直望下去。这时候,基督徒们开始祈祷和唱圣歌了。不一会儿,四面八方都响起了《我主降临》的歌声。大使徒于是取来了喷泉的水,给长老们引荐的那些要求入教的人洗礼。维尼茨尤斯觉得这一夜好像永远也不会完,他现在要马上跟踪着莉吉亚,在半路上或者在她的住地把她抢过来。

一部分教徒开始离开了坟场,基隆又悄声地说:

"老爷,我们到大门口去等吧!刚才我们没有脱下风帽,有人一直在望着我们哩!"

的确是这样,刚才使徒讲道的时候,基督徒们为了听得更加清楚,都脱下了风帽,可他们没有脱下。维尼茨尤斯觉得基隆想得很妙,守候在大门口,能够看见所有出去的人,乌尔苏斯身高体壮,行为举止都很粗笨,很容易就认得出来。

基隆说:"我们要跟在他们后面,看他们究竟到哪一栋房子里去,等到明天,不,就在今天,老爷!您要吩咐您的奴隶守住房子所有的入口,然后就把她抢过来。"

"不!"维尼茨尤斯说。

"那么您要怎么干呢?老爷!"

"我们跟着她,到了她的住地就马上把她抢过来,克罗顿,你可是答应了这么干的啊!"

"是的!我如果不能把守护着她的那头公牛的脊梁骨打断,我甘愿做您的奴隶,大人!"角斗士答道。

可是基隆仍然劝告他们,还以诸神的名义恳求他们不要这么干。"我们让克罗顿和我们一起到这里来,是为了万一被基督徒识破他可以出来保护我们,而不是要他去抢那个姑娘。只有两个人就要去抓她,那简直是送死。你们即使抓到了她,也会被他们夺回去,然后他们还会把她藏在别的地方或者带着她离开罗马。到那个时候,你们还有什么办法呢?你们为什么不去做有把握的事,却要冒着生命危险去做这种后果难以预料的事情呢?"

维尼茨尤斯只有尽全力地克制自己,才没有当场动手,把莉吉亚抢到自己的怀里。他也觉得基隆的话不无道理,只是因为克罗顿为了得到报酬急着要干,他才没有听他的劝告。

"大人,您叫这只老山羊闭嘴吧!"克罗顿说,"不然我就要用拳头砸碎他的脑袋了。有一次,卢茨尤斯·萨杜尔尼努斯请我到布克森杜姆去参加比武,在旅店里我就遇到七个喝醉了酒的角斗士向我扑了过来,结果没有一个人不是被我砸断了肋骨出去的。当然我也不主张当着这么多人的面就马上去抢那个姑娘,因为这么一来,他们会向我们扔石头的。我是说,等她回到了她的住所后,我再把她抢过来,给您带到您想去的随便什么地方。"

维尼茨尤斯听到这些话后,真是高兴极了,便说:

"凭赫拉克勒斯起誓,就这么干吧!但我们如果已经惊动了他们,他们一定会把她转移走,所以我们明天在她的住地也可能找不到她。"

"我觉得那个莉吉亚人的力气大得吓人呢!"基隆悲哀地说。

"谁也没有叫你去抓他的手!"克罗顿答道。

但他们在大门口还是等了很久。直到公鸡报晓的时刻他们才看见乌尔苏斯和莉吉亚从大门里走了出来,还有几个人陪着他们。基隆觉得其中就有那个大使徒,他的身旁有一个个子矮小得多的老人,还有两个年纪不轻的女人和一个提着灯笼给他们照路的少年。他们后面跟着一大群人,有两百多个。维尼茨尤斯、基隆和克罗顿便混在这一群人中。

"是的,老爷!"基隆说,"那位大使徒和您的那个姑娘走在一起,她是受到神明护佑的。您瞧,当他走过去时,人们都给他下跪。"

的确有许多人跪在使徒面前。可是维尼茨尤斯根本没有去理会他们。他的眼睛一刻也没有离开莉吉亚,他的脑子里想的只是如何把她抢过来。由于他曾久经沙场,运筹帷幄,临机应变是他的特长,他便以他作为一个军人所特有的周密思考,拟订了一个抢走姑娘的全盘计划。他觉得他要采取的步骤是很大胆的,但是他也知道只有大胆的进攻才能取得最圆满的成功。

只是路还很长。有时候,他甚至想到莉吉亚所信奉的这个使他感到奇怪的宗教在他们之间造成了一道鸿沟。他懂得了过去所发生的一切究竟是怎么回事,也懂得了这一切是怎么发生的。他对这一切已经有了很多的了解。他知道他过去并不了解莉吉亚,只看到她是个娇媚动人的绝色姑娘,便对她产生了一股火一般的情欲。现在他终于看到,就是这种宗教使得她和别的女人大不相同,一切像他过去那样,想用情感、欲望、财富和享乐去诱惑她的企图都是实现不了的。他和裴特罗纽斯都没有看到,这个宗教给人的灵魂已经灌输了一种新的、这个世界未曾有过的精神。莉吉亚即使爱上了他,也不会为他而牺牲这种精神。如果她有自己的欢乐,那么她的欢乐和他以及裴特罗纽斯、皇宫和全罗马所追求的欢乐也是完全不同的。他认识的别的女人都可以委身于他,当他的姘妇,只有这个女基督徒不会成为他的牺牲品。

　　想到这些,维尼茨尤斯就感到有一种撕心裂肺的痛苦涌上了心头。因此他十分气恼,然而这种气恼却不解决问题。他相信,把莉吉亚抢过来并不难。但是他也深深知道,和这种宗教的教义相比,无论他的勇敢和权势,都是微不足道的,他根本就没有办法去对付它。这位罗马军队的军团长一直认为,既然剑和拳头的威力已经征服了这个世界,那么它们就应当永远统治这个世界。可是现在,他看到了除了这种威力之外,还有一种更加伟大的力量,这种伟力甚至使他感到惊奇,因此他不得不问自己,这究竟是一种什么力量?

　　他回答不了这个问题。坟场上的各种景象一幕又一幕地出现在他的脑海:老人接连不断地讲述基督的受难、死亡和复活,"他"如何拯救了这个世界,给人们许诺了到达冥河彼岸之后的幸福。参加集会的群众和莉吉亚都听得那么入神。

他越是这么想脑子里就越是乱糟糟的。

到后来,由于基隆突然发出了抱怨,才把他从这种混乱的状态中解脱出来。基隆怨的是自己命苦:他不仅答应维尼茨尤斯去寻找莉吉亚,还冒着生命危险去找过她。把她找到后,他又指给了他看。那么维尼茨尤斯还要苛求他什么呢?难道要他动手去把那个姑娘抢过来吗?谁能要求一个缺了两个手指的残废,一个年老体弱,本来专心致志于研究学问和道德的人去干这种事呢?再说,维尼茨尤斯这样高贵的老爷要是在抢莉吉亚时遭到了不测,那又该怎么办呢?当然,诸神应当出来保佑自己的选民,但他们不也常常只顾自己玩牌取乐,不管人间发生了什么事情吗?谁都知道,命运女神是蒙着眼睛的,她在大白天都看不见东西,更何况晚上呢?如果真的出了什么事,如果那头莉吉亚熊把一块磨坊里的石头向高贵的维尼茨尤斯扔过来,或者更糟的是把一桶水泼在维尼茨尤斯的身上,那么谁能担保他基隆以后还能得到报酬,而不会受到责罚呢?像他这么一个穷哲学家只能依靠高贵的维尼茨尤斯,就像亚里士多德非得依靠亚历山大·马其顿①一样。只要尊敬的维尼茨尤斯能把他离家时当着他的面塞进腰带里的那个钱袋送给他,那么他在遇到危难时,就可以用这笔钱去求得帮助,或者请那些基督徒来保护他。唉!为什么老爷不听一个有经验的老人经过深思熟虑提出的意见呢?

〰〰〰〰〰〰

① 亚里士多德(前384—前322),古希腊哲学家。其著作涉及哲学、逻辑学、动物学、天文学、物理学、伦理学、政治学、文学、修辞学等,总结前人成果,创立了古代世界伟大的研究体系。马其顿王亚历山大年少时曾拜他为师。

维尼茨尤斯听到这些话,便从腰带里取出那个钱袋,扔到基隆的手里。

"拿去,闭上你的嘴吧!"

基隆掂了掂这个钱袋,觉得很重,便马上精神抖擞地说:

"我的希望全都在这上面啊!既然赫拉克勒斯或者泰修斯都能完成最艰难的事业,那么我最亲爱的朋友克罗顿,又怎么不能成为赫拉克勒斯呢?可是您,尊敬的老爷!我不能称您半仙,因为您是一位真正的神仙,请您以后也别忘了我这个贫穷而又忠心耿耿的仆人,他常常需要接济,因为他一旦钻进了书本,世上的一切就什么也不管了……要是能够再赐给我一块几分地的庭园和一栋有夏天遮阳的小走廊的房子,那就真的够得上您这样一位慷慨的施主了。现在我要走得远远的,我要赞美你们的英雄行为,我要祈求朱庇特来保佑你们。在紧急的时候,我还要大声地呼救,我要叫醒半个罗马城的居民,让他们都来援助你们。这条路坑坑洼洼,实在难走,灯笼里的油也点完了,克罗顿有那么大的力气,又是个好心人,他能不能把我抱起来,一直抱到城门口呢?他要是这么做,首先就证明了他确实能够轻易地把莉吉亚抢过来。再者,他的这个行为有埃内阿斯①那么高尚,还会赢得大慈大悲的诸神的好感,我对这次冒险的结果也就完全可以放心了。"

"我宁愿去扛一只一个月前害脓疮死了的绵羊,也不抱你这么一个恶心的懒虫。不过你要是把尊敬的军团长刚才赏

---

① 埃内阿斯,特洛亚战争中的英雄。他是特洛亚国王伊罗斯的孙子安喀塞斯和爱神阿佛罗狄忒的儿子。安喀塞斯不顾阿佛罗狄忒的告诫,向人们泄露了自己同这位女神的爱情关系,因而受到宙斯的惩罚而双目失明。特洛亚城陷落后,埃内阿斯把他背出了火城。

给你的那个钱袋送给我,我倒是可以把你背到城门口去!"那位角斗士教师回答说。

"你会摔掉脚上的大拇指的。"这个希腊人说,"那位尊敬的使徒说清贫和慈善是人生最重要的美德,你对这是怎么看的呢?……他不是嘱咐你要特别爱护我吗?看来要把你变成一个起码的基督徒,也永远是办不到的。把真理灌输到你这个河马的脑袋里比让阳光透过马梅登监狱厚实的围墙还要困难得多。"

克罗顿有一股野兽的蛮力,但是没有一点人情味,他回答说:

"你放心好了。我决不会丢掉自己的饭碗去当基督徒。"

"唉!你要是有一点哲学的基本知识,那你就会懂得,黄金是微不足道的东西。"

"把你的哲学拿过来吧!我只要用脑袋碰一下你的肚皮,到那个时候,我们就会知道谁胜谁负了。"

"一头牛也会对亚里士多德说这样的话。"基隆反唇相讥地回了一句。

天色开始发白,惨淡的晨光照出了围墙的轮廓。大道两旁的树木、房屋以及零零散散竖着的墓碑都从阴影中显现出来了。路上已有来往的行人。菜贩子们赶着驮运蔬菜的毛驴和骡子,急急忙忙地向那即将打开的城门跑去。三三两两的大车满载着各种野味,也吱扭吱扭地行驶过来。大路和路旁都笼罩着一层薄薄的晨雾,预示着一个美好的晴天。那些在晨雾中行走的人们远看好似一群影影绰绰的幽灵,维尼茨尤斯的眼睛一直没有离开莉吉亚苗条的身影。霞光更加明亮了,她的身躯也逐渐变成了银白色。

"老爷!"基隆说,"我刚才向您提出我的意见,如果是想要您表现您的慷慨,那也许会惹得您生气。可您现在已经把报酬给了我,就不能认为我是为了自己的利益才说那些话了。我再一次衷心地劝告您,您找到天仙般的莉吉亚的住地后,要马上回府去,带一些奴隶和一乘轿子来,可别听这个象鼻子克罗顿的胡说,他非得一个人去抢那个姑娘,不过是想把您的钱袋子挤出来,就像挤奶渣袋子一样。"

"我只要一拳打在你的脊梁骨上,就会马上叫你丢了狗命。"克罗顿说。

"你的意思是要从我这里捞到一瓶凯法罗尼亚美酒喝,所以我的健康不会受到威胁。"这个希腊人说。

维尼茨尤斯一句话也没有说。他们快要走到城门口时,一个奇怪的景观突然映入了他们的眼帘:当使徒走过城门时,两名士兵都跪下了。使徒于是把手伸到他们的头盔上,过了一会儿,他在他们的头上画了个十字。这个年轻的贵族没想到军队里也有基督徒,因此他不无惊讶地感到,这个宗教就像罗马城里燃起的大火烧毁了越来越多的新的房屋那样,它每天都在吞噬着许许多多活的灵魂,其速度之快令人难以想象。可这时候,他又想起了莉吉亚,他觉得,如果她要离开罗马,当然也可以找到一些守卫城门的士兵,把她偷偷地送到城外去。然而这样的事情毕竟没有发生,否则的话,他就找不到她了,为此他还要感谢诸神哩!

来到城外的那片空地上后,那些成群结队的基督徒便分散开了。为了不引起旁人的注意,他们在跟踪莉吉亚时,不得不小心谨慎地和她保持一定的距离。基隆开始抱怨他的那双腿受了伤,痛得很厉害,渐渐走到后面去了。维尼茨尤斯认为这个懦弱无能、胆小怕事的希腊人现在用处不大,也没有管他,如果他真的不愿干了,维尼茨尤斯也不会留他。可是这位尊敬的贤人是为了保持谨慎才走在后面,他之所以跟着他们,则是出于他的好奇心。有时他还追上前来,一而再地重复着他提过的意见,因为他觉得那个陪同大使徒的老人身材矮小,很可能就是格劳库斯。

他们走了很长时间,终于来到了第伯河的对岸。等到太阳快要升起的时候,莉吉亚那一行人也分散了。大使徒和那个老妇人以及那个少年沿着河岸往上头走去;那个身材矮小的老人、乌尔苏斯和莉吉亚来到了一条狭窄的小巷子里,他们沿着小巷往前走了一百来步,便走进了一栋房子的门廊里。这栋房子里有两家店铺,一家卖橄榄,另一家卖鸟。

基隆跟在维尼茨尤斯和克罗顿的后面,大约距离五十步远,这时突然站着不动了,仿佛一下子被钉在地上了似的。他把身子紧贴着墙壁,开始嘘嘘地叫着,要把他们叫回来。

他们听到后也想和他商量一下,便来到了他的跟前。

"你去看看,基隆!"维尼茨尤斯对他说,"这栋房子有没有通往别的街道的后门?"

基隆刚才还闹脚痛,现在却健步如飞地跑了,仿佛他的脚上突然长了墨丘利的翅膀。没有多久,他就回来了。

"没有,只有一道门!"基隆说。

接着他又叉着手说:

"我以朱庇特、阿波罗、维斯塔、基贝拉、伊西斯、奥西里斯、密特拉斯①、巴尔和东西方各路神明的名义请求您,老爷,

① 密特拉斯,古印度伊拉克司光明和善良之神,后为太阳神。

快点放弃您的那个打算吧……您听我说……"

他突然看见维尼茨尤斯生气了。他的脸色发白,两只眼睛像狼一样露出了凶光。基隆马上打住了话头,因为他一发现这种情景就明白了,世界上再也没有什么力量能够阻止维尼茨尤斯去采取他的行动。克罗顿也用他那赫拉克勒斯的胸膛吸着空气,把他那个并不发达的脑袋左右不停地摇摆着,好像一只关在笼子里的黑熊,不过他的脸上没有丝毫的胆怯。

"我先进去!"克罗顿说。

"你跟在我后面!"维尼茨尤斯以命令的口气对他说。

过了一会儿,两个人便离开了昏暗的门廊。

基隆于是拔腿就跑,跑到附近一条小街的拐角上后,他便躲在一个煤堆后面朝这边张望,等着看会发生什么事情。

第二十二章

维尼茨尤斯到了前厅,才发现这次行动遇到了很多困难。这栋房子很大,有好几层楼,在罗马城里,像这样的房子有好几千栋,都是用来出租的。它们大部分也都是匆匆忙忙盖起来的,质量很差,往往不到一年,就有好几栋塌了下来,砸在房客们的头上。这些房屋虽然高大但很狭窄,里面的房间也很狭小,还有许多曲里拐弯的过道,住的都是穷苦人,就像一个大的蜂窝似的。罗马城里有许多街道都没有街名,街上的房子也没有门牌号,房东总是让奴隶去收房租,奴隶并不负责向市政府交报房客的名单,所以他们自己都不知道房客的名字。

要在这样的房子里打听某一个人,就很困难了,再加上这里没有看门人,又添一层困难。

维尼茨尤斯和克罗顿走过一条像走廊一样长长的过道后,来到了一个狭窄的院子里,这个院子四周有围墙,是全屋公用的院子。它的中间有一座喷泉,喷泉的水都洒在地面上一个石头水池里。围墙旁边有许多石头砌的或者木制的阶梯通向走廊,走廊上面便是各家住所的房门。下面第一层楼就有住房,有的住房装上了木门,有的只挂着一张毛织的门帘,和院子隔开。这些帘子大部分都已经破烂不堪,有的打了许多补丁。

时间还早,院子里还没有人。很明显,除了那些刚从奥斯特里亚努姆回来的人之外,其他的人都还在睡梦中。

"我们怎么办?大人!"克罗顿停住了脚步,问道。

"我们就在这里等着,也许会有人出来。别让人在院子里看见我们。"维尼茨尤斯回答说。

他这时候想到了基隆的意见是对的。如果有十几个奴隶,就可以把大门堵住,它好像是这栋房子唯一的出口,然后再对所有的住户进行搜查。可现在呢?他只有马上找到莉吉亚的住处才有办法。否则的话,这栋房子一定住了不少基督徒,他们会去通报莉吉亚,说有人在搜寻她,到那个时候再去打听就不安全了。维尼茨尤斯终于想到了是不是回去把奴隶们带来要稳当些。就在这个时候,从远处一间住房的门帘后面钻出一个人,手里拿着一个竹篮,向喷水池走去。

维尼茨尤斯一眼就认出了是乌尔苏斯。

"这就是那个莉吉亚人。"维尼茨尤斯悄悄地说。

"要我这就去打断他的骨头吗?"

"等一等。"

因为他们站在院子的暗处，乌尔苏斯没有看见他们，于是他安安静静地涮洗着那满竹篮的蔬菜。很明显，在墓地里熬了一整夜后，他现在要做早饭了。没有多久，他洗完了菜，拿着水淋淋的竹篮又钻进门帘里去了。维尼茨尤斯和克罗顿于是跟了上去，以为这一下就可以闯进莉吉亚的住所了。

可是他们发现门帘里面原来不是住房，而是一条阴暗的走廊，便不由得吃了一惊。走廊的尽头有一座小花园，花园里十分显目地长着几株柏树和桃金娘。花园旁边还有一栋小房子，它和另外一栋房子没有窗户的后墙紧靠在一起。

他们马上明白过来了，原来这里的环境对他们很有利。如果在全屋公用的那个院子里，就会招来所有的住户，但在这么一个僻静的小房子里动手却是不难的。他们很快就会干掉那些保卫莉吉亚的人，说得更确切一点，就是干掉那个乌尔苏斯。然后他们也会很快就把莉吉亚抢出来，带到街上去，到了街上就有办法了。想必不会有人来阻拦他们，如果有人来干涉，只要说明他抓的是一个在逃的皇帝的人质就行了。此外维尼茨尤斯还可以去找巡警，叫他们来帮忙。

乌尔苏斯正要走进这栋小屋，他听到了身后的脚步声，于是停了下来，转身一看，有两个人跟在后面，便把竹篮放在栏杆上，向他们走去，问道：

"你们来这里找谁呀？"

"就是找你的。"维尼茨尤斯答道。

他随即转向克罗顿，用压低了的嗓音马上叫道：

"打死他！"

克罗顿霎时间就像猛虎似的扑了过去。这个莉吉亚人还没有来得及弄清是怎么回事,也没有看清对手是谁,就被角斗士的一双钢铁的臂膀紧紧地抱住了。

然而维尼茨尤斯过于相信克罗顿的超人的力气,他不等斗争结束,就抛开他们,往那栋小屋的门口跑去,然后把门推开,冲进了一间昏暗的小房子里。房里的炉子还生着火,把周围映照得稍微亮了一点。一道火光一直照到了莉吉亚的脸上,那个陪同姑娘和乌尔苏斯从奥斯特里亚努姆一起回来的老人也坐在炉火旁边。

维尼茨尤斯因为是突如其来地冲进了房里,他也没有等到莉吉亚认出他是谁,就把她拦腰抱了起来,往门外跑去。老人虽然上前阻拦,但维尼茨尤斯一只手把莉吉亚紧紧地抱在怀里,用另一只空手推开了老人,他头上的风帽也滑下来了。莉吉亚看清了那张熟悉的面孔,它现在是那么狰狞可怕,把她吓得全身的血都要凝固了,她的声音堵塞在喉咙里,想要呼救也呼喊不出来。她还想抓住门框抵挡一下,但也没抓住,因为她的手指在石头上滑过去了。当维尼茨尤斯抱着她跑到花园里时,要不是她突然看见了一副极其恐怖的景象,也许就要昏迷过去。

乌尔苏斯两手托着一个脊梁骨完全被折断了的人,这个人的头往下垂着,嘴里流出了鲜血。乌尔苏斯看见他们后,又在那人的脑袋上打了一拳,转瞬之间,他就像一头狂怒的猛兽向维尼茨尤斯扑过去。

"完了!"维尼茨尤斯的脑子里马上闪出了一个念头。正在这一瞬间,他仿佛在梦中,听见莉吉亚喊了一声:"不要打死他!"接着他又感到自己好像遭到了雷击一样,一双抱着莉吉亚的手被劈开了,于是天旋地转,眼前一片漆黑,看不见白昼的光明了。

基隆依然躲在煤堆后面的街角上，等着事态进展的结果，好奇心在不断地和他的恐惧情绪进行斗争。他想，如果他们能够把莉吉亚抢出来，他就可以毫无顾虑地依靠维尼茨尤斯了，并且再也没有什么乌尔班来恐吓他了，因为他确信克罗顿会把这个莉吉亚人打死。他暗自思忖，如果在这些空荡荡的街上来了一大群人要拦劫他们，如果基督徒或者别的人都来反对维尼茨尤斯，他就可以冒充政府的代表，冒充执行圣旨的大臣来对他们说话；如果这也不行，他还可以去把巡警找来，叫他们帮助年轻的贵族去对付那些流氓无赖，这样他又可以得到新的报酬了。他本来认为维尼茨尤斯采取的这个行动很不慎重，但他现在相信，克罗顿确实力大无比，他们一定能够获得成功。如果事态进展得不顺利，军团长也会抱着莉吉亚出来，让克罗顿给他开路。可是时间越等越长，基隆远远地望着那座门廊，里面没有丝毫的动静，他终于感到不安了。

"他们要是没有找到她躲藏的地方，就会大闹起来，那会把她吓跑的。"

但他这么想的时候，并没有产生不痛快的感觉，他知道，遇到这种情况，维尼茨尤斯又少不了他，他又可以从他那里捞到一大笔钱财。

"他们无论怎么干，对我都是有好处的，虽然他们谁都不会想到这一点……诸神啊！诸神，请你们允许我……"

他突然看见好像有什么东西从门廊里伸出来了，于是马上停住了自言自语，把身子紧紧地贴在一堵墙上，屏住呼吸，留心地注视着那边。

他没有看错，果然有人向门外伸出了半个脑袋，往四周环顾了一下。

过了一会儿,这个脑袋又缩回去了。

"如果不是维尼茨尤斯,那准是克罗顿。"基隆想,"不过,那个姑娘要是被他们抢了出来,她为什么不叫喊呢?他们为什么还要去街上张望呢?他们来到卡雷纳以前,街上早就有来往的行人,反正是要碰到人的嘛!啊,这是为什么呢?永生不灭的诸神啊!……"

基隆头上仅剩的几根毛发突然竖了起来。

乌尔苏斯在门口出现了。他的肩上扛着克罗顿的尸体,再一次地望了一下四周围,就沿着空寂无人的街道往河边跑去。

基隆全身上下就像一团烂泥似的,紧紧地粘贴在墙上。

"他要是看见了我,我就没命了。"他想。

可是乌尔苏斯急急忙忙绕过街角,在近处一栋房屋的后面消失不见了。基隆不敢再等下去,他吓得咯吱咯吱地咬着牙齿,赶紧向一条横穿而过的小街跑去,他的行动是那么迅速,连年轻人看了都不能不为之惊讶。

"他回来的时候如果在远处看见了我,那他一定会追上来,把我杀死的!"基隆对自己说,"宙斯啊,快来救救我吧!阿波罗,快来救救我吧!赫耳墨斯,快来救救我吧!基督教的上帝,求您也来救救我吧!我这就离开罗马,回到梅哲姆布里亚去,求你们把我从这个恶魔的魔掌里救出来吧!"

这个打死克罗顿的莉吉亚人在他的心目中,一下子成了一个真正的超人。他一边跑一边想道:一定是哪个神仙借了这个野蛮人的身躯下凡来了。他过去嘲笑过神仙和神话,现在他对世上所有的神仙和所有的神话都相信了。他的脑子里还产生了这么一个想法:杀死克罗顿的,也许就是基督教的上帝,那么他不是在和一位强大的神明为敌吗?一想到这个,他真感到毛骨悚然了。他跑过了好几条街,直到发现远处来了一些工人,这才稍微镇定了点。他跑得气喘吁吁,只好在一户人家的门槛上坐下,然后扯起外套上的衣角,开始擦着满头的汗水。

"我老了,我需要安静!"他说。

可是远处那些工人却又拐到旁边的一条小街上去了,这又使他产生了一种空落落的感觉。整个城市还在睡梦之中,只有富人居住的地区,各种活动都开始得早些,因为富人家的奴隶必须一大早就起来干活。那些靠国家养着的自由民终日游手好闲,早晨都有睡懒觉的习惯,冬天就起得更晚了。基隆在门槛上坐了一会儿,觉得寒冷刺骨,便站了起来,摸了摸身上,发现维尼茨尤斯给他的那个钱袋没有丢失,便以缓慢的步子朝河边走去。

"也许我在什么地方还能找到克罗顿的尸体。"他自言自语道,"诸神在上!这个莉吉亚人如果只是一个凡人,那他一年可要挣得好几百万银币啦!他连克罗顿都像掐死一只小狗那么轻易地就打死了,又有谁对付得了他呢?他大概每一场比武都能得到和他的体重一样重的黄金。有他保护那个少女可真比塞尔贝尔①看守地狱还要牢靠得多呀!但愿地狱把他吞了下去!我是再也不会和他打交道了,他的骨头太硬了。现在已经发生了这么可怕的事情,我该怎么办呢?他既然打断了克罗顿的脊梁骨,那么毫无疑问,维尼茨尤斯的灵魂也一

---

① 塞尔贝尔,希腊神话中把守冥国出口的三个头的恶狗。

定飞出了那栋该诅咒的房子,正在房子上面哀声痛哭,等着安葬呢!凭卡斯托尔起誓,他可是个贵族呀!而且还是皇帝的朋友,裴特罗纽斯的外甥,又在军队里任军团长的职务,是一位蜚声罗马的大人物。为了他的死,决不会放过他们的……我该不该到禁卫军营房或者巡警那里去报告一下呢?……"

说到这里他停住了,想了一阵后,又自言自语道:"我该倒霉了!是谁把他带到那栋房子里去的呢?可不是我吗?他家所有的解放奴隶和奴隶都知道我找过他。有的人还知道我去找他的目的。如果他们控告我,说我有意把他带到那栋房子里去,使他遭到了这场杀身之祸,我可怎么办呢?即便在法院里查明了我并没有害他,他们也会说我是造成他死的直接原因……他是个大贵族,我可逃脱不了这场惩罚了。如果我偷偷地离开罗马,逃到很远的地方去,那会引起更大的怀疑。"

不管遇到什么情况,都不会有好的结果。现在他只有一个选择,就是尽一切努力,使这种惩罚能够减轻一点。罗马是一个很大的城市,而基隆现在却感到它小得连他自己都容不下了。要是别人,就一定会去找巡警队长,把发生的事情说个明白,即使自己无辜涉嫌,也不怕接受审查,相信自有青天白日之时。可是基隆不一样,他那丑恶的过去使得他只要和那些市政府的官员或者警长们进一步地接触,就会招来更大的麻烦,并且证实他们过去对他的种种怀疑是没有错的。

从另一方面来说,如果他要逃走,裴特罗纽斯也会认定维尼茨尤斯是他出卖的,是他和基督徒们合谋杀害的。裴特罗纽斯是个有权势的显赫人物,他能调动全国的军警,他要抓你,就是逃到天涯海角,他也能把你抓回来。基隆脑子里这时突然出现了一个想法:何不干脆去找裴特罗纽斯,把事情发生的前因后果都告诉他。是的! 对他来说,这才是个最好的办法。裴特罗纽斯是个沉着冷静的人,相信他一定会把这件事情从头到尾地听完。他对这件事本来一开始就有所了解,会比那些巡警队长们更加相信基隆是无罪的。

但是他去找裴特罗纽斯之前,得把维尼茨尤斯的情况了解清楚,而他现在却是一无所知。他只看见那个莉吉亚人扛着克罗顿的尸体,偷偷地往河边上跑去,别的情况就什么也不知道。维尼茨尤斯有可能被杀,也可能受了伤,或者被他们扣下来了。但是基隆认为,基督徒绝对没有胆量去杀死一个有权势的朝廷命官,一个军队里的高级将领。他们如果杀了这样一个人,那么所有的基督徒都会受到株连,遭到不幸了。因此,他们很可能把维尼茨尤斯扣留起来,以便赢得时间,把莉吉亚藏到另一个地方去。

基隆这么一想,便感到轻松多了。

"这条莉吉亚恶龙第一次向维尼茨尤斯发动攻击的时候要是没有叫他粉身碎骨,那么他一定还活着,只要他还活着,他本人就可以证明,我并没有出卖他。到那个时候,我不仅不会遇到什么危险,(啊! 赫耳墨斯,你就等我送给你两只牛犊吧!)而且还能打开一个新的局面……我可以随便找一个维尼茨尤斯家的解放奴隶,告诉他到哪里去找他的主人,至于他去不去报官,那是他的事,可我是不会去的……我还要到裴特罗纽斯那里去,他会给我一笔酬劳……我找过莉吉亚,现在我要去找维尼茨尤斯,以后再去找莉吉亚……不过眼下当务之急,是要探明维尼茨尤斯究竟是活着,还是已经被杀死了。"

想到这里,他又觉得晚上他还可以到德马斯的面包坊里去,向乌尔苏斯打听这件事,可是基隆很快就打消了这个念头,他再也不愿和乌尔苏斯打交道了。他甚至可以顺理成章地推测,如果乌尔苏斯没有杀死格劳库斯,那一定是基督徒的长老事先警告过他。因为他把这个打算告诉长老后,长老会对他说,这是一起罪恶的勾当,是一个叛徒为了挑拨离间叫你去干的。基隆不论什么时候,一想起乌尔苏斯就不寒而栗,他决定等到晚上,再派埃乌里茨尤斯到那栋出事的房子里去探听一下。现在他最需要的是饱餐一顿,然后洗个澡,再睡一大觉。熬了一整夜没有睡,徒步一直走到奥斯特里亚努姆,又从第伯河对岸逃回来,他的全身上下已经困乏到了极点。

有一件事使他总是那么美滋滋,这就是他手里已经有了两个钱袋。维尼茨尤斯在家里给了他一个,另一个是从坟场回来的路上抛给他的。基隆一想到他是那么走运,想到他经历过的那许多惊心动魄的场面,便决定这一顿饭要吃得丰盛点,要喝一些平日喝不上的上等美酒。

早晨酒店刚一开门,他就走了进去,于是狼吞虎咽地吃了起来,吃完后连洗澡都忘了。他真的想睡一大觉,他那浓重的睡意使他全身一点力气也没有了,走起路来踉踉跄跄,好不容易才回到了苏布拉区的家里。到了家后,他用维尼茨尤斯给他的钱买的那个女奴正在等着他哩!

基隆一走进那间像狐狸洞穴一样阴暗的卧室,便昏昏沉沉地倒在床上,马上就睡着了。

直到傍晚时分他才醒来,实际上是那个女奴把他叫醒的,因为有个人有急事来找他,要马上见他。

基隆是一个遇事机警的人,他很快就清醒过来了,他急忙披上那件带风帽的外套,叫女奴往一边去,小心翼翼地望着外面。

　　当他看见卧室门外站着身材魁梧的乌尔苏斯时,一下子给吓呆了。

　　乌尔苏斯的出现使他感到头和脚都变得像冰雪一样冷了,他的心也仿佛停止了跳动,脊背上像有一群蚂蚁在爬着似的难受……好一会儿说不出话来。后来他的牙齿开始不停地抖动,终于勉强地张开了口,与其说在说话,还不如说是呻吟了几句:

　　"希娜! 你说我不在家……我不认识……这个……好人……"

　　"我已经告诉了他你在家里,说你正在睡觉,老爷! 可是他要我马上叫醒你……"那个女奴回答说。

　　"啊! 诸神在上! ……我叫你……"

　　乌尔苏斯对里面的拖延好像有点心焦了,他走到卧室门前,躬下身子把头伸了进来。

　　"基隆·基洛尼德斯!"他说。

　　"平安与你同在! 平安! 平安!①"基隆答道,"啊! 最慈善的基督徒! 是的! 我是基隆。可是你找错人啦,我不认识你啊!"

　　"基隆·基洛尼德斯! 你的主人维尼茨尤斯叫你马上和我一道去见他!"乌尔苏斯又说了一遍。

---

　　①　原文是拉丁文。

第二十三章

维尼茨尤斯由于剧烈的疼痛,终于苏醒过来,最初他不知道他在什么地方,也不知道发生了什么事情。他只觉得脑袋里轰隆隆地直响,眼睛好像蒙上了一层云雾似的。但他后来逐渐恢复了神志,透过那一层云雾,终于看清了有三个人在俯着身子望着他。他认识其中的两个,一个是乌尔苏斯,另一个是他抢走莉吉亚时推开的那个老人,第三个就不认识了。这个陌生人拿着维尼茨尤斯的左手,从手腕直到肩胛骨上不停地按摩着,使他越发疼痛起来。他认为这是他们对他的报复,便咬牙切齿地说:

"你们杀了我吧!"

他们对他的话似乎毫不在意,就像他们根本就没有听见似的,即使听见了也认为这是病人常有的呻吟。乌尔苏斯的脸上露出了一个野蛮人的表示关切而又令人生畏的神色,手里拿着一捆撕成长条的白纱布,那个老人对这个正在给维尼茨尤斯的手臂按摩的人说:

"格劳库斯,你能肯定他头部的伤不会有生命危险吗?"

"是的,尊敬的克雷斯普斯。"格劳库斯回答说,"我以前在船上当过奴隶,后来又住在那不勒斯,我在那些地方治好了许多伤重的病人。我靠这门本事还赚了些钱,才为我和我一家人赎了身……他头上的伤不重。这个人(把头朝乌尔苏斯点了一下)去抢他抱在手里的姑娘时,用力把他往墙上推去,他用手挡了一下，这只手就被折断了，可是幸亏他这么一挡，才保住了他的脑袋，救了他一条命。"

"你治好过不少弟兄的病，医术高超，闻名于世，所以我才差乌尔苏斯把你请来。"克雷斯普斯说。

"这个乌尔苏斯在路上对我说，他昨天还准备要杀死我哩！"

"他把这个告诉你之前，已经向我做了忏悔。我了解你的为人，也知道你热爱基督，所以我对他解释说，你不是叛徒，那个唆使他去杀人的陌生人才是叛徒。"

"那人真是个恶魔，我反倒把他当成天使了。"乌尔苏斯叹了口气说。

"过些时候，你把这事再给我详细地说一说，现在我们要设法把受伤的人尽快地治好。"格劳库斯说。

说完他又开始按摩维尼茨尤斯的手臂。虽然克雷斯普斯在维尼茨尤斯的脸上不断地洒着冷水，但他还是痛得一再地昏厥过去。不过这对他却是有好处的，格劳库斯给他的手臂接上了断骨，他就不会感到痛苦了。随后格劳库斯又用两块长板夹在手臂的两侧，急忙给它紧紧地捆上绷带，终于把它固定好了。

直到手术做完之后，维尼茨尤斯才恢复了知觉，他看见莉吉亚就站在他的床旁边。

她用双手捧着一个装了水的铜盆，格劳库斯用一块海绵不时在铜盆里沾水，擦在他的脑门上。

维尼茨尤斯只是痴呆呆地望着她，他不相信自己的眼睛，以为他是在做梦，或者在发高烧时见到了一个珍奇的幻影。过了好一会儿，他才轻轻地叫了一声：

"莉吉亚……"

听到他的声音后,她的那只捧在手上的铜盆就马上抖动起来,她用一双充满悲戚的眼睛注视着他,也很小声地回答说:

"平安与你同在。"

她伸着手臂站在那里,脸上浮现出了表示怜悯而又痛苦的神色。

维尼茨尤斯眼睁睁地望着她,仿佛要把她的身子全都看进他的眼珠子里去似的,但他觉得就是闭上眼睛,也能看见她那窈窕的倩影。他不断瞅着她的面孔,这张面孔比过去显得清瘦和苍白。她的乌黑头发结成了发结,身上穿的是一件劳动妇女的粗布衣服。他是那么一往情深地望着她,以至使她洁白的额头也受到感染,变成玫瑰色了。他首先想到的是要永远地爱她,他深深感到她的脸色那么苍白,她的生活那么贫困,这都是他造成的。是他把她从一个百般宠爱着她的家庭,一个富足而又舒适的家庭赶了出来,让她住在这么一间简陋的房子里,穿上这么一件破旧的黑羊毛外套。

他本来要给她披上最漂亮的绫罗绸缎,戴上世界上最名贵的珍珠宝石。可现在呢?惊奇、忧虑和怜悯全都涌上了心头,他的深深的内疚使他觉得他的身子只要能够动一下,他就会马上跪倒在她的脚下。

"莉吉亚,是你不让他们杀我的呀!"他说。

她以温柔甜美的口气回答说:

"愿上帝早日恢复你的健康!"

维尼茨尤斯本来为他过去给她造成的痛苦悔恨不已,也为他这次新的冒犯感到无比羞愧,所以他听到莉吉亚的这句话后,就像服了一剂灵丹妙药,顿时爽快多了。他体会不到莉吉亚话中所包含的基督教义,他只知道,这是他心上人说的话,充满了温馨,一个亲人的温馨,表现了超凡的善良,这善良深深地震撼了他的灵魂。如果说他刚才因为剧烈的疼痛而昏迷了过去,那么他现在又激动得全身都瘫软了。他虽然全身无力,可是这种无力却给他带来了欢乐。维尼茨尤斯有一种堕入深渊的感觉,但这也是一种非常高兴、非常幸福的感觉。因为他在这个时候,看到了有一位仙女守护在他的身边。

格劳库斯这时已经给他洗净了头上的伤口,又给他贴上了一张治伤的膏药。乌尔苏斯接过莉吉亚手中的铜盆后,莉吉亚便从桌上拿起一杯掺着酒和水的饮料,送到受伤人的嘴边,这是他们事先就准备好的。维尼茨尤斯大口大口地喝着,喝完之后,觉得舒服多了。由于伤口已经包扎完毕,疼痛也差不多全都消失了。等到断骨固定好了,他便完全恢复了知觉。

"请再给我一杯!"他说。

莉吉亚于是拿着空杯往隔壁的房间里走去。克雷斯普斯这时和格劳库斯交谈了几句,来到维尼茨尤斯的床前,对他说:

"维尼茨尤斯!上帝不允许你犯罪,他要净化你的灵魂,所以他才保住了你的性命。在上帝面前,人不过是一粒尘土,他既然把你这个毫无防卫能力的人交给了我们,而我们所信奉的基督又叫我们去爱我们的敌人,所以我们要给你治伤,我们还要像莉吉亚说的那样,祈求上帝早日恢复你的健康。可是我们不能永远在这里照看着你,你平心静气地想一想,你为什么要去迫害莉吉亚呢? 你已经使她失去了保护人,失去了家庭,你是不是还要来迫害我们这些以德报怨的人,让我们也无家可归呢?"

"你们要离开我?"维尼茨尤斯问道。

"我们要离开这栋房子,因为再住下去,地方官就要来查问了。你是罗马的达官贵人,现在受了伤躺在这里,你的随从又被杀了。这虽然不是我们的过错,但法律也会惩罚我们……"

"你们不要害怕,我一定会保护你们。"维尼茨尤斯回答说。

实际上,他们不仅害怕地方官和巡警查问,而且对维尼茨尤斯本人也信不过,为了防备他再来追击,他们非得想出一个确保莉吉亚安全的好办法来。这一点,克雷斯普斯是不能对他说的。

"大人,你的右手没有伤。这里有书写板和笔,请你在上面给你的奴仆写几句话,要他们今天晚上抬一乘轿子来,把你接回府去!你在自己家里总比和我们这些穷人在一起要过得好些。我们这个地方是一个穷寡妇的住宅,她和她的儿子马上就要回来了,她的儿子可以替你去送信。我们还得另找一个藏身的地方。"

维尼茨尤斯的脸唰地变白了。他很明白,他们要把他和莉吉亚分开,但他如果这一次又失去了莉吉亚,也许这一辈子就再也见不到她了……他知道他和莉吉亚之间,现在隔着一道难以逾越的障碍,要想得到她,就非得想出一些新的办法不可,而他现在却没有时间考虑了。他也知道,他现在若是对他们表示,即使对他们赌咒发誓,说他要把莉吉亚送回到蓬波尼亚·格列齐娜的家里去,他们也不会相信他,而且也有权利不相信他。他本来早就应当这么做的。他根本就没有必要去追寻莉吉亚,而应当到蓬波尼亚家里去,向她保证,他不再追逐她了。这么一来,蓬波尼亚就会自己去找她,把她找回家来。可是现在,他不管向他们怎么赌咒发誓,也留不住他们了,他们不会相信他的任何庄严的誓言;再说他又不是基督徒,他要起誓,也只能对希腊罗马的不朽诸神起誓,他自己就不太相信这些神明,更不用说他们把这些神明都看成是魔鬼了。

不过他要尽最大的努力去赢得莉吉亚和她的保护人的欢心,这是需要时间的。维尼茨尤斯觉得最重要的是现在看见了她,如能多看几天,那就再好不过了。他像一个溺水的人,只要有一块木板或者一根断桨就可以救他的命。只要把她多留住几天,他就能够对她说一些使她感到亲切的话,就能想出一些好的办法,也许还会出现有利于他的转变。

所以他认真地考虑了一下,说道:

"基督徒们,请你们听我说几句话。昨天我也和你们一起,在奥斯特里亚努姆聆听了你们的教旨,虽然我还不太理解它,但我看到你们在那里的表现,知道你们都是些善良正直的好人。请你们转告住在这里的那个寡妇,请她不要走了,你们也留在这里,还请你们允许我也住在这里。这位(他把视线投向格劳库斯)是医生,他至少懂得医治外伤,请他说一说,能让我今天搬走吗?我是个有伤的人,我的胳膊断了,我需要在这里静静地多躺几天,因此,我向你们郑重地宣布,除非你们硬要把我从这儿赶走,我是不会离开这里的。"

由于喉咙里接不上气来,他说到这里便停住了。这时克雷斯普斯说道:

"大人,谁也不会来强迫你,我们是为了逃命,才决定离开这里。"

这位年轻人因为从来没有见过有人拒绝他的要求,一听到这话便皱起了眉头,说:

"我要喘一口气。"

过了一会儿,他又说:

"至于那个被乌尔苏斯打死的克罗顿,是不会有人问起他的。瓦提纽斯请他去贝内文特参加比武,他今天本来该去那里,所以大家都以为他已经到那里去了。我和克罗顿来到这所房子的事,只有一个和我们一起到过奥斯特里亚努姆的希腊人知道,别的人都不知道,我现在把他住的地方告诉你们,请你们找他来见我。他是我花钱雇来的,我可以叫他不把这件事说出去。我还要给我家里写封信,说我也到贝内文特去了。如果这个希腊人已经向地方官报了案,我就说,克罗顿是我杀死的,他扭断了我的手臂,所以我杀了他。我以我的父母在天之灵起誓,我说到一定做到。你们可以放心大胆地在这里住下,这里连你们的一根头发丝也不会损害。请你们快去把那个希腊人找来,他的名字叫基隆·基洛尼德斯。"

"那就让格劳库斯留下,大人,让他和那个寡妇一起照顾你。"克雷斯普斯说。

"你听我说吧!老爷子,你是一个正直的好人,我应当感谢你,可是你没有对我说心里话,你是怕我把我的奴隶叫来抢走莉吉亚吧?你说是不是这样?"

"是的!"克雷斯普斯很严肃地回答说。

"那我可以当着你们的面,叫基隆不把这件事说出去,并且给我家里写封信,说我已经离开了这里。以后我只找你们送信,绝不去找别的人……请你想一想吧,别再折磨我了!"

说到这里,他终于火起来,他的脸也一下子气得变了样。

过了一会儿,他依然非常激动地说:

"你以为我不敢承认,我留在这里就是要看到莉吉亚吗?……我即使不承认,连傻子也瞒不过的。可是我不会再用武力去抢她了……我还要告诉你,如果她不留在这里,我就用这只好手扯掉缚在断臂上的绷带,不吃也不喝,如果我死了,你和你的教友们是要负责的。为什么你要治我的伤呢?为什么你不叫人把我杀死呢?"

由于愤怒和虚弱,他的脸色变得越发苍白了。莉吉亚在隔壁房里听到他的这番话后,也认为维尼茨尤斯既已说出,就一定会做到,因此她不禁害怕起来。她是绝对不愿他死的,他受了伤,又没有人保护,只会使她产生同情,而不是害怕。她自从出逃之后,一直生活在这么一些人当中,他们充满了宗教的感情,他们想的和做的全部是为了牺牲,为了奉献,为了给人大发慈悲。她自己也受到过这种精神的教育,这种精神不仅充实了她在失去家庭、亲人和幸福之后感到的空虚,而且使她也成了一个基督教信女,因此也就彻底改变了她的灵魂。可是维尼茨尤斯对她的冲击实在太大了,他似乎可以决定她的命运,因此她不可能忘记他。她日日夜夜都在惦念着他,她也常常祈求上帝能够给她一个机会,让她遵照宗教的教旨去做,这就是对他以善报恶,以慈悲回报他的迫害,促使他改邪归正,皈依基督,只有这样他才能够得到拯救。她现在觉得,这种机会终于来到了,她的祈祷上帝已经听见了。

莉吉亚受到了灵感的启示,这在她的脸上已表露出来,她立即走到克雷斯普斯身边,说起话来就像别人的声音通过她的嘴说出来似的:

"克雷斯普斯,就让他留在我们中间吧!我们陪伴着他,直到基督恢复了他的健康为止。"

这位年老的教士无论做什么事都要遵照上帝的意旨,他看见莉吉亚说得那么激动,便以为这是某种超凡神力的驱使。他心里感到有些害怕了,于是他把他那白发苍苍的头低了下来,说:

"就照你说的办!"

维尼茨尤斯这段时间一直目不转睛地注视着莉吉亚,他对克雷斯普斯这么毫无异议地听从她的意见感到十分惊奇,产生了难忘的印象。他认为莉吉亚大概是一位基督教的女主持或者女祭司,大家一定很尊敬和服从她,因此在他的心中,一种对于她的敬仰之情便油然而生。他觉得他的爱情现在还带有几分敬畏,和这种敬畏相比,这种爱情就好像成了一种粗鲁的冒犯。他现在并不认为他们之间的关系已经改变,改变到不是她服从他的意志,而是他要听从于她。他也不认为自己因为卧病在床,断了手臂,就失去了进攻和征服的能力,像个孤苦伶仃的孩子那样,需要得到她的照顾。照他那种傲慢和桀骜不驯的脾气,这种关系要是发生在他和别的人之间,他会认为这是一种不能忍受的耻辱。可他现在觉得这绝不是耻辱,而是他的君主莉吉亚给他的恩赐。这种感情是他从来没有过的,也是他直到昨天都无法想象的,就是现在,他要是能够知道它的全部内容,他对自己也会大吃一惊。他不再问自己了,为什么会这样也就成了一件自然而然的事情,只有留在这里,他才能够得到幸福。

他要对她表示感谢,不但要衷心地感谢她,而且对她还有一种他过去从来没有过的、连他自己也说不清的感情,因为那纯粹是一种顺从的感情。可是刚才的兴奋使他全身都虚脱了,连话都说不出来了,他只好用眼神来向她表示感谢。他的眼睛里突然闪烁着快乐的光辉,因为他知道,他可以留在她的身边了,明天、后天或者更长的时间都可以见到她了。可是这种快乐却又带有某种担心,而且他还担心得很,担心已经获得的东西会重新失去。因此当莉吉亚又来给他喂水时,他本来要握握她的手,现在也不敢了。就是这个维尼茨尤斯,他在皇帝举行的御宴上是那么蛮横无理地吻她,在她逃走后又发誓要揪住她的头发,把她拖进卧室里,下令鞭打她,可现在却什么都害怕了。

第二十四章

　　维尼茨尤斯也很担心某种不适时的外来帮助反而给他带来不快。基隆有可能去向城防司令部或者他家的解放奴隶报告他已失踪的消息,这么一来,巡警就不免要到这所房子里来搜寻了。因此这位青年军官的脑子里又出现了这么一个想法:到那个时候,他就可以命令巡警把莉吉亚抓走,然后把她带到自己的家里去,但他马上觉得,他不应当这么做,也不能这么做。他虽然任性鲁莽,甚至自甘堕落,在性急的时候还表现得十分凶恶和残暴,但他和蒂盖里努斯、尼禄之辈还是不一样。军队里的生活使他保持了一定的正义感和天理良心,因此他很懂得这么做是极其卑鄙的。如果他那急躁的性子突然发作而又在他身强力壮的时候,他也许会这么去做,但他现在对莉吉亚却是满怀着柔情蜜意,又有伤在身,他只希望谁都不要插到他们中间来。

他很惊异地发现,自从莉吉亚答应他的请求之后,不仅她,而且克雷斯普斯都不再要他做出任何保证了,就好像他们真的相信,在必要的时候,会有某种超自然的神力出来保护他们。维尼茨尤斯自从在奥斯特里亚努姆听了使徒讲述的教义和耶稣受难的故事后,对一件事情可能还是不可能发生本来是弄不明白的,但他现在经过推测,倒觉得这样的事有可能发生。后来他又做了一番认真的思考,这才想起了他对他们提起过那个希腊人,因此他再一次请求他们把基隆找来。

克雷斯普斯表示了同意,于是决定派乌尔苏斯去走一趟。维尼茨尤斯在去奥斯特里亚努姆的前几天,本来已派自己的奴隶去找过基隆好几次了,但都没有找到他,现在他正好要把基隆的详细地址告诉乌尔苏斯,他在书写板上还写了几句话,然后转身对克雷斯普斯说:

"把这个书写板也带去。这家伙老奸巨猾,疑心很重,以前我每次派人去叫他,他都叫他的女奴说他不在家。这是因为他没有什么好的消息告诉我,怕我生他的气。"

"我只要找到了他就把他带来,不管他愿意不愿意。"乌尔苏斯回答说。

说完他就拿起一件外衣,急急忙忙地出去了。

在罗马要找到一个人的确不是一件容易的事,即使你把他的住址已经打听得很清楚了,也不一定能够找到他。乌尔苏斯却不一样,他很熟悉罗马,而且他还有一种猎人般的善于搜寻的本领,因此没有多久,他就找到了基隆的家。

但是乌尔苏斯并不认识基隆,他过去只见过他一面,还是在晚上。再者,那个唆使他去杀死格劳库斯的老人的装腔作势、目空一切的样子,和他眼前出现的这个战战兢兢地弯着腰的希腊人是那么不同,也使他难以想象,他们原来是一个人。基隆发现乌尔苏斯完全把他当成陌生人后,他那最初的恐惧感才逐渐消失了。他再一看维尼茨尤斯在书写板上写的话,就更加放心了,至少不必怀疑这是有意给他设下的圈套。他还认为,基督徒没有杀死维尼茨尤斯,是因为他是一个有权势的人物,他们不敢去碰他。

"如果有必要,维尼茨尤斯也会来保护我的,他不至于把我叫去给宰了的。"他暗自思忖道。

基隆突然精神抖擞地问道:

"好人,为什么我的朋友、高贵的维尼茨尤斯没有给我派来一乘轿子呢?我的脚肿了,走不得远路啊!"

"没有,我们走着去吧!"乌尔苏斯答道。

"要是我不去呢?"

"那可不行,你非去不可。"

"好吧,我去!这是出于我的自愿,因为谁都不能强迫我去,我是个自由人,而且是城防司令官的朋友。作为一个贤者,我也不是没有对付暴力的办法,我把人都能够变成树木和野兽。不过我还是去一趟,还是去一趟!我得穿件暖和的外套,还要把风帽戴上,以免这一带的奴隶认出我来。不然的话,他们就会步步把我拦住,要吻我的手了。"

说完他便换上了一件外套,戴上了一顶宽大的高卢人的风帽,因为他怕到了亮处,乌尔苏斯看清了他的面孔,就认出他了。

"你要把我带到哪里去?"他在半路上问乌尔苏斯。

"到第伯河对岸去!"

"我是不久前才到罗马来的,还没有到过那里,不用说,住在那里的人也一定品德高尚!"

乌尔苏斯是个天真朴实的汉子,他从维尼茨尤斯那里,已经知道这个希腊人和维尼茨尤斯一道去过奥斯特里亚努姆坟场,而且他又亲眼见到维尼茨尤斯带着克罗顿走进了莉吉亚的住处,因此他停了一会儿,说:

"老家伙,你可不要撒谎啊!你今天和维尼茨尤斯一起,还到过奥斯特里亚努姆,也到过我的家门口。"

"啊!那么你的家就在第伯河对岸?我来罗马的时间不长,对各个地区的名称还不很熟悉。朋友,你说得不错,我到过你的家门口,我还恳求过维尼茨尤斯不要进你的家门。我也到过奥斯特里亚努姆,你知道我为什么要去那里吗?因为我早就衷心地盼着维尼茨尤斯能够皈依基督,我要让他去听听那位圣洁使徒的布道,让他的灵魂,也让你的灵魂都能够见到光明。你是个基督徒,难道你不希望真理战胜虚伪吗?"

"当然希望!"乌尔苏斯恭顺地回答说。

基隆这时一点也不害怕了,他说:

"维尼茨尤斯是个有权势的人,又是皇帝的朋友,可他常常听信魔鬼的挑唆,谁敢动他一根毫毛,皇帝就会对所有的基督徒进行报复。"

"不过有一种更加伟大的力量在保护我们!"

"对!对!可是你们准备怎么处置维尼茨尤斯呢?"基隆又感到不安地问道。

"我不知道。基督叫我们慈悲为怀!"

"说得太好了,你可要永远记住这一点,否则你会在地狱里受到煎熬的,就像放在油锅里的一根肥肠那样。"

乌尔苏斯深深地叹了口气。基隆心里想："这家伙在野性发作的时候好像很可怕,实际上你要他干什么,他都是很听话的。"

　　于是他决心从乌尔苏斯那里打听一下,在维尼茨尤斯抢莉吉亚时到底发生了什么事。他像一个严厉的法官那样质问道:

　　"你们是怎么把克罗顿干掉的? 说吧,不许撒谎!"

　　乌尔苏斯又叹了口气,说:

　　"这个维尼茨尤斯会告诉你。"

　　"不用说,你不是用刀子捅了他,就是用棍棒把他打死的。"

　　"我身上从来不带武器。"

　　基隆虽然故作镇静,也禁不住对这个野蛮人的超人的气力感到惊讶。

　　"愿普卢托……我是说,愿基督饶恕你!"

　　他们默不作声地走了好一会儿,然后基隆又说道:

　　"我是不会把你们供出去的,不过你们要当心巡警。"

　　"我只怕基督,不怕巡警。"

　　"说得不错! 可你犯下的杀人罪是最不可饶恕的。我要为你祈祷,至于祈祷有没有用,我也不敢说了,除非你在这里发誓,说你这辈子再也不用手指去碰别人一下。"

　　"我可没有存心要杀死他。"乌尔苏斯答道。

　　然而基隆为了防止意外的发生,仍在滔滔不绝地对乌尔苏斯宣讲犯杀人罪可憎又可恶的道理,还一再地叫他发誓不再杀人。与此同时,他还不断地向乌尔苏斯打听维尼茨尤斯的情况。可是这个莉吉亚人却很不愿意回答他的问题,他只是重复着一句话:维尼茨尤斯会亲口将他要知道的事情全都告诉他。他们一边说话,一边不知不觉地就走完了从希腊人的住地到第伯河对岸这么一段很长的路程,最后来到了那栋房子的大门前。基隆的心怦怦地跳得更响了,由于害怕,他觉得乌尔苏斯好像在以凶恶贪婪的眼光望着他。"即便他不杀我,我来这里也没有什么值得高兴的。"他暗自思忖道,"不管怎样,要是能让他和所有的莉吉亚人全都中风死光了才好呢! 宙斯啊! 你如果真的有这种力量,那就赶快叫他们去死吧!"他一边想着,一边把身上那件高卢外套裹得紧紧的,说他这是怕冷。他们走过门廊和前院之后,便进入了那条通往后小花园的走廊,这时基隆突然停住了脚步,说:

"让我歇一歇吧! 要不然,我给维尼茨尤斯就想不出什么好办法了,因为我现在连和他说话的力气都没有了。"

他说完便站着不动了。虽然他一再地自我安慰,对自己说不会有什么危险,但他心里明白,他现在已经来到了他在奥斯特里亚努姆见过的那些神秘莫测的人们中间,他的两条腿禁不住微微地哆嗦起来。

这时候,他听见屋子里有人在唱赞美诗,便问道:

"里面为什么唱歌?"

"你说你是基督徒,为什么不知道我们在每顿饭后都要唱赞美诗来赞美救世主呢? 密里阿姆和她的儿子一定回来了,使徒每天都要来看望这个寡妇和克雷斯普斯,也许他们这时候全都在一起了!"

"请让我去见维尼茨尤斯!"

"维尼茨尤斯和他们都在一间房里,这里只有一间大房,其他的房间都又小又暗,我们要到睡觉的时候才进去。好了,我们先进去吧!到了里面,你就可以休息一下了。"

他们走进了那间大房里。这时正当黄昏时刻,天气很冷,天空中黑云密布,房间里显得很暗,几盏油灯也不能把它照得很亮。维尼茨尤斯与其说看出了,还不如说是猜出了这个头上紧紧扣着一顶风帽的人就是基隆。基隆也看见了房角里摆的那张床,维尼茨尤斯就躺在床上,于是他不管别的人,一直向维尼茨尤斯走去,仿佛他已认定只有在他的身边才是最安全的。

"啊!老爷,您为什么不听我的劝告呢?"他拱着手大声地叫道。

"住口,你听我说!"维尼茨尤斯说。

他目光炯炯地望着基隆的眼睛,在说话时放慢了速度,加重了语气,好像要让基隆把他的每一句话都当成命令一样,永远牢记在心中。

"克罗顿要谋财害命,竟敢向我猛扑过来,所以我就把他杀了,你明白吗?可是我在和他搏斗时也受了伤,我的伤口是这些人给我包扎的。"

基隆马上明白了是怎么回事:维尼茨尤斯要这么说,那肯定是他和这些基督徒已经取得了谅解,达成了默契,所以他要别的人都相信他说的是真话。这一点,基隆从他的脸色也看得出来,因此他马上抬起头来,没有表露任何一点惊讶或怀疑,就大声地叫道:

"是啊!那是一个坏透了的流氓,老爷!我不是早就劝过您,要您别相信他吗!我衷心告诫他的那些话,遇到他那个顽固的脑袋,就像豆子抛到墙上,全都碰回来了。那家伙就是

272

受尽阴曹地府之苦也赎不了他的罪。一个人不老实，就一定会变成流氓，可是要把一个流氓变成老实人又谈何容易！真想不到，他竟敢加害于自己的恩主，一个这么慷慨大方的主人……啊，诸神啊……"

基隆说到这里，突然想起了他在路上对乌尔苏斯说过他是一个基督徒，便立即打住了话头。

维尼茨尤斯说：

"我要不是身上带了一把短刀，就被他杀死了。"

"幸好我劝您随身带了一把刀子。"

但维尼茨尤斯却向这个希腊人投去了怀疑的眼光，问他道：

"你今天干什么去了？"

"怎么，老爷，我不是对您说过，为了保您康泰，我许了个愿吗？"

"还干过什么别的吗？"

"我正要来看您，恰好这位善人来了，他说是您要他来找我的。"

"这里有一块书写板，上面写的是我到贝内文特去了。你把它送到我家里去，随便交给哪一个解放奴隶都可以。你要亲口对德马斯说，我接到了裴特罗纽斯一封急信，今天早晨我就走了。"

说到这里，他又强调了一下：

"我说的是我到贝内文特去了，你懂吗？"

"是的，老爷，您到贝内文特去了。今天早上我在卡彭城门外还送别了您。您走了后，我是多么想您啊！我想得那么伤心，要不是您的慷慨赏赐给了我一点安慰，我真要哭得死去活来了,正如可怜的哲托斯的妻子在伊提罗斯①死后那么悲伤一样。"

维尼茨尤斯虽然有伤在身,而且他对这个希腊人的吹牛也早已习以为常,可是他觉得他的这番话说得很俏皮,便忍不住也笑了起来。他感到高兴的是,基隆很快就领会了他的意图,因此他又说道:

"好吧! 你先把眼泪擦干,我要再添上一句,快给我拿灯来。"

基隆这才安下心来,他起身走到壁炉旁边,从墙上取下了一盏油灯。

在他去取油灯的时候,他的风帽从头上滑下来了,他的面孔因此被灯光照亮,格劳库斯看见后,马上从凳子上跳了起来,冲到他面前问道:

"你还认得我吗,赛德斯?"

他的声音是那么可怕,使得在座的人都禁不住打了个寒噤。

基隆刚要举起油灯,这一瞬间又差点把油灯摔在地上。他把身子低低地躬下,开始呻吟起来:

"我不是……我不是……可怜可怜我吧!"

格劳库斯转身对在座的人说:

"出卖我的就是这个人,他害得我家破人亡……"

基督徒们全都知道他的不幸遭遇,维尼茨尤斯也听说过他,不过维尼茨尤斯没有想到他就是格劳库斯,因为这位医生

---

① 哲托斯的妻子叫埃东。她因为嫉妒嫂子尼俄柏的子女生得漂亮,决定害死尼俄柏的一个儿子,但在黑暗中却误杀了自己的儿子伊提罗斯。宙斯把她变成夜莺,使她永远为亲手杀死的儿子而啼哭。

刚才给他包扎伤口时,他已经痛得晕过去了,没有听见他的名字。可是对乌尔苏斯来说,格劳库斯的这些话,就像黑暗中闪出的一道电光,使他顿时看清了基隆的面貌,于是他一个箭步跨到基隆跟前,拉住他的胳膊,把它反剪到背后,大声地叫道:

"叫我杀死格劳库斯的也是这个人。"

"可怜可怜我吧!我会报答你们的……"基隆呻吟道。接着他又转过身对维尼茨尤斯叫了起来:"老爷,救救我吧!我全靠您了,请您替我说说情吧……我给您……给您去送信,老爷!老爷!……"

可是维尼茨尤斯对眼前发生的一切比谁都漠不关心。他对这个希腊人过去那些罪恶的勾当本来就一清二楚,再说他为人也从来不知道什么叫怜悯,因此他说:

"把他拉到花园里去活埋了吧!我的信找别的人送去好了。"

基隆以为这些话就是对他最后的判决。他的骨头被乌尔苏斯那双可怕的手捏得咯咯直响,痛得他泪水直流,最后忍不住大声地叫了起来:

"看在你们的上帝的分上,可怜可怜我吧!我是个基督徒,平安与你们同在①!我是个基督徒,如果你们不相信我,那就再让我受一次洗,受两次洗,受十次洗都行啊!格劳库斯,这是个误会,请让我对你把话说清楚!我甘愿做你们的奴隶……可别杀我呀!可怜可怜吧!……"

他那被痛苦窒息的嗓音到后来渐渐地微弱了。坐在饭桌旁边的使徒彼得这时站了起来,他白发苍苍的头微微地颤抖

---

① 原文是拉丁文。

了一会儿,然后低垂在胸脯上。他先是把眼睛合上,后又睁开,在一片令人烦闷的沉寂中,他开口说话了:

"救世主告诉我们:如果你的兄弟对你犯了罪,你就责罚他;如果他后悔了,你就宽恕他;如果他一天冒犯了你七次,可他每次都后悔不已地恳求你的宽恕,你就要宽恕他。"

他说完之后,周围更加静寂无声了。

格劳库斯用双手捂着面孔,一动不动地站了好一会儿,最后放下手来,说:

"赛德斯,我以基督的名义宽恕你,愿上帝也宽恕你对我犯的罪。"

乌尔苏斯放开了那个希腊人的胳膊,又补充了一句:

"就像我饶恕你的罪恶一样,愿救世主也垂怜于你。"

基隆一下子便跌倒在地上,他用手撑着上半个身子,就像一头掉进了陷阱的野兽那样转动着脑袋,神情木然地环顾着四周,看死神从哪方来。他不相信他的耳朵和眼睛,他连想都不敢想自己会得到宽恕。

过了一会儿,他慢慢恢复了神志,可是他那吓得发青的嘴唇还在不停地颤抖着。这时候,使徒便对他说:

"你放心大胆地走吧!"

基隆站了起来,但他说不了话,便立即走到维尼茨尤斯的床旁边,像要寻求保护似的。他现在还来不及考虑这么一个问题:过去他为维尼茨尤斯那么不辞劳苦地奔波效力,而且什么事都是和他一起干的,为什么维尼茨尤斯却要恩将仇报地处死他?而这些正是他想要陷害的基督徒为什么又宽恕了他?他到后来才想到了这一点。基隆的眼睛里露出了惊讶和疑惑不解的神情。当他终于明白他们宽恕了他后,他真想赶快离开这些他所无法理解的人们,他对他们的残酷和善良都一样害怕,觉得再待下去说不定又会出什么意外,因此他气喘吁吁地对维尼茨尤斯说:

"老爷,您把信交给我吧……把信交给我吧!"

他接过维尼茨尤斯原先要给他的那块书写板,向基督徒们鞠了一躬,又向病人鞠了一躬,便弓着身子,沿着墙根,一溜烟地跑出去了。

他到了小花园后,看到这里一片漆黑。他又以为乌尔苏斯会在夜里来杀他,而且这个莉吉亚人就从后面追上来了,把他吓得根根毛发都竖起来了。他想尽快地从花园里逃出去,但他已经支使不动他的两条腿了。没想到过了一会儿,乌尔苏斯果真出现在他的面前,使他全身上下都瘫软了。

他只好趴在地上,呻吟道:

"乌尔班……以基督的名义……"

可是乌尔班告诉他说:

"不要怕,使徒担心你夜里迷了路,特地让我来领着你走出门外。如果你走不动,我就搀着你回去吧!"

基隆抬起了面孔。

"你说什么?什么?你不杀我啦?"

"不,我不杀你。刚才我要是把你抓得太凶,抓痛了你的骨头,那就请你原谅!"

"请扶我站起来!你不杀我啦?真的不杀我啦?你只要把我领到大街上就行了,到那里我自己会走了。"基隆说。

乌尔苏斯像拾起一根羽毛似的把他搀扶起来,让他站稳之后,又带着他走过黑乎乎的走廊,来到了另一个院子里,这里就可通向门廊和大街了。可是这个希腊人在走廊里还在

想:"就要对我下手了!"一直到他走上了大街,他才平心静气地说:

"我自己能走了。"

"平安与你同在!"

"与你同在!与你同在!……让我在这里歇息一下。"

等到乌尔苏斯走后,他才挺起胸脯,吸了一大口气,还用手去摸了一下自己的腰和屁股,好像要证实自己是否还活着,然后他就匆匆忙忙地朝前走去。

但他走了几十步后,又停住了,说:

"怪呀! 他们为什么不杀我呢?"

虽然他和埃乌里茨尤斯探讨过基督的教义,在第伯河边和乌尔班谈过话,在奥斯特里亚努姆还聆听过使徒的布道,但他仍然找不到这个问题的答案。

第二十五章

维尼茨尤斯对于这里发生的事情同样很不理解,他所感到的惊讶并不亚于基隆。他认为这些人之所以那样对待他,不仅不对他进行报复,而且还殷勤地给他包扎了伤口,这是出于他们所信奉的宗教的要求,但更主要的是莉吉亚的关系,是她救了他。此外,他的显赫的名声也不是没有影响。可是他们对基隆所表现的那种宽恕就真的不可理解了。维尼茨尤斯不由得问自己:他们为什么不杀死这个希腊人呢? 他们杀了他,是不会受到惩罚的。乌尔苏斯可以把他埋在花园里,也可以在夜深人静的时候,把他扔到第伯河里去。在这个夜间谋杀成风的时代,连皇帝陛下都这么干过,更何况普通人呢!所以每天早晨都可以发现抛在河里的尸体,谁都不去查问这些尸体是从哪里来的。实际上,照维尼茨尤斯的看法,基督徒不仅可以,而且应当杀掉基隆。怜悯之情在这个青年贵族所处的社会中,并非人所不知。雅典人早就建立了慈悲的神坛,他们长期以来,一直反对在雅典举行野蛮的角斗士比赛。就是在罗马,人们对那些被征服者也是很宽厚的,例如不列颠国王卡里克拉杜斯,在克劳迪乌斯统治时期当过罗马的俘虏,被宽大后,他便可以在这里自由地居住。但如果提起一个人的报仇雪恨,那么不仅维尼茨尤斯,而且所有的罗马人都认为,这是理所当然,是正义的,不这么做,倒是毫无道理了。维尼茨尤斯在奥斯特里亚努姆虽然听说过要爱自己的仇敌,但他认为这种空论没有什么现实意义。他想,他们不杀基隆,也许因为今天是他们的某个节庆或者适逢月亮的盈亏,在这种时候,他们是禁止杀生的。他还听说过有一种忌日,遇到这种日子,各国之间连仗都不能打。要是这样,他们又为什么不把基隆送交司法机关去发落呢?还有使徒为什么要说,谁要是七次冒犯了你,你就该宽恕他七次呢?既然基隆对格劳库斯已经犯下了人间最凶恶的大罪,那么格劳库斯为什么还要对他说"我宽恕你,愿上帝也宽恕你"呢?维尼茨尤斯突然想到,如果有人杀死了莉吉亚,他怎么办?他的热血就像锅里的开水一样沸腾起来,为了替她报仇,他对凶手是什么手段都使得出来的。可是格劳库斯却不一样,他宽恕了他的仇敌,不仅他而且乌尔苏斯也宽恕了他们的仇敌。事实上,乌尔苏斯在罗马想要杀谁就能够杀谁,不会受到惩罚,他只差没有杀死内摩任的森林之王,到那里去取而代之了……一个角斗士必须打死上一届的"霸王",才能取代他的地位。对乌尔苏斯来说,就连最负盛名的克罗顿都不是他的对手,那么还有谁能斗得过他呢?对于这些问题只有一个回答,那就是他们不杀基隆,是因为在他们的身上有一种世上至今未曾有过的伟大的善良,是因为他们对人类无限热爱,为了这种爱,他们可以忘记自己,忘记自己所受的侮辱,忘记自己的幸福和不幸。他们活着既然为了别人,那么他们又能得到什么报偿呢?其实这些道理维尼茨尤斯在奥斯特里亚努姆都听到过,只是当时没有留下很深的印象,他认为,如果为了他人的利益,必须放弃一切荣华富贵和欢乐享受,那么这种生活该是多么空虚,多么悲惨!因此他一想起这些基督徒,便觉得他们虽然值得称道,但又有点可怜,他甚至还有点瞧不起他们。他认为这是一群没有自卫能力的绵羊,迟早要被恶狼吃掉,按照他的罗马人的性格,这种甘愿任人宰割的人是不值得尊敬的。可是在基隆走后,他看见这些人的脸上都表露出了无限的喜悦,这倒给他留下了颇为深刻的印象。使徒走到格劳库斯身边,把一只手放在他的头上,说:

"基督在你的身上胜利了。"

格劳库斯马上朝上望去,他的眼里透出了希望,充满了欢乐,仿佛他看见一种巨大的意想不到的幸福已经降临在他的身上。但维尼茨尤斯只知道从报仇雪恨中得到满足,他这时睁大了一双发烧的眼睛,直勾勾地望着格劳库斯,就好像把他当成了一个疯子似的。其实这个人在他看来,只不过是一个奴隶,可是他却看见莉吉亚在用她那公主的嘴唇去吻他的手,因此感到非常生气,感到这个世界的秩序全都颠倒过来了。

后来乌尔苏斯又进来报告,说他怎么把基隆送到了街上,说他因为抓痛了基隆的胳膊还向他道了歉,使徒听后马上向他祝福,克雷斯普斯也说,今天是个伟大的胜利的日子。听到这些话,维尼茨尤斯就更不明白了。

这时莉吉亚又给他送来了清凉饮料,他把她的手握了一会儿,问道:

"那么,你也宽恕了我?"

"我们基督徒是不许恨别人的。"

"莉吉亚,不管你的上帝是谁,他只要是你的神明,我就给他献上一百头牛。"维尼茨尤斯说。

"如果你热爱他,就要真心诚意地崇拜他。"她回答说。

"只因为他是你的……"他连声说道,但声音渐渐小了。

他闭上眼睛,全身上下又瘫软了。

莉吉亚走了,但没过多久,她又回来了。她站在他的近旁,弓着身子看维尼茨尤斯是不是睡着了。维尼茨尤斯发现莉吉亚就在自己的身边,便睁开眼睛,微微地笑了。莉吉亚为了让他尽快地入睡,用一只手轻轻地抚着他的眼睛,使他顿时感到周身涌现出了一股巨大的暖流,可是与此同时,他也觉得他的伤势又加重了。的确是这样。随着夜的来临,他的热度也增加了许多,使他无法入睡,因此莉吉亚走到哪里,他的眼光就跟到哪里。有时他处于一种半睡眠状态,能够清清楚楚地看见和听见周围发生的一切,而这一切又掺和着他在高烧中产生的幻觉。他仿佛看见在一块荒凉古旧的坟地上有一座塔状的神庙,莉吉亚就是这座古庙里的祭司。他目不转睛地注视着她,看见她正好站在塔顶上,手里捧着一把竖琴,周身沐浴在皎洁的月华中,就像当年他在东方看到的那些在夜里唱着歌来赞颂月亮的尼姑一样。他尽全力地沿着塔里弯弯曲曲的梯子爬了上去,想把她带走。基隆也跟在他的后面,可是基隆却害怕得牙齿直打冷战,还不停叫喊道:"别这么干,老爷,她是这里的祭司,神明会报复你的……"维尼茨尤斯不知道他说的是哪个神明,但他心里明白,他这样做亵渎了神明,因此他也感到害怕起来。当他爬到塔顶周围的栏杆上后,突然发现莉吉亚的身边还站着一位飘着银须的使徒。使徒对他说:"你不能动她,她是属于我的。"说罢他便和她一起在月光的照耀下飘然而去,仿佛沿着一条光明大道到天堂里去了。维尼茨尤斯这时只好向他们伸出双手,濒于绝望地央求他们把他一起带走。

就在这时候,维尼茨尤斯终于醒过来了。当他的神志完全清醒过来后,他的眼睛又朝前望去。高架上的灯火渐渐熄灭,但它依然投出了一丝丝清晰的亮光。夜里寒气刺骨,房间里很冷,因此大家都坐在炉火前取暖。维尼茨尤斯这时能够清楚地看见他们在呼吸时吐出的一团团雾气。使徒坐在正中间,莉吉亚坐在他膝盖旁的一条矮凳上,往下依次是格劳库斯、克雷斯普斯和密里阿姆。两边坐着乌尔苏斯和密里阿姆的儿子纳扎留斯。这是一个面孔长得很清秀的小伙子,他一头乌黑的长发一直披到肩上。

莉吉亚两眼望着使徒,正在专心致志地听他讲话,大家也把面孔都向着他,他说话的声音很小,维尼茨尤斯觉得他简直神秘得可怕,这种可怕并不亚于他在发烧时产生的幻觉。因此他又想,幻觉也许是真的,这位从遥远的彼岸来的老人真的要把他的莉吉亚抢走,把她带到神鬼不知的地方去。他认定老人正在谈论着他的事,也许正在教他们如何把他和莉吉亚分开。因为维尼茨尤斯想象不出除了他之外,他们还有什么别的事情好说的。所以他打起精神,尽全力地注意听着彼得的谈话。

可是他推断错了,使徒讲的还是基督的事情。

"他们只是为了基督的名分才活着。"维尼茨尤斯心里想道。

老人讲的是基督被抓的事情。

"士兵和大祭司的仆从来抓他。我们的救世主问他们找谁,他们回答说:'找拿撒勒的耶稣!'可是当主告诉他们'我就是'时,他们马上跪倒在地,谁也不敢对他动手,直到他问过了三遍,才把'他'抓住。"

说到这里,老人停了一会儿,伸出手来烤火,随后他又说:

"那天夜里有今晚这么冷,可是我的心像火一样在燃烧。我拔出了宝剑,要把主救出来,无意中却砍掉了大祭司仆从的一只耳朵,我就是豁出性命,也要把'他'救出来。可是主对我说:'把你的剑收起吧!上帝赐给我一杯酒,我怎么能不喝下去呢?'……'他'终于被他们抓住,被他们捆起来了……"

彼得这时把手按在脑门上,他不说话了,他要把他能够想起的那些悠远繁杂的往事首先理出一个头绪来。可是乌尔苏斯却按捺不住了,他站了起来,把灯柱上的灯火修剪了一下,那火花就像一阵黄金雨样地洒落下来,使火光照得更亮了,然后他躬身坐下,大声叫道:

"他们爱怎么做就怎么做吧!……哼!……"

他又突然打住了话头,因为莉吉亚把手指放在唇上,冲着他嘘了一下。但他还在大声地喘着气,他的内心已经激起了暴风雨般的狂怒,这是可以看得出来的。他本来随时都准备去抱吻使徒的双脚,但对使徒当时的那种行为却不很佩服。如果谁敢当着他的面,动一下救世主,或者那天夜里是他和主在一起,那么不管是士兵还是大祭司的仆从,也不管是官家爪牙还是流氓地痞,他都会把他们当成木屑一样地捻得粉碎。想到这里,乌尔苏斯止不住泪如泉涌。他很悲伤,深感他的心里有一种无法解脱的矛盾。一方面,他不仅自己要挺身而出地去保卫救世主,而且还要把他的同胞,把那些身强力壮的莉吉亚人全都召唤到这里来救"他"。另一方面,他又觉得他要是这么做,就违背了救世主的意愿,使世界得不到拯救。

正因为如此,他越发控制不住自己的眼泪了。

过了不久,彼得把手从脑门上放下,继续讲述基督的故事。可是维尼茨尤斯在高烧中又陷入了半昏迷的梦幻状态,他把他现在听到的和昨天晚上在奥斯特里亚努姆听到使徒讲的基督在提贝拉兹海岸上的显圣当成一回事了。因此他看见眼前是一片茫茫大海,海上漂着一只渔船,船上坐着彼得和莉吉亚。他自己也在尽全力地向他们游去,但是他的断臂疼痛难忍,实在追不上他们。狂风暴雨掀起一阵阵恶浪,不断地冲打着他的眼睛。他终于精疲力竭,开始下沉,因此他不得不哀声哀气地高喊着救命。这时,莉吉亚在使徒面前跪了下来,使徒于是调过船头,向他伸去了一支桨。维尼茨尤斯立刻抓住桨,在他们的帮助下,才爬上了小船,一到船上,他就扑倒在船板上。

过了片刻,维尼茨尤斯又觉得他好像站起来了。维尼茨尤斯朝小船后面一看,原来还有许多人跟在后面游过来了。一阵阵波涛翻涌出来的浪花淹没了他们的脑袋,在数不清的漩涡中只看得见他们的几只手。可是彼得一次又一次地把这些淹在水里的人都救了起来,收容在他的船上,他的小船竟然奇迹般地变大了。过了不久,船上的人数也莫名其妙地增加到了奥斯特里亚努姆集会上那么多,而且还在不断地增加,把小船挤得满满的。维尼茨尤斯非常惊慌,小船怎能容得下这么多人?他害怕他们全都会葬身海底。莉吉亚这时便来安慰他,给他指明了遥远彼岸上的一道亮光,说这就是他们要去的那个地方。维尼茨尤斯的幻觉又和他在奥斯特里亚努姆听使徒讲基督在烟波湖岸上显圣的那个景象混在一起了。他在远方岸上的那道亮光中,仿佛又看见了基督的圣影,彼得也正在把船向他划去。他们越是接近他,海面上就越是风平浪静,那道亮光也越是明亮了。人们开始唱着欢乐的赞美歌,甘松的芳香在空中萦绕,水面上闪烁着一道彩虹,宛如从海里生长出来的百合和玫瑰。小船最后轻轻地靠岸了,莉吉亚这时牵着他的手,说:"走吧,我带你去!"于是把他带进了一片光明中。

维尼茨尤斯又醒过来了,但是他的梦境消失得很慢,还不能马上恢复对现实的感觉。有好一阵他还以为自己在湖岸边,被一大群人围着,他不知道自己为什么在他们中间。于是他开始寻找裴特罗纽斯,奇怪的是,他找来找去却怎么也找不到他。火炉旁边已经没有人了,炉中的橄榄树枝在粉红色的灰烬下缓缓地燃烧着。一些很明显是刚刚抛进去的松木劈柴又突然燃起了大火,明亮的火光使维尼茨尤斯完全清醒过来,他看见莉吉亚就坐在离岸不远的地方。

他一看见她内心深处便激动不已。他知道她昨天晚上在奥斯特里亚努姆已经度过了一个不眠之夜,今天她又忙着看护了他一整天。现在,当大家都去休息的时候,只有她一个人还守在他的床边。她是那么一动不动地坐着,两只眼睛紧紧地闭着,可以看出她一定是很困倦的。维尼茨尤斯不知道她是睡着了呢,还是在沉思默想。他望着她的侧影,望着她往下垂着的睫毛和放在膝盖上的双手,在他那异教徒的脑子里经过一番艰苦的思想斗争,终于产生了一个新的概念:除了希腊和罗马引以为自豪和自信的那种形体美之外,世界上还有另外一种全新高洁的灵魂美。

当然,他还不很懂得这种美就是基督教的美,可是他一想到莉吉亚,又不能把她和她所信仰的宗教分开。他甚至认为,既然别的人都休息去了,只有她一个人在守着他,而且她还受到过他的迫害,那她一定是因为宗教的训示才这么做的。想到这里,维尼茨尤斯对这种宗教不仅感到奇怪,而且也产生了一种不愉快的感觉。他更希望莉吉亚这么做是出于对他的爱,爱他的眼睛和相貌,爱他那雕像般优美的形体,希望莉吉亚能像以前那些希腊和罗马女人那样,用她那雪白的胳膊温柔体贴地去搂抱他的脖子。

他还觉得,假如她和所有别的女人都一个样,那么她就不会有今天这样的魅力了。因此,他现在反而对自己身上为什么发生了这样的变化感到奇怪和不理解了。他只觉得他的心上已经产生了一种新的感情,一种新的喜好,这种感情和喜好在他生活的世界上是从来没有过的。

这时候,莉吉亚睁开了眼睛,她发现维尼茨尤斯在望着她,便走到他身边,说:

"我要守着你。"

他回答说:

"我在梦中看见了你的灵魂。"

第二十六章

第二天早晨,维尼茨尤斯醒来后,他的烧退了,脑门也凉多了,但他还是感到全身疲软,四肢无力。他原以为是一阵悄悄的谈话声把他惊醒的,可是睁眼一看,莉吉亚不在他的床边了。只有乌尔苏斯一个人还坐在炉前,弓着身子拨开了黑灰,要从里面找出一些尚未熄灭的炭火。他冲那些炭火呼呼地吹着,就像铁匠鼓着风箱似的。维尼茨尤斯马上想起了昨天打死克罗顿的就是这个人,于是他像一个角斗迷那样,目不转睛地注视着乌尔苏斯那库克罗普斯①式的魁梧强壮的身躯和他像圆柱一样粗大的双腿。

"托墨丘利神的福,我的脖子算是没有被他扭断。"维尼茨尤斯心里想道,"凭波卢克斯起誓,如果别的莉吉亚人都像他那样,那么多瑙河军团就真的要倒霉了。"

他大声叫道:

"喂,奴隶!"

乌尔苏斯把头从壁炉前移了过来,表示友好地微笑道:

"愿上帝赐给您美好的一天和一个健康的身体,大人!不过我不是奴隶,我是个自由人!"

维尼茨尤斯原想问问乌尔苏斯有关莉吉亚故国的情况,听了他的话,当然感到很高兴,因为当时的法律和习惯都不把

_____

① 库克罗普斯,希腊神话中的独眼巨人。

奴隶当人看待,对维尼茨尤斯来说,和一个自由民,即使是一个平民百姓谈话,也不会像和一个奴隶谈话那样,有损他那罗马贵族的尊严。

"你不是普劳茨尤斯家里的人?"

"不是,大人,我服侍卡里娜,也服侍过她的母亲,都是我自愿的。"

他在炭火上已经架好了劈柴,于是又把头钻了进去,等到吹燃了炉里的柴火,才把头伸出来,说:

"我们那里没有奴隶。"

"莉吉亚到哪里去了?"

"她刚刚出去。我要给您做早饭了,大人! 她守了您一整夜,都没有睡啊!"

"你为什么不来替她一下呢?"

"她要那么做,我只有服从。"

说到这里,他的眼里显出了忧郁的神色,然后过了好一阵,才继续说道:

"假如我当时没有听她的话,那么大人您,也活不成了。"

"难道你没有杀死我,倒觉得后悔了?"

"不,大人,基督是不允许杀人的。"

"那么阿塔岑呢? 克罗顿呢?"

"那我是没有办法才那么做的。"乌尔苏斯嘟囔道。

他很悲伤地望着他的一双手,虽然他的灵魂已经受了洗,但这双手却明明白白还是异教徒的。

随后他把锅放在炉架上,在炉前蹲下,以沉思的眼光凝望着火光。

"大人,这都是您的过错。您为什么要侵犯她,一个国王的女儿呢?"乌尔苏斯又说道。

维尼茨尤斯听后,他最初觉得一个平民、一个野蛮人胆敢这么毫无顾忌地对他说话,而且还责备他,这是对他自尊心的伤害,他的火气便上来了。从前天晚上开始,他就见到这里发生了许多不寻常和不可思议的事情,现在又添上了这么一件令他不快的事。可是他身体虚弱,身边又没有自己的奴隶,因此不得不强忍一下,特别是他还想了解一下莉吉亚身世的细节,就更不能冒火了。

他的怒气终于消失了,于是他向乌尔苏斯问起有关莉吉亚人反对万纽斯和斯威比人的战事来。乌尔苏斯当然很高兴,但他讲的情况比维尼茨尤斯在普劳茨尤斯家里听到的那些也没有超出多少。乌尔苏斯当时没有参加作战,他和人质一起被送到阿泰利尤斯·希斯特尔的军营里去了。他只知道莉吉亚人打败了斯威比人和雅齐格人,可是他们的统帅和国王却被雅齐格人的箭射死了。不久后,他们得到了一个消息,说塞姆诺人在边境上放火烧毁了森林,于是他们火速回师,要对敌人采取报复行动。两个人质则依然留在阿泰利尤斯的军营里,开始那里对他们还待之以君王的礼节,后来莉吉亚的母亲死了,罗马统帅不知道拿这个孩子怎么办。乌尔苏斯本想和她一道回国去的,但他因为怕旅途不安全,可能遇到野兽和野蛮部落的袭击,所以不敢贸然行动。后来又传来了一个消息,说莉吉亚人给蓬波纽斯派去了一个使团,求他帮助他们去打马尔科曼人,希斯特尔便把莉吉亚和乌尔苏斯送到了蓬波纽斯那里。他们到那里后,发现根本没有来过什么使团,才知道这个消息是假的。可是这么一来,他们也只好留在蓬波纽斯的军营里了。后来蓬波纽斯又把他们带到了罗马,在举行了迎接凯旋的仪式之后,就把这位公主交给了蓬波尼亚·格列齐娜。

在乌尔苏斯讲述的故事中,维尼茨尤斯不知道的细节虽然并不很多,但他依然听得乐滋滋的,因为这里有人又给莉吉亚的王胄出身提供了凭证,使他强烈的门第观念得到了极大的满足。莉吉亚既是一位公主,她在皇宫中就和那些皇亲国戚、高官显贵的公子闺秀的地位是平等的,特别是她父亲统治的这个国家,和罗马还有着从来没有打过仗的友好关系。当然,作为一个未开化的民族,他们对罗马也可能造成威胁,因为阿泰利尤斯·希斯特尔就亲口说过,他们拥有无数勇猛善战的武士。

这一点在乌尔苏斯的谈话中,也可以得到证实。当维尼茨尤斯问莉吉亚人的情况时,他这么说:

"我们住在森林里,我们的国土辽阔,人口众多,谁都不知道它的边界在哪里。我们还有非常广阔的森林,森林里有许多木头建成的小的城镇,我们的生活很富裕。我们能把塞姆诺人、马尔科曼人、万达尔人和克瓦地人从世界各地掠夺来的财物全都夺过来,而他们却不敢侵犯我们。只有当他们那边刮起风来的时候,他们才放火焚烧我们的森林,我们不怕他们,也不怕罗马皇帝。"

"诸神赐予了罗马统治世界的权利。"维尼茨尤斯严厉地说。

"诸神都是魔鬼,罗马人也是魔鬼。只要罗马人不在,就没有残酷的压迫。"乌尔苏斯回答得很简单。

他又拨燃了炉火,仿佛自言自语地说:

"卡里娜被皇帝召进宫后,我想那里的人一定会欺侮她。

因此我本打算马上赶回森林里去,把那些莉吉亚人全都叫来,救出我们的公主。莉吉亚人要向多瑙河进军,虽然他们是异教徒,但都是些善良的人民,到那个时候,我就可以给他们传授福音。等到莉吉亚回到蓬波尼亚的家里,我就请求她让我回到莉吉亚人那里去,因为基督降生在遥远的地方,他们连听都没有听说过他……基督该在什么地方降临凡世,他自己当然比我们清楚。如果他降生在我们的国家,降生在我们的森林里,我们决不会让他受苦受难,我们要尽善尽美地供养着这位'圣子',无微不至地关心他,使他不仅拥有猎来的飞禽走兽,也能尝到鲜美可口的香菌和蘑菇;让他不仅穿上海狸的毛皮,也不缺少玉石和玛瑙。我们要把我们从斯威比人或者马尔科曼人那里夺来的财物全都奉献给'他',让'他'过上富足舒坦的生活。"

乌尔苏斯说了一阵,便把准备给维尼茨尤斯喝的一锅汤汁放在火上,然后沉默不语了。只是他的思绪还一直萦回在莉吉亚人的森林里,等到汤汁煮开了后,他就把它盛在一个盘子里,让它凉了,才又说道:

"格劳库斯吩咐过,要您尽量少动弹,大人,就是那只没有受伤的胳膊也不要多动!卡里娜让我来喂您。"

是莉吉亚让他来的,那还有什么可说的呢!她就和皇帝的女儿或者女神一样,维尼茨尤斯从来没有想过要去违背她的意愿,因此他一句话也没有说。乌尔苏斯坐在维尼茨尤斯的床旁边,把盘子里的汤汁倒在一个小杯里,送到他的嘴边。他服侍得那么殷勤周到,碧蓝的眼睛里还带着一种亲切的微笑,以至维尼茨尤斯简直不敢相信自己的眼睛,他无论如何也想不到眼前服侍着他的这个人就是昨天打死了克罗顿,然后又像暴风雨一样向他扑来的那个可怕的巨人。要不是莉吉亚怜惜他,他早就被他砸得粉身碎骨了。这个年轻的贵族生来第一次想到了这么一个问题:一个普通平民、一个侍从、一个野蛮人心里想的到底是什么?

乌尔苏斯当看护虽然细心周到,但却笨手笨脚。小杯子放在他那赫拉克勒斯的巨掌中,就完全见不着了,因此维尼茨尤斯的嘴根本就碰不到它。这位巨人喂了他几次都失败后,感到很为难,便说:

"唉,我要是在密林中抓一头野牛,比这个容易得多……"

维尼茨尤斯看到这个莉吉亚人那么窘迫的样子,倒觉得很有趣,他的话也引起了他的注意。他在圆戏场上见到过一种在北方森林中捕来的凶猛的"野牛",这种野牛就是最勇敢的猎手也是很害怕的,只有大象的身躯和力气才比它大。

"难道你能抓住这种野牛的犄角?"他惊异地问道。

"二十岁以前,我很害怕野牛,过了二十岁,我就常常抓它们的角了。"乌尔苏斯回答说。

他又把汤汁拿给维尼茨尤斯喝,可是他的手比刚才更不灵便了,他只好表示:

"我非得把密里阿姆或者纳扎留斯请来不可。"

就在这个时候,莉吉亚从门帘后面露出了她那苍白的面孔,说了一声:

"我就来帮忙。"

不一会儿,她从卧室里走出来了,身上只穿了一件古代称之为"卡彼裘姆"的贴胸睡衣,她的头发也散开了,显然她正准备去睡觉。维尼茨尤斯一看见她,他的心便剧烈地跳动起

来,他责怪她为什么还没有睡,可是她高兴地回答说:

"我本要去睡的,看到你们这个样子,还是先让我来接替一下乌尔苏斯吧!"

她接过杯子坐在床沿上,开始给维尼茨尤斯喂汤。维尼茨尤斯虽然认为要人照顾有点低三下四,但是他也觉得这种照顾给他带来了极大的幸福。当她把身子躬下来时,披散的头发便触到了他的胸脯上,她身上的温暖也温暖了他的全身。他激动得脸色煞白。可正是在这种情欲的冲动中,他觉得她比什么都更加宝贵,她是他唯一崇拜的对象,和她相比,整个世界都是微不足道的。他过去想的是要占有她,现在是真心实意地爱她。他过去无论在生活上还是情感上都和旁人一样,是一个盲目和无情的利己主义者,一切都从自己的私利出发,现在他事事都想着她了。

过了一会儿,他不想吃东西了。虽然他还是那么痴呆呆地凝望着她,觉得只要她在身边,他就能够享有无穷的乐趣,但他还是对她说:

"好了,你睡觉去吧,我的女神!"

"你可不要这么称呼我,我担当不起呀!"她回答说。

她满面笑容地看着他,说她现在并不觉得疲倦,她的睡意全都消失了,在格劳库斯来到之前,她不去休息。维尼茨尤斯也觉得她的话就像音乐似的悦耳动听。他的心越来越激动,越来越陶醉,更加充满了对她的感激之情。他左思右想,也想不出一句美好的话来表示对她的感激。

他沉默了半晌,才开口说:

"莉吉亚!我过去不了解你。现在我才明白,我想来到你的身边,原来没有找到一条正确的道路。我要对你说的是,请你回到蓬波尼亚·格列齐娜的家里去！也请你相信,从今以后,再也不会有人来找你的麻烦了。"

她的脸上突然露出了忧郁的神色。

"我只要能从远处见她一面,就很幸福了,我永远也不可能回到她那里去了。"她回答说。

"为什么?"维尼茨尤斯惊讶地问道。

"我们基督徒从阿克台那里,已经知道了帕拉丁宫里发生的事情。难道你没有听说,在我逃走后不久,皇帝陛下就认定是阿卢斯和蓬波尼亚两人帮我逃走的吗?他在去那不勒斯之前,还把他们召进宫来发了一顿脾气。幸亏阿卢斯回答得好:'陛下知道,我这个人是从来不撒谎的。我向您发誓,我们绝对没有帮过她。我们和陛下一样,都不知道她那里出了什么事。'皇帝信了他的话,后来就没有提起这件事了。由于长老们的告诫,我始终没有写信给妈妈告诉过我的住址。我要让她能够毫无顾忌地大胆起誓,说她对我什么也不知道。维尼茨尤斯,你大概还不懂得,我们就是面临生死的考验,也是不能撒谎的。这是我们以全部身心信奉的宗教的要求。所以我自从离别蓬波尼亚的家之后,就再也没有见到过她了。只是关于我还活着,而且平安无事的消息,有时还能辗转迂回地传到妈妈的耳中。"

对妈妈的思念使她激动得再也说不下去了。她的眼睛被泪水浸湿了。等到过了好一会儿,她才恢复了平静,又接着说:

"我知道,蓬波尼亚也很想念我。但我们毕竟有我们的乐趣,这种乐趣别的人是得不到的。"

"是的,你们的乐趣是基督,但我还不了解'他'。"维尼茨尤斯回答说。

"你就看看我们吧！对我们来说,所谓离别的悲伤和痛苦都是不存在的。如果有这种悲伤,它也会变成乐趣。就以死来说吧,你们认为死是生命的终结,可我们把死看成是生命的开始,是把不完美的幸福变为最完美的幸福,把暂时的安宁变为永久的最大的安宁。我们的宗教要求我们对敌人慈悲为怀,要求我们不搞欺骗,它要消除我们灵魂中的一切仇怨,承诺我们死后能够享有无穷无尽的幸福。你就想想我们的宗教是怎么样的吧!"

"你说的这些我在奥斯特里亚努姆也听到过,而且我还亲眼见到了你们是怎样对待我和基隆的,可是我一想起这些,便以为我是在做梦,不能相信我的眼睛和耳朵的错觉。我还要问你一个问题,你真的幸福吗?"

"是的!我信奉基督,是不会不幸福的。"莉吉亚答道。

维尼茨尤斯那么痴呆呆地望着她,觉得她说的好像都是一些超出了人类智慧所能理解的事情。

"这么说,你是不想回到蓬波尼亚那里去了?"

"我一心想的就是要回去。如果这是上帝的意旨,我就回去。"

"所以你还是回去好些。我现在以我的保护神向你起誓,我再也不会对你蛮横无理了。"

莉吉亚沉思了片刻,才回答说:

"不,我不能连累我的亲人,皇帝是不喜欢普劳茨尤斯一家的。你也知道,你们那里的奴隶最爱在罗马城里打听消息,我只要一回去,就会成为全城议论的对象。尼禄从他的奴隶那里也一定会知道我回来了。到那个时候,他不仅会惩罚阿卢斯一家人,而且也免不了把我再一次抢到宫里去。"

维尼茨尤斯紧蹙着眉头,说:

"是的,这完全可能。皇帝要证明他的意志必须得到贯彻,他会这么做的。现在他确实把你忘了,也不再提起你了,那是因为他认为你的逃走只有损于我,而无损于他。可是话又说回来,他也不是没有可能把你再一次从阿卢斯家里召进宫去……然后把你送给我。要是那样,我一定把你送还给蓬波尼亚。"

莉吉亚听到这些话,悲哀地问道:

"维尼茨尤斯,难道你还要看到我在帕拉丁宫里吗?"

他紧咬着牙齿,回答说:

"不! 你说得很对,我是个傻瓜! 不!"

他仿佛看见在他面前突然出现了一个无底的深渊。他是个贵族,是个军团长,很有权势,可是还有一个狂人凌驾于这个社会所有的权势之上。他那反复无常的脾气,凶残暴虐的举动是任何人都想象不到的。大概只有像基督徒那样的人才不怕他,敢于藐视他,因为对他们来说,人世间的离别、痛苦、死亡,乃至整个世界都是微不足道的。别的人在他面前都会吓得浑身发抖,他们生活在一个恐怖的时代,在这个时代,维尼茨尤斯所看到的那些凶狠歹毒、令人发指的罪恶现象真是数不胜数。他也很怕尼禄这个魔王一旦发现了莉吉亚,就会对她大发雷霆,因此他又觉得还是不把她送回阿卢斯的家里为好。在这种情况下,他也不能马上娶她,因为这不仅对莉吉亚和他,而且对阿卢斯夫妇都有生命危险。尼禄一旦不高兴,大家都要完蛋。维尼茨尤斯生平第一次感到,这个世界要是不变,要是不变成另一个样子,人就没法活下去。他终于明白了刚才他还不很明白的一件事情,那就是在这个时代,只有基督徒才是幸福的。

他这时也想到了,他把他自己和莉吉亚的生活已经弄得像一团乱麻似的,理不出一个头绪来。因此一种悲哀的情绪突然涌上了他的心头,在这种情绪的影响下,他开口说道:

"你知不知道你比我更幸福?你有你自己的宗教信仰,有自己的基督,你甘愿身居陋室,恪守清贫,和下等人在一起,可是我只有你,我要是失去了你,就会成为一个上无片瓦遮身,下无箪食充饥的乞丐。你对我比整个世界都宝贵。我到处找你,没有你,世界上的珍馐美味我都吃不下去;没有你,夜里我无法成眠;没有你,我就活不下去。只要不是还抱有能够找到你的一线希望,我早就拔剑自刎了。可是我又怕死,死了就再也见不到你了。我对你讲的都是实话,没有你我真不知道怎么活下去!我之所以至今还活在这个世界上,就是盼着能够找到你,见到你。你还记得我们在阿卢斯家里的谈话吗?有一次,你在沙地上画了一条鱼,我不知道那是什么意思。你还记得我们是怎么在一起玩球的吗?那时候,我爱你就胜过了爱我的生命。你也看到了我是爱你的……阿卢斯拿死神利比蒂娜来恐吓我们,他打断了我们的谈话。蓬波尼亚送别裴特罗纽斯时也说,神只有一个,他是万能的、慈悲的。可我当时却想不到你们的神就是基督。不管'他'是奴隶的神,外国人的神,还是穷人的神,只要'他'把你还给我,我就热爱'他'。你虽然坐在我的身旁,心里想的却是这位神明。请你也想想我吧!不然的话,我就要恨'他'了。在我的心中,你就是一位神,愿生育你的父母、滋养你的国土都能得到良好的祝福。我真想抱住你的脚,为你祈祷,向你致敬,给你上供,对你膜拜。你比你信奉的神还要崇高三倍,你不知道,你也不会知道,我是多么爱你啊!……"

维尼茨尤斯说着便用手捂住了他苍白的额头,闭上了眼睛,他的性情使他不论在发怒时,还是在恋爱时,都不知道有什么克制。他说话是那么激动不已,就像一个失去了自制的人,丝毫也不考虑语言和情感的分寸。可是他的话是从他的内心深处吐出来的,是真诚的,使人感到积郁在他胸中的痛苦、欢乐、情欲和崇拜,已经汇成了一股势不可挡的洪流,通过他的谈话,滔滔不绝地倾泻出来了。莉吉亚虽然觉得他的话亵渎了神明,可是她听了后,她的心也不由自主地怦怦乱跳起来,仿佛把她那件贴胸的睡衣都几乎要捅破了似的。她为维尼茨尤斯的话中对她表示的尊敬所感动,她对他的痛苦和命运也充满了同情。她觉得他对她真是爱慕和崇拜得无以复加。这个本来禀性倔强而又可怕的人,现在就像一个服服帖帖的奴隶一样,把他的肉体和灵魂全都交付给她了。她一想到他是那么顺从和她自己所具有的那种强大的威力,她的心中就感到无比的欢乐。因此她这时又热衷于回忆起过去那些往事来,他在她的面前,又像他过去那样英俊潇洒,品貌出众,俨如一位异教的尊神。她想起了维尼茨尤斯在阿卢斯家里对她谈过的爱情,仿佛把她那颗纯真无瑕的心从梦中唤醒了似的。她的嘴唇上还能感觉到他那火一般的亲吻。乌尔苏斯当时在帕拉丁宫把她从他的搂抱中抢了过来,就好像从烈火中救出了她。可是现在,他的鹰隼般的脸上露出了既欢乐而又痛苦的神色,他的额头十分苍白,眼里投出了恳求的目光,他的身上有伤痛,他的爱情受到了打击,可他却自始至终地爱她,崇拜她,心甘情愿地服从她;因此她觉得他正是她所期盼的那种人,是她可以倾心相爱的人,他比以前显得更加可亲和可爱了。

　　但莉吉亚忽又想到有可能出现这么一种情况:他的爱情一旦把她抓住,就会像一阵狂风似的把她卷走。因此她觉得自己也是站在一个深渊的边缘上,和维尼茨尤斯刚才有过的那种感觉一样。她不正是因为害怕这种情况的出现,才离弃了阿卢斯的家吗?才以逃亡来求得生存吗?才在这个城市的贫民区里躲藏了这么久吗?维尼茨尤斯到底是个什么人?他是个贵族,是帝国的军人,是朝廷的命官。他参与过尼禄那些淫佚放荡的疯狂的活动,如他们举行的那次宴会就是一个很好的证明,这是莉吉亚永远也忘不了的。他还和别的人一起朝拜过神庙,向那些无耻的诸神敬献过供品,其实他并不相信那些神灵,但他却要那么去做做样子。他是那么费尽心力地追寻她,就是要让她做他的情妇和奴隶,把她重又带到那个奢华无度、淫佚放荡、人人都在干着罪恶和无耻勾当的可怕的世界里去,然后激起上帝的愤怒,来对她进行报复。不错,他现在确实变了,可是他刚才又说,如果她的心里只想基督而不想他的话,他就要恨基督了,这不还是和她的信念相违背吗?莉吉亚认为,一个人应当把自己的全部爱心献给基督,如果还有别的爱心,那就是对基督和宗教犯罪。因此,当她察觉到她自己的灵魂深处也生发了另一种感情和热望时,她对自己的思想状况和前途也深感不安了。

　　就在她的内心十分矛盾和大为烦恼的这个时候,格劳库斯走进来了,他是来看望病人和检查他的病情的。这一瞬间,维尼茨尤斯的脸上却露出了生气和焦躁的神色。他气的是格劳库斯打断了他和莉吉亚的热情而又坦诚的谈话,因此当格劳库斯问他好些了没有时,他的回答带着几分轻蔑。但是他的火气很快就消失了,如果莉吉亚因此便以为,他在奥斯特里亚努姆听到的教义,已经帮他克服了他那傲慢的脾性,那她也会大失所望的。维尼茨尤斯只是为了她才有所改变,除了对她的感情之外,他的胸中依然保存了他那颗真正的罗马人的残暴自私的狼心。它不但领会不了基督教的美好善良的教义,就连最普通的知恩图报的道理也是不懂得的。

她的内心充满了忧虑和不安,终于退了出去。她过去在祈祷的时候,献给基督的是一颗平静的心,一颗像泪珠那样透明而又纯洁的心。现在她的平静被扰乱了,有一只毒虫钻进了她的花心,在里面嗡嗡直叫。尽管她已经有两个晚上没有合眼,但睡眠也没有恢复她的平静。她做了一个梦,梦见尼禄率领一大帮朝臣、酒神舞女、淫僧和角斗士,驾着玫瑰花彩车,在奥斯特里亚努姆压死了许多基督徒,维尼茨尤斯这时抓住了她的胳膊,把她拉上了一辆由四匹马拉着的大车,把她紧紧地搂在怀里,小声地对她说:"跟我们一道走吧!"

第二十七章

从这时起,莉吉亚就很少在那间公共房间里露面了,也很少来到他的床边了。但她并没有因此得到安宁。她看见维尼茨尤斯的恳求的眼光一直在追踪着她,像期待恩赐似的盼着她能说一两句话。她知道他在受苦,但又不敢申诉,怕惹起他的烦恼。只有她才能使他恢复健康,给他带来欢乐,因此她的心中产生了对他无限的同情。过了不久,她又觉得她越是躲避他,就越是怜悯他,也越是眷恋着他。她已经失去了平静,她对自己说,她应当永远守在他的床边。以善报恶乃是上帝的教诲,通过和维尼茨尤斯的谈话,也许还能使他懂得这个道理。可是她却受到了良心的责备:你这是自己欺骗自己,把你和他连在一起的是他的爱情和魅力,而不是别的。她就是这么不断地处在矛盾和斗争中,而且这种矛盾和斗争还在一天天地继续扩大。有时候,她觉得自己已经陷入了别人的罗网,她本想挣破罗网逃离出去,却反而被它缠得更紧了。她不能不承认她每天都想见到他,他的声音也变得越来越亲切可爱了。她必须竭尽全力,才能克制住想要坐在他的床旁边的欲望。每当她走到维尼茨尤斯的身边,看见他总是那么精神抖擞,容光焕发,她就感到无比的喜悦。有一天,她看见他的眼睫毛上留下了泪痕,便想用她的亲吻去把它擦干。这种想法她过去还从来没有过,所以把她给吓坏了,同时也使她对自己产生了轻蔑感,为此她哭了整整一夜。

维尼茨尤斯仍在耐心地等待着,好像他为此发过誓一样。他的眼里有时虽也露出焦躁、桀骜不驯甚至愤怒的神情,但他马上就把这种情绪压下去了。然后他又惶惑不安地望着莉吉亚,似要请求她的原谅。这么一来,她就更加被他感动了。莉吉亚从来没有想过她会被人那么狂热地爱恋,可是她一想到这一点,又不仅感到幸福,而且认为自己是有罪的。维尼茨尤斯确实变了很多。他和格劳库斯谈话时,就不像以前那么轻慢了。他还常常想着这么一个问题:像这个可怜的奴隶医生,这个精心护理着他的外国女人老密里阿姆,还有这个老是做祈祷的克雷斯普斯,不都是一样的人吗?他虽然越想越觉得奇怪,但他确实是那么想的。他很喜欢乌尔苏斯,现在他整天都找乌尔苏斯聊天,认为借此机会可以和他谈谈莉吉亚的事情。这个巨人说起话来总是唠唠叨叨,说个没完,他在完成看护维尼茨尤斯这个简单的任务时,对他也产生了好感。在维尼茨尤斯看来,莉吉亚和他们不一样,她永远比她周围的人高贵一百倍,但他现在也开始注意观察这些社会下层贫穷的老百姓了,这是他一生中从来没有过的事情。在他们的身上,他还发现了各种值得注意的特点,要是过去,他根本就不会想到这些。

但对纳扎留斯他却不能容忍。因为他已经察觉到,这个年轻人竟胆大包天地爱上了他的莉吉亚。很长一段时间,他已经在尽力压制着对纳扎留斯的不满了,可是有一次,他又发现纳扎留斯用自己挣来的钱,在市场上买了一对鹌鹑送给了莉吉亚,因此他的罗马贵族暴躁的脾气就再也忍不住发作了。在他的眼里,一个从外国流浪来的野孩子的身价,比最下等的毛虫都不如。当他听到莉吉亚向他道谢后,他的脸色一下子变得令人心怵地苍白了,等到纳扎留斯到外面去给小鸟取水,他就对莉吉亚说:

"莉吉亚,你怎么能接受他的礼物呢?难道你不知道,连希腊人都把他的那个民族叫作犹太狗吗?"

"我不知道希腊人是怎么叫他们的。可是我知道,纳扎留斯是个基督徒,他就是我的兄弟。"她回答说。

她说完后,感到十分惊异和悲哀地望着维尼茨尤斯,她很久没有见到他这么生气了。可是维尼茨尤斯却咬紧牙关,忍着性子,还有一些话没有对她说呢!在他看来,像纳扎留斯这样的兄弟就该用鞭子把他抽死,或者把他当成奴隶,戴上脚镣

送到乡下去,让他到他的西西里的葡萄园里去掘土。但不管怎样,他还是把他的怒火压下去了,过了一会儿,他又开口说道:

"原谅我吧,莉吉亚!你是一位国王的公主,又是普劳茨尤斯夫妇的螟蛉女。"

当纳扎留斯又回到屋里时,维尼茨尤斯已经恢复了平静。他还许诺纳扎留斯,说他回到自己的府邸后,要送给他一对孔雀或者一对火烈鸟,他有满满一园子的珍禽异鸟。

莉吉亚深知,维尼茨尤斯要付出多么大的代价,才能改变他那骄横的脾性,因此他只要能够克制自己,她就倾心于他。其实他和纳扎留斯的矛盾也并没有她所想象的那么严重。维尼茨尤斯只不过一时生他的气,而不会永远妒忌他。这个密里阿姆的儿子在他的眼里,并不比一只狗的身价更高。另外他还是个孩子,即便他爱莉吉亚,那也是无意识的,不过想做她的忠实奴仆而已。这位年轻的军团长无疑要经过更加激烈的思想斗争,才能接受,即便默默地接受他周围这些人的宗教信仰,即对"基督"这个名字和"他"的宗教的信仰。就这一点来说,他身上已经发生的变化也是很惊人的,因为这毕竟是莉吉亚信奉的宗教。单是出于这个原因,他也会接受这种信仰。后来他的伤势逐渐有所好转,便回想起了他在奥斯特里亚努姆度过的那一夜之后发生的一系列的事情,和他的脑子里产生的各种想法。他越是想起那些事情,就越是对这个宗教超人的力量惊叹不已,因为它能改造人的灵魂。维尼茨尤斯知道,在这种信仰中,有某种世上从来没有过的、异乎寻常的东西。他也觉得,这个宗教一旦遍布于全世界,把它的仁爱和慈悲都灌输到这个世界上,那就会出现一个不是朱庇特,而是萨图尔努斯主宰一切的世界。维尼茨尤斯再也不敢怀疑基督的超自然出身、他的复活以及其他有关他的奇迹了。谈论奇迹的人既然亲眼见过那些奇迹的出现，而且他们都是一些诚实可靠、从不撒谎的人，那么谁都不会怀疑他们无中生有，胡编乱造了。罗马的怀疑论者虽然不信神，但他们相信奇迹。维尼茨尤斯因此遇到了一个他自己也无法解开的奇怪的谜，他觉得这种宗教反对现存的社会秩序，它比任何别的宗教都更加疯狂，它的教义是实现不了的。他还认为，罗马和全世界的人都可能是坏人，可是这里的社会秩序却是很好的。如果皇帝是一个正直的皇帝，如果元老院里没有那些无耻的好色之徒，全都是特拉泽阿斯那样受到人民尊敬的人的话，那么我们还能有什么更多的要求呢？罗马的和平和罗马的统治并没有什么不好，人们之间有一些差别也是合情合理的。可是现在，照维尼茨尤斯的理解，这种宗教却要摧毁一切现存的秩序和统治，要消灭一切差别。这么一来，罗马的国家和统治又会变成什么样子呢？难道要罗马人放弃对被征服的各个民族的统治，承认他们和自己平等的地位吗？这对一个贵族青年来说，当然是不能接受的。此外，就维尼茨尤斯个人来说，他的思想、习惯、性格和人生观也和这种宗教格格不入，他无法想象如果接受了这种宗教，他将怎样生活下去。他既害怕它而又叹服它，他的天性根本就不能接受它。他终于明白了把他和莉吉亚分开的不是别的，而就是这个宗教，因此他一想到这一点，就要以他的整个灵魂来憎恨这个宗教。

可是维尼茨尤斯也知道，这个宗教赋予了莉吉亚一种用言辞难以表述的异乎寻常的美。这种美使他对她产生了爱慕和赞美，也激起了他对她的欲望和崇拜。莉吉亚于是成了一个比世界上的一切都要更加珍贵的灵体。正因为如此,他又觉得他应当热爱基督了。他很清楚,他只能采取一个态度,不是爱"他",就是恨"他",想要无动于衷,保持中立那是做不到的。他现在好像受到了两种逆反潮流的冲击,他的思想和情感都处在犹豫不决的状态中,无法做出最后的抉择。他对这个宗教的上帝并不十分了解,但因为基督就是莉吉亚的上帝,他向"他"还是低下头来,表示了无言的崇拜。

莉吉亚知道他的内心在进行着一场激烈的斗争,知道他在尽力克制自己,也知道他的性格和这个宗教有很大的抵触,她感到十分痛苦,可是当她看到维尼茨尤斯向基督表示崇拜之后,便对他产生了怜悯、同情和感激之情。这种怜悯、同情和感激之情又以无可抗拒的力量把她的心推到了他那一边。她这时还想起了蓬波尼亚·格列齐娜和普劳茨尤斯,蓬波尼亚之所以总是那么悲伤和流着眼泪,原因就在于她想到她死后不能和普劳茨尤斯团聚。莉吉亚现在也真正体会到了这种烦恼和痛苦,她也有她爱恋的人,但她和他也将受到永远分离的痛苦。她有时这么想,维尼茨尤斯会对基督敞开他的心灵,可这只不过是一种幻想,是做不到的。她太了解他了。维尼茨尤斯——基督徒,这两个概念在她那个即使比较简单的头脑里,也是难以等同起来的。如果说那位老成持重、遇事审慎的普劳茨尤斯,在聪明贤惠的蓬波尼亚的帮助下,尚且没有接受基督的教义的话,那么维尼茨尤斯又怎么会成为一个基督徒呢? 这个问题肯定是解答不了的。若要解答,那也只有一个,就是对他不能抱有希望,他是无法得到拯救的。

莉吉亚还注意到,尽管她对维尼茨尤斯已做出了失望的判决,但她出于同情心,不仅不怨恨他,反而觉得他更加可亲和可爱了。有时她有一种强烈的愿望,要和他坦诚地谈谈他将如何对待他那阴暗的前途。有一次,她坐在他的身旁,和他谈起了没有基督的真理就没有生命的问题,他那时身体已经好多了,便用那只没有受伤的手臂支撑着身子,把头垂到了她的膝盖上,说:"你就是生命!"莉吉亚这时连气都喘不过来了,她几乎晕了过去,全身上下都被一阵狂欢的颤抖所控制。她用双手抱着他的两鬓,想尽力把他的头扶起来,结果她自己的身子反而弯下去了,她的嘴唇触到了他的头发上。一时间,他们两人为爱情而激动和陶醉,相互之间挨得更近了。

莉吉亚终于站立起来,羞怯地跑了出去。她感到头昏目眩,热血沸腾。然而这不过是从盛得过满的酒杯里溢出来的一滴而已。维尼茨尤斯并没有想到,为了这个幸福的时刻,他将来还要付出多么大的代价。可是莉吉亚明白,现在需要拯救的是她自己。当天晚上,她一整夜都没有睡觉,是在哭泣和祈祷中度过的。她觉得她已经没有资格做祈祷了,她即使祈祷,上帝也不会听信她了。第二天,她很早就走出了卧室,把克雷斯普斯叫到花园里那座覆盖着常春藤和枯萎的葡萄藤的凉棚下面,向他诉说了她的全部心思,恳求他允许她离开密里阿姆的家,因为她已经无法控制自己,已经压制不住她心中对维尼茨尤斯的爱了。

克雷斯普斯是一个十分严厉的老人,而且富有深厚的宗教感情。但他同意莉吉亚离开密里阿姆的家,因为他认为她的这种爱情是罪过,对她也从来没有表示过宽恕。他想的是自从莉吉亚出逃以来,就一直受到他的保护,他很喜欢她,曾经帮助她坚定自己的信仰,并且一直把她看成是生长在这块基督教义的净土上,从来没有受到过尘世污染的一朵洁白的百合花。可是现在，她的灵魂中竟然产生了不同于爱上帝的其他的爱情，这当然会激起他的愤怒。克雷斯普斯相信，世界上只有献给基督荣光的心才是最纯洁的。他本来要把莉吉亚作为珍珠和宝石，作为他亲手制作的一件珍贵的作品奉献给基督，因此她的变化给他带来了无限的痛苦，在这种痛苦中也包含着惊慌和失望。

“去吧！去恳求上帝宽恕你的罪过吧！”他忧郁地说道，“要是魔鬼尚未把你缠住，还没有叫你完全堕落，要是你还没有公开反对救世主，那就赶快逃走吧！上帝为你死在十字架上，他要用自己的血来拯救你的灵魂，而你却情愿爱那个要你做他的姘头的人。上帝创造奇迹，把你救出了他的魔掌，而你却对他肮脏的欲望敞开了你的心扉，把你的爱献给这个黑暗的儿子。你知道他是什么人吗？他是反基督①的朋友和帮凶，是海淫海盗、恶行罪孽的同谋。他会把你带到什么地方去呢？除了他自己堕入的那个深渊和他所在的那个所多玛②城之外，他还能把你带到哪里去呢？可是上帝会用愤怒的烈火把这个罪恶的渊薮烧毁。我要对你说的是，如果那条毒蛇要钻进你的心房，用他那罪恶的毒汁来毒害你，那还不如先让这座房子的墙壁坍在你的头上，把你压死的好。”

他越说火气越大，因为他不仅对莉吉亚的罪过感到愤怒，由此对人的天性，特别是女人的天性，也产生了憎恶和轻蔑。在他看来，就连基督的教义也无法使女人摆脱夏娃的弱点。虽然莉吉亚现在还是洁白无瑕的，虽然她想要逃避这种爱情，而

---

① 指尼禄。
② 所多玛，即罪恶的城市，耶和华降天火把它烧毁了。见《圣经·创世记》。

且作了痛苦的忏悔,但他认为这也没有用了。克雷斯普斯本来要把她变成一位天使,引导她走向那个只爱基督的崇高的境界,而她现在却爱上一个达官贵人。想到这里,他的心中真是怒不可遏,而失望和痛苦又给他增添这种愤怒。不!他不能原谅她,他愤怒的语言像炭火似的烧到了他的嘴边。他竭力控制着自己的情绪,才没有把这些话说出来,可是他那双骨瘦如柴的手却止不住在这个胆战心惊的少女的头上挥舞起来了。莉吉亚知道她自己有罪,但她没有想到她的罪有这么严重。她认为,只要她决心离开密里阿姆的家,就算是战胜了这种诱惑,就可以赎自己的罪了。可是克雷斯普斯却撒了她一身泥土,把她灵魂中的空虚和丑恶全都亮了出来,这是她没有想到的。她原以为,这位上了年纪的长老从她逃出帕拉丁宫以来,一直待她像亲生父亲一样,现在也会对她表示怜悯和同情,会百般地安慰她,鼓起她的勇气,增强她的信心。

"我向上帝承认了我的痛苦和失望,可是你却欺骗了救世主。你就像掉进了泥潭一样,让里面有毒的瘴气毒害了你的灵魂。你本来应当把你的灵魂当成一个珍贵的花瓶献给基督,并且对'他'说:'主啊,请你用恩惠把它装满吧!'可是你甘愿把它献给了一个恶魔的爪牙!让上帝来宽恕和怜悯你吧!我是不会宽恕你的,如果你不抛弃那条毒蛇的话……我过去一直把你当作上帝的选女……"

他突然缄口无言了,因为他这时注意到了这里除了他们两个之外,还有别的人。

在枯萎的葡萄藤和冬夏常绿的常春藤那边,他瞅见了两个人,其中一个是使徒彼得,另一个他一下子认不出来,因为那人被一件称作"西里西姆"的粗羊毛外套遮住了一部分面孔。克雷斯普斯起初以为他是基隆。

他们听到了克雷斯普斯怒气冲冲的说话声,便走进凉棚,在一条石板凳上坐下。彼得的这位同伴这时把他那副瘦削的面孔全都露出来了。在他那光秃秃的脑袋顶的周围长着一圈鬈发,他的眼睑发红,歪着鼻子,相貌丑陋却带几分灵气,克雷斯普斯马上认出了他就是塔斯的保罗。

莉吉亚于是双膝跪下,绝望地抱着彼得的两只脚,把她那颗苦恼已极的脑袋依偎在他的外衣的褶裥里,一句话也没有说。

彼得开口说话了:

"愿平安与你们的灵魂同在。"

他看见莉吉亚跪在他的脚前,便问这是怎么回事。克雷斯普斯马上向他们谈起了莉吉亚对他忏悔的事:她有罪的爱情,她要离开密里阿姆家的打算;谈起了他自己的悲伤,他本来要把她那颗像泪珠一样纯洁的灵魂献给基督,现在却被世俗的情感玷污了。她爱上了一个异教世界罪恶的参与者,这些罪恶是要受到上帝惩罚的。

在他讲话的时候,莉吉亚更使劲地抱住了使徒的双脚,好像她已无地自容,要在那里找到一个藏身之处或者求得一点怜悯似的。

使徒听完了他的话后,便躬下身来,把他苍老的手掌放在莉吉亚的头上,然后抬起眼睛,对这上了年纪的长老说:

"克雷斯普斯,难道你没有听说,我们敬爱的主在卡纳参加过一次婚礼,还为新婚夫妇的爱情祝了福吗?"

克雷斯普斯把手放了下来,颇为惊讶地望着说话的人,一句话都没有说。

彼得沉默了一会儿，又问道：

"克雷斯普斯，你想想看，基督连抹大拉的马利亚这个众目睽睽的罪人都允许她跪在自己的脚前，还宽恕了她，他怎么会抛弃这个像田里的百合花一样纯洁的女孩子呢？"

莉吉亚呜咽起来，更加紧紧地抱住了彼得的双脚，她知道，她在那里没有找错地方。使徒这时便把她那被泪水浸湿的面孔抬了起来，对她说：

"如果你爱的那个人还没有对真理之光睁开他的眼睛，你就要回避他，以免被他诱惑去犯罪。可是你要为他祈祷，你的爱情本身并没有罪，你要逃避诱惑还是你的功德。你不要苦恼，也不必悲伤，我要告诉你的是，救世主会降恩于你，你的祈祷'他'会听到的。悲伤之后，欢乐的日子就要来到了。"

他说完这一番话，便把他的两个手掌盖在她的头上，然后抬眼望着天空，为她祈祷祝福。他的脸上闪出了超人世的仁慈的光辉。

克雷斯普斯听后感到懊悔莫及，便谦恭地为自己辩白说：

"我违背了主的慈悲为怀，又犯了罪过。我原以为一个人的心中如果容许世俗爱情的存在，就背叛了基督……"

彼得回答他说：

"我背叛过主三次，主都宽恕我了，还让我去牧他的羊群。"

"……也因为……维尼茨尤斯是个达官贵人……"克雷斯普斯说。

"即使比他更加顽固的心，基督也能感化过来。"彼得答道。

这时候，一直没有说话的保罗用手指着自己的胸口说：

"我追捕过基督的仆人,把他们处死了。当斯太芬①被石头砸死的时候,我给那些杀人凶手看管过衣物。我本来要把人类居住的大地上的全部真理连根铲除,可是主却授予了我向大地宣扬真理的使命。我在犹地亚,在希腊,在许多岛国,在我当囚徒时第一次住过的那个不信上帝的城市里,传播过'他'的真理。今天,我的长辈彼得又把我叫到这所房子里来,让我把我这颗骄傲的头伏拜在基督的脚下,在这块满是石头的土地上播下种子,为了这片土地的丰收,主会使它变得肥沃的。"

保罗话一说完,就站了起来。这个身材瘦小的驼背人在克雷斯普斯的眼里,一下子变成了一个真正的巨人,他将从根本上动摇旧的世界,他会掌握所有的土地和人民。

第二十八章

裴特罗纽斯写给维尼茨尤斯的信:

做点好事吧,亲爱的! 你在自己的信中就不要去模仿那些拉科尼亚人②或者尤利乌斯·恺撒了。如果你能像他那么简洁明了:"我来了,我看见了,我胜利了!"我当然是可以理解的。可是你信中的意思是:"我来了,我看见了,我逃走了!"事情这么一说,就完全违背了你的

① 斯太芬,基督教的第一个殉难者。
② 拉科尼亚人,即斯巴达人,拉科尼亚是斯巴达的首都。

个性。你说你受了伤,后来又遇到了异乎寻常的事情,那你就应当来信再做一番说明。当我读到那个莉吉亚人打死克罗顿,就像卡列多尼亚猎犬在西比里亚山谷里咬死一只狼那么容易,我真不敢相信自己的眼睛。这个人的体重和黄金等值。只要他愿意,就能得到陛下的宠爱。我回到罗马后,定要进一步地结识他,我要为他铸造一座铜像。如果我以后告诉红胡子,说这座铜像是按照真人铸造的,那他也会大为惊奇的。像这种真正角斗士的身躯不论在希腊,还是在意大利,都越来越少了,至于东方,就更不用说了。日耳曼人虽然身材高大,但筋骨外面包的全是脂肪,他们只不过个头大点,其实并不那么身强力壮。你去问问那个莉吉亚人,像他那样的大力士在他那个国家是个别的,还是有很多? 如果你或者我以后要举办一次角斗比赛,我们就知道该到哪里去找那些大力士了。

你总算从他的手下保住了性命,这真要感谢东方和西方的那些神明。你的得救,肯定是因为你是个贵族,又是执政官的儿子。不过我最惊异和最感兴趣的是你所遇到的那些事情,如你混在基督徒中走进了那座坟场,那些基督徒的表现和他们对你的态度,还有莉吉亚的再次逃走和你在短笺中流露的悲伤和忧愁。你应当写得详细一些,里面有许多事情我还不太明白。你若要我说真心话,我可以坦率地告诉你,我既不了解基督徒,也不知道你和莉吉亚究竟是怎么回事! 我本来除了自己之外,很少关心世界上的事,现在我这么热心地问起你来,你可不要感到奇怪。其实这一切的发生,我在其中也起了促进作用的,你的事情在某种程度上说也是我的事情。你快点写信来,因为我无法准确地料定,我们何时才能见面。红胡子脑袋里的打算就像春天里的风一样,是变幻无常的。他现在在贝内文特,不打算回罗马,他想直接到希腊去,可是蒂盖里努斯劝他先回罗马,哪怕回去一个很短的时期也好,因为人民都很想念皇帝陛下(应当读作想念比赛和面包),要是见不到他,就有可能引起骚乱,然后到底会怎么样,我也难以预料。我们离开阿哈亚后,大概会去埃及,所以我才这么尽心竭力地劝你到我这里来,我认为我们的旅行和娱乐是治你目前心病最好的办法。也许你赶不上我们了。那样的话,你就到你的西西里领地去休养一段时间吧!反正比你待在罗马好。把你的事情详细地写给我吧!好了,再见!除了健康,我就没有别的祝愿了。我向波卢克斯起誓:我确实不知道,我还有什么要祝愿你的。

维尼茨尤斯接到这封信后,最初是不打算写回信的,因为他觉得他的回信对别人不会有什么帮助,既然不能说明和解决什么问题,又何必去写呢?他产生了绝望和人生空虚的感觉,认为裴特罗纽斯无论如何也不会理解他。他只知道已经发生了使他们之间疏远的事情,但他自己也弄不清楚这究竟是怎么回事。从第伯河对岸回到他在卡雷纳区豪华的府邸时,他的身体还很虚弱,特别是精神萎靡,四肢无力,所以最初几天的休息,生活在这个舒适和富裕的环境中,给他带来了很大的满足。可是这种满足并没有维持多久,后来他很快就觉得生活空虚,那些过去曾经引起他的乐趣的东西已经不复存在了,即便存在,也缩小到几乎看不见了。他还觉得他心灵中的那些把他和生活一直联系在一起的琴弦全都断了，又没有接上新的琴弦。他本来想到贝内文特去，然后再去阿哈亚，享受一下那种寻欢作乐的疯狂生活，但他觉得那种生活也很无聊。"为什么？我在其中能够得到什么呢？"这是他的脑子里出现的第一个问题。再说，他即使到了他们那里，裴特罗纽斯的谈话，他的幽默谐趣和闪电般敏捷的才思，他的高雅的表达方式和阐述每个概念的华丽辞藻，现在都可能使他厌烦。这种想法也是他从来没有过的。

可是孤独寂寞又给他带来了痛苦。和他相识的人全都陪伴皇帝到贝内文特游玩去了，只有他一个人待在家里，脑子里充满了各种莫名其妙的想法，心上缠着许多不可名状的感情，无法从中解脱出来。不过他有时候认为，如果他能把内心深处积郁的这些东西和一个人推心置腹地谈一谈，也许就能掌握其中的要领，就能理出一个头绪，得出一个更加明确的认识。在这种希望的支持下，经过几天的犹豫不决，维尼茨尤斯终于决定给裴特罗纽斯写回信了。但这封信是否发出去他依然拿不定主意，所以只写了下面这些话：

> 你要我写得详细一些，那当然是可以的。不过我不知道能不能写得更加清楚，因为还有一些纠缠不清的东西，我自己也弄不明白。我曾经把我和基督徒相处的事情，他们对敌人的做法（他们有权把我和基隆当成敌人），他们怎样好心地看护和照顾我，以及莉吉亚的再次失踪的事等等全都告诉过你。不，亲爱的舅舅！他们并不是因为我是执政官的儿子才宽恕了我，他们是不管什么地位高低的。我当时还要求他们把基隆埋在花园里，他们也宽恕了他。他们都是这个世界从来没有见过的

人,他们的宗教也是这个世界从来没有过的宗教。我没有什么别的可以告诉你了。谁要是用我们的尺度去度量他们,那他是得不出一个正确的看法的。不过我要说的是,如果我是躺在自己家里医治我的断臂,如果是我的奴仆或家属来照看我,我当然会更舒适些,但要说到细心周到的护理,那就连他们的一半也不如了。我还要告诉你,莉吉亚和别的人并没有什么不同,但她对我那种体贴入微的照顾,恐怕连我的亲姐妹或者妻子也是做不到的。每当我想到只有爱情才能使她做到这一点的时候,我的心中便充满了欢乐。我在她的脸上和她的眼神里已经不止一次地看到了这种爱情。那时候,你相不相信,我住在那间既当厨房又做餐室的简陋的房间里,和这些普通老百姓朝夕相处,真的感受到了从来没有过的幸福?不!她对我绝不是丝毫也不动心的,到今天我也没有改变这种看法。然而正是这个莉吉亚,却背着我偷偷地离开了密里阿姆的家。现在,我整天坐在家里,把头靠在交叉着的手臂上,一直在想:她为什么要离开我?我上次给你写过,我已经主动地向她表示,我要亲自送她回到普劳茨尤斯的家里去。她也确实对我说过,她现在回不去了。首先是因为普劳茨尤斯一家人都到西西里岛去了。再者,她回去的消息也会在奴隶们中间家家户户地传开,最后传到帕拉丁宫里,皇帝又会从普劳茨尤斯的家里把她抢走。她说得不错。不过她也知道,我是不会像过去那样对待她了,我已经放弃了使用武力的办法,可是我不能不爱她,没有她我就活不下去。我要在大门口张灯结彩,恭恭敬敬地把她迎到我家里来,我要让她坐在火炉旁的一张圣洁的羊皮上……然而她却逃走了！为什么呢？这里对她并没有威胁。如果她不爱我，可以当面拒绝我嘛！就在她逃走的前一天，我见到了一个很怪的人，他叫塔斯的保罗。他和我谈起了基督和"他"的教义，他说话是那么刚强有力，使我觉得他的每一句话，都好像要把我们的社会基础通通化为灰烬，尽管他本人并无此意。在莉吉亚逃走后，他又来看过我一次，他对我说："只要上帝从你的眼里取出了障翳，让你睁眼看见了光明，就像'他'对我做的那样，到那个时候，你就会认为她做得完全对，你也就能够找到她了。"我听了这话，就好像听到德尔发的庇梯亚①的预言一样，不知道是什么意思。但有时候我似乎又懂得了一点，基督徒爱所有的人，而他们却敌视我们的生活，敌视我们的神明……尤其深恶痛绝我们的罪恶。她就是看到我是这个社会的人，才逃避了我，因为她要是和我在一起，就不得不和我分担这基督徒认为是罪恶的生活。你也许要问，她既然不爱我，又何必逃走呢？如果她真的爱我，那就是她逃避了自己的爱情。我一想到这些，就非得把我的家奴全都派到罗马城的大街小巷里去，叫他们挨家挨户地高喊："莉吉亚，回来吧！"但我还是不明白，她为什么要这么做？我不仅不会反对她信基督，我还要在客厅里亲手为基督建立一座神坛。我家里多一位新神有什么不好呢？我本来就不大相信那些旧神，为什么就不能信奉一位新神呢？我知道基督徒

---

① 庇梯亚，是建立在德尔发的阿波罗神庙中的女祭司，常常装神弄鬼地发出各种预言。

是从来不撒谎的,他们说基督死而复活了,这是普通人做不到的。塔斯的保罗是罗马的公民,他却像犹太人那样,精通古代希伯来的经典。他告诉我说,早在几千年前,就有人预言过基督的降世。所有这一切都极不平常,在我们的周围不是也有许多不平常的事情吗?人们直到现在还在谈论着泰安拉的阿波罗纽斯①,我认为保罗关于世界上只有一个上帝,并不存在一大帮神的论证很有道理,塞内加也是这么看的,在他之前还有许多人也曾有过这样的看法。基督降世之后,为了拯救世界,甘愿受到钉在十字架上的酷刑,后来他又复活了。这是不容置疑的事实,我有什么理由不相信它呢?既然我为比如塞剌庇斯这样的神都能建造一座神坛,那么我为基督为何不能同样建立一座神坛呢?要我不相信别的神并不难,因为现在有理智的人都不相信罗马的诸神了。可是对基督徒来说,这还是不够的,不但要敬奉基督,而且要以他的教义来指导生活。只有这样,你才算是到达了要你涉水走过的大海的彼岸。我即便答应他们那样做,他们也会认为我是空口说白话。这一点保罗就很坦率地告诉过我。你知道,我是多么爱莉吉亚;你也知道,为了她,我没有什么事情做不出来。但即便是她的要求,我也没法把索拉克特山或者维苏威山扛在我的肩上,或者把特拉哲门湖置于我的掌心,我更不能把我的黑眼睛变成莉吉亚人的蓝眼睛。她要是那么要求我,我当然愿意那么去做,可是那超出了我的能力范围之外,我心有余而力不足啊!我不

---

① 泰安拉的阿波罗纽斯,古希腊哲学家,自称受神圣的使命,创造了奇迹。

是哲学家,但我也不是你所想象的那么愚笨。我可以告诉你,我不知道基督徒是怎样安排他们的生活的。但我知道,他们的宗教传播到哪里,那里旧的生活方式就要改变,征服者和被征服者、富人和穷人、主人和奴隶之间的差别就会结束,政府、皇帝、法律和整个旧的社会秩序都将不复存在了。取而代之的是基督,是旷古未有的慈爱,是和人类,和我们罗马人的天性相对立的善良。老实说,莉吉亚对我比整个罗马和它的统治都重要得多。我就是看到整个世界遭到毁灭,也要把她娶到我的家中。不过这是另外的话题。对这些基督徒来说,单在口头上承诺基督的教义是不够的,还必须真正体会到它的正确,在灵魂深处不能有任何私心杂念。可是我,这是做不到的,诸神可以作证!你懂得我的意思吗?我的天性中有些东西和这种教义不相容,虽然我口里称赞它,也遵守它的法规,可是我的理智和心灵都认为,这都是出于我的爱情,出于我对莉吉亚的爱。如果没有她,那我在这个世界上,就没有比基督教更要反对的了。奇怪的是,不仅塔斯的保罗能够理解我的这种状况,而且那个出身卑微,单纯质朴,作为基督的门徒和基督教中最高级的僧侣的彼得也能够理解这一点。你知道他们在干什么吗?他们甚至在为我祈祷,祈求上帝赐给我一种他们叫作恩惠的东西,可是我得到的却只有心神不安和对莉吉亚越发深切的思念。

我已经对你说了,她是背着我逃走的,可是她逃走时,却给我留下了一个她亲手用黄杨树枝编织成的十字架。我醒来后,发现它就在我的床边。我现在把它供在神龛上,我自己也不明白,为什么我每次走到它的近旁,都觉得它上面有一种神圣的东西，便不由自主地对它产生了敬畏之情。我喜欢这个十字架，因为它是莉吉亚亲手做的，我又憎恨它，它把我们俩分开了。有时我还认为，这些事情的发生，一定有什么魔法在起作用。这位魔法师彼得虽然自称是一个普通的渔民，但他却比阿波罗纽斯，比他以前所有的人都更加伟大，就是他把莉吉亚、蓬波尼亚和我，把所有的人都迷住了。

你说我上封信中流露出悲伤和不安的情绪。我再一次地失去了莉吉亚，怎么能不悲伤呢？我身上发生了变化，又怎么能平静呢？坦白地告诉你吧！世上再也没有什么比这种宗教更加违拗我的天性了，然而我自从和它接触以来，又变得连自己都认不出来了。这是魔法，还是爱情的作用呢？……基尔克①通过触摸可以改变人的肉体，可我的身上，是灵魂发生了变化。能够使我发生这种变化的，恐怕只有莉吉亚一个人，或者说她信奉的那个奇怪的宗教。当我从他们那里回到自己家里时，家里人都没有料到，他们以为我到贝内文特去了，不会回来得这么快，我看到家里乱糟糟的，奴隶们都在餐厅里摆酒宴，喝得醉醺醺的。我的突然出现，比死神都使他们感到意外和害怕。你也知道，我对自己的家奴是管得很严的。他们只要还有一口气，就得跪在地上，有的人甚至吓得昏倒在地。可是我，你知道我是怎么对待他们的？起初，我真要叫人拿皮鞭和烧红了的铁棍来，可是后来，我觉得这么做是很可耻的。你相不相信，我对这些可怜的人甚至动

① 基尔克，《奥德赛》中的女妖，会巫术，常常出来引诱男人。

了恻隐之心。在他们中,有几个很老的奴隶,还是我的祖父M.维尼茨尤斯在奥古斯都①皇帝在位的时候从莱茵河畔带回来的。于是我把自己关在书房里,脑子里便出现了各种令人惊异的想法。首先是我在基督徒中耳闻目睹的一切,都不容许我像过去那样对待我的奴隶,他们也都是人嘛!几天来,他们的一举一动都害怕得要命,以为我的拖延是在考虑如何对他们采取更加残酷的刑罚。可是我没有惩罚他们,我永远也不会惩罚他们,因为那么做是不行的。到了第三天,我把他们都叫到身边,对他们说:"我宽恕你们,你们以后要恪尽职守,将功赎罪。"他们听到这些话后,都泪流满面地跪倒在地,伸出双手不断地呻吟,还连声叫我"恩主"和"父亲"。可是我呢——说起来难为情——我当时也激动不已。我好像看见了莉吉亚那张甜美的面孔和泪汪汪的眼睛在对我的这个行动表示感谢。说起来真丢人,当时我的眼睛也湿了……你知道,我还要对你坦白什么吗?那就是:没有她我日子就过不下去,我什么都不会顺心。我是个不幸的人,我的悲哀你是想象不到的……要说我的奴隶们,倒有一件事引起了我的深思,他们得到宽恕之后,不仅没有松懈怠慢,不守纪律,反而更加卖命地干起活来。过去那种恐吓的办法从来没有像今天这样,感激能够鼓起更大的劳动热情,他们不仅卖力地干活,还竞相揣摩我的心思,设法满足我的要求。我之所以把这件事告诉你,因为我在告别那些

---

① 奥古斯都·屋大维(前63—14),古罗马皇帝,恺撒的外甥、养子和继承人。在位期间建立罗马帝制,对外扩张,建设罗马城,奖励文艺,镇压奴隶反抗,保护奴隶主利益。

基督徒的前一天对保罗说过,如果他们的宗教在世上传播,世界就会像没有箍的木桶一样散了架,可是他回答我说:"爱比恐吓能够把桶箍得更紧。"现在我看到,他的话在某种情况下说得有道理。我对我的门客也做过这样的试验,他们听说我回来后,都来拜望我。你知道,我对他们是从来不吝施舍的,可是我的父亲却瞧不起这些人,他也叫我对他们这样。现在,我看见他们衣衫褴褛,面有饥色,又起了怜悯心,于是我吩咐给他们吃的,还和他们谈话,叫了其中一些人的名字,问了他们的妻子和儿女的情况。我看见他们的眼里满噙着泪水,便觉得我做的这些事莉吉亚都看见了,她在十分高兴地称赞我……我不知道是我的精神失常,还是爱情使我产生了错觉,但我的确有一种感觉:莉吉亚老是在远处看着我,生怕我做出使她悲伤和烦恼的事情来。真的,舅舅!他们确实把我的灵魂都变了。我有时为此感到高兴,有时又后悔莫及,因为我担心他们会夺去我的勇敢和本领,使我不仅不能出席会议、法庭和宴会,甚至连打仗都不会了。这一定是他们施了魔法。为了说明我已经变得非常厉害,我还要告诉你一件事:我受伤躺在他们的床上时,曾这么想过,假如莉吉亚和尼吉蒂亚、波贝亚、克雷斯披尼娜这些人一样,卑鄙下流,水性杨花,残酷无情,我就不会像今天这样狂热地爱她了。正是由于我们不在一起,我才深深地爱她,你从这里应当猜想得到,我心里是多么乱,我生活在一片黑暗中,找不到正确的道路,不知道怎么行动起来。如果把生活比作泉源,那么我的泉源流出来的不是水,而是心神不安。我只是因为还抱有一线能够见到她的希望,才这么生活下去,有时我觉得一定能见到她……我不知道,也无法预测一两年后我会变成什么样子。我离不开罗马,可又受不了和朝臣们在一起的那种相处关系。在我的悲哀和不安中,只有一种想法能够给我带来一点安慰,就是我和莉吉亚相隔还不很远,我从有时来看望我的格劳库斯医生或者塔斯的保罗那里能够探到她的一些情况。啊,不!即使要我去总管埃及,我也决不离开罗马。顺便告诉你吧,我已经吩咐石匠在古罗墓前竖一块纪念碑,他是我在愤怒中杀死的。每当我想起小时候他抱过我,还最早教我张弓射箭,我真感到后悔莫及。我不知道怎么现在想起了他,大概是出自怜悯和内疚吧……你在读我这封信时如果感到惊讶,那也不足为怪,因为我自己在写这封信的时候,就是很惊讶的,但我写的都是真情实话。再见吧!

第二十九章

维尼茨尤斯的这封信并没有得到回复。裴特罗纽斯料想尼禄再过几天就会降旨返回罗马,用不着写回信了。这个消息已经传到了罗马城里,那帮游手好闲的人知道后兴高采烈,他们早就在等着看竞技比赛,还期待着给他们分发囤积在奥斯提亚粮库中的粮食和橄榄油。尼禄的解放奴隶赫留斯在元老院也宣布了圣驾即将返都的消息。但是尼禄和他的朝臣在米赛努姆码头上了船后,一直走得很慢,每到一个岸边城市都要上岸休息,或者到剧院里去进行演出。在明杜尔纳城,他又举行了公开的演唱会,和朝臣们游玩了十多天,他还要再一次回到那不勒斯,在那不勒斯等待春天的来到,因为那里的春天比别的地方来得更早,也更加暖和。这段时期,维尼茨尤斯整天关在自己家里,他不仅思念莉吉亚,也想起了那些掌握了他的灵魂的新事物,以及这些事物给他带来的完全陌生的概念和感情。他只能偶尔和格劳库斯医生见见面,格劳库斯每次来访他都非常高兴,因为他这样就可以和他谈谈莉吉亚了。格劳库斯虽然不知道她藏在什么地方,但他向维尼茨尤斯保证,她受到了长老们尽心竭力的照顾。有一次,他为维尼茨尤斯的忧伤所感动,还告诉他说,使徒彼得曾经批评克雷斯普斯不应当责备莉吉亚的世俗爱情。青年贵族听到后激动得脸色发白,他曾不止一次地感觉到,莉吉亚对他并不是无动于衷的,但他又常常产生疑惑,把握不定。现在,他第一次从别人的口中,而且是从基督徒的口中听到了他所希望和要求得到的证实。在最初的一刹那,他真想马上跑到彼得那里去,道出他那发自肺腑的感激之情,但他后来打听到彼得不在罗马城里,到郊外传教去了。他便恳求格劳库斯带他去找彼得,并且答应给贫穷的教区以丰厚的赠礼。他认为只要莉吉亚爱他,就消除了所有的障碍,每时每刻他都准备皈依基督。格劳库斯也在使劲地鼓励他去接受洗礼,可是这位医生却不能担保维尼茨尤斯受洗之后就可以马上得到莉吉亚,他对维尼茨尤斯说,受洗乃是信仰本身的要求,是为了表示对基督的热爱,而不是为了别的。他说:"一个人应当具有基督徒的灵魂。"维尼茨尤斯本来对他不喜欢的每一件事都最爱发火,但他现在能够理解格劳库斯作为一个基督徒说了他应当说的话。他自己还不十分明白,他天性中最深刻的变化就在于:他过去只用利己主义的观点去看待人和事,现在他渐渐习惯了用和利己主义不同的眼光和心思去观察事物,感受一切,也懂得了个人的利益并不永远都是正确的。

维尼茨尤斯总是盼着塔斯的保罗来看他,他很爱听保罗的话,可听了又感到不安。他心里早就准备好了各种论据,要反驳他的说教。他既反对他,又很想见到他,听他的讲话。可是保罗也到阿里兹亚去了。后来,格劳库斯的来访也越来越少了,使他陷入了难言的孤独。这时候,他只好到苏布拉区附近的一些街道和第伯河对岸的小巷里去闲逛。他想,要是能在远处看见莉吉亚也是好的,然而这种想法也落空了,他心中因此焦躁和烦闷起来,又恢复了他原来的天性,而且是那么强烈,像潮水来到时的汹涌波涛,向海岸发动了猛烈的攻击。维尼茨尤斯觉得自己是个傻瓜,何必把那些给自己带来苦闷和忧愁的东西塞在脑子里呢?应当尽快地享受生活所赐予的一切。他决心把莉吉亚忘了,抛开她去寻找别的欢乐和享受。这是他最后一次放纵,他要以他永远充沛的精力和肆无忌惮的冲动,投入到生活的旋涡中去,生活也这么要求他。由于皇帝即将返回,这座在严冬里死气沉沉和空荡荡的罗马城也变得活跃起来。为了迎接圣驾返都,人们正在准备隆重的庆典。同时,春天也来临了,带着北非气息的和风融化了阿尔班山顶上的积雪。花园里的草地上长满了紫罗兰,会议堂和战神广场上又挤满了人,在这里享受着阳光的温暖。在车辆出城通常要经过的阿比亚大道上,有许多富人的豪华大车在来往奔驰。去阿尔班山的旅游活动又开始了。年轻的妇女们以朝拜拉努维姆的朱诺或者阿里兹亚的黛安娜为借口,都出门到城外寻求社交、奇遇、幽会和享乐去了。有一天,维尼茨尤斯看见裴特罗纽斯的情妇赫雷佐泰米斯驾着一辆精美绝伦的马车,也到这里来了。她的马车夹在许多豪华的马车中间,前面有两只狗引路,周围围着一大群年轻人,还有一些因为职务关系留在罗马的年老的元老跟在后面。赫雷佐泰米斯亲自驾驭着四匹科西嘉小马,轻轻地挥动着金色的马鞭,向周围的人群露出了亲和的笑脸。她一看见维尼茨尤斯便把马勒住,请他上车。维尼茨尤斯来到她家里后,参加了她举行的家宴,通宵达旦。他在宴席上喝得酩酊大醉,连自己什么时候被送回家的都不知道。他只记得,赫雷佐泰米斯问过莉吉亚的事,他生气了,当时仗着一股醉酒的劲儿,把法列翁葡萄酒全都泼到了她的头上。等他清醒过来再想起这件事,他的怒火还没有消除。可是第二天,赫雷佐泰米斯却已经忘了他那无礼的举动,她甚至到维尼茨尤斯家来登门拜访,陪他去阿比亚大道上游玩,还在他家里吃了晚饭。在吃饭时,她坦白地告诉他,她不仅对裴特罗纽斯,而且对她的琴师都早就腻烦了,她的心现在完全是自由的。他们在一起度过了一个星期,从那次泼酒后,也一直没有提到过莉吉亚的名字。但是这种关系是维持不了多久的,维尼茨尤斯忘不了莉吉亚,他总觉得她的眼睛在望着他,而且一有这种感觉就惶恐不安。他痛恨自己为什么老是以为自己会给莉吉亚带来痛苦,而且摆脱不了由于这种想法而产生的悲哀。后来因为他买了两个叙利亚姑娘,赫雷佐泰米斯为此争风吃醋,他便把她粗暴地赶走了。但他并没有中止寻欢作乐和放荡不羁的生活,好像要以此发泄对莉吉亚的怨恨。到最后他才明白,他一刻也没有停止对莉吉亚的思念,他无论做好事还是干坏事,都是由于她的原因,在这个世界上,除了她之外,别的和他都毫无关系。对一切的厌恶感和疲倦控制了他的全部身心,放荡生活也使他感到厌倦,留下的只有悔恨。他觉得自己可鄙又可悲,这种感觉又使他不胜惊讶,因为他过去认为只要是让他心满意足的东西就是好的。到最后,他几乎完全失去了自由和自信,变得麻木不仁,连皇帝返都的消息也无动于衷。他对什么都不感兴趣,也好久没有去看望过裴特罗纽斯,直到裴特罗纽斯派人来请他,打发轿子来接他,这才去了一趟。

维尼茨尤斯一到裴特罗纽斯家里,就受到了他热烈的欢迎,他对他提出的问题,最初不太愿意回答。可是后来,他那长期积郁的思想和感情终于迸发出来,变成一股奔腾不息的语言洪流,从他嘴里涌出来了。他又一次详细讲述了他寻找莉吉亚的经过,他是怎么被基督徒留住在他们中间,他在那里所见到的和他头脑里曾经思考过的一切。最后他抱怨说,他脑子里已经陷入了一片混乱,从此再也不得安宁,丧失了分辨和判断事物的能力。他对什么都不感兴趣,佳肴美味更引不起食欲。他觉得自己失去了依靠,不知道该怎么办。他准备皈依基督,但又想折磨"他",他懂得"他"的教义是崇高的,却压抑不住对它的憎恶。他知道,即使他得到了莉吉亚,莉吉亚也不完全属于他,他必须和基督一起分享她。到后来,他觉得自己虽然活着,也和死了一样,既没有希望,也没有明天,他不相信自己能够得到幸福。周围是一片黑暗,他想在黑暗中找到一条出路,可是又找不到。

维尼茨尤斯讲述的时候,裴特罗纽斯一直注视着他那变幻不定的脸色和那双伸出来的手,他那双手伸出来的姿势是那么奇怪,就好像他在黑暗中真的找到了一条出路。裴特罗纽斯于是想了一会儿,然后站了起来,走到他的身边,用手指拨弄着他耳朵上的头发。

"你知道吗,你的两鬓都白了?"他问道。

"那很可能,即使我的头发一下子全都白了,我也不会感到奇怪。"维尼茨尤斯答道。

随后又是一阵沉默。裴特罗纽斯本来才智过人,他对人生问题和人的灵魂问题曾经不止一次地进行过思考。他们两人生活的那个社会,表面上虽有幸福和不幸之分,但两者之间并不存在什么冲突。正如雷电或者地震能够摧毁一座神庙那样,不幸也是能够毁灭生活的。可是生活的本身是由简单和谐的线条组成的,并不那么错综复杂。然而现在,维尼茨尤斯却道出了一些过去未曾有过的东西,裴特罗纽斯也是第一次遇到了一系列从来没有人接触过的精神上的烦恼。他的聪明才智虽然使他看出了这些问题的严重性,但他即便再聪明,也解答不了这些问题。在经过长时间的沉默后,他只好这么说:

"这也许是魔法吧!"

"我也这么认为。我总觉得我们两个人都好像着了魔似的。"维尼茨尤斯答道。

"既然这样,你倒不妨去找一找塞剌庇斯的祭司。在他们中间,虽然也像别的祭司一样,有不少骗子,但也不乏那种确实懂得奇妙秘法的人。"裴特罗纽斯说。

不过他说这话也没有把握,因此带着无法肯定的口气。他觉得他提的这个建议不仅毫无用处,而且有点滑稽可笑。

维尼茨尤斯擦了擦额头,说:

"魔法!……我见过许多巫师利用地狱里神秘不可知的力量来谋私利,也见过一些巫师用魔法挫败了他们的敌人。

但是那些基督徒的生活都十分清苦,他们宽恕他们的敌人,宣扬容忍、美德和慈悲,他们为什么要使魔法呢?他们有什么必要去使用魔法呢?……"

裴特罗纽斯深恨自己的聪明才智还不足以解答这些问题,但他又不愿意承认这一点,便装腔作势地回答了一句:

"这是一种新的教派……"

过了一会儿,他又接着说:

"我对帕菲斯①的森林女神起誓,所有这一切都是要破坏生活的。你赞叹他们的善良和美德,可是我要告诉你,他们是一群坏人,是人生的大敌,就像疾病和死亡一样。我们的敌人实在太多了,更不需要增加像基督徒这样的敌人了。你就数一数吧!疾病、皇帝、蒂盖里努斯、皇帝的诗歌,还有那些统治着古代罗马后代的臭鞋匠,那些坐在元老院里的解放奴隶,凭卡斯托尔起誓,这些难道还不够受的吗?这是一个危险很大、令人憎恶的教派。你想过怎么脱离这些苦恼,去找一点生活乐趣吗?"

"我已经做过这样的尝试。"维尼茨尤斯答道。

裴特罗纽斯笑了起来,说:

"啊,你这个叛徒!你勾引了我的赫雷佐泰米斯,这件事奴隶们早就传出去了。"

维尼茨尤斯不高兴地摆了摆手。

"不管怎么样,我是要感谢你的。"裴特罗纽斯说,"我要送给她一双绣着珍珠的拖鞋,用我的爱情的行话来说,这意味着:'你滚蛋吧!'你对我有双重的恩惠,首先是你没有接受尤

---

① 帕菲斯,塞浦路斯的一个城市,那里因有维纳斯神庙而著名。

妮丝,再就是你帮我摆脱了赫雷佐泰米斯的烦恼。你听我说吧!站在你面前的这个人每天都起得很早,起来后便洗澡,吃饭。他有一个赫雷佐泰米斯,他爱写讽刺文章,有时还在文章里插进几行诗。但是他和皇帝一样,充满了烦恼,永远摆脱不了忧郁的情绪。你知道这是为什么吗?这是因为我要到远处找的,实际上就在我的身边……漂亮女人的体重和黄金等值,要是有一个爱你的女人,那就是无价之宝了。这种无价之宝你用维列斯①的全部财产也是买不到的。我现在要问问我自己,我今后应当怎样生活?我要使我的生活充满幸福,就像一杯斟满的世上最上等的美酒那样,我要痛快地喝下去,一直喝到我的手脚发麻,嘴唇发青,再也支持不住了,以后会怎么样?我就不管了,这是我最新的哲学。"

"你从来就信奉这种哲学,这里面没有什么新鲜的货色。"

"这里面有过去没有的新内容。"

他说完后,便叫了一声尤妮丝。尤妮丝应声而入,但见她满头金发,穿一身白色长裙,她已经不是过去的那个女奴,而是一位代表爱情和幸福的女神。

裴特罗纽斯向她张开了两臂,说道:

"过来!"

她立即跑了过来,坐在他的膝盖上,双手搂着他的脖子,把头藏在他的怀里。维尼茨尤斯看见她的脸上慢慢出现了一片红晕,她的眼里渐渐充满了泪水,这两个人于是形成了最美

① 维列斯(约前120—前43),曾任西西里总督,以强取豪夺、贪污盗窃而致富。

妙的爱情和幸福的天作之合。裴特罗纽斯把手伸向摆在桌边的一个扁平的花瓶,从里面抓出一大把紫罗兰花,将花瓣撒在她的头上、胸上和长裙上,然后他又解开贴在她的肩膀上的内衣,说道:

"要是像我这样,能在这个美丽的肉体里找到爱情,那才是真正的幸福……我有时以为我们是一对神仙。你看!即便帕拉克塞的泰列斯和米隆,斯科帕斯①或者李齐普这些巨匠,他们又何曾雕出过这么美妙的线条?你就是找遍帕洛斯岛或彭泰里科翁山,又怎能找到这种玫瑰色的、充满了爱情的、温暖的大理石呢?有的人只知道吻花瓶的边缘,可是我不这样,我要到真正有快乐的地方去寻找快乐。"

他说完后,便用嘴唇沿着尤妮丝的肩膀、脖子一直吻了过去,使得她全身都颤抖起来。她的眼睛一会儿睁开,一会儿闭上,显出了无法形容的欢快。过了一会儿,裴特罗纽斯又捧起她那美丽的头,转身对维尼茨尤斯说:

"你看看,比起她来,你的那些基督徒又算得了什么?如果你不认为这里有什么区别,那你还是回到他们那里去吧!不过看看这种景象还是能够帮你治好心病的。"

维尼茨尤斯鼓起鼻孔,闻到了充满房间的紫罗兰香气。他的脸色突然变白,因为他想,如果他也这样用嘴去亲吻莉吉亚的肩膀,那他虽然能够感受到巨大的欢乐,但这是一种亵渎神明的欢乐,一种将要毁灭世界的欢乐。维尼茨尤斯对事物内部的变化从来十分敏感,这时他很清楚他在想念莉吉亚,他只想念她。

---

① 这三个人都是古希腊的雕塑家。

裴特罗纽斯又说：

"尤妮丝，我的仙女，快去叫人给我预备头上戴的花冠，准备好早餐！"

尤妮丝出去后，裴特罗纽斯对维尼茨尤斯说：

"我说我要解放她，你知道她是怎么回答的吗？她说：'我宁愿做你的奴隶，也不去当皇后。'她不愿意我解放她，我只好背着她，宣布了她的解放。大法官也没有要她到场，就办好了解放她的手续。这件事她现在还不知道。她更不知道在我死后，这所房子和我所有的珠宝首饰，除了玉石之外，就都是她的了。"

他说完便站了起来，在客厅里来回地走着，又接着说：

"爱情使一部分人改变了很多，使另一部分人就变得少些，想不到它把我也改变了。我过去爱闻马鞭草的香味，但因为尤妮丝喜欢紫罗兰，我现在爱它也胜过爱别的花了。从春天开始，我们就只闻紫罗兰的香气了。"

说到这里，他在维尼茨尤斯的面前停下，问道：

"你呢？你还喜欢甘松吗？"

"让我安静一下吧！"年轻人答道。

"我希望你仔细地看一看尤妮丝，我对你提起她，是要你别去舍近求远。在你的奴隶的小屋里，也许还有一颗忠诚纯朴的心在为你跳动呢！你不妨把这种膏药涂在你的伤口上试一试！你说莉吉亚是爱你的，这很可能。不过，既然是爱情，又怎么可以随便抛弃呢？这不是说还有一种力量比她的爱情更加强大吗？不，亲爱的！莉吉亚不是尤妮丝。"

维尼茨尤斯答道：

"这一切都只能给我带来苦恼。我一看到你吻尤妮丝的肩膀便这么想,只要莉吉亚把自己的肩膀给我露出来,就是天塌下来我也毫不在乎。可是我这么想的时候又感到非常害怕,以为我这是对维斯塔贞女的侵犯,是亵渎神明……莉吉亚确实和尤妮丝不同,但对这种差别,我和你的看法也是不同的:爱情只改变了你的嗅觉,从爱马鞭草变为爱紫罗兰,可是我呢?它把我的灵魂都改变了。我虽然怀有强烈的欲望,又遭遇不幸,但我情愿看到莉吉亚永远是现在这个样子,而不像别的女人那样。"

裴特罗纽斯耸了耸肩膀,说:

"这么说来,你并没有受到过什么委屈嘛!我对你真没法理解。"

维尼茨尤斯赶忙回答道:

"不错,一点不错!……我们之间,已经没法理解了。"

接着又是一阵沉默。过了一会儿,裴特罗纽斯又说:

"但愿哈得斯把那些基督徒全都吞下去!他们给你带来了烦恼,破坏了你的生活乐趣!让哈得斯把他们全都抓走吧!你以为他们的宗教很善良,那你就错了。善良应当为人们造福,给人们美好、爱情和力量,可是基督徒却把这些看得微不足道。你以为他们很公正,那你就更错了,他们既然以善报恶,那么他们又怎样去报善呢?如果报善报恶全都一样,那么世人又何必去行善呢?"

"不,报答是不一样的。可是根据他们的教义,这种报答要在未来永恒的生活中才能实现。"

"我不想谈什么未来,未来是见不着的,以后我失去了眼睛,就更看不到未来了。乌尔苏斯能够掐死克罗顿,是因为他有青铜般强有力的手臂和脚。可那些基督徒都是一些无能之辈和笨蛋,未来不属于笨蛋。"

"在他们看来,真正的生活从死后才开始。"

"这好比说:'白天从夜里开始。'都是一个道理。你还打算把莉吉亚抢过来吗?"

"不,我不能对她恩将仇报,我已经向她发过誓,我再也不那么干了。"

"那么你要皈依基督了?"

"我想接受基督的教义,可是我的性格又和它不相容。"

"你能不能忘掉莉吉亚呢?"

"我忘不了她。"

"那你就去旅行吧!"

这时候,奴隶们进来报告,早饭已经准备好了。裴特罗纽斯似乎也想起了一个好主意,他在前往餐厅的路上对维尼茨尤斯说:

"你已经走遍了大半个世界,但你过去在外面是个军人,必须急急忙忙赶到指定的地方,不能羁旅于途中。现在,你和我们一起到阿哈亚去吧!皇帝并没有放弃这趟旅行的计划,他沿途要去许多地方,他要唱歌,接受人们奉献的月桂花冠,去神庙里抢劫财宝,最后以胜利者的姿态得意扬扬地回到意大利。这次旅行就像巴克斯和阿波罗合为一体的游行一样,有男男女女的达官贵人和成千上万的琴师。凭卡斯托尔起誓,像这么盛大的场面还从来没有过,会令人饱享眼福,确实值得一看。"

说到这里,他在尤妮丝旁边桌子前面的一张躺椅上躺下,等到一个奴隶把秋牡丹花冠戴在他的头上,他又开口说道:

"你在科尔布罗麾下任职的时候见过什么了不起的世面

没有？没有。你参观过那些金碧辉煌的希腊神庙吗？你像我那样，花了两年时间，换了一个又一个的导游人，把那些神庙全都看完了吗？你朝拜过科罗斯的神像①吗？你到帕诺波和佛西达去看过普罗米修斯用来造人的黏土吗？或者去斯巴达见过勒达②生的蛋吗？你去雅典见过用马蹄做的著名的萨尔马斯铠甲吗？或者去埃乌贝岛上见过阿伽门农的舰船吗？你见过照海伦左乳房的模样制造的杯子吗？你到过亚历山大港和孟菲斯吗？你见过金字塔吗？你见过伊西斯为了哀悼奥西里斯③从她自己头上拔下来的头发吗？你听到过门农④的呻吟吗？世界是那么辽阔，第伯河的对岸不能包括一切。皇帝这一趟旅行，我是要陪他去的，等他回到罗马后，我就和他告别，我要到塞浦路斯去，因为我的金发女神要我和她一道去那里给帕弗斯·吉普雷达女神献上一对鸽子。你要知道，凡是她的要求，都一定要满足的。"

"我是你的奴隶。"尤妮丝回答说。

但他却把戴着花冠的头靠在她的胸上，微笑着说：

"那我就是奴隶的奴隶了。我的仙女，你从头到脚我都衷心地赞美呀！"

然后他又转身对维尼茨尤斯说：

"你就和我们一起到塞浦路斯去吧！但你首先要记住，你该去陛见皇帝了，你到今天还没有见过他一次，这很不好，

① 科罗斯的神像，即太阳神雕像，在罗多斯港，是世界七大奇迹之一。
② 勒达，古希腊埃托利亚国王忒斯提俄斯的女儿。传说宙斯醉心于她的美丽，趁她在欧洛塔斯河沐浴时，化为天鹅来和她结合，生下了海伦。
③ 伊西斯哀悼奥西里斯的故事见第26页注③。
④ 门农，特洛亚战争的英雄，埃塞俄比亚首领，后来死于阿基琉斯之手。

蒂盖里努斯会抓住这个把柄来害你的。他和你虽然没有私怨,但冲你是我的外甥,他就不喜欢你……我们都说你病了。我们还要好好地想一想,要是皇帝问起你莉吉亚的事,你怎么回答呢?最好把手一挥,告诉他说:她过去和你在一起,后来你玩腻了,就不在一起了。只有这么说,尼禄才理解。你还要说,你一直卧病在家,因为不能去那不勒斯听陛下演唱,感到很不安,这又加重了你的病情,后来因为有了能再听到陛下唱歌的希望,你才逐渐恢复了健康,你可以放心大胆地夸张。蒂盖里努斯早就宣布,他要为皇帝拟定一个伟大的、非常了不起的行动计划……我怕他陷害我,也担心你的脾气出事。"

"你知不知道,有的人并不害怕皇帝,他们安安心心地过日子,好像世界上根本没有皇帝似的。"维尼茨尤斯说。

"我知道你说的是基督徒。"

"是的,我说的就是他们!可是我们的生活,除了接连不断的恐怖之外,还有什么呢?"

"别再提你的那些基督徒了。他们不怕皇帝,是因为皇帝不知道他们,皇帝确实一点也不了解他们,他把他们看成是一堆枯枝烂叶,对他们不感兴趣。我也认为,他们都是一些无能之辈,这你是知道的。你说你的天性和他们的教义格格不入,那正是因为你看到了他们的无能,你是用另外一种黏土做成的人。我们知道该怎么生活和怎么死去,可是他们怎么生活就谁也不知道了。因此,我们不要再为他们去费心思了。"

这些话对维尼茨尤斯触动很大,他回家后便一直在想,基督教的善良和慈悲也许就是他们灵魂的愚蠢和无能的见证。在他看来,生性刚强的人绝不会像他们那样去宽恕别人。他还认为,他的罗马人的灵魂之所以厌恶基督的教义,原因就是裴特罗纽斯所说的那样："我们知道该怎么生活和怎么死去。可他们呢？他们只知道宽恕，他们既不懂得真正的爱情，也不理解真正的仇恨。"

第 三 十 章

尼禄刚一回到罗马，就懊悔他不该回来。没过几天，他又鼓起了一股想到阿哈亚去的热情，为此他还颁发了一道文告，说他这次出去时间不会太长，误不了他该处理的国事。他还率领一帮朝臣，包括维尼茨尤斯在内，前往卡比托尔向诸神供献了祭品，以求诸神保他旅途平安。可是第二天，当尼禄去参拜维斯塔神庙时，却发生了一件意外的事，把他的计划全打乱了。尼禄并不信神，但他怕神，那个神秘莫测的维斯塔使他一下子心慌意乱起来，因为他一看见她的神像和那神圣的香火就感到毛骨悚然，浑身战栗，他的牙齿上下打战，两条腿也支持不住了。这时维尼茨尤斯正好站在他的身后，便用双手把他扶住，他才没有倒下。他当即被抬出了神庙，回到了帕拉丁宫。他很快就清醒过来，但在床上还是躺了一整天。他还当众宣布，说神明已经私下警告了他，这次旅行不要过于性急，所以现在只好把行期延后一下，在场的人听了都大吃一惊。一小时后，他的臣下又向罗马市民发了一个公告：皇帝看见大家对他依依不舍，出于一个父亲对孩子的爱，他准备留下来和他们在一起，分享他们的欢乐和忧愁。罗马市民知道后都兴高采烈，他们相信比赛和分发粮食是不会少的，便从四面八方

云集在帕拉丁宫门前,向神圣的皇帝陛下欢呼致敬。这时皇帝正在和朝臣们玩骨牌,于是停了下来,说:

"是的,旅行应当延期。照预言的明示,我不会失去对埃及和东方的统治权,也不会丢掉阿哈亚。我要下令开凿科林斯运河,要在埃及建造一座巨大的纪念碑,连金字塔和它相比都会变成孩子的玩具。我还要建造一座比孟菲斯城外那座望着沙漠的斯芬克斯至少大七倍的斯芬克斯像,并且在上面塑造我的头像,让这座纪念碑和我成为子孙后代唯一的话题。"

"你已经用诗歌为自己树起了一座丰碑,它比切奥普斯法老①的金字塔不止大七倍,而是要大三个七倍。"裴特罗纽斯说。

"那么我唱的歌呢?"尼禄问道。

"如果有人能为你塑造一座像门农那样的雕像,用你的歌声永远歌唱太阳的升起,那么即便过了千秋万代,世界三大地区的人民群众也会乘舟来到埃及的海洋,洗耳恭听你那无比圣洁和美妙的歌喉。"

"遗憾的是,有谁能完成这项工作呢?"尼禄问道。

"陛下还可以下令在玄武岩上竖一座由你自己驾驭四马战车的雄伟的塑像。"

"啊,是的! 我一定要这么办!"

"这就是你赏赐给人类的一件伟大的礼品啊!"

"到了埃及,我要和媚妇路娜结婚,这样我就成了一位真正的天神。"

---

① 切奥普斯法老,古埃及第四朝代的国王,他的坟墓是一座高达 146.59 米的金字塔。

"陛下要是把星星全都赐给我们做妻子,我们还可以建立一个新的星座,把它命名为尼禄星座。可是陛下,你就让维泰留斯和尼罗河结婚吧!他会生出河马来,你就把沙漠赐给蒂盖里努斯吧!让他当上胡狼的国王……"

"那么把什么赐给我呢?"瓦提纽斯问道。

"阿庇斯①会给你祝福的!你在贝内文特为我们举办了那么盛大的比赛,我不会亏待你的。你可以给斯芬克斯做一双皮鞋,因为他的脚夜晚泡在露水中有点发麻。完了你再给立在神庙前的那一排排巨像做几双布鞋。每个人都能够在那里找到适当的位置,多米茨尤斯·阿菲尔以诚实出名,可以当司库官。陛下,你想到埃及去,我真是高兴极了,可是你要推迟你的行期,这又使我感到悲哀。"

尼禄说:

"你们都是肉眼凡胎,神明不愿见你们,你们就见不着他。你们知道,我走进维斯塔神庙后,维斯塔女神就站在我身边,挨着我的耳朵悄悄地对我说:'推迟你的行期吧!'这当然是神明对我的关心和爱护,我本来要向她表示衷心的感谢,可是这件事发生得那么突然,使我一下子又害怕了。"

"我们大家都很害怕,维斯塔的女祭司鲁布丽亚甚至吓得晕倒在地了。"蒂盖里努斯说。

"鲁布丽亚,她的脖子白得像雪一样啊!"尼禄说。

"她一看见陛下便羞得满脸通红……"

"是的!我也注意到了。一个维斯塔的女祭司,真奇怪!她们每个人都有些神的气质,鲁布丽亚生得尤其漂亮!"

① 阿庇斯,古埃及的神牛。

338

说到这里,他想了一想,然后问道:

"你们说一说,为什么大家对维斯塔比别的神明更加害怕? 就连我这个最大的祭司,见到她都有些胆怯,这是为什么? 我只记得我当时支持不住了,要不是有人扶住了我,我就会倒在地上,是谁扶住了我呢?"

"是我!"维尼茨尤斯答道。

"啊,是你,'勇敢的战神'? 你为什么没有去贝内文特呢? 人都说你生病了,你的脸色确实变了。但我听说,克罗顿要杀你,是真的吗?"

"是真的,他打断了我的胳膊,我不得不自卫。"

"用这只断臂去自卫?"

"一个野蛮人救了我,他比克罗顿力气大。"

尼禄惊奇地望着他。

"比克罗顿力气还大? 你在说笑话吧? 克罗顿是举世无双的大力士。可现在又来了个埃塞俄比亚的塞法克斯。"

"陛下,我说的是实话,这是我亲眼看见的。"

"那么,这颗明珠在什么地方? 他是不是到丛林里当山大王去了?"

"陛下,我不知道他在哪里。我后来再也没有见到过他。"

"你知不知道他是哪个民族的勇士?"

"我的手臂断了,没法去问他。"

"你帮我去找他,一定要把他找来。"

"这件事就交给我去办吧!"蒂盖里努斯马上插嘴道。

但尼禄继续对维尼茨尤斯说:

"你当时扶住了我,我应当感谢你。如果我摔倒在地,会要摔破头的。你过去是我的好随从,但自从你在科尔布隆军中服役,参加了战争后,你就变野了,我也很少见到你了。"

他沉默了一会儿,又说:

"那个姑娘怎么样了……就是那个臀部太瘦,你爱上的那个?……她还是我从普劳茨尤斯家里要出来送给你的。"

维尼茨尤斯这时有些慌乱了,裴特罗纽斯见到后,便马上出来替他解围:

"陛下,我敢说,他早就把她忘了,你看他那慌乱的样子。你问问他,从那以后他又爱过多少女人?他肯定回答不出来。维尼茨尤斯家里的人都是了不起的军人,但他们也像好斗的公鸡,需要一大群母鸡围着他们。陛下,你何不惩罚他一下,蒂盖里努斯为欢迎陛下要在阿格雷帕湖上举行宴会,就别邀请他参加了。"

"不,我不能这样做,我相信蒂盖里努斯,那里的美女是不会少的。"

"只要爱神光临,美惠三女神就不会缺席。"蒂盖里努斯答道。

可是尼禄又说:

"我真是烦闷透了。由于女神的意旨,我不得不留在罗马,可是我很讨厌这个地方。我要到安茨尤姆去。这些狭窄阴暗的街道,这些东倒西歪的房屋,还有这些肮脏的小胡同,非得把我闷死不可。恶浊污秽的臭气甚至散到我的皇宫和御花园里来了。啊!要是来一场地震把罗马毁了,或者哪位神明在盛怒中把它夷为平地才好呢!到那个时候,我再让你们看看,该怎样把这座城市建造成世界的首府和我们的京城。"

"陛下,你说'让哪位神明在盛怒中把罗马夷为平地',你是这么说的吗?"

"是的!那又怎么样呢?"

"难道陛下不是神吗?"

尼禄把手一挥,现出很不耐烦的样子,又说:

"我们先要看看你在阿格雷帕湖的宴会上给我们准备了些什么,然后我再到安茨尤姆去。你们都是些鼠目寸光的人,怎么懂得我要创建的宏伟大业呢!"

他说完就闭上了眼睛,表示要休息一下了。朝臣们随后也陆续告退。裴特罗纽斯和维尼茨尤斯一起走了出来,对他说:

"已经邀请了你参加那次盛会。红胡子虽然放弃了这次旅行,但他会比过去任何时候都更加疯狂,他不仅要在宫里,而且要在罗马城里大闹一场。你也尽量在这种疯狂中找些乐趣,忘掉忧愁吧!说真的,我们征服了全世界,有资格去寻欢作乐。而你呢?我的宝贝,你长得很漂亮,我之所以偏爱你,就有这个原因。凭埃弗斯的黛安娜起誓,如果你能看见那浓密的眉毛和你的面孔,那么你就能搞清楚你的古罗马人的血统了。别的人站在近旁和你一比,都像个解放奴隶。真的,要不是那个野蛮的宗教,莉吉亚今天一定在你的家里了。你能不能再向我证明一下他们不是生活和人类的大敌呢……他们待你不错,所以你要感谢他们,但我要是处于你的境地,我对这个宗教就恨死了,我就会到那些能够找到乐趣的地方去寻欢作乐。我再一次告诉你,你是一个英俊漂亮的小伙子,罗马城里那些离过婚的女人也很不少嘛!"

"我感到奇怪的是,这一切怎么还没有使你厌烦?"维尼茨尤斯答道。

"谁说的？我早就厌烦了，但我毕竟不是你这个年纪，我的爱好和你也大不相同。我爱书，你不爱，我爱诗歌，你看了就厌烦。我对瓷器、宝石和许多别的东西都有很大的兴趣，可你对这些却毫不关心。我有腰痛病，你没有。我身边有尤妮丝这样的美女，你却找不到比得上她的美人……我在自己家里，看到周围都是各种精美绝伦的杰作，便感到其乐无穷，可我无论如何也不可能把你变成一位审美家。我心里明白，我这辈子除了我已经找到的东西外，再不会有别的了。而你却不知道你依然抱有各种奢望，依然在不断地寻找。要是有一天，死神来到你跟前，不管你是多么勇敢，也不管你多么忧愁，你都会大吃一惊：为什么要你这么早就离开人世呢？可我就不一样，我会把死当作一种必然的东西来接受，而且我还要骄傲地宣布，世界上没有哪一种野果我没有品尝过。我既不赶忙，也不会拖延，我只要一息尚存，就要高高兴兴地活下去。在这个世界上，有一些怀疑派就是很乐天的。禁欲主义可以锻炼人，但是那些禁欲主义者在我看来，全都是一些傻瓜。至于你的那些基督徒，他们给世界带来的是悲伤和忧愁，这些悲伤和忧愁在人们的生活中，就像大自然中的雨水。你知道我听到了什么消息吗？蒂盖里努斯在阿格雷帕的湖岸上举办迎驾盛会的时候，要在那里开设几处妓院，一些罗马上流社会的女人也会到那里去，难道你在她们中间就找不到一个称心如意的女人？还有一些初次进入社交场合的少女也会来参加这次盛会，她们都是貌若天仙的美人。这就是我们的罗马帝国……天气暖和了，南风吹暖了湖水，就是光着身子跳进里面,也不会起鸡皮疙瘩。你要知道,像你这样的那耳喀索斯①,无论哪个女人都不会拒绝的……就连维斯塔的女祭司也不会拒绝。"

维尼茨尤斯用手掌拍着自己的额头,好像他的脑子里一直萦回着一个念头。

"唯独我看中了这样一个人,这真是命里注定……"

"要不是基督徒,也不会把事情弄得这么糟……但他们既然以十字架为标志,就不会变成另一种人。希腊是个美丽的国家,它给世界创造了智慧,我们罗马人也创立了强权。可是基督教创造了什么呢?你如果知道,就给我说说吧,凭波卢克斯起誓,我可不知道。"

维尼茨尤斯耸了耸肩膀,说:

"你好像怕我变成一个基督徒。"

"我担心的是你毁了自己的生活。如果你做不了希腊人,那还是做你的罗马人吧!这样你就可以统治一切,尽情享乐了。我们的疯狂正因为包含着这个目的,所以它并不是毫无意义的。我轻视红胡子,就因为他要当一个希腊小丑,如果他能保持一个罗马人的本色,那么不管他疯狂到什么程度,我都承认他是正当的。答应我吧,你回到家里,如果遇见了基督徒,你就用这些话去训斥他一顿。即使是格劳库斯医生,他对你的这种态度也不会感到奇怪。阿格雷帕湖上再见。"

<hr />

① 那耳喀索斯,据希腊神话,他是美少年河神刻索斯和水泽神女利里俄珀斯的儿子。

第三十一章

阿格雷帕湖畔的森林戒备森严,禁卫军士兵把它全都包围起来,以防那成千上万看热闹的群众干扰皇帝和宾客们的活动。人们于是议论纷纷,说那些以财产、才华和美貌享誉罗马的名门贵妇都会出席这次宴会,像这么盛大的场面,堪称罗马史上空前的壮举。蒂盖里努斯的目的,是要以此弥补皇帝已经推迟的那次阿哈亚的旅行,并且显示他的能干将超过所有宴请过尼禄的人,证明除了他外,没有一个人能使皇帝这么尽情地享乐。为此,他在那不勒斯陪尼禄游玩和到贝内文特后的这段时期,都一直在积极地准备。他发出了许多命令,要尽最大的努力,到世界最边远的地区去搜罗一切珍禽异兽,名贵的鱼类和花草,以及各种精制的器皿和漂亮的纺织品,来给宴会增添光彩。为了实现这一疯狂的计划,他把各省的岁收几乎耗费殆尽。但因为他是皇帝最有权势的宠臣,可以不顾一切地为所欲为,而且他那本来已经很大的权势又一天天变得更大。蒂盖里努斯并不一定比别的朝臣更加受到尼禄的宠爱,但他却是尼禄越来越不可缺少的人物。裴特罗纽斯仪表堂堂、才智超群、言谈风趣,在这些方面,蒂盖里努斯根本不能和他相比。裴特罗纽斯幽默的谈吐能给皇帝带来很大的乐趣,但不幸的是,他的这种幽默因为超过了皇帝,又引起了皇帝的妒忌。裴特罗纽斯对皇帝并不是事事都那么顺从,在讨论趣味问题时,尼禄就很怕听他的意见,可是在蒂盖里努斯面前,尼禄就可以毫无顾忌了。给裴特罗纽斯冠以"风雅裁判官"的称号,本来就是对尼禄的不尊重,因为在他看来,这个雅号除了他之外,谁都是不能取的。蒂盖里努斯倒很有自知之明,他深知自己的弱点,看到自己的出身和才学都无法和裴特罗纽斯、琉康或者别的名流相比,便决心以对皇帝忠心耿耿、曲意奉承来压倒他们,首先他那张罗奢侈豪华场面的本领,就连尼禄也是想象不到的。

他把宴会安排在一个巨大的木筏上举行。木筏是用一些镀了金的长方木编制成的,边上装点着从红海和印度洋采集来的贝壳,这些贝壳闪耀着珍珠和彩虹的光辉,绚丽无比。木筏的两边摆着一株株栽在木桶里的棕榈树、一盘盘荷花和盛开的玫瑰,花丛中间有一座喷泉,喷射着香馥馥的泉水,还有诸神的神像,金银格子鸟笼,里面装着色彩斑斓的禽鸟。木筏中间搭起了一个巨大的帐篷,篷顶是用叙利亚薄紫缎制成的,用银柱支撑起来,以免挡住视线。篷顶下摆上了招待宾客的餐桌,餐桌上面摆着亚历山大产的名贵的玻璃杯、水晶盘和各种价值连城的餐具,一个个像太阳似的闪耀着夺目的光辉,都是从意大利、希腊和小亚细亚掠夺来的。木筏由于摆满了品种繁多的花草树木,看起来像一个小岛或者花园。它还用金黄或紫色的纤绳和许多游艇连在一起。这些游艇有的呈鱼状或天鹅状,有的像海鸥或火烈鸟,形态各异。男女船夫赤身露体,坐在五颜六色的木桨旁边。他们的身材和相貌都漂亮极了,他们的头发全都梳成了东方式的,有的还罩上了金丝网。尼禄于是偕波贝亚和朝臣们登上了大木筏,在紫缎天篷下入座。那些游艇便开始划动起来,木桨拍打着湖水,把金黄色的纤绳拉得笔直,带着满载宾客和宴席的大木筏环游在湖面上。

大木筏的周围还有一些别的游艇和小木筏,里面坐着一大帮弹三角琴和竖琴的少女。她们玫瑰色的肉体在蔚蓝色的天空和湖水的衬托下,在金色乐器的映照下,仿佛把这些色调和反光全都吸进了她们的体内,化作鲜花万朵,争奇斗艳。

在湖畔的森林里,在密林丛中专为这次盛会而建造起来的那些奇形怪状的建筑物中,响起了一派乐声和歌声。这声音回荡在四周围和森林里,号角和喇叭的演奏也激起了四面八方的回响。尼禄的一边坐着波贝亚,另一边坐着比塔戈拉斯,他一看到这种情景便不由得喜形于色,尤其是当他看见在游艇上出现了一批穿着鱼鳞样式的绿色网衣,扮成美人鱼的年轻女奴时,他对蒂盖里努斯更是赞叹不已。但他仍习惯地望了一下裴特罗纽斯,想听听这位"风雅裁判官"的意见。裴特罗纽斯好像对一切都无动于衷,一直等到尼禄问起他来,他才回答说:

"陛下,我认为一万个裸体女人给人留下的印象也没有一个女人那么深刻。"

不过皇帝却很喜欢这种"游动的宴会",认为它很有新意。不断送上桌来的珍馐美食品种色味之多,就连阿彼茨尤斯最丰富的想象也自愧不如。要说酒类之多,即便那个能够拿出八十种名酒的奥托,看到这么奢侈豪华的场面,也会羞愧得无地自容。只有女人和朝臣们才能入席就座,而维尼茨尤斯的美貌又使所有在座的人全都黯然失色。以前,他的身材和面孔常常表现出一个军人的气派,现在,他虽然受到精神上的烦恼和肉体上的痛苦的折磨,可是这种烦恼和痛苦反而使得他的容貌更加英俊了,就好像被雕塑大师的巧手修饰过一样。他的皮肤已经不像以前那么黝黑,但保持了努米提亚大理石的浅黄色。他的眼睛很大,显得忧郁。他的身躯还是以前那么魁梧,仿佛生来就是披甲戴盔的。在这位军团武士的身躯上,还长着一个希腊神的脑袋,或者至少是一个罗马贵族的脑袋,既漂亮又威武。裴特罗纽斯对他说过,宫中无论哪个美人和贵妇都不能也不会拒绝他,这确实是经验之谈。现在女人们的眼睛都离不开他,就连波贝亚和尼禄特意请来赴宴的维斯塔女祭司鲁布丽亚也不断地注视着他。

用高山雪水冷藏的名酒,很快就温暖了宾客们的心和头。从湖边的丛林里,划出了一批像螳螂和蜻蜓式的新的游艇。碧蓝的湖面泛着流光溢彩,就像撒满了无数的鲜花,一群群蝴蝶在那里飞舞。在游艇上空,到处飞翔着鸽子和从印度及非洲采集来的珍禽异鸟。它们全都用银色和蓝色的细线或绳子给拴住了,不会离散。太阳偏西了,宴会是在五月初举行的,这一天天气十分暖和,甚至令人感到炎热。湖水在游艇的划动下,荡起粼粼细波,伴和着音乐的节奏,起伏不断。但空中却没有一丝微风。林木寂然不动,仿佛在全神贯注地倾听和察看湖中所发生的一切。大木筏载着那些醉意渐浓、大声吆喝着的宾客,继续在湖面上绕行。宴会还没有进行到一半,人们就不愿遵守座位的次序了。尼禄看见维尼茨尤斯就坐在维斯塔女祭司鲁布丽亚的旁边,于是从座位上站了起来,命令维尼茨尤斯给他让位。他在鲁布丽亚身旁坐下后,便对她悄悄地耳语起来。这位青年贵族不得不在波贝亚的身边坐下,过了一会儿,波贝亚向他伸出一只手,请他把她肩上那个松了的金属饰物扣紧一点。当他用手战战兢兢地给她扣上之后,她从长睫毛下羞答答地瞟了他一眼,随后又把她那长满金发的脑袋晃了一下,好像要对什么表示拒绝。这时候,太阳变得又红又大，在树梢后面慢慢地滚落下去了。大部分宾客已经喝得烂醉，木筏靠近岸边航行，岸上一簇簇树木和花草之间，可以看见成群结队的人们，都扮成了半人半兽的农牧神和好色的森林神，在吹着笛子、喇叭，打着小鼓，真是热闹非凡。还有一大群少女扮成了仙女、森林女神和树精。夜幕终于降临，那些酩酊大醉的宴客在向已经升起在篷顶上的月神欢呼致敬。与此同时，树林里燃起了万盏灯火，岸边开设的妓院里面也灯火通明，露台上出现了罗马上流社会家庭的妻子和女儿的裸身形象，她们用娇媚的叫声和下流的动作来召唤和勾引那些宴客。木筏终于靠岸了。皇帝和朝臣们马上钻进了那些树林里，有的还溜到妓院里去寻欢作乐，有的躲在被密林掩映的帐篷里，有的钻到那些在泉水和喷泉旁挖出来的山洞里去探幽。所有的人都变得疯狂起来，谁也不知道皇帝到哪里去了，谁是元老，谁是武士，谁是舞师，谁是乐师，都分辨不出来了。扮成农牧神和森林神的男人于是大喊大叫地追逐着那些扮成仙女的少女，还抡起大棒把灯火打灭，使一部分森林又陷入了一片漆黑。这时到处都可听到人们的叫喊声、嬉笑声、窃窃私语声和胸中发出的喘息声。罗马从未见过这样的场面。

维尼茨尤斯虽然没有像上次在皇宫中举行和莉吉亚参加的宴会上那样喝得酩酊大醉，但他也陶醉和沉迷于周围发生的一切了。一种求欢的欲望驱使他跑进了森林，他和别人一起奔跑，想在那些森林女神中找到一个最漂亮的姑娘。一群群少女唱着、喊着从他的身旁跑过，那些装扮成农牧神和森林神的男人，还有元老和武士们在乐声的伴和下在后面追赶。最后，他把两眼盯在一个领着一帮少女从他身边走过的黛安娜的扮演者身上，并且马上跑上前去，想仔细地看看那位女神的模样。就在这一瞬间,他的心几乎停止了跳动,因为他从那位头顶月亮的女神身上,仿佛看出了她就是莉吉亚。

少女们跳着疯狂的圆舞把他围在中间。过了一会儿,她们又想让他参加她们的追逐,便像一群小鹿似的逃跑了。可是维尼茨尤斯却一动也不动。他急促的心跳使得他几乎喘不过气来,因为他发现了那位黛安娜并不是莉吉亚,近看就更不像了。由于这种印象的刺激过于强烈,他顿时感到全身无力,并且产生了一种他一生中从来没有过的对莉吉亚的强烈思念,爱情在他的心中又掀起了一阵阵汹涌波涛。他越是走进这座疯狂、野蛮和淫秽的森林里,就越是觉得莉吉亚从来没有像现在这样珍贵,这样纯洁和可爱。刚才他还想要开怀畅饮欢乐的美酒,参与那些纵欲无耻的活动,现在他对这一切又感到憎恶了。他心里因为憋得难受,想要呼吸新鲜空气,他的眼睛也想看到被这可怕的密林遮住了的星星。他决定从这里逃出去,但他刚要逃走,就见到一个蒙着脸的人拦住了他。那人把两只手放在他的肩膀上,冲着他的面孔呼出一团团热气,对他悄声地说:

"我爱你!……跟我来吧!没有人看见我们。快走吧!"

维尼茨尤斯好像从梦中醒过来似的。

"你是谁?"

那女人把胸脯紧贴在他的身上,强求地说:

"快走吧!看,这里没有人。我爱你呀!快走!"

"你到底是谁?"维尼茨尤斯又问了一句。

"你猜吧!……"

她说完又把嘴唇隔着面罩使劲地按在他的嘴上,同时把他的头也抱了过来,一直到她气喘吁吁,这才挪开了她的面孔。

"这是个爱情之夜,是个狂欢之夜,今天干什么都行,我是你的了。"她说,仍在不停地喘息着。

可是这个吻却触怒了维尼茨尤斯,给他增添了新的憎恶。他的灵魂和心思都在别的地方。对他来说,这个世界除了莉吉亚外,本来就不存在什么别的东西。

因此他用手把蒙面人推到一边,说:

"不管你是谁,我都不要你,我爱的是别人。"

但她低下了头,又凑上前来,说:

"揭开我的面罩……"

就在这个时刻,近旁桃金娘的树叶发出了沙沙声响,这个蒙面的女人就像梦幻一样消失不见了,只在远处仍可听到她那奇怪而又险恶的笑声。

裴特罗纽斯骤然出现在维尼茨尤斯面前。

"我都看见了,也听见了。"他说。

维尼茨尤斯说:

"我们离开这里吧……"

他们走过了灯火通明的妓院、树林,看见了排成一列的禁卫军骑兵,最后找到了那个停轿子的地方。

"就到你那里去吧!"裴特罗纽斯说。

两人一起登上了轿子,路上一句话也没有说。到了维尼茨尤斯家的客厅里后,裴特罗纽斯才开口说道:

"你知道刚才那个人是谁吗?"

"是不是鲁布丽亚?"维尼茨尤斯问道。他一想起鲁布丽亚是维斯塔的女祭司,就气得浑身发抖。

"不是。"

“那么是谁呢？”

裴特罗纽斯压低了嗓门说：

“鲁布丽亚陪伴皇帝去了，她玷污了维斯塔的圣火，因此和你说话的是……”

他的嗓音更低了：

“是神圣的皇后……”

随后沉默了片刻，裴特罗纽斯又说：

“皇帝在波贝亚面前毫不隐讳他对鲁布丽亚求欢的欲望，所以她也许是要报复他一下。我来挡住你们，就是怕你认出她后，又拒绝了她。因为那么一来，你就没命了，不仅是你，而且连莉吉亚，甚至我都活不成了。”

可是维尼茨尤斯却怒气冲冲地说：

“不管是你们的罗马、皇帝、宴会、朝臣、蒂盖里努斯，还是你们所有的人，我早就烦透了！我在这里快要闷死了！我不能再这么活下去！我不能！你知道我的心思吗？”

“我知道你已经失去了理智，失去了判断和克制的能力，维尼茨尤斯！”

“我在这个世界上只爱她一个人。”

“那又怎么样呢？”

“就是说，我不要别人的爱情，也不要你们的生活，你们的宴会，你们的无耻和你们的罪恶。”

“你到底怎么啦？难道你已经成了一个基督徒？”

这个年轻人双手抱着脑袋，绝望地一再申明：

“还没有！还没有！”

第三十二章

裴特罗纽斯感到很不高兴,耸了耸肩膀便回家去了。他现在很清楚,他和维尼茨尤斯已经无法互相理解了,他们在思想上已经拉开了距离。裴特罗纽斯对这个青年军官曾经有过很大的威信,在各方面都是他的表率,他只要用几句讽刺话就能阻止或者促使他去做什么事情。现在可不是这样了,裴特罗纽斯深深感到他的幽默和机智一碰到那些新的教条就滑了过去而不起任何作用,他对维尼茨尤斯再也不能用那些老办法了。可是维尼茨尤斯由于受到爱情的影响,由于他和他不理解的基督教社会的接触,他把那些新的教条早就吸收到他的灵魂中去了。面对这种情况,这个饱经世故的怀疑论者也很清楚,他现在并不掌握一把打开这个灵魂的钥匙,因此他不仅感到不快,而且有些害怕了,尤其是这天晚上发生的事,使他更加害怕了。"如果皇后这么做不是由于一时的冲动,而是出自长久的欲望,"裴特罗纽斯心想,"那么就会出现以下两种情况:一、维尼茨尤斯顺从她,结果是他今后不论出了什么事都会遭到杀身之祸;二、他像今天这样,拒绝了皇后,那么不仅他自己免不了一死,而且还会株连到我,因为我是他的亲戚,皇后要对维尼茨尤斯的整个家族进行报复,她还会以她的势力去勾结蒂盖里努斯一伙……"无论出现哪一种情况,后果都不堪设想。裴特罗纽斯是个有胆识的人,他并不怕死,但他不愿以死来求得解脱,所以他不会去找死。经过长时间的考虑,他认为,只有让维尼茨尤斯离开罗马去旅行,才是最安全和最好的办法。啊!要是他能让莉吉亚陪他这个外甥一起去旅行,那他也会高高兴兴地帮这个忙。他觉得要说服维尼茨尤斯去旅行并不难。到那个时候,他还要去帕拉丁宫里散布消息,说维尼茨尤斯病倒了,待在家里不能出来,只有这样,才能免除他这个外甥和他自己的灾祸。皇后始终不太清楚维尼茨尤斯是否认出了她,她很可能认为他没有认出她来,那么她的自尊心就没有受到损害。不过,那天晚上的事也许以后还会发生,所以必须多加防备。裴特罗纽斯觉得最重要的是要抓住时机,他很明白,只要皇帝去阿哈亚,对艺术一窍不通的蒂盖里努斯就不得不退到第二线的位置上,从而失去他的影响。到了希腊,他裴特罗纽斯一定能够战胜所有的对手而获得皇帝唯一的宠爱。

现在,他觉得对维尼茨尤斯要多加关心,劝说他去旅行。十多天来,他一直在想,要是能够得到皇帝的一道命令,把所有的基督徒都赶出罗马,那么莉吉亚就会和他们一起离开罗马,维尼茨尤斯也就跟着她去了,这样他也就不用再费口舌了,这件事他一定能够办到。不久前,犹太人因为发泄对基督徒的仇恨,发生了一次骚乱。克劳迪乌斯皇帝当时分不清他们之间的区别,干脆把所有的犹太人都赶出了罗马,那么尼禄就不能把基督徒也驱逐出去吗?而且他把他们赶走之后,罗马还会变得更加辽阔。从那次"水上宴会"之后,裴特罗纽斯每天都能见到皇帝,不是在帕拉丁宫,就是在朝臣们的府邸里,向他提出这样的建议是不难通过的,因为对一切给别人造成痛苦和毁灭的事情,尼禄从来就不拒绝。裴特罗纽斯经过这番深思熟虑,便制订了一个通盘的计划,他首先要在自己家里举行一次宴会,就在宴会上请求皇帝颁发这道命令。他还寄希望于皇帝派他本人去执行这道命令,这种希望也并非不能实现。到那时,他就把莉吉亚当作他的外甥媳妇,给她应有的帮助,把她送到拜埃去,让他们俩在那里心心相爱,共享基督教的乐趣。

这段时间,裴特罗纽斯也常常去看望维尼茨尤斯,因为他虽是一个罗马的利己主义者,但他不能割断和这个外甥的感情联系,再者,他也要不断催促他去旅行。维尼茨尤斯一直装病在家,没有到皇宫里去。可是宫里的人天天都有新的计划,后来有一天,裴特罗纽斯终于听皇帝亲口说,再过三天,就一定要动身去安茨尤姆了,因此他第二天就来到维尼茨尤斯的家里,把这个消息告诉了他。

可是这天早晨,皇帝就派他的解放奴隶给维尼茨尤斯送来了他拟邀请到安茨尤姆去的人名单。维尼茨尤斯马上把这个名单拿出来给裴特罗纽斯看,说:

"上面有我的名字,也有你的名字,你回去后,也会看到这样的请柬。"

"如果我没有被邀请,那就说明我该死了。但我认为,在去阿哈亚之前,不会发生这样的事情。因为尼禄到那里后,是少不了我的。"裴特罗纽斯答道。

随后他看了一下名单,又说:

"我们好不容易才回到罗马,现在又要离开我们的家,折腾不完地到安茨尤姆去了,而且还非去不可! 这不是一帖请柬,而是一道命令。"

"要是有人不服从呢?"

"那他就会得到另一份请柬,请他去更远的地方旅行,永远也不让他回来。遗憾的是,你当初没有听我的劝告,及早离开罗马,现在你也非得去安茨尤姆不可了。"

"现在我非得去安茨尤姆不可……你看这是什么世道,我们全都成了卑鄙下流的奴才。"

"你今天才知道吗?"

"当然不是。不过你向我论证过,基督教是人生的大敌,因为它给人们戴上了枷锁。我倒要问你,他们的枷锁难道比我们的还要沉重吗?你还说过:'希腊创造了智慧和美,罗马创造了强权。'可是我们的权利在哪里呢?"

"你把基隆叫来和你谈谈吧!我今天没有工夫来谈哲学。凭赫拉克勒斯起誓,这个世道不是我创造的,我也不会去为它辩护。我们还是来谈谈安茨尤姆吧!你可要知道,你在那里会遇到很大的危险。你就是去和那个掐死克罗顿的乌尔苏斯做一番较量,也不会遇到那么大的危险。可是你又不能不去。"

维尼茨尤斯毫不在意地摆了摆手,说:

"危险?我们大家都在死亡的阴影下晃悠,时时刻刻都有人掉脑袋。"

"是不是要我把那些凭自己的聪明才智当了蒂贝留斯、卡里古拉、克劳迪乌斯和尼禄四个朝代的元老,活了八九十岁的人都数给你看呢?就拿多米茨尤斯·阿菲尔来说吧!他虽然安安稳稳地活到了这么老,但他这辈子只不过是一个小偷和流氓。"

"也许就因为他是小偷和流氓,也许就是这个原因!"维尼茨尤斯答道。

然后他瞅着名单,念了起来:

"蒂盖里努斯,瓦提纽斯,塞克斯杜斯·阿弗雷卡努斯,阿克维里努斯·列古卢斯,苏留斯·内鲁里努斯,埃普里尤斯·马尔采卢斯,等等,等等,真是一帮奸臣和恶棍的大聚会!……据说就是这些坏蛋统治着世界,其实,让他们扮成埃及或叙利亚的草头神祇,到省城里去招摇过市,摇铃打鼓,做个巫士,或者当个舞师混口饭吃,不是更加人尽其才吗?"

"或者找来一些会耍戏的猴子、会数点的小狗、会吹笛子的小驴去进行表演。"裴特罗纽斯接着说,"这里说的都是实话,可是我们还有更重要的事情要谈啊!你就好好地听我说吧!我在帕拉丁宫里一直说你有病,不能出门旅行,但这个名单上还是有你的名字,这说明有人不相信我的话,蓄意这么干的。尼禄对你去不去倒无所谓,因为在他看来,你只是个军人,并不懂得诗歌和音乐,充其量只能和你谈谈圆戏场上的角斗。所以你的名字很可能是波贝亚写进去的,这说明她对你并非一时之兴,她要把你弄到手,当她的情夫。"

"她的胆子可不小啊!"

"确实胆大妄为,可她这么一来,就无可挽救地毁了她自己。但愿维纳斯女神赶快去叫她爱上别的男人吧!可是只要她对你还恋恋不舍,你就得处处小心!红胡子已经厌倦她了,他现在喜欢的是鲁布丽亚或者比塔戈拉斯,但他为了维护他那至高无上的尊严,依然会对你们两个施加最厉害的报复。"

"我在树林里怎么也不会想到是她在和我说话。既然你全都听见了,那你就知道了我是怎么回答她的嘛!我说过我不要她,我爱的是别人。"

"我以所有冥神的名义衷心地告诫你,无论如何也不能再失去基督徒留给你的那点理智了。现在要你在可能灭亡和必定灭亡之间做出抉择,你怎么能犹豫不决呢?我不是对你说过,你要是伤了皇后的自尊心,你就没救了吗?凭冥王起誓!你如果活得不耐烦了,就索性割开你的动脉或者拔剑自刎了吧!你如果触怒了波贝亚,那就不会让你死得那么痛快了。过去和你本来是很好谈话的,你到底有什么难处?你是不是觉得我的话对你不仅没有好处,反而碍着你去爱莉吉亚呢?你可要知道,波贝亚在帕拉丁宫里见到过莉吉亚,因此她也不难猜出,你究竟是为了谁才拒绝她这么大的恩宠。到那个时候,她就是挖地三尺,也要把莉吉亚找出来,你和她都免不了一死,你明白吗?"

维尼茨尤斯虽然在听他说话,但他似乎在想着别的,最后说:

"我一定要见到她!"

"谁?莉吉亚吗?"

"莉吉亚。"

"你知道她在什么地方吗?"

"不知道。"

"你是不是又要到老坟场和第伯河对岸去找她呢?"

"这我也不知道,但我一定要见到她。"

"好吧!她虽然是个基督徒,但也许比你还聪明些,她如果不愿让你毁掉,就一定会做得更聪明的。"

维尼茨尤斯耸了耸肩膀。

"她从乌尔苏斯手中救了我的命。"

"既然这样,你就赶快去找她吧!红胡子不会再推迟他的行期了。再说他到了安茨尤姆,也一样可以做出死刑的判决。"

维尼茨尤斯并没有注意听他的话,他一心想的是和莉吉亚见面,他一直在考虑有什么办法才能见到她。恰好在第二天,发生了一件他自己也没有想到的事情,这就是基隆突然找来了。基隆的来到,帮助他克服了所有的困难。

这个希腊人走进来时,衣着破旧,面有饥色,一副寒酸相。但仆役们以前接受过无论日夜都要放他进来的命令,所以都不敢阻拦他。他一直来到了客厅里,站在维尼茨尤斯面前,说:

"愿诸神保佑您健康长寿,愿您和诸神共享统治世界的权力。"

维尼茨尤斯见到他后,起初本要把他赶出门去。但他后来一想,这个希腊人也许知道一点莉吉亚的情况,他那急于打探的心情终于战胜了对基隆的厌恶感,便问道:

"是你啊!你怎么狼狈到这个样子?"

"朱庇特的儿孙啊!我真是再倒霉不过了。"基隆答道,"真正的美德成了无人过问的商品。真正的贤人要是五天之内能够挣到几文钱,去屠夫那里买一个羊头,坐在阁楼里含着眼泪啃它几下,就算是很幸运了。啊,老爷!您赐给我的那些钱,我都在阿特拉克杜斯的书店里买了书。可是后来我遇到了一伙强盗,把我的东西都抢光了。那个女奴本要记录我的学问,她也逃跑了,她逃跑时又再一次地把您给我的慷慨施舍洗劫一空了。我现在真的是一个身无分文的穷光蛋了。我想来想去,不来求您,我又从谁那里能够讨得救济呢?塞拉庇斯啊!您是我最敬爱和最崇拜的神,我曾经舍身忘死地为您效过劳啊!"

"你到这里来干什么?你有什么消息没有?"

"巴尔神啊！我是来向您求救的,我带来了我的贫困,我的眼泪,也带来了我对您的热爱和出于这种热爱为您打听到的一点消息。老爷,您还记得我以前对您说过,我从帕弗斯的维纳斯的腰带上曾经取下一根线送给裴特罗纽斯的女奴的事吗?……现在,我知道这根线对她有没有帮助了。您,太阳神的儿子,您已经知道他们家最近发生了什么事情,也知道尤妮丝现在的情况怎么样了。我身上还有一根这样的线,是特意给您留下的,老爷!"说到这里,基隆发现维尼茨尤斯的眉宇之间露出了怒容,便打住了话头,他怕维尼茨尤斯发火,赶忙告诉他说:

"我知道仙女莉吉亚的住地。老爷,我可以把她住的那条街和那所房子指给您看。"

维尼茨尤斯听到这个消息后激动不已,他尽力使自己保持平静,问道:

"她在哪里?"

"她和乌尔苏斯在一起,都住在基督教长老李努斯的家里。乌尔苏斯还在磨坊里做工。这个磨坊主和您的一个解放奴隶同名,叫德马斯……是的,他也叫德马斯……乌尔苏斯夜里上班,所以最好就在夜里去把那栋房子包围起来,这样不会碰到他……李努斯已经老了……家里除了他之外,只有两个老婆子,比他的年纪还大。"

"你这都是从哪里知道的?"

"老爷,您还记得基督徒曾经抓过我又放了我的事吗?格劳库斯认为他的不幸是我造成的,他弄错了。这个不幸的人不仅过去,而且现在都是这么看的,但他还是把我放了。老爷,您不要奇怪,我是一个经历了过去那些美好时代的人,我是懂得知恩图报的。我总是想,我怎么能忘掉我的朋友和恩人呢?我要是一点也不关心他们,不打听打听他们的情况,不问问他们健康如何,住在哪里,那岂不是太忘恩负义,不近人情了吗?凭佩西尼亚的基贝拉①起誓,我是绝对不会这样的。起初我曾担心他们对我产生误解,但因为我喜欢他们,我又觉得这种担心没有必要,他们宽恕一切罪过的善举还给我增添了勇气。不过最重要的是,老爷,我想起了您的事情。我们的最后一次努力虽然失败了,但是像您这样一个命运女神的宠儿能够就此罢休吗?因此我为您取得成功做好了一切准备。那所房子是独门独院,没有邻舍。您就命令您的奴隶密密层层地把它包围起来,连一只老鼠也不让跑掉!啊,老爷,老爷啊!只要您愿意,那位高贵的公主今天晚上就会到府上来了。不过,这件事要是办成了,您可不要忘记是我父亲的这个贫穷潦倒、饿着肚皮的独生子给您办成的啊!"

维尼茨尤斯马上觉得一股热血往头上涌来,诱惑又一次地震撼了他的心灵。这真是太妙了!十拿九稳,一个再好不过的办法。如果他这一次得到了莉吉亚,那么谁能再把她抢走呢?他一旦宣布莉吉亚是他的情妇,那她除了顺从之外还有什么别的办法呢?让所有的宗教统统见鬼去吧!到那个时候,基督徒和他们的仁慈以及他们悲哀的信仰与他又有什么相干呢?现在不正是他可以摆脱这一切的时候吗?不正是他可以像别人一样,开始正常生活的时候吗?至于莉吉亚以后会怎么样,她如何把自己的命运和她信仰的宗教统一起来,那倒是次要的,她怎么做都可以,都无关大局。最重要的是,她

---

① 基贝拉,古代小亚细亚人尊崇的自然女神。

首先要成为他的人，而且今天就要成为他的人。再一个问题是，面对一个在她看来的新的世界，面对她不得不屈从的奢华享乐，她的灵魂还能坚持她的信仰吗？今天，事情就该明白了。他只要把基隆留住，等到天黑把命令一下，就会迎来无穷的幸福。"我过去是怎么生活的呢？"维尼茨尤斯心里想，"那种生活只有痛苦，只有得不到满足的欲望，只有永远解答不了的疑问。"现在他只要这么去做，过去的一切便全都了结。当然，维尼茨尤斯也想到了他向她发过誓，绝不再对她施加暴力。可是那种发誓有什么用呢？他又没有向诸神发誓，因为他根本不信仰诸神，他也没有向基督发誓，他现在还不是基督的信徒。退一步说，她如果觉得自己受了委屈，那他只要和她结婚，她就再也不会受到委屈了。啊！是的，莉吉亚还救过他的命，他一定要这么做。他想起了那天他和克罗顿一起是怎么闯进了她的住处，想起了乌尔苏斯劈头盖脸地向他打来的情景，想起了后来发生的所有的事情。于是他眼前又浮现出了莉吉亚的身影，她依然躬身站在他的床边，穿一身奴隶的衣服，是那么温柔善良，像仙女一样美丽，令人钦慕不已。维尼茨尤斯的眼光不由自主地移到了那座神坛和莉吉亚逃走时给他留下的十字架上，他对她的恩情怎么能用新的袭击来回报呢？他怎么能把她当成奴隶那样，揪住头发拖到卧室里来呢？既然他不光要得到她，而且还真心地爱她，尤其是爱她现在这个样子，那他对她又怎么能干这种缺德的事呢？因此他突然感到，单把她弄到家里是不够的，把她强行搂在自己的怀里就更不对了。他的爱情现在有更多的要求，要求沟通他们的灵魂，要求两相情愿，互敬互爱。如果她真是心甘情愿地来到了他的家里，那么她来到的那个时刻才是一个幸福的时刻，她来到的那个日子才是一个幸福的日子,他今后的生活才会美满幸福,他的全家才会幸福起来。到那个时候,他们两人的幸福会像大海那样无边无际,像太阳那样灿烂辉煌。相反,如果他用暴力把她抢来,那就永远毁掉了这种幸福,同时也就玷污、损害和毁灭了人生最宝贵的和唯一可爱的爱情。

维尼茨尤斯这么一想,内心深处又感到害怕起来。他望了一下基隆,基隆一只手伸在破衣下面,心神不安地搔着身子,正在偷偷地看他。这使他对他又产生了一种难以言状的憎恶,恨不得马上就把这个过去的帮手当成一只害虫或者一条毒蛇那样一脚踩死。一转瞬,维尼茨尤斯便知道该怎么办了。他对自己从来没有什么克制,只凭他那罗马人的粗暴的脾气行事,因此他转身对基隆说:

"我是不会照你的主意去做的,不过你回去后也不会得不到你应得的报酬,我要叫人把你拉到家牢里去抽三百鞭子。"

基隆吓得面如土色,看到维尼茨尤斯那张漂亮的脸孔上露出了冷酷而又坚决的表情,便觉得他允诺的这种报偿绝不仅仅是一句吓唬人的戏言。

他马上双膝跪下,低着头,以嘶哑的嗓音上气不接下气地哀求道:

"波斯的国王啊!这是为什么呀?到底是为什么呀?……您是恩典的金字塔,慈悲的科罗斯,为什么要这样啊!……我是个上了年纪连饭都吃不饱的可怜人……我为您效过劳,您就是这么来报答我的吗?……"

"你对基督徒就是这样做的。"维尼茨尤斯说着便叫来了管事。

基隆一下子又扑倒在他的脚前,战战兢兢地抱住了他的双脚,脸色变得像死人一样苍白,连声哀叫道:

"老爷啊,老爷!……我这么老了!就罚五十鞭子吧!三百鞭子怎么受得了啊!就罚五十鞭子吧!……那就抽一百鞭子吧!抽不得三百鞭子呀!……可怜可怜我吧!可怜可怜我吧!"

维尼茨尤斯一脚将他踢开,命令家奴把他拖了出去。转眼间,从管事身后便出来了两个身强力壮的克瓦德人,一把抓住基隆头上残留的几根头发,用他穿的那件破旧的外套包住他的头,把他拉到家牢里去了。

"以基督的名义……"这个希腊人站在通往走廊的门口喊道。

维尼茨尤斯独自一人留在客厅里。由于刚才下过的命令,他感到非常兴奋,于是打起了精神。他现在要把一些混乱的思想集中起来,尽快地理出一个头绪。这次胜利给他带来了无比的欣慰,他真是高兴极了,觉得他向莉吉亚又走近了一大步,为此一定会得到好报的。他最初根本就没有想过,他对基隆的严厉惩罚是多么不公平,要是过去,他会为他带来这种消息而加倍地赏赐他。在这个年轻的军官的身上,那种罗马人的性格太根深蒂固了,他从来就没有同情过别人的痛苦,当然也不会为这个不幸的希腊人去枉费心思。他就是想起了基隆的不幸,也会认为他惩罚的是一个无耻之徒,他没有错。他一心想的是莉吉亚,并且一直在默默地对她说:"我对你没有以怨报德。如果你知道别人要我再一次用武力把你抢过来时我采取了什么态度,那你就会感激我了。"可是他又想,莉吉亚会不会同意他对基隆的这种惩罚呢?基督徒们本来有充分的理由对这个坏人进行报复,但他们却宽恕了他。这不就是她信奉的这个宗教的要求吗?到这个时候,维尼茨尤斯的心中才响起了那一声呼叫:"以基督的名义!"他想起了当乌尔苏斯抓住基隆的肩膀时,就是这一声呼叫救了这个希腊人的命,因此他决定减免对基隆尚未结束的惩罚。

他正要传唤管事,管事已经站在他的面前,对他说:

"老爷,那个老头已经昏过去了,大概死了,还叫人再抽下去吗?"

"先把他救醒,再带到我这里来。"

客厅管事退到门帘后面去了,但要救醒基隆却并不那么容易,维尼茨尤斯等了好半天,有些不耐烦了,当奴隶们把基隆抬进大厅之后,他马上示意叫他们出去。基隆的面孔白得像麻布一样,鲜血从他的两条腿上流到了大厅的嵌花地板上,但他的神志是清醒的,他跪在地上,伸出双手,说:

"大人,我万分感谢您,您既伟大而又仁慈啊!"

"狗东西!你要知道,我是为了基督才宽恕了你,因为基督也救过我的命。"维尼茨尤斯说。

"我将永远为基督和您效劳,老爷!"

"闭嘴,你听我说!站起来,跟我一起去,告诉我,莉吉亚住的那所房子在哪里!"

基隆挣扎着爬了起来,他刚一站住脚,惨白的脸色便像死人一样变青了。他用含糊不清的嗓音说:

"老爷,我真是饿坏了……我去,老爷,我一定去,可是我连一点力气都没有了……要是能把府上狗吃剩的东西给我填填肚子,我马上就去。"

维尼茨尤斯命奴仆领他去吃饭,又赏给了他一个金币和一件外衣。由于鞭打和长时间的饥饿，基隆全身已经虚弱得连去吃饭都走不动了，可是他又害怕维尼茨尤斯把他的这种表现看成是对他的消极反抗，再把他打一顿。想到这里，他的头发都要竖起来了。

"请给我一点酒暖暖身子吧！我马上跟您走，就是到大希腊去也愿意。"他说着牙齿便咯咯地颤抖起来。

一段时间后，他总算恢复了一点体力，于是两人一起到门外去了。这段路很长，李努斯和大部分基督徒一样，都住在第伯河对岸，他的家离密里阿姆家不远。过了不久，基隆终于找到了一所围墙上布满了常春藤的孤单单的小房子，便指着它对维尼茨尤斯说：

"老爷，这里就是。"

"好了！"维尼茨尤斯说，"现在你滚吧！不过有几句话你要听明白：你要把你为我效过劳的事，把密里阿姆、彼得和格劳库斯的住地，把这所房子和所有的基督徒通通忘掉。然后你每个月可以到我家里来一次，我的解放奴隶德马斯会付给你两个金币。如果你以后再去侦察那些基督徒，我就要打死你或者把你送到城防司令官那里去法办。"

基隆鞠了一躬，说：

"我一定忘掉。"

可是当维尼茨尤斯在街角上消失之后，基隆马上冲着他的后背带威胁地伸出了两个拳头，大声地叫道：

"向阿忒①和弗里艾②发誓，我决不会忘记的！"说完之

① 阿忒，希腊神话中能使人和神失去理智的女神。
② 弗里艾，罗马神话中司复仇和良心谴责的女神。

后,他又瘫软了。

第三十三章

　　维尼茨尤斯径直来到了密里阿姆的住地,在大门口就遇见了纳扎留斯,他看见维尼茨尤斯后,最初有些惊慌,维尼茨尤斯亲切地招呼了他,要他把他带到他母亲的房里去。

　　在密里阿姆的这间小小的房子里除了她之外,还有彼得、格劳库斯、克雷斯普斯和塔斯的保罗。保罗是刚从弗列盖拉回来的。他们一看见这位年轻的军团长,便露出了惊讶的神情,维尼茨尤斯马上说道:

　　"我以你们敬仰的基督的名义向你们问好。"

　　"愿'他'的名字永远受到赞美。"

　　"我深知你们的美德,也亲身感受过你们的善良,我因为是你们的朋友,才到这里来的。"

　　"你是我们的朋友,我们欢迎你。请坐下吧,大人! 你是我们的客人,请和我们一道进餐吧!"彼得答道。

　　"我愿意坐下,分享你们的圣餐,不过请你们先听我说几句话:希望你,彼得,还有你,塔斯的保罗,能够理解我的诚意。我知道莉吉亚住在哪里,我刚才还经过李努斯那所离这儿不远的房子。皇帝已经赐给了我享有她的权利,我在罗马城里的一些住所,有近五百个奴隶,我可以派人去把她住的那所房子包围起来,把她抓走,可是我没有那么做,也不会那么做。"

　　"为此主会为你祝福,并且赐给你一颗纯洁的心。"彼得答道。

"谢谢你,请你们再听我说下去!尽管我的生活充满了痛苦和思念,但我并没有那么去做。要不是我过去和你们相处过一段时间,我一定会把她抢走,强迫她留下来的。可是你们的品德和你们的宗教——虽然我不信仰它——使我的灵魂发生了变化,我不愿再使用暴力了。我自己也不知道为什么会这样,但我确实是变了。我之所以来拜访你们,是因为我把你们看成是莉吉亚的父母,有话要对你们说,请你们把她许给我做妻子吧!我向你们保证,我不仅不反对她信奉基督,而且我自己也要学习基督的教义。"

维尼茨尤斯说话时,昂着头,语调坚决,心情十分激动,两条腿在紧勒着腰带的外衣下不停地颤抖着。可是他说完之后,大家都没有说话,这使他又仿佛预感到他们将对他的话做出否定的回答,因此他赶忙往下说:

"我知道会有许多阻碍,但我爱她就像爱自己的眼睛一样。我虽然还不是一个基督徒,但我绝不是你们的敌人,我也不是基督的敌人。我对你们表示我的诚意,是希望你们能相信我,当前面临的这桩大事关系到我的生命,我说的是真话。别人对你们也许会这么说:'请给我施洗礼吧!'可我要说的是:'请给我指点迷津吧!'我相信基督的复活,因为这是一些诚实的人告诉我的,他们在基督死后见到过他。我也相信你们,因为我亲眼见到你们的宗教伸张美德、正义和慈悲,而不是像有些人所说的那样,去教人作恶。虽然我对你们的宗教还了解得不够,只不过从你们的言行中了解到了一点点,从莉吉亚那里了解到了一点点,但我要向你们再说一遍,你们的宗教的确使我发生了变化。我过去以强硬的手段管制我的奴仆,现在我不那么做了。我过去不知道什么叫怜悯,现在我懂得了。我过去沉迷酒色,放荡不羁,现在我从阿格雷帕湖上逃回来了,我对那里的一切都厌恶得透不过气来了。我过去崇尚武力,现在我放弃了它,我真是变得连自己都认不出来了。我对宴会、美酒、唱歌、奏乐、花冠都厌恶透了。对皇宫、裸体女人和其他所有的罪恶都憎恶极了。每当我想到莉吉亚就像高山上的白雪,我爱她就爱得越深了。每当我想到就是你们的宗教把她教育成今天这个样子,我也更加热爱你们的宗教并决心信奉它了。可是我对它还不了解,也不知道信奉它后还能不能很好地生活下去,我的天性能否接受得了,所以我一直生活在惶惑和苦闷中,就像被关在阴暗的牢房里一样。”

说到这里,他那紧锁的双眉露出了悲伤的皱纹,脸上涌现出一阵红晕。他的说话声也越来越急促,越来越激动了。

“你们看,爱情和疑虑在折磨我呀!有人对我说,你们的宗教不要生活,也不承认人世间的欢乐、幸福、权利、秩序、政府和罗马的统治,这难道是真的吗?还有人说你们是一群疯子。那么请你们告诉我,你们带来了什么呢?难道爱情是罪过吗?难道寻求欢乐是罪过吗?难道向往幸福也是罪过吗?难道你们真的是人生的大敌吗?难道基督徒应当永远是穷人吗?难道我非得放弃莉吉亚不可吗?你们的真理到底是什么呢?你们的言行就像水面一样清澈透明,可是水底下又是怎样的呢?你们知道,我是个认真求实的人。请你们把黑暗驱散吧!因为有人还问过我:‘希腊创造了智慧和美,罗马创造了强权,可是你们基督徒给了我们什么呢?’请你们告诉我,你们究竟带来了什么?如果你们的门那边就是光明,那就请你们把门打开,让我也看到光明吧!”

"我们带来了爱。"彼得说。

塔斯的保罗补充了一句:

> "我若能说万人的方言,并天使的话语,却没有爱,
> 我也就成了鸣的锣,响的钹一般。①"

老使徒彼得的心终于为这个痛苦的灵魂所感动,它就像一只被关在笼中的小鸟,在不停地挣扎,渴望飞向天空和太阳,于是他向维尼茨尤斯伸出了双手:

"谁来敲门,门就会给谁打开。主已经降恩于你了。所以我以'他'的名义,为你,为你的灵魂和你的爱情祝福。"

维尼茨尤斯说话本来就很激动,他一听到这样的祝福,便跳到了彼得跟前,于是便发生了这么一件极不平常的事情:这个古老的罗马公民的后代不久前还不把外国人当人看待,现在却握住了这个加利利人的手,把它按在自己的嘴唇上,表示对他万分的感激。

彼得感到由衷的欣慰。他知道,他在他的园地里又播下了一颗新的种子,他的渔网又网进了一个新的灵魂。

在座的人看到他是这么敬爱主的使徒,都感到非常高兴,他们齐声叫道:

"赞美天上的主!"

维尼茨尤斯抬起他那容光焕发的面孔,说道:

"我已经看出,幸福就在你们中间,因为我也感受到了这种幸福。我相信,你们在别的事情上,还会使我懂得更多的道理。可是我要告诉你们,在罗马已不可能了,因为皇帝要到安

---

① 见《圣经·新约·哥林多前书》第13章。

茨尤姆去，我接到了命令，必须跟他一道去。你们知道，如果不服从命令，那是要被处死的。你们要是真的怜惜我，就和我一道去吧，好在那里把你们的真理传授给我。那里的人很多，也很杂乱，你们甚至可以在宫廷里宣传你们的教义，比我还要安全。有人说阿克台是个基督徒，其实禁卫军中也有不少基督徒，我在诺门塔拉城门边就亲眼见过好几个士兵向彼得你下了跪嘛！我在安茨尤姆有一幢别墅，我们都会在那里集合，就在尼禄身边聆听你的讲道。格劳库斯对我说过，为了拯救一个灵魂，你们甚至甘愿离乡背井，走遍天涯海角。为此你们已从遥远的犹地亚到这里来了，所以我恳求你们，为了我的灵魂，也这么做一次吧！请不要抛弃它呀！"

他们听了这些话，便商讨了一阵，觉得这是他们宗教的胜利，因此非常高兴。同时他们也想到了，要是能把这样一位朝廷命官和罗马最古老的名门贵族的后代改宗过来，这对异教世界的改变该有多么重大的意义。为了拯救一个灵魂，他们准备漫游大千世界，自从他们的主升天之后，他们也一直是这么做的，所以他们绝对不会拒绝他的要求。可是彼得现在是全体信徒的保护人，他离不开罗马。只有刚从阿里西亚和弗列盖拉回来的塔斯的保罗，因为要去东方做一次长途旅行，访问那里的教会，以一种新的精神鼓励他们尽心竭力地工作，他这时想到了在安茨尤姆容易找到去希腊海域的船只，所以他表示愿意和这位年轻的军团长一同到那里去。

维尼茨尤斯看到一直是那么殷切关怀着他的彼得不能前往，不免有些遗憾，只好对他表示了深深的感谢。随后他向这位老使徒提出了最后一个请求：

"我知道莉吉亚的住处，本来可以直接去问她：如果我的灵魂皈依了基督,是不是可以做她的丈夫？但我还是先要得到你、我的老使徒的允许,我才去见她,或者就请你把我领到她那里去吧！我不知道我会在安茨尤姆待多久,而且你也知道,待在皇帝身边的人是没法预料明天会怎么样的。裴特罗纽斯已经告诉我,我到那里后也不会平安无事的,所以我在出发之前要去看她一次,就让我去饱享一次欢乐吧！我要问她是否已经忘掉了我的罪过,愿不愿意和我共享幸福。"

彼得亲切地笑了起来,说:

"谁能阻止你去享受正当的欢乐呢,我的儿子？"

维尼茨尤斯抑制不住他的激动和喜悦的心情,又一次吻着彼得的手,彼得把他的头扶了起来,说:

"你不用害怕皇帝。我可以告诉你,你连一根头发都不会掉下来。"

随后他要密里阿姆去把莉吉亚叫来,但不要告诉莉吉亚谁在他们这里,这样可给这个姑娘带来更大的欢乐。

因为距离不远,留在屋里的人没有等多久,便看见密里阿姆挽着莉吉亚的胳膊,从小花园里的桃金娘树中走过来了。

维尼茨尤斯本想马上跑上前去,可是他一看见自己热恋的人,那突如其来的幸福感受反而使得他浑身无力了。他的心跳得很剧烈,虽然他屏着呼吸站在那里,但他的两只脚却快要站不住了。他现在的激动情绪比他第一次听到安息人的利箭在他脑袋旁边呼啸而过还要胜过一百倍。

莉吉亚走进来时,根本没有想到她会遇到什么新来的人,因此她一看见维尼茨尤斯,就马上停住了脚步,一动也不动,好像被钉在地上似的。她的脸上露出了羞红,霎时又变白了,似乎感到惊疑而又害怕地望着在场的人。

可是她看到的都是明亮的、充满慈爱的目光。使徒彼得于是走到她面前，问道：

"莉吉亚，你永远爱他吗？"

沉默了半晌。她的嘴唇开始颤抖起来，就像一个快要哭出声的孩子，知道自己犯了过错，非得认错不可。

"你回答呀！"使徒说。

莉吉亚这时跪倒在他的脚前，顺和而又畏怯地小声答道："是的……"

维尼茨尤斯也立即跪在她身边，彼得把两只手放在他们两人的头上，说：

"在主和'他'的光荣的感召下，你们相亲相爱吧，因为你们的爱情是无罪的。"

第三十四章

维尼茨尤斯和莉吉亚在庭院里散步的时候，以发自内心的话语向她倾诉了他刚才对使徒说过的一切：他心中的惶恐不安，他身上发生的变化，还有他离开密里阿姆的家后，一直搅扰着他的生活的那种永无休止的思念。他坦率地告诉莉吉亚，他曾想要把她忘记，可是怎么也忘不了，他日日夜夜都在思念着她。他还向她提起了那个她留给他的用黄杨树枝做的十字架，他已把它当作一尊神像供奉在家里的神坛上。他越来越想念她，早在普劳茨尤斯家里的时候，他的全部心思就已经沉醉于爱情中，现在他更是这样了。别人的生命线是由命运女神编织的,他的生命线却是由爱情、思念和忧愁织成的。他过去那种粗暴的举动虽然令人怨恨,但都是出自对莉吉亚的爱,不管在普劳茨尤斯家里,还是在帕拉丁宫,他都深深地爱着她。不管在奥斯特里亚努姆看见她专心致志听彼得的讲道,还是带着克罗顿去抢她的时候,也不管她在病床边看护他还是她离开他出走以后,他的心中都一直充满了对她的爱。正因为如此,他对这个再一次发现了莉吉亚的住处,要他去把她抢来的基隆才进行了处罚,才亲自找来了二位使徒,请求他们给他传授真理,把莉吉亚赐给他……他脑子里想出了这个主意是值得祝福的,因为就是这个主意使他和她走到一起来了,她不会再像上次在密里阿姆家里那样逃避他了。

"我并不是要逃避你。"莉吉亚答道。

"那你为什么要离开呢?"

她抬起一双鸢尾花色的眼睛,冲维尼茨尤斯望了一下,然后又含羞地低下头来,说道:

"你知道……"

维尼茨尤斯由于过度兴奋,连话都说不出来了。等到过了好一会儿,他才开口说话。他告诉莉吉亚,他的眼睛是如何慢慢睁开的,直到今天,他才看清了她和别的罗马女人完全不同,也许只有蓬波尼亚一人例外。可是他说不清楚这种不同是怎么回事,因为他对这还认识不够。他只觉得在她身上有一种这个世界从来没有过的全新的美,这不仅是一种表象的美,而且是一种灵魂美。维尼茨尤斯还告诉她说,就是她的逃走,他也觉得可爱,她如果来到他的家中,就会成为他最崇拜的圣物。莉吉亚听到他的这番话,感到无比的快慰。

后来他握着她的手,再也说不下去了。他激动地望着她,仿佛他已看到自己的生命重又获得了幸福。他不断叫唤着她的名字，像要确证一下他已经找到了她，她就在自己身边：

"啊！莉吉亚！啊！莉吉亚！"

维尼茨尤斯问莉吉亚心里有什么活动，莉吉亚终于向他诉说了衷情：早在普劳茨尤斯家里的时候，她就爱上了他。如果他当时把她从帕拉丁宫送回普劳茨尤斯的家里，那她就会把这种爱情向他表白出来，并且努力劝说他们不要生他的气。

"我向你发誓，我绝没有想要把你从普劳茨尤斯家里弄走。"维尼茨尤斯说，"我当时把我爱上了你要和你结婚的意思对裴特罗纽斯说过，他以后可以作证。我对他说：'叫她用狼油来涂抹我家的大门，让她坐在我家的炉火边吧！'可是他笑我愚蠢，后来他请皇帝下令把你作为人质召到宫里来，让皇帝亲自把你赐给我。我当时很痛苦，不知道骂过他多少回，也许这是命里注定吧！要不然我也不会和这些基督徒相识，也不会像今天这样了解你了……"

"你要相信我，马尔库斯！那是基督特意把你引导到'他'的身边。"莉吉亚答道。

维尼茨尤斯抬起头来，露出了惊异的神色，十分高兴地说道：

"是啊！全都是那么巧合，我原是来找你的，却认识了基督徒……我在奥斯特里亚努姆听使徒讲道，感到他讲的那些都不可思议，我从来也没有听见过。你一定在为我祈祷吧！"

"是的！"莉吉亚回答。

他们走过一个密密层层地覆盖着常春藤的凉亭，来到了乌尔苏斯打死克罗顿后向维尼茨尤斯猛扑过来的那个地方。

"就在这个地方。"维尼茨尤斯说，"要是没有你，我早不在人世了。"

"你不要再提这件事了，在乌尔苏斯面前更不要提起它。"莉吉亚答道。

"我怎么会因为他保护了你而报复他呢？如果他是个奴隶，我会马上宣布他的自由。"

"他如果是个奴隶，普劳茨尤斯夫妇早就解放他了。"

"你还记得我说过要把你送回到普劳茨尤斯家里去吗？"维尼茨尤斯说，"你当时告诉我，皇帝要是知道了这件事，会对他们施加报复。现在好了，你可以去看他们啦，你随便去多少次都没有妨碍了。"

"为什么，马尔库斯？"

"我说'现在'，是指你当了我的妻子后，你去他们那里就没有危险了。是的！……到那个时候，如果皇帝知道了，问起他托我监护人质的事，我就直截了当地告诉他：'我和她已经结婚了，是我要她到普劳茨尤斯家里去的。'皇帝在安茨尤姆不会待很久，因为他还要到阿哈亚去。即使他在那里要玩一阵，我也不用每天都去陪着他。只要塔斯的保罗教我懂得了你们的全部真理，我就马上接受洗礼，然后再回到这里来。普劳茨尤斯这几天也要回到罗马来了，他们一定会友好地接待我。到那个时候，所有的障碍都消除了，我就来迎娶你，请你坐在我家的炉火旁。啊，最亲爱的！最亲爱的！"

说着他伸出了双手，似要请求苍天也来为他的爱情作证。莉吉亚于是抬起一双闪耀着欢乐光辉的眼睛，望着他说：

"那时候我就说：卡尤斯，不管你走到哪里，我卡亚都跟到哪里！"

"莉吉亚！我对你发誓，无论哪个女人在她丈夫家里，都不会像你在我家里受到那样的尊敬。"维尼茨尤斯大声说道。

他们一声不响地同行了一会儿，心中涨满的幸福似乎都包不住了。这一对倾心相爱的恋人好似一对天仙，都生得那么美丽，就像春天让他们伴着鲜花，一起到人间来了。

他们终于在门前的一株柏树下停了下来。莉吉亚倚着树干，维尼茨尤斯以颤抖的嗓音请求她说：

"你叫乌尔苏斯去普劳茨尤斯家里，把你的用品和儿童时代的玩具全都拿来，送到我家里去！"

莉吉亚的脸上露出了羞红，宛如一朵玫瑰或朝霞，她说：

"这里的风俗可不一样……"

"我知道，这些东西一般是由陪伴新娘的女傧送过来的，不过你现在为了我，就自己送过来吧！我要把它们带到安茨尤姆的别墅里去，有它们在身边，我就会常常想起你。"

他合着手掌，像孩子一样不断地恳求她：

"蓬波尼亚过几天就回来，你就这么办吧！我的女神①，你就这么办吧！我最亲爱的②！"

"就照蓬波尼亚的意思去办理吧！"莉吉亚回答说，她一想起女傧，脸上更加羞红了。

两人重又陷入了沉默，充满胸中的幸福使他们连气都喘不过来了。莉吉亚依然倚在柏树上，她那白皙的面孔在树荫下好似一朵圣洁的鲜花。她的眼睛朝下望着，起伏不定的胸脯就像掀起了一阵阵波浪。维尼茨尤斯的脸也变得十分苍白，在正午的寂静中，可以听到他们的心在激烈地跳动。由于

① 原文是拉丁文。

② 原文是拉丁文。

他们都沉醉在热恋中,那株柏树、桃金娘树丛和凉亭上的常春藤在他们看来,也变成了爱情的乐园。

这时候,密里阿姆来到了门口,请他们去进午餐。他们回到屋里后,坐在两位使徒中间。使徒望着这一对相爱的人,感到很高兴,因为他们作为年轻的一代,在老一代死后,会将新宗教的种子保存下来,继续撒向人间。彼得切开面包后,便为他们祝福。大家脸上都很平静,感到整个房间都充满了幸福。

保罗终于转过脸来,对维尼茨尤斯说:

"你看,我们到底是不是人生和欢乐的大敌呢?"

维尼茨尤斯回答说:

"我现在什么都明白了,我从来没有像在你们中间这么幸福。"

第三十五章

当天晚上,维尼茨尤斯经过市场回家的时候,在大杜斯库斯街口正好遇见裴特罗纽斯的那乘镀金大轿,由八个俾西尼亚人抬着走过来。他马上招呼他们停了下来。当他走到轿帘前时,看见裴特罗纽斯在里面打瞌睡,便冲着他笑呵呵地叫道:

"愿你做一个快乐的好梦!"

"啊!原来是你!"裴特罗纽斯惊醒过来,说,"是啊!我昨天在帕拉丁宫一夜都没睡,实在打不起精神,现在我要去买几本书,准备在去安茨尤姆的路上读一读……有什么消息吗?"

"你到书店里去?"维尼茨尤斯问道。

"是的。我不愿把我的书房翻得乱七八糟,只好买几本在路上读。听说莫索纽斯①和塞内加又出版了新作。我还要找几本帕尔西乌斯②的作品和维吉尔的《牧歌》的新版本,这个版本我家里没有。哎呀!我实在太困了。我一直在翻着卷筒里的手稿,把手都翻痛了……但我只要一到书店,就对什么都感兴趣,什么都想看。阿维鲁斯书店、阿尔基列顿街的阿特拉克杜斯书店我都去过了。凭卡斯托尔起誓,我真的想睡啊!……"

"你在帕拉丁宫里听到了什么消息没有?你知道那里的情况吗?你把轿子打发回去吧!那些书也叫他们送回去!然后你到我家里来,我们一起谈谈安茨尤姆和别的事情。"

"那好啊!"裴特罗纽斯下了轿后,说道,"你不会不知道,我们后天就要出发到安茨尤姆去吧?"

"我从哪里知道呢?"

"你到底是不是生活在这个世界上?把这个消息第一个告诉你的不是我吧?说真的,你要赶紧准备一下,后天早晨就走啦!红胡子的嗓子哑了,不管是吃橄榄油泡的豆子还是在他的粗脖子上缠上一块毛巾都没有用,他绝不会再拖延了。他诅咒罗马和罗马的空气,诅咒世上的一切。要是能够一脚把罗马踏平,或者放火把它烧掉,那他才高兴呢!他气急败坏地说,那些小街小巷里肮脏的臭气会把他送到坟墓里去,他要

① 莫索纽斯,古罗马哲学家,后因参加披索集团的谋反而被流放。
② 帕尔西乌斯(34—62),古罗马讽刺诗人。

赶紧离开这个地方到海上去。今天各处神庙都献上了许多供物,求诸神保佑他早日恢复嗓子,如果他的嗓子不能马上恢复,罗马就要遭殃了,元老院更是要大祸临头了。"

"这么一来,他也就不用去阿哈亚了。"

"你以为我们的神君只会唱歌吗?"裴特罗纽斯笑着说,"他还是一位诗人,会朗诵特洛亚火灾的诗,他也是一位赛车的能手,一位优秀的乐师,一位无人可比的大力士,甚至还是一位了不起的舞师。他如果参加奥林匹克的竞技大会,会夺得所有胜利者的桂冠。你知道这个猴子的嗓子是怎么嘶哑的吗?昨天他给我们跳了一个'莱达历险舞',要表现他在这方面能胜过我们的帕里斯,他跳得满身大汗,结果着凉了。他当时浑身湿透,又滑又黏,就像一条刚从水里捞上来的鳗鱼。他换了一个又一个的面具,有时像个纺锤不停地旋转,有时又像一个喝醉了的水手那样手舞足蹈,尤其是他那个肥油油的大肚子和一双瘦小的腿,看起来真叫人恶心。帕里斯已经教了他两个星期了,他扮演莱达或者天鹅神是个什么样子?你是可以想象的,像他这样的天鹅真是没法说了,可他还要公开表演哩!首先在安茨尤姆,然后还要在罗马公演。"

"大家对他公开演唱都很不满,你想想看,一个罗马的万乘之尊要公开演滑稽剧,这会造成什么影响?不!罗马绝对接受不了这个!"

"我亲爱的!罗马什么都能接受,元老院已经做出决定,要对这位'国父'表示感谢。"

过了一会儿,他又补充了一句:

"老百姓看到皇帝是个滑稽演员,会感到骄傲。"

"可是你说,还有比这更加有损于皇帝尊严的吗?"

裴特罗纽斯耸了耸肩膀。

"你成天把自己关在家里,想的全都是莉吉亚和基督徒的事,我们这里大概连几天前发生的事情你都不知道吧!尼禄竟然宣布和比塔戈拉斯结婚了。比塔戈拉斯扮成新娘的模样,这不是太疯狂了吗?你还能说什么呢?他把祭司们都找来,为他举行庄严的婚礼,连我也参加了。我这个人什么都能忍受,我当时想,如果真的有神明,也应当有所表示吧!……皇帝不信诸神,他有道理不信。"

"他一身兼任大祭司和神,可又是无神论者。"维尼茨尤斯说。

裴特罗纽斯大笑起来。

"不错!这个我还真没有想到呢!这是世上从未有过的大杂烩。"

"只是还要说得更明确一点:这位大祭司本来不信神,这位神明还嘲弄诸神,可是这位无神论者又害怕诸神。"

"维斯塔神庙里发生的那桩事就是一个很好的证明。"

"这是什么世道啊!"

"既然世道是这样,所以皇帝也这样,但这一切是不会长久的。"

他们说着便来到了维尼茨尤斯的家里,维尼茨尤斯高高兴兴地吩咐奴仆为他们准备晚餐,然后转身对裴特罗纽斯说:

"不,我亲爱的舅舅!这个世道非得进行一番改造不可。"

"可是我们改造不了它。"裴特罗纽斯答道,"道理很简单,在尼禄时代,人不过是一只蝴蝶,靠尼禄恩惠的阳光而活着,只要刮起一阵冷风,他就会死掉……不管他愿不愿意。凭玛娅的儿子起誓,我曾不止一次地问过自己,是什么奇迹使得卢茨尤斯·萨杜尔尼努斯这样的人能够活到九十三岁,经历蒂贝留斯、卡里古拉和克劳迪乌斯三个皇帝呢?……现在不谈这个啦!你能不能派你的轿子去把尤妮丝给我接来呢?我不想睡了,我现在要快快活活地玩一阵。吃饭的时候,你把琴师们叫来给我们弹奏几曲吧!然后我们再来谈谈安茨尤姆的事情,这件事确实需要好好地考虑一下,特别是你。"

维尼茨尤斯派了人去接尤妮丝,但他表示,他不愿为安茨尤姆的事情枉费心思,让那些靠皇帝恩惠的阳光活下去的人去操心吧!世界上不只是一个帕拉丁宫,那些心中和灵魂中另有所思的人们更是这么看的。

他说话的神态不仅满不在乎,而且是那么兴奋和愉快,使裴特罗纽斯也感到惊讶。裴特罗纽斯于是望了维尼茨尤斯一阵,说道:

"你怎么啦?你今天就像一个脖子上挂着金锁的孩子那样。"

"我今天特意把你请来,就是要告诉你,我已经得到幸福了。"

"发生了什么事情?"

"这种幸福就是用罗马帝国来换,我也是不换的。"

他说完便坐了下来,将手臂搭在椅背上,又把脑袋靠在手臂上,睁大了眼睛,满面笑容地说:

"你还记得我们俩一起到普劳茨尤斯家里时,你初次见到就称之为'朝霞和春天'的那个天仙般的姑娘吗?你还记得那位普赛克①,那位赛过所有的女神和少女的无与伦比的

---

① 普赛克,人的灵魂的化身,通常以蝴蝶或带有蝴蝶翅膀的少女的形象出现。

美女吗?"

裴特罗纽斯十分惊讶地望着他,好像要弄明白他的脑袋是不是出了毛病,最后他问道:

"你到底说谁呀? 如果是莉吉亚,我当然记得。"

维尼茨尤斯接着说:

"我已经是她的未婚夫啦!"

"什么? ……"

这时维尼茨尤斯马上站立起来,命令管事:

"快去把所有的奴隶都召集到我这里来,一个也不要落下! 快去!"

"你成了她的未婚夫?"裴特罗纽斯又问了一句。他的惊讶还没有消除,维尼茨尤斯家宽敞的客厅里已经来了许多人,在他们中有衰颓的老者,有年富力强的男人,还有女人、小男孩和小女孩。后来人越来越多,不仅把大厅里挤得满满的,就连那称之为咽门的走廊上,也能听到各种方言的说话声。没多久,奴隶们便在圆柱中间沿着墙壁排成了几排。维尼茨尤斯站在天井旁,对解放奴隶德马斯说:

"在我家凡是服役满了二十年的奴隶,明天都到市法官那里去办理解放的手续;不满二十年的每人发给三枚金币和一个星期的双份口粮。命令免去对所有关在乡下牢房里的奴隶的惩罚,去掉他们脚上的镣铐,让他们吃饱。你们知道,今天是我喜庆的日子,我要让全家的人都高高兴兴。"

在场的人听到他的这些话,一开始都不敢相信自己的耳朵,他们一声不响地站着,等到过了一会儿,这才举起双手,异口同声地叫道:

"啊! 老爷! 啊! 啊! ……"

维尼茨尤斯挥了挥手,示意他们退下。他们本要跪在他的脚前,向他表示深深的感激,但这时不得不迅速地退了下去。整个府邸从地下室到屋顶都充满了欢乐的气氛。

维尼茨尤斯又说:

"明天我还要把他们召集在花园里,让他们在地上画一样他们爱画的东西。凡是画了鱼的人,都由莉吉亚去解放。"

裴特罗纽斯对任何事情都不会老是感到惊讶,因此他这时候也恢复了常态,便问道:

"是鱼吗? 对了,我记得基隆说过,这是基督徒的标志。"

他把手伸向维尼茨尤斯,又说:

"一个人只要见到了幸福,幸福就永远也不会离开他。愿弗洛拉①在你的脚上长年撒上鲜花,愿你得到你希望得到的一切。"

"我原以为你会反对的,所以我想让你知道,你即使反对也没有用。现在我真的要感谢你了。"

"我怎么会反对呢? 我决不会反对。我要告诉你的是,你做得很对。"

"啊,你真是个骑墙派! 难道你忘了,在我们离开蓬波尼亚家里的时候,你是怎么对我说的吗?"维尼茨尤斯高兴地说道。

但裴特罗纽斯回答得很冷淡:

"没有忘记。只是我改变了我的看法。"

过了一会儿,他又说:

"我亲爱的,罗马的一切都在改变,丈夫改换着妻子,妻

————————

① 弗洛拉,古罗马司花、青春和青春之乐的女神。

子也改换着丈夫。为什么我就不能改变我的看法呢？像这样的改变难道还少吗？有的人为了讨尼禄的欢心，还有意宣扬阿克台是皇族的后代，差点让尼禄和她结婚了。其实，这也没有什么不好，皇帝要是有她这么一个贤良的妻子，我们不就有了一位品德高尚的皇后吗？凭普罗泰乌斯[①]和他在海中寂寞的住宅起誓：我随时都会改变我的看法，只要我认为这种看法实用和方便。至于莉吉亚，她的皇族出身总比阿克台要实在一些吧！但你到了安茨尤姆，对波贝亚可要提防着点，这个女人是爱报复的。"

"我根本就没有把她放在心上。我在安茨尤姆连一根头发都不会损失。"

"你以为你这么说又会使我大吃一惊吗？那你就错了。不过我要问你，你的这种自信是从哪里来的？"

"使徒彼得对我这么预言过。"

"啊！既然是使徒彼得对你说的，那当然没有问题。但我还是要为你采取一些必要的安全措施，即便为了使徒彼得的预言不至失灵也好嘛！如果彼得偶尔说错了，他就会失掉你的信任，而你的信任对他来说，还是很有用的。"

"你想干什么就干你的吧！不过我还是相信他。如果你以为点着他的名儿说几句讽刺话，就会激起我对他的不满，那你就错了。"

"我还要问你，你已经是基督徒了吗？"

"现在还不是，可是塔斯的保罗要和我一同去，他要在那里给我讲授基督的教义，然后我就会受洗。你以前说过，基督

---

① 普罗泰乌斯，古希腊神话中的海神。

徒是生活和欢乐的大敌,这种看法是不对的。"

"既然如此,这对你和莉吉亚不就更好了吗?"裴特罗纽斯说。

然后他耸了耸肩膀,又自言自语地说:

"事情总是那么奇怪,这些人怎么会有那么多的追随者呢? 他们的宗教为什么能够传播得那么快和那么广泛呢?"

维尼茨尤斯很热情地回答说,就像他已经受过了宗教的洗礼似的:

"真的! 在罗马,在意大利各个城市,在希腊和亚细亚,他们的信徒成千上万,到处都有,在军队和禁卫军中,就连皇宫里也有许多信徒。不论奴隶和公民,不论穷人和富人,不论平民和贵族,他们都信这种宗教。难道你不知道科尔内里尤斯家有一些人,还有蓬波尼亚·格列齐娜都是基督徒吗? 以前的奥克塔维亚不也很可能是基督徒? 现在的阿克台不就是基督徒吗? 这个宗教确实已经传遍了全世界,只有它才能改造这个世界。你别耸肩膀了,要是再过一个月或者一年,说不定你自己也会改信基督教了。"

"我? 这绝不可能。"裴特罗纽斯说,"凭莱达的儿子起誓,即使它里面包含着人和神的一切智慧和真理,我也不会信奉它……因为这种宗教要求劳动,可我不爱劳动,它还要求舍弃,生活中的一切我都舍弃不了……你的性情像一团火,又像开了的水,像火和沸水这样热情奔放的东西你总是可以得到的。我就不一样,我有我的宝石和玉雕,我的花瓶和尤妮丝。我虽然不相信奥林匹斯山,但我却为自己在这个世界上建立了一座奥林匹斯山。只要神的箭还没有把我射中,只要皇帝还没有命令我割开动脉,我就要把我的生活打扮得像盛开的鲜花一样美丽。我太爱紫罗兰的芳香和方便舒适的餐厅了。我也爱我们的诸神……但只是拿他们当作做文章的对象。我也爱阿哈亚，而且我马上就要陪同我们那位体胖腿瘦的皇帝、那位无可比拟的神君，那位高踞于一切之上的赫拉克勒斯式的勇武的尼禄到那里去了……"

他说完后，又想起了竟有人料定他会接受加利利的渔夫的宗教，便笑了起来，开始低声地吟唱道：

> 我要以哈尔姆狄奥斯和阿雷斯托基顿为榜样，
> 用桃金娘的绿叶装饰我明亮的宝剑。

尤妮丝来了后，他就打住不唱了。

她一来到，就即刻摆上了晚餐。在用餐的时候，琴师们还给他们演唱了几首歌曲。维尼茨尤斯也向裴特罗纽斯讲述了基隆是怎么来拜访他，他的来访又怎么使他想起了去找使徒，这种想法又是怎么在他鞭打基隆的时候产生的。

裴特罗纽斯又觉得困乏了，他听完后，便立即把手按在脑门上回答说：

"只要结果不坏，想法总是好的。至于那个基隆，如果我当时在场，就会送给他五个金币。你既然打他，还不如就把他打死，因为以后见到他，那些元老们说不定还会向他点头哈腰呢，就像他们现在对我们的鞋匠骑士瓦提纽斯是那么唯命是从一样。晚安！"

他取下花冠，要和尤妮丝一道回家了。维尼茨尤斯把他们送走后，来到书房，给莉吉亚写了下面这封信：

> 但愿你睁开你那双美丽动人的眼睛时，我的女神啊！
> 这封信能够向你说一声早上好！我正是为了这个才给你

写信的,虽然我明天就能够见到你了。皇帝将于后天起程去安茨尤姆,遗憾的是,我不能不陪他去。我已经告诉过你,抗旨不去要遭到杀身之祸,我现在是不想死的。不过你要是不愿意我去,你只要回我一句话,我就会毫不犹豫地留在这里。到那个时候,裴特罗纽斯会尽力设法来保护我的。今天是我最高兴的一天,我奖励了我家所有的奴隶,明天我还要将那些服役满了二十年的奴隶领到市法官那里去办理解放的手续。亲爱的,我想你一定会赞扬我的这种举动,因为它符合你所信奉的慈善教义的主张;再者我也是为了你才这么做的。明天我要告诉他们,他们获得了自由是你的功德,他们应当感谢你,传扬你的美名。而我则心甘情愿做你的奴隶和幸福的奴隶,永远也不要求解放。安茨尤姆和红胡子的旅行是该诅咒的!我没有裴特罗纽斯那样的聪明才智,却得到了三倍和四倍的幸福,因为我可以不去阿哈亚了。短时间的分别会引起我对你的甜蜜的思念。我在这里只要稍有空闲,我就会骑上快马,跑到罗马来,看看你那秀美的身姿,听听你那甜蜜的声音,这样我也就心满意足了。要是这个我做不到,我就派奴隶捎信给你,也期盼着得到你的消息。祝福你,我的女神!拥抱你的双脚。我把你叫作女神,你不会生气吧?如果你不愿我这么叫,我以后就不叫了,但今天例外。我从你未来的家里用我整个的灵魂问候你。

第三十六章

全罗马都知道,皇帝在旅途中,打算去参观一下奥斯提亚港,实际上,他是想去参观一艘刚从亚历山大港运送粮食来到那里的世界上最大的货船,然后再从那里顺着海滨大道去安茨尤姆。圣旨好几天以前就公布了,所以那天一大早,当地居民和来自世界许多民族的人们都聚集在奥斯顿西斯城门附近,希望一睹皇帝出巡的风采,以饱眼福,罗马的老百姓对这是永远也看不够的。去安茨尤姆的旅途既没有艰难险阻,也不十分遥远,那里还有皇帝富丽堂皇的行宫和达官贵人的别墅,凡是奢侈享乐所需的一切,几乎应有尽有,就连最华贵奇巧的奢侈品也不缺少。但皇帝的习惯是要随驾带去他所喜爱的一切物品:从乐器、日常用品到雕像和嵌镶工艺品。每当他在路上停下来休息或者进餐的时候,即便停留时间不长,也要把那些东西全都陈列出来,以供玩赏,因此尼禄每次出巡都得带上他的全部随从。除了这些随从侍候在他的身边之外,还有一大队禁卫军和他的朝臣们伴随着他。每个朝臣都有自己的奴隶和侍从的队伍,浩浩荡荡,十分壮观。

这一天天刚亮,一些脚上穿着山羊皮鞋,面孔晒得黝黑的坎帕尼亚牧人便赶着五百头母驴,穿过城门,急急忙忙朝安茨尤姆跑去,因为波贝亚到安茨尤姆后的第二天早晨,照她的习惯,要用驴奶洗一个澡。路旁的老百姓看到这一大群在路上扬起的尘土中摇摆着耳朵的牲畜,都嘻嘻哈哈地大笑起来,并且兴高采烈地倾听着那鞭子悠扬的嗯哨声和牧人们粗野的吆喝声。驴群走过之后,只见一大群少年跑到路上来,把路面清扫得干干净净,然后撒上鲜花和松针。人们怀着自豪的心情都在谈论着通往安茨尤姆的整条道路上会撒满鲜花,有的花是从附近私人的花园中采摘来的,有的是从莫吉奥尼斯城门的花商那里高价买来的。清晨过后,道路两旁的人越聚越多了。有的还携带着全家老小前来观看,为了利用等候的时间,他们将带来的食品全都摆放在用来建筑赛丽斯①新神庙的石头上,开始在露天下进早餐。到处都有聚集的人群,那些见过世面的人便兴致勃勃地从皇帝这次巡游开始谈起他未来的旅行计划和一般旅行观光的事情。这时候,还有一些水手和退伍军人也谈起了罗马人还从来没有到过的那些异国的奇闻逸事,这些都是他们在遥远的征途中听来的。有的市民一辈子都没有离开过阿比亚大街,孤陋寡闻,一听到这些印度和阿拉伯的神奇故事和不列颠群岛的故事,都感到非常惊奇。据说在这些岛中,有个小岛上有许多妖魔鬼怪,布里阿瑞俄斯②曾把那个在岛上睡着了的萨图尔努斯捆绑起来。此外他们还讲了许多遥远北国的故事,讲了海洋的冻结,当太阳沉下海去的时候,海水就会发出咝咝声响,或者发出奔腾呼啸的声音。这些故事听起来是那么真实感人,就连普里纽斯③和塔西陀④这样的名人学士都深信不疑,更别说那些世事不闻的平民百姓了。最后他们还谈到了皇帝要去参观的那艘大船,那艘船

---

① 赛丽斯,古罗马神话中的农业和谷物女神。
② 布里阿瑞俄斯,希腊神话中的百臂巨人。
③ 普里纽斯(约61—约114),罗马作家。
④ 塔西陀(约55—约120),罗马著名史学家,著有《编年史》。

不仅装载了足够罗马人吃两年的粮食,船上还有四百名旅客和同样多的船员,还有一大批夏天举办竞技比赛用的野兽。人们听到这个消息,都对这位与民以食、与民同乐的皇帝产生了普遍的好感,准备以热烈的欢呼迎接他的到来。

这时来了一队由努米底亚人组成的禁卫军骑兵队。他们身穿黄色的军服,系着红色的皮带,还有一对大耳环把金黄色的反光投射在他们黝黑的脸上。插在竹矛上的钢尖在阳光中像一团火似的闪闪发光。他们走过之后,整个游行队伍便出发了。观众这时也拼命地往前面挤去,总想看得更清楚一点。为了保证道路的畅通,禁卫军步兵从城门口开始,就排列在道路的两侧以维持秩序。走在前面的是车队,这些大车有的载着紫色、红色、紫罗兰色和用金线缝制的雪白的洋纱帐篷,有的装着东方地毯、柠檬木桌子、嵌镶花板、炊事用具和鸟笼。鸟笼里有从东方、西方和南方采集来的各种禽鸟,皇帝以它们的脑子和舌头做膳食用。还有一些大车装着一坛坛美酒和一篓篓水果。一些物品因怕货车运送造成损坏,都由奴隶们扛着。因此可以看到几个奴隶扛着许多陶瓷器皿和科林斯铜雕像。还有一些奴隶手里捧着艾特露西花瓶和希腊花瓶或者拿着各种金器、银器和亚历山大的玻璃制品。奴隶的队伍之间既有禁卫军步兵或骑兵小队负责保护他们,又有一些监工在监视着他们。监工们手里拿着鞭子,鞭梢上包着铝片或铁片。这些扛着皇家贵重物品的奴隶一个个也都十分小心谨慎,集中精力,看起来就像一支庄严的宗教游行队伍,特别是那扛着皇帝和宫廷里用的乐器的队伍走过来后,就显得更加严肃了。在那许多乐器中有竖琴、希腊琴、希伯来琴、埃及琴、七弦琴、古琴、三角琴、笛子、弯弯曲曲的长号和铙钹等。望着这一大片乐器的海洋在阳光下闪烁着金黄、铜色、宝石和珍珠的光辉，人们都以为，这是阿波罗或者巴克斯在巡游世界。紧跟在这支队伍后面的是豪华的大篷车，车上坐满了卖技艺者和身着艳丽服装、手持舞杖的男女舞者。篷车后面又来了一群奴隶，这是一些从希腊和小亚细亚挑选来的童男童女，有的披着长发，有的把头发梳成发结套在金色的网套里。他们个个长得清秀，宛如一尊尊爱神。他们的脸上还抹着脂粉，是为了防止坎帕尼亚平原吹来的劲风损坏他们娇嫩的皮肤。他们到这里来不是为了干活，而是专供达官贵人玩赏的。

随后又来了一队由西康布尼亚人组成的禁卫军，这些军人身材高大，全都生着金色或锈红色的头发，一双碧蓝的眼睛和一大把胡须。走在他们前面的是被称为"假面人"的旗手。这些旗手都高举着罗马的鹰旗、告示牌、罗马和日耳曼的神像，有的还高举着皇帝的全身塑像和胸像。在他们的甲胄和毛皮衣下面，可以看见那被太阳晒黑了的有如战争机器的强壮有力的身躯，这种身躯最适合佩带卫队专用的重型武器。当他们以整齐、威武和雄壮的步伐走过去时，大地都好像要陷下去了。他们因为把自己的力量看得过于强大，以为可以和皇帝抗衡，所以对街上的人群根本不屑一顾，可是他们忘了他们中的大多数以前都是戴着脚镣手铐被驱赶到罗马来的。这个队伍的人数并不很多，因为其中的大部分都留在军营里没有来，是为了保卫罗马的安全，维持城里的秩序。他们走过之后，又来了一群专供驮拉用的狮子和老虎，如果尼禄高兴，想学狄奥尼索斯的榜样，就会把它们套在战车上。可是现在，它们都用带环扣的铁链锁在一起，被一些印度人和阿拉伯人驱赶着往前走去。铁链上还缠着许多鲜花和树枝，看起来好像它们是用花绳牵着走的。这是一些经过熟练的驯兽人驯服了的野兽,它们一面走,一面用它们那双昏昏欲睡的绿眼睛望着人群,有时还抬起它们那硕大的脑袋,用鼻子使劲地吸着气,一闻到人的气味,就用长满了肉刺的舌头舔着自己的嘴巴。

紧随其后的就是皇帝的车辆和轿队了。这些车辆和轿子大小不一,有金黄色的,也有紫色的,上面都装饰着象牙、珍珠或者光彩夺目的宝石。它们后面又是一队禁卫军,由清一色的意大利志愿兵①组成,但身披着罗马的甲胄。后面又是一群穿戴华美的侍役和少年。皇帝终于出现了,人群的欢呼声在远处就通报了他的到来。

使徒彼得也在这些观看的人群中,因为他觉得他一生中至少应当看到皇帝一次。跟他一起来的还有莉吉亚和乌尔苏斯。莉吉亚的脸上蒙着一条厚厚的纱巾。乌尔苏斯膂力过人,不管人群如何狂呼乱叫,横冲直撞,他都能够确保这个姑娘的安全。他这时从地上抱起一块建神庙用的大石头,把它放在使徒的身边,使徒站在上面就比谁都看得更清楚了。可是这个巨人活动起来就像一艘破浪前进的大船,把观看的人群一下子全都挤到了边上,因而引起了他们的责怪。后来他们看见他搬起了那块他们中四个最强壮有力的汉子都搬不动的石头后,这种责怪又变成了惊叹,于是到处都可听到"真了不起"的叫喊声。这时尼禄已经来了,他坐在一辆用六匹钉着金马掌的伊杜梅亚白马拉着的大篷车上。篷车上面只有一个顶盖,四周围是空的,为的是让民众能够亲眼看见皇帝陛下

---

① 奥古斯都·屋大维皇帝就规定了意大利居民免服兵役。因此所谓"意大利军队"都是由志愿兵组成的,通常驻扎在亚细亚。在罗马的禁卫军中服役的也是志愿兵,只要他们不是外国人就行。——原注

的龙体。车上本来还可以坐很多人,但尼禄却独自一人坐在车里,只让两个侏儒坐在他的脚旁边,为了让人们的注意力都集中在他一个人的身上。他身穿白色的衬衣和一件紫色的宽袍,他的面孔在宽袍的映照下变成了淡蓝色,他的头上戴着一顶月桂冠。从上次去那不勒斯以后,他的身子又胖了许多。他的下颚骨下垂着两层下巴,把他的面孔都拉长了。他的嘴原来就和鼻子靠得太近,现在看起来,像在鼻孔下面开了一个切口似的。他和平日一样,用丝巾缠着粗大的脖子,还不时用一双肥胖的白手去整理丝巾。他的手腕上长满了红毛,仿佛留下的一大块血迹。他不让修指甲的剃掉这些红毛,因为他听说若是把它们剃了,他的手指就会不停地颤抖,也就没法弹琴了。他的脸像往常一样,总是露出一种虚荣无法得到满足的表情,再加上疲劳和厌倦的情绪,这张脸就显得更加丑恶和可怕了。他一面驱车前进,一面朝两边张望,还不时眨巴着眼睛,仔细看着民众是怎么对他表示欢呼的。人群中响起了雷鸣般的掌声和口号声:"万岁!盖世无双的皇帝万岁!阿波罗的儿子,阿波罗啊!"看到人们是这么狂热地欢呼,尼禄高兴地笑了起来。但他的脸上又不时掠过一阵阴云,他知道罗马人爱嘲笑,爱挖苦人,他们在人多势众的时候,甚至对那些伟大的胜利者,对他们衷心爱戴和尊敬的人,都要嘲弄一番。他们知道,尤利乌斯·恺撒当年胜利归来的时候,就有人对他高喊:"公民们,快把你们的妻子藏起来吧!那个秃顶的色鬼来了!"尼禄那古怪的自尊心要是遇到这样的嘲弄和责骂,当然是受不了的。他在人群的赞美和欢呼声中,这时却听到了这样的叫喊声:"红胡子!……红胡子!你把你火红的胡子弄到哪里去了?你是不是怕它把罗马烧了?"这些人在叫喊的时候,并不知道它会产生多么可怕的后果。皇帝对这些话起初也没有十分在意,因为他确实没有留胡子,他早就把他的胡子装在金筒里献给朱庇特神庙了。但他后来又听到有一些人躲在乱石堆里或神庙墙外发出了这样的叫喊声:"弑母的凶犯,尼禄! 你这个奥列斯特①! 你这个阿尔克梅翁②!"有的人还大声地叫道:"奥克塔维亚在哪里?""把你的紫袍脱下来吧!"还有人对他身后的波贝亚也大声地喊着:"黄发女人!"这是一个对妓女的称呼。尼禄灵敏的耳朵听到这些大声的咒骂后,便把磨得溜光的绿玉眼镜放在眼睛上,他一定要看清这些咒骂的人是谁,把他们牢记在心上。最后他把目光停留在站在石头上的彼得的身上,两个人对视了好一阵。不管是在这盛大无比的巡游队伍中,还是在这些数不清的观众中,都不会有人想到,这两个互相对视的人就是人世的主宰,其中一个会像一场血腥的梦那样即刻消失,另一个呢? 虽然是个布衣老者,但他将永远统治着这个世界和这座城市。

皇帝御驾走过之后,便来了一乘由八个非洲人抬着的富丽堂皇的大轿,坐在里面的正是人民所憎恶的波贝亚。波贝亚也和尼禄一样,穿一身紫晶色的袍衣,脸上涂着厚厚的脂粉,端端正正地坐在轿子里,一动也不动,她好像在沉思,对周围的一切都表现得十分冷淡,乍一看,仿佛宗教游行时抬着的一尊美丽而又凶恶的神像。她后面还跟着一大群男女仆役和一列长长的车队,满载着各种豪华的服装和供她奢侈享乐的一切用品。当朝臣们的队伍走过来时,太阳已过子午线了。

---

① 奥列斯特杀死母亲的故事见第 205 页注①。

② 阿尔克梅翁,根据希腊神话,他杀死了自己的母亲,后为复仇女神所杀。

这个队伍更是异彩纷呈,令人眼花缭乱,就像一条美丽的长蛇,蜿蜒曲折地往前伸去,一直伸到了无尽的远方。裴特罗纽斯和他那貌若天仙的女奴同坐在一乘轿子里,他这时虽然有点倦意,但是受到了群众热烈的欢迎。蒂盖里努斯坐在一辆用小马拉着的战车上,这些马的身上都装点着白色和紫色的羽毛。他不时从车上站起来,伸长脖子朝前望去,想知道皇帝对他是否有所表示?是否让他上前去陪伴他?群众对每个大臣的态度都是不同的:利齐尼亚努斯·披索受到了他们的鼓掌欢迎,维泰留斯却被他们笑话了一顿。他们冲瓦迪纽斯也吹着口哨,表示对他的轻蔑,他们对执政官也表现得很冷淡。但不知道为什么,杜留斯·塞内茨约和维斯迪努斯却成了他们最喜爱和最受欢迎的人。这支队伍源源不断,没有尽头,使人感到,就好像罗马城里所有的名门望族、阔富人家和社会名流都要迁居到安茨尤姆去似的。尼禄每次出外巡游,都少不了带上一千辆大车和超过一个军团官兵数目①的陪同人员,在他的这个队伍中,除了以上朝臣和武将外,还有多米茨尤斯·阿菲尔、年迈体衰的卢茨尤斯·萨杜尔尼努斯和韦斯巴芗。这个韦斯巴芗没有去远征犹地亚,是回来接受皇帝加冕的,这里还有他的几个儿子跟在他的后面。此外还有年轻的内尔瓦、琉康、安纽斯·加隆、克温迪亚纽斯,还有许多以财富、美貌和淫佚放荡而闻名于世的女人。观众的眼光不再注视那些熟悉的面孔,而转移到大车、马匹、马具以及世界各民族出身的奴隶们的奇装异服上来了。在这个奢侈豪华和壮观的大洪流中,他们不知道看什么才好。他们的脑袋被金光、珠

---

① 在罗马帝国时期,一个军团大约有六千人。——原注

宝、绸缎和象牙的闪光以及紫色、紫罗兰色和其他各种颜色搅得昏昏沉沉，便觉得连太阳的光辉也好像融化在这五彩缤纷的海洋中了。在这些来看热闹的人群中，有不少肚子干瘪，露着饥饿眼神的穷人。眼前这一片富丽堂皇的景象给他们带来了欢乐，也使他们产生了自豪和羡慕，盼着自己也能在其中受用一番。由此他们也体验到了罗马的权势和不可战胜的力量，全世界都要向它纳贡，向它俯首称臣。事实上，谁都不会怀疑它的强权永远不会动摇，它将永远统治所有别的民族，没有一个民族能够和它抗衡。

维尼茨尤斯走在队伍的末尾，他起初并没有想到他在这里会遇见莉吉亚，因此他一见到大使徒和莉吉亚，就立即从车上跳了下来，非常激动地向他们问候，连一秒钟也不愿失去地急急忙忙对她说话：

"莉吉亚，你来啦！我真不知该怎么感谢你才好……就是上帝也不会给我这么好的机会。我再一次问候你，我就要离开你了，但这次离开不会很久。我一路上都会准备好替换的马匹，我到那里以后，只要遇到空闲的日子，就会来看你。再见吧！"

"再见，马尔库斯！"莉吉亚回答后，又小声地补充了一句：

"愿基督指引你，让你的灵魂从保罗的话中得到启发。"

维尼茨尤斯知道她盼望他早日成为基督徒，感到非常高兴，他回答说：

"我的眼珠子①，我都照你说的办。保罗要和我的随从走

----

① 原文是拉丁文。

在一起,但他和我是在一起的,他是我的师长和朋友……揭开你的面纱吧,我的唯一的欢乐,让我在走之前看看你吧!你为什么要遮住你的面孔呢?"

她把面纱揭开,向他露出了一副明亮的面孔和一对迷人的眼睛,笑着问道:

"你不喜欢我戴面纱?"

她的微笑带着一种少女调皮的神气,维尼茨尤斯非常激动地注视着她,回答说:

"是的,我的眼睛不爱看你戴上面纱,我一直到死都要看见你的面孔。"然后他转身对乌尔苏斯说:

"乌尔苏斯,你要像保护眼珠子那样保护她,她不仅是你的主人,现在也是我的主人了。"

说完维尼茨尤斯又握着莉吉亚的手,用他的嘴唇去亲吻它。周围的群众看到后都非常惊讶,他们不理解,为什么这么一位高贵的爵爷会对一个穿着朴素得像奴隶的姑娘表现得这么尊敬?

"再见……"

维尼茨尤斯看见皇帝的全部队伍都已经远远地走到前面去了,只好匆匆地和她告了别。使徒彼得看到他这样,也轻轻地画个十字,和他告了别。善良的乌尔苏斯看到年轻的女主人是那么认真地听他说话,也感到非常高兴,他不仅以表示感激的眼光望着维尼茨尤斯,而且对他表示由衷的赞美。

皇帝扈从的队伍越走越远,最后消失在一片黄色的尘雾中,但他们还久久地停留在那里,目不转睛地遥望着那队伍走向的远方,一直到德马斯——就是乌尔苏斯夜里做工的那家磨坊的主人来找他们,这才醒悟过来。

德马斯吻过使徒的手后,便要请他去他家里吃饭。他说,他们在城门口站了大半天,一定是又饿又累了,他的家就在中央市场附近。

于是他们一同来到了德马斯的家里,在那里吃过饭后,一直休息到傍晚才回到了第伯河那边的住所。他们在过河时,想走埃米里乌斯桥过去,因此他们翻过普布利库斯丘陵,登上了黛安娜神庙和墨丘利神庙之间的阿芬丁山。使徒彼得站在山顶上,眺望着四周围和远方的建筑物,慢慢地陷入了沉思:这是一座多么巨大、多么有权势的城市,他就是为了传播上帝的真理才到这里来的。来到这里之前,他还到过许多国家,见到过罗马在那里的统治和驻扎在那里的军队,但那只是罗马强权的一部分,直到今天,他在尼禄皇帝身上才看见了罗马所有的强权。这是一座巨大而又野蛮的城市,一座贪婪残暴的城市,它全身腐烂已经深入到了骨髓,但它依然拥有不可摧毁的超人的权力。这个皇帝乃是一个弑母杀妻,残害同胞兄弟的十恶不赦的凶犯,他身后总是影影绰绰地跟着一大群血淋淋的鬼魂,这些鬼魂比皇宫里活着的人还多。这个荒淫无耻的色鬼和小丑统帅着三十个军团,这些军团的力量使他能够统治整个世界。此外,还有那些穿金戴银的高官显贵、皇亲国戚,他们在这座可怕的皇宫里连自己的命运都掌握不了,可是他们每人拥有的权势却比一些小国的国王还要大。这一切在彼得看来,已经构成了一个地狱般的罪孽深重的王国。他那颗纯朴的心不明白上帝为什么要给一个恶魔这么大的权力,为什么要把世界交给一个恶魔,任凭他去玩弄、践踏和蹂躏,残酷无情地榨取它的血汗,像旋风一样把它翻卷,像狂风暴雨似的袭击它,像大火一样地焚烧它。想到这里,使徒心里感到惶恐不安了,他默默地问主道:"主啊!你把我派到这座城市里来,我怎么才能完成你的使命呢?海洋和陆地都属于它,陆地上的动物和海洋里的水产都归它所有,别的国家和城堡也都在它的管辖之下。它有三十个军团,能够监督和保护这些国家。可是我呢,我不过是一个湖上的渔夫,我该怎么办呢?怎样才能消除它的罪恶呢?"

彼得说着便把他那颤颤巍巍的白头抬了起来,朝天望去。他祈祷着,发自内心地呼唤着神圣的天主,充满了悲哀和恐惧。不一会儿,莉吉亚的声音打断了他的祈祷,她说:

"整个城市都好像燃起了大火⋯⋯"

的确,这一天日落的景象有点奇怪,它那巨大的圆盾牌在雅尼库尔山丘的那边已经沉下去了一半,可是辽阔的天空却依然被照得火一样通红。从他们站立的地方向远方望去,是一片无垠的大地。靠近右边可以看见大竞技场的长长的围墙,围墙后面耸立着帕拉丁宫。正前方是卡比托尔山顶和山上的朱庇特神庙,再往前便是博阿留姆市场和维拉布鲁姆。神庙的围墙、圆柱和屋顶都淹没在金黄色和紫红色的霞光中。从远处看那条河,就好像里面流着血水。太阳越是在山后沉没下去,霞光就显得越红,这时候,整个天空都好像燃起了大火,火势不断蔓延,最后吞没了七个山丘,使邻近一带都变成了一片火红。

"整个城市都起火了!"莉吉亚又说了一遍。

彼得用手遮住了阳光,说:

"这是上帝在对这座城市表示愤怒。"

第三十七章

维尼茨尤斯给莉吉亚的信：

给我把这封信送去的奴隶福来贡是个基督徒，他是要你亲手解放的奴隶之一。我最亲爱的！他是我家里的一个老奴仆，我对他是很放心的，不用担心这封信到不了你的手中。由于天气太热，我们现在不得不留在劳伦杜姆，我这封信就是在这里写的。奥托在这里原有一座豪华的别墅，但他很早就赠送给波贝亚了，所以波贝亚和他离了婚后，也理所当然地认为这件漂亮的礼物是属于她的……每当我想起我周围的这些女人，再想到你时，我就以为丢卡里翁抛出的那些石头肯定是不一样的①，要不然，怎么会有这么多不同类型的女人呢？我觉得在这些女人中，只有你才是水晶石变成的。我的整个灵魂都爱慕你，赞美你，我一心只想谈你的事情，可是我又不得不给你写一些我们在旅途中的见闻、我个人的情况以及宫廷里的新鲜事。波贝亚举行过一次秘密的宴会，这是一次很讲究的宴会，除了皇帝陛下作为上宾参加之外，她只

---

① 丢卡里翁，普罗米修斯的儿子。当宙斯发洪水惩罚人类时，他听从父亲的劝告，造了一只小船，他和妻子皮拉因而得救。后来他们考虑如何重新繁衍人类的问题，在神的启示下，领悟到大地便是母亲，母亲的骨头就是石头。丢卡里翁投掷的石头变成了男人，皮拉投掷的石头变成了女人。

邀请了为数不多的朝臣,我和裴特罗纽斯都被邀请了。宴会后我们乘坐金色的小船去海上漂游。宁静的海面仿佛在睡梦中,碧蓝的海水和你的眼睛一样。啊,我的仙女!我们都亲手荡桨,可是那些执政官先生和他们的儿子却争着替波贝亚划船,显然是要向她谄媚讨好。皇帝身穿紫袍,坐在龙舵旁边,唱起了一首赞美大海的颂歌,这首歌的歌词是他头天晚上写的,曲子是他和迪奥多尔一起谱的。坐在另外一艘船上的一些印度奴隶会吹奏一种用海贝制成的乐器,为他的歌声伴奏。游船的四周突然浮现出了一大群海豚,就好像是音乐把它们从安姆菲特里特海底吸引到这里来的。你知道我在干什么吗?我在思念你呀!我渴望见到你,我真想把这蓝湛湛的大海,把这里美好的天气和爽心悦耳的音乐都奉献给你。要是我们将来也住在海边,远远地离开罗马,你愿不愿意呢?我的皇后!我在西西里岛有一块领地,在那里种了许多扁桃树,一到春天便盛开着玫瑰色的花朵,那些扁桃树靠近海边,有些枝叶还伸到了海面上。我在那里也会深深地爱你,我很敬仰保罗给我讲述的教义,我现在知道,这种教义并不反对爱情和幸福。你也喜欢爱情和幸福吗?可是在我还没有从你那甜蜜的嘴里听到你的回答之前,我还得把船上发生的事情继续地写下去。我们远远地离开了海岸之后,突然看见前面很远的地方有一条船,于是大家都争论起来,那是一条普通的渔船,还是奥斯提亚的那艘大船?我首先认出了它就是奥斯提亚的那艘大船。波贝亚知道后便说,什么都躲不过我的眼睛。说完她突然把面纱拉下,遮住了她的脸庞,问我现在认不认得出她。裴特罗纽斯马上回答说,即便是太阳,被乌云遮住了也是看不见的。可是她却逗趣似的对我说,像我这样锐利的眼睛,除了爱情之外,是什么也迷惑不住的。她举了许多宫廷贵妇人的名字,猜测或者询问我到底爱上了哪一个。我都做了否定的回答。最后她提到了你的名字。她说到你时还揭开了面纱,向我投来了表示询问和不满的目光。我真要感谢裴特罗纽斯,他这时把小船摇晃了一下,才转移了大家对我的注意力。如果我听到她说出了攻击你或嘲弄你的话,我一定忍不住我的愤怒,我会用船桨砸烂这个阴险毒辣的坏女人的脑袋……你还记得我临行前的一天在李努斯家里对你说过阿格雷帕湖上发生的事情吗?裴特罗纽斯很为我担心,他今天又嘱咐我,不要去触犯皇后的自尊心。可是他并不了解我,他不知道对我来说,除了你之外,别的欢乐、美好和爱情都是不存在的。波贝亚只能激起我的憎恶和蔑视。你已经彻底改变了我的灵魂,已经使我变得根本不可能回复到过去那样的生活了。你不要担心我在这里会有什么危险,波贝亚并不爱我,她是什么人都不爱的。她的情欲的产生是因为她对皇帝的怨恨,想要进行报复。皇帝还在她的控制下,甚至还爱她,但他也不那么事事都听从她了,他的那些罪恶活动和无耻勾当就没有隐瞒过她。我还要告诉你一件事,那就是在出发之前,彼得也对我说过,不要怕皇帝,我连一根头发都掉不下来,我相信他的话,我心中有一个声音在对我说,彼得的每一句话都会得到验证,他已经为我们的爱情祝了福,所以现在,即使皇帝,即使地狱里的强权,即使命运之神也不能把你从我这里抢走!

啊！我的莉吉亚！我一想起这些就感到无比幸福,仿佛我已经进入了天堂,只有在天堂里才是幸福和平静的。你是个基督徒,我说天堂和命运,你大概会不高兴吧？要是这样,那就请你原谅,因为我是无意中这么说的。我还没有受洗,但是我的心就像一只空酒杯,塔斯的保罗会在里面装满你们的教义,因为这种教义是你信奉的,我就感到更加甜蜜。我的女神,你看我把我以前装得满满的一杯水全都倒了,但我没有把杯子拿走,而是像一个口渴的人那样把杯子放在清泉下面,这不能不算是我的一点进步吧！我想我在你的眼中一定能够看到你对我的恩赐。我在安茨尤姆日日夜夜都在聆听保罗的讲道。保罗在他旅行的第一天就使我的仆人对他产生了好感,他们总是围在他的身边,不仅把他看成一位了不起的传教士,而且简直就视他为一尊天神。昨天我见他的脸上露出了高兴的神情,便问他在做什么。他回答说:"我在播种!"裴特罗纽斯知道保罗和我的随从在一起,便想结识他,塞内加听基隆说到这件事后,也想见见他。天上的星光渐渐暗淡了,可是那颗启明星却显得越来越明亮。不久后,黎明的曙光会把大海涂上一层玫瑰色……周围的一切都还在睡梦中,只有我在思念你,爱你,我在迎候朝霞的同时,向你问候,**我的未婚妻**①！

---

① 原文是拉丁文。

第三十八章

维尼茨尤斯写给莉吉亚的信：

我亲爱的,你过去和普劳茨尤斯一家到过安茨尤姆吗？要是你没有来过,而我以后又能够把你带到这里来游玩的话,我会感到多么幸福啊！从劳伦杜姆开始,沿着海岸边盖起了一幢又一幢的别墅,安茨尤姆城里简直成了一片没有边际的宫殿和柱廊之林。在天气晴朗的时候,那些圆柱都在水中留下了清晰可见的倒影。我在海边也有一幢别墅,它的后面还有橄榄园和柏树林。每当我想到这幢别墅将来会成为你的住处时,我就觉得它的大理石白得更加可爱,花园里绿荫蔽日,海水也显得更加蓝了。啊,莉吉亚,活着和相爱是多么美好啊！替我管理这幢别墅的老梅尼克莱斯在桃金娘树下的草地上种了一大片鸢尾花。我一看见这些花就想起了普劳茨尤斯的家,想起他家的那个喷水池,想起我曾坐在你身边的那个花园。这些鸢尾花也一定会使你回想起你童年时的家来,所以我深信,安茨尤姆和我这幢别墅你一定会喜欢的。我刚到安茨尤姆,在吃饭的时候就和保罗谈了很久。我们也谈到了你,后来他给我讲道,我听了很久。我可以告诉你,我即使有裴特罗纽斯那样的天才,也无法将我在思想上和心灵中的一切感受都给你写出来。我没想到世界上会有这样的幸福,这样的美好和安宁,而这一切对许多别的人来说,至今也是不得而知的。我如有空到罗马来,定要把这一切都详细地告诉你。你能给我说说这个世界为什么就同时容得下使徒彼得、塔斯的保罗和尼禄皇帝这样不同的人吗?我问你这个,是因为我晚上听了保罗的教义之后,又陪在尼禄身边熬了一整夜,你道我在他那里听到了什么?他首先朗读了他的一篇描写特洛亚毁灭的长诗,然后他不停地抱怨说他从来没有见过一座城市被大火烧毁的景象。他很羡慕普里阿姆①,把他叫作幸运儿,就因为普里阿姆见过火灾,曾经目睹自己的故乡遭到毁灭。蒂盖里努斯听到后便接上去说:"只要陛下降旨,我马上就拿起火把,不等到天亮你就可以看到大火烧遍安茨尤姆了。"可是皇帝却说他是个笨蛋,他说:"我到这里来不是为了呼吸海边新鲜的空气,保养我的嗓子吗?你们都说,我的嗓子乃诸神所赐,为了人民的利益,我应当加倍地爱护它。损害我的健康的,不正是罗马吗?破坏我的嗓子的,不正是苏布拉区和埃斯克维林城区肮脏的臭气吗?如果把罗马烧起来,不是比火烧安茨尤姆要盛大和悲壮一百倍吗?"皇帝说到这里,大家都附和道,像罗马这样一座征服了世界的城市,一旦把它化为灰烬,真乃空前未有的大悲剧。尼禄马上断言,到那个时候,他的长诗就一定会胜过荷马的史诗了。接着他又谈起了重建罗马的计划,他说子孙后代都会赞美他的成就,任何人间的成就和他相比,都是微不足道的。这时候,那些喝得醉醺醺的宾客便高声地叫道:

① 普里阿姆即普里阿摩斯,特洛亚的末代国王。

"陛下，就下命令吧！你就下命令吧！"可是皇帝说：
"首先要有更加忠实可靠的人，我才能做这样的事。"老
实告诉你吧，我一听到这些话就感到惶恐不安了，因为你
还在罗马，**亲爱的**①！可我现在又觉得我这种不安是很
可笑的，皇帝和大臣们再疯狂，也不至于疯狂到敢于放火
把罗马烧掉。你看，一个恋爱的人是多么为他的心上人
担心啊！所以我很希望李努斯的住所不是在第伯河对岸
那些狭小的巷子里或者外国人居住的区域里，因为那些
地方发生了火灾是没有人去管的。我觉得像你这样高贵
的女神，就以帕拉丁宫当你的住宅也配不上，因此凡是你
从小就习惯了的豪华生活的一切，我都要让你得到满足。
你就回到普劳茨尤斯和蓬波尼亚的家里去吧！我的莉吉
亚！这件事我考虑了很久。如果皇帝现在在罗马，奴隶
们当然会把你回家的消息告诉帕拉丁宫，这样就会引起
皇帝的注意，皇帝看你胆敢违抗圣旨，就会加害于你。可
他现在不在罗马，他在安茨尤姆还要停留很长一段时间，
等他回到罗马后，奴隶们早就不会提起你的事情了。李
努斯和乌尔苏斯还会和你住在一起，当然我更希望，在皇
帝回到帕拉丁宫之前，你，我的女神！就能够到卡雷纳区
你自己的家里去。我要为你走进我的家门的那一天，那
个时辰和那一瞬间祝福。如果我信奉的基督能够帮我实
现这个愿望，我也要为"他"的名字祝福。我要终生为
"他"效劳，就是献出我的鲜血和生命也在所不惜。我这
里还说得不够确切，应当说我们两人只要一息尚存，就要

----

①　原文是拉丁文。

一起侍候在"他"的身边。我爱你,我以我的整个灵魂问候你,向你致敬!

第三十九章

乌尔苏斯正在水池边打水,他一面用绳子将盛满了水的双耳水桶提了上来,一面低声唱着一首莉吉亚人奇妙的歌曲。有时他还用他那双喜气洋洋的眼睛冲莉吉亚和维尼茨尤斯那边望上一眼。他看见这两个人就像两尊屹立在李努斯庭园里的柏树林中洁白的雕像。金黄色和百合花色的晚霞映照着大地,在一片黄昏的宁静中,他们手挽着手,便亲热地交谈起来。

"你不禀告皇帝陛下就私自离开安茨尤姆,会不会惹出祸来?"莉吉亚问道。

"不会的,我亲爱的! 皇帝已经宣布,他要创作新的歌曲,和泰尔普诺斯一起,两天之内不出门。他经常这么做。到这个时候,他就什么都不管了。说实在的,只要你和我在一起,我能够见到你,皇帝和我有什么关系呢? 我太想念你了,前几天夜里,我都没有睡觉。我虽不止一次地困倦得真的要睡了,可是我一想起你会遇到什么不测就又睡不着了。有时我还梦见我准备从安茨尤姆回到罗马的途中替换使用的那些马匹被人偷走了,我骑上这些马本来可以跑得很快,连皇帝的信使都追不上。没有你,我在那里待不下去,我太爱你了,亲爱的,我最亲爱的人!"

"我知道你会回来,我请乌尔苏斯到卡雷纳去过两次,在你家里打听过你的消息。李努斯和乌尔苏斯都笑话我了。"

莉吉亚确实期盼着他的到来,因为她脱下了平日穿的深颜色的衣服,换上了一件轻柔白净的裙衣。她从美丽的衣褶中露出来的肩膀和头是那么娇媚动人,就像在白雪中盛开的报春花。她的头发上还缀饰着两三朵红色的白头翁花。

维尼茨尤斯吻着她的手。他们坐在野葡萄藤中的石凳上,互相依偎在一起,默默地凝望着苍茫的暮色,眼里映照着夕阳的余晖。

两人渐渐陶醉在这黄昏寂静的美景中。

"这里是多么宁静,世界是多么美好啊!"维尼茨尤斯低声说道,"夜空是那么皎洁明亮,我觉得我从来没有像现在这么幸福。告诉我,莉吉亚!这到底是怎么回事呢?我没想到爱情会是这样的。我过去以为爱情不过是一种情欲,一种在鲜血中燃烧的火焰。现在我明白了,原来一个人的每一滴血、每一口气都充满了爱情。因为有了爱情,他才能体会到这种甜蜜的、无比深沉的宁静,就好像梦魂和死神已经使他的灵魂得到了安息。对我来说,这完全是一种新的境界。我望着这些岑寂的树木,觉得自己也好像和它们融为一体了。到现在我才知道,世界上还有一种人们从来没有体验过的幸福。我才懂得,为什么你和蓬波尼亚·格列齐娜是那么超脱和自然……是的!……那都是基督赐予你们的……"

莉吉亚这时把她那娇柔的脸庞紧贴在他的肩膀上,说:

"我亲爱的维尼茨尤斯……"

她说不出话来了。欢乐、感激和他终于明白她可以自由地去爱他的心情使她说不下去了,她的眼里充满了激动的热泪。维尼茨尤斯紧紧地搂抱着她娇小的身躯,好一会儿才开口说道：

"莉吉亚，为我第一次听见基督名字的那个时刻祝福吧！"

她轻声地答道：

"维尼茨尤斯，我爱你。"

两个人起伏不停的胸膛里都说不出话来了，于是又是一片寂静。夕阳的余晖从柏树上消失后，庭园里开始映照着一弯新月的银光。

过了一会儿，维尼茨尤斯说：

"我知道……我刚到这里，在吻你那双可爱的手时，就从你的眼睛里看出了你要提出的问题：我是否懂得你信奉的宗教？我受了洗没有？没有！我还没有受洗。你知道为什么吗？保罗对我说：'我让你诚信的基督曾经降临人间，为了拯救人世被钉死在十字架上，现在就让彼得用恩惠的圣泉来给你洗礼吧！他是第一个向你伸出双手，为你祝福的人。'我自己也想，我最亲爱的！我要让你亲眼见到我的受洗，我还盼着蓬波尼亚能够做我的教母，这就是我为什么诚信救世主和他慈悲的教义却还没有受洗的缘故。保罗赢得了我的信任，而且他已经改变了我的宗教信仰，我怎么能不接受基督的洗礼呢？彼得是基督的门徒，保罗还亲眼见过基督的显圣，他们都这么说，我怎么会不相信基督曾经降临人世呢？既然'他'死了又复活，我怎么能不信'他'是上帝呢？那些从来不说假话的人都说他们在城里，在湖上和山上都看见过基督，那是不会有假的。我在奥斯特里亚努姆听彼得讲道的时候，就相信他说的不会有假。我对自己说，世界上别的人都可能说假话，只有这个说'我看见过'的人绝不会撒谎。但那时候我很害怕你们的教义,我以为它会把你从我的手里夺过去。我觉得那里面既没有智慧也没有美,也没有幸福。今天我终于了解它了,如果我不让真理而让虚伪、不让爱情而让仇恨、不让善良而让罪恶、不让忠诚而让欺骗、不让慈悲而让报复来统治世界,那我还算是个人吗?如果我连这种想法、这个希望都没有的话,那我成了个什么人呢?你所信奉的宗教不正是这么教诲我的吗?别的宗教虽也宣扬正义,但只有你们的宗教才为人类造就了一颗正义的心,一颗像你和蓬波尼亚那样纯洁和诚实的心。如果我连这个都看不见,那我不就成了一个瞎子吗?既然基督——上帝还给人类许诺了永恒的生命以及只有全能的神主才能赐予的无限的幸福,那么一个人还有什么别的可求呢?我要是问塞内加:如果邪恶能给人们带来更大的幸福,那么我们为什么要去宣扬美德呢?他一定回答不出来。但我知道我为什么要做一个有道德的人。这首先是因为善良和爱都来自基督,再者,也是为了我死之后能够找到新的生活和新的幸福,找到我自己和你,我最亲爱的人……这个宗教宣扬的是真理,又不惧怕死亡,我怎么能不爱它、不接受它呢?谁不愿弃恶从善呢?我过去以为,这个宗教是反对幸福的,可是保罗让我诚信,它不仅没有剥夺一丝一毫的幸福,而且给人们带来了更大的幸福。这一切我不过刚刚有所了解,就深感它是不容置疑的了。我从来没有感到现在这么幸福,我如果用强暴的手段把你抢到我家里来,就不会有这样的幸福。你刚才对我说:‘我爱你。’要是过去,我即便以整个罗马的势力,也无法让你说出这句话来。啊!莉吉亚!理智告诉我,这个宗教是上帝的宗教,我打心眼里有这种感觉,如果是这样,谁又能抗拒得了呢?”

莉吉亚聚精会神地听着他的话,一双水灵灵的蓝眼睛痴呆呆地望着他,这双眼睛在月光的映照下就像两朵神秘的花儿,又像花儿浸湿了露水。

"是的,维尼茨尤斯,你说得太好了!"她把头紧紧地贴在他的肩膀上说。

这时候,他们俩都体验到了真正的幸福,因为他们知道,除了爱情之外,还有一种更加伟大的力量把他们连在一起,这是一种慈悲的力量,一种不可抗拒的力量,而且它给爱情的本身也增添了无穷无尽的力量。因此,无论世界上发生多么大的变化,爱情是永远不变的。无论是绝望还是背叛,是病魔还是死亡都不能战胜它。他们的心中都有一个坚定的信念:不管在什么情况下,他们之间都不会停止相爱,他们相互信赖的关系都不会改变,因此他们的灵魂中便表露出了一种不可言状的平静。维尼茨尤斯还体验到,他们的爱不仅是一种深沉和纯洁的爱,而且是一种全新的爱,这种爱情在这个世界上还从来没有过,也不可能有。他觉得周围的一切——莉吉亚,基督的教义,静寂无声地照在柏树梢上的月光,皎洁明亮的夜色——全都溶化在爱情中了,他甚至以为整个宇宙都充满了这样的爱情。

过了一会儿,他用轻微颤抖的声音说道:

"你是我灵魂中的灵魂,你是我最亲的亲人。我们的心将一起跳动,我们要一同祈祷,一同感谢基督。啊,我亲爱的,我们要生活在一起,一起敬奉慈悲的上帝。我们知道,当死亡来临的时候,我们就像经历了一场甜蜜的美梦,然后睁开眼睛,就会见到新的光明。你看,谁能想象比这更加美好的境界呢?我真感到奇怪,为什么我当初却不懂得这一点?你知道我现在是怎么想的吗？我想，世界上没有人能够抗拒这个宗教，再过两百或者三百年，全世界都会信奉这个宗教。人们都会把朱庇特忘掉，除了基督之外，再也不会有别的神，除了基督的教堂之外，再也不会有别的神庙。谁不希望自己能够得到幸福呢？啊，我听到保罗和裴特罗纽斯谈过一次话，你知道裴特罗纽斯最后是怎么说的吗？他只说了一句'这不是我的宗教'，别的话他全都答不上来。"

"你把保罗的话给我说说吧！"莉吉亚说。

"那是一个晚上，他们都在我的家里。裴特罗纽斯最初就像他平常那样，高高兴兴地说了一些谐趣话。后来保罗对他说：'聪明的裴特罗纽斯，你那时还没有来到这个世上，你怎么能断言没有基督这个人，也没有死而复活呢？彼得和约翰都见过他，我在去大马士革的路上也见到了他。首先你得证明我们都是一些说谎的人，然后你才能够反驳我的证言！'但裴特罗纽斯说他并没有那么去断言。他知道世界上有许多不可思议的事情，然而一些他认为可以信赖的人却要设法去证明这些事情是真的。他还说，发现某个外国的神是一回事，信不信他的教义就是另一回事了。一切有损于他的生活和生活美的东西，他都敬而远之。我们的诸神是不是真的并不重要，但他们是美和善良的，我们在他们的庇护下能够快乐地生活，无忧无虑。保罗这时回答他说：'你不愿接受爱、正义和慈悲的宗教，那是因为你怕它使你产生忧虑，可是你想一想，裴特罗纽斯，你的生活真的是那么无忧无虑的吗？不管是你，大人，还是任何一个有钱有势的人都无法预料，他晚上睡着后，会不会有人带着死刑的判决书来叫醒他。你再想一想，如果皇帝也信奉这个教人以爱和正义的宗教，你的幸福不是更有保障了吗？你原是害怕失去你的欢乐,到那个时候,你不是会生活得更加快乐吗？你们建造了那么多富丽堂皇的神庙和精美的雕像,供奉着那些荒淫无耻、专施报复、虚伪而又作恶多端的诸神,却不去敬奉那爱和真理的唯一的上帝,又谈得上什么生活和美的享受呢？你炫耀自己美好的命运,那不过是因为你出身名门显贵,有钱有势,能够奢侈享乐而已。可是在这种情况下,你也照样会陷入贫穷和孤独的。只有人人都信奉基督,你在世上才会真正生活得更好。在你们罗马城里,连阔富人家都不愿亲自教育自己的孩子,而常常把他们送到外面去做那种人们称呼的寄读生。大人！你也可能成为这样一个寄读生的,如果你们的双亲懂得宗教的教义,就不会干这种事了。一个人到了成人的年岁,和他所爱的女人结了婚,他总是希望她到死都对他忠贞不贰吧！可是你们那里的情况又是怎样的呢？那种卑鄙无耻,那种对夫妻真诚相爱的轻蔑态度真是到了不可容忍的地步。因此,如果现在出现了一个你们称之为从一而终的女人,你们自己都会感到惊讶。可是我要告诉你,凡是信奉基督的女人,对自己的丈夫都一定是忠贞不渝的,信奉基督教的丈夫们对他们的妻子也绝不会违背自己的誓言。然而在你们那里,不仅长官,就连你们的父母、妻子、儿女和仆人都是不可信赖的。整个世界都在你们面前战栗发抖,而你们却又害怕自己的奴隶。因为你们知道,奴隶们随时都有可能发动一场可怕的战争来反抗你们的压迫,这种战争过去就发生过不止一次。你很富有,但说不定明天就会有人剥夺你的全部财产。你虽然年轻,也可能明天就会死去。你真诚地爱别人,等待你的却是背叛。你爱你的别墅和雕像,但你明天也许就会被赶到潘达塔里的沙漠上去。你有成千上万的奴隶,那些奴隶明天会叫你流血丧命。你们的情况这么糟,又怎么能安心地过日子,幸福愉快地生活呢?可是我们倡导的是爱,是一种叫统治者爱他们的臣民,叫主人爱奴隶,叫奴隶们以爱心去为他们的主人效劳的教义。这种教义教导人们事事都要慈悲为怀,主持公正。最后,它还保证人们能够得到像海洋那样广阔无边的幸福。如果这个宗教能像你们罗马的统治那样传播到全世界,能够克服人生的弊病,而且使你自己也能得到百倍的幸福和自信,那么,裴特罗纽斯,你怎么能说这个宗教毁灭生活呢?'

"保罗就是这么说的。啊,莉吉亚!裴特罗纽斯当时只回答了一句"那不是我的宗教",便装着要睡觉的样子离去了。他走到门口时又补充道:'我还是要我的尤妮丝,不要你的宗教。小犹太人啊!我不会去讲台上和你争论。'可我却是心领神会地听了保罗的谈话,当他讲到我们的那些女人时,我对这个宗教便产生了由衷的敬仰。正如春天里在沃土中生长出来的百合花那样,你不就是在这个宗教的培养下成长起来的吗!我当时就想,波贝亚为了尼禄抛弃了两个丈夫,还有卡尔维亚·克雷斯披尼娜,还有尼吉蒂亚以及我认识的所有的女人,除了蓬波尼亚之外,几乎都把忠贞不渝和海誓山盟当成商品。只有她,我的这个心上人,她永远不会离开我,不会欺骗我,也不会让我家的炉火熄灭,即便我信赖的人全都欺骗了我,离开了我,她也不会离开我。于是我在心中默默地对你说,如果我不用爱情和敬仰来报答你,我又怎么向你表达我的感激之情呢?我虽然在安茨尤姆,也觉得你就在我的身边,我要常常对你说话,不断地和你交谈,不知道你是不是也有这种感觉?你过去为了躲避我,从皇宫里逃走后,我反而更加百倍地爱你了。我再也不贪恋什么皇宫,再也不向往那里的豪华和音乐了。我只要你一个人,只要你说一声,我们就离开罗马,住到遥远的地方去。"

莉吉亚依然把头倚在他的肩膀上,她抬起眼睛,凝望着那洒满了银光的柏树枝梢,仿佛陷入了沉思,然后她回答说:

"好的,马列克! 你在信中跟我谈过西西里岛,普劳茨尤斯二老也想到那里去度过他们的晚年。"

维尼茨尤斯欣喜地打断了她的话,说:

"是的,亲爱的! 我们两家的领地正好连在一起。那里的海岸是那么漂亮,气候是那么和暖、舒适,那里的夜景也比罗马显得更美、更芳香、更加皎洁明亮……住在那里,生活和幸福是一回事,没有区别。"

随后他便开始作未来的遐想。

"在那里,人会把一切烦恼都抛到脑后。我们到森林里去,在橄榄树中间悠闲自在地散步,在树荫下休憩。我们一起去眺望大海,仰望天空,一起敬奉慈悲的上帝,真心诚意地去做那些合乎正义的美好的事情,啊,莉吉亚! 那种相亲相爱的生活是多么美好啊!"

两个人都不说话了,都在憧憬着未来,维尼茨尤斯越来越紧地搂抱着莉吉亚,他手上戴的那只骑士金戒指在月光下闪闪发亮。在这个区域居住的贫苦百姓都早已入睡,四周静悄悄的,一点声音也没有。

"你能不能让我去看看蓬波尼亚呢?"莉吉亚问道。

"当然可以,亲爱的。我们要把他们接到我们家里来,或者我们就到他们家里去。你想不想把使徒彼得也请到我们家里来呢? 他年事已高,劳累过度,连腰都直不起来了。保罗也会常来看望我们,他会让阿卢斯·普劳茨尤斯也改宗信奉基督教的。到那个时候,我们要在那个遥远的地方建立一个传播基督教的基地,就像士兵们在遥远的国家建立他们的驻扎营地一样。"

莉吉亚伸出一只手,拿着维尼茨尤斯的手掌,要把它按在自己的嘴唇上,可是维尼茨尤斯又说话了,他的话声是那么微小,好像怕把幸福吓跑了似的。

"不行,莉吉亚,不行!应当是我尊敬你,崇拜你,把你的手伸给我吧!"

"我爱你!"

他把嘴唇紧贴在她那宛如素馨花的洁白的手掌上。好一会儿,只听见他们的心在剧烈地跳动着。空气纹丝不动,柏树也好像屏住了呼吸,静悄悄地立在一旁,突然一阵意想不到的吼叫声打破了深夜的寂静,它是那样地深沉,仿佛是从地底下发出来的,把莉吉亚吓得 浑身战栗起来。维尼茨尤斯马上站了起来,说道:

"这是兽苑里的狮子在吼叫。"

他们俩都留心地倾听着。第一声吼叫过去后,接着是第二声,第三声……第十声,转瞬之间,从城市的所有地区,从四面八方都传来了狮子的吼叫声。在罗马城里,有时收养着几千头狮子,把它们放在各个竞技场的一些铁笼子里。这些狮子夜里常常把它们硕大的脑袋靠在铁笼子上,大声地吼叫着,表示它们急切地要到荒野里去,寻求自由的生活,现在就是这样,它们接连不断彼此呼应的吼叫声,在这个寂静的夜里,响彻了整个罗马,给这座城市造成了一种无可言状的恐怖气氛。这种吼叫声驱散了莉吉亚对未来充满了宁静和欢乐的幻想,因为她一听到狮子的咆哮就有一种恐怖和悲伤的感觉沉重地压在她的心上。

维尼茨尤斯用双臂紧紧地抱着她说：

"不要怕,亲爱的,快要举行竞技比赛了,所以兽苑里关满了狮子。"

随后他们便在一阵高似一阵的狮子的怒吼声中走进了李努斯的小屋。

第 四 十 章

这时候,在安茨尤姆,裴特罗纽斯几乎每天都取得了新的胜利,把那些在皇帝面前和他争宠的大臣们全都排挤掉了,蒂盖里努斯的势力遭到了惨败。在罗马,要清除那些被认为是危险的人物,查抄他们的财产,处理一些政治性的事物,或者大讲排场地举行一些庸俗、低级、不堪入目的演出,以满足皇帝种种令人怨愤的欲望和要求,蒂盖里努斯干这些事心灵手巧,无所顾忌,是皇帝跟前不可缺少的人物。可是到了安茨尤姆后,在那些被蓝天映照着的行宫里,皇帝过的却是一种希腊式的生活,从早到晚和大臣们一起朗诵诗歌,研究诗歌的韵律、结构和最完美的形式,称颂那些最精美的诗段,陶醉于音乐和戏剧的欣赏中。一句话,凡是希腊天才所发现的,能够把生活装点得更加美好的一切,他们都感兴趣。在这种情况下,学识渊博的裴特罗纽斯是蒂盖里努斯和其他所有的朝臣都根本不能相比的,因此他便以他的能言善辩、幽默风趣、才思敏捷、情趣高雅高踞于众人之上。皇帝总是要他陪伴在自己身边，他写了诗，首先要征求他的意见，向他请教，他对他从来也没有表现得这么亲密过。因此大臣们都认为裴特罗纽斯已经取得了决定性的胜利，他和皇帝之间的友谊已经有了十分巩固的基础，能够长期保持下去。就连过去对这位雍容大度的享乐主义者深为不满的那些人，现在也都围在他的身边，希望得到他的赏识。有些人确实为这样一个有知人之明的人取得重要地位打心眼里感到高兴。而裴特罗纽斯呢，他对那些昨天还是仇人的人的恭维和奉承，只是不信任地置之一笑。由于他生性懒散，或者因为他习惯于文雅的举止，他从来不做那种报复的事情，从来不以自己的权势去伤害别人，置别人于死地。他本来有很多机会，可以除掉蒂盖里努斯，但他却乐于把他当作一个耻笑的对象，当众揭露他的平庸粗俗和愚昧无知。罗马元老院总算可以轻松一下了，因为已经有一个半月没有发布死刑的命令了。在安茨尤姆和罗马，人人都在谈论着一件怪事：荒淫无耻的皇帝和他的朝臣们为什么会变得情趣高雅起来？他们当然希望皇帝的习性能够真的有所改变，而不愿他在蒂盖里努斯的控制下，成为一个像野兽一样的暴君。蒂盖里努斯也感到莫名其妙，他现在心里很矛盾，是不是该就此认输？因为他知道皇帝曾多次声称，在整个罗马和整个皇宫，只有两个伟大的人才互相了解，才是真正的希腊人，那就是裴特罗纽斯和他自己。

裴特罗纽斯的超人的智慧使大家深信，他的威望会比所有别的人都保持得更加长久。因为不可想象的是：皇帝要是没有这位宠臣，他又和谁去谈论诗歌、音乐和竞技比赛呢？有谁能够对他的作品做出正确的评价呢？可是裴特罗纽斯对这一切却不很关心,他并不认为他现在获得的地位是那么重要。他依然像过去那样懒散和疲沓。他虽然富于幽默感,但却遇事多疑,常常给人一种印象:好像他最爱嘲弄别人,嘲笑皇帝,嘲笑他自己,嘲笑整个世界。他敢当面责备皇帝,所有别的人都认为他这么做太过分了,简直是找死。可是他却有办法把他对皇帝的这种责备转过来变得对自己有利,使在场的人都相信他,不论遇到什么危险,他都能够化险为夷。有一次,大概是维尼茨尤斯从罗马到这里后的一个礼拜,皇帝在一个小型的集会上朗诵了他的《特洛亚之歌》中的几个段落。朗诵完毕之后,他向裴特罗纽斯投去了探问的眼光,裴特罗纽斯回答说:

"这几句很蹩脚,应当丢到火里去烧掉!"

在座的人都吓得几乎停止了心跳。尼禄从他小时候起,还从来没有听到过这么厉害的批评。维尼茨尤斯的脸色煞白。他认为,从来没有喝醉过的裴特罗纽斯这次一定是喝醉了。而蒂盖里努斯却正好幸灾乐祸,喜形于色。

"你认为这些诗哪里不好呢?"尼禄在回话时虽然装着一副和颜悦色的姿态,但是他的声音已经明显地表现出他的自尊心受到了伤害。

裴特罗纽斯又发动了攻击。

"你不要信他们的。"他用手指着在座的人说,"他们什么都不懂,你问这些诗怎么不好吗? 只要你愿意听老实话,我可以告诉你:这样的诗如果是维吉尔或者奥维修斯写的,或者甚至荷马写的,都算得上他们的上乘之作,可是它和陛下就不相称了,陛下不会写这样的劣等诗。在这首诗中,既没有把大火描写成熊熊烈焰,也没有把猛烈的火势写出来。你可不要听信琉康的吹捧,他要是写出了这样的诗,我承认他是天才,但陛下就不一样了。你知道这是为什么吗?因为陛下是个伟大的人物。诸神赐予陛下伟大的才华,对陛下也就要求更高了。可是陛下你写诗却不很努力,你吃过饭后要躺下来休息,而不愿坐在桌旁尽心地思考,真正下一番功夫。陛下本来可以写出世上从来没有过的伟大作品,所以我才敢冒犯天颜,直言相劝:快点写出杰作来吧!"

裴特罗纽斯的话中包含着揶揄和责备,他本来是不愿这么说的。可是皇帝听了后,却高兴得眼睛都湿了,他说:

"诸神没有赐予我什么才华,但给了我比才华更多的东西,给了我一个真正的鉴赏家和朋友,只有他才对我说了真话。"

尼禄说完后,马上伸出一只长满了红毛的胖手,去拿那个从德尔菲神庙抢来的金烛台,要把他的诗歌烧掉。

但裴特罗纽斯趁稿子还没有被火烧着,就马上把它抢了过来,说:

"不,不能烧!即使是劣等作品,也是全人类的财富,你把它送给我吧!"

"那好!待我把它装在我的构思贮备盒里后,再送给你。"尼禄和裴特罗纽斯拥抱了一下,回答说。

过了一会儿,他又说:

"是的,你说得很对。我确实没有把特洛亚大火写成冲天的烈焰,我写的火势也不够旺盛。我只觉得能赶上荷马就心满意足了。过分的谨小慎微,看不到自己的长处,总是妨碍我的写作。你扩大了我的眼界,然而你知道为什么会有你说的那些缺点吗?打个比方说,一位雕塑家,如果他要塑造一尊神像，就得有一个模型，而我却没有可以仿效的模型。我从来没有见过一座城市发生大火的景象，因此我的描写就缺乏真实感。"

"所以我对陛下才这么说，只有伟大的艺术家才懂得这个道理。"

尼禄沉思了一下，又说：

"裴特罗纽斯，请你回答我一个问题：你觉得特洛亚城被烧毁可不可惜？"

"你问我觉不觉得可惜？……凭维纳斯的跛脚丈夫起誓，我一点也不觉得可惜。我把道理说给你听：如果普罗米修斯不把火送到人间，如果希腊人不向普里阿姆发动战争，特洛亚当然不会被烧掉。可是如果没有火，埃斯库罗斯①就写不出他的《普罗米修斯》，如果没有那次战争，荷马也创作不出《伊利亚特》来，为了《普罗米修斯》和《伊利亚特》这些伟大作品的诞生，烧掉那么座既简陋又肮脏的小城一点也不可惜。再说那座小城如果现在保存下来，少不了还得派一个不中用的检察官去那里管事，他和当地的议会争吵起来，还会给你带来麻烦。"

尼禄回答说：

"你的这番话真是至理名言。为了诗歌和艺术，是应当牺牲一切的。阿哈亚人很幸福，因为他们给荷马的《伊利亚特》提供了素材。普里阿姆亲眼见到了自己祖国的灭亡，他

①　埃斯库罗斯（约前525—前456），古希腊三大悲剧家之一。他的剧作《被缚的普罗米修斯》写的是普罗米修斯神盗取天火给人间，不畏宙斯强暴，承受苦难的故事。显克维奇在原著中把这部剧作的名称写成《普罗米修斯》，大概他认为这是读者可以看懂的一种简略的写法吧。

也很幸福。可是我呢？我从来没有见到过一个城市被大火焚烧的情景。"

于是又沉默了半晌。蒂盖里努斯最后打破了沉默，说：

"陛下，我早就知道。只等你把命令一下，我马上就放一把火，把安茨尤姆烧掉。如果陛下舍不得这里的别墅和宫殿，我就去烧奥斯提亚的那些船只。要不我就在阿尔班山上给陛下建造一座木城，让陛下自己放火把它烧掉。不知陛下意下如何？"

可是尼禄却向他投去了轻蔑的目光。

"要我去看那些烧着了的木头房子吗？你的脑袋瓜儿也太笨了，蒂盖里努斯！我觉得你也太藐视我的才能和我的《特洛亚之歌》了，你是不是认为除以上外，别的牺牲对它来说都太过分了？"

蒂盖里努斯有点惶恐不安了。过了一会儿，尼禄改变了话题，又接着说：

"夏天到了……哎呀，罗马城里又要臭气熏天了，可是为了参加夏季的竞技大会，又不得不回到那里去。"

蒂盖里努斯这时说道：

"陛下，你把这些朝臣打发走后，请允许我留下来单独陪伴你一会儿……"

过了一个小时，维尼茨尤斯和裴特罗纽斯才一道离开了行宫，他对裴特罗纽斯说：

"开初我真为你担心，我还以为你喝醉了酒，一定保不住了。你可要小心，你是在和死神下赌注啊！"

"这就是我的竞技场地。"裴特罗纽斯满不在乎地回答说，"我很高兴，因为我是这个场地上的最优秀的角斗士。你看结果会怎么样？我的威望今晚不是又提高了吗？他要把他的诗装在贮藏盒里送给我，这个盒子里的东西——你敢和我打赌吗？——一定不少，但里面的趣味也一定是很庸俗的，我要给我的医生用来装泻药。我之所以这么做，是考虑到还会出现另外一种情况，那就是蒂盖里努斯看到我的成功，他一定会来仿效我，可是他那说俏皮话的模样是可以想象的，一定和庇列尼斯山的狗熊走在绳索上差不多，我看到后会像德谟克利特①那样大笑起来。必要的时候我还要除掉他，取他的禁卫军司令官的职务而代之。这么一来，我就可以把红胡子掌握在我的手中了。可是我这个人太懒……何必惹这么些麻烦呢？我要自由自在地生活，即便和皇帝顶撞，我也要这么生活下去。"

"能把责备一下子变成捧场，你的手段真高明！他的诗是不是真的那么蹩脚，我可是一点不懂啊！"

"并不比别的诗差。他如果和琉康相比，连琉康一个指头的才能都不如，但他也不是没有一点长处。红胡子对诗歌和音乐有一种特殊的爱好，再过两天，我们又要到他那里去，听他朗诵一首赞美阿佛罗狄忒的配乐颂诗。这首诗他今天或者明天就能写完。那将是一个小范围的聚会，只有我、你、杜留斯·塞内茨约和年轻的内尔瓦参加。至于他的诗写得怎么样？我过去也对你说过，我是在宴会上吃得酒足饭饱之后，用来引发自己呕吐的，就像维泰留斯用火烈鸟羽毛来使自己呕吐一样。不过这么说也不完全对……他有时也写过一些漂亮

---

① 德谟克利特（约前460—约前370），古希腊哲学家。

的好诗,举例说,他用一些美好的词句,就把赫卡贝①在诉怨分娩的痛苦时说过的那些动听的话变成了一首激动人心的好诗。他能写出这么好的诗,大概是因为他写其中的每一句都经历了分娩那样的痛苦……我有时很怜惜他。凭波卢克斯起誓,尼禄真是一个奇怪的混合物。卡里古拉虽然有点神经不正常,但也不是他那样的怪物。"

"谁能料到,红胡子的疯狂会造成什么样的后果?"维尼茨尤斯问道。

"谁都预料不到,也许要发生那种几个世纪之后都会令人不寒而栗的事情。但我对这种事却是很感兴趣的,我有时觉得我就像阿蒙神主在荒原上那样烦闷无聊,可是当我想到伴随别的皇帝也许比这还要无聊一百倍的时候,又觉得自己是幸运的。我承认,你的那个小犹太保罗的确能说会道,如果别的人都像他那样宣传基督的教义,那么我们的诸神就真该提防会不会被赶到顶楼上去了。不错,皇帝要是成了基督徒,我们大家都会减少一些危险。可是你那个塔斯的预言家在向我提出他的论点的时候,却没有想到这种冒险对我来说,是人生一大乐趣。玩骨牌可以输掉家产,但人们还是喜爱这种赌博,因为从中可以消除烦恼,得到乐趣。我认识一些元老和武士的儿子,他们都甘愿去当角斗士。我也确实像你所说的那样,把人生当成游戏,感到其乐无穷。你们那些基督教的美德,就像塞内加的文章一样,用不了一天就会使我厌烦透顶的,所以保罗的话即便说得再好也没有用。他不知道,像我这样的人是永远不会信奉这种宗教的。你和我不一样,照你的

————————

① 赫卡贝,特洛亚国王普里阿姆的妻子,她和普里阿姆有十九个孩子。

性格,你若不把基督教当成瘟疫一样地憎恨,就会成为它的忠实信徒。我虽然一听他的说教就打瞌睡,但我承认他们说到我们的一些话不无道理。我们这些人现在都处于一种疯狂的状态,我们正在走向深渊,有一个陌生的东西在向我们走来,我们踩在脚下的东西已经断裂,我们身边的一切都在走向灭亡。这些话都说得不错。我们知道怎么去死。但我们不会在死亡来到之前去迁就它,把我们的生活当成累赘。生活的目的是为了生活,而不是为了去死。"

"可是我替你惋惜,裴特罗纽斯!"

"我对自己比你对我还更加惋惜。你过去的日子也过得不错。你在阿尔明尼亚作战时,很想念罗马。"

"我现在也很想念它。"

"是的。那是因为你爱上了一个基督教的贞女,她住在第伯河对岸。对这件事我并不感到奇怪,也不会责备你。我奇怪的只是,你说过这个宗教是一片幸福的海洋,你的爱情马上就要开花结果,可是你的脸上却依然没有摆脱忧郁的神情。现在,不仅蓬波尼亚·格列齐娜总是那么愁眉不展,而且你,自从你成了基督徒后,就再没有笑过了。你不要再对我说这是一种欢乐的教义了!你从罗马回来之后,比过去更加忧郁了。如果基督徒都是这么相爱,那我就要向酒神巴克斯的明亮的鬈发起誓,我决不会仿效你们。"

"这完全是另一回事。我要向我父亲的灵魂起誓,而不是向巴克斯的鬈发起誓:我过去从来没有尝到过像我现在尝到的那种幸福的滋味。我太想念她了。奇怪的是,当我远远地离开她时,我便觉得她会遇到什么危险。我不知道这是什么危险,也不知道它会从哪里来,但我感到它是一定会来的,就像暴风雨来到之前我对它已经有所预感似的。"

"再过一两天，我想办法请求皇帝准许你离开这里，你愿意离开多久就离开多久。波贝亚也不再闹了，她现在对你和莉吉亚都没有威胁。"

"可是她今天还问我到罗马干什么去，虽然我是秘密去的。"

"她可能派了人跟踪你，但她也不能不顾忌到我在这里。"

维尼茨尤斯停住了脚步，说：

"保罗说过，上帝有时预先发出警告，可是不许我们相信预兆，因此我也想排除我的预感，但又排除不了。为了卸下我心上的重负，我要把发生的事情全都告诉你。以前有一个晚上，天空就像今天晚上这么晴和明朗，我和莉吉亚肩并肩地坐在一起，计划我们未来的生活。我真不知道怎么向你表述我们那时候的幸福和安宁。可是狮子突然吼叫起来，这虽然是罗马常有的事，然而我从此就感到惶恐不安了。我总以为那吼叫声是一种威胁，一种不幸的预告……你也知道，我并不是一个胆小怕事的人，可是那天晚上我觉得在这片茫茫的黑夜中，仿佛笼罩着一种恐怖的气氛。这声音来得那么奇怪和突然，以致它今天还回响在我的耳朵里。我的心也一直不得安宁，就好像莉吉亚遇到了危险……也许就是这些狮子的危险，要我去保护她。我现在很痛苦，请你快去给我讨来一个离开这里的许可吧！要不然，我就是没有得到许可也要走的。我在这里再也待不下去了，我向你再说一遍，我在这里再也待不下去了。"

裴特罗纽斯笑了起来，说：

"事情还没有坏到要把执政官的儿子和他们的妻室送到竞技场上去喂狮子的地步。你们也许会遇到别的死神,但绝不会这么去死。另外,你怎么能肯定那就是狮子的吼叫声呢?日耳曼野牛的叫声一点也不比狮子逊色。如果说到我,我的确在嘲笑那些预兆和算命。昨天晚上很暖和,我看见那些流星像雨点一样纷纷落下。有的人看到这种景象就害怕,可是我想,要是这些星中有我的那颗星宿,那我至少也有我的伙伴了!……"

然后他沉默了片刻,想了一想,又说:

"既然你们的基督死而复活了,那'他'也许会保佑你们两人免于一死。"

"那很可能。"维尼茨尤斯抬眼望着布满繁星的夜空,回答说。

第四十一章

尼禄一边弹琴一边唱着一首赞美塞浦路斯女神①的歌,歌词和乐曲都是他自己写的。这一天,他的嗓子特别好,他觉得他的音乐一定能够打动所有在场的人。因为有了这种感觉,他弹唱出来的乐调的确很富于感染力,连他自己的灵魂深处都为之震动,这说明他的创作来自他的灵感。到后来,他甚至激动得脸色发白了,他不愿听在场的人的赞美,这在他有生

① 塞浦路斯女神。

以来还是第一次。他把双手倚在三角琴上,低着头坐了一会儿,然后又站了起来,说:

"我累了,要呼吸新鲜空气,你们给我把琴弦调好!"

说完他把一条丝巾围在他的脖子上。

他对坐在大厅一个角落里的裴特罗纽斯和维尼茨尤斯说:

"你们快到我这里来!维尼茨尤斯,你过来搀扶我一下,我全身上下一点力气都没有了。你,裴特罗纽斯,你就和我谈谈音乐吧!"

他们一同来到了宫门外的凉台上,凉台的地面上铺着雪花石膏,撒满了番红花。尼禄开口说道:

"这里的空气很好。我知道我给你们练的这首歌已经可以公开表演了,而且能够获得观众极大的赞美,获得那种至今没有一个罗马人获得过的赞美,但我却依然感到十分悲哀。"

"陛下不仅在这里,而且在罗马,在阿哈亚都可以公开表演了。我以我的全部心思和整个灵魂对你表示由衷的赞美,神圣的陛下!"裴特罗纽斯回答说。

"我知道,你这个人不勤快,也不轻易赞美别人。你和杜留斯·塞内茨约一样,既正直又坦率,但比他博学多才,你就谈谈对音乐的看法吧!"

"当我听到有人朗诵诗歌,或者看到陛下在竞技场上驾驶战车的精彩表演的时候,当我参观那些精美的雕像、富丽堂皇的神庙或者色调优美的绘画的时候,我认为我对这一切都会有个整体的把握,我对它们的赞美也是不一般的赞美。可是我一听到音乐,特别是听到陛下的音乐,我就感到这里面有一种新的欢乐和新的美在不断地涌流出来,它们对我有很大的吸引力,吸引着我去追逐它们,去捕捉它们。我要竭尽全力才能捕捉到这种欢乐和美,才能对它们有所感受。可是当我还没有来得及把它们融会贯通的时候,一种更新的欢乐和更新的美又不断地涌现出来了,就好像大海的波涛,滔滔不绝,永无终止。我要说的是,音乐就像一片汪洋大海,我们站在岸上能够看到很远的地方,但却看不到彼岸。"

"啊!你确实是一位学识渊博的专家。"尼禄说。

他们沉默不语地走了一会儿,只听见两只脚踩在番红花上轻微的响声。

"你说的正是我想要说的。"尼禄接着说,"我以为,全罗马只有你一个人理解我。的确是这样,我对音乐也是你那么看的。只要我一弹起琴或者唱起歌来,我就能够看见我的国家中或者世界上那些平常看不到的东西。我是皇帝,世界本来是我的,我在这里想干什么就能够干什么。可是音乐给我展示了一个新的王国,使我看到了新的高山和海洋,因此也给我带来了新的欢乐。这一切都是我过去所不知道和没有感受过的,我只知道它们的存在,但是叫不出它们的名字,更不了解它们。诸神给了我启示,使我看见了奥林匹斯山,一种超凡的神风吹拂在我的身上。我好像在云雾中看见了一个广阔无垠的大世界,它是那么宁静,闪耀着万道金光,就像东升的太阳……整个宇宙都在我的周围唱起歌来了,我要告诉你的是(说到这里,尼禄激动得发出了颤抖的嗓音),我虽然是个皇帝、是个神明,可我觉得自己像一粒尘土那么渺小,你相不相信?"

"我相信。只有伟大的艺术家在艺术面前才觉得自己渺小……"

"今天晚上，我们在这里算是开诚相见。我把你当成最亲密的朋友，我向你敞开了胸怀，我还要告诉你更多的事情……你是不是认为我的眼睛已经瞎了？我已经丧失了理智？你以为我不知道罗马的城墙上写了许多诽谤我的话，把我叫作弑母杀妻的凶手吗？……蒂盖里努斯根据我的意旨，处死了我的仇敌，所以他们把我看成是恶魔和暴君……是的，我亲爱的，他们说我太残酷了，把我当成恶魔，这我是知道的。我不仅知道，而且我对我自己是不是一个暴君也产生了怀疑……可是他们并不懂得，就是一个好的君王也不能说他从来不会采取残酷的行动。谁也不会相信，恐怕连你，我亲爱的朋友！也不会相信，当音乐给我的灵魂带来了安慰的时候，我真觉得我像摇篮中的婴儿那样天真和纯良。凭天上闪烁的星星起誓，我对你说的没有半句假话。人们并不知道我心中埋藏着的那许多美好善良的东西，音乐虽然打开了我的心扉，但只有我自己才能看到里面的宝物。"

裴特罗纽斯一点也不怀疑尼禄这个时候说的全都是真话。他相信，音乐确实能够推翻他灵魂中那自私、淫秽和罪恶的三座大山，把压在下面的高尚品德召唤出来，因此说道：

"大家都应当像我这样理解陛下，但罗马对陛下却从来没有采取过正确的态度。"

尼禄被这种不公正的态度仿佛压得直不起腰来了，他把身子紧靠在维尼茨尤斯的肩膀上，回答说：

"蒂盖里努斯曾经告诉我：元老院有人私下议论，说迪奥多尔和泰尔普诺斯的三角琴弹得比我好，你看，他们连我这一点特长都不肯承认嘛！你是个老实人，从来不撒谎，你就说说，他们的三角琴是真的弹得比我好，还是最多也不过和我差不多?"

"说哪里话!陛下的演奏铿锵有力,气势宏大,而且还带有一种甜美柔和的情调。从陛下的演奏可以看出你是一位伟大的艺术家。而他们呢?最多也不过是一些熟练的琴匠而已。当然,听听他们的弹奏也有好处,这样会使我们更加清楚地知道,陛下是位多么了不起的艺术家。"

"既然这样,那就不要杀他们了。可是他们永远也不会想到,是你的话救了他们的命。不过话又说回来,如果把他们杀了,我还得去找别的人来替代他们的职务呢!"

"陛下要是把他们杀了,人们就会议论纷纷,说你尽管热爱音乐,却毁灭了音乐。神圣的陛下,你可不要为了艺术去扼杀艺术啊!"

"你和蒂盖里努斯真的不一样。"尼禄回答说,"你看,我不论从哪方面来说,都可以算是一个名副其实的艺术家。音乐给我开辟了想象不到的新的天地,给我指出了我未曾占有的新的领域和国度,使我感受到了从来没有感受过的幸福和欢乐。我总不能一辈子这么碌碌无为。音乐告诉我,超凡脱俗的境界是存在的,我一定要找到它,凭借诸神赐予我的无上权力。我知道,要攀登那个奥林匹斯的世界,就非得做出一番前人没有做过的事业不可。无论是行善还是作恶,都要做得比那些凡夫俗辈更加出色。我知道我这么做,一定会被人看成是发了疯,可是我并没有疯,我一直在寻找,如果我真的发了疯,那不过是因为我找不到我要寻找的东西而感到心焦和烦闷的一种表现。我在寻找,这你是知道的。我要表现出比一般人更了不起,只有这样,才能证明我是世上最伟大的艺术家。"

说到这里,尼禄压低了嗓音,把嘴唇紧贴在裴特罗纽斯耳边,好像怕让维尼茨尤斯听见似的,悄悄地说:

　　"你知道,我为什么要杀死我的母亲和妻子吗?因为我要在那个陌生世界的大门前献上一个最大的牺牲品。我觉得我这么做,一定会引起某种变故,那座大门会向我敞开,我会看见里面那些从未见过的东西。如果那是一些非常了不起的东西,即便它们看起来很奇怪,或者超出人们想象的可怕,那也是我的一大收获……但我现在献出的牺牲品还很不够,为了打开那座神圣的大门,还要付出更大的牺牲。这是神明的意旨,我非得那么做不可。"

　　"你要干什么?"

　　"你以后看吧!你很快就会看到的,比你料想的还要快。告诉你吧!到那个时候会有两个尼禄,一个是人们所知道的尼禄,另一个是艺术家尼禄。这个艺术家尼禄除了你以外别人都不知道:他如果觉得我们的生活枯燥无味,就会像死神一样去杀人,或者像酒神那样变得疯狂起来。他要铲除这种生活,用铁与火不惜一切地去把它消灭。啊!这个世界要是没有我,会变得多么平庸和空虚!谁都不会知道,甚至连你,我亲爱的,也不知道我是一个什么样的艺术家。我的痛苦就是我不被人了解。实话告诉你吧!我的整个灵魂就像我面前的那一大片黑压压的柏树林一样,充满了悲哀和愁怨。至高无上的权力和最伟大的天才都集中在我一个人身上,这就成了一个沉重的负担……"

　　"陛下,我对你表示深深的同情,大地和旷漠也很同情你的处境,更不用说维尼茨尤斯了,他在灵魂深处把陛下当作神明一样地敬仰。"

"我总是那么喜欢他,虽然他在为战神效力,没有为缪斯效力。"尼禄说。

"他正在全心全意地为阿佛罗狄忒效力。"裴特罗纽斯答道。

他决心要利用这个机会把他外甥的事情妥善地解决一下,以防止他可能遇到的一切危险。他说:

"维尼茨尤斯正在恋爱,他就像特洛伊罗斯爱上了克雷雪达①那样。陛下,你就让他回到罗马去吧!要不然,他在我们这里害相思病,会一天天憔悴下去。陛下,你知道你赐给他的那个莉吉亚人质已经找到了吗?维尼茨尤斯到安茨尤姆来的时候,把她交给了一个叫李努斯的人照顾。我早先没有把这件事告诉你,是因为你那时候在创作歌曲,你的创作比任何别的事情都更加重要。维尼茨尤斯原只打算把她当成一个情妇,后来他看到她和卢克列茨亚一样,是一个品德高尚的姑娘,便真心实意地爱上了她,他现在要娶她为妻。那姑娘是国王的女儿,不会辱没他的身份。可是这个真正的武将现在却整天在那里长吁短叹,他不仅打不起精神,而且他的身体也日渐消瘦了,他正在期盼着陛下的恩准哩!"

"皇帝从来不为武将择妻,为什么非要我的批准呢?"

"我已经告诉陛下,他对陛下敬若神明。"

"那我准许他就更没有问题了。这个姑娘确实很漂亮,只是臀部太瘦了点。皇后波贝亚在我这里控告了她,说她在帕拉丁宫的御花园里对我们的孩子施了魔法……"

---

① 特洛伊罗斯是希腊神话中特洛亚国王普里阿摩斯之子,他曾爱上一位高僧的女儿克雷雪达。

"可我对蒂盖里努斯已经说过,神的亲属是不怕魔法的。陛下你还记得当时他那个可笑的样子吗?你还说了一句:'胜败已成定局。'"

"记得。"

随后他转身对维尼茨尤斯说道:

"你真的像裴特罗纽斯说的那样,非常爱她吗?"

"是的,陛下,我非常爱她!"维尼茨尤斯回答说。

"那我命令你明天就回到罗马去和她结婚,不戴上结婚戒指不许来见我。"

"陛下,我衷心感谢你的大恩大德。"

"是啊!让别人幸福的好事何乐而不为呢!我这一辈子就爱做这种有乐趣的事情,不爱做别样的事。"尼禄说。

"神圣的陛下,可否请你再给他一个方便,对皇后说明这是你的意旨呢?"裴特罗纽斯说,"维尼茨尤斯不敢和一个皇后所仇恨的女人结婚,但如果陛下说了他们是遵照你的意旨结婚的,皇后就不会恨她了。"

"好吧!你和维尼茨尤斯的请求我是没有理由拒绝的。"

随后他回到了行宫,裴特罗纽斯和维尼茨尤斯也跟他一起走进了宫里。舅甥俩为他们的成功而感到高兴,维尼茨尤斯则更是激动无比,他要不是极力克制自己,就会马上抱住裴特罗纽斯的脖子,因为他觉得对他来说,所有的危险和障碍都已经排除了。

在行宫的客厅里,年轻的内尔瓦和杜留斯·塞内茨约为了波贝亚的消遣,正在陪着她闲聊。泰尔普诺斯和迪奥多尔仍在摆弄他们的三角琴。尼禄走进大厅后,随即在他那嵌镶着玳瑁的御椅上坐下。他对站在他身边的那个年轻的希腊侍从小声地吩咐了一件什么事情,然后坐在那里等着他。

没多久,那个侍从就捧着一个镀金的小箱子走过来了。尼禄把箱子打开,在里面挑了一条用蛋白宝石串起来的项链,说:

"今天晚上要是戴上这串宝石倒是很不错的。"

"像朝霞一样光芒四射。"波贝亚以为皇帝是送给她的,所以高兴地说道。

尼禄将这串粉红色的宝石一会儿拿起来,一会儿又放下,最后说:

"维尼茨尤斯!你就代我把这条项链送给那个年轻的莉吉亚公主吧,我叫你和她结婚!"

波贝亚的眼里露出了惊讶和愤怒的神色,她把目光从皇帝身上移向维尼茨尤斯,然后又移到了裴特罗纽斯身上。

但裴特罗纽斯对这毫不在意。他把身子靠在椅子的扶手上,一只手抚摩着竖琴,好像要把它的形状牢牢地记住似的。

维尼茨尤斯马上向皇帝表示了感谢,然后走到裴特罗纽斯面前,说:

"你今天为我做了一件大好事,我真不知道该怎么感谢你才好。"

"给欧特尔帕①献上一对天鹅吧!对皇帝的诗歌要多加赞美,不要相信那些预兆。我想那些狮子的吼叫声再也不会惊扰你和你那朵莉吉亚百合花的睡梦了。"裴特罗纽斯说。

"不会了,现在我可以放心了。"维尼茨尤斯说。

"愿命运女神对你们多多关照。现在你可得注意,皇帝又要弹奏他的三角竖琴了,你要仔细地听着,挤出几滴感动的

---

① 欧特尔帕,希腊神话中的缪斯九神之一,抒情诗的保护神。

眼泪来。"

尼禄真的拿起了三角竖琴,把两只眼睛朝上望去,大厅里的说话声立刻停息下来,所有在场的人都痴呆呆地坐在那里一动也不动,仿佛变成了一座座石雕。泰尔普诺斯和迪奥多尔正在准备给皇帝伴奏,因此不停地转动着脑袋,你瞅着我,我望着你,然后他们全都望着皇帝的嘴唇,等着他唱出第一声曲调。

这时前厅传来了一阵喧闹声和脚步声。随即在门帘后面出现了皇帝的解放奴隶法恩,执政官列卡纽斯跟在他的后面。

尼禄皱起了眉头。

"对不起,神圣的陛下!"法恩以沉闷的声调说,"罗马起火了!城里大部分地区都烧起来了。"

听到这个消息,在场的人马上从座位上跳了起来。尼禄于是把竖琴放下,说:

"诸神啊!……我会看到一座大火焚烧的城市了。我的《特洛亚之歌》可以完成了。"

然后他转身对执政官说:"马上动身,还赶得上观看那里的大火吗?"

"陛下!"执政官的脸色白得像墙壁一样,他回答说,"整个城市都陷入了一片火海。滚滚浓烟把居民们都窒息死了。许多人都晕倒在地上,有的人像疯了似的往火里跳去……罗马就要灭亡了,陛下!"

随后出现了一阵沉默。维尼茨尤斯突然大叫一声,把沉默打破了:

"我是多么不幸啊!①"

---

① 原文是拉丁文。

这个年轻人即刻扔下了宽袍。他的身上只穿了一件衬衣,就从行宫里飞跑出去。

尼禄举起双手,大声喊了起来:

"普里阿姆的圣城,你可真的不幸啊!"

第四十二章

维尼茨尤斯带着几个奴隶便纵身上马,穿过几条夜深人静的空荡荡的街道,朝着劳伦杜姆的方向疾驰而去。一听到那个可怕的消息,他就像患了癫痫病似的,昏昏沉沉地不知道自己身上发生了什么事情。他只有一种感觉,就是厄运现在和他一起骑在这匹马上,它在他的身后冲着他的耳朵大声地喊着:"罗马起火了!"同时还用鞭子抽打他和他的马,要把他赶到大火里去。维尼茨尤斯把自己没有任何遮护的脑袋紧贴在马鬃上,身上只有那件薄薄的衬衣,两只眼睛看不到前面的东西,但他并不考虑遇到什么障碍会把自己摔得粉身碎骨,只是一个劲地朝前奔去。在一个静寂无声星光满天的夜里,骑者和马匹都笼罩在皎洁的月光中,就像梦幻中的幽灵似的。那匹伊杜梅亚产的骏马紧抿着两只耳朵,伸长了脖子,仿佛一支离弦的箭,从那些屹立不动的柏树林中白晃晃的别墅旁边飞驰而过。马蹄踩在石板路面上的嘚嘚声响在一些地方把成群的家犬引了出来,这些家犬便以猜猜的吠叫声迎送着这个奇异的幻影。后来,这个一闪而过的幻影使它们感到惶恐不安了,于是它们又抬起头来冲着月亮大声地吠叫着。跟在维尼茨尤斯身后的奴隶们骑的都是劣等驽马,不久便落到后面去了。维尼茨尤斯虽然独自一人,但他却像一阵狂风暴雨似的,迅速掠过了那睡梦中的劳伦杜姆,然后又向阿德亚飞奔而去。因为那里也像他在阿里茨亚、博维拉和乌斯特里努姆一样,在他来到安茨尤姆的时候,就准备好了用于替换的马匹,使他能在最短的时间内跑完从安茨尤姆到罗马的全程。他一想到这里,便觉得更是要催促他的坐骑,全力以赴地加速前进。过了阿德亚后,他突然发现在东北方的天空里,好像布满了粉红色的亮光。当然,这也许是朝霞。因为夜已经深了,七月的白天是来得很早的。但他认为那不是霞光,那一定是大火映照出来的亮光,因此他一见到它就禁不住发出了一声绝望和愤怒的吼叫。他这时想起了列卡纽斯的话:"整个城市成了一片火海。"过了一会儿,他甚至觉得自己真的要发疯了,觉得他已经失去了拯救莉吉亚的希望,他甚至赶不到罗马,罗马就会化为灰烬。他的各种想法的出现比骏马的奔驰还要来得迅速,可是它们就像成群的黑鸟一样一掠而过,给他带来了极大的恐怖和绝望。维尼茨尤斯不知道火是从城里哪一部分烧起来的,但他知道第伯河对岸那些地区居民的住宅、堆放木料的仓库和做奴隶买卖的木头房子都是连在一起的,因此它们很可能一开始就被大火吞没了。罗马是经常发生火灾的,遇到火灾还会发生抢劫和暴力事件,在那些穷人和半开化的野蛮人居住的城区,这种暴力事件就更频繁了。第伯河对岸本来就是各方强徒汇聚的地方,一些恶性案件的发生当然不可避免。想到这里,那个具有超人力气的乌尔苏斯便从他的脑海里一闪而过,可是他觉得,面对熊熊烈火毁灭一切的力量,别说是人,就是提坦巨神也是抵挡不了的。多少年来,对奴隶暴动的恐惧就像噩梦一样地折磨着罗马。人人都说，那成千上万的奴隶们都在怀念着斯巴达克斯①的时代，只等时机一到，他们就会拿起武器，去和他们的压迫者，和罗马进行战斗。这样的时刻已经到了，在罗马城里，除了大火就是杀戮，如果奴隶起来造反，还可能爆发战争，皇帝也有可能派禁卫军去城里屠杀居民。维尼茨尤斯吓得头发都要竖起来了。他想起了宫里的人关于火烧罗马的那些议论，而且令人惊奇的是一段时期以来，那些议论还一再地出现。他想起了皇帝的抱怨，说他要描写一座火烧的城市却又看不到真正的大火。当蒂盖里努斯说他可以放火烧掉安茨尤姆或者一座人工建造的木头城池时，皇帝却对他的这个建议表示轻蔑。最后，他还想起了皇帝特别讨厌罗马和苏布拉区那些脏臭熏人的街道。是的，就是皇帝下令放火烧城的。只有皇帝敢下这样的命令，也只有蒂盖里努斯才会去执行这样的命令。尼禄既然能够下令把罗马烧掉，那么谁能担保，他不会下令屠杀城里的老百姓呢？那个恶魔是什么都干得出来的。大火、奴隶暴动再加上大规模的屠杀，这是多么可怕的灾祸，这是毁灭一切的大灾，是人类疯狂的大爆发，可莉吉亚就在这一切的包围之中。维尼茨尤斯这时发出的呻吟和他的坐骑的喘息声混在一起了。他的马在奔向阿里茨亚的大道上走的是上坡路，现在已经累得精疲力尽了。谁能够把莉吉亚从大火焚烧的城市里救出来呢？谁能把她从那一场大火中救出来呢？他这么想的时候把整个身子都贴在马背上，将手指抠在头发里，由于揪心的痛苦，他简直要用嘴去咬马脖子了。正好在这个时候，一个骑手

---

① 发生在公元前一世纪的古罗马最大的一次奴隶起义的领袖。

也像急风暴雨似的从对面朝着安茨尤姆的方向飞奔而来,当他从维尼茨尤斯身旁闪过去时,喊了一声:"罗马完了!"然后又迅速地疾驰而去。过了不久,维尼茨尤斯又听见另外一个人叫了一声:"诸神啊!"他下面的话虽然被马蹄声掩盖了,维尼茨尤斯没有听见,可他那一声"诸神啊!"的叫喊却使维尼茨尤斯醒悟过来了……因此他马上抬起头来,朝着布满繁星的夜空举起双手,开始做祈祷了:"我没有向诸神呼救,他们的神庙被烧毁了。我在向'你'呼救……你经受过苦难,只有你才是大慈大悲的神,了解人世间的痛苦。你既然来到了世上,教人们慈悲为怀,现在就请你发发慈悲吧!你要是真的像彼得和保罗所说的那样,就请你救救莉吉亚吧!请你把她抱在手上,从大火里救出来吧!你是做得到的。请你把她送还给我吧!我甘愿以我的一腔热血来回报你的恩德。如果你不愿为了我,那就为了她去救救她吧!她是爱你和信奉你的呀!你给人们许诺了死后的生存和幸福,她是不会舍弃这种幸福的呀!可是她现在还不想死,请你救她一条活命吧!请你双手抱住她,把她从罗马城里救出来吧!你是做得到的,只怕你不愿意……"

　　说到这里他停住了。他觉得再这么说就会变成对主的威胁,他现在需要上帝的慈悲和怜悯,因此不能惹得上帝生气。这么一想,他倒感到惶恐不安了,决不允许他的脑子里出现这种对主进行威胁的念头。当他终于看见了阿里茨亚在月光照耀下的白色的城墙时,他又继续快马加鞭地往前奔去。这座城镇正好处在安茨尤姆和罗马的中间。没多久,维尼茨尤斯就来到了城外林子里的墨丘利神庙前。这里聚集了许多人,秩序很乱,显然大家都已经知道罗马发生了灾祸。维尼茨尤斯看见阶梯上和圆柱中间都挤满了人,他们高举着火把,前来祈求神明的保佑。这里的街道也不像阿德亚那么空旷,可以随意地到处奔跑。许多人从旁边的一些小路走到林子里去了,可是大路上还有很多人。他们见到这位骑士飞跑过来,连忙给他让开了一条通道。城里面也可听到嘈杂的人声,维尼茨尤斯像一阵狂风似的冲了进去,一下子就撞倒和踩伤了好几个过路的行人。他周围的人都在大声地叫喊着:"罗马起火了!罗马陷入了火海!诸神啊!快来救救罗马吧!"

当他跑到为他准备了替换马匹的那家旅店门前时,他的马忽然被什么绊了一下,因此他便用手使劲地勒住缰绳,马的前脚立刻跳了起来,于是他就坐到马的臀部上去了。奴隶们大概事先已经知道主人的到来,他们全都站在旅店的大门前等候,一听他的命令都抢先地把新的好马牵出来了。维尼茨尤斯这时看见了有一支由十名禁卫军骑兵组成的小分队正要去安茨尤姆报告消息,便立刻跑上前去问道:

"罗马哪一部分起火了?"

"你是什么人?"骑兵队长问道。

"我是维尼茨尤斯,部队里的军团长和朝里的大臣。快说吧!你不要命啦?"

"大人,大火是从大竞技场附近的几家铺子里烧起来的,我们出来的时候,已经烧到市中心了。"

"第伯河那边怎么样?"

"还没有烧到那里。但火势很猛,迅速蔓延,很快就要烧到别的地方去了。许多人都死在火中或者死在滚滚的浓烟中,没有搭救的办法。"

在他们谈话的时候,维尼茨尤斯用以替换的马已经鞴好。

年轻的军团长即刻纵身上马,继续往前奔去。

他现在要去的地方是阿尔巴努姆,因此走在阿尔巴龙格镇和美丽的阿尔巴龙格湖的左边。通往阿里茨亚的大道是一条山路,前方的视线被挡住了,而阿尔巴努姆又正好在山的那边,所以看不见它。但维尼茨尤斯知道,只要到了山顶上,就什么都看得见了,不仅可以看见附近的博维拉和乌斯特里努姆镇,他在那里还要更换坐骑,而且连罗马都看得见。因为过了阿尔巴努姆后,阿比亚大道的两旁是一望无际的坎帕尼亚大平原,这一大片平地一直延伸到了罗马城,除了高高架起的输水管道之外,再也没有什么阻挡视线的了。

"一到山顶我就能够看见火光了。"他自言自语道。

于是他又奋力扬鞭,催马前进。

他还没有到达山顶,就感觉到了阵阵热风扑面而来,还有那随风飘来的烟焦味也钻进了他的鼻孔。

山丘的上空映出了一片金黄色。

"这是火光!"维尼茨尤斯思忖道。

天空已经发白,黎明的曙光显得更加明亮,火光和朝霞相辉映,使附近的山头都闪现着一片金色和粉红色的光辉。维尼茨尤斯跑到山顶上后,马上看见了一幅可怕的景象。

整个平原都笼罩着浓浓的烟雾,仿佛大地陷入了浩瀚的云海,因此罗马和它的输水管道、别墅和林荫全都消失不见了。此外,在这片灰蒙蒙的可怕的云海的边缘上,还可看见位于山丘上的那一部分城区也陷入了一片火海。这场大火并不像单个的建筑物,特别是高层建筑物燃烧时那样,形成冲天的火炬,而是像朝霞那样,抛出了一条长长的光带。

这条光带的上方浓烟滚滚,有的地方带乌黑色,有的地方呈粉红色,有时又变成了血红色,两种颜色的烟火时而缩成一团,变得十分稠密,时而膨胀,向周围扩展,或者像一条大蟒似的蜷缩在一起,然后又伸展开了。那古怪的烟云有时被光带遮住,使它变得像一根丝线那样细小,有时候,一股烈焰又从它的下面冒了出来,于是在烟云下方又形成了光和火的波浪。火光和烟雾在一起翻滚,从天空的一方伸展到另一方,呈现出各种奇怪的形状,有时变得像一条长长的林带似的,把周围的地平线都遮住了,这时候,连萨比纳群山都看不见了。

维尼茨尤斯猛然一看,发现不光是罗马起火,整个世界都燃烧起来了。在这片火和烟雾的汪洋大海中,任何生命都是无法存活的。

从罗马那边刮来了愈来愈强劲的大风,还夹带着燃烧物的烟焦味和许多残渣粉屑,把附近的物体都掩盖了。这时天已大亮,太阳照在阿尔巴努姆湖四周的山顶上。可是这清晨金黄色的明亮的阳光透过浓烟,变成褐红色和晕晕沉沉的样子了。维尼茨尤斯朝着阿尔巴努姆方向往下面跑去的时候,马上就陷入了越来越稠密、越来越昏暗的烟雾中。整个阿尔巴努姆都给烟雾埋葬了。惊恐万状的居民都来到了大街上,但他们在这里也感到窒息,一想到罗马是个什么样子,就真的不寒而栗了。

维尼茨尤斯吓得毛发倒竖,因此他又产生了绝望的情绪,但他竭尽全力地自我安慰道:"整个城市不可能全都烧毁。现在吹的是北风,把烟雾都吹到这里来了,因此罗马那边就不会有烟了。第伯河对岸和市中心隔着一条河,也不会着火。如果那里真的着了火,乌尔苏斯也会带着莉吉亚从雅尼库尔城门里逃出来,让她脱离危险。要说全市的人都已经被烧死,这座统治世界的城市和它的全部居民都已经被消灭,那是绝对不可能的。当一座城市被征服的时候,屠杀和火灾往往同时发生,但就是在这种情况下,也不可能把所有的居民都消灭掉,那么为什么莉吉亚就一定会死去呢?更何况还有战胜了死亡的上帝在保护她呢!"维尼茨尤斯想到这里,便开始祈祷起来。在祈祷中他习惯地向基督许下了许多大的誓愿,其中包括向"他"供奉礼品和牺牲。他来到阿尔巴努姆城里后,看见这里的居民都站在屋顶上,或者爬到一些大树上去眺望罗马。于是他又想起了莉吉亚不仅受到乌尔苏斯和李努斯的保护,而且还有使徒彼得在照顾她,他的心终于得到了安慰,也恢复了平静。在他看来,彼得永远是一个不可思议的超人。他在奥斯特里亚努姆听他讲道的时候,对他产生过一种奇怪的感觉。来到了安茨尤姆后,维尼茨尤斯最初在给莉吉亚写信时,也谈到过这种感觉,他说这位老者的每句话都是真理,或者一定会被证明是真理。在养伤期间,他又进一步地结识了他,因此对他的印象就更深了,这种印象后来甚至使他产生了一种对真理的不可动摇的信仰。既然彼得祝福了他们的爱情,表示要把莉吉亚许配给他,那么莉吉亚又怎么会死在大火中呢?即便整个罗马都遭到毁灭,但是任何一点小小的火星也不会落到她的头上。维尼茨尤斯像发了疯似的跑了一整夜,由于疲劳和惶恐不安,他的情绪奇怪地变得兴奋起来,他觉得所有的事情都可能发生,只要彼得画个十字向大火告别,或者开口说一句话,大火就会给他们让出一条路来,他们就可以平平安安地从城里逃出来了。彼得能够预见未来的事情,这位老者也许早就知道这场大火是一定要发生的。因此他一定会事先发出警告,把所有的基督徒都带出城外去,更何况在他们中还有他像自己孩子一样疼爱的莉吉亚呢！想到这里,维尼茨尤斯觉得希望越来越大了。他认为,如果他们从城里逃出来了,在博维拉兴许就能找到他们,或者在大路上就会遇见他们。说不定什么时候,她那张他最感到亲切和可爱的面孔会从这一大片迷漫在坎帕尼亚平原上的烟雾中突然露了出来。

他在路上遇见的人群越来越多了,因此他更以为他的这种想法是没有错的。这些人群从罗马城里逃出来后,现在正要到阿尔班山里去,因为那是一个烟雾吹不到的地方。维尼茨尤斯这时还没有到达乌斯特里努姆,路上的难民拥挤不堪,他不得不放慢了奔跑的速度。一路上,他不仅遇到了背着行李徒步行走的难民,还见到了许多运载着家什物品的骡马和大车,还有一些奴隶抬着富人的轿子。乌斯特里努姆城里也被难民挤得满满的,要从他们中间穿行过去是很困难的。不论在市场上还是圆柱间或者大街上,都有许多活动的人群。有的地方搭起了帐篷,一家人就有了个安身之地。还有一些人坐在地上,呼天抢地地哭求神灵的保佑,诅咒险恶的命运。到处都是一片慌乱的景象,打听不到任何可靠的消息。维尼茨尤斯问过一些人的情况,他们有的抬起一双惊慌失措的眼睛望着他,对他只说了一句话:城市和世界全都完了。有的一句话也不说。从罗马那边每时每刻都有许多难民来到这里,男的女的老的少的都有,于是造成了更大的喧嚣和混乱。有的人被挤散了,他的亲友声嘶力竭地呼叫,到处寻找。有的人为了夺得一个搭帐篷的地方便大打出手。一群群坎帕尼亚的半开化的牧人也到这里来了,他们本想来打听消息,现在却乘混乱之机,肆无忌惮地进行盗窃。这里那里都可见到来自各个民族的奴隶和角斗士,这些奴隶和角斗士往往聚在一起,抢劫城里的住宅和别墅,因此和维持治安的军队发生了冲突。

维尼茨尤斯在客店前遇见了元老院的元老尤纽斯,有一支由巴达维亚奴隶组成的卫队护卫着他,他向维尼茨尤斯详细地叙说了火灾发生的情况。大火的确是从大竞技场附近一带烧起来的,这一带城区和帕拉丁宫以及卡留斯山相连,火势蔓延得很快,一下子就烧到市中心了。罗马自被布列努斯①征服以来,还从来没有遇到过这么大的灾难。尤纽斯说:"大竞技场和周围的商场以及房屋全都化为灰烬了。阿芬丁山和卡留斯山也陷入了一片火海。从帕拉丁宫直到卡雷纳区一带都被大火包围了……"

他这时想起了他在卡雷纳街豪华的府邸,里面保存了他最喜爱的艺术珍宝,便愤愤地从地上抓起一把脏土往自己的头上撒去,同时发出了绝望的呻吟。

维尼茨尤斯摇着他的肩膀,对他说:

"我的住宅也在卡雷纳街。要是全城都烧光了,那它也完了。"

他这时想起了他曾劝说莉吉亚回到普劳茨尤斯的家里去,因此又问道:

"维库斯·帕特里丘斯街那边怎么样?"

"也着火了。"尤纽斯答道。

"第伯河对岸呢?"

尤纽斯奇怪地望着他,用手掌按着自己疼痛的脑门说:

"那里就更顾不上了。"

---

① 布列努斯,高卢人的国王,公元前391年率领高卢军队打败了罗马人,攻入罗马大肆抢劫,放火烧毁了罗马城。

"第伯河对岸对我来说,比整个罗马都重要。"维尼茨尤斯心急如焚地喊了起来。

"你只有走港口路才能到那里去。如果走阿芬丁山一带,那里的大火和浓烟会把你呛死……第伯河对岸的情况究竟怎么样,我真的一无所知。大火在这之前好像还没有烧到那里,可是现在怎么样,只有神明才知道……"

说到这里,尤纽斯迟疑了一下,然后压低了嗓音:"我知道你不会出卖我,所以我愿意告诉你,这不是普通的火灾。竞技场那里不让人去救火……这是我亲眼所见,也是我亲耳所闻……周围的房子烧起来后,有成千上万的声音在那里叫喊:'救火者必死!'有些人在城里到处奔跑,不顾一切地向居民的家里扔火把……老百姓极为愤慨,他们也大声地喊着:'城市是奉命烧的。'我不用多说了。罗马真的不幸啊! 我们大家多么不幸啊! 我也一样。那里发生了惨重的灾祸,人的口舌是表达不出来的。老百姓不是被大火烧死,就是在惊慌和混乱中被踩死、挤死……罗马全都完了!"

他又不断地说:"不幸啊! 罗马和我们大家大难临头了!"维尼茨尤斯听完了他的话又纵身上马,沿着阿比亚大道向前飞奔而去。

城里的居民和车马就像一条大河似的滔滔不绝地涌流出来,维尼茨尤斯在河水中破浪前进。被熊熊烈焰吞噬着的罗马已经出现在他的眼前……一阵阵可怕的热气从大火和烟雾中猛扑过来,人群的喧哗声已经掩盖不住烈火的咆哮声了。

第四十三章

维尼茨尤斯终于来到了城墙下面,但他发现从这里去市中心比到罗马来还要困难得多。阿比亚大道上已经挤得寸步难行了。道路两旁的房屋、田地、牧场、果园和神庙都成了难民的收容所。阿比亚城门近旁的战神神庙的大门被砸破了,一些难民要在里面过夜。在坟场里,一些人为了争夺一块大的墓地,甚至打得头破血流。乌斯特里努姆的混乱状况只不过是罗马城外景象的一个小小的缩影。所谓法律的尊严、政府的管制、家族关系和等级差别全都被人们弃之脑后。奴隶们在这里用木棍殴打公民。角斗士们从市场上抢来烧酒,一个个喝得烂醉,然后他们结成一伙,在街边的广场上横冲直撞,狂呼乱叫,还拼命地追赶着城里的居民,只要抓到一个就拳脚交加,抢夺他的财物。一大批野蛮人刚刚被带到城里,本来要把他们卖给居民当奴隶,这时也从买卖奴隶的棚子里逃出来了。从罗马发生火灾的时候起,他们就要摆脱奴隶的枷锁,对压迫进行报复,因此他们一看见那些在火灾中丧失了财产的居民在呼天抢地地号哭,伸手祈求诸神的救援,便幸灾乐祸地大声呼叫起来。他们还肆无忌惮地行凶打人,抢走人们披在肩上的衣服,掳掠年轻的妇女。除了这些野蛮人之外,还有那些早先就在罗马当差役的奴隶,身上只有一块遮羞布而别无其他的穷人和大街小巷里的地痞流氓也都加入了这种疯狂的打劫活动,但是他们不敢暴露自己的身份,所以人们都不知道罗马还有这么一些人的存在。这些人出身于不同的民族,大都来自亚洲和非洲,此外还有希腊人、色雷西亚人、德意志人和不列颠人。他们全都结成了野蛮而又凶恶的帮伙,平日用世界各地的语言大声地呼叫,像发了疯似的说什么他们长年遭受痛苦和折磨,现在要进行报复了。可是在这些横行无忌的人群当中,在阳光和火光的照耀下,可以看见禁卫军的闪闪发亮的盔甲。胆小怕事的居民来到了他们的身旁,希望得到他们的保护。这些禁卫军在一些地方也不得不对野蛮人的帮伙采取一些强硬的措施,以制止他们的犯罪活动。维尼茨尤斯到过许多被征服的城市,但他从来没有见过这么悲惨的景象:伤心绝望、哀声恸哭和凶恶残暴、幸灾乐祸混在一起,令人目不忍睹。在这些犹如汹涌波涛的人流之上,是咆哮着的冲天烈火。一座世界最大的城市在山坡上燃烧,向混乱的人群喷发着灼人的热气,用浓密的烟雾把他们埋葬,使他们抬头看不见天日。年轻的军团长付出了极大的努力,甚至冒着生命的危险才挤到了阿比亚城门前。可是他在这里发现,走卡彭城门是进不了城的。这一带不仅十分拥挤,无法通行,而且那炽热的烈焰把城门外的空气都熏得颤抖起来。此外,特里盖明城门口的波那迪阿神庙对面的那座桥当时还没有搭好,要去第伯河对岸就非得从帕罗维桥上过去,因此也就非得从阿芬丁山的旁边绕过去,这就是说要穿过已经燃起了大火的一部分城区。这条路当然是走不通的。维尼茨尤斯心里明白,他现在必须朝乌斯特里努姆的方向走一段回头路,绕开阿比亚大道,在一个比城区位置低一点的地方渡河,然后直奔港口路,顺着那条路走去,才能到达第伯河对岸。可是阿比亚路上的秩序很乱,要走那里也不那么容易,恐怕只有用宝剑才能给自己开出一条路来。维尼茨尤斯没有随身携带武器，他离开安茨尤姆时的状况和他在皇帝行宫里听到大火的消息时一样。但他这时在墨丘利的喷泉旁碰巧遇见了一个他认识的禁卫军百夫长，这个百夫长带领着几十个士兵守卫在神庙前。维尼茨尤斯于是命令他们跟在他的身边，百夫长知道他是军团长和朝里的大臣，也不敢违抗。

维尼茨尤斯于是亲自率领着这一队士兵，不顾一切地往前冲去，一眨眼工夫，便砍杀了许多挡在他的马前的行人。他这时完全忘了保罗关于要爱自己的人的教导，他那急速的行进使许多人还没有来得及躲闪就被砍倒在地。因此他和他的士兵的身后便响起了一片叫骂声，有的人还向他们扔石头，可是维尼茨尤斯根本不予理睬，他只是急着要到那些人群少一点的地方去，但他们每走一步，都要付出极大的努力。那些在大路上搭起了帐篷的难民都在拼命地咒骂皇帝和禁卫军，当然不肯给他们让路。有的地方，群众还对他摆出了一副威胁的姿态。维尼茨尤斯终于听到有人在控诉皇帝放火烧城的罪恶，还有人公开扬言要杀死皇帝和波贝亚。"小丑""戏子""弑母的凶犯"的叫骂声响遍了四周，有的人大声地说要把皇帝扔到第伯河里去，还有人宣称罗马再也忍受不了啦！很明显，在这些愤怒的人群中，只要有人振臂一呼，就会马上发生一场公开的暴动。这时人群把愤怒转向了禁卫军。维尼茨尤斯一行之所以走不过去也是因为大路上摆满了从火灾中抢救出来的各种家用物品：有一箱箱和一桶桶的食品，有贵重的家具、日常用品、摇篮、被褥、大车和轿子。有的地方居民之间发生了冲突，但禁卫军马上就有对付这些手无寸铁的群众的办法。维尼茨尤斯费了很大的力气才从拉丁、努米齐亚、阿德亚、拉维尼亚和奥斯迪亚这些街道上穿了过去,然后他们又绕过一些别墅、果园、坟场和神庙,来到了一座称为亚历山大大街的小镇上,他们在这里渡过了第伯河。河那边的人群比较稀少,烟雾也少些。他在那里遇到了一些逃亡者,通过这些人了解到第伯河对岸有些街道也着火了,而且火势很猛,因为那里也有人在放火,还不许扑救,说这是执行命令。年轻的军团长终于明白了是皇帝下令烧毁罗马的。人民群众要报仇雪恨更是理所当然,他们的行动是正义的。试问密特雷达特①或者罗马其他最凶恶的敌人能够干出比这更加心狠手毒的罪恶勾当吗?尼禄做得太过分了,他那无以复加的狂暴太令人憎恶了。只要他在这个世界上,老百姓就没法活命。维尼茨尤斯深信,尼禄的丧钟已经敲响了,罗马虽然遭到了毁灭,可是在它的废墟上,这个凶残暴戾的小丑以及他的全部罪恶也一定会被彻底埋葬。现在只要一个有胆识的人出来给这些绝望的群众带一个头,几小时内就会爆发一场起义。维尼茨尤斯的脑子里这时出现了一个如何报仇的大胆的想法,要是他出来带这个头又会怎么样呢?他的家族有一大批人担任过执政官,是享誉罗马的名门贵胄。老百姓只要听见他的名字就会拥戴他。过去,将佩达纽斯·塞昆德司令官的四百个奴隶判处死刑就差点引起一场暴动和内战。可现在人民遭受的灾难比罗马八个世纪以来遭受的所有灾难还要惨重得多,这难道不足以引起一场大规模的暴动吗?维尼茨尤斯心里想,现在不论什么人,只要他出来号召罗马人拿起武器,就一定能推翻尼禄的统治,坐上皇帝的宝座。那么他为什么不能这么干呢?

---

① 密特雷达特(前132—前63),本都国王,和罗马打过三次仗。

他比别的朝臣体格健壮,也比他们更加勇敢,比他们年轻……尼禄虽然派了三十个军团驻守在国境线上,可是这些军团和他们的指挥官一旦知道罗马和它那许多神庙都被付之一炬,难道不会起来反对他吗?要是这样,他维尼茨尤斯不就可以当上皇帝了吗?朝臣们都私下议论,说有一位预言家曾经预言奥托会穿上紫袍,难道他还不如奥托吗?此外,基督还会以神的威力护佑和支持他,他的这种想法也许就是神的启示吧!"我真希望能够这样啊!"维尼茨尤斯心里说道。到那个时候,他一定要为莉吉亚所遇到的凶险和他自己的担惊受怕向尼禄报仇。他一定要实行正义和真理的统治,要把基督的教义从幼发拉底河一直传布到雾蒙蒙的不列颠海岸上,要让莉吉亚也穿上紫袍,成为全世界的女皇。

可是这些想法就像燃烧着的房屋上面溅出来的火星一样,在他的脑子里只闪了一下就消失了。最重要的是把莉吉亚马上救出来。这场灾难就发生在他的眼前,给他带来了极大的恐怖。面对大火和烟雾的海洋,面对他已经能够接触到的这个可怕的现实,他原以为使徒彼得一定能够救出莉吉亚的信心几乎丧失殆尽。当他来到通往第伯河对岸的港口街时,一种绝望的情绪突然涌上心头,一直到他走到城门之后,他的心情才平静了点。因为他这时想起了那些难民说过的话,他把这些话一再地对自己说:河那边只有几个地方着了火,大部分地区还没有烧起来。

可是第伯河对岸也同样是烟雾弥漫,大街小巷里挤满了逃难的人,这些人有足够的时间来救运他们的财物,因此要进入到这个城区的市中心就更难了。作为主要通道的港口路上堆满了各种行李物品。在奥古斯特水战剧场的附近,那些家具用品更是堆积如山。一些狭窄的巷道里浓烟滚滚,根本就进不去,成千上万的居民都从里面跑出来了。维尼茨尤斯在路上又看见了一幅可怕的景象:两股从相反的方向涌来的人流在一条狭窄的通道上相遇,挤在一起,发生了打斗,在打斗中互相践踏,甚至要拼个你死我活。许多家庭被拆散了,母亲们大哭大喊地呼唤着自己的孩子。维尼茨尤斯这时一想起离火灾更近的地方是个多么可怕的样子,便不由得毛骨悚然。由于到处都是杂乱的人声,在这里很难打听到什么消息,也听不清别人说话。从河那边不时吹来一股又一股浓密和漆黑的烟雾,在地面上涌流翻滚,把房屋、人群和所有的物品都淹没了,仿佛黑夜吞噬了大地。然而从大火中吹来的热风又会把浓烟驱散。维尼茨尤斯这时便趁机向李努斯的住宅所在的那条小街上跑去。七月的酷热,加上周围地区大火的熏烤,叫人无法忍受。浓烟把人们的眼睛熏得什么也看不见了,使他们胸中憋得透不过气来。有的居民原以为火不会烧到河这边来,还一直守在家里,现在他们也不得不弃家逃难了,因此街上的人群每时每刻都在不断地增加。跟在维尼茨尤斯身后那一队禁卫军士兵已经落到后面去了。在拥挤的人群中,不知是谁用锤子打伤了他的马,这匹马立刻抬起流着血的脑袋,乱蹦乱跳,简直无法驾驭。人们从他身上那件华贵的衬衣认出了他是一位大臣,便立刻围了上来,冲着他大声地喊:"打死尼禄和他手下的纵火犯!"与此同时,有几百双手也向他伸过来了。在这千钧一发的瞬间,幸亏他那匹受惊的马不顾一切地向人们冲了过去,踩在一些人的身上,把他带走了。可这时又有一股浓烟冲了过来,使大街上的一切都变得漆黑难辨,维尼茨尤斯看到骑马走不过去,便跳下马来,开始徒步地奔跑。

他把身子紧贴着墙壁,想从墙边上挤过去,但有时又不得不稍稍等待一下,让逃亡的难民先走一步。他在心中对自己说,他的努力也许是徒劳的,莉吉亚很可能不在城里了,她就是现在逃走,也还是来得及的。要在这一片混乱和拥挤不堪的人群中找到她,真比大海里捞针还难。可是他就是舍了这条命也要到李努斯那里去找一下她。他有时停下来擦擦眼睛,从衬衣边上撕下一块布,把鼻子和嘴巴捂住,又继续向前跑去。

当他快要跑到河边时,感到这里的热气更加灼人了。他知道大火是从大竞技场烧过来的,因此他认为,这股热气也可能是从竞技场或者从博阿留姆市场和维拉布鲁姆那边吹过来的。博阿留姆市场和维拉布鲁姆都在竞技场附近,那里一定燃起了大火。可是热气越来越使人受不了啦。维尼茨尤斯看到最后逃出来的是一个跛脚的老人,他马上对他大声地叫道:"可别到塞斯迪乌斯桥那边去啊!整个小岛都着火了。"在他看来,的确不能抱什么幻想了。犹太街的拐角上也笼罩着浓浓的烟雾,从烟雾中还冒出了火焰,李努斯的住宅就在那个地方。现在不仅那个小岛,而且整个第伯河对岸都着火了,莉吉亚住的那条街至少有一半陷入了大火。

但维尼茨尤斯记得李努斯住宅的周围有一片果园。果园靠第伯河那边还有一块不很宽阔的空地,空地上没有建筑物,火烧到那里也许就会熄灭,想到这里,他的心中又觉得宽慰了一点,于是抱着这种希望又加快了步子。可是那一阵阵热风不仅带来了浓烟,还喷撒着成千上万的火星。那些火星会在这条街的另一头引起大火,这样就有可能截断他的退路。

维尼茨尤斯透过烟雾终于看见了李努斯果园里的几株柏树。空地外面的房子像一大堆木料似的燃起了大火,但李努斯的那一栋房子还没有烧着。维尼茨尤斯以感激的眼光望着天上，他这时也顾不得热气的烤灼，便径直朝那里跑去。住宅的院门是关着的，他推开院门，走进了院子里。

果园里没有人，屋子里也是空荡荡的。

"大概是被烟雾和热气熏得晕过去了吧!"维尼茨尤斯心里暗想。

他大声地喊叫起来："莉吉亚，莉吉亚!"

回答他的依然是一片沉默。除了远处大火的咆哮声外，这里什么也听不见。

"莉吉亚!"

突然一种他在这个果园里曾经听到过的悲哀的声音又传到了他的耳中。原来在附近的一个岛上，离埃斯库拉普神庙不很远的那座兽苑也起火了，苑里有各种野兽，其中也有狮子，那些狮子在惊慌中发出了可怕的吼叫声。维尼茨尤斯全身上下都不停地颤抖起来，他已经是第二次听到这样的声音了，觉得它是那么可怕，显然是一种不祥之兆，是对他凶险的未来一种奇怪的预兆，因为他现在最关心的是莉吉亚的命运。

可是对他来说，这只不过是一种短暂的一闪而过的印象，大火的咆哮声比野兽的吼叫声更加可怕，使他不得不去想一些别的事情。他虽然没听见莉吉亚的回答，但这不能说明她不在这栋可怕的房子里，她有可能被烟熏得晕过去了，也可能窒息死了。维尼茨尤斯马上走进了屋里。他发现小客厅里也没有人，里面浓烟滚滚，什么也看不见。他用手去探卧室的门，却看见有一盏油灯闪着微微跳动的亮光。他上前仔细一看，原来是一座神龛，神龛上有一个十字架，只是这个家族的神像不知到哪里去了。那盏油灯就放在十字架下面。这个年轻的新教徒的脑子里突然闪出了一个念头,觉得那个十字架给了他光明,光明会驱散黑暗,他一定能找到莉吉亚。因此他拿起油灯,便开始去那些卧室里进行搜索。他来到一间卧室就掀开门帘,一定要在四周围仔细地察看一遍。

可是这些卧室里也没有人。维尼茨尤斯深信自己已经找到了莉吉亚的那间卧室,因为那间房里的墙上还挂着她的衣服,放在床上的"内衣"也是一种女人贴身穿的睡衣。他把这件睡衣拿到嘴边亲了一下,然后搭在自己的肩膀上。这幢住宅本来不大,他很快就找遍了所有的房间,连地下室也找过了,但他依然没有发现一个人影。事情很明白,莉吉亚、李努斯和乌尔苏斯在大火烧到这里之前就和这个地区的居民一起逃走了。维尼茨尤斯心里想:"看来只有在城门外的人群中才能够找到他们。"

他在港口路上没有遇见他们并不感到奇怪,他觉得他们离开第伯河对岸后,有可能到梵蒂冈山丘去了。不管去哪里,反正都已经脱离了火灾区,他们得救了。维尼茨尤斯仿佛心上有一块大的石头终于落下来了。他知道他们在逃难中还会遇到许多可怕的危险,但是乌尔苏斯那超人的力气不论在什么情况下都能够确保他们平安无事,想到这一点后,他就宽心多了。他对自己说:"我得马上离开这里,穿过多米茨亚花园到阿格雷比拉花园去。在那里一定能够找到他们。风是从萨比纳山吹过来的,那里不会有这么大的烟雾。"

可这时小岛那边有一股火浪越来越逼近了,翻腾的浓烟几乎掩盖了整条街。屋子里给他照明的那盏油灯也被一股气流吹灭了。在这个紧急时刻,维尼茨尤斯觉得首先要想出一个自救的办法来,他立即跑到了街上,然后尽全力地朝港口街,也就是他来的那个方向跑去。但是有一股来自大火的灼热的气流一直跟在他的身后，一股又一股的浓烟不断地包围着他，把火星撒在他的头发、脖子和衣服上。他的衬衫已经有好几处着火了。但他不管这些，只是一个劲地往前跑去。他最怕浓烟把他呛死，感到嘴里有一股浓浓的焦烟味，喉咙和肺部都好像着了火似的，鲜血一直往头上涌去，因此看到周围的一切都变成了红的，就连漆黑的烟雾也变成了红的。他在心里对自己说："这火烧得那么厉害，我还不如倒下来死去。"他跑得越来越精疲力尽了，他的头上、脖子上和背上都出了很多汗，像开水一样地烫人。只是因为他心里一直在念叨着莉吉亚的名字，把她那件睡衣裹在自己的嘴巴上，才没有倒下去。过了几分钟，维尼茨尤斯已经感到自己不很清醒了，就连自己跑过的那条小巷子都认不出来了。他只知道他一定要离开这个地方，因为莉吉亚正在外面的空地上等他，使徒彼得把她许配给了他。他忽然产生了一个奇怪的念头，一个半狂热的、就像死前回光返照式的念头，这就是他一定要见到她，要和她结婚，然后再死去。

他摇摇晃晃像个酒鬼似的从街的这一头跑到了另一头。那吞噬了这座巨大城市的可怕的大火这时又出现了某种变化：以前那些只是冒着烟的地方现在全都烧了起来，形成了一片耀眼的火海。风不再把浓烟吹过来了，小巷子里满当当的烟雾也被燃烧的气流带走了。可是那翻腾的热气流却带来了数不清的火花，维尼茨尤斯觉得自己好像在火云中奔跑似的，眼前的一切他现在都看得很清楚了。有一次，他累得差点要倒下去的时候，终于看见了这条街的尽头，这一发现总算又给他增添了一些力量。从街角上拐过去后，他来到了一条通往港口路和科德坦广场的街上，他的身后再也没有火花来追踪他了。他很明白,只要跑到了港口路,他就是晕倒在那里也没有危险了。

维尼茨尤斯来到这条街的另一头后,又发现有一大团云雾似的东西挡住了他的去路。"如果这是烟雾,"他想,"那我就过不去了。"他用尽最后一点力气向前跑去,甚至把身上的衬衣都脱了下来,扔到了街上。这件衬衣因为沾满了火星,一下子就像内苏斯①的衬衫一样燃烧起来。他赤身裸体地继续奔跑,只是把莉吉亚那件睡衣紧紧地裹在自己的头上和嘴巴上。等他跑到近处一看,原来当成是烟雾的东西却只是一片尘土。他在那里还听到有人在说话,在叫喊。

"没准是暴徒在入户抢劫呢!"他自言自语道。

他又朝着有声音的地方跑去,那里总会有人,会给予他帮助。他抱着这种希望,还没有跑到就拼命地呼救。这是他做出的最后努力。他胸脯里憋得喘不过气来,他的眼睛也变得更红了。他连骨头缝里的力气都使尽了,他倒在地上再也起不来了。

那里一听到他的呼救声,或者不如说看见他倒在地上,就有两个工人捧着满满一葫芦水来到了他的身边。他虽然精疲力尽,但并没有失去知觉,他双手接过葫芦,一口气就喝了半葫芦水。

"谢谢你们,请把我扶起来,我自己能走。"他说。

一个工人把剩下的水洒在维尼茨尤斯的头上,然后又把他扶了起来,抬到了一群人中间。这些素不相识的人马上把

① 希腊神话中的半人半马的怪物,赫拉克勒斯因为穿了用它的毒血浸过的衬衣而身亡。

他围住,表示关心地问他受了伤没有。见到他们这种亲切的表现,他感到十分惊讶,便立即问道:

"你们是干什么的?"

"我们在拆房子,以免大火烧到港口街上来。"一个工人回答说。

"我倒在地上,是你们救了我,我要感谢你们。"

"这是我们应当做的。"有好几个人一起回答道。

从早晨起,维尼茨尤斯遇到的都是一些愤怒的群众,抢劫、殴斗,简直无所不为。现在他要仔细看看周围这些人的面孔是个什么样子,他说道:

"愿基督给你们奖赏……"

"光荣属于他的名字!"大家齐声喊道。

"李努斯在哪儿?"

由于过分的激动和紧张,他说完就晕过去了,因此没有再问下去,也没有听见他们的回答。等到他醒过来时,忽然发现自己躺在科德坦广场的一个花园里,有好几个男人和女人在照顾他,他这时说出的第一句话还是:

"李努斯在哪里?"

最初没有人回答。过了一会儿,他突然听见了一个他所熟悉的声音:

"他到诺门塔拉城门外去了,到奥斯特里亚努姆已经去了两天啦!……你不用担心,波斯国王!"

维尼茨尤斯马上爬了起来,然后坐下。他睁眼一看,没想到基隆就站在他的面前。

这个希腊人又说:

"老爷,卡雷纳街已经陷入了大火中,你的住宅一定被烧毁了,但你永远和米达斯①一样富有。这是多么可怕的灾难啊! 基督徒们,塞拉庇斯的儿子早就料到大火会毁掉罗马城……李努斯带着朱庇特的女儿到奥斯特里亚努姆去了。一场多么可怕的灾祸降临到了这座城市。"

"你看见他们啦?"维尼茨尤斯问道。

"我见到了他们,老爷! ……我能给你带来这么好的消息,以报答你的恩典,我真要感谢基督,感谢所有的神明! 高贵的奥西里斯,我还要更多地报答你,我可以向被大火焚烧的罗马城起誓!"

虽然夜幕已经降下,可是花园里依然像白天一样明亮,因为那里的火烧得更大了。周围看起来使人感到城里不只是一些地区起了火,而是整个城市从南到北,从东到西都陷入了大火之中。一望无际的天空中布满了红光,笼罩着大地的黑夜也变成血红色的了。

第四十四章

这座被大火焚烧的城市使目力所及的整个苍穹都布满了血红的火光。一轮皓月从山那边冉冉升起,惊奇地俯视着这座统治世界的城市走向灭亡。明亮的月光和火光交相辉映,呈现出被烧红的青铜色。在火光照得通红的天空中,闪烁着

---

① 根据希腊神话,米达斯是佛律癸亚国王。他释放了被捕的西勒诺斯,把这个精灵交给了狄奥尼索斯。狄奥尼索斯许诺有求必应,为了酬谢米达斯,他让米达斯获得了点金术,米达斯因而成了巨富。

玫瑰色的星星。和平常不同的是,大地比天空还要明亮。罗马就像一大堆营火把整个坎帕尼亚平原都照亮了。借助火光的照明,可以清楚地眺望远方的山丘、城镇、别墅、神庙、纪念碑和从附近的山中一直延伸到城里的输水管道。管道上有许多城外的百姓,他们聚集在这里,既是为了自己的安全,也是想要更好地观看一下城里的火势。那瘆人的烈焰吞没了越来越多的新的城区,一些离灾区中心很远的地方也着火了。毫无疑问,这是因为有一些罪恶的手在那里故意放火。大火像滔滔洪水一样,从罗马所有的山丘上,向建筑物密集的低地上涌流而去。那里有许多五六层高的楼房,楼房里有店铺、商场和一些木制的活动剧场,表演各种节目都很方便。有木材栈、橄榄油库、粮食和胡桃仓库,还有储藏核桃仁和松子的仓库,这些核桃和松子只有穷苦百姓才用来充饥。此外还有收藏衣服的仓库,各朝皇帝如果发了善心,就把它们发放给那些贫民窟里的贱民。大火烧到这些地方,因为增添了许多易燃物,不断发出了噼噼啪啪的爆裂声,随后便以骇人听闻的速度把所有的街道都吞没了。那些住在城外帐篷里的难民或者站在输水管道上观火的百姓,能够通过火光的颜色看出城里面烧的是什么东西。狂暴的气流在大火中不时卷起千百万烧着了的核桃壳和扁桃壳,砰的一声把它们抛向空中,这时天空中就好像来了一群五颜六色的蝴蝶在翩翩起舞。不一会儿,它们又噼噼啪啪地被炸得粉碎,然后吹来一阵大风把它们带到别的城区,带到输水管道上或者城外的田野里去了。到处都是一片混乱,根本没有救火的办法。虽然难民通过所有的城门都从城里逃了出来,可是近郊区的成千上万的百姓,其中包括一些小镇的居民、农民和坎帕尼亚半开化的牧民看到这场大火无法救灭,又趁机跑到城里去抢劫城里居民的财物。

群众不断地高喊着:"罗马就要灭亡了!"这座城市的灭亡就意味着罗马权力的结束,意味着那些至今把全体人民结成一个整体的纽带已经断裂。可是那些大部分出身于奴隶或者从外国来的狂暴之徒对于罗马的未来却毫不关心,因为他们需要的正是这么一个翻天覆地的变化,他们只有在这个变化中才能摆脱他们的枷锁。现在他们已经摆出了一副咄咄逼人的架势。暴行和抢劫越来越猖狂了,只是因为罗马正在走向灭亡的触目惊心的景象吸引了人们的注意力,才没有发生大规模的屠杀。一旦这座城市变成了废墟,这种屠杀马上就会开始。成千上万的奴隶不管罗马除了神庙和城墙之外,还有几十个军团驻守在世界上的许多地方,他们只要找到一个带头的人,只要有人喊出暴动的口号,就会揭竿而起,他们想起了斯巴达克斯的名字。罗马的公民也聚集起来了,他们都在想尽一切办法武装自己,但斯巴达克斯并没有出现。每个城门口都流传着一些骇人听闻的谣言:有人说,这是火神乌尔康执行朱庇特的命令,用地底下的火烧毁了罗马;还有人说,因为维斯塔女神要为女祭司鲁布丽亚报仇。相信这种谣言的人都急忙去神庙里祈求诸神的怜悯,而不知道去城里救火。此外还有一个传得最广的消息,也是人们一再谈论着的消息,说罗马是皇帝下令烧毁的,他不愿意闻苏布拉区的臭气,他要建造一座名叫"内罗尼亚"的新的城市。维尼茨尤斯心想,群众听到这些消息一定会感到愤慨,现在只要有一个人能够利用这种仇恨情绪带一个头,那么尼禄的丧钟就敲响了。

还有人说皇帝要是发了疯,他会命令禁卫军和角斗士去镇压老百姓,他要进行大规模的屠杀。有人甚至赌咒发誓,说尼禄已经下令,把兽苑里的野兽都放出来了。有人在街上还看见了狮子,狮子的鬃毛都点着了。一些大象和野牛在大街上横冲直撞,踩伤了许多行人。这些传闻的出现也不是没有根据,因为确实有几个兽苑里的大象看见大火逼近,都吓得跑出来了,它们离开兽苑后,马上朝着大火对面的那个方向跑去,像一阵暴风雨似的把阻挠它们的一切全都摧毁了。据估计,在这次大火中丧生的人不下数万,实际上也真的死了不少。有些人因为失去了财产或者心爱的人而悲痛欲绝,跳进火里自焚了。有些人被浓烟熏死了。在市中心的卡比托尔山和奎雷纳尔山之间,在维米纳尔山和埃斯奎林山之间,在帕拉丁宫和卡埃里乌斯山丘之间的一些街道上,所有的房屋都集中在一起,大火往往是在几条街上同时烧起来的,被驱赶的居民朝着一个方向跑去,可他们想不到又碰到了一堵火墙,结果被大火围在中间活活地烧死了。

市民们在慌乱中晕头转向,不知道往哪里逃命。街道上各种物品堆积如山,有许多狭窄的地方被堵塞了。不少人想去市场和后来建起了弗拉维阿斯圆戏场的广场上避难,有些人甚至已经来到了靠近大地神庙和利维亚柱廊,在高处靠近朱诺神庙和卢西纳神庙的一些地方以及克里乌斯·维布留斯和埃斯奎林老城门之间的一些地方,但他们后来也被大火包围了,结果不是被火烧死,就是被四周围大火烧热的空气烤死。有的人为了挡住热空气的烤灼,把铺地的石板挖了出来,垒起一堵堵石墙,还有人在地上挖了许多坑洞,把半个身子藏在里面,但后来在这些地方也发现了几百具烤焦了的尸体。在城墙边,在城门口,在所有的道路上,都有一些女人在那里悲伤地号哭,呼唤着她们被烧死或者在混乱中被踩死、挤死的亲人的名字。住在市中心的居民,家家都有死去的亲人。

还有一些人在祈求诸神的保佑,或者责骂诸神没有制止这场惨绝人寰的灾祸的降临。一些老人对"朱庇特解放者"神庙伸出双手大声地叫道:"你是真正的救星,你要保护你的神坛,也请你救救这座城市吧!"老百姓对那些古老的罗马诸神表示了极大的愤怒。他们认为,罗马诸神对维护罗马的安全本来应比别的神明负有更大的责任,可是他们面对这场可怕的灾祸却袖手旁观,理当遭到人们的谴责。另外还发生了这么一件事,有人看见阿西纳里亚街上有一队埃及祭司,在用大车护送一尊从卡里蒙坦门附近的神庙里救出来的伊西斯神像,便上去帮助他们把那辆大车一直拉到了阿比亚大门前,又把神像安放在战神马尔斯的神庙里。可是有的祭司不愿意他们来帮这个忙,他们就把那些祭司痛打了一顿。还有一些人在向塞拉庇斯、巴尔或者耶和华呼救,耶和华的信徒们便立即从苏布拉和第伯河对岸的大街小巷里大喊大叫地跑了出来。他们的喊声带有一种庆贺胜利的高亢的情调,连城门外的田野里都听得见。一部分居民听到后,便和他们一起唱起了一首赞美"世界主人"的歌,可是另一部分人却对这种盲目的高兴感到愤怒,又极力制止他们。还有一些老人、壮年男人、妇女和儿童也唱起了一首赞美歌,他们的歌声显得神奇而又庄严,可是大家听不懂歌中的意思,只知道其中不断重复着这样一句话:"在愤怒和灾祸横行的日子里,审判官就要来了。"这些动荡不安的人流终于汇成了一片无垠的人海,把这座被焚烧的城市包围起来了。不管是倾诉悲哀和绝望,还是诅咒神明,或者以歌声赞美神明都没有用,灾祸就像天谴一样残酷无情,不可抗拒。庞培圆戏场附近存放麻绳的仓库也起火了。

这些麻绳是供竞技场和舞台上的各种机械举行竞技比赛时用的。麻绳仓库隔壁还有一个仓库也着火了,那里堆放着一桶桶用于涂在绳上的松脂。战神广场附近那一部分城区在火灾发生后的几个小时,被浅黄色的火光照得像白昼一样,一些被吓得头脑发昏的人还以为那是灿烂的阳光,因此在一切遭到毁灭的时候,连昼夜的顺序都颠倒了。散发着血腥气味的红色的火光把别的颜色的火光都遮盖了。从一片火海中升起了许多巨大的火柱,像喷泉一样向灼热的天空冲了上去。在火柱的顶端飘动着一束束火苗,不一会儿,这些火苗又像羽毛似的向四面散开,变成一些像头发和金线一样细小的火丝,然后被风吹到了坎帕尼亚平原上和阿尔班的群山之中。夜色渐渐明亮,空气中不仅闪着火光,而且它本身也变成了一团炽热的火焰。第伯河中也有一股火流,这座不幸的城市成了一座可怕的地狱。大火仍在不断地吞噬着新的城区,而且烧到了山丘上。它像洪水一样在平地上泛滥,淹没了山谷,所到之处横冲直撞,逞凶发威,咆哮怒号,声如雷鸣。

第四十五章

　　维尼茨尤斯被抬到了纺织工人马克雷努斯的家里。屋主人让他洗了个澡,换了衣服,吃了饭,因此他很快就从疲劳中恢复过来了,他表示要在当天晚上就去找李努斯。马克雷努斯也是一个基督徒,他说基隆报告李努斯和那个克列门斯长老已经到奥斯特里亚努姆去了的消息是没有错的,他可以作证。彼得还要在那里给一大批新教徒洗礼。这整个地区的基督徒都知道,李努斯两天前就嘱托了一个叫加尤斯的人照看他的家。维尼茨尤斯听了后,觉得这一切也充分地证明莉吉亚和乌尔苏斯都不在李努斯的家里,他们也到奥斯特里亚努姆去了。

因此他感到了很大的安慰。他想,李努斯是个年迈体弱的人,要他每天从第伯河对岸走到遥远的诺门塔拉城门外,又从那里回到第伯河对岸,这是做不到的。他这几天也许会住到城外他的一个教友的家里去,莉吉亚和乌尔苏斯也可能和他一起暂时借住在那里。由于大火还没有烧到埃斯奎林山坡的另一面,他们住在那里是没有危险的。维尼茨尤斯认为,这都是基督的安排,他自己也受到了基督的佑护,所以他心中对"他"的爱比过去任何时候都表现得更加强烈,他向基督发誓,要终生报答"他"赐予他的这次最深厚的恩典。

维尼茨尤斯现在要即刻跑到奥斯特里亚努姆去,要在那里找到莉吉亚,找到李努斯和彼得,把他们带到很远的地方去,带到他的领地上去,或者带到西西里岛去。罗马被烧毁了,过几天就会变成一堆灰烬,有什么必要留在这里,目睹这场惨绝人寰的灾祸和这些疯狂的人们呢?他的领地里有那么多懂规矩有礼貌的奴隶服侍他们。领地周围是和平宁静的乡村,他们在那里会受到基督的保护,彼得也会给他们祝福。在基督的护佑下,他们能够过着和平安逸的生活,现在他只要找到他们就好了。

但这却不是件容易的事情。维尼茨尤斯终于想起了他从阿比亚城门到第伯河对岸遇到的那许多艰难险阻,想起了他不得不迂回曲折,东拐西绕,才找到了港口路,所以他这次决定从相反的方向在城边上绕过去,然后穿过胜利大道,沿着河岸来到埃米里乌斯大桥上,再走品丘斯和战神广场,从庞培花园、卢库努斯花园和萨卢斯迪乌斯花园的旁边绕过去就到了诺门塔拉大街,这是一条最近的路。可是马克雷努斯和基隆却不同意他这么走。他们认为,这一带城区虽然没有着火,但这里所有的街道和市场都挤满了人,堆满了各种行李物品,根本走不过去。因此基隆提出了一个新的建议:先从梵蒂冈山丘到弗拉米尼亚城门口,然后在那里过河,再沿着城墙往前走,穿过阿齐留斯花园,就到了萨拉里亚城门。维尼茨尤斯考虑了一下,最后表示同意。

马克雷努斯要留下来看守房子。他给维尼茨尤斯弄到了两匹骡子,说是可供莉吉亚在旅途中使用。他还要送给维尼茨尤斯一个奴隶,但被维尼茨尤斯谢绝了。因为他觉得,最好还是像上次那样,如能在路上遇到一队禁卫军,就让这支军队跟着他,由他指挥和调遣。

没多久,他和基隆就一起动身了。他们首先爬过了雅尼库仑西斯山丘,然后朝胜利路走去。沿途所有宽敞的地方都搭上了帐篷,但从这里穿行过去并不难,因为大部分难民都从港口路逃到海边去了。过了塞普提米亚城门后,他们来到了第伯河和美丽的多米茨亚花园之间的一条街上。花园里高大的柏树被火光照得通红,就好像上面映照着夕阳的余晖。这条街也显得越来越宽敞了。他们遇见了一大批乡下人如潮水般地涌进了城里,但没有见到别的人。维尼茨尤斯拼命地催赶着骡马往前跑去,基隆紧跟在他的后面,一路上唠唠叨叨说个没完:

"我们总算逃出了火灾区,大火现在只能在背后烧烤我们了。这条路从来没有像今天晚上这么亮！宙斯啊！你要是不下一场大雨把大火浇灭，那就说明你不爱罗马，人的力量是扑灭不了这场大火的呀！罗马本来是一座希腊和全世界都要为它效劳的大城市，可现在呢，它却变成了废墟，不管哪一个希腊人来到这里，都可以在它的灰烬上炒豆子吃。谁想得到会有这么悲惨的结局呢？……从此以后，再也不会有罗马了，再也没有罗马的达官贵人了……等到大火熄灭之后，不管是什么人，都可以在它的废墟上随随便便地走来走去，都可以在这里自由自在地吹口哨。诸神啊！一个统治世界的都城，竟然可以对它随随便便地乱吹口哨，哪个希腊人或者野蛮人能够想到会有这样的丑事呢？……可是现在，这里就可以随随便便地吹口哨了，因为这里只剩了一堆灰烬，不论牧人的篝火还是燃烧的罗马城，留下的都是一样的灰烬，迟早要被大风吹走的。"

他说完便转过身来，望着那一层层火浪，脸上露出了幸灾乐祸的神色，又接着说：

"完了，完了！地面上再也不会有罗马了。全世界所有的民族和国家现在把它们的粮食，把它们的橄榄油和钱财去献给谁呢？谁能够像罗马那样掠夺世界上所有的财富，让所有的人都陷入苦难呢？大理石虽然不着火，可是大火却能把它烧成灰烬。卡比托尔神庙变成了废墟，帕拉丁宫也变成了废墟。宙斯啊！罗马本来是一个牧羊人，别的民族都是他的羊群。牧人如果饿了，可以宰一头羊吃。他吃羊肉，会把羊皮献给你这位诸神之父。司雷电的神明啊，可是现在谁来给他宰羊呢？你把牧鞭又交给了谁呢？天上的主神啊！罗马现在烧成这个样子，就好像是你用雷电把它烧毁的啊！"

"快走吧！你在那里干什么？"维尼茨尤斯催促他说。

"老爷，我要为罗马痛哭一场，多么好的一座朱庇特的圣城啊！"基隆回答说。

他们沉默不语地走了一会儿，只听见大火的咆哮声和鸟群拍打着翅膀的声音。那些在别墅屋檐下和坎帕尼亚一些小城中筑巢栖息的鸽子，还有那些从海上和附近的山里飞来的野鸟都把这明亮的火光当成了阳光，它们一群群地向大火燃烧的地方飞去。

维尼茨尤斯又问基隆道：

"刚起火的时候你在什么地方？"

"我到我的朋友埃乌里茨尤斯家里去了，老爷！他在大竞技场旁边开了一个铺子。我当时正在想着基督的教义，突然听见有人喊：'起火了！'许多人马上来到了竞技场旁边要去救火，想看热闹。可是后来，大火把整个竞技场都烧毁了，还烧到了一些别的地方，大家这才想到了自己的安全。"

"你看见有人向居民家里扔火把吗？"

"我怎么会没有看见呢？伊内斯的子孙啊！我看见一伙人挥舞着宝剑在前面开路，还看见了刺杀，看见了搏斗，马路上摊着死人的肚肠，被随意践踏。哎呀，老爷！你要是看见了那样的惨景，会以为罗马被野蛮人征服了，他们要血洗这座城市。周围的人都在大哭大喊：'整个世界都完了！'有的人吓得痴呆呆地站在那里，等着大火烧到他们的身上，也不知道逃跑。有的人疯疯癫癫，像患了精神病似的，还有一些人在悲痛欲绝地号哭。可是也有人在幸灾乐祸地狂呼乱叫，老爷，世界上的坏人也不少啊！他们不承认你们温和的统治和你们的法律。你们根据正义的法律剥夺了他们的财产，让这些财产归罗马所有,这是神的意旨,可他们就不懂得。"

维尼茨尤斯一心想的是他自己的事情,并没有注意到基隆话中有一种讽刺的意思。当他想到莉吉亚有可能陷入这种混乱之中,或者就在那些摊着人的肚肠被暴徒践踏的可怕的大街上时,便禁不住浑身战栗起来。他对基隆一句话问了十遍还觉得不够,因此又问了一次:

"你在奥斯特里亚努姆果真见到了他们吗?"

"我亲眼看见了他们,维纳斯的儿子!我看见了那个姑娘和那个善良的莉吉亚人,还看见了神圣的李努斯和使徒彼得。"

"是在起火之前吗?"

"是的,在起火以前,米特拉①啊!"

维尼茨尤斯心中突然产生了怀疑,基隆是不是在说谎?因此他勒住骡子的缰绳,以严厉的目光盯着这个上了年纪的希腊人,问道:

"你到那里去干什么?"

基隆一下子慌了神。他和许多别的人一样,本以为罗马城的毁灭就等于罗马统治的灭亡。可这时候,他想起了维尼茨尤斯说过的话,不让他跟踪基督徒,特别是不让他跟踪李努斯和莉吉亚,否则就要严厉地惩罚他,而现在他又是单独一个人和这位年轻的军团长在一起,因此感到害怕了。

"老爷,你为什么不相信我是爱他们的呢?"他说,"是的,我那时在奥斯特里亚努姆已经是半个基督徒了。皮浪曾经教导我,对美德要比哲学更加尊重,所以我特别相信那些品德高

---

① 米特拉,古代印度-伊拉克司光明和善行的神,后来成为太阳神。

尚的人。我是个穷人,啊,老爷!你那时在安茨尤姆玩耍,我常常一个人坐在奥斯特里亚努姆墙外面饿着肚子读书啊!那些基督徒虽然都是一些穷人,但他们对别人的施舍比所有罗马的居民还要多啊!"

维尼茨尤斯认为基隆的这些话倒说得有些道理,因此他在问他的时候,口气就比较平和了:

"你知不知道李努斯他们现在住在哪里?"

"老爷!上一次,因为我的好奇心,你把我惩罚得好苦啊!"基隆回答说。

维尼茨尤斯没有作声,继续往前走去。

过了一会儿,基隆接着说:

"老爷,要是没有我,你就找不到那个姑娘。如果我这次又找到了她,你不会再把我这个贫穷潦倒的哲学家给忘了吧?"

"我会给你一所阿梅里奥拉带葡萄园的住宅。"维尼茨尤斯回答说。

"谢谢你,赫拉克勒斯!还带一座葡萄园?……我真要感谢你!啊,真的!还带一座葡萄园。"

这时候,他们走过了被火光照得通红的梵蒂冈山丘。然后经过水战剧场向右边拐去,再穿过梵蒂冈平地就到了河边上。过了河后,他们便一直朝弗拉米尼亚城门走去。基隆突然把骡子勒住,说:

"老爷,我想出了一个好办法。"

"说吧!"维尼茨尤斯答道。

"在雅尼库尔山丘和梵蒂冈山丘之间,也就是在阿格雷比拉花园那边有一些坑洞,建尼禄竞技场时在那里挖过沙子和石头。你听我说吧,老爷!你也知道,第伯河对岸住了不少的犹太人。不久前,他们对基督徒进行残酷的迫害,你还记得克劳迪乌斯在位的时候,那里发生的骚乱吗?皇帝当时不得不把他们全都赶出了罗马城。可今天他们又回来了,而且还得到了皇后的庇护,这样他们又可以为所欲为了,因此他们对基督徒的迫害也就更加肆无忌惮了。这些情况我很清楚,我是亲眼见过的。在罗马,虽然至今没有颁布过任何惩罚基督徒的法令,可是那些犹太人向城防司令官诬告他们崇拜毛驴,残害儿童,还说他们宣传一种元老院不承认的教义,有时还无缘无故地殴打他们,袭击他们祈祷的场所。现在,他们吓得都躲藏起来了。"

"你到底要说些什么呀?"维尼茨尤斯问道。

"老爷,你知道,第伯河对岸已经建起了犹太教堂。基督徒害怕他们的迫害,只好偷偷地跑到城外没有人住的棚子或沙子坑里去聚会,在那里秘密地祈祷。这些坑洞本来是建竞技场和第伯河两岸的房屋时挖出来的,现在都成了第伯河对岸那些基督徒聚会的场所。罗马就要灭亡了,基督徒一定会到那些坑洞里去做祈祷,我们在那里准能找到他们,所以我劝你顺便到那里去看看。老爷!"

"你刚才不是说,李努斯到奥斯特里亚努姆去了吗?"维尼茨尤斯不耐烦地叫道。

"你既然答应给我一幢阿梅里奥拉附近带葡萄园的住宅,"基隆答道,"那么只要有可能找到那个姑娘的地方,我就应当去找一找。火灾发生后,他们有可能回到了第伯河对岸……也可能在城外到处乱转,就像我们在城里一样。李努斯在城里有他的家,所以他想待在离家近一点的地方,这样可以看到大火烧到他那里没有。如果他们回到了第伯河对岸，那么我凭佩尔塞芬尼向你起誓，老爷，我们在那些基督徒做祈祷的坑洞里准能找到他们，或者至少打听到他们的消息。"

"你说得不错，你就带路吧！"军团长说。

基隆不假思索地转向了左边，然后向山丘走去。附近山丘的顶端虽然被火光照得很亮，但由于山坡挡住了大火，他们却走在暗处。他们穿过竞技场后，一直往左边走去，没多久便走进了一条狭窄的山谷里，这里一片漆黑，但维尼茨尤斯在黑暗中却看见了一大串闪光的灯笼。

"那就是他们！"基隆说道，"今天来这里聚会的人比以往任何时候都要多，因为他们以前做祈祷的那些房子和第伯河对岸别的房屋一样，不是被大火烧毁，就是充满了烟雾，没法在那里做祈祷了。"

"是的，那里有人在唱歌！"维尼茨尤斯说。

从上面一个黑洞里传来了人们的歌声，可是那些灯笼又一个接着一个地消失不见了。在旁边的一些小道上出现了新的人影，而且越来越多。过了不久，维尼茨尤斯和基隆的身边也来了一大群人。

基隆从骡子上跳下，把他近旁的一个少年叫了过来，对他说：

"我是基督教的长老，是一个主教，你给我牵着骡子，我会给你祝福，赦免你的罪过。"

他没有等少年回答就把缰绳放在他的手中，随后便和维尼茨尤斯一起，混进了这一大群往前走去的人们中。

过了不久，他们就来到了坑洞里。在一条漆黑的过道里，只能借助于昏暗的灯光摸索前进，最后他们走进了一个较大的地洞里。洞里的墙壁都是用刚挖掘出来的碎石块垒起来的,说明这里在不久前还开采过石头。

这个大洞比过道里要亮得多。除了灯笼之外,里面还点着油灯和火把。在灯光和火光的照耀下,维尼茨尤斯看见那一群人都跪在地上,把手高高地举起。但他在这里却没有看见莉吉业和使徒彼得,也没有发现李努斯。周围的人群都是那么严肃和激动的样子。有些人的脸上显露出了惶悚、期待和寄予某种希望的表情。当他们把眼睛抬起来后,从眼珠里便映出了一道道亮光,在他们那白得像粉笔一样的脑门上还流着汗水。有些人在唱赞美歌,有一些人不停地而且十分激动地念着基督的名字,还有一些人在捶打着自己的胸脯。所有在场的人都好像在期待着某种不平常的事件将要发生似的。

歌声停止了。在会场的上方有个地方因为挖出了一大块石板而形成了一个壁龛。维尼茨尤斯突然发现他认识的克雷斯普斯就在那个壁龛里。克雷斯普斯苍白的脸上显露出了十分严厉的神色,呈现出一种狂热的半昏迷的状态。人们都把眼光投向了他,好像盼着他能够说几句充满希望和鼓舞情绪的话。他这时向人群画了个十字,急忙以几乎喊了起来的声调说:

"为你们的罪恶痛哭吧!你们就要受到惩罚了。上帝给这座罪恶和淫乱的城市、这座新巴比伦城市降下了毁灭的大火。审判、愤怒和灾祸的丧钟已经敲响了……上帝说他要降临人世,你们就会见到'他'了!但他不是为你们的罪恶去流血的羔羊,他是一位严厉的审判官,为了伸张正义,他会把那些罪孽深重的叛逆之徒打入深渊……'他'要惩罚这个世界,惩罚那些罪不容赦的恶人,对他们绝不怜惜……我看见你了,基督!星星像雨点一样坠落在大地上,太阳熄灭了,大地出现了裂缝;死人从坟墓里站起来了。上帝将在天使队伍的簇拥下、在鼓乐齐鸣和雷鸣电闪中降临人间。我听见了你的声音,我看见你了,啊,基督!"

　　说到这里他停住了,然后抬起头来朝天上望去,好像他已经看见了某种遥远而又可怕的东西。这时地坑里忽然传来了低沉的轰隆声响,一声、两声乃至数十声,原来这是在大火焚烧的罗马城里,那些街道上的房屋被烧毁后坍塌下来的声音。大部分教徒都把这种声音看成是末日来临最显著的征兆。罗马的大火使他们更加深信世界将要灭亡,基督会再次降临人间,他们被救世主的震怒吓得胆战心惊。许多人不停地念叨着:"审判的日子……来到了!"有些人用手捂着脸面,以为大地就会裂开,地狱里的妖魔鬼怪会从裂缝里钻出来,扑到他们这些罪人的身上。有的人只得悲哀地呼喊着:"基督啊,快来救救我们吧! 救世主啊,可怜可怜吧!"有的人大声地讲述着自己的罪过。还有一些人互相搂抱着,希望在这个恐怖的时刻能有一颗亲密的心和他们在一起。

　　可是还有一些人的脸上却看不出丝毫的恐惧,相反,他们还显露出了一种超凡脱世的欢乐和世间所没有的微笑。有几个地方传来了一阵响亮的声音,原来是一些外国人在宗教气氛的感染下用他们奇怪的语言在大声地叫喊,可是在场的人都听不懂他们在喊些什么。有人在黑暗的角落里突然叫了一声:"醒来吧,熟睡的人!"然而比这些声音更加响亮的还是克雷斯普斯的"你们要警惕啊! 你们要警惕啊!"的呼喊声。

　　可随后又出现了一阵沉默,就好像人们都在聚精会神地等着什么就要发生似的。这时候,从远处又传来了房屋倒塌的轰隆声响。接着又是一阵呻吟、祈祷、说话和呼喊着"救世主,可怜可怜我们吧!"的声音。克雷斯普斯不时还插进来大声地说几句话:"你们赶快抛弃你们的财物吧!因为你们已经没有立足之地了。你们赶快抛弃世俗的爱情吧!因为上帝不要那些爱妻子儿女胜过爱'他'的人。谁要是爱物胜过了爱造物主,他就要倒霉了!让那些阔人倒霉吧!让那些奢侈享乐的人倒霉吧!让那些淫佚放荡的人倒霉去吧!让那些丈夫、妻子和儿女们统统倒霉去吧!……"

突然一声巨大的轰响震动了整个石洞。所有在场的信徒都躺倒在地上,伸出双臂成一个十字的形状,像要防备魔鬼的袭击似的。随后又是一片寂静,只听见急促的呼吸声和在恐怖中发出的悄悄的呼唤声:"耶稣啊,耶稣啊耶稣!"有的地方还可听到婴儿的哭声。这时候,在这一大片偃卧在地上的黑压压的人群上面,有一个声音在平和地说道:"平安与你们同在!"

这是使徒彼得的声音,他一直到这个时候才来到坑洞里。大家一听到他说话就好像一群受惊的羊见到了失去的牧人,那种恐怖的感觉马上就消失了。他们于是全都站了起来。站在使徒旁边的人马上聚在他的膝盖边,像要寻求保护似的。他这时向他们伸出了双手,说道:

"你们为什么要害怕呢?那种时候并没有来到,你们怎么能够猜到自己会遇到什么呢?上帝的确用大火惩罚过巴比伦,可是你们都是一些受过洗礼的人,上帝用'羔羊'的鲜血赎了你们的罪过,他一定会对你们大发慈悲的。你们离开人世的时候,嘴里也将念着'他'的名字。愿平安与你们同在!"

听了克雷斯普斯那些严厉而又带威胁的训词之后,彼得的话等于给在场的人喝了一杯清凉饮料。他们心中对上帝的畏惧马上变成了对上帝的爱。他们还想起了使徒讲述过他们热爱的那个基督,"他"并不是一个毫不留情的审判官,而是一个温柔、善良、对一切都能够宽容和富于忍耐心的"羔羊"。他的慈悲胜过人类的邪恶一百倍。想到这里,他们真是感到无比欣慰,于是心中便充满了喜悦和对使徒的感激之情。现在每个角落都有人在大声地呼喊:"我们是你的羊群,请你照管我们吧!"站在他旁边的人还对他说:"在这个大难临头的时刻,你可不要抛弃我们呀!"随后他们都跪倒在他的膝盖前。维尼茨尤斯看见彼得后,也马上走到他面前,抓住他的衣裾,低下头,哀求地说:

"老师,救救我吧! 我在翻腾的烟雾中,在一片混乱和拥挤的人群中到处找她,可我在什么地方也找不到她! 我相信你一定能够把她送还给我。"

彼得把手放在他的头上,说:

"你放心吧,跟我来!"

第四十六章

城市仍在不停地燃烧,大竞技场成了一片废墟,那些最先着火的城区里的大街小巷全都被烧毁了。每当一栋房子倒了下来便冒出一根火柱,直冲云霄。现在风向也变了,从海边吹来了一股强劲的风,把一团团的火焰、烧焦了的木头和炭屑全都送到卡留斯、埃斯奎里努斯和维米纳尔山丘那边去了。一直到第三天,宫里的人才想起了救火。蒂盖里努斯这天从安茨尤姆赶回罗马,便立即下令拆除了埃斯奎里努斯一带的全部房屋,要让大火烧到这里自行熄灭。然而这只能拯救一部分尚未烧毁的城区,那些已经陷入大火的城区是救不了的。除了街道和房屋被烧毁外,还得注意防止这场灾难产生的其他后果。由于这场火灾的发生,无法估量的财富全都化为灰烬,城市居民失去了他们的一切。几十万人栖息在城外,无衣无食,无家可归。原来城里储备充足的粮食被大火烧得颗粒不剩,在普遍存在的混乱局面和管理机关全部瘫痪的情况之下,也没有人去调运新的粮食。火灾发生后的第二天,那些无家可归的难民便开始饿肚子了。可一直到蒂盖里努斯来到这里,才向奥斯提亚发出了一些应急的命令,这时候,群众已经抑制不住他们那激愤的情绪了。

蒂盖里努斯在阿比亚水道旁的临时官邸被一大群妇女包围,她们从早到晚不停地高喊:"要面包!要房屋!"为了维持那里的秩序,当局特地从萨拉里亚街和诺门塔拉街之间的大兵营里调来了一支禁卫军。可是这支军队到处遇到了武装的袭击。那些手无寸铁的群众指着燃烧的城市对他们喊道:"你们就在大火面前杀了我们吧!"人人都在咒骂皇帝,咒骂大臣和禁卫军士兵,骚乱越来越严重了,连蒂盖里努斯看见城门外那成千上万堆营火,也自言自语地说:"那真是敌寨的营火啊!"他即刻命令从奥斯提亚和所有别的城市以及附近的乡村调来了大批面粉和烤好了的面包。第一批粮食夜里刚刚运到市场上,群众就冲破了阿芬丁山丘对面的那扇城门,跑进城里来把那些粮食一抢而光,因此又增添了这里的混乱局面。一些人在火光下争夺面包,许多面包掉在地上被踩得粉碎,大批面粉从撕破了的口袋里漏了出来,在从仓库通往德鲁苏斯和日耳曼尼克拱门的整条大街上,好像撒满了一层厚厚的白雪。直到士兵占据了所有的房屋,用弓箭和子弹把群众驱散之后,才把这场骚乱平息下来。

从布列努斯统帅高卢军入侵罗马以来,罗马还从来没有遇到过这么大的灾难。人们悲哀地把两次大火加以比较,认为那一次至少还保存了卡比托尔神庙,而这一次,就连卡比托尔也陷入了可怕的大火。大理石虽然不着火,可是到了夜晚,在浓烟被风吹散后的那一瞬间,人人都可以清楚地看到,朱庇特神庙那一排排大理石圆柱就像燃烧着的煤柱一样,冒出了冲天的烈焰,放射着耀眼的红光。如果说到布列努斯时代的罗马,那时候的罗马居民遵守纪律,团结一致,热爱自己的城市和神庙。可现在呢,这座城市的周围来了许多说不同语言的外地人和外国人,他们中有不少奴隶和解放奴隶。这些奴隶性情暴虐,不受拘束,因为生活贫困便起来反抗当局,在城里进行破坏。

可是猛烈的火势给人们带来了极大的恐怖,它在一定程度上也使得这一群乌合之众不敢胆大妄为。火灾发生后,随之而来的是饥饿和瘟疫的流行,七月的酷暑又给受灾的人们带来了更大的痛苦。被大火和骄阳烤热了的空气使人感到呼吸困难。夜晚不仅没有给人们带来凉爽,反而像地狱那样加倍地折磨人,白天出现的也是一幅又一幅骇人听闻的惨景。这座建筑在丘陵地上的巨大城市变成了一座名副其实的火山。从城墙周围一直到阿尔班山麓是一片望不到头的营寨。

那里有许多小小的木头房子,还有帐篷、窝棚、大车、手推车、货物架和大大小小的包裹,虽然太阳的红光照在它们上面,但它们都被烟雾和尘土掩埋了。人们都在不断地喧闹和吼叫,他们的脸上显露出了仇恨、恐怖和带威胁的表情。男女老幼好像结成了一个可怕的闹事集团。在罗马人中有希腊人,有毛发拳曲、眼睛发亮的北方人,还有非洲人和亚洲人。罗马的公民也和那些奴隶、解放奴隶、角斗士、商人和手工业者、农民以及那些士兵全都混在一起了。一个火岛被真正的人海所包围。各种流言蜚语在这片人海中引起了波动,就像大风卷起的海浪一样。有的流言使人感到高兴,有的给人带来了烦恼。群众议论纷纷,说是有一大批粮食和衣服已经运到了市场上,将免费发给大家。有人还说,皇帝已经下旨,要把亚洲和非洲各省的财宝全都抢夺过来,分送给罗马市民,帮助他们重建家园。可是与此同时,也有消息说有人在输水管道里放了毒,还说尼禄不仅要毁掉罗马城,而且要杀死全城的居民,然后把首都迁到希腊或者埃及去,他要在那里统治全世界。每个消息都像闪电似的很快就传开了,而且许多人都信以为真,因此也引起了许多不同的反应,有的人听了后产生了某种希望,有的人表示愤怒,有的人感到害怕,有的人陷入了狂热。最后,这数以万计无家可归的难民全都陷入了疯狂。那种认为大火象征世界末日来临的基督教的观点也被越来越多的罗马诸神的信奉者所接受。人们不是陷入疯狂就是变得麻木不仁,在火光照亮的云层里,大家都好像看见了诸神在俯视着大地的灭亡,于是向他们伸出了双手,有的哀求神明的怜悯,有的向神明发出了诅咒。

士兵们在居民的帮助下,在不断地拆除埃斯奎林、卡留斯和第伯河对岸的房子,这些地区的大部分街道和居民的财物终于保存下来。可是在市中心,几个世纪以来在战争中缴获的那些数不清的宝物和价值连城的艺术珍品,还有那些富丽堂皇的神庙,罗马历史和罗马辉煌业绩的最珍贵的文物全都付之一炬了。有人预计,大火之后,罗马这座大城就只剩下几个边缘的城区,几十万黎民百姓将要无家可归。还有人说军队拆除房屋不是为了切断火源,而是要让这座城市什么也不留下。蒂盖里努斯在呈送给皇帝的每一份奏章中,都恳请皇帝即刻返回罗马,他认为,只有圣驾回城才能安抚濒于绝望的百姓。可是尼禄却一直要等到大火烧到宫门前的时候才赶回来,他要在大火焚烧得最厉害的时候,一睹它那壮美的景观。

第四十七章

大火已经烧到诺门塔拉街了。由于风向的改变,火势又朝着拉托街和第伯河蔓延,把卡比托尔也包围了,随后又烧到了博阿留姆市场的附近,把这一带以前没有烧着的东西全都烧得精光。最后大火终于逼近了帕拉丁宫。蒂盖里努斯调集了全部禁卫军来为他效力,同时派出了一个又一个的信使向皇帝禀报,说大火越烧越旺了,皇帝一定能够看到雄伟壮观的景象。可是尼禄要到晚上才能回到罗马,他认为只有在晚上才能更清楚地看到这座城市遭到毁灭的景象。因此他在途中命令他的队伍在阿尔班水道附近停了下来,把悲剧演员阿里杜鲁斯召进了自己的营帐,开始和他谈论一个演员的表演姿势、表情和眼神的问题。他很希望得到他的指教,同时向他学了一些相应的动作。但是在读到"啊,神圣的城市,你比伊达山要活得更久"这句台词时,应当举起双手还是只举起一只手,用另一只手拿着乐器,垂下来紧靠着身子这个问题上,他们之间却发生了激烈的争论。因为这个问题在他看来比别的问题都更加重要。直到黄昏时刻他才命令队伍起程,在出发前他就写诗的问题还征求了裴特罗纽斯的意见。他问裴特罗纽斯,在描写一个城市遭到毁灭的诗歌中,要不要插进几句咒骂诸神表示愤慨的词句?从艺术的角度来看,这样的词句从一个失去了国土的君王口中说出来是不是更加合乎情理?

　　直到这一天午夜,尼禄在一支庞大的随从队伍的簇拥下才到了罗马城外。这支队伍中有宫廷侍从、元老院的元老、骑士、解放奴隶、奴隶、妇女和儿童。一万六千名禁卫军士兵以战备的列队护卫在道路的两旁,把那些愤怒的人群挡在一定的距离之外,以保证皇帝行跸的安全。老百姓看见皇帝的队伍来了,都吹着口哨或者大声地叫骂起来,但没有人向他发动袭击。相反,还有一些流氓无赖在向他表示欢呼和喝彩。这些流氓本来一无所有,他们在火灾中也谈不上什么损失,他们这么做是因为现在从皇帝那里能比往日得到更多粮食、橄榄油、衣服和钱币。蒂盖里努斯看到这种情况,马上命令奴仆吹起了喇叭和号角,把所有叫骂声、嘲笑声、欢呼声和喝彩声全都压下去了。尼禄走进奥斯提亚城门后,又停了一会儿。他感叹地说:"无家可归的人民的无家可归的统治者啊!我这个不幸的头今天晚上去哪里安歇呢?"然后他便越过德尔弗尼山岗来到了阿比亚的输水管道前,登上事先给他准备好的梯子,爬到了管道上。

他的一帮朝臣和一个手拿三角琴、诗琴和一些别的乐器的合唱队这时也跟他一起爬上了输水管道。

人们都在静静地等候和期盼着尼禄对他们朗诵几首他的伟大的诗篇,因为他们非得把这些诗篇全都记录下来,然后背得烂熟才能保证自己的人身安全。但皇帝却是那么严肃地站在那里一言不发。他身穿紫色的袍服,头戴金冠,正在集中注意力观赏那疯狂的烈火。直到泰尔普诺斯给他送上了一把金诗琴,他才抬起头来,望着布满了火光的天空,等待灵感的到来。

人群都站得远远的,望着这位全身映照着血红火光的君王,指指点点地议论起来。火蛇在远处嗖嗖地爬动,无情地吞噬着那些远古留下来的最神圣的宝物。在这些宝物中有艾万德建造的赫拉克勒斯神庙,有救世主朱庇特神庙,有塞尔维尤斯·杜留斯建造的月神神庙,还有努玛·蓬比里乌斯①的皇宫和罗马人的灶神——维斯塔神庙,所有这一切顷刻之间全都化为灰烬了。可是在那些歪歪斜斜的火苗中,有时还可见到卡比托尔的身影。罗马的历史和灵魂已经不复存在了,而尼禄,这位罗马的皇帝却依然手捧诗琴站在那里一动也不动。他的脸上露出了一副悲剧演员的表情。他心里想的不是祖国的灭亡,而是他要装出一个什么样的姿态,杜撰一些动听的诗句,把这场灾祸宏伟壮观的场面描写出来,以博得群众最崇高的赞美和最热烈的掌声。

他讨厌这座城市,也仇恨城里的百姓。他只爱他的诗歌。当他终于看见一场和他正要描写的内容差不多的悲剧已经发

① 努玛·蓬比里乌斯,传说是罗马的第二代皇帝。

生的时候,他再也压制不住心中的狂喜了。这个蹩脚的诗人终于感受到了他所期盼的幸福,这个朗诵家终于产生了伟大的激情,这个孜孜不倦的探索者在他见到的这幅凶险可怕的图景中也终于找到了灵感。他高兴地想到,和这座巨大城市的毁灭相比,特洛亚的灭亡又算得了什么呢?在这种情况下,他还能有什么更多的要求呢?要知道这是罗马,是统治全世界的罗马的灭亡啊!他站在输水管道一个拐弯的地方,手里拿着金诗琴,身穿紫袍,神采奕奕,显得那么崇高、伟大而又富于诗意,令人赞叹不已。虽然下面那些站在阴暗处的老百姓在不停地抱怨和怒吼,可那有什么了不起呢?就让他们去抱怨吧!岁月流逝,几千年也会成为过去,可是人类永远也不会忘记这位伟大的诗人,人们将永远赞美他的功德,因为他在今天夜里歌颂了特洛亚的大火和灭亡。荷马和他相比,又算得了什么呢?那个手里拿着自己雕凿的竖琴的阿波罗和他相比,又算得了什么呢?

想到这里,他便举起了双手,拨动着琴弦,开始唱起普里阿姆的独白来:

啊!我祖先的巢穴,啊,我亲爱的摇篮!……

他的演唱不时发出了颤抖的声音,这歌声在一片广阔的天地里,由于受到大火的咆哮声和从远处传来成千上万群众的喧闹声的干扰,显得十分微弱和细小,那伴和着他的琴声简直小得像蚊子的嗡嗡叫声似的。可是那些会聚在输水管道上的元老、朝臣和达官贵人们都低着头,聚精会神地听着,并且暗自赞叹起来。尼禄唱了很久,到后来还发出了一种悲哀的声调。每当他停下来换气的时候,合唱队就把他的最后一句诗重唱一遍。这时他便用一个从阿里杜鲁斯那里学来的动作，把肩膀上那件演悲剧用的"西尔马"长袍甩了下来，然后又弹着诗琴，继续演唱。他把原先创作的诗歌唱完之后，又开始了即兴创作，在这种即兴创作中，他首先注视着眼前发生的一切，想要找到一个伟大的诗的比兴。但他脸上的表情突然变了，这并不是出自他对祖国和城市遭到毁灭的关心，而是因为他过分地陶醉在自己充满了激情的诗歌演唱中了。由于感情的冲动，他有时连手中的诗琴都没有抓住，砰的一声掉在自己的脚旁边。他把"西尔马"长袍重又裹在自己身上，痴呆呆地站在那里，一动也不动，活像帕拉丁宫院子里那些作装饰品用的尼俄柏雕像群中的一尊雕像。

短时间的沉默过后，响起了一阵暴风雨般的掌声。可是远处的群众却对他发出了愤怒的吼叫。因为这时候，谁都知道是他下令烧毁罗马的，他要欣赏这样的惨景，要对着它唱一首歌。尼禄听到成千上万的群众的叫喊声后，脸上露出了一种忧郁而又无可奈何的苦笑，就好像自己受了委屈似的。他转身对朝臣们说：

"你们看，这些罗马人是怎么对待我和我的诗歌的。"

"这是一群流氓！"瓦迪纽斯回答说，"陛下，你降旨吧！让禁卫军去收拾他们。"

尼禄便转身问蒂盖里努斯道：

"禁卫军忠实可靠吗？"

"可靠！神圣的陛下！"禁卫军司令官答道。

但裴特罗纽斯却耸了耸肩膀，说：

"要靠他们的忠实，而不是靠他们的人数。陛下还是不要离开这里为好,因为这里最安全。对这些群众应当采取安抚的办法。"

塞内加和执政官李齐纽斯随后也表示了和他一样的看法。可这时候,下面的骚乱越来越厉害了。老百姓都拿起了石块、帐篷架、大车的木板和各种各样的铁器,把这当成他们的武器,想要动手了。过了不久,有几个禁卫军的指挥官前来报告,说群众向禁卫军冲过来了,军队很难维持原来的队形,他们没有接到反击的命令,不知道该怎么办。

"诸神啊!今天晚上是怎么回事?除了大火,还有咆哮的人海。"尼禄说。

因此他还要想一些最美丽的词句来描写此时此刻的危险。可是他一看见周围的人苍白的脸色和惶恐不安的表情,便不由得自己也心慌了。

"给我把带风帽的黑斗篷拿来!难道真的要打起来了吗?"尼禄大声叫道。

蒂盖里努斯有点迟疑地回答说:

"陛下,我能做到的一切都做了,可现在危险却越来越大了……陛下,还是请你出来向群众说几句话吧!你就多许诺他们一些东西吧!"

"难道一定要皇帝亲自出来对这些贱民说话吗?叫别的人以我的名义对他们去说好了!有没有人愿意去做这件事呢?"

"我去!"裴特罗纽斯毫不在意地回答了一句。

"去吧,我的朋友!每当我遇到困难的时候,你总是最忠于我。去吧,不要吝惜对他们的许诺!"

裴特罗纽斯露出了一副轻蔑的表情,他转身对尼禄的那些随从说：

"在场的诸位元老，还有披索、内尔瓦和塞内加，你们也和我一道去吧！"

随后他便从输水管道上慢慢地走下来，那些他叫过的人也跟着走了下来。他们本来有点迟疑不决，但是裴特罗纽斯的镇定自若给了他们很大的鼓舞。裴特罗纽斯站在输水管道下面，吩咐给他牵来一匹白马，他没有携带武器，只拿着一根平常总是带在身边的细长的象牙手杖便纵身上马，领着他的那些同伴，从长长的禁卫军队伍身边走过，然后一直朝那一大片黑压压的、怒吼的人群走去。

他来到了人群中，借助周围的火光，看见人们都高举着双手，手里拿着各种武器，两只眼睛像燃烧一样地冒出了火光，脸上布满了汗珠，口吐泡沫，在大声地叫喊。不一会儿，这些人就像一阵汹涌的波涛把他和他的同伴全都包围起来了。他再往远方望去，远方也是一片万头攒动的人海，这片人海动荡不定，呼啸怒号，令人胆战心惊。

怒吼声越来越大，逐渐变成了一种非人的吼叫。人们拿着木棍、叉子，甚至刀剑在裴特罗纽斯的头上挥舞。一双双野蛮人的拳头向他和马的缰绳伸过来了。可是裴特罗纽斯一点也不害怕，他依然是那么毫不在意和藐视一切地朝前走去，还不时用手杖敲打着那些表现得最野蛮的人的脑袋，像平常一样，为自己开辟了一条道路。他这种充满自信和沉着冷静的态度使那些骚乱的人群大为吃惊。他们终于认出了他，于是对他大声地叫了起来：

"裴特罗纽斯，风雅裁判官，裴特罗纽斯……"

"裴特罗纽斯！"四面八方都有人在呼唤他的名字。由于这种亲切的呼唤,他们的面孔便不显得那么凶恶可怕了,他们的吼叫声也不那么粗野狂暴了。这位穿着华贵的贵族虽然从来没有讨好过百姓,但老百姓却很爱戴他,认为他是一个宽容大度、富于同情心的好人。特别是当年,佩达纽斯·塞昆德的所有的奴隶都被判处了死刑的时候,裴特罗纽斯还为他们求过情,请求赦免他们。从此以后,他在百姓中的威望便大大地提高了,而奴隶们对他则更是敬若神明,因为他们都是一些长期遭受虐待的不幸的人,只要有人表示一点同情,他们就一辈子感恩不尽。而今天又是罗马大难临头的日子,所以他们对于皇帝派来的这位钦差想要说什么就更加关心了,他们毫不怀疑他是皇帝特意派来的。

裴特罗纽斯于是脱下了包着紫红边的白宽袍,把它高高地举起,在头上晃了几下,表示他要讲话了。

"安静! 安静!"四面八方都有人在叫喊。

人们很快就安静下来。裴特罗纽斯马上挺起胸脯,以平和而又响亮的声调说道:

"市民们! 你们如果听得见我说话,请把我的话也转告给那些站得太远听不见我说话的人。你们大家都要表现得像个人样,绝不能学竞技场里的那些野兽。"

"我们都听见了,我们在听着呢……"

"告诉你们吧! 城市会重建起来,卢库努斯、梅采纳斯、恺撒和阿格雷比拉花园都会对你们开放。从明天起就开始分发粮食、面包和橄榄油,让你们每个人都吃得饱饱的,撑到喉咙眼里去! 皇帝以后要给你们举行竞技大会,举行那种世界上还从来没有过的盛大的竞技大会。大会期间还要摆宴招待你们,给你们送礼。大火之后,你们会比过去生活得更加富裕!"

他说完后,下面马上响起了一片喊喊喳喳的说话声,从中间传到四面八方,仿佛一块小石头投入水中激起的阵阵涟漪。站在前面的人把话转告给了站在后面的人。虽然一些地方还可听到人们的怒吼,可是也有许多人对裴特罗纽斯的讲话发出了表示拥护的叫喊。

"面包和竞技①……"

裴特罗纽斯又把他的宽袍穿上,站在那里一动也不动,活像一尊大理石雕像。他仔细地听了很久,可喧闹声又大起来了,把大火的咆哮声都压下去了。与此同时,在四面八方甚至越来越远的地方都响起了一片喧嚣。这位钦差一直在等着人们静寂下来,显然他还有话没有说完。

随后他举起了双手,要大家保持安静,大声地说道:

"我向你们保证,面包和竞技②是不会少的。现在你们应当向皇帝陛下表示欢呼,向皇帝表示致敬,是他给了你们吃的和穿的。完了你们都回去睡觉去吧,天快要亮了。"

说完他便掉转马头往回走去,对那些挡了道的人也只是用手杖轻轻地点一点他们的脑袋或者面孔,然后便慢慢地回到了禁卫军的队伍中。

没多久,裴特罗纽斯又来到了输水管道的下面。站在管道上的人们都陷入了一片惶恐,他们原以为裴特罗纽斯会再一次地激起群众的愤怒,也不知道"面包和竞技"的口号是什么意思。他们根本没有想到裴特罗纽斯会平安无事地回来,

①② 原文是拉丁文。

489

所以尼禄一见到他就马上跑到了阶梯上,他的脸色激动得发白,急急忙忙地问道:

"怎么样?那边的情况怎么样?是不是已经打起来了?"

裴特罗纽斯深深地吸了口气,又使劲地吐了出来,才回答说:

"凭波卢克斯起誓,那些老百姓全都是一身臭汗,真叫人受不了。给我拿一杯清凉饮料来,我快要晕倒了。"

然后他转身对皇帝说:

"我给他们许诺了粮食和橄榄油,许诺了开放花园,举行竞技大会。他们又把陛下当成神敬仰了,他们正在用那干瘪的嘴皮子向陛下欢呼和致敬呢!诸神啊!这些平民百姓的身上实在臭不可闻啊!"

"我已经叫禁卫军做好了准备。你如果不能叫这些大喊大叫的人安静下来,我会让他们得到永远的安息。遗憾的是,陛下,你不让我使用武力。"蒂盖里努斯大叫道。

裴特罗纽斯瞅着这个大言不惭的人耸了耸肩膀,说:

"你现在还没有失去机会嘛!也许你明天就可以动武啦!"

"不,不!"尼禄说,"我要降旨给他们开放花园,发放粮食。谢谢你,裴特罗纽斯!我还要举行竞技大会,把我今天给你们唱的那首歌再唱给他们听。"

说完他把一只手放在裴特罗纽斯的肩膀上,沉默了一会儿,等到心静下来后,问道:

"你坦白地说,我唱歌的时候,姿态怎么样?"

"正好配得上歌中写的那种壮观的景象,那种壮观的景象也无愧于陛下。"裴特罗纽斯回答说。

然后他转过身来望着大火,说道:

"让我们再来看看吧,和这个古老的罗马告别吧!"

第四十八章

使徒的话给基督徒的灵魂注入了一种新的信念。过去他们以为世界的末日就要来到了,现在他们终于相信,这种可怕的审判不会马上降临,他们至少还来得及看到尼禄统治的灭亡。既然这种统治是反基督教的,那么上帝对他那些应当遭报的罪恶一定会进行惩罚。想到这里,他们终于受到了鼓舞,坚定了信心,做完祷告之后,便从坑洞里出来,各自回到自己的临时避难所去了,有的甚至回到第伯河对岸去了。可这时消息传来,说有十几个地方的火势由于风向变了,又烧到河岸边去了,大火把途经的一切都烧完之后,就不会再蔓延了。

使徒彼得在维尼茨尤斯和他身后的基隆的陪同下,也离开了坑洞。年轻的军团长不敢打断他的祈祷,一段时间,他只好一声不吭地跟在他的身边,用眼神去乞求他的怜悯,由于惶恐不安,维尼茨尤斯全身上下都在不停地颤抖着。可这时候有不少人都走过来了,他们都想吻一吻彼得的双手和衣裾。母亲们要把孩子递给他看。有的人跪在长长的黑过道里,举着灯笼,正在乞求他的祝福。有的人则一直跟在他的身边,对他不停地唱着赞美歌。所以他连询问和回答的时间都没有了,走进山谷里后,这种情况还没有改变。一直到他们来到了一块较为宽敞的平地上,能够见到大火中的罗马了,使徒才给

他们画了三个十字,然后转身对维尼茨尤斯说:

"你不用担心,李努斯、莉吉亚和他那个忠实的仆人就住在这附近的一个采石匠的家里。基督既然把她许配给了你,'他'当然会替你保护她。"

维尼茨尤斯身子有点站立不稳,赶紧用手扶住了一块岩石。他从安茨尤姆回来的时候跑得那么急,在城墙下经历了那么多的艰难险阻,寻找莉吉亚时又长时间地受到浓烟的熏烤,还有他熬过的那许多不眠之夜,一直在为莉吉亚担惊受怕,把他的全部精力都耗费殆尽。因此现在,当他听到他在世界上最宝贵的人儿就在附近,马上就能够见到她的时候,他不仅打不起精神,而且感到更虚弱了。由于这种突然的虚弱,他一下子滑倒在使徒的脚下,抱住了使徒的双膝,躺在那里一句话都说不出来。

使徒不愿让他对自己表示尊敬和感谢,便说:

"不要感谢我! 不要感谢我! 要感谢基督!"

"多么崇高和伟大的上帝啊! 可是我不知道怎么处理那两头放在下面的骡子。"基隆在他的身后说道。

"起来吧! 跟我一起走!"彼得拉着这个年轻人的手,说道。

维尼茨尤斯站了起来。在火光的照耀下,可以看见他苍白的脸上流下了两行激动的泪水,他的嘴唇不停地颤抖着,好像在做祈祷。

"我们走吧!"他说。

基隆把刚才的话又说了一遍:

"老爷,到底怎么处理放在下面的那两头骡子呀? 大概这位了不起的先知要骑骡子而不愿步行吧?"

维尼茨尤斯自己也不知道该怎么办，可是他一听到彼得说那个采石匠的家离这里并不很远，便说：

"你把骡子送还给马克雷努斯吧！"

"老爷，请你原谅，我又要向你提起阿梅里奥拉房子的事了。由于这场可怕的火灾，这样的小事是很容易忘记的。"

"不会少你的。"

"啊！努玛·蓬比里乌斯的子孙啊！我一向是信赖你的。现在，连这位慷慨大方的使徒也亲耳听到了你的许诺，我也就不用再向你提起你答应过我的带葡萄园的房子了。愿平安与你同在①，我还会来看望你，老爷，愿平安与你同在②。"

他们回答说：

"平安也和你同在。"

然后他们两人拐向右边，朝山丘走去。维尼茨尤斯在路上说：

"老师，请用圣水给我洗礼吧！我要成为基督真正的信徒，我的整个灵魂都爱'他'。快给我洗礼吧！我早就准备好了。只要是'他'交给我的事，我都会尽心尽力地去把它做好。你说，我该做些什么呢？"

"要像爱你的兄弟那样去爱别人，你只有用爱才能为基督服务。"使徒回答说。

"是的。这个我懂得，我有亲身的感受。我童年时信奉过罗马的诸神，但我并不爱他们，我只爱这唯一的基督。为了'他'，我就是献出生命也在所不惜。"

他仰望天空，因为抑制不住心中的激动，便不停地说道：

---

①② 原文是拉丁文。

"他是唯一的,只有他才是善良和慈悲的,即便罗马城被毁灭了,或者全世界都毁灭了,我都信奉和敬仰这唯一的基督。"

"基督一定会祝福你和你一家人。"使徒最后说。

这时候,他们又走进了另一个山谷,山谷的另一端可以见到隐隐约约的灯光。使徒彼得用手指着那里说:

"那就是那个采石匠的家。我们陪着病恹恹的李努斯从奥斯特里亚努姆回来后,已经去不了第伯河对岸,只好借住在他的家里。"

没多久他们就到了。这间小屋原来是山坳里挖出来的一个窑洞。正面有一堵用芦苇和黏土糊成的墙壁,窑洞的门是关着的。但从用来替代窗户的洞口可以看见里面生了火。

一个黑黝黝的高大的身影马上站了起来,随后他便出来迎接客人,问道:

"你们是什么人?"

"基督的仆人,平安与你同在,乌尔苏斯!"彼得回答说。

乌尔苏斯马上跪倒在使徒的脚前。他一看见维尼茨尤斯便抓住他的手,举到嘴边说:

"大人,你也来了吗!你给卡里娜带来了欢乐,愿'羔羊'的名字受到祝福!"

说着他便去开门,让他们进到屋里。生病的李努斯躺在一堆稻草上,脸庞清癯,太阳穴黄得像象牙一样。莉吉亚坐在炉火旁,手里拿着一串用绳子穿起来的小鱼,显然在准备晚饭。她以为进到屋来的是乌尔苏斯,所以她只顾把小鱼从绳子上解下来,根本没有抬眼去看他们。但维尼茨尤斯向她走过去,叫了一声她的名字,向她伸出了双手。到这个时候,她才急忙站了起来,脸上露出了惊讶和快乐的光芒。她像一个被丢失的孩子,经受了几天的恐惧和痛苦之后,突然找到了父母那样,连一句话都没有说,就投入了他的双臂。

维尼茨尤斯把莉吉亚抱住,长时间地紧贴在胸口上。他的心情是那么激动,把她救出来了就好像是奇迹似的。后来他放开双臂,用手捧着莉吉亚的两鬓,吻着她的额头和眼睛,又把她抱住,不断地呼唤她。然后他又躬下身来,抱住她的膝盖,亲她的手心,问候她,对她述说他的爱慕和崇拜。他的欢乐就像幸福的爱情那样没有终止。

到最后维尼茨尤斯才告诉莉吉亚,他是怎么从安茨尤姆飞跑到这里来的,他是怎么在城墙外面,在烟雾中寻找她,又是怎么来到李努斯的家里。在使徒把她的住所告诉他之前,他是多么担心和害怕,遇到了多少危难,他历尽了所有的艰难和困苦。

"现在好了!"他说,"我找到你了,我不能让你待在这个大火焚烧的地方,也不能把你留在这些疯狂的人群当中。他们在城外自相残杀,奴隶们举行暴动,大肆抢劫。今后还会有什么灾难降临罗马,只有上帝知道。我一定要把你和你们所有的人都救出去!啊,我亲爱的!⋯⋯你们愿不愿意和我一道去安茨尤姆呢?到了那里我们就可以乘船到西西里岛去了。在西西里岛,我的领地就是你们的领地,我的家就是你们的家。我还要告诉你,你在西西里岛还会见到普劳茨尤斯夫妇,我会把你送还给蓬波尼亚,然后我再去他们那里娶你。我最亲爱的!① 你现在不害怕我了吧?我虽然还没有受洗,但

_____

① 原文是拉丁文。

你可以去问彼得,我在路上是不是对他说过我要做一个真正的基督信徒?是不是一再地请求过他给我施受洗礼,哪怕就在这个石匠的家里也行?你要相信我,你们大家都要相信我呀!"

莉吉亚听到这些话后,脸上即刻露出了喜悦的光芒,所有在场的人都欣喜若狂了。他们过去受到犹太人的迫害,现在因为火灾和这场灾祸所造成的混乱,又一直生活在动荡不安和恐怖之中。只要到了平静的西西里岛,就不用害怕和烦恼了,在他们的生活中,就会开创一个幸福的新时代。如果维尼茨尤斯只答应带走莉吉亚一个人,那她是不愿意的,因为她不能丢下彼得和李努斯不管。可是维尼茨尤斯已经对他们说了:"你们和我一道走吧!我的领地就是你们的领地,我的家就是你们的家。"

因此她马上躬下身来,在他的手上吻了一下,表示愿意听从他的安排,她说:

"你的家就是我的家。"

按照罗马人的习惯,她这句话是新娘子在婚礼上说的,所以她说完后即刻臊得满脸绯红。她低下头来,站在火光中,有点心神不安,好像怕他们认为她的话有失庄重似的。

可是维尼茨尤斯眼里表现出来的,却是对她无限的崇敬。他这时转过身来,又对彼得说道:

"罗马是皇帝下令烧的,他在安茨尤姆曾经表示遗憾地说他没有亲眼见过一场大火。你们想想,他连这样的大坏事都干得出来,那么还有什么事情干不出来呢?谁能担保他不会派军队去屠杀城里的居民,不会胆大妄为地践踏法律呢?谁又知道在大火之后会不会发生内战、老百姓会不会自相残杀和饿肚子呢？所以你们还是去躲一躲吧！我们也要把莉吉亚藏起来。在西西里岛，你们就可以平安无事地避开这一场暴风雨了，等到各方面都平静下来，你们再回去播你们的种子吧！"

这时房子外面，在梵蒂冈山丘那边突然响起了一阵可怕的怒吼声，就好像特意要证明维尼茨尤斯的担心不无道理。屋主人采石匠也回来了，他急忙把门关上，大声说道：

"尼禄竞技场附近，有许多人在那里自相残杀。奴隶和角斗士向市民发动了攻击。"

"你们听见了吗？"维尼茨尤斯说。

"真是罪恶滔天，劫数就像大海一样无边无际。"使徒说。

然后他转向维尼茨尤斯，指着莉吉亚说：

"上帝既然把这个姑娘许配给了你，你就把她带走吧！你要好好地保护她！还有生病的李努斯和乌尔苏斯，也和你们一道走吧！"

可是维尼茨尤斯那充满了热情的心灵是以全部力量爱着这位使徒的。他大声叫道：

"我向你发誓，老师，我决不能让你一个人待在这里。"

"上帝为了你的好心会祝福你的。可是你没有听说，基督在湖上曾三次嘱咐过我'要照管好我的羊群'吗？"

维尼茨尤斯不说话了。

"虽然并没有人托你来关照我，可你却担心我待在这里会遇到危险，难道你不知道，我在大难临头的日子里不能离开我的羊群吗？当暴风雨降临湖上的时候，我们大家都害怕得要命，'他'看到我们这样，也没有离开我们，而我作为'他'的仆人难道不应当以'他'，我的主人为榜样吗？"

这时李努斯也抬起了他那清癯的面孔,问道:

"上帝的全权代表!我是不是也可以学你的榜样呢?"

维尼茨尤斯用手在脑袋上摸了几下,好像对他自己和自己刚才说过的话也产生了怀疑。然后他抓住莉吉亚的手,用一种似要表现罗马军人气概的颤抖的声音回答道:

"彼得、李努斯,还有你,莉吉亚!告诉你们吧!我的话是出于一个普通人的理智对你们说的。但你们有你们的想法,你们按照救世主的意旨办事,从不考虑个人安危。是这样的!我因为不了解这个,又犯了错误,说明我眼睛里的翳障还没有除掉,我过去的执拗脾气也没有改。但是我热爱基督,我要做他的仆人。我在这里说的是关系到比我个人的生命都更重要的事情。因此我愿跪在你们面前发誓,一定要完成爱的使命,在大难临头的日子里,我决不会抛弃我的兄弟。"

说到这里他跪了下来。由于内心的激动,他举起了双手,抬眼望着天空,大声地叫道:

"啊,基督!难道我还不了解你?不配做你的仆人吗?"

他的双手颤抖不止,眼里闪着泪花,信仰和爱情的冲动使他全身上下都战栗起来。使徒彼得拿着一个盛满了清水的陶罐走上前来,对他庄严地说道:

"我以圣父、圣子和圣灵的名义给你施受洗礼,阿门!"

这时候,所有在场的人都激起了一股宗教信仰的热情。他们觉得,这间简陋的窑洞仿佛布满了灵光,奏起了圣乐,头上的石壁也裂开了,一群群天使从天而降。就在他们的头顶上,有一个十字架和一双钉在十字架上的大手在向他们祝福。

可是外面依然不断地传来群众殴斗的叫喊声和大火燃烧的咆哮声。

第四十九章

在富丽堂皇的恺撒花园里，在多米茨亚和阿格雷比拉古老的花园里，在庞培、萨卢斯迪乌斯和梅采纳斯的花园里，还有战神广场上，全都是难民的营寨。柱廊、室内球场、夏季游乐宫和关野兽的小篷屋也住满了人。所有花园里的孔雀、火烈鸟、天鹅、鸵鸟、羚羊、非洲羚羊、鹿、狍子，都被那些暴徒几乎宰杀殆尽。但从奥斯提亚却运来了很多粮食，那些运粮的木排和船只多得简直可以在第伯河上排成一座浮桥，从河这边通到河那边去。粮食的售价仅三分钱一斤，比过去低得多，而且对穷苦的百姓还免费发放。此外还运来了大量的葡萄酒、橄榄油和栗子，每天还从山里赶来大群大群的牛羊。过去居住在苏布拉区贫民窟里的百姓生活在饥寒交迫中，现在的日子好多了。饥饿的问题虽然解决了，但是杀人、抢劫和其他违法乱纪的犯罪活动却很难制止。游牧式的生活使罪犯们可以逃避法律的制裁。那些犯罪分子还自称是皇帝的崇拜者，不论皇帝出现在哪里，他们都在那里拼命地鼓掌欢迎，这样他们还受到了特殊的保护。实际上，政府部门的权力已经丝毫不起作用了，而且它也缺乏足够的武装力量来镇压各种闹事活动，因此在这座收容了全世界的社会渣滓的城市里，便经常发生一些人们想象不到的恶性案件。每天晚上都有流氓在进行殴斗和杀人，抢劫妇女和儿童更是家常便饭。莫吉奥尼斯城门旁边有一个牲口圈，专门存放从坎帕尼亚赶来的牲口，流氓在那里聚众闹事,打死了好几百人。每天早晨,第伯河岸边都可看到许多漂浮的尸体,这些尸体无人掩埋,由于大火和暑热的熏烤,很快就腐烂了,散发着令人恶心的臭气。许多宿营地里也流行着各种疫病,一些敏感的人担心这会酿成一场大的瘟疫。

但城里依然是烈火冲天。直到第六天,大火烧到埃斯奎林空地上后,因为那里拆掉了一大批房屋,火势才慢慢地减弱了。可是那里还有一堆堆燃烧着的焦木在发出强烈的火光,使人们不敢相信,这场火灾就要熄灭了。第七天晚上,蒂盖里努斯的府邸也起火了,而且烧得很大,幸亏周围没有什么可燃的东西,才使得那里没有烧多久就熄灭了。到处都有烧毁了的房子坍塌下来,喷射出一团团的火焰和一束束的火花,直冲霄汉。有的废墟里面还有一些残存的东西在缓慢地隐隐地燃烧着,它们的表面一层都变黑了。在夕阳余晖映照着的天空里,已经看不到那种血红的光亮了。只是到了晚上,在那一大片漆黑的废墟上,还有一堆堆烧焦了的木炭在晃动着蓝色的火焰。

罗马十四个城区烧得只剩下四个了,其中包括第伯河对岸。等到燃烧着的焦炭都化为灰烬后,从第伯河沿岸到埃斯奎林这一广大地区,将呈现出一片寂寞、凄凉和阴森可怖的景象。到那个时候,一排排烟柱就像坟前石柱一样令人悲伤,白天,一群群面色阴沉的人们在那些烟柱之间走来走去,想要找到一些珍贵的物品或者亲人的尸骨,到了晚上,狗群又会来到灰土和房屋的废墟上奔跑和狂吠。

皇帝给予人民群众的赏赐和救济并没有平息他们的怨恨。对那些失去了亲人和财产的人来说,开放花园,发放粮食,举行竞技大会和赠送礼物也消除不了他们心中的仇怨。只有那些强盗、罪犯和无家可归的穷汉乘国难之机大吃大喝,肆意抢劫,才感到心满意足。这场灾难实在太大了,它是一场史无前例的大灾难。有些人出于对故乡的眷恋,听说"罗马"这个古老的名字将要从地球上消失,皇帝要在它的废墟上建造一座叫"尼禄波利斯"的新的城市后,都感到绝望了。仇恨的浪潮日益高涨,尼禄这时对群众的反应也比过去任何一个皇帝都更加敏感。因此,不论大臣们对他怎么阿谀奉承,不论蒂盖里努斯怎么谎报军情,他一想到他在这场同元老院和罗马贵族的你死我活的斗争中会失去群众的支持,就感到惶悚不安。可是朝臣们的惊恐不安也不下于皇帝,他们知道,说不定哪一天自己就有可能丢掉性命。蒂盖里努斯打算从小亚细亚调回几个军团,以防万一。瓦迪纽斯这个挨了别人的耳光子都要笑的滑稽鬼,也不再像往日那么幽默风趣了。维泰留斯甚至害怕得连饭都吃不下。

其他的人也在议论着怎样才能扭转危急的局面。他们认为,如果真的爆发了反对皇帝的叛乱,大概只有裴特罗纽斯一人能够不被杀害,其他的朝臣谁也逃不了命。这种看法已经成为公开的秘密了。还有一些人认为,尼禄的疯狂是受了朝臣们的影响,他的所有罪恶活动都是朝臣撺掇他干的,因此老百姓对朝臣比对皇帝本人还要痛恨。

朝臣们也觉得,要推卸掉自己在焚烧城市上应负的责任,就非得想出一些有效的办法来不可。在这种情况下,他们首先要做的就是消除人们对皇帝的怀疑,要不然,老百姓从怀疑皇帝出发,会进而把他们看成是这次大火的元凶。蒂盖里努斯对这个问题和多米茨尤斯·阿菲尔,甚至和他仇恨的塞内加都交换过看法。波贝亚也很明白,尼禄的灭亡等于判她的死刑,因为大家都认为,她在几年前就信奉耶和华了。对于这件事,她还问过她的一些亲信和希伯来僧侣们是怎么看的。尼禄本人也在竭尽全力地采取一些应敌的办法,他的办法虽然很毒辣,但也是很愚蠢和可笑的。他有时很害怕,有时又像孩子一样高高兴兴地玩耍起来,但他不论什么时候,都在不停地抱怨。

有一天,在没有被火烧掉的蒂贝留斯的宫殿里召开了一次时间很长但又毫无结果的会议。裴特罗纽斯在会上建议马上到希腊去,再从那里去小亚细亚,这样可以摆脱目前的困境。这次旅行其实早有安排,既然住在罗马有危险,日子很难过,又何必再推迟呢?尼禄对这个建议也表示极力赞同。可是塞内加考虑了一下,说道:

"出去容易回来就难啊!"

"我向赫拉克勒斯起誓,到那个时候,可以把亚细亚军团调回来。"裴特罗纽斯答道。

"就这么办!"尼禄大叫了一声。

蒂盖里努斯因为什么办法也想不出来,他对裴特罗纽斯的建议表示坚决的反对。如果这个建议是他自己想出来的,那他毫无疑问会认为这是最切实可行的办法。他现在最关心的是在这个紧急关头,不能再一次变成只有裴特罗纽斯才有拯救的办法,因此他开口说道:

"神圣的陛下,请让为臣的也说几句话吧!这是一个自己害自己的办法,你还没有走到奥斯提亚,内战就会打起来了。谁能担保,奥古斯都某个活着的后嗣不会趁机加冕称帝呢?到那时候,如果军团都拥护他,我们怎么办呢?"

"我们先要采取一些办法,把奥古斯都的后代统统除掉。他的后裔现在剩下的并不很多,要除掉他们也不难。"尼禄回答说。

"这么做当然可以。可是要闹事的岂止他们?我手下的人昨天听到群众中有人说,皇帝应当让特拉泽阿斯这样的人来当才合适。"

尼禄咬住了自己的嘴唇。过了一会儿,他抬眼望天,说道:

"都是一些贪得无厌、忘恩负义的家伙!给了他们那么多的粮食,还有烤点心的木炭,他们还要什么呢?"

蒂盖里努斯回答说:

"报仇!"

大家都不作声了。皇帝突然站立起来,举起一只手,便朗诵道:

　　心灵要报仇,报仇要牺牲!

然后他好像把一切都忘了,他的脸上豁地亮了起来,于是大声地叫道:

"快把书写板和硬笔给我拿来,我要把这句诗记下来,琉康永远也写不出这样的好诗。你们难道没有看见我一眨眼就想出了这样的妙句吗?"

"啊!真是无与伦比的佳句!"好几个声音附和道。

尼禄记下了这句诗,说:

"是的!报仇是要付出牺牲的。"

接着他向周围的人扫了一眼。

"如果我公布消息,说罗马是瓦迪纽斯下令烧毁的,那么就以他作为牺牲去平息老百姓的愤怒好吗？"

"啊，神君陛下！我算个什么呢？"瓦迪纽斯大声叫了起来。

"是的，要比你更大的人物才行……维泰留斯怎么样？……"

维泰留斯脸色煞白，突然大笑起来，说：

"我的脂肪只能使大火又烧起来。"

可是尼禄却另有打算，他心里想能否找到一个真正能够平息人民愤怒的人？最后，他想起来了，但是过了一会儿，他才说道：

"蒂盖里努斯，罗马是你放火烧的。"

在座的人都吓了一大跳。他们知道，皇帝这次不是开玩笑，各种事变都要发生了。

蒂盖里努斯像一只就要咬人的狗似的紧缩着脸皮。

"我是奉陛下的意旨去烧的。"他回答说。

他和尼禄就像两个恶魔似的怒目相对，周围静寂得连苍蝇飞过大厅的嗡嗡叫声都听得见。

"蒂盖里努斯，你爱不爱我？"尼禄问道。

"这你是知道的，陛下！"

"那你就替我去死吧！"

"神圣的陛下，你为什么要赐给我一杯我不能喝的甜蜜的美酒呢？群众中已经发生了骚乱和暴动，你是不是要让禁卫军也起来造反呢？"

所有在场的人都有一种恐怖的感觉。蒂盖里努斯是禁卫军的司令官，他的话显然是带威胁性的。尼禄自己也很清楚，所以他的脸色刷地变白了。

正好在这个时候,皇帝的解放奴隶埃帕弗罗迪特进来禀报,说神圣的皇后要召见蒂盖里努斯,因为她那里有许多人,要报告重要的消息,禁卫军司令官是应当知道的。

蒂盖里努斯向皇帝鞠了一躬便出去了。他出去时脸上显得冷漠,甚至露出了轻蔑的表情。他平时如果受到攻击,是从来寸步不让的,要让对方知道他这个人不好对付。他知道尼禄虽然是世界的统治者,但也是个胆小鬼,绝不敢对他这个禁卫军司令官胡来。

尼禄默不作声地坐了一会儿,他知道在座的都在等他说话,便开口说道:

"我在自己的怀里养了一条毒蛇。"

裴特罗纽斯耸了耸肩膀,好像要说,要掐掉这条蛇的脑袋也并不难。

"你要说什么你就说吧!给我出个主意!"尼禄瞧他耸着肩膀,便大声叫道,"我只相信你一个人,你比他们都聪明得多,而且你也爱我。"

"那你就任命我为禁卫军司令官吧!我把蒂盖里努斯交给老百姓,只要一天就会使全城平静下来。"裴特罗纽斯话已经到了嘴边上,但他那天生的惰性又占了上风,使他没有把这句话说出来。担任禁卫军司令官,就得实实在在地肩负起保卫皇帝陛下的重任,处理那数不清的公务,他又何苦去找那些麻烦呢?要是在漂亮的书房里读诗、观赏花瓶和塑像,或者将尤妮丝那仙女般的肉体搂在怀里,用手指抚摩她那金色的发丝,亲吻她那珊瑚红的嘴唇,这不惬意得多吗?因此他说:

"我建议皇帝还是到阿哈亚去。"

"哎呀!我以为你总会出一点高明的主意呢!"尼禄回答

说，"元老院特别恨我。如果我离开这里，谁能担保他们不会反叛，让别的人来篡夺皇位呢？人民群众本来是忠于我的，现在都站到他们那边去了……向哈得斯起誓，元老院和那些老百姓要是找到了一个他们一致认可的首脑人物，那就……"

"请让我说一句，神圣的陛下！要想保住罗马，至少得保住几个罗马人。"裴特罗纽斯笑着说。

可是尼禄却埋怨道：

"罗马和罗马人同我有什么关系？在阿哈亚，还有人听我的话，可是在这里，我的周围就全是叛徒了。大家都抛弃了我，你们也要背叛我。这我知道……然而你们怎么不想一想，抛弃了我这样的艺术家，后人会怎么咒骂你们。"

说到这里，他拍了拍自己的脑门，又大声说道：

"真的！……整天为这些事心烦，连我自己都忘了我是谁了！"

他说完便转向裴特罗纽斯，脸上又恢复了平静，说：

"裴特罗纽斯，群众骚乱的时候，我如果拿着诗琴到战神广场去，把我在大火时唱的那首歌唱给他们听，你认为我的歌声会不会感动他们，就像奥尔菲斯感化了野兽那样？"

杜留斯·塞内茨约要回到他从安茨尤姆带来的那些女奴那里去，他早就等不及了。因此他一听到尼禄这些话就回答说：

"那没有问题，陛下，只要他们让你唱。"

"我们还是到希腊去吧！"尼禄不高兴地说道。

可这时候，波贝亚进来了，后面跟着蒂盖里努斯。这位大臣在皇帝面前所表现的傲慢自恃甚至比任何一个凯旋的将军登上卡比托尔时的自豪都有过之而无不及。在座的人都不由自主地把视线转向了他。

他这时以铁器碰撞一样响亮的声音从容不迫、字斟句酌地说道：

"陛下，你听我说，现在我可以告诉你：我找到人了！老百姓要报仇，要牺牲品。他们要的牺牲品还不止一个，而是成千上万。你听说过有一个叫基督的人曾经被蓬茨尤斯·帕瓦特钉死在十字架上吗？你知道基督徒是些什么样的人吗？我不是对你说过他们那些罪恶和下流的宗教仪式以及他们造出来的所谓大火就是世界末日来临的谣言吗？老百姓对他们有怀疑，都仇恨他们。他们从来不到神庙里去，把我们的诸神都看成是魔鬼。我们在比赛场上也没有见到过他们，他们讨厌我们的比赛。群众都议论纷纷，说他们反对你。可是陛下，你并没有命令我烧城，城也不是我烧的……他们要报仇，就让他们去报好了！他们要看竞技和流血，就让他们去竞技和流血吧！他们怀疑你，你可以把这种怀疑转到别的方面去！"

尼禄听到他的话，最初很惊讶。等到蒂盖里努斯再说下去，他那戏子的面孔又开始不断地变换着颜色，于是接连出现了愤怒、悲哀、同情和十分激动的表情。他突然站了起来，把身上的宽袍一甩，让它掉在自己的脚旁边，然后他又举起双手，沉默不语地站了很久。直到最后，他才操着悲剧演员的声调说：

"宙斯、阿波罗、赫拉、雅典娜、佩尔塞福涅①和所有不朽的诸神啊！你们为什么不来救援我们呢？这座不幸的城市到

① 佩尔塞福涅，希腊神话中的地狱的女统治者，宙斯和得墨忒尔的女儿，罗马称她为普罗塞庇娜，司谷物生长和土地丰收的女神。

底做了什么坏事,以致那些凶恶的暴徒毫不留情地要把它烧毁呢?"

"他们是人类的大敌,也是陛下的仇敌!"波贝亚说。

其他在场的人也应和着大声地叫了起来:

"要伸张正义,要严惩纵火犯! 诸神也会对他们进行报复!"

尼禄随后坐了下来,低着头,陷入了沉思,那些残酷的暴行好像把他自己也惊呆了。过了一会儿,他突然挥动着双手,说:

"至于用什么样的刑罚去惩办这样的罪恶,诸神一定会降旨于我。我要借助塔尔塔尔①的威力,让我那些可怜的百姓看到惊心动魄的场面,以后他们的子孙后代一想起我,都会对我感激不尽。"

裴特罗纽斯的额上霎时愁云密布,他想到了他钟爱的维尼茨尤斯和莉吉亚处境危险,想到了那些基督徒将要大祸临头。他虽然不承认他们的教义,但他深信他们是无辜的。他也知道,一次血腥的狂欢就要开始了,这是他这位审美家的眼睛所不愿看到的。因此他首先嘱咐自己说:"我一定要救救维尼茨尤斯。如果那个姑娘死了,他非得疯了不可。"他的这种想法胜过了一切。他很明白,现在面临的是一场他一生中还从来没有遇到过的最危险的斗争。

可他依然保持着一种平和、自然,对一切都毫不在意的态度,就像他平日批评或者嘲笑皇帝和大臣们一点也不懂得美

---

① 塔尔塔尔,希腊神话中地狱的最底层,也指地狱,人如果生前造孽,死后要在这里受到惩罚。

学时那样从容不迫地说道：

"你们算是找到了牺牲品，这很好嘛！你们要把他们赶到表演场上去，或者给他们穿上苦行衣，那也没有什么不可以。可你们还是要听我说几句：你们既然有权势、有军队，你们自己就应当表现得诚实一点，特别是在没有人相信你们的时候，就更应当表现得诚实一点。你们欺骗了人民，但不要欺骗你们自己。你们既然要把那些基督徒交给老百姓，要随心所欲地惩罚和折磨他们，那你们也应当勇敢地承认：罗马不是他们放火烧毁的！……唉！你们把我叫作'风雅裁判官'，可我要对你们声明一句，我是不能容忍这些可耻的丑剧的。哼！所有这一切都只能使我想起阿西纳里亚城门边那些草台子戏班。戏子们为了博得城郊平民百姓的欢心，便扮演起诸神和国王来。可是他们把戏演完之后，最多也只能讨得一杯酸葡萄酒，用洋葱头当下酒菜，如果连这也讨不到，他们就会被人一顿棍棒给轰走。你们应当成为真正的神明和国王，我可以告诉你们，只有这么做才是对的。说到你，陛下，你刚才要我们担心后世的评论，可是你想一想，难道他们不会评论你吗？凭克丽娥女神①起誓，我要说的是，尼禄是世界的统治者，是一位天神，他在人世间有宙斯在奥林匹斯山上那么大的威力，只有他才能把罗马烧掉。尼禄又是一位诗人，为了满足他对诗歌的喜好，甚至不惜牺牲他的祖国和故都。自从开天辟地以来，都没有人能够做到这一点，也没有人敢完成这样的伟业。我以九位缪斯神的名义，恳请陛下不要放弃这种荣誉，你的荣誉将千古不朽，你的诗歌将流芳万世。不论普里阿姆还

————————
① 克丽娥，希腊神话中九位缪斯之一。

是阿伽门农，不论阿基琉斯还是罗马诸神，和陛下相比都算不了什么。火烧罗马城这件事是好是坏并不重要，重要的是它是那么伟大，那么不同凡响。我可以告诉陛下，人民绝不会举起手来反对陛下。这是绝对不可能的。陛下要拿出勇气来，注意不要做出不合你的至尊身份的事情来，要考虑到后世可能有人说，尼禄焚烧了罗马，可他又是一个胆小怕事的皇帝，一个怯懦无能的诗人，一个这么伟大的行动他胆子小得竟然不敢承认，还把罪责推到无辜者们的身上。"

裴特罗纽斯的话在一般情况下，对尼禄都是能够有所触动的。可是这一次，他自己也不抱什么希望了。他知道，他说这些话只是他要做的最后一次努力。好的话，也许能够救得基督徒们的命，不好的话，还会给自己招来杀身之祸，而且后者的可能性更大。可是这件事因为牵涉到他钟爱的维尼茨尤斯，同时他自己也爱在赌博中去寻找乐趣，所以他就不再犹豫了。"骰子已经掷出去了，"他在心里对自己说，"就看这只猴子是爱他的名誉还是怕丢了自己的性命喽！"

但他一点也不怀疑，害怕在所有人的心中都是占了上风的。

裴特罗纽斯说完后，大厅里一片肃静。波贝亚和所有在场的人都像观赏彩虹似的目不转睛地注视着尼禄的眼睛，尼禄这时把嘴唇往上高高地噘起，简直快要碰到他的鼻孔了。他遇到一件事不知道怎么办的时候，总爱做出这么一个样子。后来他的脸上又很明显地表露出了烦恼和不高兴的神情。

蒂盖里努斯看到他这样，便大声说道：

"陛下，我要离开这里！有人要陷害陛下，竟敢把陛下叫作胆小怕事的皇帝、怯懦无能的诗人，还说什么纵火犯和草台戏子,我再也忍受不了这种攻击和诽谤了。"

"我输了!"裴特罗纽斯想道。

于是他冲蒂盖里努斯转过身来,用轻蔑的眼光扫了他一眼,就像一位高雅的贵族对一个流氓无赖所表现的那种态度一样,然后说道:

"蒂盖里努斯,我说的草台戏子就是你,你现在演的就是这种丑角。"

"是不是因为我不愿听你的胡说八道呢?"

"是因为你要装出一个对陛下无限热爱的样子。只可惜你刚才还用禁卫军来威胁陛下,我们大家和陛下一样,都清楚地看见了。"

蒂盖里努斯没想到裴特罗纽斯敢把这张王牌抛到桌面上来,他脸色煞白,只觉得脑子里一片空白,一句话都说不出来。可是这个"风雅裁判官"对他的敌手所取得的胜利也是最后一次了,因为波贝亚这时候出来说话了。

"陛下,怎么能够容忍一个人的头脑里出现这种犯上的念头呢,而且还敢在陛下面前把这些东西肆无忌惮地说出来?"

"要惩处这个冒犯天颜的人!"维泰留斯大叫道。

尼禄的嘴唇又噘到了鼻孔上,他把他那玻璃球似的近视眼转向裴特罗纽斯,说:

"你就是这样来报答我对你的友谊的吗?"

"如果我错了,请陛下指出来!"裴特罗纽斯回答说,"可是陛下你知道,我是因为热爱皇帝,才说出这一番话的。"

"对这种冒犯天颜的人非得惩处不可!"维泰留斯又叫了一声。

"一定要严惩!"有好几个声音应和道。

大厅里马上响起了喧哗声和各种动作的声音,因为那些坐在裴特罗纽斯近旁的人都挪开了自己的位子。就连他在皇宫里的老伙伴杜留斯·塞内茨约和对他一直亲密友好的年轻的内尔瓦这时也离开了他,坐到另一边去了。没多久,大厅的左边只剩下了裴特罗纽斯一个人。但他的脸上却露出了微笑,一边用手理着宽袍的褶皱,等着看皇帝要说些什么,对他表示什么态度。

皇帝终于开口说话了:

"你们要我惩处他,但他是我的伙伴,也是我的朋友。他虽然伤了我的心,可我的心对朋友从来都是宽容的,只要他明白这一点就行了。"

"我失败了,我就要完蛋了!"裴特罗纽斯心里想道。

尼禄马上站了起来,宣布议事结束。

第 五 十 章

裴特罗纽斯回家去了。尼禄则和蒂盖里努斯一同来到了波贝亚的客厅里。那些和蒂盖里努斯已经谈过话的人正在这里等候他们。

其中有两个犹太教祭司,是从第伯河对岸来的。他们身穿长长的道袍,头上戴着法冠,还带着一个年轻的秘书和他们的助手,还有一个是基隆。两个祭司一见到皇帝便激动得脸色发白,把双手举得齐肩膀高,把头低得几乎触到了手掌上。

那个年长的祭司向皇帝启奏道：

"君中之君，王中之王，我们晋谒你，向你表示致敬。普天下的统治者，选民的保护者和皇帝，人类的雄狮啊！你的基业有如日月的光辉，有如黎巴嫩的雪松，有如永不枯竭的清泉，有如棕榈和耶利哥的灵丹妙药……"

"你们为什么不叫我神明呢？"皇帝问道。

两个祭司的脸色更加苍白了，年长的祭司接着说：

"陛下，你的圣言像葡萄那么甜蜜，像熟透了的无花果那么甘甜，那是因为耶和华用仁慈装满了陛下的心田。可是陛下的先皇卡尤斯皇帝却是一个暴虐无道的君王，所以我们的人不叫他神明，他们宁愿自己死去也不让教团遭受屈辱。"

"卡里古拉不是下令把他们都喂了狮子吗？"

"不，陛下！卡尤斯皇帝没有那么做，他害怕耶和华迁怒于他。"

两个祭司抬起头来，就好像威力无比的耶和华的名字鼓起了他们的勇气。他们相信"他"的神力，因此他们一点也不害怕地注视着尼禄的眼睛。

"你们是要控告基督徒放火烧了罗马吧？"

"陛下，我们要控告他们，他们是教团的仇敌，是人类的公敌，是罗马的大敌，也是陛下的仇敌，他们很早就以放火来威胁这个城市和全世界了。除此以外，这里还有一些事情，就让这个人来奏明陛下吧！他母亲有选民的血统，他的嘴巴从来没有被谎言玷污过。"

尼禄转身问基隆道：

"你是什么人？"

"奥西里斯，我是你的崇拜者，我也是个穷苦的禁欲主义者……"

"可我就偏偏讨厌那些禁欲主义者,"尼禄说,"我不仅憎恶特拉泽阿斯,也讨厌莫佐纽斯和科尔努特。他们可耻的言谈,他们对艺术的藐视态度和他们那苦行僧般邋遢的样子我实在受不了。"

"陛下,你的老师塞内加家里有一千张橘木桌子。要是陛下恩赐一些,我家里的桌子就会比他多两倍。我是因为有某种需要才成了禁欲主义者。光明之神啊! 只要你给我的禁欲主义戴上一个玫瑰花冠,在它面前放一瓶美酒,它就会高声地吟唱阿纳克瑞翁的诗歌,使所有的伊壁鸠鲁①派都自愧不如。"

尼禄因为有人叫他光明之神而十分高兴,便笑了起来,说:

"你倒是很讨我喜欢。"

"这个人的身价值他体重那么多的黄金。"蒂盖里努斯大声说道。

基隆回答说:

"陛下,请用你的浩荡天恩来加重我的体重吧! 要是你的赏赐不够,我的身体会被大风吹走的。"

"你确实没有维泰留斯那么重。"尼禄插了一句。

"哎,手握银弓的天神啊! 我的聪明才智不是铅做的。"

"看来你那个教团的信仰并没有不许你认我为神嘛!"

"啊! 不朽的神明啊! 我的信仰就在你的身上。基督徒们咒骂这种信仰,所以是我们的仇敌。"

---

① 伊壁鸠鲁(前341—前270),古希腊唯物主义哲学家。

"关于那些基督徒,你知道些什么?"

"陛下,你允许我大哭一场吗?"

"不,我对哭很讨厌。"尼禄回答说。

"陛下真是三倍的圣明,谁若有幸一睹陛下的龙颜,他的泪水就会永远干涸。陛下,我要恳求你的保护,以免我遭到敌人的迫害。"

"你就快点说说那些基督徒的事情吧!"波贝亚有点不耐烦地说道。

"伊西斯神啊!既然是你的懿旨,我就说好了。"基隆回答道,"我年轻的时候就献身哲学,探求过真理。我在古代的圣贤那里探求过真理,也在雅典学院和亚历山大博物苑①里探求过真理。我最初听说基督徒的时候,还以为那是一个新的学派,在那里一定能够找到几颗真理的种子,因此我和他们交上了朋友,可这就开始了我的不幸。第一次给我带来不幸的基督徒是一个那不勒斯医生,他叫格劳库斯。我从他那里了解到,他们崇拜一个叫基督的神。据说这个基督向他们保证过,只要他们帮助他铲除了丢卡里翁的子孙,他就可以消灭世界上所有的人,毁灭世界上所有的城市,让基督徒独占这个世界。啊,陛下!他们正是因为听了这些话才仇恨全人类,才在喷泉里放毒,在他们的集会上肆无忌惮地诅咒罗马和我们供奉诸神的神庙。基督是在十字架上被钉死的,但他对基督徒们说过,罗马会被大火烧毁,到那个时候,他会再次降临人间,让他们统治世界。"

"老百姓现在该知道罗马是怎么被烧毁了的吧!"蒂盖里

---

① 原文是拉丁文。

努斯插了一句。

"大人,知道的人已经不少。"基隆接着说,"我跑遍了所有的花园,也去过战神广场,我把事实真相都告诉了他们。你们只要听我把话说完,就会知道我为什么要报仇了。格劳库斯在我面前最初并没有表露他们对人类的仇恨,他还说基督是位善良的神,'他'的教义是建立在爱的基础上。我那颗柔弱的心怎么会拒绝这样的真理呢!因此我当初很敬重格劳库斯,也很相信他。我的每一块面包都要和他分着吃,每一分钱都要和他一起花。可是陛下,你说他是怎么回报我的吧!从那不勒斯来到罗马的途中,他在我的后背上捅刀子,又把我的妻子,我那年轻、漂亮的贝列妮卡卖给了奴隶贩子。如果索福克勒斯①知道我的这种遭遇……哎呀,我都说些什么呀?现在不是有比索福克勒斯更伟大的人在听我说话吗?"

"这个人真可怜!"波贝亚说。

"谁要是能够见到阿佛罗狄忒的容貌,他绝不是可怜的人。皇后陛下,我现在见到的不正是她倾国倾城的玉貌吗?可那时候,我只有在哲学中才能找到一点安慰。来到罗马后,我想办法去找过那些基督教的长老,请求他们对格劳库斯进行正义的审判。我以为他们会责令他把我的妻子送还给我……我认识了他们的大主教和二主教。他们的二主教叫保罗,在这里蹲过监狱,后来被释放了。我还认识了柴贝地②的儿子,认识了李努斯和克列杜斯,还有许多别的教徒。我知道他们火灾前住在什么地方,也知道他们现在在哪里聚会。我

① 索福克勒斯(约前496—前406),古希腊三大悲剧家之一。
② 《圣经》中圣徒约翰的父亲。

可以明确地告诉你们,在梵蒂冈山丘上有一个地下的坑洞,在诺门塔拉城门外有一座坟场,他们就在那里举行卑鄙可耻的仪式。我在那里看见过使徒彼得,看见过格劳库斯是怎么杀死孩子的,他们让使徒将孩子的血洒在那些信徒的头上。我也见到了莉吉亚,她是蓬波尼亚的螟蛉女。她自我炫耀地说,她虽然不能带来孩子的血,但她能够处死一个孩子,因为她用魔法夺去了小公主的性命,那是皇帝陛下奥西里斯和皇后陛下伊西斯①的女儿啊!"

"听见了吧,陛下!"波贝亚说。

"这可能吗?"尼禄大声问道。

"我能宽恕他们对我的伤害。"基隆继续说,"可是我一听到她对二位圣上犯下的罪孽,就恨不得一刀子把她捅死。遗憾的是,那位高贵的维尼茨尤斯把我拦住了,因为他爱她。"

"维尼茨尤斯? 她不是从他那里逃走了吗?"

"她虽然逃走了,但他又找到了她。维尼茨尤斯没有她简直活不下去。我帮他寻找过她,虽然得到的报酬十分可怜。我还给他指出了她和基督徒们一起住在第伯河对岸的那栋房子。我们是一起到那里去的,陛下的角斗士克罗顿也和我们一起去过。维尼茨尤斯把他雇来当保镖,可是他却被莉吉亚的奴隶乌尔苏斯掐死了。陛下,这个人的力气大得可怕,他能毫不费力地扭断公牛的脑袋,就像摘一枝罂粟花那么容易。

① 第26页注③提到奥西里斯死而复活后成了冥王。他的妻子伊西斯在希腊罗马也曾被尊奉为大地的统治者和星空的创造者。与此同时由于她在寻找丈夫遗体时所经历的苦难,她同恶煞塞特所进行的斗争,人们又尊她为被压迫者的保护神。基隆用这两个古代神话中的统治来比喻尼禄和波贝亚,是为了讨好他们。

普劳茨尤斯很喜欢他。"

"凭赫拉克勒斯起誓！一个普通人能够打死克罗顿,值得给他在市政广场上树一尊塑像。"尼禄说,"老家伙,你一定搞错了吧！要不你就是瞎说一气,克罗顿是维尼茨尤斯用刀子捅死的。"

"这是人们用来欺骗诸神的话。啊,陛下,我可是亲眼看见乌尔苏斯的手是怎么把克罗顿的肋骨扭断的啊！这个莉吉亚人随后又向维尼茨尤斯扑去,要不是莉吉亚,他早就完了。维尼茨尤斯后来病了很久,他们对他进行了治疗和护理,希望用这种慈爱将他变成基督徒,他后来果真成了一个基督徒。"

"你是说维尼茨尤斯吗?"

"是的。"

"裴特罗纽斯大概也是吧?"蒂盖里努斯急忙问道。

基隆扭动着身子,搓了搓手,回答说:

"大人,我真佩服你的明见！啊！……是的,这是完全可能的。"

"我现在才明白,为什么他那么不顾一切地要保护基督徒。"

可是尼禄却大笑起来。

"裴特罗纽斯是基督徒！……裴特罗纽斯会是生活和享乐的仇敌?你们就别犯傻了！你们别以为我会相信这个,我是什么都不相信的。"

"可是高贵的维尼茨尤斯确实是一个基督徒,陛下！我以陛下身上的光辉起誓,我说的这个情况绝没有错,再也没有比我对撒谎更加痛恨的了。蓬波尼亚是基督徒,小阿卢斯是基督徒,还有莉吉亚和维尼茨尤斯,他们都是基督徒。我那么忠心耿耿地为他效劳,可是格劳库斯对他一提出要求,他就命下人将我鞭打了一顿,也不顾我年老体弱,又病又饿。我向哈得斯发过誓,我永远也不会忘记这个。啊,陛下,我受了那么多的屈辱,请你替我向他们报仇吧!我要把使徒彼得、李努斯、克列杜斯和克雷斯普斯这些年老者,还有莉吉亚和乌尔苏斯都给你找来,我可以把成千上万的基督徒都给你指认出来,并且告诉你他们祈祷的房子、他们聚会的坟场在哪里。你们所有的监狱都装不下他们!……没有我你们是找不到他们的!直到现在,我依然一贫如洗,只有在哲学中才能找到安慰。我期盼着陛下的恩惠,赐予我永远的幸福。我虽然老了,但从来没有享受过人生的乐趣,以后总该享受一点吧!……"

"你是想做一个享受佳肴美酒的禁欲主义者吧!"尼禄说。

"替陛下效力,这本身就是最大的享受!"

"你说得不错,哲学家。"

可是波贝亚并没有忘记她的仇敌。她对维尼茨尤斯的喜爱只是出于一时的冲动,是由于她的嫉妒、愤怒和被伤害的自尊心而产生的。因此这个年轻贵族对她的冷淡极大地触怒了她,激起了她满腔的怨恨。他胆敢把她看得不如别的女人那么美丽,仅这一点,就足以构成她要对他进行报复的罪状了。在她最初见到莉吉亚的那一瞬间,莉吉亚那像北方的百合花似的美貌就引起了她的惶恐不安,使她产生了仇恨的心理。裴特罗纽斯说这个姑娘臀部太窄小,他对皇帝怎么说都可以,但却骗不了她这位皇后。波贝亚是一位真正的行家,她第一眼就看出了在整个罗马城里,只有莉吉亚的美貌才能和她匹比,而且还胜过了她。因此从那个时候起,她就发了誓,一定把莉吉亚除掉。

"陛下,快替我们的孩子报仇吧!"波贝亚说。

"一定要快!越快越好!"基隆叫了起来,"维尼茨尤斯马上就会把她藏起来的。我现在就可以把他们在大火之后回来住的那所房子指给你看。"

"我给你派十个人,你赶快去!"蒂盖里努斯说。

"大人,你这么说,是因为你没有亲眼看见克罗顿是怎么死在那个乌尔苏斯手里的。你就是给我派五十个人,我也只能在远处给他们指出那栋房子在哪里。你们如果不把维尼茨尤斯关起来,我自己都保不了命。"

蒂盖里努斯望着尼禄说:

"啊,陛下,把他们舅甥两人一起干掉,岂不是最好的办法?"

尼禄想了一下,回答说:

"不,现在还不行!……要是现在宣布罗马是裴特罗纽斯、维尼茨尤斯或者蓬波尼亚·格列齐娜放火烧毁的,人们都不会相信。他们的府邸太漂亮了,是不会让火去烧掉的……今天要的是别的牺牲品,他们几个以后会轮到的。"

"既然这样,陛下,那就请你派一些士兵来保护我吧!"基隆说道。

"蒂盖里努斯,这件事你去办一下!"

"你这阵就住到我家里去!"司令官说。

基隆满面春风,喜形于色。

"我要把所有的基督徒都找出来,但你们行动要快,越快越好!"基隆用嘶哑的声音大声叫道。

第五十一章

裴特罗纽斯在卡雷纳的府邸因为三面都是花园,正前方又面对着色齐利①的小市场,所以才没有被火烧掉。他告别皇帝之后,便打轿回府去了。

那些在大火中丧失了豪华住宅以及大量财物和艺术珍品的大臣都称他为福星。事实上,人们早就说他是命运女神之子了,皇帝最近对他日益亲密和友爱的表现也证明了这种说法是没有错的。

可是这个命运女神的亲生儿子现在也不能不顾及他母亲那变幻无常的脾气,想到她和那位连自己的亲生儿女都能吞食下去的克罗诺斯②有几分相像。

"如果我的房子连同我的珠宝、伊特鲁利亚瓷瓶、亚历山大玻璃器皿和科林斯铜制品全都被烧掉了,也许尼禄会把这次冒犯真的忘了。凭波卢克斯起誓,现在要考虑的是,要不要马上去当这个禁卫军司令官? 这当然决定于我自己。如果我当了这个司令官,我就要宣布蒂盖里努斯是纵火犯,因为这是无可辩驳的事实。我还要让他穿上苦行衣,把他交给人民群众,这样不仅可以拯救那些基督徒,而且也只有这样,才能够使罗马重建起来。谁知道,那些正直的人们也许从此就能真

---

① 色齐利,古罗马的一个家族。
② 克罗诺斯,奥林匹斯诸神以前远古时代的一个神明,据说他曾经把自己的子女都吞进了肚子里。

的过上好日子。即便为了维尼茨尤斯，我也应当去当这个司令官，在工作繁忙的时候，我可以把一些事情交给他去做，尼禄一定不会反对……以后，维尼茨尤斯就是让所有的禁卫军，甚至连皇帝本人都接受了基督教的洗礼，那对我又有什么妨碍呢？如果真的出现了一个虔信宗教的尼禄，一个品德高尚心地善良的尼禄，那才是一个令人欣喜的奇闻呢！"

他那从来也不知道什么叫忧虑的个性竟然表现得这么突出，连他自己也觉得好笑了。可是过了一会儿，他的思想又转到别的事情上去了。他觉得自己好像还在安茨尤姆，塔斯的保罗正在对他说话：

"你们说我们是人类的大敌，可是裴特罗纽斯！如果皇帝是位基督徒，能够按照我们的教义办事，那么你们不是更有安全的保障吗？请你回答我吧！"

想到这里，他又自言自语地说：

"凭卡斯托尔起誓！不管有多少基督徒被杀害，保罗都会培养出那么多新的教徒，只要这个世界不是永远那么卑鄙无耻，他的主张就一定会被证明是正确的……既然这个世界现在并没有灭亡，那么谁能说它将来不会变得更加美好呢？要说我自己，虽然我也真的学会了不少东西，但我还没有学会做一个十足的大坏蛋，所以我迟早都免不了要劐开自己的血管……不论怎么个死法，反正注定一死。我原先只可惜尤妮丝和那只米列内花瓶，但是后来一想，尤妮丝已经是个自由的人，那只花瓶也会随我入葬，红胡子是得不到它的，现在真正值得惋惜的还是维尼茨尤斯。我的生活已经不像过去那么令人厌烦了，我也什么都准备好了。在这个世界上，虽然不乏美好的事物，但绝大多数的人都是那么卑鄙无耻，令人憎恶，所

522

以告别这种生活也没有什么遗憾。一个懂得生活的人一定懂得怎么去死。我虽然在朝里当官，但我却是一个自由的人，比那些朝臣所想象的还要自由。"

裴特罗纽斯想到这里便耸了耸肩膀，依然自言自语地说：

"他们肯定以为我现在两条腿直打哆嗦，害怕得连头发都竖起来了。可是我回到家后，首先要洗一个紫罗兰香热水澡，然后叫我那个金发美人给我擦擦油。吃了饭后，我还要叫大家都来高唱安泰米约斯写的那首《阿波罗颂歌》。我过去就说过，用不着去考虑死，因为死神没有我们的招呼也会想到我们的死的，如果真的有什么天堂，而且那里真的有鬼魂的话，那才是值得高兴的……到那个时候，尤妮丝就会常常到我这里来，我们又可以一同在阿福花的草地上自由地漫步了。我也能够找到比这里好得多的朋友了。因为我们这里都是一些骗子和小丑，一些趣味庸俗、卑鄙无耻、丝毫也不懂得文明礼貌的小人，就是有十个风雅裁判官，也没法把这些特雷马奇奥们变成高尚的人。凭佩尔塞芬起誓，我对他们真是厌恶透了。"

他很惊讶地发现，仿佛有什么东西把他和别的朝臣隔离开了。他对他们本来都很了解，而且早就有一定的看法，可是现在，他却感到他们已经远远地离开他了，他对他们也越来越轻蔑，越来越感到厌恶了。

随后裴特罗纽斯又想到了自己的处境。他对什么都看得很深，而且能有一个正确的判断，因此他知道自己暂时还不会有死的危险。尼禄既然对他说了几句友好和表示宽恕的漂亮话，那么他在一定程度上也会受到这些话的约束。他现在即使要报复，也得寻找别的借口，但要找到别的借口还需要很多时间。"尼禄首先会利用这些基督徒举行一次竞技大会。"裴特罗纽斯对自己说,"然后才可能想到我。因此我也就用不着那么成天烦恼,或者改变我的生活方式了,只有维尼茨尤斯的处境才真的危险啊!"

从这个时候起,他就一心一意地只想着维尼茨尤斯了,他下定决心,无论如何也要把他救出来。

卡雷纳地区到处都是灰烬、瓦砾和被烧毁的烟囱,奴隶们抬着轿子毫不停息地往前奔跑,但裴特罗纽斯要尽快地回到家里,又命令他们加快了速度。维尼茨尤斯自从他的宅第被烧毁后,就一直住在裴特罗纽斯的家里,这时候他正好在家。

"你今天见到了莉吉亚吗?"裴特罗纽斯一进门就问道。

"我刚从她那里回来。"

"你听我说,先别东问西问地耽误时间。今天早上,皇帝已经决定把火烧罗马的罪责转嫁给基督徒。他们马上就要挨家挨户地搜查了,大逮捕随时都可能开始。你现在就得把莉吉亚带走,赶快逃到阿尔卑斯山那边去,或者远远地逃到非洲去。你得尽快地离开这里,因为从帕拉丁宫到第伯河对岸比从这里去近得多。"

维尼茨尤斯到底是个军人,他很清楚不要把时间浪费在不必要的提问上。因此他紧蹙着眉头,脸上显露着十分专注、严峻而且毫无畏怯的神情,一声不响地听完了舅舅的话。很显然,在这个危急关头,他天性中的第一个要求就是保卫自己,进行战斗。

"我马上就去!"他说。

"还要说一句,带上那一袋金子,还要随身携带武器,把你的那些基督徒也一起带走。实在没办法,就把她抢出来。"

维尼茨尤斯走到客厅的门口时,裴特罗纽斯在他的背后又大声地补充了一句:

"别忘了派个奴隶来给我送信。"

于是只剩下裴特罗纽斯一个人。他开始在装饰客厅的圆柱中间来回地踱步,想着那些就要发生的事变。他知道,李努斯的住宅和第伯河对岸大部分房屋一样,在大火中没有被烧毁,他和莉吉亚在大火之后就回到他家里去了,但是这种情况的出现现在反而是很不妙的。当然,如果他们没有那个家可以回去,要想在人群中找到他们也不那么容易。但裴特罗纽斯料定,帕拉丁宫里不会有人知道他们的住处,维尼茨尤斯一定能在禁卫军来到之前赶到那里,把他们救出来。此外他还想到了另外一种可能出现的情况:蒂盖里努斯想一举抓获尽量多的基督徒,他一定会把禁卫军分成许多小队去各处活动,在全罗马城布下天罗地网。但他们如果只派了十来个士兵来抓她,那个莉吉亚人就算一个人也会把他们的骨头全都打断,更不用说还有维尼茨尤斯相助了。想到这里,裴特罗纽斯就放心了。但是要反抗禁卫军士兵就等于向皇帝宣战,皇帝一定会报复的。在这种情况下,就只有两种选择了:如果维尼茨尤斯能够逃脱皇帝的报复,这种报复就一定会落到他的身上。这一点裴特罗纽斯是很清楚的,但他并不害怕,相反的是他还感到非常高兴,因为他觉得他的这个举措打乱了尼禄和蒂盖里努斯的部署。他要不惜一切财力和人力地这么干下去。早在安茨尤姆的时候,塔斯的保罗就让他的大部分奴隶改宗信了基督教,因此裴特罗纽斯也深信,在这场保卫基督徒的战斗中,这些具有虔诚的信仰和无私奉献精神的奴隶是可以依靠的。

尤妮丝进来打乱了他的思绪。一见到她那天仙般的美貌,他的一切忧虑全都消失不见了。他忘记了皇帝,忘记了人们对他的轻慢,忘记了那些卑鄙无耻的朝臣,忘记了基督徒们正在遭受迫害,甚至连莉吉亚和维尼茨尤斯都忘了。他只是用一种欣赏形体美的审美家的眼光望着尤妮丝,用一种对这种形体美产生了爱的眼光望着她。她这时身穿一件叫作"薄纱衣"的透明的紫罗兰色的外衣,透过这件纱衣能够看见她那玫瑰色的美得像女神一样的肉体。她也把他当作天神一样地崇拜,以她的整个灵魂深深地爱着他,而且永远期盼着能够得到他的柔情和抚爱。她现在仿佛不是他的情妇,而像一个天真无邪的少女那样,高兴得满脸绯红。

"哈里达,有什么事情要告诉我吗?"裴特罗纽斯对她伸出双手,问道。

尤妮丝向他低下了她那金发的头,回答说:

"老爷,安泰米约斯把他那帮唱歌的奴隶都带来了,问你今天要不要听他们的演唱?"

"叫他等一等!我们吃饭的时候,让他把那首《阿波罗颂歌》唱一唱吧!虽然周围都是瓦砾和废墟,我们却要听听《阿波罗颂歌》。向帕弗斯的森林起誓,我一看见你穿上这件薄纱衣,真以为是阿佛罗狄忒披着蓝天,就在我的面前。"

"啊,老爷!"尤妮丝说。

"快到我这里来,尤妮丝,快来拥抱我,亲吻我吧!……你爱我吗?"

"我对宙斯也没有这么爱过啊!"

她说完后,即刻躺倒在他的怀里,把自己的嘴唇紧贴着他的嘴唇,激动得浑身战栗起来。

可是过了一会儿，裴特罗纽斯又问道：

"如果我们要分离呢？"

尤妮丝惊悚不迭地望着她，说：

"你说什么，老爷？"

"你别怕！……你知道，也许我要去做一次长途旅行！"

"那就把我也带去吧！"

裴特罗纽斯赶忙转移了话题，问道：

"快告诉我，我们花园里草地上的阿福花还开着吗？"

"花园里的柏树和草地都被大火烤黄了，桃金娘的叶子也掉光了，整个花园都完了。"

"整个罗马都完了，不久就会变成一块真正的坟地。你知不知道，已经下了一道镇压基督徒的命令？逮捕马上就要开始了，成千上万的人都要被处死了。"

"为什么要惩罚他们？老爷，他们都是一些好人，从不惹是生非啊！"

"就因为这个要惩罚他们。"

"那我们就乘船到海上去吧！你神圣的眼睛是不愿看到流血的。"

"好的。不过我现在要去洗个澡，过一会儿，你到涂油室来给我的手臂擦擦油。凭爱神的腰带起誓，你从来没有像今天这么漂亮，我要给你造一个贝壳形的浴池，你躺在里面就像一颗无价的珠宝……快来吧，我的金发美人！"

他出去后，过了一个小时，两个人的头上都戴着玫瑰花冠，两眼迷迷糊糊地在餐桌旁坐下。桌上摆着金制的餐具，几个侍童扮成爱神侍候在两旁，还有那一帮歌手，在竖琴的伴奏下，由安泰米约斯指挥，唱起了这首《阿波罗颂歌》。主仆俩开始用常春藤酒盅饮酒,倾听着《阿波罗颂歌》美丽的旋律。虽然府第周围都是颓垣断壁和被烧毁的烟囱,一阵阵大风把上面的尘土全都扬了起来,但这和他们有什么关系呢?他们的心都陶醉在爱情和幸福中了,爱情把他们的生活引进了神仙般美妙的梦境。

可是颂歌还没有唱完,那个担任客厅总管的奴隶就进来通报,因为惶恐不安,他的嗓门都发抖了:

"老爷,百夫长带着一队禁卫军在大门外等候,说是奉旨要面见老爷。"

歌声和琴声都停下来了。在场的人马上有一种惶恐不安的感觉,因为皇帝召见他的近臣是从来不派禁卫军的,他们在这个时候来到,绝不是什么好兆头。但裴特罗纽斯依然是那么若无其事,他只是因为有人打扰了他才不耐烦地说道:

"能不能让人安安静静地吃一顿饭呢?"

然后他对客厅总管说:

"让他进来吧!"

总管在门帘后面消失不见了。过了不久,传来了沉重的脚步声,原来是裴特罗纽斯认识的百夫长阿佩尔,他头戴钢盔,全副武装。

"尊敬的大人,这是陛下给你的信。"他说。

裴特罗纽斯懒洋洋地把一只白净的手伸了过去,接过书写板后,在上面扫了一眼,又不慌不忙地递给了尤妮丝,说:

"皇帝今天晚上要朗诵《特洛亚之歌》新的一章,召我进宫去。"

"我只是奉命来送信的。"百夫长说。

"是的,不用回信了。可是百夫长,你就在我这里歇息一下,喝杯酒好吗?"

"谢谢你,高贵的大人! 为了大人的健康我愿意干一杯,但是在这里休息可不行,我还要去执行别的命令。"

"为什么不叫一个奴隶把信送来,而一定要叫你来呢?"

"这个我也不太清楚,大人! 大概是因为我要到这一带来执行命令,顺便叫我捎来的吧!"

"我知道,是去搜捕基督徒吧!"裴特罗纽斯说。

"是的,大人!"

"这次搜捕早就开始了吧?"

"中午以前就派了好几支队伍到第伯河对岸去了。"

他一说完便从酒盅里洒下了几滴酒,表示他对战神的致敬,然后他把剩下的一饮而尽,便告辞道:

"愿神明赐你百事顺心,大吉大利,大人!"

"你把这一盅也饮了吧!"裴特罗纽斯说。

随后他向安泰米约斯做了个手势,叫他把《阿波罗颂歌》唱完。当竖琴重又弹奏起来的时候,裴特罗纽斯心里想道:

"红胡子对我和维尼茨尤斯要起手段来了。我猜他的用意是要派百夫长借送信来恐吓我一下。晚上他们一定会问百夫长我对他的态度怎么样。不,不! 我不会让你高兴的。你这个凶恶残暴的家伙! 我知道,你心里忘不了对我的仇恨。我也知道,我是免不了一死的。但是你想要我苦苦地哀求你,想在我的脸上看到害怕和屈从,那你就打错了算盘。"

"老爷,皇帝写的是:'如果你有兴趣,你就来吧!'你真的去吗?"尤妮丝问道。

"我的兴致好极了,我很愿意去听皇帝的诗。特别是因为维尼茨尤斯不能去,我就更要去了。"

午饭后他习惯性地散了一会儿步,然后让理发师和整理衣褶的女奴侍候在他的身边。一个小时后,他打扮得像神仙一样飘逸和俊美,便即刻吩咐奴仆把他抬到帕拉丁宫去。时间已经很晚,周围显得十分宁静和暖,月光把地面照得亮堂堂的,所以走在前面掌灯的奴隶把灯火都熄灭了。在街道和房屋的废墟上,到处都是喝醉了酒的人群,他们身上披着常春藤和金银花藤,手里拿着御花园里摘来的桃金娘和月桂枝。充足的粮食储备和即将举行的竞技大会给人们带来了极大的欢乐,这里那里都有一些人在唱着赞美"神圣的夜"和爱情的歌曲,还有一些人在月光下尽兴地舞蹈。奴仆们有好几次不得不大声地叫了起来:"给高贵的裴特罗纽斯的轿子让路!"人群一听到这个名字,便立即闪到了两边,对这位敬爱的大人表示欢呼和致敬。

　　但裴特罗纽斯最担心的是维尼茨尤斯,他很奇怪,为什么维尼茨尤斯到现在还没有给他捎个信来。他本来是个享乐主义和利己主义者,可是由于他和塔斯的保罗的接触,和维尼茨尤斯相处,每天都能听到基督徒的各种故事,受到他们精神的鼓舞,他的思想和性格确实发生了很大的变化,不管他自己意识到没有。从他们那里吹来的和风在他的心中播下了新的种子。现在除了他自己外,他也开始关心别人的事情了。他和维尼茨尤斯之所以那么亲密无间,是因为他从小就非常喜爱他的姐姐——维尼茨尤斯的母亲。现在他又参与了维尼茨尤斯的事情,而且他的态度是很严肃认真的,就像他在看一场悲剧那样。

　　裴特罗纽斯深信,维尼茨尤斯一定会比禁卫军更早地到达那里,和莉吉亚一起逃走;就是遇到最坏的情况,他也会把莉吉亚抢过来。但他还是需要得到确切的消息，因为他估计他一进到宫里，就会有人向他提出各种问题，得事先做好准备。

裴特罗纽斯在蒂贝留斯宫门前停了下来。下了轿后，没多久，便来到了客厅里。这里已经坐满了朝臣，昨天那些朋友见到他也被邀请前来都很惊讶，不愿和他照面。可是他在他们中间走来走去，潇洒自如，毫无顾虑，而且充满了自信，仿佛他自己也可以施恩惠于他人似的。别的朝臣看到他这个样子，又怕自己过早地疏远了他而陷入被动，反倒有点心神不安了。

皇帝这时装出一副专心和别人谈话的样子，仿佛根本就没有看见他，因此也没有理睬他。只有蒂盖里努斯一人向他走过来了，说道：

"晚安，风雅裁判官，你是不是还认为，罗马不是基督徒放火烧掉的呢？"

裴特罗纽斯耸了耸肩膀，像对一个解放奴隶那样拍着他的后背，回答说：

"究竟是谁放火烧的，你比我更清楚。"

"要说聪明才智我比不上你。"

"你总算说了句实话。既然这样，当陛下朗读《特洛亚之歌》新的篇章的时候，你该可以发表一点自己的见解，而不再像孔雀那样吱吱地叫了吧？"

蒂盖里努斯咬着嘴唇一句话也没有说。他对皇帝今天朗读他的新作本来就不高兴，因为这又给了裴特罗纽斯一个表现自己胜过他的机会。尼禄就像往常那样，他朗读时总是习惯性地把眼光转向裴特罗纽斯那边，仔细察看着他的面部表情。裴特罗纽斯听得也很专神,他时而扬起眉毛,时而点头称是,时而集中注意力像要检查某些段落自己听清楚了没有。他对诗中某些地方不是表示赞美就是提出批评,同时他还指出了哪些诗句需要修改或者需要润色加工。这便使尼禄深深地感到,别人那种过分的赞美不过是想自己捞点好处,只有裴特罗纽斯的评论才是针对诗歌本身的,只有他才懂得诗,因此也只有他赞美的那些地方才是真正值得赞美的。于是尼禄便同他讨论和争辩起来。后来,裴特罗纽斯还对尼禄诗中某个用词的准确性提出了怀疑,尼禄对他说:

"为什么用这个词,你听到最后一章就明白了。"

"啊,我这条命还能活到最后一章?"裴特罗纽斯心里想。

有些朝臣们听到尼禄这句话,心里也感到不安了,他们都这么想:

"我该倒霉了! 裴特罗纽斯还有充分的时间,使他能够重新获得皇帝的恩宠,除掉那个蒂盖里努斯。"

于是大家又想和他接近了。可是在晚会结束时,他又不那么走运了,因为他和尼禄告别时,尼禄眨巴着眼睛,脸上对他露出了一种幸灾乐祸的表情,问道:

"维尼茨尤斯为什么没有来?"

如果裴特罗纽斯确实知道维尼茨尤斯和莉吉亚已经逃出了城外,那他一定会这么说:"他们奉陛下的意旨结了婚,到外面度蜜月去了。"可是他一看见尼禄那种古怪的笑容,便改变了口气:

"陛下,你的圣旨送去的时候他不在家。"

"告诉他,我很高兴见到他。你可以以我的名义劝他不要放弃观看那些有基督徒们出场的竞技大会。"

这些话倒使裴特罗纽斯深感不安了,他认为这和莉吉亚是直接有关的。他上了轿后,要奴隶们比早晨走得还快,可这却是办不到的,蒂贝留斯宫门前人山人海,把那里挤得水泄不通。那些人全都喝得酩酊大醉,现在不是唱歌跳舞,而是在大声地叫嚷,显得十分焦躁不安。远处也传来一片叫喊声,裴特罗纽斯起初听不清他们在喊些什么,后来这种喊声越来越大,变成了一阵粗野狂暴的吼叫:

"把基督徒都拿去喂狮子!"

大臣们豪华的舆轿穿过喧嚣的人群后,从那些烧光了的街道的另一头,又不断地涌来了新的人群。他们一听到这里的叫喊声,也跟着喊了起来。人们互相传送着这样一个消息:逮捕从上午就开始了,已经抓到了许多纵火犯。过了不久,在新开辟的和原来的街道上,在被烧毁了的胡同和小巷里,在帕拉丁宫的四周围,在所有的山丘上和花园里,都响起了愤怒和狂热的吼叫声:

"把基督徒们拿去喂狮子!"

"真是一群畜生!有这样的皇帝就有这样的子民!"裴特罗纽斯表示轻蔑地不断重复着这句话。

但是他想,像这样一个建立在强权之上的世界,建立在连野蛮人都想象不出的暴虐无道之上,建立在罪恶和淫佚放荡之上的世界是维持不了多久的。罗马是世界的统治者,也是世界身上的毒瘤,从这里散发出腐尸的恶臭。在这个腐臭的生命上已经投下了死亡的阴影。朝臣们曾经不止一次地议论过这些事情,裴特罗纽斯甚至看到这些事情从来没有像今天这样彻底地暴露出了它们的真实面貌。罗马是一个坐在拥有无数月冠的战车上的征服者,他的身后跟着无数身披锁链的各族人民,但他正在向深渊走去。在裴特罗纽斯看来,这座统治世界的城市的状况就像一群小丑举行的一次狂欢舞会,这种疯狂迟早会结束的。

裴特罗纽斯终于明白,只有基督徒才会迎来新的生活,但他又想,这些教徒不久就会被消灭干净,一个不留,到那时候又会是个什么样子呢? 这群小丑的队伍在尼禄的率领下,会继续这么走下去。如果尼禄死了,又会出现第二个和他一样甚至比他更加暴虐的皇帝。因为在他看来,这样的子民和这样的贵族中是不会有明主的,以后还会出现新的狂欢,而且是更加卑鄙、更加下流的狂欢。但是这种狂欢不会永远没有止歇,小丑们精疲力尽之后,也非得去歇息不可。

裴特罗纽斯想到这里,他自己也感到疲于思虑了。如果仅仅为了观察一下这种艰难的世态,那么值不值得就这么活下去,值不值得过这种朝不保夕的生活呢? 死神的相貌并不难看,而且它不亚于睡神,它的肩膀上也生着一双翅膀。

轿子在家门口刚刚停下,那个机灵的看门人便立刻把门打开。

"高贵的维尼茨尤斯回来了吗?"裴特罗纽斯问道。

"刚回来,老爷!"奴隶回答说。

"这么说,他没有把她救出来!"裴特罗纽斯暗自想道。

他扔下宽袍,急忙来到客厅里。维尼茨尤斯正坐在一个三角凳上,双手抱着低垂的脑袋,几乎碰到了膝盖上。可是他一听到脚步声,就马上把面孔抬了起来,他的面孔像石头一样僵硬,眼睛里放射着焦急的目光。

"你是不是去晚了?"裴特罗纽斯问道。

"是的。上午她就被抓走了。"

随后沉默了一会儿。

"你看见莉吉亚了吗?"

"看见了。"

"她在哪里?"

"被关在马梅登监狱里。"

裴特罗纽斯惊呆了,他用一种询问的眼光望着维尼茨尤斯。

维尼茨尤斯明白他的意思,便说:

"不! 她不在杜利安努姆①,也不在中间的牢房里。我买通了一个看守,叫他把自己的房间让给她住,乌尔苏斯在房门外保护她。"

"为什么乌尔苏斯没有去救她呢?"

"他们派来了五十个禁卫军士兵,李努斯也不许他抵抗。"

"李努斯怎么样?"

"李努斯病得快死了,所以才没有抓他。"

"你打算怎么办?"

"把她救出来,或者和她一起去死,我信仰基督。"

维尼茨尤斯说话的神态虽然平静,但是他的声音却透出了一种撕心裂肺的痛苦。裴特罗纽斯听到后,他的心跳得更厉害了,出于真挚的同情,他对维尼茨尤斯说:

"我深深地理解你,你打算怎么去救她呢?"

"那些看守我都给了许多钱,一是为了使她免遭凌辱;二

---

① 杜利安努姆,监狱最下面的一层,只在顶板上有一个窗口。尤古尔塔(努米底亚国王)就饿死在这里。——原注

是为了她以后逃跑时,他们不出来阻挠。"

"你准备什么时候去救她?"

"那些看守对我说,他们不能马上把她交给我,因为怕追究责任,等到监狱里的囚犯多得没法清理的时候,他们才能把她放出来。但这是最后的一步。在这之前,你可要想想办法救救她,也救救我呀!你是皇帝的朋友,莉吉亚是皇帝亲自送给我的,请你到皇帝那里去求求情吧!"

裴特罗纽斯没有回答维尼茨尤斯的话,他叫奴隶拿来了两件黑色的斗篷和两把短剑,然后转身对他说:

"你现在穿上斗篷带上剑,我们一起到牢里去,路上我把真实情况告诉你。到了那里你要掏出十万个银币来,准备送给那些看守,如果他们马上把莉吉亚交出来,就是再多两倍、甚至五倍的钱也要给,否则你就来不及了。"

"那我们快走吧!"维尼茨尤斯说。

没多久,他们就来到了大街上。裴特罗纽斯说:

"刚才我不愿耽误时间,现在你听我说吧!从今天起,我不仅失宠了,而且我的生命安全都受到了严重的威胁,我在皇帝那里什么事都办不成了。我深信,皇帝不仅不会接受我的请求,还会采取和我敌对的行动。如果不到这种地步,我怎么会要你去马上把她抢回来和她一起逃走呢?要知道,你和她要是真的逃走了,皇帝还会迁怒于我,皇帝今天宁可满足你的要求也绝不会顾及我的。但你也不要对他抱什么幻想,你除了把莉吉亚从牢里救出来,赶快从这里逃走之外,是没有别的出路的。如果这一次没有成功,我们还可以想别的办法。不过你要知道,他们逮捕莉吉亚不只是因为她信仰基督教,也是由于波贝亚对她和对你都心有怨恨,你不会忘记你拒绝过她也得罪了她吧？波贝亚知道，你这么做是为了莉吉亚，所以她一见到莉吉亚就恨死她了。她还大造谣言，说什么她的孩子是莉吉亚使了妖法弄死的，想以此加害于莉吉亚。所有这一切，不都是她一手造成的吗？如果不是她，又怎么解释莉吉亚第一个就被关进了监狱呢？此外你还要想一想，是不是有人给他们找到了李努斯的住宅呢？这个人是谁呢？告诉你吧，早就有人跟踪她了！我知道，我这么说刺痛了你的心，使你失去了最后一线希望。但我可以告诉你，他们现在还没有想到你会去救她，你如果不趁这个机会把她救出来，你们两个都会被他们害死的。”

“原来是这样，我现在明白了。”维尼茨尤斯低声说。

街道上已经夜深人静，他们的谈话这时也被一个迎面走来的喝醉了酒的角斗士给打断了。这个角斗士摇摇晃晃地向裴特罗纽斯伸出了一只手，把它按在他的肩膀上，冲着他的脸孔喷来一股股难闻的酒肉气，然后用嘶哑的嗓音喊了起来：

“把基督徒都拿去喂狮子！”

“密尔密隆，听我好心的劝告，快走你的路去吧！”裴特罗纽斯心平气和地对他说。

可是这个酒鬼又用另一只手抓住他的胳膊，不肯放他走。

“快跟我一起喊：把基督徒拿去喂狮子！不然我就要扭断你的脖子。”

裴特罗纽斯的神经再也忍受不了啦！从他离开帕拉丁宫后，这种叫喊声就像梦魇一样压得他透不过气来，把他的耳朵也震聋了。因此当他看见这个巨人在他的头上挥动拳头的时候，就再也压制不住他的愤怒了。

“朋友，你喝得醉醺醺的，妨碍我走路了。”

说着他便抽出从家里带来的那把短剑,往角斗士的胸膛刺去,一直刺到了剑柄。然后他又拉着维尼茨尤斯的手,开始和他说起话来,就好像什么事也没有发生似的。

"皇帝今天对我说:'你要以我的名义对维尼茨尤斯说,不要放弃观看那些有基督徒们出场的竞技表演。'你知道这是为什么吗? 他们要让你在观众面前暴露你的痛苦,这是他们事先的安排。可能正是出于这种安排,他们才没有逮捕你和我。如果你现在不把她救出来,你们以后怎么样……就很难说了!……也许阿克台会给你说情,但她又能起多大作用呢? ……蒂盖里努斯对你在西西里岛上的领地倒是早就想打主意了! 你不妨去探探他的意思。"

"我可以把我的一切都送给他。"维尼茨尤斯答道。

从卡雷纳街到市场的距离并不很远,他们很快就走到了。天空开始微微地发白,城墙从黑暗中显露出来了。

他们拐了个弯,正要向马梅登监狱走去的时候,裴特罗纽斯突然停了下来,说:

"有禁卫军! ……太迟了!"

有两排士兵把监狱包围起来了。清晨的曙光照在他们的钢盔和枪尖上,在上面涂上了一层银白色。

维尼茨尤斯的脸孔立刻变得像大理石一样苍白,他说:

"我们过去吧! ……"

没多久,他们就来到了禁卫军的队伍面前。裴特罗纽斯凭他那非凡的记忆力,不仅认得这里所有的军官,而且对那些士兵也个个面熟。他认出了这支队伍的指挥官后,便示意他过来。

"怎么,尼格拉? 你们是奉命来看守监狱的吧?"

"是的,尊敬的裴特罗纽斯大人!司令官怕有人来这里抢夺纵火犯。"

"有没有不让人进去的命令?"维尼茨尤斯问道。

"没有这样的命令,大人。熟人可以去探监,这便于我们抓到更多的基督徒。"

"那你就放我进去吧!"维尼茨尤斯说。

随后他握着裴特罗纽斯的手,对他说:

"你先去看看阿克台。有什么消息,我出来后你再告诉我。"

"你一定要出来!"裴特罗纽斯说。

就在这个时候,从地牢里和厚厚的围墙那边,传来了一阵阵歌声。这歌声开始压得很低,后来变得高亢起来,男女老幼汇成了一曲和谐的大合唱。牢房的周围虽是一片黎明的寂静,但整个牢房却像竖琴一样地演奏起来了。这不是悲哀的声音,也不是绝望的声音,这歌声唱出了欢乐和胜利的情调。

那些士兵都面面相觑,惶悚不安。天空中露出了第一束金色和玫瑰色的霞光。

第五十二章

"把基督徒拿去喂狮子"的吼叫声响遍了这座城市的每个地区。现在不论是谁都不会怀疑,而且也没有人想去怀疑他们是这场大火的真正肇事者,因为对基督徒的惩罚已经成为人们感到高兴的一场精彩的娱乐。可是又流传着这么一种看法:如果不是罗马激怒了诸神,它也不会遇到这么可怕的火灾。因此有人在神庙里献上了"比阿库拉",也就是赎罪的供品。根据《西比利经书》①的启示,元老院还给武尔坎②、色列斯③和普罗塞庇娜举行了隆重的祭典和公开的祈祷。母亲们也给朱诺上了供,她们排成大队,到海边去取海水,洒在这位神后的神像上。已婚女子给诸神准备了宴席,彻夜守候在他们的神庙里。罗马城里几乎所有的人都希望能够以此洗刷自己的罪过,求得诸神的宽恕。这时在废墟上又建起了新的宽阔的街道。一些地方在打地基,准备盖漂亮的房屋、豪华的宫殿和神庙。然而,目前最迫切的是要把那座巨大的木制圆戏场尽快地建造起来,用以处死基督徒。在蒂贝留斯宫举行的会议刚一结束,就向各省总督发出了征集各种野兽的命令。蒂盖里努斯把意大利所有城市兽苑里的野兽都抢夺一空,连最幼小的兽崽也不放过。他还下令在非洲举行了大规模的狩猎,强迫当地居民全都参加到这项活动中去。从亚细亚也运来了大象和猛虎,在尼罗河捕捉了鳄鱼和河马,从阿特拉斯运来了狮子,在比利牛斯山捕获了成群的狼和熊,还有爱尔兰的狼犬、伊庇鲁斯的摩洛斯狗、日耳曼水牛和习性凶猛的大野牛。由于被关押的基督徒人数很多,这次竞技大会的规模将比过去任何一次都更加壮观。皇帝要用鲜血来淹没人们对火灾的记忆,用鲜血给罗马带来欢乐和陶醉,所以这也是一次历史上从来没有过的无比壮观的流血事件。

~~~~~~~~~~~~~

① 古罗马官方通用的一种卜卦的书。
② 武尔坎,罗马神话中的火神和锻冶之神。
③ 色列斯,罗马神话中司丰收和农业的女神,相当于希腊神话中的得墨特尔。

民众都急不可待地帮助巡警和禁卫军去追捕基督徒。要捕捉他们也并不难,因为他们都和别的居民一起,成群地居住在花园里搭起的帐篷里,还公开宣扬他们的信仰。只要把他们围住,他们就跪在地上唱赞美歌,毫无反抗。他们的这种忍耐有时甚至激起了民众极大的愤怒,老百姓因为不明事实真相,把这当成是他们顽固的对抗,恶性不改。迫害者们疯狂到了这种程度,有时竟然出现一些暴徒从禁卫军手中夺过基督徒,亲自动手把他们五马分尸。有的人抓住妇女的头发,便不顾一切地往监狱里拖去。有的人把孩子们往石头上摔得头破血流。成千上万的人群在街上日日夜夜地奔跑号叫。在废墟中,在烟囱里,在地下室,在所有的地方都有人在搜寻牺牲者。许多监狱的大门前都燃起了一堆堆营火,人们围着酒桶狂食滥饮,举行狂欢舞会,到了夜里,又兴高采烈地倾听着那响彻全城的雷鸣般的吼叫声。监狱里虽然挤满了数以万计的囚犯,但暴徒们和禁卫军仍在源源不断地把新的牺牲者送了进来。怜悯心早已不复存在,近乎癫狂的人群只知道高喊"把基督徒拿去喂狮子"而不会别的。天气也从来没有像现在这么反常:不仅白天酷热难当,而且晚上也闷得使人喘不过气来,连空气里都充满了疯狂、罪恶和血腥的气味。

面对这种史无前例的凶残暴虐的迫害,殉教者们也表现了前所未有的驯服和真诚。基督的信徒们都自觉自愿地去死,甚至去寻求死,一直到长老们下了严厉的禁令,他们的这种表现才有所收敛。按照长老们的指令,他们以后只在城外,只在阿比亚的地下坑洞和属于贵族基督徒的葡萄园里举行集会,因为贵族中的信教者到目前为止还一个都没有被捕。帕拉丁宫里虽然清楚地知道,信教的贵族有弗拉维尤斯、多米迪拉、蓬波尼亚·格列齐娜、科尔内利乌斯·普登斯和维尼茨尤斯,可是皇帝很担心,如果把他们说成是火烧罗马的罪犯,群众都不会相信,而目前最重要的就是要让人民群众对基督徒是罗马的纵火犯这一点深信不疑,因此对这些贵族基督徒的惩罚和报复就不得不留待日后了。有的人认为,这些贵族教徒的得救是由于阿克台的影响,这是不符合事实的。裴特罗纽斯和维尼茨尤斯分手之后,去拜访过阿克台,想求她救救莉吉亚,她也只能献出她的悲伤的眼泪。她自己一直生活在被人遗弃的痛苦中,但她也正是因为避开了波贝亚和皇帝才活到了今天。

不过阿克台还是到监狱里去看过莉吉亚,给她带去了衣服和食物。更重要的是,她的到来使看守们对莉吉亚再也不敢有无礼的行为。实际上,这些看守早就得到了贿赂。

裴特罗纽斯总觉得,如果他当初没有插上一手,没有出那个馊主意,把莉吉亚从普劳茨尤斯家里接出来,那么莉吉亚今天也不会身陷囹圄。在这场和蒂盖里努斯的斗争中,他希望能够尽快地获得胜利的结果,为此他曾不惜奔波劳累,去求得各方面的援助。仅几天的工夫,他就遍访了塞内加、多米茨尤斯·阿菲尔和克雷斯披尼娜,想通过她见到波贝亚。他还走访了泰尔普诺斯、迪奥多尔和漂亮的比塔戈拉斯,同时还访问过阿里杜鲁斯和帕雷斯,皇帝对这些人一般是有求必应的。他考虑到赫雷佐泰米斯现在已经成了瓦迪纽斯的情妇,甚至想通过她的关系,得到瓦迪纽斯的帮助。他在求助于这些人的过程中,都不惜一切地对他们许下了许多报酬和诺言。

可是他的这些努力都白费了,就连那个泥菩萨过河自身难保的塞内加也要向他证实,消灭基督徒是为了罗马的利益,即使他们没有放火烧毁这座城市,也不能让他们活在世上。他认为,即将开始的这场屠杀正是为了保卫国家的利益,因此它是无可非议的。泰尔普诺斯和迪奥多尔虽然收了许多钱财,但他们什么事也不干。那个瓦迪纽斯甚至向皇帝告发,说有人想用金钱收买他。只有阿里杜鲁斯是个正直的人,他本来仇视基督徒,现在却对他们表示同情。他敢于向皇帝面奏莉吉亚的事情,还为她求过情,但这也没有起什么作用,皇帝回答他说:

"布鲁杜斯①为了罗马的利益,不惜牺牲自己的儿子,你难道认为,我没他那么伟大的灵魂吗?"

他把这个回答告诉裴特罗纽斯后,裴特罗纽斯不觉长叹了一声,说:

"既然尼禄把自己比作布鲁杜斯,那就再也没有拯救的希望了。"

裴特罗纽斯对维尼茨尤斯十分怜悯,而且他还担心他的这个外甥就此了结自己的一生。他自言自语地说:"维尼茨尤斯在为营救莉吉亚而到处奔走,他到监狱里去看望过她,虽然自己受点苦,也能够坚持下来。如果他的努力都失败了,如果他失去了最后一线希望,那么向卡斯托尔起誓,他就真的活不下去,要拔剑自刎了。"裴特罗纽斯深知,一个人与其这么痛苦地爱,这么痛苦地活着,还不如死去。为了营救莉吉亚,维尼茨尤斯想尽了一切办法。他拜访过所有的朝臣,尽管他生性高傲,也不得不低声下气地去乞求他们的帮助。他让维泰留斯转告蒂盖里努斯:他可以把西西里的领地献给他,可以

---

① 布鲁杜斯(约前85—前42),古罗马政治家,曾阴谋刺杀恺撒。

满足他的一切要求。但这却遭到了蒂盖里努斯的拒绝,因为蒂盖里努斯也不愿意得罪皇后。现在他就是直接去找皇帝陛下,抱住他的膝盖,苦苦地哀求他,也不会有什么结果。维尼茨尤斯真的想这么去做,可是裴特罗纽斯问他道:

"如果尼禄拒绝了你,如果他以戏言来回答或者对你进行可耻的威胁,那时候你怎么办呢?"

维尼茨尤斯一听这话,脸上便露出了愤怒而又十分痛苦的神情,在他紧闭着的嘴里面响起了咯吱咯吱的咬牙声。

"是的,你还是不要那么去做为好!"裴特罗纽斯说,"那样会把所有营救的门路都堵死的。"

维尼茨尤斯终于恢复了平静,他用手擦去了额头上的冷汗,说:

"不,不,我是个基督徒!……"

"你刚才忘了你是个基督徒,那么你现在也应当把这件事忘掉。你有权毁掉你自己,但你无权毁掉莉吉亚。你可要记住,塞杨的女儿在临死前是怎么受到侮辱的。"

裴特罗纽斯说的并不完全是真心话,因为他对维尼茨尤斯比对莉吉亚更加关心。但是他很明白,如果不向维尼茨尤斯说明,他这么做会毁掉莉吉亚,就没有别的办法去制止他采取这种冒险的行动。这一点,裴特罗纽斯看得很清楚。其实,帕拉丁宫里的人早就料到这个年轻的军团长会进来,而且他们已经采取了一些防备措施。

但维尼茨尤斯再也无法忍受他心中的痛苦了。从莉吉亚被捕和殉难之光照在她身上的那时刻起,他爱她就比过去胜过了一百倍。他的心中充满了对她的崇拜,他把她几乎看成是一位超自然的天神。因此,维尼茨尤斯一想到就要失去这样一个可爱而又神圣的人,想到她除了死去之外,还会遭受比死亡更加可怕的残酷折磨,他的热血在血管里就凝结了,他的心中便不由得发出痛苦的呻吟,他的神志也不清醒了。他有时觉得脑子里好像燃起了一团火焰,这火焰会把它烧死,会把它炸裂。他不理解眼前发生的一切:为什么基督,这位大慈大悲的上帝不来拯救自己的信徒?为什么帕拉丁宫肮脏的墙壁没有陷塌到地里去?为什么不把尼禄、大臣、禁卫军以及整个罪恶的罗马城都埋到地底下去?所有这一切对他来说都不可理解。他想,也许人世间就是这样,而不会也不应当出现另一种情况。眼前发生的一切使他心惊胆战,丧魄失魂,到头来不过是一场梦。可是野兽的咆哮和建造圆戏场的斧劈刀砍声又明确地告诉他,这是现实。人群在奔跑怒吼,监狱里人满为患,则更说明了这种现实活生生地存在。因此他这时候对基督的信仰也开始动摇了,这种动摇又给他带来了新的痛苦,而且是比别的一切都更加可怕的痛苦。可是裴特罗纽斯却对他说:

"你可要记住,塞杨的女儿在临死前是怎么遭受侮辱的。"

第五十三章

一切努力都失败了。维尼茨尤斯虽曾不惜降低自己的身份,去恳求皇帝和波贝亚的解放奴隶和奴隶的帮助,可是他用丰厚的报酬换来的不过是一些空洞的承诺,用贵重礼物赢得的也只是一般的好感。他还找到了皇后的第一任丈夫鲁菲尤斯·克雷斯披努斯,请求他写了一封信给波贝亚为莉吉亚求情。他把他在安茨尤姆的一幢别墅送给了波贝亚和她这任丈夫生的儿子鲁菲尤斯,可是因为尼禄十分讨厌波贝亚的这个前夫之子,维尼茨尤斯这么一来,反而惹得皇帝更加恼火了。另外他还派了专差,给波贝亚的第二任丈夫、住在西班牙的奥托送去了一封信,表示愿把他的全部财产甚至连他本人都献出来。直到最后他才明白,自己不仅没有得到帮助,反而成了人们戏弄的对象。如果他一直装着对莉吉亚的关押毫不关心,倒还有可能把她解救出来。

裴特罗纽斯后来也看出了这一点。日子一天天地过去,圆戏场终于建成了。牌证也分发出去了,它就是竞技大会日场①的入场券。可是由于牺牲者的人数太多,这个日场的竞技表演就不得不延续好几天,好几个礼拜,甚至好几个月。所有的监狱都满得不能再满了,人们都不知道把越来越多的基督徒关到哪里去。监牢里开始流行着一种热病,荒坟,也就是那些埋葬奴隶的大坑洞里填满了热病死者的尸体,大家都怕这种病蔓延到全城,便加紧准备着大会的召开。

所有这些情况维尼茨尤斯都知道了,他终于失去了最后一线希望。对他来说,如果时间充裕,也许还能想出一点办法来,可现在却来不及了,竞技表演马上就要开始了,不管哪一天,莉吉亚都有可能被送到圆戏场的地下通道里去。到了那里,就只有一个通向比赛场的出口了。维尼茨尤斯不知道命运和残酷的暴力会把莉吉亚抛到什么地方去。他不得不走遍

① 原文是拉丁文。

所有的竞技场,不惜一切代价地贿赂那些看守和管理野兽的人,向他们提出一些他们根本办不到的要求。有时他自己也很清楚,他的努力已不可能使她免于一死,最多也只能使她死得不那么惨,不那么可怕而已。他觉得他的脑袋里装的不是脑浆,而是一盆熊熊燃烧着的炭火。

维尼茨尤斯知道他已经救不了她,因此他决定和她一道去死。但是他很担心,在那个可怕的时刻来到之前,他自己就会先在痛苦中死去。不论裴特罗纽斯,还是裴特罗纽斯的朋友都这么认为,阴曹地府总有一天会向他敞开大门。他的面孔是那么黝黑,就像那些摆在神龛上的蜡像一样。担惊受怕使他变得又呆又傻,对已经发生和将要发生的一切都毫无反应。如果有人跟他说话,他就呆板地把手抬起来,用手掌紧按着额头,向说话的人投去惊恐和疑惑不解的目光。每天晚上他都和乌尔苏斯一起守护在莉吉亚的牢门前。如果莉吉亚要他回去歇息,他就回到裴特罗纽斯家里,在客厅里来回地走着,一直走到第二天早晨。奴隶们看见他总是举起双手跪在地上,或者匍匐在地。他祈祷基督,把基督看成是最后的希望。可是他所有的办法都失败了,恐怕只有奇迹才能救莉吉亚的命,所以他用头叩着石板地面,祈求奇迹的出现。

这时他的脑子里忽又出现了一个新的想法:要是使徒彼得去为他祈祷,肯定比他的祈祷更有效力,彼得答应了把莉吉亚许配给他,还给他洗了礼。彼得是一位奇迹的创造者,他一定能够帮助他和拯救他。

后来有一天晚上,维尼茨尤斯去找彼得。没有被抓走的基督徒已经剩下不多,他们把彼得秘密地藏起来了,连自己的人都不告诉,是为了防备那些意志薄弱的人有意无意地出卖。

维尼茨尤斯因为一直处在一个混乱和被破坏的环境中,他的全部精力都用在设法营救莉吉亚出狱的事情上,一段时期便失去了和彼得的联系,从他受洗到大逮捕开始之前,他只见过彼得一次。因此他决定首先去找那个采石工人,他就是在他家里受的洗。维尼茨尤斯在他那里总算打听到了一点消息,这就是科尔内利乌斯·普登斯在萨拉里亚城门外有一座葡萄园,基督徒们会在那里举行一次集会。采石工人表示愿意领他去参加这次集会,还保证他在那里一定能够找到彼得。直到天黑他们才出了城,然后穿过一大片长满了芦苇的洼地,就来到了那座葡萄园。那里荒凉僻静,野草丛生,集会将在一间酿酒的大棚屋里举行。维尼茨尤斯刚一到园门口就听见里面嘘嘘的祈祷声。当他走进棚屋后,看见有几十个人在昏暗的灯光下,正跪在地上专心地祈祷着,他们在念着一种祷文。一些善男信女在异口同声地反复唱着:"基督怜悯我们吧!"这歌声带有一种深沉的忧郁和悲哀的情调,令人心碎。

彼得也在那里。他跪在最前面,也在朝着钉在墙上的十字架做祈祷。维尼茨尤斯在远处就看清了他的一头白发和高高举着的双手,年轻的贵族首先想到的是要马上从人群中挤过去,扑倒在他的脚跟前,向他高喊"救救我吧",但不知是因为庄严肃穆的祈祷,还是由于他自己虚弱,他的双腿一步也迈不动。他只好在门旁边跪下,合着双掌,像呻吟似的不停地呼唤着:"基督,请怜悯我们吧!"如果他的头脑清醒,就应当看到,在这里呻吟和祈求的并不是他一个人,把痛苦、悲哀和恐惧都带到这里来的也不止他一个人。这些集会的参加者没有一个没有失去亲人。当那些最虔诚和最勇敢的信徒全都被投入了监狱,每时每刻都可听到他们在狱中遭受凌辱和苦刑的消息的时候,当灾难发展到了超出人们想象的严重程度,幸免者已经所剩无几的时候,人们无不对自己的信仰产生了动摇,无不带着怀疑地问道:"基督到哪里去了? 为什么让恶魔压倒了上帝?"

可他们在产生绝望的同时,却依然在恳求上帝的慈悲,因为他们心中的希望之火并没有熄灭。他们认为,只要基督降临人世,就一定会消灭恶魔,把尼禄抛到深渊里去,然后由"他"自己来统治这个世界……他们仍在仰望着天空,细心地倾听,颤颤巍巍地祈祷着。维尼茨尤斯在不停地喊着"基督,发发慈悲吧!"的时候,他的心绪也像以前在采石匠家里受洗时那样,突然激动起来。大家全都带着深深的悲痛和愁怨,在呼唤着"他"的名字,彼得也在呼唤"他"。因此,天堂的大门随时随刻都会向他们敞开,大地的根基已经动摇,"他"就要降临人世了,带着无限的光荣,脚踩灿烂的群星,既慈祥而又严厉,"他"会赞扬自己的信徒,把那些迫害者打入深渊。

维尼茨尤斯用双手捂着脸,突然扑倒在地上。他的周围马上变得鸦雀无声,就好像恐怖把在场的人都吓得不敢说话了似的。他觉得一定会发生什么事变,奇迹马上就会出现。他深信只要自己站立起来,把眼睛睁开,就会看到使凡人眼花缭乱的圣光,听到使心灵为之激动的天国的声音。

但四周仍然是一片寂静,到后来,这种寂静终于被女人的鸣咽声打破。

维尼茨尤斯于是站了起来,痴呆呆地望着前方。

棚屋里除了晃动着的微弱的灯光和从天窗射下来的银色月光之外,并没有出现什么神光。跪在维尼茨尤斯周围的人朝着墙上的十字架,抬起了一双双含着泪水的眼睛。棚屋里

有人在低声地抽泣,棚屋外面放哨的人在吹着口哨,叫大家警惕。彼得于是站了起来,转身对教友们说:

"孩子们,把你们的心怀向救世主敞开吧! 把你们的眼泪献给'他'吧!"

随后他又不说话了。

在人群中,突然传来了一个女人悲哀和痛苦的声音:

"我丈夫死了,只有一个儿子,我靠他养活……主啊,请你把他还给我吧!"

又是一阵沉默。彼得站在跪着的人群面前,由于他饱经忧患,显得十分苍老,这时候,他仿佛成了一个衰颓和无力的化身。

接着又传来了第二个控诉的声音:

"刽子手们奸污了我的女儿,可基督却允许他们这么作恶!"

然后第三个女人又诉起苦来:

"请留下我带着我的孩子吧! 如果他们把我抓走了,谁来养活我的孩子呢?"

第四个人又说:

"他们原先还留下了李努斯,后来把他也抓走了,让他受尽了酷刑,主啊!"

第五个人说:

"如果我们回到家里,禁卫军就会来抓我们,我们真不知道去哪里躲藏。"

"我们真的不幸啊! 谁来保护我们呢?"

夜晚虽然是那么寂静,但却不断地响起了控诉和愤怒的吼声。这个年老的打鱼人听到人们痛苦和恐惧的诉怨之后,只好紧闭着双目,不断地摇晃着他的白发苍苍的脑袋。随后又出现了一片沉默,只听见屋外放哨的人轻轻的口哨声。

维尼茨尤斯这时想从人群中走到使徒跟前,请求他的援助。但他突然看见自己面前好像有一道深渊,把他吓得两只脚都站不稳了。如果使徒表示他也无能为力,或者他也认为罗马皇帝比拿撒勒的基督威力更大的话,那又怎么办呢?想到这里,他害怕得头发都要竖起来了。要是那样,他不仅失去了最后一线希望,而且连他自己、他的莉吉亚、他对基督的挚爱和信仰、他生活中的一切都将堕入万丈深渊,留给他的就只有死亡和像茫茫大海一样无边无际的黑夜了。

彼得又开口说话了,可是他的声音小得几乎听不见了:

"我的孩子们!我在各各他①看见他们是怎么把主钉在十字架上的。我听见了他们敲打锤子的声音,看见他们是怎么把十字架竖立起来,让众人都看见'人子'是怎么死的……

"我看见了他们是怎么打断了他的肋骨。我当时离开十字架回到了我住的地方,和你们一样悲痛欲绝地号叫道:'不幸啊!不幸啊!我的主啊!你是上帝,为什么让他们这么恶毒地加害于你呢?你为什么要死去呢?我们这些人本来相信你的王国会降临,可你为什么要让我们的心灵遭受折磨呢?'

"可是他,我们的主,我们的上帝,第三天他又复活了,一直到他和他那伟大的光辉一同返回天国以前,他都没有离开我们……

"这样我们才知道原来是我们的信仰不坚定,因此我们

---

① 各各他,地名。据《圣经》记载,耶稣背着十字架殉难于耶路撒冷附近的各各他。

在心灵中坚定了对他的信仰。从此以后,我们就开始播他的种子了……"

说到这里,他把脸转向最先发出控诉的那个地方,以坚定的口吻说:

"你们为什么要诉苦呢？……连上帝自己都经受过痛苦和死亡,你们怎么可以请求'他'让你们免遭这种痛苦和死亡呢？你们这些信仰不诚的人,你们虽然接受了他的教义,可你们是不是以为这种教义只许给了你们生命而没有许给别的什么呢？主已经来到了你们中间,他对你们说:'走我的路吧!'他要把你们带到他的身边,但你们却不愿意舍弃尘世,还大声地对'他'叫道:'主啊,快来救命啊!'我在上帝面前只不过是一粒尘土,可是我在你们面前却是上帝的使徒和代言人。现在,我以基督的名义告诉你们,你们面临的不是死亡而是生活,不是痛苦而是无尽的欢乐,不是眼泪和呻吟,而是欢欢喜喜的歌唱;不是遭受奴役,而是当家做主人。我作为上帝的使徒还要告诉你,孀妇,你的儿子不会死,他将在光荣中重生,他将享有永世不灭的生活。到那个时候,你就可以和他团聚,永享天伦之乐了。还有你这个做父亲的,你的女儿虽然被刽子手们奸污,但我可以向你保证,你以后见到她,她会比希伯伦的百合花还要洁白。你们这些失去了孩子的母亲,失去了父亲的孤儿,这些成天抱怨诉苦的人,这些目睹了亲人被害死的人,这些饱经忧患的人,这些不幸的人,这些担惊受怕就要告别人世的人,我要以基督的名义告诉你们,你们在睡梦中已经享受到了永远的幸福,在黑夜中已经迎来了上帝的黎明。快点醒悟过来吧! 快把你们眼里的障翳除掉吧! 快把你们胸中的圣火点燃吧!"

彼得说完后便把手举了起来，就像下了一道命令似的。他们听了后都觉得血管里好像注入了新的血液，全身的骨头又松动、灵活多了。站在他们面前的已经不是那个饱经忧患心力交瘁的老人，而是一位巨人，他要拯救他们的灵魂，使他们脱离尘世和恐怖。

"阿门!"有好几个声音回答道。

彼得的眼里闪出了亮光，这亮光越来越明亮。他的身上显示出了一种威力，一种庄严和神圣的威力。大家都向他低下了头。他等他们说完了"阿门"，又接着说:

"你们在痛苦中播了种子，就会在欢乐中获得丰收。你们为什么要害怕恶势力呢? 主就在大地上，就在罗马的上面，就在这座城市的城墙上面，就在你们的心中，石头也许会沾满你们的泪水，沙土会浸泡你们的鲜血，山谷里会填满你们的尸体，可是我要告诉你们，你们将永远是胜利者。主就要来征讨这座奴役、骄横和恶贯满盈的城市了，你们就是他的军队。他以自己的苦难和流血赎了人世的罪恶，就是盼着你们和他一样，也用你们的痛苦和鲜血来拯救这个邪恶的巢穴……这就是主通过我要向你们说的话。"

他伸出双手，两眼朝上望去。他们觉得他好像看见了他们的凡眼所看不到的东西，他们的心紧张得几乎停止了跳动。

彼得朝着上面默默地望了一阵，他的心里充满了对主的景仰，他的脸色忽然变得明亮起来。他默默地望了一会儿，才开口说道:

"主啊，你真的来了，你把你的路也指给我看了! ……你说什么，基督? 你不在耶路撒冷，却要在这座魔鬼的城市里建立你的都城吗? 你要用这里的血和泪建起你的教堂吗? 你要在尼禄今天统治的这个地方建立你那永恒的王国吗？主啊！你要命令那些生性怯懦的人用他们的骸骨来奠定锡安①世界的基础吗？你要用我们的精神去统治这个世界和大地上的人民吗？……你给那些软弱的人灌注了力量的泉水，使他们变得意志坚强。你还吩咐我从今以后照管你的羔羊，永远照管你的羔羊……你指点我们争取胜利的圣谕是值得赞美的。和散那②！和散那！"

那些生性怯懦的人现在都站起来了，那些怀疑的人心里流进了信仰的清泉。因此有一些人高喊着："和散那！"另外一些人也喊着："为了基督！"然后又是一阵沉默。夏日强烈的闪电把棚屋里面照得通明透亮，也照亮了一些激动得发白的面孔。

彼得一直沉迷在幻想中，他祈祷了很久。等他醒过来后便把受到灵感光照的面孔转向了人们，说道：

"主既然已经打消了你们的怀疑，你们就应当以主的名义大胆地去争取胜利！"

彼得因为知道他们一定会取得胜利，也知道他们流血和流泪会有什么结果，所以他在画十字和他们告别时，非常激动地对他们说：

"我的孩子们，我现在为你们祝福，为你们的苦难、死亡和走向永恒祝福。"

信徒们都跪倒在他面前，对他大声地叫道："我们都准备好了。可是你，神圣的首脑啊！你是基督的代表，你要行使基

---

① 锡安，耶路撒冷的一座小山，为基督教的圣地。
② 和散那，赞美上帝的意思，见《马太福音》第21章。

督的职权,现在你该去躲一躲啊!"他们说着便抓住了他的衣裾。彼得于是把双手放在他们的头上,给他们深情地祝福,就像父亲送孩子去做长途旅行时那样。

他们即刻离开了棚屋,要赶快回到自己的家里,再从家里到监狱里或竞技场上去。他们的思想已经离开了人世,他们的灵魂也飞向了永恒。他们仿佛在梦幻或者无比喜悦的状态中前进,要以他们自身的力量去抗衡野兽的残忍和暴力。

普登斯的仆人内列乌斯陪着使徒,沿着葡萄园里一条秘密的小道往自己家里走去。在明亮的月光中,维尼茨尤斯也跟在他们后面,一同来到了内列乌斯的那栋小屋里。他突然跪倒在使徒的脚前,使徒认出他后,问道:

"你有什么要求,我的儿子?"

可是维尼茨尤斯在棚屋里因为听到了使徒说的那些话,现在他什么要求也不敢提出来了。他只是用双手抱住彼得的脚,把自己的额头紧靠在他的脚背上,不停地抽泣着,想以无言的悲哀来求得他的怜悯。

彼得于是说道:

"我知道,你心爱的姑娘被抓走了,快为她祈祷吧!"

维尼茨尤斯把使徒的双脚抱得更紧了,他呻吟着说:

"老师啊,老师! 我是微不足道的小虫蚁,可你认识基督,请你替莉吉亚去求求'他'的保护吧!"

他痛苦得像一片树叶似的抖动起来,还不停地往地上叩着头。他深知使徒的巨大威力,只有使徒才能够把莉吉亚送还给他。

彼得被维尼茨尤斯的诚心所感动,他想起了莉吉亚以前受到克雷斯普斯的责备时,也是这样跪在他的脚前,乞求过他

的怜悯。他当时把她扶了起来,还安慰过她。现在,他把维尼茨尤斯也扶了起来,对他说:

"我亲爱的儿子啊!我会替她祈祷的。可是你要记住我刚才对那些怀疑的人说过的话,连上帝本人也经受过十字架的苦难。你还要记住,尘世生活结束后,就开始了另外一种永恒的生活。"

维尼茨尤斯张开他那发青的嘴唇吸了口气,回答说:

"我知道……你的话我都听见了……可是你看,老师……我做不到呀!如果需要流血,请你去求求基督,就把我的血拿去吧……我是个军人,把莉吉亚的苦难都加在我的身上吧!就是两倍、三倍地加在我的身上我也忍受得了,只要能够把她救出来。她还是个孩子。老师,我相信基督比皇帝的威力更大。你也很喜欢她,你还给我们祝了福!她还是个天真无邪的孩子啊!……"

说到这里,他又低下去,把脸贴在彼得的膝盖上,然后又接连不断地说道:

"你认识基督,老师,你认识基督,基督会听信你的!请你为她求求基督的保护吧!"

彼得闭上了眼睛,满腔热忱地祈祷着。

夏日的雷电在天空中又闪烁起来。维尼茨尤斯趁雷电的闪光目不转睛地注视着使徒的嘴唇,等着他对他做出生死的判决。在深夜的寂静中,只听见葡萄园中鹌鹑的啼鸣声和远处萨拉里亚城门口传来的低沉的磨谷声。

"维尼茨尤斯,你相信我的话吗?"使徒开口问道。

"老师,我如果不相信,怎么会到这里来呢?"维尼茨尤斯回答说。

"那你就一定要坚信到底。信仰能够移山倒海,你就是看见莉吉亚在刽子手的刀剑下或者落入了狮子的口中,也要坚信基督一定会来救她。你一定要坚信'他',向'他'做祈祷。我也会和你一同祈祷的。"

然后他仰面望着天空,大声说道:

"大慈大悲的基督啊,你来看看这颗痛苦的心吧!请给它快乐和安慰吧!仁慈的基督啊,请赐予他软如羊毛的和风吧!慈悲的基督啊!你既然哀求过天父把那杯苦酒从你的嘴边拿走,那你也别让你的仆人喝下这杯苦酒吧!阿门!"

维尼茨尤斯向天上的星星伸出了双手,呻吟着说:

"啊,基督!我是属于你的,请让我去代替她吧!"

东方的天空渐渐发白。

第五十四章

维尼茨尤斯告别使徒之后,心里又燃起了希望的火花。于是他向监狱走去,极力压制着灵魂深处不时发出的绝望和恐惧的吼叫声。他认为上帝代理人的请求和他的祈祷绝不会没有结果。他不愿失去希望,也害怕动摇信心。他对自己说:"我就是看见莉吉亚落入狮子的口中,也相信上帝会大发慈悲。"虽然他一想到这种情景的出现就感到心惊胆战,额头上就冒出冷汗来,但他始终坚信基督的威力。他的心每跳一次都是他做的一次祈祷。他感到他的身上产生了一种从未有过的奇怪的力量,这就是信仰,他终于懂得了信仰的力量可以移山倒海。昨天他还以为没法解决的事情今天可以得到顺利解决了。他总觉得凶险已经过去,如果他的心中有时还发出绝望的呻吟,那他马上就会想起昨天夜里这位神圣的老人仰面望天祈祷的情景。"不! 基督绝不会拒绝他的第一个门徒和牧羊人的请求! 基督是不会拒绝他的,这是毫无疑问的。"

维尼茨尤斯决定马上去监狱里,向莉吉亚报告主的福音。

可是他在那里却没想到遇到了令人失望的事情。

在马梅登监狱轮班守卫的那些禁卫军士兵维尼茨尤斯本来全都认识,他平日在这里出入也从来没有遇到过阻拦。而这一次,他们却没有给他放行,一个百夫长走上前来对他说:

"高贵的军团长,请原谅! 今天有命令,不准放任何人进去!"

"有命令?"维尼茨尤斯脸色苍白,问了一句。

这个长官同情地望着他,回答说:

"是的,大人,是皇帝下的命令。监狱里病人太多,大概是怕探监的人把瘟疫带到城里去吧!"

"你好像说过这道命令只限于今天吧?"

"可是卫队中午就换了班。"

维尼茨尤斯不说话了。他觉得他头上那顶帽子简直像铅一样坚硬和沉重,不得不把它脱下来。

那个百夫长这时又走上前来,低声对他说:

"大人,你别担心,有看守和乌尔苏斯在那里照顾她哩!"

他说完后便躬下身来,用他那把高卢宝剑即刻在石板上画了一个鱼的图形。

维尼茨尤斯瞅了他一眼。

"你是个禁卫军军官?"

"我也会被关到那里面去的。"那个军官指着监狱回答说。

"我也是基督徒。"

"让'他'的名字受到赞美！我知道,大人,我虽不能放你进去,但你要是写封信,我倒可以把它递给里面的看守。"

"谢谢你,兄弟!"

维尼茨尤斯和百夫长握手告别之后便离开了监狱。他这时把帽子戴上也不觉得像铅那么重了。早晨的太阳已经照到了监狱的围墙上。一看那金光四射的朝霞,他的心中又唤起了美好的希望。这个基督徒军人在他看来,就是基督强大威力的化身。过了一会儿,他突然站住不动,抬眼望着卡比托尔和朱庇特神庙上空玫瑰色的云彩,说道:

"主啊,我今天虽然没有见到她,但我永远相信你的慈悲。"

裴特罗纽斯总是习惯于"把黑夜当成白天过",他回到家里不久便洗了个澡,擦了油膏,本打算去睡觉,当维尼茨尤斯来到的时候,他正在等他:

"我正要告诉你一件事。今天我去拜访杜留斯·塞内茨约,正好遇见皇帝陛下也在他的家里。我不知道皇后为什么把她的小鲁菲乌斯也带去了……大概是想以他的美貌博得皇帝的欢心吧!可是不幸得很,正当皇帝朗诵的时候,这孩子不愿意听,竟睡着了,就像以前韦斯巴芗那样。红胡子看到他这个样子,一气之下,便把一只大酒杯摔了过去。孩子被砸伤了,而且伤得很重,波贝亚也晕过去了,在场的人都听到尼禄说了一句话:'这小杂种我讨厌透了!'你知道,这句话就意味着他的死。"

"这是上帝对波贝亚的惩罚！你把这件事告诉我是什么意思？"维尼茨尤斯说。

"波贝亚本来一直在怨恨你和莉吉亚，要对你们施加报复,她现在为孩子的事是那么伤心和痛苦,也许就不会对你们怎么样了。在这种情况下,要把她劝说过来是不难的。今天晚上我就去找她,和她谈谈看！"

"谢谢你,你给我带来了好消息。"

"你先去洗个澡,再好好休息一下。你的嘴唇都发青了,人也瘦得和自己的影子一样了。"

可是维尼茨尤斯又问道:

"他们谈到了竞技大会第一个日场①什么时候举行吗？"

"还有十天,但是先从别的监狱开始。对我们来说,能够利用的时间当然越多越好,还没有失去希望嘛！"

其实,他说这些话的时候,连自己也不相信。因为他很清楚,皇帝在回答阿里杜鲁斯的请求时,找了一个非常漂亮的比喻,就是把他自己比作布鲁杜斯,这对莉吉亚来说,就意味着毫无拯救的希望了。为了不给维尼茨尤斯增加痛苦,他没有把从塞内茨约那里听来的一些可怕情况告诉他。比如说,皇帝和蒂盖里努斯已经商定,要在女基督徒中为他们自己和朝臣们挑选一批最漂亮的姑娘,先把她们奸污,然后再拿去施以酷刑。剩下的则在举行竞技大会那天,分送给禁卫军和管理野兽的人员。

裴特罗纽斯知道,如果莉吉亚死了,维尼茨尤斯无论如何是活不下去的。正是出于对他的同情,裴特罗纽斯才有意让

---

① 原文是拉丁文。

他心存一线希望。再者,如果维尼茨尤斯一定要死,在这位审美家看来,也应当让他死得漂亮一点,而不要因为有那么多的痛苦和失眠,使他的面孔变得太憔悴和太丑陋了。他说:

"今天我见到皇后时,想对她这么说:'为了维尼茨尤斯,请你救救莉吉亚吧! 我一定想办法把鲁菲乌斯救出来,以报答你的恩德。'对这件事我慎重考虑过,在适当的时候,只要红胡子说一句话,就能够决定一个人的生死。即使在最坏的情况下,我们也能争取到一点时间的。"

"非常感谢你!"维尼茨尤斯又说了一遍。

"你只要吃得好,休息得好,就是对我最大的感谢。凭雅典娜起誓,奥德赛最倒霉的时候,也没有说不吃饭和不睡觉啊! 你一整夜都是在监狱里过的吧?"

"不,"维尼茨尤斯回答说,"我本来想到那里去,可今天那里下了一道命令,不准任何人去探监。请你去探听一下,裴特罗纽斯,这道命令只限于今天,还是要执行到杀人的那天?"

"今天晚上我会知道为什么要下这道命令,它要执行到什么时候。明天一早我就可以告诉你啦! 现在,就是太阳神痛苦得掉进了黑暗的国度里,我也要睡觉去了。你也要学我这样,快点睡觉去吧!"

他们两人分别之后,维尼茨尤斯来到了书房里,开始给莉吉亚写信。

信写完后,他决定亲自送去,交给了那个信基督教的百夫长。百夫长马上把信送进了牢房里。过了一会儿,他出来的时候,便带来了莉吉亚的问候,他还告诉维尼茨尤斯,今天就会得到莉吉亚的回信。

维尼茨尤斯想快点看到莉吉亚的回信，他不愿马上回去，于是坐在一块大理石上等候。太阳已经高高地升上了天空。人们像往常一样，从阿廷塔留斯山川流不息地涌到集市广场上来了。这里商贩们在高声地叫卖，算命的向来往的顾客兜售自己神机妙算的本领。市民们急急忙忙向市场上的讲演台那边走去，想听听那些街头演说家的讲演，和别人交换自己听到的最新消息。天气越来越热，那些游手好闲的人都躲在神庙柱廊的阴影下乘凉。那里不时飞出一群鸽子，它们白色的羽毛在阳光的照耀下，在蓝天中闪闪发亮。

由于阳光的灼烤和人声的喧扰，再加上闷热的天气和劳累过度，维尼茨尤斯几乎睁不开眼睛了；而孩子们玩"莫拉"时发出的那种单调无味的吆喝声和士兵们整齐的步伐声又使他更加昏昏欲睡，但他还是尽力地把头抬了好几次，向监狱那边望了一会儿，然后才把头靠在一个石头架子上，像一个哭了很久的孩子那样，不满意地嗯了一声，便睡着了。

他很快就进入了梦境，觉得好像在一个晚上，他抱着莉吉亚走过一座陌生的葡萄园，蓬波尼亚·格列齐娜在前面给他掌灯。他忽然听到背后很远的地方有一个声音，好像是裴特罗纽斯的声音在叫他："回来！"但他不听他的叫唤，跟着蓬波尼亚继续往前走去，最后来到了一栋小房子里，看见使徒站在房门口，于是他把莉吉亚抱给使徒看，并且对他说："老师，我们是从竞技场来的，我们唤不醒她，请你把她唤醒吧！"彼得回答说："基督会亲自来唤醒她！"

后来各种梦境都混在一起了。他看见了尼禄和波贝亚。波贝亚手里抱着小鲁菲乌斯，孩子额头上有很多血，裴特罗纽斯在给他擦洗。他还看见蒂盖里努斯往一桌桌的珍馐美味上撒灰土,维泰留斯正在狼吞虎咽地吃那些美味佳食,还有不少朝臣也坐在餐桌旁。他当时坐在莉吉亚的身边。可是那些餐桌之间却有一些狮子在走来走去,从狮子黄色的鬃毛上还掉下一滴滴鲜血。莉吉亚请求他带她出去,可是他的身子突然瘫软下来,连动都动不了啦。他的梦境也渐渐变得更加混乱。最后,所有这一切全都陷入了一片黑暗中。

由于太阳的烤晒和人群的叫喊,维尼茨尤斯终于从深沉的睡梦中惊醒过来,维尼茨尤斯擦了擦眼睛,看见街上依然是人来人往。四个身强力壮的埃及奴隶抬着一乘豪华的大轿走过来了。有两个身穿黄色上衣的奴仆拿着长长的竹竿,一边吆喝一边驱赶着人群,给轿子开路。

轿子里坐着一个穿长袍的贵人,正把一卷手稿举在眼前,全神贯注地阅读着,所以看不清他的脸。

"给高贵的大臣让路!"两个奴仆大声地吆喝道。

可是街上拥挤不堪,轿子也不得不时时停下来。那位大臣看到这种景象,感到十分心焦,他只好放下手稿,把头伸到轿子外面,大声地喊道:

"快把这些流氓给我赶走,快,快!"

这时他突然看见维尼茨尤斯也在这里,便吓得立即把头缩了回去,赶紧拿起那卷手稿,遮住了自己的面孔。

维尼茨尤斯用手擦了擦额头,还以为自己在做梦。

轿子里坐的原来是基隆。

两个奴仆这时已经打开了一条通道。抬轿的埃及奴隶正要迈步前进时,年轻的军团长突然走上前来,他觉得过去理解不了的许多事情现在都明白了。

"你好啊,基隆!"他说。

这个希腊人听到后脸上装出一副镇定自若的样子，想掩饰他内心的惶恐不安。接着他又摆出一副威严和目空一切的架势，回答说：

"年轻人，你好啊！你不要挡我的道，我有要事要去找我的朋友，高贵的蒂盖里努斯。"

但维尼茨尤斯抓住了轿杆，把身子向他斜了过来，目光炯炯地望着他，用压低了的声音问道：

"是你出卖了莉吉亚？……"

"凭门农的大雕像起誓！"基隆恐怖地叫了一声。

可是他再一看，维尼茨尤斯的眼里并没有对他表示威胁，因此他的恐惧马上就打消了。他想起了他现在受到蒂盖里努斯和皇帝的保护，面对这么强大的势力，任何人都不敢对他胆大妄为，而且他身边还有一大帮身强力壮的奴隶。再看站在他面前的维尼茨尤斯是个什么样子呢？这个年轻的军团长并没有携带武器，由于长时期的痛苦折磨，他的面容甚至显得十分憔悴，连腰都直不起来了。

基隆明白了这一切后，便马上恢复了他那趾高气扬的傲慢神态，用一双血红的眼睛恶狠狠地盯着维尼茨尤斯，低沉地说道：

"可是你，当我饿得快死的时候，你还命你的奴隶用鞭子抽打我。"

两个人都不说话了。过了一会儿，维尼茨尤斯才低声说道：

"我让你受了委屈，基隆……"

基隆目空一切地昂起了头，用手指在头上拍打了几下，这在罗马是表示轻蔑的意思。然后他便大声地叫了起来，使所有的人都听得见：

"朋友，你如果有事要来求我，可以早晨到我在埃斯奎林的公馆里来，我要早浴之后才接见客人和顾客。"

说完他把手挥了一下，埃及轿夫们看到后便立即把轿子抬了起来。那两个穿黄轿夫服的奴隶又挥舞着竹竿，对人群大声地喊道：

"给尊贵的基隆·基洛尼德斯的轿子让路！快让开！快让开！……"

第五十五章

莉吉亚急急忙忙写了一封很长的信，在信中和维尼茨尤斯作了生死的诀别。她已经知道，任何人都不准前来探监，她要见到维尼茨尤斯也只能在竞技场上了。所以她请求维尼茨尤斯探听一下什么时候轮到他们，她还要他也出席那次竞技大会，因为她希望在临死之前再见他一面。信中并没有痛苦的诉怨，只是说她和别的囚犯都急盼着到竞技场去，以解脱他们身陷囹圄的处境。她也盼着蓬波尼亚和阿卢斯到这里来，希望他们也出席那次竞技大会。她信中每一句话都充满了热情，表现了所有囚徒对早日脱离他们囚禁生活的渴望，同时也包含着一种认为一切承诺都能够在来世得到实现的坚定的信心。她还写道："基督既然让使徒表示了将我许配给你，那么不论今生今世还是我死之后得到'他'的超脱，我都是属于你的。"她恳求他不要为她痛苦和悲哀，死亡并没有解除他们的婚约。她像一个天真烂漫的孩子那样向他保证,她在竞技场上被处死后会马上去告诉基督:她的未婚夫马尔库斯还在罗马,正在深深地思念着她。她认为,基督不会阻挠她的灵魂暂时回到他的身边,告诉他她还活着,她并不感到有什么痛苦,她很幸福。她的信中充满了欢乐和希望。关于人世间的事她向维尼茨尤斯只提出了一个请求,就是请他从停尸场上收回她的尸体,把她作为他的妻子和他安葬在一座坟墓里。

维尼茨尤斯在读这封长信的时候,马上感到一种撕心裂肺的痛苦,但是他认为,基督慈悲为怀,绝不会让莉吉亚在野兽的利爪下死去,在这里,他对基督寄托了无限的信赖和希望。他回到家后便给莉吉亚写了封回信,信中告诉她说,他每天都会来到监狱的高墙外,不等到基督推倒监狱的围墙把她送还给他是不会走的。他要她坚信,就是到了竞技场,基督也会把她送还给他。大使徒已经祈求过"他","他"马上就会把她救出来。那个信教的百夫长答应明天早晨就把这封信送到监狱里去。

第二天早晨,维尼茨尤斯来到监狱的大门外后,那个百夫长特意离开他的队伍,走到他面前说:

"大人,你听我说,基督让你经受了考验,他已经把恩惠赐给了你。皇帝和禁卫军司令官的解放奴隶要凌辱基督徒中的少女,昨天晚上来监狱里进行挑选。他们也问了你的未婚妻的情况。我们的主让她害了热病,她已经昏迷不醒了,这种病把监狱里的许多囚犯都折磨得快要死了,因此她也成了一个快死的人,这才没有被他们抓走。为救世主的荣名祝福吧!这种病既然使她没有遭受凌辱,那么也一定会把她从死亡中救出来。"

维尼茨尤斯怕自己站立不稳而倒下去,把手扶在那个百夫长的肩膀上。那个军官接着说:

"你可要感谢主的恩典啊!他们把李努斯抓到这里来,让他受尽了折磨,后来看他快要死了,又把他放了,所以他们也会把她送还给你的。到那个时候,基督就会让她恢复健康。"

年轻的军团长把头低了一会儿,然后又抬起来,轻声地说:

"是的,百夫长!基督既然不让她遭受凌辱,也绝不会让她死去。"

维尼茨尤斯坐在监狱的大墙下面,一直等到了黄昏,回家后他马上派了人去接李努斯,吩咐把他送到他在城郊的一座别墅里去。

裴特罗纽斯知道这些情况后,决心再去想想办法。不久前他见过波贝亚一次,现在他又要去找她。来到她家里时,遇到她正侍候在小鲁菲乌斯的床旁边。孩子的头被打破了,发高烧,昏迷不醒。波贝亚为了抢救他,真是想尽了一切办法。她心里充满了痛苦和绝望,因为她觉得,即使把他救活了,说不定他以后还会死得更惨。

由于这种绝望的处境,她根本没有心思去听维尼茨尤斯和莉吉亚的事情。可是裴特罗纽斯却以威胁的口气对她说:"你触犯了一位你不认识的神明,皇后!听说你敬奉希伯来的耶和华,可是基督徒们说,基督就是耶和华的儿子。你想想看,是不是这位基督的父亲对你生气了?你儿子遭难,也许就是他们对你的报复吧?鲁菲乌斯能不能得救就看你自己的表现了。"

"你说我该怎么办?"波贝亚心神不安地问道。

"恳求那位神明对你的宽恕。"

"怎么去恳求呢?"

"莉吉亚生病了。你去求求皇帝和蒂盖里努斯,把莉吉亚送还给维尼茨尤斯吧!"

她表示无可奈何地反问道:

"你以为这件事我做得到吗?"

"要不你就想想别的办法。莉吉亚如果病好了,她一定会被处死的。遇到这种情况,你就到维斯塔神庙里去,请求那位女祭司长在囚徒们被押送到竞技场上去的时候,装作碰巧来到杜里亚努姆监狱的大门前,命令把这个姑娘放了,女祭司长对你这个要求绝不会拒绝。"

"如果莉吉亚病死了呢?"

"基督徒们都说,基督虽然讲报复,但'他'永远站在正义的一边,你只要有那份心愿,就一定能求得'他'的宽恕。"

"那就请他也显显灵,救救我的鲁菲乌斯吧!"

裴特罗纽斯耸了耸肩膀。

"可我并不是作为基督的使者到这里来的。神圣的皇后殿下! 我只是要告诉你,你和所有的神明,不论是罗马的神明还是外国的神明都要搞好关系。"

"我去就是了。"波贝亚的嗓子都哑了。

裴特罗纽斯总算松了口气。

"我到底做成了一件事。"他想。

他回家后马上对维尼茨尤斯说:

"去求求你的上帝,别让莉吉亚患热病死了。只要她不死,皇后会亲自去恳求鲁布丽亚,要她以神的名义,下令把莉吉亚放了。"

维尼茨尤斯的眼里闪出了一种狂热的光辉,他只是目不转睛地望着裴特罗纽斯,回答说:

"基督一定会来救她。"

为了救活鲁菲乌斯,波贝亚还准备向世上所有的神明举行一场百牛大祭。当天晚上,她决定走集市市场,到维斯塔神庙去见那位女祭司长。她把病儿交给了乳母色尔维亚照看,这个乳母当年也哺育过她,对她忠心耿耿。

但是帕拉丁宫对这个孩子已经作了死刑的判决,因此波贝亚的轿子刚一出门,皇帝派来的两个解放奴隶就钻进了小鲁菲乌斯的卧室里。其中一个即刻向老色尔维亚扑去,捂住了她的嘴巴,另一个随手拿起一个斯芬克斯青铜雕像,猛地一下就把她砸死了。

随后他们走到了鲁菲乌斯跟前。这位小公子神志不清,高烧不止,一点也不知道周围发生了什么事。他冲着他们乐呵呵地笑着,还把他那双漂亮的眼睛睁得大大的,好像要看清来者是谁似的。两个解放奴隶马上解下乳母的腰带,把它缠在孩子的颈脖上,然后使劲一拉,只听见孩子惨叫了一声"妈妈"就断气了。他们随即把孩子的尸体用被单裹了起来,骑上早已鞴好的快马,急忙跑到了奥斯提亚,把尸体扔进了大海。

波贝亚没有见到那位女祭司长,因为她和别的女祭司到瓦迪纽斯的家里去了。她很快就回到了帕拉丁宫,进屋一看,孩子的小床是空的,旁边躺着色尔维亚僵硬的尸体,便马上晕了过去,不省人事。人们把她救醒之后,她就放声大哭起来,她那粗野可怕的哭叫声不仅当天晚上,而且第二天一整天都没有断。

可是到了第三天,皇帝就命令她去参加宴会。她只好穿上一件紫晶色的衬衣来到了席前。她那一头金色的秀发真是漂亮极了,但她坐在席前却一语不发,脸上露出了像石头一样僵硬又像死神一样凶恶的表情。

第五十六章

在弗拉维尤斯王朝建造罗马圆形大剧场以前,罗马的圆戏场大部分是用木头造的,因此在这场大火中,几乎都烧光了。尼禄为了举行已经许诺的竞技大会,他早已降旨,要新建几座圆形剧场,其中有一座规模特别宏伟。为了建造这座剧场,在大火熄灭之后,他就派人去阿特拉斯山上砍伐了大量的木料,通过大海和第伯河源源不断地运到了罗马。由于这次竞技大会的规模、场面和牺牲的人数都超过了以往任何一次竞技大会,所以必须为观众和野兽设置更大和更多的活动场所。成千上万的劳工紧张而又繁忙地施工,不分昼夜地干活,既建造各种剧场,又对它们进行装饰。人们把这些宏伟的工程当成旷世的奇迹,谈论着场里的柱子都要镶上青铜、琥珀、珍珠母和从海外运来的玳瑁。还要在座席之间铺设水道,从山上引来冰凉的雪水在观众中流过,就是遇到最热的天气,也能保持场里舒适凉爽。此外还要架起一座巨大的紫色天篷,用来遮蔽炽热的阳光。在一排排座位之间要摆上许多香炉,香炉里烧起阿拉伯香料。天篷顶上要安装喷水器,不时将浸泡着番红花和马鞭草的香馥馥的露水洒在观众的身上。著名的建筑大师塞韦鲁斯和策莱尔把他们的聪明才智和全部心血都贡献给了建造这么一座规模空前绝后的大圆戏场,它能容纳的观众是过去任何一座竞技场都不能比的。

在竞技大会日场开幕的那一天,天还没有亮,大门前就聚集了无数的群众,一听到狮子的吼叫、豹子的嚎叫和狼狗的吠叫声,这些人群简直欣喜若狂了。所有的野兽都有两天没有喂过食物了,因此在它们面前特意摆上一些鲜血淋漓的肉块,以引起它们的食欲,激起它们狂暴的兽性。野兽不时发出雷鸣般的咆哮,震耳欲聋,使得场外的人相互之间讲话都听不见,生性怯懦的人被吓得脸色发白。当太阳升起的时候,竞技场里又传来了一阵阵歌声,这歌声既嘹亮而又平和,使场外的人群听到后都不胜惊讶,他们不断地说:"是基督徒,基督徒!"的确,有许多基督徒昨天就被押送到这里来了。但他们不是按照最初的安排,从一个监狱押送来的,而是从所有的监狱里挑选出来的。大家知道,竞技大会将要持续好几个礼拜甚至好几个月,因此对在一天之内能否将这么多的基督徒全都处死就有不同的看法。一些行家认为,唱晨祷赞美诗的男女老幼那么多,一次就得给场上放出一百个或者两百个,可是野兽由于吃得太饱和过度疲劳,就是到了晚上也不可能把这些人都撕成碎片。另外一些人则认为,比赛场上如果一次出现那么多的牺牲者,会分散观众的注意力,反而达不到竞技比赛娱悦观众的目的。打开通向比赛场地的过道,也就是圆戏场大门的时间马上就要到了,观众们都显得十分活跃,一个个兴高采烈,他们开始谈论着有关竞技表演的各种事情。就狮子和老虎在撕碎人体上谁胜过谁的问题还发生了争论，甚至形成了两派对立的观点。许多地方都有一些人在互相打赌。有的还谈到了在基督徒出场之前会有一些角斗士来进行比武，对这种比武的看法又分成了好几派，有的欣赏萨姆尼特人的比武，有的爱看高卢人的表演，有的喜欢密尔密隆人、特拉克人和撒网角斗士。一大早，大大小小的角斗士队伍在他们的头人，也就是角斗士学校校长的带领下就来到了圆戏场。为了在比武之前能够轻松活泼一点，他们都没有披带武器，不少人甚至赤身露体，手里拿着绿树枝，头上戴着花环。这是一些长得很漂亮的年轻人，当他们迎着朝霞走过来时，更显得生气勃勃，充满了活力。他们那被橄榄油擦得油光闪亮的强壮的身躯就像大理石雕成的一样，那些最爱欣赏肉体美的观众看了后赞叹不已。他们中有不少人观众都很熟悉，所以不时可以听到这样的呼喊声："欢迎你，弗尔尼斯！欢迎你，莱奥！你好啊，马克西姆！你好，狄奥梅德斯！"当年轻的姑娘们都一往情深地望着他们时，他们也不时瞧她们一眼，遇到一个最漂亮的，就开玩笑式地和她搭讪几句，或者给她送去一个飞吻，有的还冲着她呼喊道："在死神没有把我抢走之前，快来拥抱我吧！"这些人好像永远那么无忧无虑，可是过后他们就消失在大门里面，有许多人就再也出不来了。不过新来的队伍又引起了人们的兴趣。紧跟在角斗士后面的是手执鞭子的监场员，他们负责鼓励和鞭策这些角斗士在比武时去奋力拼杀。随后又来了一群骡子，拉着一排排车辆往停尸场走去，车上装的全都是木头棺材。观众看到这个场面都大为欣喜，因为他们从棺材的数目已经看出将要被处死的人是非常多的。跟在车队后面的是一些身穿卡戎①或者墨丘利式服装的人,这些人只要看到角斗士在比武中受了伤,就给他补上一刀,结果他的性命。接着是在圆戏场维持秩序、分配座位的人,还有分送食品和果汁的奴隶,还有一队禁卫军,他们来到之后就站在皇帝身边,专供皇帝的调遣。

大门终于打开了。人群像急流洪水似的涌进了圆戏场。但由于这股人流数量很大,过了好几个小时才全部进到场里。然而这座剧场的里面不仅能够容纳这么多的观众,而且还保持了良好的秩序,确实令人赞叹不已。野兽闻到人的气味后,吼叫得更厉害了。观众在占领座位时,也像暴风雨掀起一阵阵浪涛一样,响起了巨大的喧嚣声。

罗马市长在卫队的簇拥下首先来到了场里。紧随其后的是元老、执政官、法官、行政官员、宫廷侍从、禁卫军官长、贵族和名媛贵妇乘坐的舆轿。这些轿子形状各异,但它们连起来却像一条十分整齐的长长的链带。有的轿子前面有一批手持斧钺的侍从给它们引路,这些斧头上都缠着树枝。有的轿子前前后后又都跟着一大帮奴隶,显得威风凛凛。这些舆轿一乘乘都是那么金碧辉煌,绚丽无比。此外还有贵人们那些白色和五彩缤纷的衣衫、羽毛、耳环,随身佩戴的珠宝、矛尖和刀锋,在阳光下闪耀着夺目的光辉。由于他们的到来,圆戏场里响起了一阵阵欢呼声,向他们表示致敬。禁卫军的队伍这时候也陆陆续续开进来了。

各处神庙里的祭司们照例来得稍迟一点,但他们后面还有维斯塔的神圣贞女乘坐的轿子,由仪仗队引路。现在只等

① 卡戎,古希腊神话中在冥国接引亡灵的鬼魂。

皇帝陛下驾到就开始竞技表演。皇帝当然也不愿让观众久等生怨,他甚至想以他的毫不耽搁来博得观众的赞许,所以就在这个时候,他带领着波贝亚和一大帮朝臣到场里来了。

裴特罗纽斯也在这一帮朝臣中,维尼茨尤斯和他同坐在一乘轿子里。他只知道莉吉亚病得很重,神志不清。但由于最近几天监狱里看得很严,不放任何人进去,原来他认识的那些禁卫军卫兵已经改换,新换的卫兵又不让外人和看守谈话,更不准看守向那些前来探问的人走漏消息,所以他根本无法知道在第一天处决的人中有没有莉吉亚。不管是病人还是昏迷不醒的人,都可以拿去喂狮子,而且那些牺牲者都披上了兽皮,一群群地被送上比赛场,观众根本看不清哪一批中有哪一个人,他们中的任何一个都是辨认不出来的。可是维尼茨尤斯把看守和圆戏场里所有的工作人员都买通了,他和管理野兽的人员已经商定,让他们把莉吉亚藏在一个黑暗的角落里,到了晚上再交给他的一个亲信,这个亲信会马上把她送到阿尔班山里去。裴特罗纽斯根据这个秘密的情况,建议维尼茨尤斯和他一起,公开到场里去,进门以后,趁混乱的时候钻到人群里,然后马上跑到地下室里去。为了避免差错,维尼茨尤斯还得亲自把莉吉亚指给卫兵们看。

卫兵们就从他们自己出入的那个小门里把他带了进来。随后,一个名叫塞鲁斯的卫兵又领着他到基督徒中间去,还边走边对他说:

"大人,你要找的那个少女不知道能不能找到,我们问过这里有没有叫莉吉亚的女人,可是他们都没有答话。也许他们不相信我们吧?"

"他们人数很多吗?"维尼茨尤斯问道。

“有不少要留在明天出场，大人！”

“他们中有生了病的吗？”

“病得站不起来的倒没有。”

塞鲁斯说完便打开了一扇门，他们走进了一间很大的房子里，但这间房又低又矮，里面很阴暗，只有一个面对着赛场的铁格子窗能够进来一点光线。维尼茨尤斯刚一进来，简直什么也看不见，他只听见里面有低低的说话声和圆戏场里传来的观众的喧闹声。过了一会儿，他的眼睛终于习惯了这种黑暗，他看清了这里有一群奇形怪状的动物，有的像狼，有的像熊，原来都是裹上了兽皮的基督徒。他们中有一些人站着，还有一些人正跪在地上做祈祷。只有从他们的兽皮下面露出的长头发才认得出哪个牺牲者是女人。母亲们手上的孩子也裹着毛茸茸的兽皮，看起来像一头头母狼。可是在兽皮下面却露出了一张张明亮的面孔，在黑暗中也可看到他们那闪耀着喜悦光芒、显露着狂热神情的眼睛。很明显，他们大部分人都受到了一种超越凡俗和脱离尘世的思想的支配，对周围发生的一切和他们自己的遭遇都漠不关心了。维尼茨尤斯向一些人问起莉吉亚时，他们只是痴呆呆地望着他，什么话也不说，仿佛刚从睡梦中醒过来似的。还有一些人只管冲着他笑，把手指放在嘴唇上，或者指着那扇照进亮光的铁格子窗。孩子们听到野兽的咆哮声、狗的吠叫声和观众的喧闹声后，再看他们父母那野兽的模样，都吓得啼哭不止。维尼茨尤斯和卫兵塞鲁斯并排走在一起，仔细地观看着每个人的面孔，不断地搜找、询问，有时还触到了一些由于拥挤、憋闷和酷热而晕倒在地的人体。随后他又往房子里更黑暗的深处走去，他愈是往里面走就愈是觉得这间房简直大得和整个圆戏场都差不多了。

　　他突然觉得在铁格子窗近旁好像有一个熟悉的声音在说话，于是打住脚步听了一会儿，然后转过身来，从人群中挤到了那个说话的人的面前。那人头上照着一道亮光，维尼茨尤斯从他的狼皮下面终于看清了他的面孔，原来是克雷斯普斯，一副瘦削而又严峻的面孔。

　　"为你们的罪恶忏悔吧！"克雷斯普斯说道，"你们就要脱离尘世了。但谁要是认为只要死去就赎了自己的罪恶，那他又犯了新的罪过，他一定会被投入永世不灭的火中。你们在人世间犯下的每一个罪过都给天主带来了痛苦，因此你们怎敢认定你们遭受这么一次苦难就能抵消主受到的所有苦难呢？虽然公正的人和有罪的人今天都会被处死，但主知道谁是他自己的人。你们实在太可悲了，狮子的利齿会把你们的肉体撕得粉碎，却没法消灭你们的罪恶，也不能替你们还清你们对上帝欠下的孽账。主被钉在十字架上的时候，已经表现了他的仁慈，从那以后，他就是一位审判官了，任何罪恶都逃脱不了他的惩罚。如果你们认为只要遭受苦难就可以赎你们的罪，那是你们对上帝公正的错误理解，由于这种错误的理解，你们还会更加深深地陷入到深渊里去。慈悲已经了结，上帝对你们发怒了。再过一会儿，你们就会站在这位严厉的审判官面前，在他面前，就是正直的人也会感到害怕。为你们的罪恶忏悔吧，地狱的大门已经向你们敞开。可悲啊，丈夫和妻子！可悲啊，父母和儿女！"

　　于是他把瘦骨嶙峋的双手向教徒们伸去，在他们低着的头上挥舞。虽然过一会儿，他就要和他的同道一起惨遭杀害，但他不仅自己一点也不害怕，而且对他那些不幸的教友也表现了毫不留情的态度。他说完后,在场的人都大声地喊了起来:"我们为我们的罪恶感到悲哀!"然后又是一阵沉默,只听见孩子的啼哭声和拳头捶打胸脯的响声。维尼茨尤斯觉得他全身的鲜血都要凝固了。他本来把他的全部希望都寄托在基督的慈悲上,可现在他听到的却是恐怖的时刻就要来到了,而且在比赛场上死去也得不到上帝的怜悯,因此在他的脑子里便像闪电似的闪出了一个念头:要是使徒彼得,对这些将要死去的人就不会说出这样的话,可是克雷斯普斯这些充满了宗教狂热的带威胁的话和这间同刑场只隔着一道铁窗的阴暗的囚室以及死亡逼近所造成的恐怖,再加上无数牺牲者已经穿上了死囚的囚衣,所有这一切都给他的心灵带来了极大的恐惧和不安。他觉得,这一切比他经历过的最残酷和流血最多的战争都要可怕和残酷一百倍。臭气和闷热使他的胸中感到憋闷,额头上冒出了大颗大颗的冷汗。他很害怕,怕他像刚才在监狱里寻找莉吉亚碰到一个人体时那样晕了过去。可是当他想到那个铁窗马上就会打开时,便大声地呼喊起莉吉亚和乌尔苏斯的名字来,他以为这么一喊,即便他们不在这里,也会有认识他们的人出来告诉他。

果然来了一个披着熊皮的人,拉了一下他的衣服,说:

"大人,他们还在监狱里。我是最后一个出来的,我看见她生病躺在床上。"

"你是谁?"维尼茨尤斯问道。

"我是采石匠,你就是在我家接受彼得洗礼的。三天前他们把我关了进来,今天我就要死了。"

维尼茨尤斯这才松了口气。他来到这里的时候,本来想亲自找到莉吉亚,现在他要为她不在这里感谢基督了,他认为这就是基督对他大发慈悲的表示。

石匠又拉了一下他的衣服,说:

"大人,你还记得我把你带到科尔内利乌斯葡萄园,使徒彼得在一座大棚屋里讲道的事情吗?"

"我记得。"维尼茨尤斯答道。

"我被抓到监狱里来的前一天,又见过他一次。他为我祝了福,他还对我说,他要到圆戏场来告别那些将要死去的人。我死之前还想再见他一面,想见到十字架的记号。要是这样,我的死就不会有什么痛苦了。大人,如果你知道他坐在哪里,那你就告诉我吧!"

维尼茨尤斯用压低的声音回答说:

"他来到圆戏场的时候,曾经装扮成奴隶,混在裴特罗纽斯的随从里,后来他们在哪里就座我就不知道了,但我只要回到场里就能够找到他们。你进到比赛场后,看着我就是了。我会站起来,把头转向他们那一方,到那个时候,你就可以找到他了。"

"谢谢你,大人,平安与你同在。"

"愿救世主怜悯你!"

"阿门!"

维尼茨尤斯于是离开了那座黑暗的囚室,来到了赛场里,就在裴特罗纽斯的身边坐了下来,他的周围都是朝臣。

"她在吗?"裴特罗纽斯问道。

"不在,还在监狱里。"

"我又想了个好办法,可是你听我说话的时候,要望着尼吉蒂亚那边,装着议论她的发式的样子……蒂盖里努斯和基隆正在看着我们呢!……告诉你吧!晚上把莉吉亚装进棺材里,当作监狱里的死人运出来。以后的事就不用我说了。"

"好的!"维尼茨尤斯答道。

这时杜留斯·塞内茨约把身子斜了过来,中止了他们的谈话,问道:

"你们知道会不会把武器发给基督徒吗?"

"不知道。"裴特罗纽斯回答说。

"我倒愿意看见他们有武器,"杜留斯说,"否则的话,竞技场就会变成屠宰场,可这是一座富丽堂皇的圆戏场啊!"

圆戏场里真是豪华极了,下层座位上的观众穿的都是白色的宽袍,就好像一片明晃晃的白雪。皇帝坐在镶金的宝座上,头上戴着紫金冠,颈上挂着宝石项链。他的身边是波贝亚,看上去既美丽动人又显得忧郁。他们的两边有维斯塔的女祭司,有高官显贵,有身穿锦绣长袍的元老们和披戴着闪亮盔甲的军事统帅。总而言之,凡是罗马最有权势、最有名誉地位和最阔的大人物都荟萃于此,真是大显威风。此外还有一大批骑士坐在离他们远一点的地方。可是上层的座位上却只见黑压压的一大片,那些黑色的人头像海水那样波动着。再往上看去,在一些圆柱之间,悬挂着由玫瑰花、百合花、白头翁、常春藤和葡萄藤编织成的彩带。

观众们有的在大声地说话,有的互相打招呼,有的甚至唱起歌来。如果有人说了一句俏皮话,就一排排地传下去,引起一阵哄笑。还有一些人不耐烦地跺着脚,急盼着竞技大会快点开始。

到后来,跺脚声越来越大,像阵阵雷鸣似的响遍了四方。罗马市长于是带领一队打扮得很漂亮的侍从在比赛场上绕了一圈,然后挥动着手帕,做出大会开始的信号,回答它的是从成千上万胸膛里发出的"啊,啊!"的叫喊声,震动了整个圆戏场。

竞技大会通常是从捕杀野兽开始的,来自南方和北方的各种野蛮人在这方面都很擅长。但由于这种比赛需要的野兽太多,就只好从"安达巴特"(瞎打)开始了。瞎打就是用头盔蒙着眼睛的角斗。十几个角斗士走进比赛场后,用剑在空中乱舞,那些"监场员"马上用长长的叉子把他们赶到一起,让他们互相拼杀。穿着华贵的观众对这种比赛一点也不感兴趣,而且还表示轻蔑,可是普通观众看到那些击剑师的滑稽动作都兴高采烈,当他们背对着背地碰到一起的时候,观众们便禁不住发出一阵阵响亮的笑声,对他们高喊:"向左!往右!笔直往前走!"但总是把他们引到错误的方向去。有好几对开始正面交锋了,在拼杀中流了血。最勇敢的角斗士干脆把盾牌丢掉,用左臂抓住对手,等到两个人扭在一起的时候,就用右手冲着对方拼命地砍杀起来。倒下去的人一般都伸出手指,表示求饶。但是角斗才刚刚开始,观众都要求把受伤的处死,尤其是这种盲目的角斗,角斗士蒙住了自己的面孔,观众认不出他们是谁,往往把这种凶杀当成极大的乐趣。场上的角斗士越来越少了,到最后只剩下了两个,监场员用力把他们推在一起,结果都被对方刺伤,倒在沙地上。这时候,奴隶们便在观众"结束吧!"的呼喊声中来到了场上,马上把尸体搬走,一群少年又把场上的血迹清扫干净,然后在地上撒上许多番红花的叶子。

现在要举行大规模的比武了。这种比武不论对平民百姓还是对上流社会的人士都有很大的吸引力。有的青年贵族为此甚至大下赌注,把自己的家当输光了也在所不惜。这时候,一些写上了他们所看中的角斗士的名字和他们投入了多少赌资的标牌也在观众的手中传来传去。那些角斗明星因为在过去的比赛中获得过许多次的胜利,为他们捧场的人当然是最多的。可是也有一些赌者甘冒风险把赌注押在一些不知名的新角斗士身上,他们认为只要取胜,就能赢得巨额的赌金。到后来,皇帝陛下也参加了这种赌博,祭司们、维斯塔的女祭司们、元老们、骑士们以及市民们全都参加了这种赌博。那些穷苦人没有赌资,就拿自己的人身自由来打赌。赌者们都心跳得很厉害,他们忐忑不安地等待着击剑师的出场。不少人向诸神许愿,祈求神明给他们看中的角斗士助一臂之力。

当刺耳的喇叭声吹响之后,整个圆戏场里都变得鸦雀无声。成千上万双眼睛注视着一张上了门闩的巨大的铁门,因为有一个装扮成卡戎的人正在向它走去。他用锤子在门上敲打了三下,仿佛要把藏在门后面的人都召唤出来,带到死神那里去。随后,两扇大门便慢慢地打开了,里面有一条黑暗的通道,只见角斗士的队伍从通道里走了出来,来到了明亮的赛场上。这些队伍全都由二十五个人组成。特拉克人、密尔密隆人、萨姆尼特人和高卢人各自组成一队,全都披着沉重的铠甲。最后来了一队撒网角斗士,他们一手拿网,一手拿着三叉戟。观众看到这些威风凛凛的武士便响起了一片掌声,这掌声很快就变成了经久不息的暴风雨般的轰鸣。场里从上到下,一排排观众的脸上都显露出了非常激动的神情。他们鼓着掌,张大了嘴,像失去了理智似的狂呼乱叫。这些身披珍贵的甲胄,手持闪光的武器的角斗士们迈着整齐而又雄健的步伐绕场一周之后,便在皇帝的宝座前停了下来。他们一个个都那么容光焕发,镇定自若,甚至带有无比的自豪感。尖厉的号角声响过之后,喝彩声便停下来。这时候,角斗士们都高举着右手,抬起头来望着皇帝,开始用一种拖长了的声音呼喊或者不如说唱了起来:

万岁,皇帝陛下!

我们临死之前向你致敬![1]

然后他们又分散开来,全都站到赛场上各自规定的位置上去了,因为他们将要一队队地进行集体角斗。但是在这之前,还要让一些著名的角斗士作一系列个人对抗的表演,这种个人的对抗最能显示出角斗双方的力气、武艺和胆量。这时从高卢人中马上走出了一个圆戏场表演的爱好者们都很熟悉的摔跤手,他的名字叫"拉尼奥"(屠夫),他过去在许多比赛中都夺得过胜利。这位大力士头戴一顶大钢盔,健壮的胸脯上披着锁子甲,在这个闪光的黄色赛场上,看起来就像一只发光的大甲虫。他的对手是名声不亚于他的撒网骑士卡仑迪奥。

观众们又开始打起赌来。

"我出五百个小银币,赌高卢人!"

"我也出五百小银币,押在卡仑迪奥一边!"

"我赌两千!"

高卢人这时走到赛场中央,拔出利剑,后退了几步,然后低下头来,从钢盔的眼孔里仔细地观看对方的行动。那个撒网骑士动作轻巧,一张小脸长得像雕像一般俊美,裸露的身子只在胯下裹着一条带子。他机敏地围着敌手打转转,像跳舞

~~~~~~~~~~~~~~~~

① 原文是拉丁文。

似的挥动着大网,一把三叉戟龙飞凤舞真是漂亮极了,他的嘴里还唱着"撒网骑士"最爱唱的一首歌:

我要打鱼,不是来捉你,

高卢人,你为什么要逃避?

高卢人并没有逃避。过了一会儿,他便站在原地一动也不动,只是有时候稍微转动着身子,使自己能够始终面对着敌手。他那魁梧的身躯和大得可怕的脑袋使人总是感到凶多吉少。观众们已经清楚地看到,这个用青铜武装起来的大力士正在寻找突袭的机会,企图一次出击就结束战斗。那个撒网角斗士也在向他一进一退地挥舞着三叉戟,他那闪电式的迅疾的动作使观众眼花缭乱。他的三叉戟已经有好几次打在对方的盾牌上,不断发出叮叮当当的响声,可是那个力大无比的高卢大汉却依然站在那里一动也不动。实际上,他根本不把撒网骑士的那种武器放在眼里,他注意的是他那张大网,因为他觉得那张网好像一只凶恶的大鸟,一直盘旋在他的头上。观众们全神贯注地欣赏着这两个角斗士的高超武艺。拉尼奥只要抓住有利时机就用利剑向对方刺去,他的对手也能够迅速地闪到一边,然后挺直身子,举起双臂把线网撒了过去。

高卢人不得不换一个方向,用盾牌挡住线网。两个斗士于是向后一跳又分开了。场里马上响起了一片"好啊"的喝彩声。下层座位上的观众又重新打起赌来。皇帝陛下最初一直在和女祭司长鲁布丽亚谈话,并没有把注意力放在看比赛上,现在他也把脸转到赛场上来了。

两个斗士又开始了一场新的较量。他们的每一次出击和抵挡都是那么准确无误,使人感到这场生与死的搏斗已经变成了精彩的技艺表演。拉尼奥已经两次甩开了线网的纠缠，退到赛场边上去了。开初那些把赌注押在他的敌手一边的人却不愿意让他休息，他们大声地喊叫道："快打啊!"高卢人听见后向对手又发动了攻击。撒网角斗士的肩膀这时突然鲜血直流，他的线网也从手上掉下来了。高卢人看到这种景象，便尽全力地猛扑过去，企图给对手以致命的打击。但卡仑迪奥却有意装着拿不起网的样子，他将身子闪到一旁，躲开高卢人的攻击之后，便趁机把三叉戟朝对方的膝盖之间刺了过去，一下子就把他刺倒在地。

高卢人想尽力爬起来，可是卡仑迪奥那张要命的大网一眨眼工夫就把他的整个身子给罩住了，他在里面越是拼命地挣扎，那张网就把他缠得越紧。这个时候，卡仑迪奥还用三叉戟一次又一次地使劲把他按在地上，他虽然尽全力地挣扎，把手撑在地上想爬起来，但这一切都无济于事了！最后，他把他那已经握不住剑的麻木不仁的手再一次地举到头上，便仰天倒了下去。卡仑迪奥用三叉戟钳住了他的脖子，两只手紧握着戟柄，把他死死地按在地上，然后转过脸来，朝皇帝的包厢那边望去。

突然响起的一阵又一阵雷鸣般的掌声和观众的狂叫声震动了整个赛场。胜利者在那些把赌注押在他一边的观众的眼里，一下子变得比皇帝都更加伟大。但这时候他们对高卢人也不再那么使劲地反对了，因为他以流血的代价充实了他们的钱包。全场观众有一半赞成把失败者杀死，另一半表示要宽恕他，于是又分成了两派意见。但是那个手持戟和网、威风凛凛的胜利者却两眼望着皇帝和维斯塔的女祭司，只等他们的判决。

对拉尼奥来说,不幸的是尼禄也很讨厌他。因为尼禄在火灾之前举行的一次比赛上,曾经赌他失败,结果他胜利了,使得尼禄把好大一笔赌金都输给了李采纽斯。因此他这时候马上伸出了一只手,把大拇指往下指去。

维斯塔的女祭司看到皇帝这样,便把这个手势重复了一遍。卡仑迪奥于是踩着高卢人的胸脯,抽出腰带上的匕首,剥开他脖子上的铁甲,冲着他的喉咙直捅下去,连刀柄都几乎要进去了。

"大功告成啦!①"圆戏场里响起了一片欢呼声。

拉尼奥像一头被宰杀的公牛那样,用脚乱踢着沙土,痉挛了一阵,便把身子挺得笔直,再也动不了啦。

墨丘利②现在也无须用烧红的烙铁去检验他是不是已经死了。他的尸体被拖出场地后,接着又上来了一些别的角斗士,等到这些搏斗完了之后,便开始了一队队地拼杀。观众把他们的全部心思和眼力都贯注在这场大规模的搏斗中,他们不断地吹着口哨、笑着、鼓着掌,甚至大喊大叫起来,像发了疯似的给角斗士们鼓劲。赛场上的角斗士被分成两队,一听到观众的喊声便像一大群野兽似的开始了激烈的混战,那许多肉体都死死地缠在一起,胸口碰着胸口,胳膊揪着胳膊,一些强有力的骨架子被扭得嘎嘎直响。当利剑刺进胸部或者腹部时,鲜血便从苍白的嘴里喷洒在沙地上。有十几个新手一上场就吓得要命,企图在混乱中逃跑,可是又被那些监场员用鞭梢装着铅弹的鞭子赶了回去。沙土上出现了大片大片乌黑的

①　原文是拉丁文。
②　指装扮成墨丘利模样的监场人。

血迹,越来越多的光身或者披着甲胄的尸体像一捆捆稻草似的堆在地上。活着的人踩在尸体上继续拼杀,各种武器互相碰撞。有的人两只脚被刀剑砍伤,倒在地上。观众们看得兴高采烈,渐渐陶醉在那些角斗士的死亡中,为死亡而欣喜若狂,他们的眼睛饱享着死亡的奇观,他们的肺部呼吸着带血腥味的空气。

几乎所有的战败者都倒在地上死去了。只有少数几个受了伤的人摇摇晃晃地跪在赛场的中央,在向观众们伸手乞怜。胜利者获得了大量的金币、花环和橄榄枝。搏斗过后便是赛间休息时间,根据至尊皇帝的意旨,要举行盛大的宴会。火盆里烧起了香料。散花的人将一把把番红花和紫罗兰花瓣向观众撒去。各种凉菜、烤肉、甜点心、葡萄酒、橄榄和水果被抬进了场里。观众们大吃大喝,互相交谈,不时还大声喊着"向皇帝致敬",想从皇帝那里得到更多的赏赐。他们吃饱了后,几百名奴隶又抬来了一筐筐礼品,装扮成爱神的少年们又把这些礼品拿出来向他们撒去。到分发彩票的时候还发生了殴斗。许多人一拥而上,你推我挤,互相践踏,有的人从一排排的座位上跳过去,还有人大声地喊救命,一场可怕的拥挤把他们窒息至死。可是只要抢到一个幸运的号码就能得到一幢带花园的住宅、一个奴隶、一套华丽的衣服或者一头野兽,这头野兽还可以卖给圆戏场。这使场内的秩序变得更加混乱,以致禁卫军也不得不出来加以整顿。每次分发彩票都少不了有一些人折臂断腿或者被踩死挤死,然后被抬出场外。

有钱的人并不参加这种彩票的争夺战。那些朝臣现在都在笑话和嘲弄基隆那装模作样的姿态,他要装成和别的人一样,在欢欢喜喜地观看赛场上的拼杀和流血,但他又装不像,因为他那希腊人的天性和他自己的怯懦都忍受不了这种残酷的景象。这个不幸的希腊人紧皱着眉头,紧咬着嘴唇,紧握着拳头,连他的手心都被指头抠破了,但这一切都无法使他保持平静。他的脸色苍白,嘴唇发青,牙齿咬得咯咯直响,连眼珠都陷下去了。他的额头上冒出了大滴大滴的汗珠,全身上下都在不停地颤抖着。角斗结束后,他总算恢复了一点平静,可是一听大家都讥笑他,又突然怒起心上,便以反唇相讥来回敬他们。

"哎呀,希腊人,看到人被活活地剥了皮,阁下大概受不了吧!"瓦迪纽斯揪着他的胡须说。

基隆向他龇着最后两颗黄牙,回答说:

"我的父亲不是皮匠,所以我不会修补人皮。"

"好啊,回答得真妙!①"有好几个人都说道。

可是还有一些人在笑他。

"这不是他的过错。他胸脯里没有心肝,只有一块干酪。"塞内茨约叫道。

"也不是你的过错。因为你没有长脑袋,用了一个膀胱来代替它。"基隆答道。

"也许你会当上一名角斗士,拿着线网站在比赛场上一定很威风。"

"如果我用它来网你,也只不过网住了一个浑身臭气的大笨蛋。"

"你准备怎么对付这些基督徒呢?你是不是想变成一只狂犬去撕咬他们呢?"从李古里亚来的菲斯杜斯问道。

---

① 原文是拉丁文。

"我决不会成为你的兄弟。"

"你这个梅奥齐亚的麻风鬼!"

"你这只李古里亚的大骡子!"

"你这家伙的皮一定发痒了,可是你别指望我会去给你搔痒。"

"你还是搔搔你自己吧! 你要是把你的疥疮给搔掉了,那不是把你身上最漂亮的东西给破坏了吗?"

不管大家怎么围攻他,他面对从各方面冲着他来的讥讽都展开了有力的回击。尼禄这时候也拍着巴掌不停地叫着"妙啊!"给那些围攻的人助威。过了一会儿,裴特罗纽斯走了过来,他用他那镶嵌着象牙雕刻的手杖敲了敲希腊人的肩膀,冷冷地说:

"哲学家,你干得不错嘛! 可是有一点你错了,神明本来只要你当一个小偷,而你却当上了恶魔,所以你胜任不了。"

这个老家伙一双发红的眼睛痴呆呆地望着他,这一次却找不到一句适当的话来进行反击,他只好沉默了一下,然后勉强地答道:

"我胜任得了⋯⋯"

可这时候喇叭声又吹响了,宣布赛间休息已经结束。在走道里舒松手脚或者聊天的人们开始离去,于是又引起了一阵混乱,就像往常一样,总是有人因为座位被别人占去而发生争吵。元老和贵族们急急忙忙地就座,喧闹声渐渐平息下来,场里终于恢复了正常的秩序。只见一群人来到了赛场上,要铲除那些凝结着鲜血的沙土。

现在轮到基督徒上场了。观众们因为从来没有见过这种场面,都不知道那些教徒会有什么表现,于是好奇地等待着。

看他们的神态好像都很紧张,对这些教徒充满了敌意。他们想,一定会出现一个非同寻常的场面,不就是这些将要出场的人烧毁了罗马,烧毁了罗马城里世代相传的珍贵宝物吗?不就是他们吮吸婴儿的鲜血、在水里放毒和咒骂全人类吗?不就是他们犯下了最卑鄙恶毒的罪行吗?人们被鼓动起来的仇恨就是采取最严厉的刑罚也是很难平息的。如果他们还有什么担心的话,那也只是担心给这些穷凶极恶的罪犯所施加的苦刑抵不上他们犯下的滔天大罪。

这时候,太阳已经高高地升起。阳光透过紫色的天篷照了下来,使整个圆戏场都充满了血红的光亮。沙土地上出现了大火焚烧的色彩。在这些光亮中,在观众的脸上,在这座现在空无一人但马上就要展现出人类的苦难和野兽的残暴的比赛场上,有一个令人不寒而栗的阴魂。空气中也好像充满了恐怖和死亡的气息。平时兴高采烈的观众今天由于仇恨在心都不说话了,他们每个人的脸上都显露出了怒不可遏的神情。

市长发出了信号。那个扮成卡戎的老人把角斗士们召唤出来送给死神后,现在又来到了赛场上,他以缓慢的步子在场地上绕了一周,然后在一片深沉的寂静中,又用锤子在那扇铁门上敲了三下。

整个圆戏场里立刻响起一片叽叽喳喳的说话声。

"基督徒!基督徒!"

漆黑通道口上的铁格子门发出了咯吱咯吱的响声。随后便可听到监场员的大声喊叫:"到沙地上去!"没多久,比赛场上出现了许多披着兽皮活像森林神一样的人群,他们急急忙忙跑了出来,跑到场地中央便一批接着一批地跪了下来,把双手高高地举起。观众以为他们是在乞求怜悯,对这种可耻的胆怯越发痛恨,因此他们开始不停地跺着脚,吹着口哨,把空酒瓶子、啃光了的骨头扔了过去,大声地喊叫着:"野兽,把野兽放出来!"这时候,突然发生了一件出人意料的事情,这些披着毛茸茸的兽皮的人竟然放开嗓子唱起了赞美歌,在罗马的比赛场上,还从来没有听见过这样的歌声:

愿基督永治!①

观众们都惊呆了,这些就要被处死的人居然唱起歌来,还抬眼朝天篷上望去。他们的脸上虽然失去了血色,却仿佛显露着灵光,人们终于懂得了,他们并不是在乞求怜悯,他们眼里看到的并不是比赛场,不是观众,也不是元老们和皇帝。"愿基督永治②"的歌声越来越大,一直传到了最上面一层的观众席上,不少观众都在问自己,这些就要死去的人嘴里唱的永治者基督到底是个什么人呢?但是就在这个时候,另一座铁格子门打开了,一大群狗疯狂地吠叫着冲进了比赛场:其中有来自佩罗波内兹岛的黄色的大猎狗、有比利牛斯山的花斑狗,还有爱尔兰狼狗,它们全都没有喂食,腹部塌陷,两眼血红,圆戏场里因此响遍了这些狗的吠叫声和哀鸣声。基督徒们唱完了赞美诗后依然跪在地上,像石头一样一动也不动,只是用悲哀的声调一齐继续唱着:"为了基督!为了基督!③"那群狗虽然嗅到了披着兽皮的人的气味,但对他们那纹丝不动的姿态感到奇怪,不敢贸然地向他们扑过去。有些狗甚至跳到了赛场边的围墙上,企图冲到观众席上去。还有一些不断地在场地上兜圈子,拼命地狂叫着,好像要追上一头看不见

<hr>

① ② ③ 原文是拉丁文。

的野兽。观众们简直怒不可遏,成千上万的声音在叫喊着,有的模仿野兽的吼叫,有的学着狗的吠叫,还有一些人用各种逗狗的语言,挑逗着狗群去攻击场里的基督徒。喧嚣声震动了整个圆戏场。被鼓噪起来的狗群想要向跪倒在地的人群猛扑过去,但又害怕地咬着牙齿退了回来。终于有一只猎犬扑向了一个跪在前面的女人,咬着她的肩膀,把她拖倒在地。

这时候,有几十只狗好像觉得打开了一个突破口似的,便一齐扑到了人群中。观众于是聚精会神地观看,再也不叫喊了。在狗群的狂叫声中仍可听到男女基督徒在悲哀地呼喊:"为了基督! 为了基督!①"但是狗和人们的躯体全都缠在一起了,鲜血从被撕裂的人体身上泉涌般地喷发出来。有一些狗还互相争夺着那些浸泡在血中的肢体。人血和被撕碎了的内脏发出的腥味弥漫在圆戏场里,把阿拉伯香料的香气都压下去了。最后只剩下了很少几个人,零零散散地跪在比赛场上,他们很快又被那些到处吠叫和奔跑的饿狗包围起来了。

维尼茨尤斯一看见基督徒走进了比赛场,便马上站了起来,遵照他对采石匠许下的诺言,把脸朝向了藏在裴特罗纽斯的侍从中的使徒的那个方向。过了一会儿他又坐了下来,他的脸孔白得像死人一样,他的眼里毫无表情,只是痴呆呆地望着这幅惨绝人寰的景象。最初他担心石匠会不会弄错? 莉吉亚是不是就在这些牺牲者中? 他简直陷入了一种麻木的状态。可是当他听到了"为了基督②"的声音,看到这么多的牺牲者在遭受酷刑和临死前还表示他们忠于自己的教义和上帝时,他又产生了另外一种感觉,这是一种最可怕和最痛苦的感

<hr>

①② 原文是拉丁文。

觉,但它又是无法抗拒的:基督自己遭受酷刑死去之后,现在又有成千上万的人为他牺牲,鲜血在这里汇成了汪洋大海,那么再多流一两滴血又算得了什么呢?如果这个时候再去乞求上帝的怜悯,不就等于犯罪了吗?这种想法是他目睹了比赛场上的景象后产生的,它和死者的呻吟,和死者的血腥气一道钻进了他的头脑里。但他依然在祈祷,在用他那干燥的嘴唇不停地念叨着:"基督啊,基督!你的使徒在为她祈祷!"他完全忘记了自己,也不知道自己在什么地方。他只觉得比赛场上的人血像洪水一样在不断地上涨,上涨,最后从赛场里溢了出来,流向罗马城,把整个罗马都淹没了。实际上,他在这里什么也没有听见,不论是狗的吠叫声还是观众的喧闹声和朝臣的说话声,他都没有听见。可这时候,那些朝臣突然大叫起来:

"基隆晕过去了!"

"基隆晕过去了!"裴特罗纽斯把脸转向希腊人那边,也跟着叫了一声。

基隆真的晕过去了。他的脸白得像麻布一样,他的头向后仰去,而且大张着嘴,活像一具死尸。

就在这一时刻,一大批披着兽皮的新的牺牲者又被赶到赛场上来了。

他们也和先来的牺牲者一样,立即跪倒在场地上。但是那些狼狗已经吃得很饱,也困乏了,都不想再去撕咬他们。只有很少几只扑向了跪得离它们近一点的基督徒。其他的狗都躺了下来,抬起血淋淋的大嘴,肚子一起一伏,沉重地喘着气。

这时候,那些虽然心里感到惶恐不安但仍醉心于流血的疯狂的观众开始发出厉声的叫喊:

"狮子,狮子! 把狮子放出来!"

狮子本来准备在第二天使用。但在圆戏场里,观众的意志是决定一切的,就连皇帝也不敢违抗。只有那个喜怒无常、蛮横不讲理的卡里古拉皇帝才敢反对观众,有时他还用棍棒去殴打观众,可是就连他也常常不得不屈服于群众的压力。和卡里古拉相反的是尼禄从来就把群众的拥护和喝彩看得高于一切,他是不敢违抗群众意志的,特别是现在,他要平息由于大火而激起的民众的愤怒,把纵火的罪责转嫁给基督徒,就更不能失去他们的欢心和拥护了。

于是他发出了信号,命令打开狮圈的大门,观众看到他的信号就马上静了下来,他们听到了那扇关着狮子的铁门咯吱的响声。那群狼狗一见到狮子出来都吓得挤成了一团,呜咽着朝着相反的方向逃跑了。狮子一头接着一头地跑到了场地上。它们的体形很大,毛呈黄褐色。它们一边奔跑一边摇摆着鬣毛很长的大脑袋。尼禄这时也把他那露出了厌烦神色的面孔转向了它们,为了看得更加清楚,他还戴上了绿宝石眼镜。朝臣们对猛兽的出场报以热烈的掌声,观众们则用手指数着这些狮子的数目,注意观察跪在场地中央的那些基督徒看到它们后有什么反应。但教徒们还是不停地念着:"为了基督! 为了基督![1]"许多观众因为不懂这句话是什么意思,对他们产生了厌恶感。

这群狮子也许是饿过了头,反而不急于马上扑向那些牺牲者了。赛场上血红的阳光使它们感到昏眩,于是把它们的眼睛眨巴了几下,好像要消除这种眩晕的感觉。有的狮子探爪伸腿,在舒展身子,有的张开大口,在打哈欠,你会以为,它

---

① 原文是拉丁文。

们特意要让观众看见它们那尖利吓人的大牙。可是场里的血腥气味和无数躺倒在地上被撕裂的肉体马上激起了它们的兽性。不到片刻，这些狮子变得狂暴起来，鬣毛倒竖，用鼻子嗅着周围的气味，大声吼叫着。一头狮子突然扑向一个面孔被撕烂了的女人的尸体，前爪踏在尸体上，伸出带刺的大舌头，舐着上面凝固了的鲜血。另一头狮子又向一个跪在地上的基督徒冲了过去，他的怀里还抱着一个用小鹿皮裹着的孩子。

孩子被吓得哭叫起来，于是拼命地抱着父亲的脖子。可是他父亲却使劲把他从脖子上拉下来，想交给那些跪在远一点的地方的人，让他哪怕多活一分钟也好。可是哭叫和挣扎反而激怒了狮子，因此它突然发出一声令人心惊胆战的吼叫，便伸出利爪把孩子掐死了，接着它又张开大嘴，一眨眼工夫把父亲的脑袋也咬碎了。

其他的狮子看到这种情景，全都扑向了那一大群基督徒。有几个女人发出了一声声惨叫，可是这种叫声又被观众的掌声淹没了。由于想要尽情观赏这种场面的愿望占了上风，掌声又即刻停了下来。这时在观众眼前便展现出了令人毛骨悚然的景象：一个个人头被狮子的血盆大口吞了下去。尖利的兽牙撕开胸脯之后，把里面的心肺全都扯了出来，还听得见咬碎骨头的咯吱声响。有的狮子嘴里噙着死者的肋骨或者脊椎骨，在场地上疯狂地乱跑，像是要找一个僻静的地方美餐一顿。有的在争斗时后脚站了起来，像摔跤手那样用前爪把对方抓住。狮子雷鸣般的咆哮声震响了整个圆戏场。观众们都从座位上站起来了。有些人想看得更加清楚，便离开自己的座位，从走道上到下面去，于是又拼命地你推我挤，乱踩乱踏，不顾死活。有些性急的人好像自己也要跳到比赛场上,和狮子一起去撕咬那些牺牲者似的。因此这里不时便可听到野兽的怒吼声和咬牙声,狼狗的狂吠声,观众的鼓掌声和喝彩声,还有牺牲者非人的惨叫声和哀婉的呻吟声。

皇帝戴上绿宝石眼镜,正在聚精会神地观看。裴特罗纽斯的脸上表露出了厌恶和轻蔑的神情。基隆早已被人抬出了赛场。

可是一批又一批新的牺牲者仍在不断地被赶到比赛场上。

使徒彼得站在圆戏场里最上面的一排,正在俯视着这些牺牲者。可是谁都没有注意他,因为人们都在全神贯注地观看赛场。他在科尔内利乌斯的葡萄园里曾为那些就要被捕的基督徒祝福死亡和死后的永生,现在他又画着十字和这些在野兽的利齿下丧命的人们告别,为他们的苦难和流血牺牲祝福,也为他们被撕咬得不成形体的尸首和从血迹斑斑的沙土地上飞走的灵魂祝福。有些基督徒抬头望见他后,脸上都显得明亮起来,看见他在他们头上画着十字给他们祝福和告别,一个个都露出了微笑。可是彼得自己心里却像刀割一样痛苦,他对主耶稣不停地祈祷着:"啊,主啊!一切都是遵照你的意愿,为了你的光荣,为了证明你的真理,我的这些羔羊都牺牲了。你叫我去照管他们,我现在要把他们都还给你了,请你清点一下数目,把他们收回去吧!请你治好他们的剑伤,解除他们的痛苦吧!请你赐予他们比在这里遭受的苦难更加伟大的幸福吧!"

彼得就像一位慈父面对着他非常喜爱的孩子那样,他给他们一个个、一批批地祝福和告别,他要亲自把他们送到基督那里。就在这个时候,不知道皇帝是真的发了狂,还是想把这次竞技大会办得盛况空前,他对市长悄悄地说了几句话,市长便离开皇帝,马上来到了地道里。不一会儿,铁格子大门又打开了,观众们一看不觉大吃一惊。这次放出的几乎包括所有种类的猛兽,有幼发拉底河的猛虎,努米提亚的豹子,还有熊、狼、鬣狗和胡狼等。刹那间,整个赛场充满了各种野兽,有带条纹的、金黄的、黄褐的、深灰的、棕色的和带花斑的,仿佛五颜六色的波涛,动荡起伏不定。在一片混乱中,只看见动物一起一伏和不断转动着的脊背,别的就什么也分不清了。这是一场血的狂食,一场凶险可怕的噩梦,一个在神经错乱时出现的可怕的幻影,观众看到这个场面都失去了现实的感觉。一切都超过了限度。除了咆哮、怒吼和呻吟之外,观众席上到处都可听见妇女的恐怖和神经质的笑声,她们的精神和气力再也支持不住了。观众害怕极了,他们的脸色变得阴沉起来,许多人大声地喊叫着:"够了!够了!"

把野兽放出来容易,可是要赶回去就不那么容易了。皇帝又想出了一个好办法,不仅可以把野兽清除,而且还能给观众带来欢乐。于是所有的过道上又来了一大群努米提亚的黑人,他们头饰羽毛,戴着耳环,手持弓箭。观众已经猜到了他们要干什么,因此对他们表示满意地鼓掌欢迎。他们马上走到栅栏围墙前,把箭架在弓弦上,准备向那群野兽进行射击。一个个黝黑灵巧的身躯向后仰去,然后拉开弓弩,把箭一支又一支地发了出去。拉弓时的嗡嗡弦声、箭矢飞出时的嗖嗖声响、野兽的吼叫声和观众的赞美声混在一起,又是一场新的表演。被射死的狼、熊、豹以及开初还没有死去的那些牺牲者全都倒在地上。一些狮子的腹部被箭射中,突然回过头来,愤怒地张开大口,要咬掉或者咬断身上的利箭。那些小一点的野兽都惊恐万状地在场地上乱跑,有的用头去碰撞那扇铁格子大门。努米提亚黑人仍在不停地放箭,直到把所有活着的动物都射倒在地,作死前的挣扎,这才停了下来。

随后又有几百个奴隶拿着铁锹、铲子、扫帚、装内脏用的箩筐和装沙子的口袋,推着小车来到了比赛场上。他们是一批批地走进来的,于是整个场地又忙乱起来,不一会儿,尸体、血迹和粪便都被清扫干净,奴隶们又将场地上的泥土翻松填平,铺上厚厚一层干净的沙子。然后又进来了一群装扮成爱神的少年,在干净的地面上撒上了许多玫瑰花和百合花瓣以及其他各种各样的鲜花。香炉里重新烧起了香料。太阳已经西落,圆戏场里的天幕也拉开了。

观众们都十分惊奇地你望着我,我望着你,互相打听今天还有什么新的节目。

果然出现了他们没有料到的场面:皇帝早就离开了他的宝座,现在突然出现在撒满鲜花的场地上。他头戴金冠,身穿紫袍,手里拿着一把银竖琴,领着十二名手里同样拿着三角竖琴的歌手,以庄严的步伐往场地中央走去。他向观众一连鞠了好几个躬,然后抬头望天,站着不动,仿佛在等待灵感的到来。

接着他便弹着竖琴唱了起来:

啊!列托①的儿子,
光芒普照的天星,

---

① 列托,日神阿波罗的母亲。

泰内多斯①、基利亚②、赫雷查③的君王,

你是伊利约翁圣都的保卫者,

岂能屈服于希腊人的愤怒?

岂能让特洛亚人的鲜血玷污

你那永远享受人间香火的神圣的祭坛?

啊,银箭手啊,你威震四方,

老人向你伸出了颤颤巍巍的双手,

母亲眼泪汪汪,发自肺腑地向你恳求,

求你怜悯他们的儿孙。

顽石都为他们的深情感动,

可是你啊,斯明泰伊,

你对人们的痛苦,

却比顽石还无动于衷。

　　他的演唱越来越变成了一种充满悲哀和痛苦的诉怨。圆戏场里静悄悄的,连他自己也被这歌声所感动了。过了一会儿,他继续唱道:

用你那神圣的七弦琴声

驱散你心灵中的哀怨和痛苦吧!

直到今天,人们的眼里

还噙着泪水,就像鲜花上的露珠。

可是这悲哀的歌声

又能使什么在尘埃和灰烬中复生,

<hr />

① 泰内多斯,爱琴海中的一个小岛。

② 基利亚,黑海边多瑙河三角洲上的一个港口城市。

③ 赫雷查,小亚细亚的一座小城。

598

度过这大火焚烧、灾祸临头和毁灭的日子呢？

斯明泰伊啊！到那个时候你又在哪里呢？

唱到这里，尼禄的嗓音开始颤抖起来，他的眼睛也湿了。那些维斯塔的女祭司和他一样，眼睑上也露出了泪水。观众们一声不响地听着，等到他一唱完就发出了暴风雨般经久不息的掌声。

这时候，在敞开的大门外，传来了一些大车走过来的吱扭吱扭的响声。车上载满了基督徒男女老幼血淋淋的尸体，正要运到那个叫作"坟坑"的可怕的大土坑里去。

使徒彼得这时用双手抱住他那颤颤巍巍的脑袋，在内心深处叫喊道：

"主啊！主啊！你为什么让这样的人统治世界呢？你为什么要在这样的城市里建立你的都城呢？"

第五十七章

这时太阳已经落下去了，天空中映照着晚霞的光辉。表演结束后，观众们纷纷往场外走去，然后通过名叫"沃米托里亚"的出口回到城里去了。但朝臣们却一直留在场里，等到观众走完之后，他们便离开自己的座位，来到了皇帝的宝座前。皇帝爱听大家的赞扬，因此也回到了自己的座位上。他的歌虽然早已唱完，但朝臣们见到他的到来，仍然报以热烈的掌声。然而尼禄并不以此感到满足，他本以为他在演唱的时候就会得到拼命的喝彩和捧场。现在不论他们对他如何吹捧和赞美,不论维斯塔的女祭司们怎么亲吻他的"神圣"的手,也不论鲁布丽亚怎么把她那个长着红头发的脑袋低低地触到他的胸脯上,都不能使他感到满意,而且他也并不掩饰他的这种不满情绪。尤其是裴特罗纽斯的沉默,使他大为惊奇和不安,因为只有这位宠臣的赞美和他那些能够促使他发扬诗歌中的优点的中肯的意见才能给他带来真正的安慰。尼禄再也按捺不住了,他向裴特罗纽斯点了点头,要他到自己的座位这边来,说:

"你谈谈吧……"

裴特罗纽斯冷冰冰地回答说:

"我没有说话,是因为我不知道怎么说才好,陛下取得了从未有过的伟大成就。"

"我自己也觉得是这样的,可是这些观众?……"

"陛下怎么能够要求平民百姓也懂得诗歌呢?"

"原来你也是这么看的,他们并没像他们应当感谢的那样来感谢我。"

"那是因为陛下没有挑一个好的时候……"

"为什么?"

"他们的头脑里被血腥气败了兴,怎么会用心听你的朗诵呢?"

尼禄使劲地握着拳头,回答说:

"哼! 这些基督徒放火烧了罗马,现在又对我采取这种敌视的态度,你看还有什么办法可以用来惩罚他们呢?"

裴特罗纽斯看到尼禄的话说得不对,没有理解他的意思,于是想把皇帝的心思引到别的地方去,便俯身对他低声地说:

"陛下的诗歌优美动人。但有一点请你注意,就是在第三节第四行诗中的韵律好像还不够工整。"

尼禄满脸羞得通红,像是有什么见不得人的事被人公开了似的。他惊慌地往四周围望了一下,小声地回答说:

"你什么都看到了!……我知道!……我还要修改!……这件事不会有别的人知道吧?是真的吧?求诸神保佑,你可不要对别人说,如果……你要珍惜自己的生命……"

裴特罗纽斯一听这话,便紧蹙眉头,显得十分烦恼和不高兴,回答说:

"神圣的陛下,如果我冒犯了天颜,你可以降我死罪,但你不要以死来威胁我,我是不怕死的,诸神最了解我……"

他说这话的时候,死死地盯着皇帝的眼睛。过了一会儿,皇帝才答道:

"你别生气……你也知道,我是很喜欢你的……"

"这个兆头可不好啊!"裴特罗纽斯暗自思忖道。

"我本来想请你们来参加今天的宴会,"尼禄又说道,"但我还是要一个人待在家里,首先把第三节中那一句讨厌的诗修改好。除了你之外,只有塞内加,最多也只有塞昆杜斯·卡雷纳斯能够看出这里面的毛病,可是这两个人我马上就要派他们出去了。"

他说完后,便把塞内加叫到身边,命令他带领阿克拉杜斯和塞昆杜斯·卡雷纳斯一道去意大利和所有别的省里征收税款,不管是城里、乡下,还是著名的神庙,凡是能够征到税款、榨得出油水的地方,都一定要把那里的一切搜刮干净。可是塞内加知道,皇帝要他干的这些事实际上是一种抢劫和掠夺神物的强盗行为,因此他不愿意去,他说:

"陛下,我年老体弱,神经还有毛病,实在干不了啊!如果一定要我去乡下,那就等于要我的命。"

塞内加的伊贝雷亚人的神经并没有什么毛病,比基隆的神经要坚强得多。但是他的健康状况确实很不好,他全身上下瘦得像个影子,他的头发近来也完全白了。

尼禄望了他一眼,心想这个老头的死确实也为期不远了,便说道:

"你既然有病,那就不用去受这种旅途劳累之苦了。我很喜欢你,我想把你留在我的身边。你不愿意去乡下,就待在自己家里不要出去了。"

接着他又面带微笑地说:

"可是如果只派阿克拉杜斯和卡雷纳斯他们两个人去,那就等于派了两头狼去抓羊,我还得派一个人去管着他们。"

"那就派我去吧,陛下!"多米茨尤斯·阿菲尔说。

"不,我不想让墨丘利生罗马的气。你们会用你的贪污盗窃给这位神明带来耻辱。我需要一个禁欲主义者,像塞内加或者像我的新朋友、哲学家基隆那样的人,一点也不贪心。"

尼禄向周围望了一眼,问道:

"基隆怎么样了?"

基隆呼吸了新鲜的空气,早就清醒过来了。在皇帝朗读诗歌的时候,他就回到了圆戏场里。他一听到皇帝问他,便移到前面,说:

"卑职在这里。太阳神和月亮神的光明普照的后代啊!我本来有些不舒服,一听到陛下的歌声就恢复过来了。"

"我打算派你到阿哈亚去。"尼禄说,"你要了解清楚,那里每一个神庙都有多少财宝。"

"那你就降旨吧,宙斯主神啊!诸神给你的贡献一定会比他们给别人的要多得多。"

"我很愿意派你去,但我又不想让你失去欣赏这里的竞技表演的机会。"

"巴尔神啊!"基隆说。

朝臣们看见皇帝的情绪好了,都感到很高兴,于是一边笑着,一边大声地叫道:

"啊!陛下,可别让这位了不起的希腊人错过了看竞技大会的好机会!"

"陛下,你还是不要让我再去见到那些在卡比托尔神庙里嘎嘎叫着的笨鹅吧!他们的脑子摆在一起,还没有一个橡实大。啊!阿波罗的亲生儿子啊!我正要为你写一首赞歌,所以我得到缪斯神庙里去住些日子,求缪斯赐予我灵感。"

"啊,不,你想不看以后的竞技表演,那是绝对不行的。"尼禄大声说道。

"我向你发誓,陛下,我真的要写一首赞歌。"

"那你就晚上写好了。你还可以乞求黛安娜赐予你灵感,她是阿波罗的妹妹呀!"

基隆耷拉着脑袋,好没趣地望了周围的人一眼,在场的人又哄笑起来。皇帝这时候转向了塞内茨约和苏伊利乌斯·内鲁林,说:

"你们想不到吧,原定在今天上场的基督徒只上了一半。"

年老的阿克维鲁斯·列古鲁斯是一位熟谙圆戏场事物的专家,他听到皇帝的话后,想了一下,说:

"这些不带武器而又没有特殊本领①的人上场表演,时间拖得越长就越是令人厌烦。"

"我要下命令发给他们武器。"尼禄答道。

那位特别迷信的维斯迪努斯从沉思中惊醒过来,颇为神秘地问道:

"你们有没有注意到,他们在死前好像看见了什么东西?他们望着上面,死的时候好像并不痛苦。我深信,他们一定是看见了什么东西……"

他说完后也抬起头来,望着圆戏场的上空。夜空中布满了繁星。可是别的人对他的话却一笑了之,他们认为所谓基督徒在死之前能够看到什么的说法不过是他开的一个十分滑稽的玩笑。皇帝这时打了一个手势,命令奴隶们高举火把给他引路,便离开了圆戏场。接着,维斯塔的女祭司、元老院的元老、朝臣和其他的高官显贵跟在他的后面也离开了。

晴和的夜空显得温暖。戏场门口还有不少活动的人群。他们饶有兴味地观看皇帝离去时的情景,但他们都不说话,脸上露出了忧郁的神情。一些地方可以听到欢呼鼓掌的声音,但很快又静下来了。装满了基督徒鲜血淋漓的尸骨的运尸车,从停尸场里依然不断地驶出来。

裴特罗纽斯和维尼茨尤斯沉默不语地往家里走去,快到家门口时裴特罗纽斯才开口问道:

"我给你说的那个办法你考虑过没有?"

"考虑过了!"维尼茨尤斯回答说。

"你信不信,这件事现在也成了我的一件最最重要的事

① 原文是拉丁文。

604

情？不管皇帝和蒂盖里努斯采取什么手段，我都要把莉吉亚救出来。这是一场残酷无情的斗争，我一定会取得胜利。这也是一场赌博，我就是豁出命来，也非得赌赢不可！看了今天的场面，我的决心更大了。"

"基督会报答你的。"

"你等着瞧吧！"

舅甥俩话还没有说完，他们的轿子就来到了府第的门口。刚一下轿，就有一个黑色的人影走到他们跟前，问道：

"哪一位是高贵的维尼茨尤斯？"

"我就是，你有什么事？"军团长问道。

"我是密里阿姆的儿子纳扎留斯。我刚从监狱里来，有莉吉亚的消息要告诉你。"

维尼茨尤斯用一只手扶着这个少年的肩膀，借助火把的亮光望着他的眼睛，一句话都说不出来。可是纳扎留斯早就想到了他要提出什么问题，便回答说：

"她还活着。乌尔苏斯派我来告诉你，大人，莉吉亚发高烧时还在做祷告，她不断地呼唤着你的名字。"

维尼茨尤斯回答说：

"基督一定会把她还给我，光荣属于慈悲的基督。"

随后他把纳扎留斯领进了书房。过了不久，裴特罗纽斯也走了进来，想听听他们的谈话。

"是热病救了她，使她没有遭受凌辱，因为刽子手们害怕瘟疫。乌尔苏斯和格劳库斯日日夜夜都守候在她的身边。"这个少年说。

"还是原来那些看守吗？"

"是的，大人，她就住在他们的房间里。那些关在地牢里的囚徒都死光了，不是害热病死了，就是因为缺少新鲜空气窒息而死的。"

"你是什么人？"裴特罗纽斯问道。

"尊敬的维尼茨尤斯大人知道我。我是个寡妇的儿子，莉吉亚在我家里住过。"

"你是基督徒吗？"

少年疑惑地望了维尼茨尤斯一眼，看见他也在做祷告，便抬起头来说：

"是的！"

"你为什么能够随随便便地出入监狱呢？"

"因为我被他们雇去了搬运尸体。我之所以这么干是为了帮助我的弟兄们，也是为了向他们报告城里的消息。"

裴特罗纽斯仔细地端详着这个少年的一双水灵灵的蓝眼睛、一头浓密的黑发和一副漂亮的面孔，问道：

"小伙子，你是从哪个国家来的？"

"我是加利利人，大人！"

"你想救莉吉亚出狱吗？"

少年两眼望着天空，回答说：

"就是以后把我处死，我也要把她救出来。"

维尼茨尤斯听到后便终止了祈祷，对他说：

"你去通知看守，要他们把莉吉亚当作死人装进棺材里。然后你再挑几个帮手，到了晚上就和他们一起把棺材抬出来。坟坑附近会有抬轿的人在那里等候，你把棺材交给他们就是了。你替我和看守说好，事成之后，他们的大衣里能装多少金子，我就给他们多少金子。"

他说这些话的时候，一扫平日脸上那种忧郁的神色，又表现出了他作为一个军人的威严,能够救出莉吉亚的希望使他恢复了他以前的魄力。

纳扎留斯高兴得脸都红了,他举起双手,大声地喊道:

"她马上就要获得自由了,愿基督恢复她的健康。"

"你以为看守会同意这么做吗?"裴特罗纽斯问道。

"只要向他们说清楚,他们不会为这件事受到惩罚,他们是不会反对的。"

"是的!"维尼茨尤斯说,"看守甚至可以让她逃走,现在把她当成死人弄出去就更没有问题了。"

"里面有一个检查员,"纳扎留斯说,"他对每具抬出去的尸体都要用烧红的烙铁检验一下,看真的死了没有。可是这个检查员贪财,只要塞给他几个小钱,他就不会去这么做了。要是给他一个金币,他最多也只是去看一下棺材,而绝不会检验肉体。"

"你告诉他,他会得到满满一帽子金币。"裴特罗纽斯说,"可是你找不找得到可靠的帮手呢?"

"有的人为了钱,连老婆孩子都可以出卖。这样的人我找得到。"

"你到哪里去找呢?"

"不论在监狱里还是城里都找得到。只要给看守一点钱,我可以把什么人都带出去或者带进来。"

"要是这样,我就装扮成雇工,你把我带进去吧!"维尼茨尤斯说。

但是裴特罗纽斯坚决反对他这么做,他认为维尼茨尤斯即使改装,禁卫军也认得出来。一旦禁卫军认出了他,他的努力又要落空了。"不管是监狱还是坟坑那边你都去不得。"裴特罗纽斯说,"一定要让皇帝、蒂盖里努斯和所有的人都深信,莉吉亚真的死了。否则的话,她即使出来了,也会遭到他们的追捕。为了避免他们的怀疑,我们只有一个办法,就是请别的人把莉吉亚送到阿尔班山或者送到更远的西西里岛上去,而我们自己则依然留在罗马。等到再过一两个礼拜,你就装病,请尼禄的御医来给你看病,让他叫你去山里疗养。到那个时候,你就可以和她在一起了,以后……"

他打住话头,想了一想,然后把手甩了几下,又说:

"以后也许会时来运转的。"

"愿基督怜悯她。她现在病得很重,还可能死去,你还说西西里岛。"维尼茨尤斯说。

"我们先把她安置在近一点的地方。只要从监狱里出来了,呼吸到新鲜空气,她很快就能恢复健康。你在山里有没有信得过的佃户?"

"有,有!在科里奥拉附近的山里有一个老人。我小的时候他抱过我,他一直很喜欢我,这个人很可靠。"

裴特罗纽斯递给维尼茨尤斯一块书写板。

"你写几句话给他,要他明天到这里来,我马上派人把书写板送去。"

他说完就叫来了客厅的管事,给他下了一道相应的命令。只过了几分钟,一个奴隶便纵身上马,连夜赶到科里奥拉去了。

"要是乌尔苏斯能陪她一起去,那我就更放心了。"

"大人,乌尔苏斯有超人的力气,他会把铁格子扭断和她一起逃走的。在监狱那面陡峭而又很高的石墙上有一个窗口,下面没有看守。我只要给他一根绳子,他就有办法了。"

纳扎留斯说。

"向赫拉克勒斯起誓!"裴特罗纽斯说,"他爱什么时候扭断铁格子逃走都可以,但绝不能和她一起走,两三天内他也不能去找她。因为他如果逃走了,就会有人追捕他,这样也就会发现她的住处了。向赫拉克勒斯起誓,你们难道要让她和你们一起全都完蛋吗?我不许你们把科里奥拉的事情告诉乌尔苏斯,否则我就不再管你们的事了。"

他们两人都认为裴特罗纽斯的话说得不错,便以沉默表示了赞同。随后纳扎留斯和他们告别,约定明天早晨再来。

他本来要在当天晚上就和看守们把事情谈妥,可是他又想起了他的母亲在这种动荡不安和恐怖的时候,一定为儿子担忧,先得去看望她一下。至于帮手,经过一番慎重的考虑,他决定不到城里去找了,只要在他搬运尸首的同伴中找一个,用钱把他买通就行了。

在临别的时候他又停了一下,把维尼茨尤斯拉到一边,小声地对他说:

"老爷,我不会向任何人透露我们的计划,连我母亲都不让知道。不过使徒彼得说要从圆戏场直接到我家里来,我想把所有的情况都告诉他。"

"你在这里大声说话也不用害怕。"维尼茨尤斯说,"使徒彼得就是和裴特罗纽斯手下的人一起来到圆戏场的,我还要和你一道去呢!"

他马上叫人拿来了一件奴隶穿的外套,两人便一起出去了。

裴特罗纽斯深深地叹了口气。

"我过去总希望她害热病死去,"他想,"那样还会使得维尼茨尤斯少一些担惊受怕。可是现在,我倒愿意给埃斯库拉庇俄斯①献上一只金三角鼎,求他保佑她早日康复……啊,你这个红胡子,你想把一个情人的痛苦当成你欣赏的表演!还有你,波贝亚,你过去妒忌姑娘的美貌,现在你儿子鲁菲乌斯死了,你又恨不得把她活活地吞下去……还有你,蒂盖里努斯,你因为恨我就想把她害死……那我们就走着瞧吧!我要告诉你们,你们在比赛场上是见不到她的。她如果没有自然地死去,我一定要把她从你们的狗嘴里抢出来。我的办法你们永远也猜不着,以后我每次见到你们都会想到,你们都是一些被裴特罗纽斯愚弄过的笨蛋……"

他高高兴兴地来到了餐室里,和尤妮丝一道共进晚餐。一个专司朗诵的奴隶一直在给他们朗诵泰俄克里托斯②的牧歌。院子外面,一朵朵乌云被风从索拉克特山那边吹了过来,同时也带来了一阵暴风雨,打破了这晴朗夏夜的寂静。雷电不时在七座山丘上发出霹雳的轰响,但他们两人却怡然自得地躺在餐桌边,互相依偎着倾听这位田园诗人用多雷斯方言歌颂牧人爱情的情歌。后来他们心宁意爽,逐渐进入了甜蜜的美梦。

可这时维尼茨尤斯回来了。裴特罗纽斯一听他回来,便走出来问道:

"怎么样?你们商量出了什么新的办法没有?纳扎留斯是不是已经到监狱里去了?"

这个年轻人散开了被大雨淋湿的头发,回答说:

① 埃斯库拉庇俄斯,罗马神话中的医神。
② 泰俄克里托斯(公元前三世纪),希腊著名抒情诗人,牧歌的创始者。

"是的,纳扎留斯到牢里买通看守去了。我也见到了彼得,他要我多做祷告,相信上帝。"

"很好。如果一切都进展得顺利,明天晚上就可以把莉吉亚抬出来了……"

"我的那个老佃户带着他的那些人要在天亮前能够赶到才好。"

"科里奥拉离这里并不太远,你就安心地休息去吧!"

可是维尼茨尤斯一走进自己的卧室就跪在地上做起祷告来。

第二天太阳刚升起,老佃户尼盖尔就赶来了。他遵照维尼茨尤斯的嘱托,还带来了骡马、轿子和四个奴隶,这是他从不列颠奴隶中挑选出来的,忠实可靠。为了谨慎起见,他把这两个奴隶和骡马、轿子都暂时寄留在苏布拉区的一家客店里。

维尼茨尤斯虽然一整夜没有睡,但他依然很高兴地出来迎接尼盖尔。老佃户一看见年轻的主人便激动不已,他立即吻着他的手和眼睛,说道:

"亲爱的,你脸色苍白,是不是病了,还是有什么烦恼?我乍一见你,简直都认不出来了。"

维尼茨尤斯把他带进了里面的柱廊大厅,才向他说出了其中的秘密。尼盖尔专心地听着他说话,他那被太阳晒得又黑又干燥的面孔上显露出了非常激动的神情,而且他丝毫也不加以控制。

"那么她是个基督徒?"他大声地叫道。

然后他仔细地察看着维尼茨尤斯的脸色。维尼茨尤斯从这个乡下佬的眼神中马上猜出了他的疑问,便回答说:

"我也是基督徒!……"

尼盖尔的眼里立刻闪出了泪花,好一会儿,他连话都说不出来了。后来他把双手高高地举起,说道:

"啊,基督!我真的要感谢你!你为我在这个世界上最亲爱的人清除了眼里的障翳。"

说完他就抱住维尼茨尤斯的脑袋,在他的额头上不断地亲吻,流下了幸福的眼泪。

不一会儿,裴特罗纽斯就把纳扎留斯带进来了。他老远就叫了一声:

"好消息!"

真是一个大好的消息。首先,莉吉亚虽然染上了这种监狱里的热病,它在杜里安努姆和其他所有的监狱里流行,每天都要造成几百人的死亡,但是格劳库斯医生保证她没有生命危险。再者,不论是看守还是尸体检验员,都被纳扎留斯很容易就买通了。他选中的那个帮手阿提斯也没有问题。他还说:

"为了使病人呼吸无阻,我们在棺材上还挖了个小洞。现在最怕的是,当我们走过禁卫军时,她突然呻吟或者叫起来。她现在很虚弱,整天闭着眼睛躺着不动。格劳库斯想把我从城里带来的药调成安眠剂,让她喝下去。棺材盖没有钉死,很容易打开。你们事先要准备好一些长沙袋,当你们把病人抬到轿子里去时,我们就把这些长沙袋放在棺材里抬走。"

维尼茨尤斯一听到这些话,脸色就变得像夏布一样苍白。但他依然听得那么专神,仿佛纳扎留斯还没有开口,他就能够猜出他要说些什么似的。

"有没有别的尸体要抬出去呢?"裴特罗纽斯问道。

"昨天夜里大概死了二十个人,今天天黑以前还要死十几个。"那个少年回答说，"我们一定要和整个队伍一起出来，但要想办法走在队伍的后面。在拐第一个弯的时候，我的伙计会故意摔倒，把脚摔坏，这样我们就会远远落到别人后面去了。你们就在利比蒂娜小神庙那里等我们，愿上帝赐给我们一个最黑的夜晚。"

"上帝一定会给我们一个见不着人影的夜晚。昨天晚上本来晴和，但后来突然降了一场暴雨。今天又是个大晴天，可一早起就非常闷热。最近几天，几乎每天晚上都要刮风下雨。"尼盖尔说。

"你们走路打灯笼吗？"维尼茨尤斯问道。

"只有走在前面的才打灯笼。你们不论遇到什么情况，都要等到天黑以后才去利比蒂娜神庙，因为我们通常要到半夜才把尸体抬出来。"

他们都不说话了，只听见维尼茨尤斯急促的呼吸声。

裴特罗纽斯又转身对他说道：

"我昨天还说，我们两个人最好留在家里。现在我觉得，我一个人留在家里是不合适的……当然，如果要逃走，那就要特别小心谨慎，但现在是把她当作死人抬出来，就不会有人怀疑了。"

"是的！是的！我也要到那里去，我一定要亲自把她从棺材里抱出来。"维尼茨尤斯回答说。

"只要她到了我在科里奥拉的家里，我当然会小心地把她照顾好。"尼盖尔说。

谈话结束后，尼盖尔回到客店找他的仆人去了。纳扎留斯把一包金子藏在衬衣里面，又到牢里去了。对维尼茨尤斯来说，这是他最心焦和最感到不安的一天，也是他一直在担忧和等待着的一天。

"事情在各个方面都已经布置好了,再也没有比这想得更周全的了,我们一定会取得成功。"裴特罗纽斯对他说,"你一定要到圆戏场里去,穿上深色的袍服,装着很痛苦的样子,让大家都看见你……一切都安排好了,绝不会失败。但是还有一点,你的那个老佃户真的那么绝对可靠吗?"

"他也是基督徒。"维尼茨尤斯答道。

裴特罗纽斯惊讶地望了他一眼,然后耸了耸肩膀,仿佛对自己说:

"凭波卢克斯起誓! 这个宗教传布得好快啊! 它怎么会这么深得人心呢? ……这简直是一种威胁,由于这种威胁,人们甚至马上就会抛弃罗马、希腊和埃及所有的神明,真是不可思议……凭波卢克斯起誓! ……如果诸神能够让我相信世上还有一些事情他们可以决定的话,那么我马上就给他们每一位都献上六头白牛,向卡比托尔的朱庇特神献上十二头白牛。你对你的基督也不要舍不得奉献。"

"我把我的整个灵魂都献给了'他'!"维尼茨尤斯答道。

随后他们便分手了,裴特罗纽斯回到了自己的卧室,维尼茨尤斯到外面去了。他首先要在远处观看一下那座监狱,然后再到梵蒂冈山坡上那个石匠家里去,因为他是在那里接受使徒彼得洗礼的。他觉得,他在那栋小屋里祈祷一定比在别的地方祈祷能够更快地让基督听见。找到那栋小屋后,他一进门就跪倒在地,以他那个痛苦灵魂的全部力量祈求基督的怜悯。他的祈祷是那么专心,就连自己在什么地方,在做什么都忘记了。

直到中午过后,从尼禄竞技场那边传来的号角声才把他惊醒过来。他从小屋里走出来时,一双眼睛迷迷糊糊好像刚从睡梦中惊醒过来似的。他睁开眼睛环视着周围,外面天气很热,四周一片寂静,这种寂静又不时被铜喇叭的吹奏声和时时都能听到的蚱蜢的吱吱叫声所打破。罗马上空虽然还是一片蔚蓝的天空,可是在萨平宁山一带,却有一大片乌云把地平线遮盖了。

维尼茨尤斯又回到了家里,看见裴特罗纽斯正在客厅里等他。

"我刚才到帕拉丁宫去了,还在那里玩了一会儿骨牌。"他说,"我有意要在那里露露面。阿尼茨尤斯家里今天晚上举行宴会,我已经向他们表示,我们都去参加,但是要到半夜以后才去,因为在这之前我要好好地睡一觉。我是一定要去的,你最好也去一下。"

"尼盖尔和纳扎留斯那里有没有消息?"维尼茨尤斯问道。

"没有,我们要到半夜以后才能见到他们。你注意到没有,好像又要下暴雨了?"

"是的。"

"明天要举行把基督徒钉上十字架的表演,大雨会把它阻住的。"

裴特罗纽斯说完便走到维尼茨尤斯身边,把手放在他的肩膀上又说:

"不过你不会在十字架上见到她,而会在科里奥拉见到她。向卡斯托尔起誓,就是把罗马所有的珠宝都搬过来,也不能让我们失去这个把她救出来的机会。黄昏快到了……"

黄昏确实临近了,由于整个大地笼罩着一片乌云,夜幕也比平日降落得早些。随着黑夜的到来,又下起了瓢泼大雨。白天被阳光晒热了的石板淋了雨后,便升起了一股蒸气,这股蒸气在城市的街道上又形成了一大片雾霭。后来一会儿风停雨住,一会儿又是狂风暴雨。"我们快走吧! 一场暴风雨也许会叫他们提早把尸体从监狱里运出来。"维尼茨尤斯最后说。

"真的该走了!"裴特罗纽斯答道。

他们都穿上了带雨帽的高卢斗篷,走花园的后门来到了大街上。裴特罗纽斯随身带着一把叫"西卡"的罗马短刀,这是他在夜里外出时的防身武器,总要带在身上。

因为雨下得很大,街上几乎没有行人。雷电不时划破夜空,把一些新建成的和正在建造的房屋的墙壁,以及铺设在大街上的湿淋淋的石板都照得十分明亮。他们走过一段很长的路后,在闪光中终于看见了一座山丘。山丘下面有一群骡马,利比蒂娜小神庙就在那座山丘上。

"尼盖尔!"维尼茨尤斯小声地呼唤道。

"我在这里,老爷!"雨中有一个声音回答。

"都准备好了吗?"

"是的,亲爱的老爷。天一黑我们就到这里来了。快到这边屋檐下来避避雨吧,要不你们会湿透的,好大的暴风雨啊! 我觉得,还会下冰雹的!"

尼盖尔的担心很快就得到了证实,因为没多久,果真下起了冰雹。开始下的是小冰雹,后来越下越大,越下越多,气温马上降下来了。

他们站在屋檐下,躲避了风雨的袭击,便低声说起话来。尼盖尔说:

"如果有人看见了我们,也会把我们当成是在这里避雨的,不会有什么怀疑。我担心的只是搬运尸体会不会推迟到明天。"

"冰雹下不了多久,就是等到天亮,我们也得在这里等下去。"裴特罗纽斯说。

他们边等边听着是否有脚步声传来。冰雹确实停下来了,但紧接着又下起了倾盆大雨,一阵阵大风把臭坟坑那边草草率率埋得很浅的腐烂尸体的臭气吹了过来,叫人实在难以忍受。

尼盖尔突然说道:

"雾气那边,我看见了点点亮光,一、二、三……那是三个火把!"

然后他转身对他手下的人说:

"当心,可别让骡子叫起来!……"

"他们来了!"裴特罗纽斯说。

火光越来越清楚了,过了一会儿,已经能够看清火把上随风飘动的火苗了。

尼盖尔画了个十字,开始祈祷起来。

这支阴森的队伍走得越来越近了,最后在利比蒂娜神庙的门前停了下来。裴特罗纽斯、维尼茨尤斯和尼盖尔都不知道这些人要在这里干什么,只是一声不响地紧靠在墙上。原来他们要在自己的脸和嘴上围上一些布巾,用来挡住那从坟坑里来的令人恶心、不堪忍受的臭气。然后他们抬起棺材,继续往前走去。

只有一具棺材依然停在神庙前面没有抬走。

维尼茨尤斯马上向它跑了过去,裴特罗纽斯、尼盖尔和两个抬轿子的不列颠奴隶也跟了上来。

可是他们还没有走到棺材前，就听到了黑暗中纳扎留斯充满了悲哀和痛苦的声音。

"大人，莉吉亚和乌尔苏斯都被送到埃斯奎林监狱里去了……我们抬的是别的尸体……他们在午夜前就把她押送走了！……"

裴特罗纽斯的脸色像暴风雨一样阴沉，他回到家里后，也不愿再去安慰维尼茨尤斯了。他知道，要从埃斯奎林那座地牢里把莉吉亚救出来，是根本不可能的。他猜想，他们要把她从杜里阿努姆监狱转到那里去，大概是为了不让她害热病死去，以后要在圆戏场里表演特别的节目，为此他们对她的监视和防范也比别人更加严密。裴特罗纽斯为维尼茨尤斯和莉吉亚的不幸感到十分悲哀，但他更痛苦的是他意识到了他生平第一次遭到了失败，他在斗争中终于被别人打败了。

"看来命运女神已经离我而去了。"他自言自语道，"可是诸神如果认为我会赞同他的那种生活，那就大错而特错了。"

想到这里，他突然望了维尼茨尤斯一眼，维尼茨尤斯也在睁大眼睛望着他。

"你怎么啦？你大概发烧了吧？"裴特罗纽斯问道。

维尼茨尤斯真的像个生病的孩子那样，用一种十分古怪的声音，时断时续而又缓慢地回答说：

"我相信，上帝会把她送还给我。"

在城市的上空，暴风雨的最后一阵雷声到这时候终于停息了。

第五十八章

一连下了三天大雨,这在罗马的夏季已经够反常了,可是不论白天还是傍晚,甚至夜里,又违反常规地下起冰雹来,所以才中断了表演。老百姓都害怕了,他们预料葡萄会歉收,特别是有天下午,突然一阵雷鸣电闪又烧毁了卡比托尔的色列斯铜像。虽然当局下令百姓给朱庇特的神庙献上了供品,但色列斯的祭司们却乘机散布流言,说诸神降怒于罗马,是因为它怠慢了对基督徒的惩罚。群众因此提出了强烈要求,不管天气怎么坏,都要赶紧把竞技大会举行下去。布告终于贴出来了,宣布三天之后重新开始竞技表演,罗马于是又沉浸在一片欢腾之中。

后来天气恢复了晴和。成千上万的群众从早到晚把整个圆戏场都挤得满满的。皇帝也率领维斯塔的女祭司和宫廷侍从们一大早就到这里来了。今天的竞技表演首先让基督徒相互之间进行角斗,所以给他们全都穿上了角斗士的军服,发给他们职业角斗士所使用的一切进攻和防守的武器。但出人意料的是,这些教徒却把那些网绳、叉子、矛枪和利剑都纷纷扔在沙地上,他们互相拥抱,互相鼓励,一定要经受住苦刑和死的考验。这使观众大为不满,有些人指责教徒们胆小怕死,有些人认定,他们是因为仇恨人民才有意不去角斗,不让观众享受观看勇敢拼杀的乐趣。最后,皇帝下令真正的角斗士出场,刹那间,就把这些跪在地上毫无反抗的基督徒全都杀死了。

　　尸体被清扫出去后，就不再举行角斗了。随后便展现出了由皇帝亲自设计的一幅幅神话般的图景。人们首先看到的是，在奥特山上燃起了大火，把一个装扮成赫拉克勒斯的基督徒活活地烧死。维尼茨尤斯因为想起那人有可能是乌尔苏斯，不禁浑身战栗起来，不过看来还没有轮到莉吉亚的那个忠实仆人出场的时候，火堆上被烧死的那个基督徒维尼茨尤斯也不认识。基隆因为接到了皇帝的命令，不得不出席观看表演，在第二场表演中，他终于看见了他认识的熟人。这里表演的是代达洛斯和伊卡罗斯①的死亡，装扮代达洛斯的那个老人就是当初把鱼的意思告诉基隆的埃乌里茨尤斯，扮伊卡罗斯的是他的儿子克瓦尔杜斯。他们两个被一种特制的机械高高地吊在空中，然后又突然把他们摔了下来，克瓦尔杜斯被摔在距离御座不远的地面上，他的鲜血不仅喷溅到了御座的装饰物上，也溅污了靠背上的紫色套子。基隆因为闭上了眼睛，没有看见一个活人被摔死的惨状，但他听见了人体掉在地上的啪啦响声。过了一会儿，他睁眼一看，发现鲜血就在他的身边，差点又昏过去了。可是这种场面马上就改变了。一些少女在临死前被扮成野兽的角斗士奸污的无耻表演又引起了观众的乐趣。大家看到在她们之中，有基贝拉和色列斯的女祭司，有达纳伊达们，有狄耳刻②和帕西淮③，还有一些未成年

---

①　代达洛斯，传说他是希腊的一位建筑师。伊卡罗斯是他的儿子。代达洛斯用蜂蜡把羽毛黏结起来，做成翅膀，和儿子一道飞离克里特岛。在途中，伊卡洛斯飞得太高，阳光融化了蜂蜡，他便坠海而死。

②　狄耳刻，希腊神话中忒拜国王吕科斯的妻子，被野牛分尸。

③　帕西淮，在希腊神话中一说是克里特国王弥诺斯的妻子，人身牛首怪物的母亲，又说是拉科尼亚的预言女神。

的少女被野马分尸。观众为皇帝在表演设计上层出不穷的花样翻新而热烈鼓掌，尼禄也心满意足地陶醉在这些掌声中。他的绿宝石眼镜一刻也不离开他的眼睛，要仔细观看雪白的肉体被铁器撕碎和牺牲者死前痛苦抽搐的惨状。随后又开始展现这个城市的历史场景。少女被分尸后，观众看见了那个扮成莫茨尤斯·斯采沃拉①的基督徒，他的一只手被绑在烧起了大火的三脚鼎上，使整个圆戏场都散发着烧烤人肉的臭气。但他却和真正的斯采沃拉一样，站在那里一动也不动，没有发出丝毫的呻吟，只是昂首望天，用他那发青的嘴唇默默地念着祷文。场里的监工马上结果了他的性命，将尸体拖到停尸场去了。随后便是午间休息的时刻，皇帝领着维斯塔的女祭司们和一大帮朝臣从圆戏场里出来，走进了一座专为摆设午宴而架起来的紫红色的大帐篷里。这里已经准备好的奢华无比的酒宴是用来供他自己享受和招待宾客们的。大部分观众也跟在皇帝背后，走到圆戏场外，在帐篷周围成群地聚集在一起，要舒展一下因为久坐而疲劳的身躯，在这里享用皇帝的恩赐——由奴隶们送来的大量美食佳肴。还有一些人离开座位后，出于好奇来到了圆戏场的比赛场地上，用手指触摸着浸泡在血水里的沙土，像行家和爱好者那样，兴致勃勃地谈论着那些已经表演和将要表演的惨剧。可是不久，他们因为怕耽误赴宴，也急急忙忙离开了场地。圆戏场里最后只剩下几个人了，他们不是因为好奇，而是出于对那些未来的牺牲者的同情，才不愿离开这里的。

---

① 莫茨尤斯·斯采沃拉，古罗马神话中的英雄。罗马和伊特鲁里亚国交战被围，斯采沃拉偷入伊特鲁里亚军营帐，企图杀死敌军国王，不幸被捕，因为他不怕严刑拷打，被绑在火鼎上烧掉了一只胳膊。

他们后来都到走道里或者下面的座位上去了。这时赛场上开始平整土地,还在上面刨出了许多坑洞,这些坑洞一个挨着一个,一排挨着一排,绕着圆形场地从这头排到了另一头,最后排到了离御座只有几十步远的地方。圆戏场外热闹非凡,叫喊声、喝彩声响成一片,而场内却在加紧进行新的屠杀的准备。过了不久,所有地道的门都打开了,一群群基督徒从门里被赶了出来,把整个赛场都挤得满满的。他们全都赤身裸体,肩上背负着十字架。年老的人被沉重的木十字架压得躬下了身子,步履艰难地走在前面,他们的两边是年富力强的男人。女人们披散着头发,以尽量遮盖她们裸露的身体,后面还有未成年的少年和儿童。大部分十字架和殉难者的头上都戴着花环。监工们用皮鞭不断抽打着这些不幸者,强迫他们把十字架放在已经刨好的坑洞旁边,然后在那里排成行,一动不动地站着。这些都是在头一天没有被狼狗和猛兽吃掉的基督徒,他们现在就要遭此酷刑了。黑人奴隶把他们一个个抓住,仰面朝天地推到十字架上,然后急急忙忙把他们的双手钉在十字架的横梁上,以便观众休息回来之后,就能看见已经竖立起来的一排排的十字架。圆戏场里于是响遍了锤子的敲打声,它的回声传到了最高一排的座位上,传到了圆戏场外面的广场上,甚至钻进了皇帝和女祭司以及他的随从饮宴的帐篷里。他们正在取笑那个基隆,还不时冲着维斯塔女祭司们的耳边悄声地说一些卖弄风情的下流话。场里的准备工作依然在紧张地进行,基督徒的手和脚被钉上了铁钉。铁锹挥舞,把泥土铲进竖着十字架的坑洞里,然后把它们压紧填平。

　　在这一批牺牲者中,就该轮到克雷斯普斯了。狮子没有来得及把他撕碎,现在要把他钉在十字架上,但他对于死是早有准备的,因此他一想到这个时刻已经来到就非常高兴。他今天完全是另外一个样子,他裸露的身躯显得特别消瘦,只在胯骨上系着一根常春藤叶编成的带子,头上戴着一个玫瑰花环。但是他那双眼睛却显示着无穷的威力,充满了狂热的自信。从花环下露出的面孔也还是那么严峻,他那颗忠于上帝的心一点也没有改变。上次在地牢里,他曾经以上帝的愤怒来恐吓那些穿着兽皮的教友,现在他不仅不安慰他们,而且十分严肃地对他们说:

"你们应当感谢救世主,'他'让你们也像'他'那样死去,你们的罪孽就可得到部分的赦免了,但你们却很害怕,因为正义是一定会取得胜利的,对善恶的回报绝不会一样的。"

他的声音随着钉子钉在殉难者的手和脚上的敲打声起伏,这敲打声越响,他的声音就越大。越来越多的十字架在比赛场上竖起来了。于是他又转向那些尚未钉上十字架的教友们,对他们说:

"我看见了天堂敞开的大门,也看见了深渊张开的大口……我诚信上帝,仇恨罪恶,但我不知道我的一生上帝是否满意。我不怕死,只怕复活,我不怕苦刑,只怕审判,因为上帝降怒于天下的日子已经来到了。"

这时前排的座位上,却有一个平和而又庄严的嗓音开始说话了:

"不是降怒的日子,而是慈悲的日子,是拯救和幸福的日子。我要告诉你们,基督会把你们召唤到他的身边,会安慰你们,让你们在他的右手边坐下。你们要坚信不渝,天国会对你们敞开大门的。"

场地上的人听见这些话后,都把眼睛转向了观众席上,就是那些已经钉上了十字架的殉难者,也抬起了他们痛苦的苍白的面孔,朝说话的人那边望去。

那个说话的人于是走到场地前的栅栏边,画着十字向他们祝福。

克雷斯普斯这时向他伸出了一只手,好像要责备他似的,可是当他看清了那个人的面孔后,又把手放了下来,而且马上向他跪下,嘴里轻轻地叫了一声:

"使徒保罗! ……"

那些还没有钉上十字架的教徒也全都跪倒在地,使赛场上的监工们都大为惊奇。塔斯的保罗于是对克雷斯普斯说:

"克雷斯普斯,你不要恐吓他们! 今天他们要和你一起到天国里去。你认为他们会受到惩罚吗?那么谁会惩罚他们呢?难道为了他们把自己的儿子都献出了的上帝会惩罚他们吗?难道为了拯救他们甘愿牺牲自己的基督会惩罚他们吗?现在,当他们为了基督的美名而死去的时候,衷心爱着他们的基督又怎么会惩罚他们呢?谁能控告上帝的选民呢?谁能说他们的血是'该诅咒的'呢?"

"老师啊! 我恨的是罪恶。"这个年老的长老答道。

"基督教导我们要更多地爱人而不是憎恨罪恶,因为'他'的教义是爱,而不是恨。"

"我临终的时刻又犯下了罪过。"克雷斯普斯说。

他开始捶打着自己的胸脯。

这时候,一个管理观众席的官差向使徒走来,问他:

"你是什么人,怎么敢和犯人说话?"

"我是罗马的公民。"保罗毫无惧色地答道。

随后他又转身对克雷斯普斯说:

"要坚信,今天是恩惠的日子,安安静静地去死吧,上帝的仆人!"

就在这个时候,两个黑奴走到克雷斯普斯面前,要把他钉上十字架,他再一次环顾了一下四周,便大声说道:

"我的弟兄们,请为我祈祷吧!"

他的脸上再也不像过去那么严厉可怕了,石头般的面孔添上了平和而又甜美的表情。为了给两个黑奴提供方便,他自动地伸开了双手,背靠在十字架上,仰面朝天,满腔热忱地祈祷起来。当钉子钉在他的手上的时候,他的身子连动都没有动,他的脸上也没有露出痛苦的表情,仿佛他根本没有什么感觉似的。虽然钉子钉在他的脚上,他依然祈祷着,当他们把十字架已经竖立起来,正要填平坑洞里的泥土时,他还是在祈祷。一直到观众笑笑闹闹走了进来,把整个圆戏场都挤得满满的,他才皱起了眉头,好像觉得这些异教的人们扰乱了他在甜蜜的死亡中享受的平静和安宁,他对他们十分恼怒。

当所有的十字架都竖立起来后,比赛场地上便形成了一座挂满了人体的十字架大森林。阳光照射在十字架的横木和殉难者的头上,在场地上留下了许多格子窗状的黑影。黄色的沙土在黑影中闪闪发亮。观众看到这些人在痛苦中慢慢地死去而感到极大的乐趣。他们从来没有见过这么密密匝匝排列着的十字架,密得就连场里的奴仆们都很难从它们中间穿行过去。靠近观众席的一排十字架上挂的大都是女人。克雷斯普斯因为是首领,被悬挂在下面缠着忍冬花的一个大十字架上,就竖立在皇帝宝座的面前。殉难者们到现在还一个都没有死去,只有那些最早被钉上十字架的人都晕了过去了。他们既没有发出呻吟,也没有乞求怜悯,有些受难者把头斜靠在自己的肩膀上或者耷拉在胸前,仿佛睡着了似的。另外一些人又好像在沉思,还有一些人依然仰望着天空,在默默地祈祷。这座可怕的十字架森林,这些被钉上了的人体和他们的沉默,给圆戏场造成了一种凶险的气氛。那些在宴会上吃得酒足饭饱、欢天喜地的观众回到场里后,看到眼前发生的一切,都不说话了,他们不知道去看哪一个殉难者,也不知道该怎么想和应该说些什么,就连那些钉在十字架上女人的裸体,对他们的感官也没有什么刺激了。在以往那些要处决的死刑犯比较少的时候,他们最爱打赌谁死得早,死在前面,现在他们也不再打这种赌了。就连皇帝本人也好像感到乏味了,他把头转了过去,漫不经心地拨弄着他那串链珠,脸上甚至露出了浓重的睡意。

克雷斯普斯就在皇帝的对面,他本来闭上了眼睛,仿佛已经昏迷过去或者就要断气了似的,可是现在,他却突然把眼睛睁开,死死地盯住了皇帝。

他的脸上又显露出了严厉而又不妥协的神情,眼里放射出了火焰似的目光。大臣们看到后,便用手指点着他议论起来。最后他也引起了皇帝的注意,皇帝因此把绿宝石眼镜重又戴在他的眼睛上。

于是出现了异乎寻常的肃静。观众的眼光都集中在克雷斯普斯的身上,他使劲地拉扯着他的右手,好像要把它从十字架上拉下来。

过了一会儿,他又挺起了胸脯,把两排肋骨都露出来了,于是大声地叫道:

"弑母的凶手,你就要灾祸临头了!"

大臣们听到这句致命的辱骂,而且辱骂者是当着成千上万群众的面,宣布了这个统治世界的君王的末日,他们吓得连气都透不过来了。基隆也吓晕了。皇帝马上浑身战栗起来,绿宝石眼镜也从他的手上掉下来了。

观众们都屏住了呼吸。克雷斯普斯的声音久久地回荡在圆戏场里,越来越激昂,越来越响亮:

"你就要遭报应了,你这个残害妻子和弟兄的凶犯!你这个反基督的魔鬼!你就要灾祸临头了!地狱就在你的脚下张开了大口,死神正在找你呢!坟墓正等着你呢!你就要遭到报应了,你不过是具活尸,你会在恐怖中死去,你会遭到万世的诅咒!……"

他没法从横梁上脱手出来,便拼命地扭动着身子,他的身子看起来是那么可怕,活像一具骷髅,但他依然是那么威武不屈,要向命运挑战。他冲尼禄的御座摆动着他苍白的胡须,晃动着脑袋,他头上的玫瑰花瓣也随之飘落下来。

"你要遭到报应了,杀人凶犯!你罪不容诛,你的死期就要到了!……"

说完之后,他又挣扎了一下,这时候,他的手就好像已经挣脱了十字架,正要挥动拳头向尼禄示威。可是突然间,他的肩膀斜下去了,他的身子也坠落下去了,他的脑袋垂到了胸脯上,他断气了。

那些身体虚弱的人在这个十字架的森林里,全都沉入了永不苏醒的长眠之中。

第五十九章

"陛下！"基隆说，"现在，大海像橄榄油那么明亮，波浪也像睡着了似的那么平静……我们到阿哈亚去吧！阿波罗的荣誉，胜利和桂冠正在那里等着陛下呢！那里的人民尊陛下为神明，诸神也会把陛下当作同等地位的贵宾来欢迎，可是这里呢？陛下……"

他停住了，他的下嘴唇抖动得太厉害，使得他的话都变成了让人听不懂的响声。

"等到表演完毕之后我再去。"尼禄答道，"我知道，现在有一些人还在说基督徒是'无罪的人'，要是我离开这里，人们都会这么说了。可你又怕什么呢，你这个烂蘑菇？"

尼禄皱起了眉头，表示怀疑地望着基隆，仿佛在等着他的回答，因为他刚才的若无其事也是装出来的。在上次圆戏场里的表演中，克雷斯普斯说的那些话简直把他吓坏了，回到皇宫里后，胸中的恼怒和耻辱感，再加上他的恐惧都使他无法入睡。那个非常迷信的维斯迪努斯本来一直默不作声地在听他们的谈话，现在他四周望了一下，颇为神秘地开口说道：

"老朽有话要奏明陛下！这些基督徒可真是奇怪，他们的神让他们死得那么轻松，也许他们还要报复的！"

尼禄一听这话，便立即回答说：

"我本来不主张这样的竞技大会，是蒂盖里努斯干起来的！"

蒂盖里努斯听到皇帝的这句话,便说:

"是的,是我!我敢藐视所有基督教的神明。陛下,维斯迪努斯这个老家伙只不过是一个被迷信胀破了的膀胱。还有这个希腊人,看来似乎很勇敢,但他只要看见一只发怒的母鸡张开翅膀来保护它的雏鸡,他就会吓得没命的。"

"好吧!"尼禄说,"那你就下令割掉基督徒的舌头,或者堵住他们的嘴巴吧!"

"我要用火去堵住他们的嘴巴,陛下!"

"我该倒霉了!"基隆叹了一口气说。

可是尼禄因为受到了蒂盖里努斯那种狂妄自信的鼓舞,便大笑起来,他指着这个希腊老头儿说:

"你们看看,这个阿基琉斯的后代成了个什么样子!"

基隆的样子确实很可怕,他头顶剩下的几根毛也全都白了,他脸上显露出的那种极端恐怖、不安和痛苦的表情好像已经深深地刻在了上面似的。他有时又呆又傻,什么也不明白。别人问他问题,他总是答非所问。可有时他又莫名其妙地生气,甚至变得傲慢无礼,因此朝臣们都不愿理睬他。

现在,他又是这个样子了。

"不管你们对我怎么样,我都不再参加这样的竞技大会了。"他搓着手绝望地叫道。

尼禄望了他一会儿,转身对蒂盖里努斯说:

"你要看住他,我们到了花园里,你一定要让这个禁欲主义者跟在我的身后,我要看着他对我们的火炬有什么反应?"

基隆听到尼禄威胁的口气,就害怕了。

"陛下,我到了晚上是什么也看不见的,我就是去了,也看不见什么东西。"

皇帝发出了可怕的笑声,他回答说:

"晚上也会和白天一样明亮。"

然后他转过身去,和大臣们谈起了在竞技大会结束时打算举行一场战车比赛。

裴特罗纽斯走到基隆跟前,碰了一下他的胳膊,说:

"我不是对你说过,你会受不了的吗?"

基隆回答说:

"我非得痛饮一番不可……"

他马上伸手去拿酒杯,可是他那战战兢兢的手却怎么也没法把杯子举到嘴边。维斯迪努斯看到他这个样子,便走上前去,夺过他的酒杯,满脸惊讶和好奇地问道:

"喂,你怎么啦?是不是复仇女神追你来了?……"

基隆张着大嘴,痴呆呆地望着他,好像不明白他在说什么,只是不停地眨巴着眼睛。

维斯提努斯又问了他一句:

"是复仇女神追上你了吗?"

"不是,可是我看到的是一片茫茫的黑夜。"基隆答道。

"什么,黑夜?你说的是什么黑夜呀?愿神明保佑你……"

"可怕的黑夜,漫无边际的黑夜,黑夜里好像还有什么东西在移动,向我走过来了。我不知道那是什么,真把我吓死了。"

"我总以为,那是巫婆在兴妖作怪,你做了什么梦没有?"

"没有,因为我睡不着啊!我万万没有想到他们会受到这样的刑罚。"

"你是不是很可怜他们?"

"你们为什么要让人流那么多的血呢？你听见那个钉在十字架上的人说了些什么吗？我们真的要大难临头了。"

"我听见了。"维斯迪努斯小声回答，"可是他们纵火焚烧了罗马呀！"

"这是造谣！"

"他们是人类的大敌。"

"这是瞎说！"

"他们在水里放毒。"

"这也是造谣！"

"他们是虐杀儿童的凶手。"

"这更是瞎说。"

"你这是怎么啦？"维斯迪努斯惊讶地问道，"你自己不就是这么说的吗？他们不就是你亲手交给蒂盖里努斯的吗？"

"所以我才陷入了茫茫的黑夜，死神向我走来了……我有时以为我已经死了，你们也会死光的。"

"不！死的是他们，我们不会死，不过你说说，他们死的时候到底看见了什么？"

"基督……"

"基督是他们的神吗？他是不是一个很有威力的神？"

基隆没有回答，反而问道：

"花园里要点什么样的火炬？皇帝说的那些话，你听见了没有？"

"我当然听见了，我早就知道那是什么意思。他说的火炬叫'异端嫌疑犯'和'火刑柱'……就是给犯人穿上涂满了树脂的痛苦的贴身衣，把他们绑在柱子上，再点火去烧……'火刑柱'！这是一种惨绝人寰的刑罚……只求他们的神明别降灾于罗马啊！"

"我倒愿意这样，因为那就不会流血了。请叫你的奴隶送一杯酒到我嘴边来，我想喝酒，但因为人老了，一双手止不住发抖，老是把酒洒出来……"

这期间，其他一些人也在议论着基督徒。老多米茨尤斯·阿菲尔还耻笑他们说：

"像他们这么多人，本来是可以发动一场内战的。你们还记得有人担心他们起来自卫吗？可是那些胆小鬼却像山羊一样服服帖帖地死去了。"

"就让他们试试别的办法吧！"蒂盖里努斯说。

裴特罗纽斯听了他们的谈话，便插进来说：

"你们搞错了，他们在自卫！"

"怎么个自卫法？"

"以忍耐自卫。"

"这倒是个新方法。"

"这种方法肯定是不错的。你们能说他们的死和普通犯人就没有什么不同吗？不！他们的死倒像是宣告了罪犯并不是他们，那些判决他们死刑的人，也就是我们和所有的罗马人才是真正的罪犯。"

"这是胡说八道！"蒂盖里努斯叫了起来。

"比蠢货还蠢！"裴特罗纽斯答道。

在场的人都觉得裴特罗纽斯的话真是一针见血，因此颇为惊奇地你望着我，我望着你，不停地说道：

"是的，他们的死确实有某种与众不同的特别的意义。"

这时候，有好几个大臣都转过脸来，问基隆道：

"喂，老家伙，你最了解他们，那么你告诉我们，他们死的时候看见了什么?"

那个希腊人把一口酒喷到了自己的衣服上,答道:

"看到了复活……"

他一说完,全身上下便哆嗦得像打摆子似的,坐在近旁的大臣都忍不住大笑起来。

第 六 十 章

最近几天,维尼茨尤斯都没有在家里过夜,裴特罗纽斯料想,他一定有什么新的计划,要把莉吉亚从埃斯奎林监狱里救出来。为了不打扰维尼茨尤斯,他也没有去问他。这位对什么都非常讲究的怀疑论者在一定程度上已经变成了一个迷信的人,自从他上次没有把莉吉亚从马梅登监狱里救出来后,他就不再相信自己的福星了。

而现在,他甚至对维尼茨尤斯所做的一切努力,也不抱什么希望了。埃斯奎林监狱是由一些房屋的地下室匆忙改建成的,这些房屋当时为了防止大火蔓延,全都被推倒了。因此,被改建成的这座监狱从表面上看,确实没有卡比托尔旁边那座老监狱那么可怕,但是它的守卫却比那里森严一百倍。裴特罗纽斯很清楚,他们把莉吉亚转移到那里去,是为了不让她害热病死掉,以后能够拿出来表演。而且他也不难想到,正是由于这个原因,他们一定会把她看守得很严,就像守护自己的眼珠子一样。

他对自己说:"皇帝和蒂盖里努斯显然是要她在一个最

可怕的场面中露面。维尼茨尤斯不但救不了她,而且他自己在这之前就会死去。"

维尼茨尤斯也觉得要救出莉吉亚已经毫无希望了,现在只有基督才能够救她了。这位年轻的军团长所做的努力,只是为了去监狱里见她一面。

一段时期以来,他一想到纳扎留斯作为一个搬运尸体的雇工能够自由出入于马梅登监狱,便感到心神不定,蠢蠢欲动,因此,他决定去走一走这条门路。

臭坟坑的监工由于得到了大量的贿赂,才把他收在自己的奴仆中。维尼茨尤斯每天晚上都被派去搬运尸体,他在那里被认出的危险确实不大,因为漆黑的夜晚和他身上穿的那件奴隶的衣服,还有监狱里灯火昏暗,对他来说都是一种很好的保护。另外,谁会想到,一个显赫的贵族,又是两代执政官的子孙,会和那些最低贱的仆役为伍,甘愿忍受监狱和坟坑里熏人的臭气,去干那种只有奴隶和为生活所迫的穷人才不得不干的活呢?

当他早就盼着的那天晚上来到之后,他真是高兴极了。他马上扎上了腰带,用一块涂着松节油的粗布裹在头上,混杂在人群中,怀着激动的心情往埃斯奎林监狱走去。

因为出入的人都有随身携带的牌照,百夫长在提灯的照明下检查过后,禁卫军守卫就不再阻拦了。不一会儿,那扇大铁门豁然洞开,他们便走了进去。

维尼茨尤斯看见有一间很大的拱形地下室,这间地下室又和一些别的地下室是相通的。在暗淡的灯光下,可以看见这里挤满了人。一部分人躺在墙边睡着了,有的已经死了。另外一些人围在地下室正中间的一口盛着水的大缸边,像热病患者那样贪婪地喝着水。还有一些人坐在地上,把胳膊肘支在膝盖上,用手掌托着脑袋。孩子们都躺在母亲的怀里睡着了。到处都可听到病人的呻吟和急促的喘息声,人们的哭泣声和低低的祈祷声,轻轻哼着的赞美歌声和看守的咒骂声。地下室里充满了人群的汗臭和死尸的腐臭。幽暗的角落里闪动着黑乎乎的人影,靠近灯光的地方,又可看到一副副苍白、消瘦、饥饿而又显露着恐惧神色的面孔。有的人两眼呆滞,像死人的眼睛一样,有的人两眼冒火,嘴唇发青,额头上大汗淋漓,头发也乱七八糟地缠在一起。有的人在病中说梦话,有的人大声喊着要喝水,有的人要求马上把他拉去处死。但不管怎样,这里的情况毕竟还没有老监狱那么可怕。然而维尼茨尤斯看到后,却依然两腿直打哆嗦,连气都喘不过来了。他一想起莉吉亚的处境是这么悲惨,他的头发就要倒竖起来,他只好紧压着胸口,才没有发出绝望的吼叫。不论是圆戏场、野兽的利齿,还是十字架,都比这些充满了尸臭味的可怕的地牢要好些,这里每一个角落都有人在不断地发出哀求的呼号声:

"放我们出去死吧!"

维尼茨尤斯的指甲紧抠着他的掌心,他觉得他的身子已经支持不住了,他的神志也不很清醒了。他的爱情和痛苦,他所经历的一切全都化成了对死的渴望。

这时候,他听见身旁一个坟坑的监工开口说话了:

"今天有多少具死尸?"

"大概有一打吧!"一个看守回答说,"不过,到明天早晨还会更多的,有几个人躺在墙边,哼哼呀呀地活不了多久了。"

接着他又抱怨那些女人,因为她们总是把死去的孩子藏起来,想让他们永远留在自己身边,而不愿把他们交送坟坑。在这种情况下,就非得凭嗅觉去发现尸体不可了。本来已经恶浊不堪的空气,现在又添上熏天的腐臭,更叫人受不了。他说:"我情愿到乡村苦役营去当一名奴隶,也不愿在这里守着这些活着就已经腐烂发臭的猪狗。"臭坟坑的监工便用话来安慰这个看守,说他自己的差役也不比他的好干。这时候,维尼茨尤斯终于恢复了对现实的感觉,便在地牢里东张西望,可是他在这里并没有找到莉吉亚,他的努力全落空了。他甚至认为,他再也见不到活着的莉吉亚了。这种地牢一共有十来间,由新挖的坑道把它们联结在一起。搬运尸体的奴仆只出入于那些有死尸要搬的牢房里。维尼茨尤斯担心的是,他竭尽全力付出的代价将一无所获。

幸亏他的雇主给了他很大的帮助。这位监工说:

"尸体必须马上搬运出去,因为那里传播瘟疫。要不然,你们会和犯人一样,全都患病死去的。"

"这座地牢的看守总共才十个。我们也需要休息和睡觉啊!"看守回答说。

"那我就把我手下的人留给你四个,让他们夜里去巡视各个地牢,看有没有刚死的人。"

"你要是帮这个忙,我明天就请你喝一杯。不过已经下了命令,要对每具尸体进行检验,在死人的脖子上穿刺一下,完了之后,立即把他们送到坟坑去。"

"好啊!这酒我们喝定了!"监工回答说。

随后他给看守指定了四个人,其中就有维尼茨尤斯。余下的人由他自己领着,去把尸体抬上了担架。

维尼茨尤斯这才松了口气。现在他相信他一定能找到莉吉亚了。

他首先仔细检查了第一间地牢,连灯光照不到的那些黑暗的地方都细心地找了一遍。他逐个地察看了那些倒在墙根上睡着了的人,连单独放在角落里的重病人也没有放过。但是他在这里却没有找到莉吉亚。随后在第二、第三间地牢里,他的搜找也毫无结果。

尸体抬完之后,时间已经不早了。那些看守便在联结各间地牢的走廊里躺下睡着了。孩子们哭得精疲力尽,再也不作声了,在整座地牢里,只听见病人痛苦的喘息声,有一些人仍在悄悄地祈祷。

维尼茨尤斯拿着提灯来到了第四间地牢里。这间牢房比其他各间都小得多,他举起灯来四下察看了一遍。

他全身上下突然猛烈地战栗起来,因为他觉得他好像看见了乌尔苏斯巨大的身躯就躺在格子窗下的墙旁边。

他立刻吹灭了提灯,走到那人跟前,问道:

"乌尔苏斯,你也在这里吗?"

那个巨人转过身来问道:

"你是谁?"

"你不认得我了?"年轻人反问道。

"你把灯吹灭了,我怎么认出你来?"

就在这个时候,维尼茨尤斯又看见了莉吉亚,她也躺在墙旁边,身子下面垫着一件大衣,于是他什么话也没有说,就跪倒在她的身旁。

乌尔苏斯认出了他后,说:

"赞美基督,你别惊醒她,大人!"

维尼茨尤斯一声不响地跪着,两只眼睛满噙热泪地望着她。虽然地牢里非常昏暗,但他还是看清了她那像石膏一样苍白的面孔,她的手臂瘦得只剩下皮包骨了。一看到她这般模样,他心中涌现出来的爱就马上变成了一种撕心裂肺的痛苦,一直震撼到他的灵魂深处。在这种痛苦中,也包含着对她的怜悯、敬仰和崇拜。他把身子趴在地上,嘴唇紧紧地贴在那件大衣的边褶上,因为上面躺着的是对他来说在这个世界上比什么都要宝贵的姑娘的头。

乌尔苏斯一声不响地望了他很久。后来他扯了一下他的内衣,问道:

"大人,你是怎么进来的? 你是不是要来救她出去?"

维尼茨尤斯站了起来,好一会儿工夫,他一直在尽力压制着心中的激动。

"你有什么好办法吗?"维尼茨尤斯说。

"我还以为你已经有办法啦,大人! 不过我倒有个想法……"

乌尔苏斯抬眼望了一下格子窗,然后他自言自语地说:

"就这么干! ……看守那里有士兵把守……"

"有一百个禁卫军士兵。"维尼茨尤斯说。

"要是那样,我们就出不去了。"

这个莉吉亚人擦了擦额头,又问:

"你是怎么进来的?"

"我从臭坟坑的监工那里搞到了出入证……"

他突然停住了,好像他又有了什么新的主意。

"凭救世主的受难起誓,"维尼茨尤斯用急促的嗓音说,"我留在这里,让她拿着我的出入证,用一块布包在头上,再披上外衣,就这么出去! 这些搬尸体的奴隶中有几个少年,她混在他们中间,禁卫军是认不出来的,只要她到了裴特罗纽斯家里就得救了。"

乌尔苏斯把头低到了胸上,回答道:

"大人,她爱你!这么做她不会同意的,更何况她害了病,连站都站不起来。"

过了一会儿,他又说:

"如果你和高贵的裴特罗纽斯都没法把她从监狱里救出去,那么还有谁能够拯救她呢?"

"那只有基督了!……"

两个人都不再说话。乌尔苏斯在他纯朴的心中暗想:"基督是能够救出所有的基督徒的,既然他没有这么做,那么苦难和死亡的时刻就来到了。"他自己是听从命运安排的。可是他对莉吉亚却打心眼里感到悲伤和惋惜,因为这孩子是他抱着长大的,他爱她胜过爱自己的生命。

维尼茨尤斯又跪在莉吉亚的身边,月光通过格子窗照进了地牢里,比那盏挂在门上的油灯要亮多了。

这时莉吉亚睁开了眼睛,把一双烧得滚烫的手放在维尼茨尤斯的手里,说:

"我见到你了——我知道你会来的。"

维尼茨尤斯紧握着她的双手,把它们按在自己的脑门上,又按在自己的胸口上,然后他把莉吉亚的身子略微扶了起来,搂在自己怀里,说:

"我来了,亲爱的!愿基督保佑你,救护你。啊,我最亲爱的莉吉亚!"

他再也说不下去了。他的心受到痛苦和爱情的煎熬,在他的胸中哭泣,但他又不愿把这种痛苦向她表露出来。

"我病了,马尔库斯,不管是在圆戏场里,还是在这座监狱里,我都是要死的……我老是在祈祷,求基督保佑我在死前能见到你,现在你真的来了,我的祈祷基督听见了。"

他这时还是一句话都说不出来,只是把她紧紧抱在自己胸前。她接着说:

"我在老监狱的窗口看到过你,我知道你早就想进来。现在救世主又让我清醒了一会儿,是为了我们能够互相告别。我就要到'他'那里去了,马尔库斯,但是我爱你,我将永远地爱你。"

维尼茨尤斯极力使自己保持平静,要把痛苦压下去,力图用一种平和的口气说道:

"不,亲爱的,你不会死。使徒要我相信基督的威力,还许诺了为你祈祷,他认识基督,基督很喜欢他,他的任何要求'他'都不会拒绝的……如果你会死,彼得就不会要我相信了。既然他对我说过'要相信',那你是不会死的。莉吉亚!基督可怜我……他不会让你死的,他也不许你死……我以救世主的名义向你保证,彼得正在为你祈祷哩!"

随后又是一阵沉默。挂在门上的那盏孤灯熄灭了,但那满满一窗的月光就全都照射进来了。在牢房对面的墙角下,一个孩子哭了一阵,又静下来。从地牢外面,只偶尔传来禁卫军士兵的说话声,他们值完班后,正在围墙边赌一种叫"十二点"的胜牌。

"啊,马尔库斯!基督也恳求过天父:'请把我这杯苦酒拿开!'但他还是把它喝下去了。基督自己就是在十字架上死去的,现在成千上万的人又在为'他'而死,为什么我一个人要得到他的格外恩宠呢?我算得了什么呢?马尔库斯?我听彼得说过,'他'也死得很痛苦,我和'他'相比,又是多么微不足道呢? 禁卫军来抓我们的时候,我很害怕死,害怕受苦受难,现在我不害怕了。你看这些牢房多么凶险和可怕,可是我就要到天堂里去了。你想想看,这里是皇帝,那里是救世主,他是那么慈悲和善良,我既然到他那里去,也就无所谓死了。你是爱我的,你想我是多么幸福啊! 啊,亲爱的维尼茨尤斯,你再想一想,你也会到天堂里来找我的。"

说到这里她停了一下,让她那颗病痛的心喘了口气。然后她把他的一只手放在自己的嘴上,叫了一声:

"马尔库斯!"

"什么,亲爱的?"

"你不要为我哭泣,你要记住,要到天堂里来找我。我就要离开这个世界了,可是上帝也把你的灵魂交给我了。我要告诉基督,虽然我死了,而且你是看见我死去的,你很痛苦,但你对主没有抱怨,你永远爱'他'。你热爱'他',也就能够忍受我的死亡了……到那个时候,'他'会再把我们两人结合在一起的,我爱你,我要和你永远在一起……"

说到末了,她接不上气来,她的声音只能勉强听见了:

"你要答应我的要求,维尼茨尤斯!"

维尼茨尤斯用一双颤抖的手抱住莉吉亚,说:

"我凭你那神圣的头起誓,我答应你!"

这时候,在牢里阴郁的月光中,她的面孔却显得更加明亮,更加神采奕奕了。她再一次把他的手举到自己的嘴边,轻声地说:

"我是你的妻子……"

墙外赌"十二点"胜牌的禁卫军士兵们争吵得越来越厉

害,但是他们却忘记了监狱,忘记了看守,把整个世界都忘记了,只觉得他们的内心都有一个天使的灵魂,于是一同祈祷起来。

第六十一章

过了三天,确切地说,过了三夜,都没有任何事来扰乱他们的宁静。把死人和活人分开,把重病人和健康人分开,这是监狱里每天都要干的活。把这些活干完之后,疲惫得要命的看守们就躺倒在过道里睡着了。这时候,维尼茨尤斯总要来到莉吉亚的地牢里,在那里一直待到黎明的曙光照进窗里为止。莉吉亚也总是把头依偎在他的怀中,两个人低声地絮叨着他们的爱情和死亡。他们的思想和话题、他们的期求和愿望都不知不觉地逐渐远离了尘世,失去了对现实的感觉。他们仿佛在一艘已经离开了大陆的轮船上,再也见不着海岸,而慢慢地驶进了无限之中。两个人似乎都越来越变成了一对忧郁的圣灵,彼此相爱又热爱基督,要一同飞到天国去。在维尼茨尤斯的心中,有时突然涌起一阵阵像暴风雨袭来的剧痛,有时又如闪电般地掠过一线希望,这希望来自爱情,来自对钉在十字架上的慈悲的上帝的信仰。他一天比一天更加脱离尘世而献身于死亡了。每天早晨,他从监狱里出来,看到这个世界,这座城市,看到自己的熟人和日常生活的现象,都觉得自己好像在梦中似的,觉得这一切是那么陌生、遥远,那么空虚和微不足道,就连苦刑的威胁他都不害怕。因为他已经认定,只要把眼睛注视着某个东西去认真地思考,那么不管什么苦刑,都熬得过去。他们都以为自己进入了永恒的世界。他们叙说着永恒的爱情,叙说着将来在坟墓那一边如何相爱和生活在一起。如果他们有时候也转而想到了现实的话,那他们就和那些正要出门作长途旅行的人一样,只知道谈论出发前如何做好准备的事。周围是那么寂静,使他们感到自己就像沙漠中两根被遗忘的柱子。他们一心想的是基督不会再把他们分开,这种信念在他们心中每时每刻都在不断地增长。他们热爱基督,因为基督是把他们连接在一起的纽带,基督给予了他们无限的幸福和无限的寂静。他们虽然还活在这个世界上,但已不再沾染这个世界的尘埃。他们的灵魂变得像泪珠一样清澈透亮。他们虽然身陷囹圄,受到死亡的威胁,被贫穷和痛苦煎熬,但他们深信自己已经进入了天堂。莉吉亚就像她已得到拯救成了圣徒那样,握着维尼茨尤斯的手,正要引导他走向那永恒生命的泉源。

裴特罗纽斯看到维尼茨尤斯的脸上显露出了他过去从来没有看见过的奇异的光辉和胸有成竹的神情,不免大为惊奇。有时他还以为维尼茨尤斯已经有了搭救的办法,却有意向他保密,因而感到很不高兴。

后来,他实在忍不住了,便问维尼茨尤斯道:

"你现在完全变了,可你不要再瞒着我了。我可以帮助你,也真想帮你一下,你是不是有了新的打算?"

"我有我的打算,你帮不了我的忙。"维尼茨尤斯回答说,"她死后,我要公开宣布我是基督徒,并且跟她一起去。"

"这么说你是毫无希望了?"

"希望还是有的。基督以后会把她送给我的,到那个时候,我们将永不分离。"

裴特罗纽斯在大厅里踱来踱去,他的脸上露出了失望和焦躁的神色,他说:

"这个用不着你们的基督,我们的死神就做得到。"

维尼茨尤斯不高兴地笑了笑,说:

"不,亲爱的舅舅,你并不想了解这件事。"

"我不想了解也做不到。"裴特罗纽斯答道,"现在没有时间来和你争论。可你还记得我们那次去老监狱里救她失败之后你对我说过的话吗?我那时失去了一切希望,回到家里后你对我说:'我相信基督会把她给我送回来的。'就让他把莉吉亚给你送回来吧!要是我把一只无价之宝的酒杯抛进海里,那么罗马无论哪一个神明都是找不回来的。但如果你们的神并不比他们高明的话,我就不知道我为什么要去崇拜他,而且还要比对古老的罗马诸神更加崇拜。"

"基督一定会把她送给我的!"维尼茨尤斯答道。

裴特罗纽斯耸了耸肩膀,又问道:

"你知不知道,明天要在御花园里把基督徒们当灯点?"

"明天?"维尼茨尤斯问。

眼看残酷的现实即将来临,他那颗心又充满了痛苦和恐怖地战栗起来。他觉得,今天也许就是他和莉吉亚在一起的最后一夜了,因此他匆忙告别了裴特罗纽斯,立即赶到搬运尸体的监工那里去取他的出入证。

可是一到那里他就失望了,因为监工再也不肯给他出入证了。

"大人,请你原谅。"他说,"我已经为你尽了我最大的努力,但我也不能不顾我的性命。今天晚上要把基督徒全都赶到御花园里去,会有很多士兵和官吏到监狱里来。要是他们认出了你,我和我的孩子就都没命了。"

维尼茨尤斯知道和他争吵也没有用,但他又对他以前就认识的那些士兵产生了一线希望,认为他即使没有出入证,他们也不会阻拦他。因此等到天一黑,他便和往常一样,穿上那件搬运工的粗布衣,裹上头巾,急忙来到了监狱的大门前。

可是这天晚上,出入证比平时查得更严,再加上百夫长斯采维努斯又是个毫不徇私的官长,他从肉体到灵魂都忠于皇帝,一下子就认出了维尼茨尤斯。

不过在他那被铁甲遮住了的心胸中也燃起了对人的不幸的同情之火,因此他这时没有用矛枪敲打盾牌来报警,而是把维尼茨尤斯带到了一旁,对他说:

"大人,快回去吧!我认识你,我绝不会说出去,因为我不希望你死,但我也不能放你进去,你快回去吧!诸神会安慰你的。"

"你不放我进去,就让我留在这里看看带出去的是些什么人好了!"维尼茨尤斯说。

"我接到的命令倒不禁止这个。"斯采维努斯回答道。

维尼茨尤斯于是站在监狱的大门前,耐心地等着他们把囚犯带出来。好不容易等到了午夜,那扇大门才轰隆隆地打开了。里面走出来一大队囚犯,男人、女人和孩子,全都由武装的禁卫军押送着。这时天顶上升起了一轮皓月,把夜空照得十分明亮,因此不仅能看清这些不幸者的身影,连他们的面孔也能逐一地分辨出来。他们排成了两列长长的纵队,阴郁地、静寂无声地行进着,只有禁卫军的武器的碰撞声才打破了这深夜的寂静。因为带出来的囚犯很多,所有的地牢都好像走空了似的。

在队伍的末尾，维尼茨尤斯很清楚地看见了格劳库斯医生。可是在这些就要被处死的囚犯中，既没有莉吉亚，也没有乌尔苏斯。

第六十二章

天还没有黑，第一股人流就开始涌向了御花园。人们都穿上了节日的盛装，头上戴着花环，兴高采烈地一路歌唱。一部分人还喝得醉醺醺的，要来观看这台新的壮观的好戏。在泰克塔街、艾米里尤斯大桥、第伯河对岸、凯旋大街、尼禄圆戏场的四周，都可听到"火刑柱!""异端邪教罪犯!"的叫喊声，这喊声甚至传到了梵蒂冈山上。在罗马，人们早就见识过把人烧死在柱子上的刑罚，可是一次烧死这么多的囚犯却还从来没有过。尼禄和蒂盖里努斯要尽早地了结基督徒的事情，同时也要遏止住那从监狱里越来越严重地蔓延到全城的瘟疫，便下令把所有监狱都清扫干净，只留下几十个囚犯放在末场的表演用。人群一走进御花园的大门，看到里面的景象都吓得说不出话来了，所有密林中和草地、灌木丛、池塘以及种植花木的平地旁的大大小小的通道上，都竖起了浇着树脂的柱子，柱子上绑着基督徒。从一些没有被树木挡住视线的高地上，可以看到那一排排的柱子和披戴着鲜花、常春藤和桃金娘叶的人体。柱子上的常春藤和桃金娘向高处和平地长长地延伸过去，使得近旁的柱子看起来仿佛一根根桅杆，距离最远的就好像插在地上的五颜六色的标枪和木棍。数目之多出乎人们的意料,甚至使人觉得,为了罗马和皇帝取乐,几乎把一个民族的全体人民都绑在柱子上了。成群的观众都停留在那些柱子前,他们最感兴趣的是牺牲者的身材、年龄和性别,他们仔细地观看这些犯人的面孔和他们身上的花环和常春藤,看完之后又往前走,走到更远的地方。他们还颇为惊奇地问自己道:"怎么会有这么多的罪犯?那些刚刚学走路的小孩难道也会放火焚烧罗马吗?"于是他们又从惊疑转而惶恐不安了。

这时天色完全黑了,天空中闪现出了点点繁星。每个犯人身旁都站着一个手持火把的奴隶。当宣布表演的号角在御花园的四面八方吹响之后,所有的奴隶便用火把从下面把柱子点燃。

藏在花下面的干草因为浇上了树脂,即刻燃起了熊熊大火,火焰往上升腾,越烧越旺,烧化了常春藤叶子,也烧到了牺牲者脚上。观众都沉默不语了,整个花园响起了一片呻吟和痛苦的叫喊声。然而有一些牺牲者却昂首仰望着星空,开始唱起了赞美基督的圣歌。人们都在静静地倾听着,可是一听到那些绑在小柱子上的孩子们发出撕心裂肺的"妈妈,妈妈"的惨叫声,即便铁石心肠也充满了恐怖。看到那些小小的脑袋和童稚的面孔痛苦得不像人样,或者被浓烟窒息得晕了过去,就连那些喝醉了的观众也不由得浑身战栗起来。熊熊烈焰直往上蹿,已经烧着戴在牺牲者头上的玫瑰和常春藤花环了。大大小小的通道被火光照得透亮,树丛、草地和种植着花卉的平地上也燃起了大火,小水池和湖里的水面闪闪发亮,树上抖动的枝叶变成了玫瑰色,整个花园就像白昼一样,到处还散发着烧烤人肉的臭气。这时候，奴隶们又开始把事先准备好的没药和沉香撒在柱子旁边的一些香炉里，以冲淡花园里的腥臭味。观众不知是出于同情，还是由于兴奋和欢乐而不断地呼叫着。火越烧越大了，这种叫喊声也越来越大。大火包围了整根柱子，烧到了牺牲者的胸口上，烧焦了他们的头发，遮住了他们熏黑了的面孔，火焰喷射得越来越高，好像在替那些下令举行火刑的强权势力宣布胜利和凯旋。

这次表演一开始，皇帝就来到了观众当中。他乘坐着一辆豪华的四轮赛车，驾着四匹白马。他身上穿的是车手的号服，号服上用的是绿队的颜色，因为皇帝和他的朝臣比赛时都参加绿队。别的一些车上坐着衣着华丽的大臣、元老和祭司，以及赤身裸体的酒神女祭司。这些祭司头上戴着花冠，手里拿着酒壶，一个个喝得烂醉，粗野地叫喊着。他们的大车紧跟在皇帝赛车的后面，他们身边还有一大帮乐师，扮成牧羊神和萨梯尔神，弹奏着诗琴和竖琴，吹起了笛子和号角。还有一些车辆上坐着罗马的贵妇和名门闺秀，她们也喝醉了，半裸着身子。四轮赛车的两侧有一些侍从挥舞着系上了飘带的长竿，另外一些敲着小皮鼓，还有一些往四周撒着鲜花。这支华贵无比的大队哟嘿哟嘿地大声叫喊，在花园宽阔的大道上从烟雾和人群中穿行而过。尼禄让蒂盖里努斯和基隆坐在他的身边，他以基隆的恐惧为乐，亲自驾驭着那四匹白马，让马车走得很慢，以便观赏正在焚烧的人体，细听观众对他的欢呼。他站在高大的镶金四轮赛车上，头上戴着竞赛者胜利的金黄色桂冠，四周被灿烂的火光和俯伏在他脚下的潮水般的人流所包围。他比他的朝臣和观众都高出一头，俨然是一位超凡的巨人。他那双可怕的手臂伸在前面勒住了缰绳，好像要给群众祝福。他的面孔和半睁半闭的眼睛露出了异样的神采和充满自信的微笑,就像太阳或者一尊凶神凌驾于群众之上,既威严又可怕。

他不时把马车停下,以便仔细观看某个少女被烈火烧焦了的胸脯或者一个孩子由于痉挛而歪扭得不成人形的面孔。然后他又带着一支欢呼雀跃的疯狂的队伍继续前进。尼禄有时也向群众点头致意,或者拉着金色的缰绳,把身子向后仰去,和蒂盖里努斯说话。后来他们终于来到了位于十字路口的一个大喷水池旁。他从马车上跳了下来,对侍从打了个招呼,便钻进人群中去了。

群众以欢呼和鼓掌对他表示欢迎。那些酒神、山林女神、元老院议员、大臣、祭司、牧羊神、萨梯尔和士兵们都像发了疯似的把他围在中间。他在蒂盖里努斯和基隆的左右陪同下,绕着喷水池往前走去。喷水池的周围有几十根燃烧着的火柱,他在每根火柱旁都要停留一下,指指点点评论那些不幸的殉难者,或者对基隆嘲笑一番,基隆的脸上露出了无法摆脱的绝望神色。

最后他们站立在一根饰着桃金娘花和常春藤的高大的火柱前。鲜红的火舌正在舔着牺牲者的膝盖,可是他的脸庞因为被烧着了的树枝的浓烟遮住了,看不清楚。过了一会儿,一阵夜风把烟火吹散,这才露出了一个老人的头,他的胸前飘动着雪白的胡须。

看到这个老人,基隆的身子突然蜷成了一团,就像一条被砸伤了的毒蛇那样,从他嘴里发出的那一声叫喊与其说是人的叫喊,还不如说更像乌鸦的悲鸣:

"格劳库斯! 格劳库斯……"

从燃烧着的火柱上向下望着他的真的是格劳库斯医生。

他还活着。脸上露出了痛苦的表情,但他倾身向前,好像要最后一次看看这个曾经一而再地加害于自己的凶手。他早就出卖过他,使他失去了妻子儿女,把他送给了强盗;后来格劳库斯以基督的名义宽恕了他的罪恶,可是这个坏蛋又把他出卖给了刽子手。世界上还没有人对别人造成过这么可怕的血海深仇。牺牲者现在被绑在火刑柱上焚烧,而凶手就站在他的脚下。格劳库斯的目光始终没有离开这个希腊人的面孔,他的眼睛虽然有时被烟雾遮住,但是当一阵风把烟雾吹散之后,这双一直盯着基隆不放的眼睛又呈现在他的眼前。基隆站了起来,本想立即逃走,可是他觉得他的脚像压上了一块沉重的铅一样,无法迈步;他还觉得有一只看不见的大手以超人的力量死死地抓住了他,使他离不开这根火柱。基隆痴呆呆地站在那里一动也不动,只觉得胸中憋得慌,有什么东西要呕吐却又吐不出来。他已经受够了痛苦,他耗费的心血也实在太多了,他似乎意识到自己的末日就在眼前。基隆已经察觉到身边的一切,不论是皇帝、宫廷侍从还是群众都不知道到哪里去了,觉得周围是一片漫无边际、黑暗可怕的空虚,在这片空虚中,只看见受难者的一双对他审视的眼睛。这位受难者的头越来越低垂下来,用眼睛死死地盯住他。他的脸孔看起来非常可怕,因为它已经被恐怖和痛苦扭得变了样,就好像大火已经烧到了他的身上。在场的人都猜到了他和牺牲者之间一定发生了什么事情,因此他们嘴边的笑容都消失了。基隆这时突然晃动了一下身子,向苍天伸出了双手,发出了一声撕心裂肺的可怕的叫喊:

"格劳库斯!以基督的名义,宽恕我吧!"

周围一片死寂。所有的人都打了个寒战，一双双眼睛便不由自主地朝上望去。

受难者的头微微地动了一下，从火柱顶上随后传来了一个像呻吟似的声音：

"我宽恕你！……"

基隆马上扑倒在地，像野兽般地嚎叫起来，他抓起地上的泥土，往自己头上撒去。火焰这时冲到了上面，遮住了格劳库斯的胸脯和面孔，烧着了他头上的桃金娘花冠，连木柱顶上的飘带也烧着了，于是整根木柱都闪烁着耀眼的火光。

过了好一会儿，基隆才站起来，他的脸完全变了样，以致朝臣们都几乎把他当成了另外一个人。他的眼里也透出了一种异样的光辉，他皱纹密布的额头更是显得神采飞扬。一个本来懦弱无能的希腊人，现在看起来真的像一位祭司，受到神灵的感召，要向人们公开他们所不知道的真理。

"他怎么啦？他疯了？"有几个人这么说。

基隆转身面对着观众，举起了他的右手，用一种特别响亮的声音大喊大叫起来，这声音不仅朝臣们听得很清楚，连附近的老百姓也听得见。

"罗马的人民！我愿以我的生命起誓，这里死去的人都是无罪的，真正的纵火犯就是——他！……"

他用手指着尼禄。

接着又是一阵沉默，大臣们都惊呆了。但基隆站在那里一动也不动，他一直伸着他那只颤抖的胳膊，用手指着尼禄。周围马上出现了一片混乱。群众像一阵狂风卷起的巨浪似的冲到了这个老人面前，想仔细看看他是个什么模样。一些地方有人叫喊："抓住他！"另外一些地方也有人喊着："我们要遭到报应了!"人群中有的吹着口哨,有的发出愤怒的吼叫:"红胡子,残杀生母的凶手!纵火犯!"骚乱每时每刻都在不断地扩大。那些酒神祭司看到这种情景,都吓得吵吵嚷嚷地躲进车子里去了。有几根烧毁了的柱子突然倒了下来,火星向四面飞溅,益发增加了这种混乱的局面。一股惊慌失措的人流挤了过来,终于卷走了基隆,把他带到了花园深处。

大路上横七竖八地倒着烧毁了的木柱,小路上到处烟雾弥漫,火星四溅,散发着焦木和人肉的臭味。远近的火光渐渐熄灭,园中黑了下来,阴郁悲愁、惶恐不安的人群急急忙忙向几扇大门拥去。刚才发生的事情在一些人的嘴里马上传出去了,而且传得和原来的情况大不一样,因此无中生有,夸大事实就不可避免了。有人说,皇帝当场就晕倒了。有人说,皇帝已经坦白承认了是他下令烧毁罗马的事实。还有人说皇帝得了重病,甚至有人说皇帝简直变成了一具死尸,被人搬到了马车上。到处都可听见同情基督徒的谈话:"既然他们没有放火烧毁罗马,为什么要让他们流那么多血,给他们施加那么残酷的刑罚,那么不公正地对待他们呢?诸神难道不会替这些无辜的受害者报仇吗?真不知道要献上什么供物才能求得神明的宽恕了!""无罪的人!"这句话在人们中越来越广泛地流传着。女人们为那么多的孩子喂了野兽、钉死在十字架上和在这座可诅咒的花园里被烧死,都公开表示了同情和怜惜,后来她们干脆就大声地咒骂起尼禄和蒂盖里努斯来。也有许多人突然站着不动了,他们向自己也向别人提出了这么一个问题:"到底是什么神明在苦难和死亡面前给予了他们那么大的勇气和力量呢?"他们思考着往回家的路上走去。

基隆依然在御花园里转悠,他不知道到哪里去才好,也不知道自己在什么地方。他又觉得他是个衰颓无力,害了重病,无可挽救的老头儿了。他有时触到那些没有烧化的尸体,身子一晃几乎摔倒在地,有时碰到烧焦的木头,在他身后便扬起一大片火花。有时他又坐在地上,以不很清醒的目光环顾四周。御花园里早已是漆黑一片,只有在树梢移动着的那轮苍白的月亮在通道上投下了昏暗的月光。园子里乱七八糟地躺满了烧得焦黑的木柱和烧得不成形体的殉难者的尸体。这个希腊老人在月光中似乎看见了格劳库斯的面孔,格劳库斯那双眼睛还老是盯着他不放,把他吓得躲进了黑暗中。当他从暗处走出来时,却没想到他的身后又有一种不可知的力量把他朝喷水池那边推去,那里就是格劳库斯殉难的地方。

这时突然有一只手按在他的肩上。

老人转身一看,站在他面前的是一个陌生人,把他吓得叫了起来:

"谁?你是什么人?"

"使徒,塔斯的保罗!"

"我是个被人唾骂的人!……你想干什么?"

使徒回答说:

"我要拯救你!"

基隆靠在一株树上。

他的双腿在身子下面战战兢兢地站立不稳,他的两只胳膊贴着身子放在下面。

"我这个人已经无可救药了!"基隆低声说道。

"你难道没有听说过,上帝宽恕了那个在十字架上做了忏悔的大坏人吗?"保罗问道。

"你知道我到底干了些什么吗?"

"我知道你的痛苦,也看见你为真理作了证。"

"啊!先生……"

"一个基督的仆人在遭受苦刑和罹难的时候都饶恕了你,基督怎么会不宽恕你呢?"

基隆像一个精神失常的人,双手抱着脑袋。

"宽恕,宽恕!我还能得到宽恕吗?"

"我们的上帝是慈悲的上帝!"使徒答道。

"对我也一样吗?"基隆反复地问道。

他因为忍不住内心的悲伤和痛苦,便开始呻吟起来。保罗说:

"靠在我身上,和我一起走吧!"

保罗搀扶着他,朝着喷泉响声的方向走去,来到了十字路口上。这喷泉在夜深人静中,仿佛在为那些被烧死的人痛哭流涕。

"我们的上帝是慈悲的上帝。"使徒又说了一遍,"你如果站在海边,往海里扔石头,你能用石头把深深的海底填满吗?我告诉你,基督的慈悲像大海一样广阔,人间的罪过也和石头一样,它都是容得下的。我还要告诉你,基督的慈悲像辽阔的天空,它覆盖着高山、陆地和大海,它无所不在,无边无际,无终无极。基督看见了你在格劳库斯的火柱前表示的悔恨和你的痛苦,看见了你不顾明天的生死当众宣布了'他就是放火犯',基督是不会忘记你这句话的。你的罪恶和欺骗已经成了过去,你心中只留下了无限的悔恨。你跟我来,我要告诉你一件事,我也仇恨过基督,还迫害过他的选民。我原来是不要'他'也不相信'他'的。后来'他'在我面前显灵,召唤我,'他'就是我挚爱的主了。现在他让你悔恨,让你感受恐惧和痛苦,就是要把你召唤到他的身边。你仇恨基督,而'他'却爱你;你出卖了他的信徒,让他们受尽了苦难,但基督却要宽恕你,拯救你。"

这个可怜的老人放声大哭起来,他的胸脯急促地起伏着,他的灵魂好像破裂了似的。但是保罗很好地掌握着他,让他完全听从于他。他领着他往前走去,仿佛一个士兵领着一个俘虏那样。

过了一会儿,保罗又说:

"跟我一道走吧!我要把你领到'他'那里去。我来找你不就是为了这个吗?基督叫我以爱的名义去收集灵魂,我现在要完成的就是'他'的使命。你认为你是一个被人唾骂的人,但我要告诉你:'相信基督,你会得到拯救的!'你觉得人们都仇恨你,那我就对你再说一遍,基督是爱你的。你看看我吧!我不相信'他'的时候,我心里只知道恶,除了恶之外我不知道别的。现在'他'的爱在我心中已经取代了父母的爱,取代了财产和权力的地位。我们都要依靠'他',只有'他'才看重你的悔恨,怜悯你的不幸,把你从恐怖中解救出来,召唤到'他'的身边。"

保罗一边说话,一边领着他往喷水池那边走去,他们老远就看见了在月光下闪闪发亮的银白色的泉水。由于奴隶们早就把这里烧焦了的木柱和受难者的尸体都搬运走了,所以这一带显得格外空旷和寂静。

基隆双膝跪下,用手掩着面孔,呻吟着,一动也不动。保罗仰望着星空,开始做祈祷了。

"主啊!请你看看这个可怜的人,看看他的悔恨、眼泪和痛苦吧!慈悲的主啊!你为我们的罪过流了血,那你就以你的苦难,你的死和复活宽恕他吧!"

他静默了,但他仍在久久地望着夜空,默默地祈祷着。

这时他的脚下传来了一声悲哀的呼号:

"基督啊,基督! 求你饶恕我吧!"

保罗马上走到喷水池边,接了满满一捧泉水,又回到老人身边:

"基隆! 我现在以圣父、圣子和圣灵的名义给你洗礼,阿门!"

基隆抬起了头,伸开了手臂,一直保持着这种姿势。月光亮堂堂地照在他的白发和他那同样苍白的面孔上,这面孔仿佛死人或者石雕像那样一动也不动。时间一刻又一刻地过去,多米茨亚大鸟棚里的公鸡开始啼鸣了,但他却像一块墓碑那样,依然跪在那里。

基隆终于清醒过来。他站起来后,转身问保罗道:

"老师,我在死前还要做些什么?"

保罗一直在想,上帝的力量是那么强大,把老希腊人这样顽固不化的灵魂都征服了。因此他回答说:

"坚定信仰,为真理作证!"

随后他们一道走出了花园。在花园门口,使徒再一次地给老人祝福,两人便分手了。这是基隆自己提出的要求,因为他想,他既然向人群表示了那个态度,尼禄和蒂盖里努斯一定会下令逮捕他的。

事情果不出他所料。基隆一回到家里,就遇到禁卫军包围了他的住所。这些士兵在斯采维鲁斯的指挥下将他逮捕,随即押送到了帕拉丁宫。

皇帝已经歇息去了,但蒂盖里努斯一直在等着他,看到这

个倒霉的希腊人,他的脸上立刻露出了严肃而又险恶的表情,他向基隆打过招呼后,便说:

"你冒犯了天颜,罪在不赦,是要受到严厉惩罚的。但你明天在圆戏场里若能公开声明你昨天是喝醉了,头脑不清醒,放火的凶犯本来就是基督徒,那么你就只会受到鞭打和流放的刑罚了。"

"我不能这么做,大人!"基隆低声回答说。

蒂盖里努斯从容不迫地走到他面前,以同样低沉但很可怕的声音说道:

"你怎么说不能,你这条希腊狗?你要是没有喝醉,难道你不知道你会是个什么结果吗?你看看那边!"

他说着便指向了大厅的一个角落。那里放着一条长木凳,凳旁边的暗处站着四个特拉西亚奴隶,手里拿着绳索和铁钳。

可是基隆又说:

"我不能那么做,大人!"

蒂盖里努斯大为震怒,但他还是克制住了自己,问道:

"你看见了吧!那些基督徒是怎么死的?你是不是也要那么去死?"

基隆抬起了他的面孔,默默地动了几下他的嘴唇,便说:

"我也信仰基督……"

蒂盖里努斯惊讶地望了他一阵。

"狗日的,你真的疯啦!"

他胸中的怒火再也憋不住了,像火山似的突然爆发出来。他跳到基隆跟前,双手揪住他的胡须,把他掀倒在地,用脚踢他,嘴里吐着白沫,不停地喊道:

"把你的话收回去,把你的话收回去!……"

"我不收回!"基隆躺在地上回答。

"给他动刑!"

特拉西亚人一听到命令就把老人抓起来,把他按在长凳上,用绳索紧紧地捆住他,用铁钳使劲地夹着他那骨瘦如柴的小腿。当他们捆绑他的时候,他卑顺地吻着他们的手,然后闭上眼睛,真的像死人一样。

可是基隆并没有死,因为当蒂盖里努斯躬下身来又一次问他"你到底收不收回你的话"时,他的嘴唇微微地动了一下,发出了勉强还能听见的声音:

"我……不……收回……"

蒂盖里努斯叫停止用刑。他在大厅里急急忙忙地走来走去,脸都气歪了,但他还是没有有效的对策。后来他终于想出了一个新的办法,便转身对特拉西亚人说:

"割掉他的舌头!"

第六十三章

过去罗马的剧院和圆戏场在上演《欧雷奥卢斯》这出戏的时候,总是要把剧场分隔开来,形成两个单独的舞台。可是在御花园的表演之后,就不再用这种老办法了,因为这次上演《欧雷奥卢斯》,要让尽量多的观众能够看到一个钉在十字架上的奴隶被熊吃掉的场面。平常在剧院里,熊的角色都由演员披上熊皮来扮演,可是这一次就要让真熊上场了。这是蒂盖里努斯想要标新立异的安排。皇帝原先曾经表示,他不出席这次表演,但是由于这位宠臣百般地请求,他又改变了他的初衷。蒂盖里努斯劝告他说,花园里的那件事发生之后,陛下更应当到群众中去;他还向皇帝保证,剧中钉在十字架上的那个奴隶绝不会像克雷斯普斯那样咒骂陛下。可是人民群众已经厌倦了流血,在这种情况下,他又公开宣布,这次表演定于晚上在圆戏场举行,到时候,圆戏场里灯火辉煌,将要重新发放彩票和礼品,还要设晚宴招待观众。

天刚一黑,圆戏场里就挤满了人。以蒂盖里努斯为首的大臣们也全都来了。其实他们并不是为了观看表演,而主要是为了向皇帝表示他们的忠心,此外他们也想对整个罗马都议论纷纷的那个基隆发表一些自己的看法。

一些观众交头接耳,说什么皇帝从御花园里回去之后就大发雷霆,他被一些稀奇古怪和阴森可怖的幻影折磨得彻夜未眠,因此第二天一清早,他就宣布要到阿哈亚去。另外一些人又不同意这种看法,他们认为皇帝以后对待基督徒会更不留情。还有一些胆小怕事的人,他们害怕基隆若是当众揭露和控诉皇帝的罪恶,会带来预料不到的严重后果。最后还有一些人从人道观点出发,向蒂盖里努斯提出了停止杀戮的恳求。

"看看你干了些什么吧!"巴尔库斯·索拉努斯说,"你们想平息人民的愤怒,让他们相信真正的罪犯已经受到了应得的惩罚,可是结果却适得其反。"

"的确是这样!"安提斯提乌斯·维鲁斯说,"现在人人都在议论,说基督徒是无辜的,如果你们还以为自己很高明,那么基隆说你们的脑髓少得连一个橡实壳都装不满,倒是不错的。"

这时蒂盖里努斯转过身来对他们说：

"可是大家也在说，巴尔库斯·索拉努斯，你的女儿塞尔维利亚，还有你的妻子，安提斯提乌斯，把自己的奴隶中的基督徒都藏起来了，使他们逃避了皇帝公正的惩罚。"

"这是谣言！"巴尔库斯有点慌张地叫了起来。

"那是你离了婚的几位夫人，因为嫉妒我妻子的贞操，要这么诬陷她。"安提斯提乌斯·维鲁斯也很不安地说道。

其他的人都在谈论基隆。

"他怎么样了？"埃普留斯·马尔采卢斯说，"他把基督徒出卖给了蒂盖里努斯，使自己从一个穷光蛋一下子变成了暴发户。他本来可以安安稳稳地度过他的晚年，死后享受冠冕堂皇的葬礼，为自己树一块墓碑。可现在呢，他什么都完了。他甘愿抛弃这一切，他毁了自己。也许他真的疯了。"

"他没有疯，他成了一个基督徒。"蒂盖里努斯说。

"这不太可能吧？"维泰留斯答道。

"我不是说过吗？"维斯迪努斯插进来说，"你们要怎么杀基督徒都可以，但是你们要相信，和他们的神是不能作对的，这可不是闹着玩的！……瞧，现在怎么样呢？我没有放火烧罗马，但只要皇帝准许，我会马上为他们的神举行百牛大祭。大家都应当这么做，我再说一遍，这不是闹着玩的，你们要记住我的话！"

"我也说过和你们不同的话。"裴特罗纽斯开口说道，"我以前说基督徒会起来自卫，蒂盖里努斯还嘲笑我，可我现在还要告诉你们：他们已经胜利了！"

"什么？你说什么？"有好几个人同时问道。

"凭波卢克斯起誓！……这个宗教连基隆这样的人都征服了，还有谁它征服不了呢？如果你们认为，每次演出之后基督徒不是增多而是减少的话，那么你们还不如去当个补锅匠或者理发师为好，到那个时候，你们就会知道人民是怎么想的，城里发生什么事了。"

"凭黛安娜的圣衣起誓，他说得一点不错。"维斯迪努斯大声叫道。

但巴尔库斯马上转过身来，问裴特罗纽斯道：

"你要得出什么结论呢？"

"我的结论就是你们开始说的那些话，血已经流够了。"

蒂盖里努斯轻蔑地瞥了他一眼，说：

"哼！还差那么一点！"

"你的脑袋不够用，还有第二个脑袋——你的手杖头嘛！"裴特罗纽斯毫不退让地回答说。

皇帝的到来中断了他们的谈话。他由比塔戈拉斯陪同，在他的御座上坐下。《欧雷奥卢斯》随即开演了。但是大家都在想着基隆，很少注意场上的演出。爱看酷刑和流血的群众也感到兴致索然，于是大不敬地向宫廷发出了嘘叫，有一些人还大声催促，让人们唯一感兴趣的熊赶快出场。观众如果不是想看看这个老头怎么个死法和得到赏赐，这场表演是留不住他们的。

他们所期待的时刻终于来到了。圆戏场里的奴仆首先抬起了一个矮小的木十字架，熊一爬上去就够得着受难者的胸脯。随后两个人把基隆领了进来，因为他的两条腿都被打断了，走不了路，实际上是被架进来的。他们把他靠在十字架上，没等那些好奇的大臣看上一眼，就把他钉上去了。直到把十字架放在事先挖好的坑里竖了起来，所有的眼睛才清清楚楚地看见了他。可这时却没有几个人能够认出这个赤身裸体的老人就是从前的基隆。受到蒂盖里努斯那么多的严刑拷问，他的脸上一点血色都没有了。但在他雪白的胡须上却能见到斑斑血迹，那是他的舌头被割下时留下的。通过那一层透明的皮肤，他的骨头好像全都露出来了似的，他看起来比他的年龄要老得多，而且显得衰颓不堪了。过去，他的眼睛充满了不安和恶意的神色，他那十分敏感的面部表情永远是那么迟疑和恐慌。现在却不一样了，虽然他的脸上还留下了一点痛苦，但它却变得那么温和、宁静和开朗了，就像一个熟睡的人或者死人那样。也许他想起了基督宽恕的那个被钉在十字架上的坏人，因而增强了他的信心，也许他心里正默默地对基督说："主啊！我虽然像毒蛇那样咬过人，但我这一辈子却是在穷困潦倒、饥寒交迫中度过的，我受尽了人们的践踏、殴打和侮辱。主啊！我是一个非常不幸、非常可怜的人，可他们现在又把我钉在十字架上，让我受苦受难。你，慈悲的主啊，你在我要死的时候是不会抛弃我的！"他那颗心虽已破碎，却是很平静的。没有一个人想笑，因为人们在这个被钉上十字架的老人身上看到了这种平静的东西，觉得他是那么衰老、虚弱，没有丝毫的抵抗能力，而且又是那么卑顺，因而产生了对他的怜悯。在场的人都不由得对自己提出了这么一个问题：为什么要折磨就要死去的人，把他们钉在十字架上？观众们不再说话了，大臣中只有维斯迪努斯把身子左右地摇摆，惊恐不安地小声说道："你们看，他们是怎么死的啊！"其他的人都在等着熊的出场，希望尽快结束这一场表演。

　　熊终于走进了圆戏场。它左右摇晃着它那低垂的脑袋，从额头下环顾四周,仿佛在想着什么或者要找什么东西。最后,它看见了十字架和钉在上面裸露的人体,于是走近前来,还立起了身子。可是过了一会儿,它又放下前爪,坐在十字架下,哀声哀气地叫了起来,仿佛它那颗野兽的心也对这个瘦骨嶙峋的老人产生了怜悯。

圆戏场里的仆役们大声地叫喊着,想激起野兽吃人的欲望,观众们也一声不响地注视着舞台。这时基隆缓缓地抬起头来,两眼环视着四周,他把眼光停留在圆戏场最上面那几排的观众席位上,他的心跳得更厉害了。随后便发生了一件令人们大为惊奇的事情:他的脸上露出了微笑,额头上像燃烧着火焰似的闪闪发亮。他的眼睛一直望着上面,不一会儿,从眼眶里涌出了两颗很大的泪珠,顺着他的面颊慢慢地流下来了。

他死了。

正在这个时候,圆戏场的天幕下,突然响起了一个男人洪亮的声音:

"安息吧,殉难者!"

整个圆戏场里笼罩着一片深沉的寂静。

第六十四章

从御花园里举行的那次表演之后,监狱里差不多全都空了。虽然还在搜捕一切涉嫌信仰这个东方妖教的人,继续把他们收监关押,可是能够逮捕到的人却越来越少,几乎不够以后表演节目用了。实际上,这种表演也快要结束了。观众看够了流血,对这越来越感到厌恶,而且他们看见罪犯们所表现的那种空前未有的从容态度,又产生了惶恐不安的情绪。像维斯迪努斯的那种担忧也控制了成千上万的心灵。群众越来越多地谈论着关于基督教上帝要复仇的各种怪事。监狱里的伤寒病蔓延到了城里,更增加了居民的恐惧,人们经常可以看到举行葬礼,于是到处都在悄悄地议论起来,说是为了求得这位陌生新神的宽恕,必须献上新的赎罪的供品。许多人都在神庙里向朱庇特和利比提娜献了供。到后来,虽然蒂盖里努斯和他的党羽力图控制住那风云变幻的局面,但是越来越多的民众都认为,罗马是皇帝下令烧的,而基督徒却无辜受刑。

面对日益严峻的形势,尼禄和蒂盖里努斯更加不肯善罢甘休,不愿停止他们的迫害活动。可是为了收买民心,他们又发布了分发粮食、葡萄酒和橄榄油的新的命令,公布了一系列便于居民重建家园的措施。为了以后避免火灾的发生,对街道的宽度和采用什么建筑材料都做了新的明文规定。皇帝还亲自参加元老院的会议,和这些"父老们"一起讨论城市建设和人民福利的问题,但对那些已经定罪的基督徒却没有丝毫开恩赦免的表示。相反的是,这位世界的统治者的一切努力,就是要让人民相信,对于那些罪有应得的人必须施加这种严厉的刑罚。元老院里也没有人出来为基督徒说话,因为他们都不愿意得罪皇帝。但是也有一些高瞻远瞩的人,断言罗马帝国面对新的宗教的攻势,它的基础是不稳固的。

罗马的法律规定,对死人不能施加报复,因此凡是死去的或者快要死去的人都一定要送还给他们的家属。维尼茨尤斯由此也得到了很大的安慰,他想,如果莉吉亚死了,他就可以安然无事地把她埋葬在自家的祖坟里,将来他自己也和她葬在一起。他觉得再也没有希望救她免于一死了,他自己也一多半脱离人世间了。他已经完全献身于基督的信仰中,除了永恒的结合之外,他想不出有其他的结合了。正是这种无比真诚的信仰,使他觉得那个永恒世界比他经历过的这个苦难的世界要现实和真实得多。维尼茨尤斯心中充满了这种十分专注的感情。他虽然活着,但已经变成了一个没有躯壳的灵魂,他渴望能够得到彻底的解脱,也想使他所爱恋着的那个灵魂得到这种解脱。他一心想的是,到那个时候,和莉吉亚手挽着手,一同进入天堂。基督正在那里等着他们,要为他们祝福,让他们生活在像朝霞那么宁静而又无限广阔的光明中。他现在只求基督别让莉吉亚遭受圆戏场上的那种酷刑,允许她在监狱的睡梦中安详地死去,同时他也相信,他会和她在同一个时辰一同死去。他觉得,在这个血流成河的悲惨世界里,甚至不应当去期盼莉吉亚一个人得救。维尼茨尤斯听彼得和保罗说过,他们自己也一定会作为殉道者死去。他看到基隆被钉死在十字架上的场面,相信死,即便痛苦的死亡也会是甜蜜的。因此他把殉道看成是从这个悲惨痛苦的世界到幸福世界的一种转变,他祈求这种转变早日降临到他们两个人身上。

他常常有一种来世生活的感觉,掌握着他们两个灵魂的悲哀再也不是往昔那种揪心的痛苦,而逐渐变成了一种平静的超脱,完全听从于上帝意旨的安排。过去他艰难地顶着逆流而上,挣扎,受苦,现在他顺流而下,相信他会被带到那永恒的宁静中。他猜想,莉吉亚也和他一样,已经做好了死的准备,不管监狱的高墙怎么把他们分开,他们将一道前进,一想到这个,他就像获得了幸福一样甜蜜地笑了。

他们的确会走到一起,因为他们每天都有许多志同道合的思想,要长时间地互相交流。莉吉亚只盼着来世的生活,此外就别无所盼,也别无所求了。死亡对她来说,不仅意味着她从可怕的监狱中,从皇帝和蒂盖里努斯的魔掌中得到解脱,而且也说明她和维尼茨尤斯结成终身伴侣的时候已经到了。有了这种不可动摇的坚定信念,其他的一切对他们来说就毫无价值了。莉吉亚还认为,死后她也能得到现世生活的幸福,因此她像一个未婚妻等待举行婚礼的那个时刻一样,急盼着死亡的来到。

这股信仰的无边激流,卷走了成千上万的第一批信徒,把他们从人世带到了坟墓的彼岸,而且把乌尔苏斯也卷走了。乌尔苏斯很长一段时间都不忍去想象莉吉亚的死亡,可是圆戏场和御花园里所发生的一切每天都有消息传到监狱里,使他看到了这已成为所有基督徒不可抗拒的共同命运,而这却是一种幸福的命运,比人世间那种暂时的幸福要更高一级的幸福,所以乌尔苏斯不敢祈求基督剥夺莉吉亚的这种幸福,或者把它推迟到好多年以后。这个野蛮人的单纯的心里想的是,像她这样一位莉吉亚国王的公主比他这样的普通老百姓应当更多地享受到天堂的欢乐,在死后永恒的荣光中,也应得到比别的人更加靠近"羔羊"的位置。他虽然听说过在上帝面前人与人是平等的,可是他的灵魂深处认定,莉吉亚既是一个国王的女儿,又是所有莉吉亚人的领袖的女儿,她和任何一个善良的奴仆都是不同的。乌尔苏斯深信基督会让他以后再来侍候莉吉亚。如果说到他自己,倒是早有一个秘密的希望,就是能像"羔羊"那样死在十字架上。他知道在罗马,总是把最坏的人钉在十字架上,但他认为对他来说,这是最大的幸福,他甚至不敢向基督祈求这种幸福。他想,他们一定会让他死在野兽的利齿下。一想到这个,乌尔苏斯心中反而担忧起来:从孩提时起他就生活在无人居住的原始森林里,在连续不断的狩猎中,由于他所表现的超人的力量,他还没有成年就已经闻名于莉吉亚人中,那时候,狩猎是他最喜爱的活动。到了罗马之后,他没法继续这种活动了,但他仍爱到动物饲养场或圆戏场里去观看那些他熟悉或不熟悉的野兽。可是他一看到这些野兽,就无法克制心中激起的一种想要搏斗和捕杀它们的欲望。所以他现在最担心的是到了圆戏场后,一看见野兽会不会突然产生一种作为一个基督徒不应有的想法,使他不愿虔诚地忍受着痛苦地死去,这也只有听凭基督的安排了。但是还有一种想法却给他带来了安慰。他曾听说"羔羊"向地狱的恶魔宣过战,根据基督的教义,所有异教的诸神都是恶魔,因此他觉得他在这场战争中,一定能比别人为"羔羊"立下更大的战功,他的灵魂比别的殉道者更加坚强,他能付出更大的力量,又怎么会做不到呢?他整天祈祷着,为同狱的难友效劳,替看守做事。他看到莉吉亚常常怨恨自己在短促的一生中,没有做出像使徒彼得告诉过她的著名的大比大①做过的那许多善事,因此他有时也尽量地给予她安慰。监狱的看守就是在狱中也很害怕这个巨人可怕的力量,他们知道无论坚固的铁栅栏还是手铐都锁不住他,但是后来他们看到他性情温和善良,又很喜欢他了。看守们对于他的这种个性有时也感到很奇怪,便问这是怎么来的。他总是以他坚贞不渝的信念对他们讲述死后幸福的生活,使他们听得更加出奇了。这是他们从来没有听到过的事情,地狱里连阳光都照不进来,

---

① 大比大,见《圣经·新约·使徒行传》第9章,她是个行善的女人。

现在却照进了幸福之光。当他规劝他们信仰基督时,他们中许多人都有这么一种想法:他们的职业是奴隶的职业,他们的生活是贫苦人的生活,他们的悲惨命运也只能以死亡来了结。

过去他们认为死亡是一种新的恐怖,更没有指望死后还有什么东西。可是现在,这个莉吉亚巨人和这位像一朵美丽的鲜花被抛在监狱的草垫上的姑娘却高高兴兴地朝死亡走去,仿佛他们在走向幸福的大门一样。

第六十五章

一天晚上,元老院的斯采维努斯前来裴特罗纽斯的府上拜访,和他做了一次长时间的谈话。话题主要涉及他们所处的艰难时代,也谈到了皇帝尼禄。斯采维努斯的话说得很坦率,毫无顾忌,就连和他交往很深的裴特罗纽斯也不得不有所提防。他怨恨世界是那么邪恶和疯狂,他认为这一切必将导致一场比罗马大火更加可怕的灾难。他还谈到了大臣们对现实的不满。菲纽斯·鲁弗斯这位禁卫军的副司令官说他再也无法忍受蒂盖里努斯的残暴统治。皇帝不管是对待琉康还是对他老师的那种态度,都激起了塞内加的整个家族的怨恨,而且这种怨恨已经到了一触即发的地步。最后,斯采维努斯还列举了人民群众,甚至禁卫军中的不满情绪,只有菲纽斯·鲁弗斯才受到大部分禁卫军的拥护。

"你说这些话干什么?"裴特罗纽斯问他。

"这是出于我对皇帝的关心。我有一个远房亲戚,和我一样,也姓斯采维努斯,他在禁卫军中服役。从他那里我也知道了一些军中的情况,那里的怨气越来越大……你知道,卡里古拉是一个狂人,可是结果怎么样呢?幸好出了个卡休斯·赫列阿……他那么干真可怕,我敢担保,我们当中谁也不会赞成他那么干的。可是话又说回来,只有他才把世界从那个恶魔的手中解救出来了。"斯采维努斯回答说。

"你的意思是,"裴特罗纽斯说,"虽然我不赞成赫列阿的那种行动,但他却是一个了不起的人,像他这样的人,但愿诸神能够尽量多地给我们提供一些。"

可是斯采维努斯却改变了话题,出人意外地称赞起披索来。他赞扬他的门第和品德,对妻子忠贞不贰,他的智慧和从容不迫,还有他那笼络人心的特殊本领。

"皇帝没有子嗣,"他说,"大家都想立披索为皇位继承人,为了他的登基,他们一定会竭尽全力地给予帮助。阿内乌斯家族对他忠心耿耿,普劳茨尤斯·纳泰拉努斯和杜留斯·塞内茨约甘愿为他赴汤蹈火。菲纽斯·鲁弗斯也很喜欢他,还有纳塔利斯、索布留斯·弗拉维尤斯、索尔比茨尤斯·阿斯佩尔、阿弗拉纽斯·克文茨亚努斯,甚至维斯迪努斯都愿意为他效劳卖命。"

"可是维斯迪努斯这个人却没有什么用,他连自己的影子都害怕。"裴特罗纽斯说。

"维斯迪努斯既怕梦又怕鬼,但他却是一个很坚强的人。"斯采维鲁斯答道,"他们要封他为执政官,这是很对的。他打心眼里不赞同杀戮基督徒,这一点你可不要说他不好,这种疯狂的罪恶该结束了,和你也有关系嘛!"

"和我没有关系,和维尼茨尤斯有关。"裴特罗纽斯说,

"我本来要为他救一个姑娘,但因为我不讨红胡子的欢心,现在做不到了。"

"哪里的话!你没见到皇帝又要和你接近,想和你谈话吗?我把其中的原因告诉你吧!皇帝准备到阿哈亚去,要在那里演唱他自己作的希腊歌曲。他甚至马上就想开始这一次旅行,可是他又怕希腊人对他表示轻蔑的态度。他料想自己要么取得最伟大的成就,要么遭到最惨重的失败。他需要有人给他出谋划策,知道在这方面,除了你之外,没有更适合的人,因此他又会宠信于你的。"

"琉康会代替我的。"

"红胡子恨琉康,他早就要把他杀掉,只不过还没有找到借口,他干什么都是要找一个借口。琉康也很明白,所以他现在急着要想出一些办法来。"

"凭卡斯托尔起誓!这也是可能的。但我有一个更好的办法,能够马上博得皇帝的欢心。"

"什么办法?"

"就是把你刚才给我说的那些话对红胡子再说一遍。"

"我可什么也没有说呀!"斯采维努斯惊惶不安地大叫起来。

裴特罗纽斯把手按在他的肩膀上,说:

"你把皇帝叫作狂人,还预谋立披索为皇位继承人,你还说:'琉康也很明白,所以他现在急着要想出一些办法来。'你们这么急,到底想干什么,亲爱的①?"

斯采维努斯的脸色骤然发白,他们两个人互相对着望了

---

① 原文是拉丁文。

一会儿。

"你不会去告密吧?"

"对吉普雷达的胯骨起誓!你是深知我的为人的。不,我决不会做这种事!我什么也没有听见,而且也不想听⋯⋯你明白我的意思吗?人生是那么短暂,不值得去大干一番。我只有一事相求,就是你今天一定要去拜访一下蒂盖里努斯,要和他做一次长谈,随你谈什么都可以,只是要和我谈的时间一样长。"

"为什么?"

"那样的话,他以后要是问起我:'斯采维努斯到过你那里?'我就回敬他:'当天他也到过你那里。'"

斯采维努斯一听这话,便立即折断了他手中的象牙手杖,说:

"让倒霉的事都落到这根手杖上吧!我今天就要去见蒂盖里努斯,然后我还要去参加内尔瓦的宴会,你也会去那里吧!不管怎样,我们后天要在圆戏场见面的,剩下的基督徒那天都要出场了⋯⋯再见!"

"后天。"等到斯采维努斯走了后,裴特罗纽斯一个人对自己反复地说:

"要抓紧时间,做好准备!红胡子到阿哈亚去,是少不了我的,因此他也许会答应我的请求。"

于是他决心去试一试最后一个办法。

事情果不出他所料,在内尔瓦的宴会上,尼禄特地让裴特罗纽斯坐在他的对面,他想和他谈谈阿哈亚和其他一些城市的情况。尼禄认为在这些城市的公演能够获得最大的成功。他最关心的是雅典人对他演出的反应,但是他又很怕他们。

宴席上的大臣对他们两人的谈话都听得很仔细,更希望从裴特罗纽斯的意见中找到一些一知半解的东西,日后当作自己的意见再提出来。

"我总觉得直到现在我还没有活在这个世界上,到了希腊我才算是诞生了。"尼禄说。

"陛下将要带着新的光荣和不朽降生于世。"裴特罗纽斯答道。

"我也相信会这样,阿波罗是不会妒忌我的。如果我胜利归来,我要为他举行任何神明都没有享受过的百牛大祭。"

斯采维努斯开始反复念诵贺拉斯的诗句:

愿威力无比的塞浦路斯女神,

海伦的兄弟,灿烂的群星

和风的父亲指引你前进……①

"那不勒斯的轮船早就准备好了。"尼禄说,"就是明天动身我也愿意。"

听到这话,裴特罗纽斯便站了起来,目不转睛地望着尼禄的眼睛,说:

"神圣的陛下,在这之前请准许我举行一次婚宴,而且首先要请陛下作为贵宾来参加。"

"婚宴?谁的婚宴?"尼禄问道。

"就是为维尼茨尤斯和莉吉亚国王的女儿结婚举行的婚宴。她是陛下的人质,可现在却关在监狱里,一个国家的人质怎么能下到监狱里去呢?再说陛下也恩允过维尼茨尤斯和她

---

① 这三句原文是拉丁文。

结婚,陛下的圣裁和宙斯的意旨一样,是不能改变的。所以请陛下降旨放她出狱,然后我就把她送到新郎那里去。"

裴特罗纽斯说话时所表现出的那种沉着、冷静和自信的态度,使尼禄也为之动心了。实际上,不管是谁,只要以这种态度对他说话,他都是很感动的。

"我知道。"尼禄垂下眼睛回答说,"我想到过那个姑娘和那个掐死克罗顿的巨人。"

"这么说,他们两个都有救了。"裴特罗纽斯依然很平静地说道。

可是蒂盖里努斯马上走上前来帮尼禄说话:

"她是照陛下的意旨被捕收监的。你刚才说了,裴特罗纽斯,陛下的圣旨是不能收回的。"

所有在场的人都知道维尼茨尤斯和莉吉亚的事,对眼前的争论意味着什么也很清楚,所以他们只是好奇地看这一场争论会有什么结果,而不愿表示自己的态度。

"她的入狱是你的过错,因为你不懂得国际法,这是违背陛下意旨的。"裴特罗纽斯侧重指出了这一点,"蒂盖里努斯,你再幼稚也不会认为是她放火烧了罗马吧? 如果你硬要这么说,陛下也不会相信。"

这时尼禄已经冷静下来,他眯了眯他的那双近视眼,露出一副无法形容的凶恶的面孔,过了一会儿,说道:

"裴特罗纽斯说得对。"

蒂盖里努斯惊骇不置地望着尼禄。

"裴特罗纽斯说得对。"尼禄又说了一遍,"明天就给她打开监狱的大门,婚宴一事,后天我们到圆戏场里再谈吧!"

"我又失败了。"裴特罗纽斯心里想道。

裴特罗纽斯回到家里后，确信莉吉亚的死期已到。后天他准备派一个忠实可靠的解放奴隶到圆戏场里去，找停尸场的主管办理移交她的尸体的手续，他要把莉吉亚的尸体亲自送交给维尼茨尤斯。

第六十六章

夜间表演过去只有在特殊情况下才举行，到了尼禄时代，这种表演无论在比赛场还是圆戏场里，都已司空见惯了。朝臣们都很喜欢这种表演，因为表演完毕之后要设宴招待他们，他们一个个喝得烂醉，总要闹到天亮。平民百姓本来已经厌倦了流血，但因为在他们中传开了一个消息，说这是最后一次表演，剩下的基督徒在这次表演中都会被处死，所以圆戏场里还是拥来了无数的人群，把这里挤得满满的。朝臣们也猜到了这是一次不平常的表演，皇帝肯定要把维尼茨尤斯的痛苦写成一出悲剧，所以他们怀着极大的兴趣，也一个不落地来到了圆戏场。由于蒂盖里努斯丝毫也不透露如何处置这个年轻的军团长的未婚妻，这就更加引起了普遍的好奇心。凡是在普劳茨尤斯家里见过莉吉亚的人，无不称赞她那神话般的美貌。所以人们最关心的，是今天在圆戏场里能不能见到她。他们中有不少人在内尔瓦家的宴会上听到过皇帝对裴特罗纽斯的回答，对这个回答有两种完全不同的理解，有些人想得很简单，认为尼禄会把莉吉亚送还给维尼茨尤斯，也许他已经送去了，因为莉吉亚是个人质，她信什么神有她的自由，按照国际法规定，她是不受任何惩罚的。

所有的观众都怀着不安和好奇的心情在等候。皇帝也比往常来得更早。他一来到，就引起了戏场里一片叽叽喳喳的说话声。大家认定会发生非同寻常的大事，因为在尼禄的随从中，除了蒂盖里努斯和瓦提纽斯外，还有百夫长卡休斯。这个人身材魁梧，力大无比，尼禄只有在特殊场合需要保镖的时候才把他带在身边。比如他每次到苏布拉去进行夜袭，就一定要把他带去。他把这种夜袭当作一种游戏，称之为"萨加提奥"，就是说在街上只要遇到女人，就把她们抓来放在士兵的斗篷上，往空中上下地抛掷。观众还注意到圆戏场里也做了一些戒备，禁卫军的人数增加了，担任他们指挥的不是百夫长，而是那个以盲目效忠于尼禄而出名的军团长索布留斯·弗拉维尤斯。一看这种情况，他们马上意识到这是尼禄采取的防范措施，一旦维尼茨尤斯在绝望中突然发作，他就有对付的办法，因此他们对这也更加感兴趣了。

所有的人都眼睁睁地望着那个不幸的未婚夫的席位。他脸色煞白，额头上布满了汗珠，他也和别的观众一样，不知道今天会出现什么情况，他的整个灵魂都充满了惶恐不安。裴特罗纽斯对今天的安排也不十分清楚。自从那次从内尔瓦宴会回来问他是否做好了最坏的准备和是否参加竞技大会后，他就再也没有和他说过一句话了。维尼茨尤斯当时虽然回答得很肯定，但他全身上下就像被虫咬了似的那么难受，因为他知道裴特罗纽斯这么问他不是没有来由的。一段时期以来，维尼茨尤斯一直过着一种半死半活的生活，他期待着自己的死亡，而且也甘愿让莉吉亚死去，因为他认为死就意味着他们两人的解脱和永久的结合。可是他现在知道了，在远方把生

命的结束想象为安乐的沉睡是一回事,亲眼看着一个比自己
的生命更加宝贵的灵魂被残害致死,就完全是另一回事了。
他以往经受过的全部痛苦又回过来对他进行折磨,被压制的
绝望在他的心中又开始呼叫起来,因此他又像以前那样,要不
惜一切代价把莉吉亚救出来。从一大早,他就想方设法要钻
进圆戏场的地道里去,看莉吉亚是不是在那里。可是那里所
有出入的通道都有禁卫军警卫把守,由于下了非常严厉的禁
令,就连他认识的那些士兵无论他如何恳求,或者用金子贿
赂,都不放他过去。维尼茨尤斯真是心如刀割,深感他等不上
看表演,就会在痛苦和不安中死去。可有时他心中又莫名其
妙地产生了一线希望,也许莉吉亚根本没有到圆戏场来,他的
一切担心都是不必要的。他想尽力把握住这种希望,便自言
自语地说,基督会把莉吉亚从监狱里救出来的,"他"是不会
让她去比赛场受酷刑的。维尼茨尤斯本来早就让自己的一切
听凭基督神意的安排,可是现在,当他在地道门口被阻拦后又
回到了圆戏场里原来的座位上,当他看见所有好奇的眼光都
投向了他时,他才知道过去那种令人神魂颠倒的料想就要变
成现实了。因此他以他的满腔热忱,甚至带有某种威胁的热
忱向基督求救。"你能够救她!"他不断地说,紧握着抽搐的
拳头。"你能够救她!"他没想到这个料想变成现实是这么可
怕,也不知道他自己现在究竟处于一种什么样的状态。他只
觉得,他如果看到莉吉亚被行刑处死,他对上帝的爱就会变成
恨,他的信仰也会变成绝望。可是这种感觉却又给他带来了
恐慌,他怕因此得罪了基督,因为他正在恳求基督赐予慈悲和
奇迹呢!维尼茨尤斯不再祈求基督让她活下去了,只希望她
被带到圆戏场之前就死去。他以难以诉说的痛苦在心里恳

求："只要你不拒绝我的请求,我会比过去更加爱你。"他的思想就像被狂风掀起的大浪那样咆哮翻腾,他的身上激起了一种复仇和嗜血的强烈欲望,他被一种疯狂的发作所驱使,就要扑到尼禄的身上,当着所有观众的面把尼禄掐死。可是他又觉得这种欲望的产生是对基督的不敬,违背了"他"的教导。有时在他的脑海中又闪现一缕希望之光,相信那只全能和慈悲的手会扫除使他的灵魂战栗的一切。可是这缕闪光马上就熄灭了,他又陷入了无穷无尽的悲哀之中,上帝本来只要一句话就能摧毁这座圆戏场,把莉吉亚救出来,可"他"现在却抛弃了她。尽管她真诚地信仰"他",以她那颗纯洁的心全心全意地爱"他",但也没有得到"他"的怜悯。维尼茨尤斯想到莉吉亚正躺在黑暗的地牢里,孤零零的毫无防卫,身子虚弱不堪,受到那些野兽般的看守们的欺凌和虐待,被折磨得奄奄一息。而他自己呢,也只能坐在这座可怕的圆戏场里束手无策地等待,既不知道她将受到什么样的酷刑,也不知道自己马上就会看到什么样的惨景。他就像一个就要掉进深渊的人那样,不管岸边长着什么东西,都一定要把它抓住。他确实也抓住了一种思想,认为只有信仰才能够救她,现在他只有这个办法了,彼得说过,信仰能够感天动地嘛!

于是他把他的怀疑情绪压了下去,尽心思考着"我相信"这句话的含义,等待着奇迹的出现。

可是就像琴弦绷得过紧要断裂一样,维尼茨尤斯自我克制的努力也失败了。他的脸色像死人一样苍白,身子也好像变得僵硬了。最后,连整个圆戏场和那数不清的观众的白色宽袍,千百盏灯火和火炬,所有这一切,都从他的眼里消失了。这说明他的祈祷已经灵验,他马上就要死去了,而且莉吉亚也一定死了。基督就是以这个办法把他们带到自己的身边。

然而这种休克状态并没有持续多久,过了一会儿,他又清醒过来了,实际上是一些等得不耐烦的观众的跺脚声把他惊醒的。

"你病了?"裴特罗纽斯对他说,"我叫人把你抬回去!"

裴特罗纽斯站了起来,他不管皇帝会怎么说,都打算扶着维尼茨尤斯一起退出戏场。他心中怀有对维尼茨尤斯无限的同情,尤其是他看见皇帝正拿着绿宝石眼镜得意扬扬地望着维尼茨尤斯那痛苦的样子,觉得再也忍受不下去了。他认为皇帝大概要以这个年轻人的痛苦为题材写一首感伤的诗,以博得众人的赞美。

但是维尼茨尤斯摇头表示了拒绝。他宁可死在这里也不愿离开,他知道表演马上就要开始了。

几乎就在这一刹那,罗马市长挥动了一块红手巾,看到这个信号,皇帝御座正对面的那扇大门便轰隆一声打开了,乌尔苏斯从黑暗的通道里走了出来,一会儿就出现在灯火通明的比赛场上。

这个巨人眯了几下眼睛,显然是对场上强烈的灯光感到炫目。他在场地中央站定,四周张望了一下,想知道他在这里会遇到什么。所有的大臣和大部分观众都知道他就是那个掐死克罗顿的人,所以他一出场,许多座位上便发出了一片叽叽喳喳的议论声。在罗马,并不缺少比普通人身材魁梧得多的角斗士,但是像乌尔苏斯那样的参天巨人还从来没有见过。那个站在御座旁的卡休斯和他相比,简直像一个孩子似的。不管是元老院的元老们、维斯塔的女祭司们,还是皇帝和朝臣们,甚至连普通老百姓都以行家或爱好者的眼光,钦慕不已地望着乌尔苏斯那树身一般粗大健壮的双腿,像两块合起来的盾牌一样坚实的胸脯,还有他那赛似赫拉克勒斯的强壮有力的肩膀。议论声越来越大了。对场里的观众来说,没有比看到这种健壮有力的肌肉运动、竭尽全力的厮打和拼斗,更能够带来乐趣的了。不一会儿,窃窃低语就变成了狂呼乱叫。一些人甚至急切打听:产生这种巨人的种族究竟在什么地方?乌尔苏斯站在场地中央,赤身露体,看起来仿佛不是一个活人,而更像一尊威严巨大的石雕像。他那野蛮人的脸上,露出了十分专注而又带有几分忧郁的表情,看到场上空无一人,他那双孩子似的蓝眼睛颇为诧异地望着观众,又望着皇帝,然后又看了看那扇铁栅栏门,等候刽子手从那里出来。

在他刚走进场来的时候,他的纯朴的心中还曾抱有最后一线希望,以为那里会有十字架在等着他。可是他不仅没有看见十字架,就连挖好的坑洞也没有看见。他想,他没有资格享受这种恩典,就只好别样死去了。他一定会被野兽吃掉的。他身无防卫,要按照一个"羔羊"的信徒的要求,忍受着痛苦,平静地死去。但是在这之前,他还要向救世主做最后一次祈祷,因此他跪倒在场地上,合着双手,抬头仰望着圆戏场上闪烁的星空。

这个举动使观众大为不满,对于基督徒一个个像绵羊那样地死去,他们已经感到厌恶了。他们认为,要是这个巨人还不起来自卫,那么这场表演也就完了。因此到处都有观众发出斥责声,有些人还大声呼喊,叫那些以鞭打不愿参加角斗的人为己任的武士赶快出来。可是过了一会儿,戏场里又静下来了。因为大家还不知道,这个巨人到底会等来什么,也不知道当他被杀害时会不会起来反抗。

实际上他们没有等多久,铜号就发出了刺耳的响声,随着号声的吹响,御座对面的铁栅栏门便打开了。一头凶猛的日耳曼大野牛在管兽人的吆喝声中,直奔场内,它的两个犄角之间绑着一个裸身的女人。

"莉吉亚!莉吉亚!"维尼茨尤斯大叫起来。

他双手死死抓住两鬓的头发,身子像被矛枪刺中了那样扭动起来,随后便用一种嘶哑的、不像人发出来的声音不停地喊道:

"我信仰你!我信仰你!……基督啊!快出现奇迹吧!"

裴特罗纽斯为了不让他看见,突然用宽袍蒙住了他的脑袋。可是维尼茨尤斯毫无感觉,他还以为他已经死了,或者因为痛苦,什么也看不见了。他什么也看不见,也不想看见什么。他只觉得周围是一片可怕的空虚,头脑里没有思想,只有他的嘴唇像患了病似的不停地叫喊:

"我信仰你!我信仰!我信仰!……"

比赛场上突然出现了一个惊心动魄的场面,那个莉吉亚人本来在卑顺地等待着死亡,一看见自己的公主被绑在野牛的头上,他就像大火烧到了自己身上一样,马上跳了起来,向疯狂的野兽追了过去。戏场里顿时肃静下来,所有的朝臣都像一个人似的唰的一声站起来了。

观众胸中发出了一声短促的惊叫,随后又是一片沉寂。一眨眼工夫,那个巨人就追上了那头狂奔乱跳的野牛,抓住了它的犄角。

裴特罗纽斯即刻把宽袍从维尼茨尤斯头上拿了下来,大喊一声:"快看!"

维尼茨尤斯于是站了起来,向后稍稍抬起了他那白得像麻布一样的脸孔,睁大了一双不很清醒的、失神的眼睛望着场上。

所有的观众都屏住了呼吸。圆戏场里连苍蝇飞过都能听见。自从罗马诞生以来,还没有见过这么惊心动魄的搏斗,人们不敢相信自己的眼睛。

乌尔苏斯竭尽全力地抓住了野牛的双角,他的背弯得像一张拉得很紧的弓,他的头埋在双肩中间,他的脚一直到踝骨都深深地陷进了沙地里,胳膊上鼓起的肌肉把皮肤都要撑破了似的。但他却把野牛死死地按到了地上。人和野兽在一动也不动地角力,观众们都觉得好像看见了一幅赫拉克勒斯或者提休斯的英雄壮举的图画,或者看见了一组石雕像。可是在这种表面的静止中,却看得出斗争双方正在进行一场拼死的较量。野牛的四条腿也像乌尔苏斯的双腿那样,深深地插进了沙土里。它那长满了黑色长毛的躯体蜷成了一个巨大的球形,哪一方体力不支,哪一方就会先倒下去。这个问题对那些沉迷于角斗的观众来说,此时此刻比他们自己的命运,比整个罗马和它在全世界的统治都重要得多。这个莉吉亚人简直成了他们崇拜、在他们心中树起了偶像的半神。皇帝陛下也站起来了。他和蒂盖里努斯都听说过这个莉吉亚人的超凡神力,所以他们才有意安排了这一场表演。他们还逗趣地说:"这个人既然打死了克罗顿,但愿他也能战胜我们给他挑选的野牛!"看到眼前出现的这幅景象,他们惊讶得简直不敢相信它是真的。有些观众全神贯注于那惊险的搏斗场面,连举起的双手都忘了放下,有些观众甚至头上冒出了大汗,就好像他们自己也在和野牛搏斗似的。整个圆戏场里只听得见灯火燃烧的噼啪声和从火炬上掉下灰烬的沙沙声。观众的声音都堵在喉咙里,可是他们那剧烈翻腾着的心就好像要爆炸了似的。他们觉得这场搏斗仿佛已经进行了好几个世纪。

不管是人还是牛,都毫不退让地在那里进行着可怕的较量,他们那种挺立的姿势仿佛在沙地上生了根一样。

这时候,场上突然传来了一声呻吟似的吼叫,观众们听到后也急忙地喊了一声,随后又静下来了。人们都觉得好像在做梦。那头野牛令人生畏的头被这个野蛮人的一双铁臂倒扭过来了。

乌尔苏斯的脸、背和肩膀都变成了紫红色,他的脊背弯得更厉害了。显然他正要使出他那最后一点超人的力气,而他所剩的力气也不多了。

野牛的吼叫声越来越沉重、嘶哑、痛苦,和这个巨人胸中的喘息声混杂在一起。野兽的脑袋被扭得更加厉害,它的嘴里垂下了一根长长的舌头,流下了白沫。

顷刻之间,坐在前排的观众已经听到了骨头的断裂声。这头野牛的脖子被扭断了,马上倒在地上死了。

那个巨人即刻解下牛角上的绳索,抱起了那个姑娘,急促地喘息着。

他的脸色苍白,头发被汗水粘在一起,肩膀和胳膊都像在水里泡过了似的。他在那里痴呆呆地站了好一会儿,这才抬起眼睛,环视着四周的观众。

整个圆戏场都疯狂了。

几万名观众的欢呼震动了建筑物的墙壁。自罗马举行竞技表演以来,还没有见过这么热烈的场面。坐在上面那几排的观众都纷纷离开了自己的座位,跑到下面,挤在过道里和各排座位之间,想更清楚地看看这个举世无双的大力士是个什么模样。到处都响起了热烈而又坚决要求赦免的呼声,这声音顿时汇成了一片响彻云霄的巨大的呐喊。这个巨人现在已经成了那些崇拜体力的人的偶像,成了罗马城里的头号新闻人物。

他终于明白了,观众是在替他要求宽恕,要求恢复他的自由,但是他所关心的却不仅仅是他自己。他向四周环顾了一阵后,便朝皇帝御座的方向走去。他伸出双臂托着那个姑娘的身躯,把她摇了几下,于是抬起一双恳求的眼睛,好像在说:

"请你们怜悯她吧!救她一条命吧!我这么做全都是为了她呀!"

观众完全理解他的请求。看到那个昏迷过去的少女躺在这个魁伟的莉吉亚人的双臂上,简直像一个幼小的孩子,不论骑士、元老,还是普通群众都深受感动。她那纤细的、像雪花石膏那么洁白的身躯,她那人事不省的状态,被巨人从万分恐怖的危险中解救出来,还有她那赛似天仙的美貌和这个莉吉亚人对女主人的忠诚的挚爱,都极大地震撼了观众的心灵。有一些人还以为这是父亲在为自己的孩子求怜,于是一股同情的火焰在观众的心中突然迸发出来,他们已经看够了流血,看够了死亡,看够了酷刑……人们含着泪水呼唤着对他们两个人的赦免。

乌尔苏斯这时不断摇晃着他托在手上的那个姑娘,绕着场地走了一圈,用眼神和动作恳求对她的赦免。维尼茨尤斯看到这种景象,突然站了起来,纵身跳过那道隔着前排座位和场地的栅栏,跑到莉吉亚跟前,用自己的宽袍遮住她裸露的身体。

接着他又撕开他的贴身衬衣,把他在亚美尼亚战争中胸部受伤留下的伤疤露出来给大家看，并且向观众伸出了双手。

观众的狂热超过了以往任何一次戏场表演，他们有的跺着脚，有的大声尖叫，要求赦免的呼声干脆就是带着威胁的口气喊出来的。人民群众不仅要为这个角斗士请命，而且也要保护这个少女、这个军人和他们的爱情。成千上万的人都紧握着拳头，把愤怒的眼光投向了皇帝。皇帝还有些犹豫不决，想要拖延时间。他对维尼茨尤斯本来没有什么仇恨，莉吉亚死还是不死和他也没有关系，但是他很想看到那姑娘的肉体被野牛角捅破或者被野兽的利齿咬碎的场景。只要看到这种场景，他那凶残暴虐的本性，他那险恶的想象和堕落的欲望便会感到极大的乐趣。可是观众现在却要剥夺他的这种乐趣，想到这里，他那满是肥油的脸上便露出了怒容。他强烈的自尊不愿屈从人民的意志，然而由于他天生怯懦，他又不敢反对观众的要求。

于是他向他的周围望了一眼，看朝臣中有没有人用手指着下方做出处死的表示。裴特罗纽斯首先就把一只手手心朝上高高地举起，并且以挑战的眼光望着皇帝的脸。迷信而又爱激动的维斯迪鲁斯不怕活人，只怕鬼魂，也表示了赦免，其他的人如斯采维努斯元老、内尔瓦、杜留斯·塞内茨约和德高望重的老统帅奥斯托留斯·斯卡普拉也做出了这样的表示。还有安提斯提乌斯、披索、维杜斯、克雷斯披努斯、密努茨尤斯·泰尔纽斯、蓬茨尤斯·泰内齐努斯和人民最尊敬的特拉泽阿斯也支持赦免。尼禄一看这种情景，便摘下了绿宝石眼镜，他的眼里露出了轻蔑和怨恨的神色。这时候，企图陷害裴特罗纽斯的蒂盖里努斯便躬下身去对尼禄说：

"陛下，你绝不要让步，我们有禁卫军！"

尼禄又向禁卫军那边望去,指挥禁卫军的正是那位十分严厉而又一直忠心耿耿为他效力的索布留斯·弗拉维尤斯。可是这位老军团长也看到了眼前发生的事变非同寻常,他泪流满面,现出了严肃的表情,把手高高地举起,做出了赦免的表示。

观众更加愤怒了,不停地跺脚掀起了一大片尘土,使整个圆戏场都蒙上了一层尘雾。人们在呐喊的同时也开始咒骂起来:"红胡子! 弑母的凶手! 纵火犯!"

尼禄终于害怕了。观众已经成了圆戏场里的主宰。以前的皇帝们,特别是卡里古拉,每当他们做出了违抗人民意志的事情,结果总要引起一场暴乱,甚至发生流血冲突。但是尼禄的情况不同,首先,他是一个喜剧演员,又是一位歌手,需要人民的捧场。再者,他反对元老和贵族势力,也需要得到人民的支持。罗马被火烧后,他以各种手段取得了人民对他的拥护,把他们的愤怒转移到了基督徒身上。现在他也明白,他不能违抗人民的意志,否则就会发生危险,圆戏场里的骚乱有可能扩大到全城,后果将不堪设想。

他又望了一眼索布留斯·弗拉维尤斯和百夫长斯采维努斯,他是那个元老的亲戚,同时他也望了一下那些士兵。他看见四面八方都是皱着的眉头、愤怒的面孔和一双双盯着他的眼睛,因此他不得不做出了赦免的表示。

戏场上下顿时响起了雷鸣般的掌声。民众终于看到被处决的生命得救了,从这个时候起,他们便受到人民的保护,皇帝也不敢报复他们了。

第六十七章

四个比西尼亚奴隶小心翼翼地抬着莉吉亚往裴特罗纽斯的家里走去,维尼茨尤斯和乌尔苏斯走在她的两旁,为了把莉吉亚尽快地交给希腊名医治疗,他们走得很急,一路上不声不响,经过一天的劳累和波折,大家连说话的力气都没有了。维尼茨尤斯直到现在还没有完全清醒过来,他总是不停地念叨着:莉吉亚得救了,她再也不会被关到监狱里去了,也不会死在圆戏场上了,她的不幸到此永久结束了。他这就把她带回家里去,从此不再和她分离了。他觉得他们现在要开始的生活和现实不同,是另一种生活。他有时往敞开的轿里斜过身去,要仔细看看他心爱的人,她的面孔在月光的抚慰下,仿佛睡着了似的。他脑子里老是在想:"这就是莉吉亚,是基督救了她!"维尼茨尤斯回想起了他和乌尔苏斯两个人一起把莉吉亚抬出大门的时候,遇到了一个不认识的医生,替她诊看了一下,肯定地告诉他,她还活着,而且一定会康复的。一想到这里,他心中真有说不出的欢乐。他有时甚至高兴得全身瘫软,几乎迈不开脚步,只好靠在乌尔苏斯的肩膀上。乌尔苏斯抬眼望着布满繁星的夜空,开始念祷文了。

他们急急忙忙地走在大街上,街上新建的白色房子在月光的映照下更加耀眼白净。城里显得宽阔空旷,只是在一些地方可以见到一群群头戴常春藤花环的人们,趁着良宵美景和比赛开始以来的节日气氛,在一些柱廊前,随着笛声的伴奏尽情地歌舞。快到家门口的时候，乌尔苏斯才停止祷告，开始用很轻微的声音说话，好像怕惊醒了莉吉亚：

"大人，是救世主把她从死亡中救出来的。我一看见她被绑在野牛的角上，我的灵魂就听见了一个声音：'快去保卫她！'这一定是基督在呼唤我。在监狱里，我的体力被损坏了，但是基督这个时候又恢复了我的体力，而且他还启示了那些爱看虐杀的观众，要他们去救援她。但愿一切都按照主的意旨行事。"

维尼茨尤斯答道：

"愿主的圣名永远受到崇拜！……"

他只说了一句话就说不下去了，因为他心里激动得真的想要大哭一场。他总觉得他有一种无法克制的愿望，立即跪倒在地，对基督赐予的奇迹和慈悲，表示由衷的感激。

这时他们已经来到了家门前。由于事先就派了奴隶回来报讯，全府家丁和仆役们早就等在外面，热热闹闹地迎接他们。这些仆役中的大部分人在安茨尤姆的时候，就被塔斯的保罗改宗信了基督教，他们对维尼茨尤斯的不幸也是很清楚的，所以他们看到牺牲者终于免遭尼禄的毒手都非常激动。泰奥克列斯医生给莉吉亚检查后，马上宣布她没有什么大的病伤，只是监狱里的热病过后还有点虚弱，很快就会恢复健康的，大家听到这个，更是高兴百倍了。

当天晚上，莉吉亚就恢复了知觉。她躺在一间非常漂亮的卧室里，室内照着明亮的科林斯灯，周围散发着清幽的马鞭草芳香，所以她醒过来后，不知道自己在什么地方，也不知道发生了什么事，但她还记得他们把她绑在野牛角上的那种情景。当她看见被柔和的灯光照亮了的维尼茨尤斯的面孔时，她还以为自己不在人世了。她那病弱的脑袋依然是迷迷糊糊的。她以为在升天的途中,由于过度的疲劳和虚弱,当然也需要停下来休息。她一点也不觉得有什么痛苦,只是向维尼茨尤斯微笑,想问他这是什么地方。可是从她嘴里发出的声音是那么微弱,维尼茨尤斯即便很仔细地听也只能勉强听清他的名字。

维尼茨尤斯跪在她的身旁,把一只手轻轻地放在莉吉亚的脑门上,说:

"是基督救了你,把你送还给我了!"

她的嘴唇又动了起来,但听不清她说的是什么。过了一会儿,她合上了眼皮,胸脯微微地起伏着,随后便陷入了沉睡。这正是泰奥克列斯医生所期待的,他预料等她醒过来后,就会精神焕发了。

维尼茨尤斯依然跪在她的旁边,专心致志地祈祷着。他的灵魂充满了无限的爱,他甚至忘了自己的存在。泰奥克列斯到这间卧室里来过好几次了,金发的尤妮丝也不时从门帘后面把头探了进来。后来,从花园里传来了仙鹤的鸣叫,宣告黎明的到来。但是维尼茨尤斯却以为他一直在抱着基督的双脚,他对周围的一切都视而不见,听而不闻。他那献身和感激的热望就像一团烈火在胸中燃烧。他怀着无比激动的心情以为自己生命的一半已经进入了天堂。

第六十八章

莉吉亚获释后,裴特罗纽斯因为不愿引起尼禄的不高兴,便和别的朝臣们一起来到了帕拉丁宫。他想听听他们是怎么议论这件事的,尤其想知道蒂盖里努斯是不是又策划新的阴谋来加害于这个姑娘。当然,莉吉亚和乌尔苏斯现在受到市民的保护,不论是谁想要加害于他们都不能不引起一场骚乱。但是裴特罗纽斯心里明白,蒂盖里努斯这个掌管实权的禁卫军头目对自己仇恨太深了,虽然他不敢直接冒犯自己,但他一定会以最凶恶的手段来对他的外甥进行报复。

尼禄因为他要达到的目的事与愿违,感到十分怨恨。刚开始,他连裴特罗纽斯看都不看一眼。可是裴特罗纽斯却依然是那么毫不在乎,他以他那"风雅裁判官"的高雅洒脱的风度,走到尼禄身边,说道:

"神圣的陛下,你知道我又想起了什么吗? 我以为,你现在该写一首关于那个姑娘的诗,她是由于你这位全世界的皇帝的命令,才从野牛角上获得解救的,也是你的命令把她还给她的爱人的。希腊人都很多情,我敢肯定,这种题材的诗歌一定会使他们深受感动。"

尼禄虽然怨恨未平,但是这个建议对他来说却正中下怀。因为它有两方面的好处:首先,这是写诗绝妙的题材;再者,他在诗中还可以把自己写成一个宽宏大度的世界明君而加以赞美。因此他目不转睛地注视着裴特罗纽斯,过了一会儿才开口说道:

"是的! 你说得不错! 但是让我来赞颂自己的善举,这合适吗?"

"你不用提自己的名字。因为在罗马,大家都知道这里指的是谁,你的善举很快就会从罗马传遍全世界。"

"你能肯定,这样的诗歌在阿哈亚会受到欢迎吗?"

"我可以对波卢克斯起誓!"裴特罗纽斯大声说道。

他满意地离开了皇宫。他现在深信:整个一生都把现实作为创作题材的尼禄绝不会让自己去破坏这个题材。此外,通过这种办法他还能捆住蒂盖里努斯的手脚,使他不敢再来陷害维尼茨尤斯他们。因此裴特罗纽斯没有改变他原来的计划:只要莉吉亚的健康恢复到能够行走,他就要为维尼茨尤斯他们离开罗马做动身的准备。第二天,他一见到维尼茨尤斯就对他说:

"你把莉吉亚带到西西里去吧!现在的情况是这样,皇帝那方面对你们不会有什么威胁了,可是蒂盖里努斯不管是对你们还是对我都恨得要命,他是一定要用毒药害死你们的。"

维尼茨尤斯听了后,只是微微地笑了一下,说:

"她都被绑在野牛角上了,基督还救了她的命啊!"

"那你就给基督去供上一百头牛吧!"裴特罗纽斯有点不耐烦地回答说,"但你可不能求'他'去再救她一次。你还记得奥德赛回来的时候,他去请求阿约洛斯①再次给予他顺风,阿约洛斯对他是什么态度吗?神明不喜欢人们老是去找他们的麻烦。"

"莉吉亚恢复健康后,我就把她送到蓬波尼亚·格列齐娜那里去。"

"普劳茨尤斯的亲戚安提斯提乌斯告诉过我,蓬波尼亚现正卧病在床,你这个时候就该把莉吉亚送到她那里去。你们走了后,人们只管这里发生的事,就不会记得你们了。在当

---

① 阿约洛斯,希腊神话中的暴风雨和风神。

今这种年月,只有被人遗忘才是最幸福的。但愿命运女神冬天是你们的太阳,夏天给你们荫凉!"

他一说完就离开维尼茨尤斯,找泰奥克列斯医生去了。他让维尼茨尤斯在这里尽享他的幸福,而他自己则在医生那里询问起莉吉亚的健康状况来。

莉吉亚已经脱离了危险期。在地牢里她害了热病,身体虚弱不堪,周围的空气是那么污浊和闷热,周围的环境是那么恶劣,再加上担惊受怕,是一定会把她折磨死的。可是现在,她受到了最温柔和最体贴的照顾,生活在一个豪华舒适的环境中,这里真的是应有尽有。她回到家里两天之后,他们遵照泰奥克列斯的吩咐,每天都让奴仆把她抬到住宅外面的花园里,要在那里待好几个小时。维尼茨尤斯用许多白头翁花,特别是鸢尾花装饰她的软轿,使她能够回想起普劳茨尤斯家客厅里的景象。他们俩有时还坐在枝叶繁茂的树荫下,手拉着手,谈起他们过去的痛苦和忧虑。莉吉亚告诉他说,基督要改变他的灵魂,把他引导到自己身边来,所以才有意让他经历了那么多的苦难。维尼茨尤斯也认为她说得不错。他过去作为一个贵族的脾性,除了自己的欲望外,不承认任何法律,现在这种脾性在他身上再也不会有了。这种回忆并不使他们感到痛苦。他们觉得,那些苦难的年代好像早已从头上飞过去了,那些可怕的往事已经非常遥远了。现在他们终于感受到了一种从未有过的平静,一种充满了欢乐的新生活正在向他们走来,要拥抱他们。皇帝骄横恣肆、暴虐无道,让全世界都在他的面前发抖,可是他们两个人却受到了比他强大一百倍的力量的保护,不管这个暴君怎么凶恶都不害怕。在他们看来,他不再是生与死的主宰了。有一天,太阳落山的时候,他们又听到了远处兽苑里的狮子和别的野兽的吼叫声。维尼茨尤斯过去一听到这种声音就胆战心惊,把它当成不祥之兆。现在,他们听了后一点也不感到惊慌,只是互相望着,彼此发出了会意的微笑,然后便兴高采烈地观赏那光芒四射的晚霞。莉吉亚因为病体衰弱,无法独自走动,有时她躺在这静寂的花园里就睡着了。维尼茨尤斯总是守护在她的身边,仔细观看着她那熟睡的面容,这时他也深深感到她已经不是他在普劳茨尤斯家里见到的那个莉吉亚了。的确,监狱和疾病的折磨使她在一定程度上失去了昔日的美貌。在普劳茨尤斯家里的时候,或者后来,他到密里阿姆家里去抢她的时候,他看到她真的像玉雕一样美丽,如鲜花般娇艳。可是现在,她的脸上却显露出了一种病态的透明的颜色,她的两只手瘦得只剩下一把骨头了,嘴唇发青,眼睛也不是以前那样的碧蓝了,就连整个身子也因为疾病的消磨而缩小了许多。金发的尤妮丝常常给莉吉亚送来鲜花,并把贵重的毛毯拿来,盖在她的脚上。这个奴仆现在和她相比,简直成了一位塞浦路斯女神。审美家裴特罗纽斯想在莉吉亚身上找到她昔日的光彩也找不到了,因此他只好耸耸肩膀,心想为了这个只不过是伊甸园中一个影子的女人,维尼茨尤斯是不值得饱受那么多的忧虑和痛苦,甚至差点送掉性命的。可是维尼茨尤斯爱的是莉吉亚的灵魂,他现在比过去更加爱她了。他觉得他守护着睡着了的莉吉亚就像守护着整个世界一样。

第六十九章

　　莉吉亚奇迹般得救的消息在那些死里逃生而活下来的基督徒中很快就传开了,信徒们纷纷前来看望这个显然受到了基督保护的姑娘。最早来探望的是年轻的纳扎留斯和他的母亲密里阿姆,使徒彼得一直躲藏在他们的家里。随后还来了一些别的信徒。他们和裴特罗纽斯家的奴隶一起,都聚在维尼茨尤斯和莉吉亚的身旁,聚精会神地聆听着乌尔苏斯讲述他的亲身经历。乌尔苏斯把他在自己的灵魂中怎么听到了主的声音,主是怎么要他去和野兽搏斗的经过都讲给了大家听。他们在离去的时候都受到了鼓舞,看到了希望。他们深信,在基督亲自来对人世进行最后的审判之前,他绝不会让他的信徒在世上被斩尽杀绝。虽然迫害还没有停止,不管是谁,只要被指控是基督徒,就会立即被当地的巡警抓去投入监狱,但是他们对于基督的这种信念却给他们增添了不怕牺牲的勇气和力量。牺牲的人数逐渐减少了,因为已经有很大一部分教徒被捕处死了。少数幸存者要么早已离开罗马,到外省躲避这场风暴去了,要么藏在一些十分隐蔽的地方。他们不再举行公开的集会,而只是偶尔到城外的地坑里去做一两次祈祷。但还是有人在追捕他们,竞技大会结束后,一些新被逮捕的基督徒不是留着以后待用,就是被立即处死。在罗马,现在虽然没有人相信他们是放火焚烧这座城市的罪犯,但他们依然被看成是国家和人类的公敌,那些惩处他们的法令并没有取消。

使徒彼得很久不敢到裴特罗纽斯家里来了。后来有一天晚上,纳扎留斯通报说他来了。莉吉亚这时已经能够独自行走,便和维尼茨尤斯一起出来迎接他,他们一见到他就抱住了他的双脚。彼得向他们问了好,他的心情也很激动,这是因为他看到基督委托他照管的羊群越来越少,而今天却能够见到他们。他一方面因为有幸见到他们而激动不已,另一方面也为他的羊群的不幸遭遇感到无限的悲哀。当维尼茨尤斯对他说"老师,是因为你的关系,救世主才把她送还给了我"时,彼得回答说:"送还给你是因为你有坚定的信仰,也是因为那些赞美基督荣名的人到死也没有停止对基督的赞美。"很显然,他所说的赞美基督荣名的人就是成千上万的信徒,他们为了信仰被野兽撕碎,被钉死在十字架上,在"野兽"花园里被火刑柱烧死。所以他在说这些话的时候是万分悲痛的。维尼茨尤斯和莉吉亚看到彼得的头发全都白了,他的腰直不起来了,他的脸上也显露出了悲哀和痛苦的神色,好像在尼禄的疯狂和暴虐下牺牲的这些人的苦难和不幸,他都亲身经历过似的。维尼茨尤斯和莉吉亚本来认为,既然基督自己都经受过酷刑和死亡的考验,那么任何人都不应当回避它。可是他们一看到彼得年事已高,再加上劳累和痛苦使他变得那么憔悴的样子,他们的心又感到如刀割斧劈似的痛苦。维尼茨尤斯打算再过几天就把莉吉亚送到那不勒斯去和蓬波尼亚会面,然后再和蓬波尼亚一道去西西里岛。因此,他恳求彼得也和他们一起到那里去。

可是彼得把一只手放在维尼茨尤斯的头上,回答说:

"我的灵魂中又听到了主在提贝拉兹湖上对我说过的话:'你年少的时候,自己束上带子,随意往来。但年老的时候,你要伸出手来,别人要把你束上,带你到不愿意去的地方。'①我要永远和我的羊群在一起,这才是我正确的选择。"

他们不明白他这话是什么意思,只好不作声了。彼得又说道:

"我的劳累快要结束了。但我只有在主的家里才会受到殷勤的接待,得到永远的休息。"

然后他转过身来,又对他们说:"请不要把我忘了。我曾经把你们当作亲生儿女一样地疼爱。你们的一生要干什么,都应当为了主的光荣。"

他一面说,一面举起他那双颤颤巍巍的年老的手,为他们祝福。他们也以为这可能是他们最后一次接受他的祝福,于是挨到了他跟前。

但是命运之神还要让他们再见到彼得一次。

过了几天,裴特罗纽斯从帕拉丁宫带来了一个可怕的消息,说宫里发现了皇帝的一个解放奴隶是基督徒,在他那里搜出了使徒彼得和塔斯的保罗的书信,还有雅各、犹大和约翰的书信。蒂盖里努斯早就知道彼得到罗马来了,他原以为,彼得早就和那成千上万的基督徒一起被杀死了。因此,当他知道这两个新教的头人依然活在世界上,并且还在罗马城里活动之后,便下定决心,要不惜一切代价把他们抓获归案。他们认为,只有杀了这两个人才算是从根子上铲除了他们仇恨的这个新的宗教。裴特罗纽斯从维斯迪努斯那里也听说,皇帝已经降旨,限三日之内,把彼得和保罗两个人抓来,送到马梅登监狱里去。一队又一队的禁卫军被派到第伯河对岸去了,要

---

① 见《圣经·新约·约翰福音》第 21 章。

对那里所有的住户进行严密的搜查。

维尼茨尤斯一听到这个消息,就马上要去报告彼得。当天晚上,他和乌尔苏斯便披上高卢斗篷,用风帽遮住面孔,一起到位于第伯河对岸区的边缘、雅尼库尔山脚下的密里阿姆家里去了,那里是彼得居住的地方。一路上,他们看见军队在一些他们不认识的人的带领下,把居民的住宅都包围起来了,使这一地区笼罩着一片恐怖的气氛。还有许多人在好奇地围观,百夫长们对那些被捕的人进行审问,要他们招出彼得、西蒙和保罗藏在什么地方。

乌尔苏斯和维尼茨尤斯赶在军队的前面,总算平安无事地来到了密里阿姆的家里,在这里也正好遇见了彼得,他被一帮信徒围在中间,还有保罗的助手提摩泰乌斯和李努斯也在他的身边。

一听危险就要降临的消息,纳扎留斯便领着大家从一条秘密的通道来到了花园的篱笆门外,然后他们又来到了离雅尼库尔城门只有几百步远的一处已经无人采石的采石坑里。李努斯因为受审时被打断了骨头,至今尚未痊愈,只好让乌尔苏斯背着他走。到了石坑里后,他们才感到安全了一点。纳扎留斯即刻把他带来的油灯点亮,大家在灯光下开始秘密地商议,怎么才能使他们敬爱的使徒幸免于难。

维尼茨尤斯对彼得说:“老师,明天天亮之前,你就和纳扎留斯一起到阿尔班山去吧!我们在那里接你,然后我们再一起到安茨尤姆去。那里已经备好了船只,会把我们送到那不勒斯和西西里岛去。你来到我们的家里,为我们的家庭祝福的那一天和那个时刻,将是我们一生中最幸福的一天和最幸福的时刻。”

在场的人听了他的话都高兴极了。有的人马上劝使徒说：

"你快去躲一躲吧，我们的牧人，你再也不能待在罗马了。你要把活的真理保存下来，绝不能让它和我们一起遭到毁灭，听听我们的劝告吧，我们像恳求父亲一样恳求你啦！"

"以基督的名义，你就这么办吧！"另外几个人也拉着使徒的长袍说。

可是彼得回答说：

"我的孩子们，有谁知道主给他指定的死期是什么时候呢？"

他现在自己也拿不定主意，所以他并没有断言他不离开罗马。他的心中充满了疑虑和恐惧，因为他的羊群被拆散了，他的事业被毁灭了，火灾之前建立起来的教会就像一株枝繁叶茂的大树，由于野兽的暴力，如今化成了灰烬，它给人们只留下了眼泪、回忆、痛苦和死亡。播下的种子本来已经长出了丰硕的果实，但被魔鬼践踏在地里。天使们并没有前来拯救殉难的人们，相反的是，凶恶残暴的尼禄如今权势日炽，威名大震，成了所有大陆和海洋的统治者。这个上帝的渔夫在孤独中有时举起双手朝天发问："主啊！我怎么办啊？我该怎么坚持下去啊？你既然允许这么强大的恶势力来征服和统治世界，那么像我这样一个年老体衰的人又怎么去和它进行斗争呢？"

他从痛苦已极的心灵深处不停地喊道："你叫我照管的那些羊群现在都已经死了，你的教会也不存在了，你的都城里只留下了一片荒凉和深深的悲哀，现在你还叫我做什么呢？是留在这里，还是带领剩下的羊群逃到海外去宣扬你的光荣的圣名呢？"

彼得犹豫不决。一方面,他相信真理的生命是长存的,它能够战胜一切;另一方面,他又觉得胜利的时刻还没有来到。主的光荣和威力比尼禄大一百倍,但他要等到最后做出判决的时候,才会来到人间,让真理取得胜利。

他总以为,他如果离开罗马,信徒们都会跟随着他。他要把他们远远地带到加利利的茂密的森林里去,带到静悄悄的提贝拉兹海上去,带到那些像鸽子和绵羊一样温和的牧人中去,那些牧人在香薄荷和甘松中放羊。这位老人越来越希望得到安宁和休息,他的心中向往湖泊,怀念加利利,他的眼里满噙着泪水。

可是当他正要下定决心的时候,又突然感到心神不安了。他怎么能够离弃这座城市呢？那么多殉难者的鲜血浸透了这片土地,那么多张殉难者的嘴死前在这里为真理作证,唯独他一个人可以避免这一切吗？如果主问他："他们都为自己的信仰牺牲了,你为什么要逃走呢？"他又怎么回答呢？

他的那些日日夜夜都是在烦恼和忧郁中度过的。那些被狮子咬死、被钉死在十字架上、被御花园的火刑柱烧死的信徒们现在可以安安稳稳地睡在主的身边了,可是他却不能平静地入睡,他觉得他会比这些被刽子手诬陷而牺牲的人遭受更大的苦难。当黎明的曙光照亮房顶的时候,他那充满了悲哀的心灵深处仍在不断地呼唤着:

"主啊！你为什么要在这个'野兽'的巢穴里建立你的都城呢？你为什么要叫我到这里来呢？"

在主死后的三十四年中,彼得从来不知道什么叫休息。他手持拐杖,走遍广阔的世界去传布"福音"。他在奔波劳累中把自己的体力消耗殆尽，直到最后他才来到了这座世界首脑的城市，在这里奠定了先师的基业，可是他的基业却被这个恶魔的一把凶火彻底毁灭了。他知道，他应当重整旗鼓，开始新的斗争，可是这种斗争又是多么艰难啊！一边是皇帝、元老院、市民和像铁箍一样控制着这个世界的军队，还有无数的城市、漫无边际的领土和人们从来没有见过的强大的权力；另一边却只有他，一个被年龄和工作压得直不起腰来的老人，他那双颤颤巍巍的手连一根巡礼的手杖都拿不起了。

彼得有时对自己说，他没法和罗马皇帝进行较量，只有基督才能够战胜他。

因此，他一听到这里剩下的少数几个信徒对他的劝告，所有这些想法在他痛苦的脑海里便一下子都涌现出来了。信徒们把他围得更紧了，而且再三地恳求说：

"请你躲一躲吧，拉比！也让我们脱离这个'野兽'的势力范围吧！"

到最后，连李努斯也向他低下了他那颗受过痛苦折磨的头，说：

"老师啊，救世主叫你饲养'他'的羔羊，可是这里已经没有羔羊了，而且明天也不会有。那你就离开这里吧！到那些能够找到羔羊的地方去吧！不论在耶路撒冷还是在安提奥，在伊弗斯或者别的城市，上帝的教导都是深入人心的。你留在罗马又能起什么作用呢？如果你死了，那也只能扩大'野兽'的胜利。主并没有说明约翰什么时候就该死去，保罗是罗马的公民，不经过法庭的审判也不能惩处他。老师啊！如果恶魔的势力真的来侵犯你，那些丧失了信心的人就会问道：'谁能比尼禄更加伟大呢？'你是建立教堂的基石，是上帝的代言人,绝不能让反基督的恶魔战胜你,还是让我们去死吧!在主没有让这个使无辜者流血死去的暴君粉身碎骨之前,你可不要回到罗马来!"

"请你看看我们的眼泪吧!"大家都不断地哀求道。

彼得的眼里也流下了泪水。过了一会儿,他站起身来,把手伸向那些跪在他身边的人的头上,说道:

"赞美主的圣名吧! 照主的意旨行事吧!"

第 七 十 章

翌日清晨,天刚破晓,就有两个黑色的人影在阿比亚大路上急急忙忙地往坎帕尼亚平原走去。

一个是纳扎留斯,另一个是使徒彼得,他离开了罗马,也离开了那些在罗马城里受苦受难的同门教友。

东方的天空这时染上了一层淡绿的色彩。随后在它的下方又慢慢地添上了一道粉红色的包边。树木银灰色的枝叶、白晃晃的大理石别墅、从原野通往城里的输水管道都慢慢地从黑暗中显露出了它们的身影。淡绿色的天空渐渐明亮起来,变成了金黄色。在东方又出现了一道玫瑰色的光芒,这道光芒不仅照亮了阿尔班山,而且把它打扮得像百合花一样美丽,看起来好像是曙光构成的。

朝霞又在抖动的树叶上,在露珠上反射出来。晨雾消散之后,平原、平原上的房屋、坟场、小镇、树林和耸立在树林中的神庙的白色圆柱都更加清晰可见了,于是展现出了一片开阔的视野。

大路上还没有行人。那些要到城里来卖蔬菜的农民显然还没有套好他们的马车。石板铺成的大路一直伸到了远方的山麓,路上传来了两个旅行者的木鞋咯吱吱吱的响声。

没多久,太阳便出现在群山的峰顶上。然而彼得却感到有一种奇怪的景象映入了他的眼帘,他看见那金色的光圈好像不是在向天空中升了上去,而是从山顶上滑落下来,滚到了地面上。

于是他便站着不动,问道:

"你看没看见那道光要照到我们这边来了?"

"我什么也没有看见。"纳扎留斯答道。

可是过了一会儿,彼得用手遮住阳光,又说:

"有一个人在阳光中向我们走过来了。"

但四周却是一片寂静,听不到有什么脚步声。纳扎留斯只看见远方的树林中好像有人在摇树。阳光越来越广阔地普照在整个平原上。

纳扎留斯十分惊讶地望着使徒,心神不安地问道:

"拉比,你怎么啦?"

彼得大张着嘴,两眼痴呆呆地望着前面,脸上露出惊讶而又感到欣喜和非常激动的神色,连他那根手杖也从他的手上掉下来了。

他突然跪倒在地,伸出双手,嘴里连声喊道:

"基督,基督!……"

他把头垂到了地上,好像要吻谁的脚似的。

沉默了很久,然后他便呜咽起来,在呜咽中发出了断断续续的说话声。

"主啊,你往何处去?①……"

纳扎留斯没听见有人回答,但是彼得的耳朵却听到了一种悲哀、温和的声音:

"既然你离开了我的人民,我就要到罗马去,让他们再一次把我钉在十字架上。"

彼得俯伏在地上,把脸埋在尘土里,既不动弹也不说话,纳扎留斯还以为他昏过去了或者死了。可是过了一会儿他又站立起来,用颤抖的双手拿起那根巡礼者的手杖,一声不响地转过身来,朝着这座城市的七个山丘的方向走去。

年轻的纳扎留斯看到这种情景,也像发出回声一样地重复了一句:

"主啊,你往何处去?②……"

"回到罗马去!"彼得低声回答说。

于是他又转身往回走去。

保罗、约翰、李努斯和信徒们出来接他的时候都很惊讶。就在今天早晨,他刚一走,禁卫军就包围了密里阿姆的家,在那里搜找过他。现在他们看见他又回来了,就更是感到惊恐不安了。可是他对他们的询问,却很平静甚至很高兴地回答说:

"我见到主了!"

当天晚上,他就来到了奥斯特里亚努姆坟场,要给那些想用生命之水洗净污浊的人传达上帝的训谕,同时给他们洗礼。

～～～～～～～～～～

①②原文是拉丁文。

此后他每天都要到那里去,后来跟随他去的人也越来越多,就像每一滴殉难者的眼泪都能引来一大批新的教徒,比赛场上的每一声呻吟都会在千万人的心中引起强烈的共鸣似的。皇帝在血海中游泳,罗马和整个多神教世界都变得疯狂了。但是那些对罪恶和疯狂都十分厌恶的人,那些被践踏和蹂躏的人,那些一辈子遭受压迫不幸的人,那些被奴役的人以及所有受苦受难、充满了悲哀的人都真心诚意来聆听关于上帝的故事。这位上帝出于对人类的爱,甘愿被钉死在十字架上,以赎人类的罪恶。

他们只有找到了自己热爱的上帝,才能找到在这个世界上所找不到的东西——来自爱的幸福。

彼得知道,不论皇帝的权势还是他的全部军队的力量都消灭不了这个活生生的真理,不论用多少眼泪和鲜血都不能把它淹没,现在是真理战胜一切的时候了。同时他也很明白,主为什么要把他从路上召回到罗马来。那是因为这座奢华无度的城市,这座腐化堕落、恶贯满盈和由强权暴力统治的城市已经成了他的都城,而且成了双重的都城,它那主宰肉体和灵魂的政府将要统治全世界。

第七十一章

两位使徒最后的时刻终于来到了。这个上帝的渔夫甚至在马梅登监狱里还拯救了两个灵魂,从而完成了他最后的使命。他给监狱里两名看守他的士兵普罗采苏斯和马尔提尼亚努斯洗礼后,就是他自己受难的时候了。按照法律规定,使徒彼得首先受到了鞭打,第二天,他将被押送到梵蒂冈山丘上去,那里竖起了一个十字架,是用来处死他的。尼禄当时不在罗马,他的两个解放奴隶赫利乌斯和波里泰特斯在皇帝出巡期间受命处理罗马的政务,因此对使徒的处决也由他们来执行。监狱的大门前聚集了许多群众,士兵们看到这种情景都大为惊奇,他们本来以为一个普通人,而且又是一个外国人的死不会引起人们这么大的兴趣。可是他们却不知道这是一群虔诚的信徒,他们来到这里并不是出于好奇,而是要来陪送使徒到刑场上去。中午过后,牢门终于打开,彼得被一队禁卫军押送出来了。这一天天气晴和,到处都是一片静寂,太阳已经斜到奥斯提亚那边去了。大概是因为彼得年迈体衰,没有让他背负着十字架,也没有在他的脖子上套上死枷,以免他行走困难。他步子走得很慢,信徒们都很清楚地看得见他的身姿和神态。当他那白发苍苍的头在士兵们的钢盔和铁甲中露出来时,人们都失声痛哭了。然而这哭声又马上停住了,因为这个老人的脸上是那么明朗和平静,甚至闪出了喜悦的光芒,大家一看就明白了,他并不是作为牺牲者走向刑场,而是作为一个胜利者从战场上凯旋。

因此,一个平日为人谦和、事事小心谨慎、还有点弯腰驼背的渔夫,现在居然昂首挺胸,显得那么庄严和神圣,他的身材甚至比士兵们还要高大。人们从来没有见过他这么气宇轩昂,仪表堂堂,就像一位人民和士兵都衷心拥戴的君王。周围的人群于是都发出了这样的呼喊声:"彼得要到主那里去啦!"他们忘了正在等待着他的是酷刑和死亡。他们自己也像他那样,一个个都显露出了平静和庄严的神色,认为自从基督在各各他死去以来,还没有发生过这么伟大的事件。基督的牺牲为全世界赎了罪,那么这一次,使徒的牺牲也将赦免这座城市的罪恶。

路上的行人看见这个老人都停住了脚步,他们非常惊奇地望着他。信徒们这时便把手放在他们的肩膀上,以平和的口气对他们说:"你们看着这位公正的人是怎么英勇就义的吧! 他认识基督,他在全世界宣扬过爱的真理!"行人听到后都陷入了沉思,他们离去时都对自己说:"是的,这个人不会是不公正的。"

在使徒经过的路上,嘈杂声和街头的叫喊声都停止了。队伍走过了新建起来的房屋,穿过了神庙的白色圆柱。这些房屋的顶上是一片辽阔、静谧和蔚蓝的天空。当他们静悄悄地往前走去的时候,只听见武器的撞击声和信徒们提高了嗓门的祈祷声。彼得听到他们的祈祷后,他的脸上越来越显露出无比欢乐的光辉。他的周围有成千上万的信徒在跟随着他,这些人群一眼望去几乎看不到尽头。他认为他已经完成了他的事业,他以毕生精力所宣扬的真理就像大海的波涛一样,任何力量都阻挡不了。他这么想的时候便抬眼望天地说道:"主啊,你要我征服这个统治世界的城市,我已经把它征服了,你吩咐我在这座城市里建立你的都城,我也把它建起来了,现在这座城市是你的了,我已经完成了你交给我的使命,就要回到你身边去了。"

彼得每从一座神庙的旁边走过去时都要对它们说:"你们会成为基督的教堂。"当他望着走在前面的人群时,他也对他们说:"你们的孩子将来都是基督的仆人。"他深信他已经完成了非凡的伟业,他知道自己的力量和伟大,因此他即便走向刑场,也充满了胜利的自豪,感到无比的欣慰。士兵们领着他走过了凯旋桥,他们这么做虽然是无意的,但却证明了彼得的胜利。然后他们又把他带到了水战剧场和竞技场上。从第伯河对岸来的信徒也纷纷加入了这支队伍,使得这支队伍更加壮大起来,一路上浩浩荡荡,仿佛一条长龙,连禁卫军的指挥官、那个百夫长也深深感到他们押送的是一个受到这些忠实信徒拥戴的大祭司,反而为他自己的士兵太少而害怕了。但是人群并没有向他发出愤怒和反抗的叫喊声,他们脸上露出的那种庄严而又充满了期待的神色表明了这是一个伟大的时刻。有的信徒记起了基督死的时候那种山崩地裂的景象,连死人都吓得从坟墓里站起来了,因此他们认为,这位使徒死的时候,也会发生给人们留下不可磨灭印象的巨变。有的人还自言自语地说:"主为了履行他的诺言,也许就在彼得牺牲的时候会来到人世间,对这个世界进行审判。"因此他们都期盼着救世主大发慈悲。

然而四周却是一片深沉的寂静,一座座山丘沐浴在温暖的阳光里。队伍终于来到了梵蒂冈山丘上,于是在这里停了下来。一些士兵开始挖掘坑洞,另一些士兵把他们带来的十字架、锤子和铁钉都放在地上在那里等候。群众始终安静而又肃穆地跪在四周。

使徒把他那在阳光照耀下金光闪闪的头最后一次转向了罗马城。他看见在远处略低的地方是碧波荡漾的第伯河。河那边是战神广场,高处是奥古斯都的皇陵,下面是尼禄正在修建的大浴场,再往下是庞培剧院。在它们的后面,有半隐半现在其他建筑物中间的朱丽叶花园,有无数的柱廊、神庙、圆柱和高楼大厦。再往前看,远方的山丘上覆盖着一大片房屋,密密层层,连绵不断。那里是居民密集的城区,它的边缘隐没在碧蓝的云雾中,那里是罪恶的渊薮,也是力量和疯狂的生发地。可是那里也有一定的秩序,那里既是世界的首府,也是世界的奴役者,它代表世界的法律和和平,它强大无比,不可战胜,永生不灭。

彼得在士兵的包围中望着这座城市,就像一个统治者和君王望着自己的国土一样。他对这座城市说:"你的罪恶已经得到赦免,你现在是我的了。"然而,不论在这些挖掘坑洞竖起十字架的士兵中,还是在那些信徒中,都没有人想到,只有站在他们中间的这个老人才是这座城市真正的主人。皇帝不过是过眼烟云,野蛮人的潮水终将退去,以后永远也不会再来,只有这个老人才是这里永远的统治者。

太阳向奥斯提亚的方向更加倾斜过去了,变得又红又大,因此在西边的天空里闪出了万道红光。士兵们走到彼得跟前,要脱下他的衣服。

彼得正在祈祷,这时突然站立起来,把右手高高地举起。行刑的人看到他摆出这个姿势,都吓得不知所措。信徒们以为他要说话了,都聚精会神地听着,于是出现了一片深沉的寂静。

他站在高处,用右手画了个十字,表示祝福和告别地说道:"这个城市和这个世界!①"

就在这同一个晴和的傍晚,还有一队士兵正押送着塔斯的保罗,沿着奥斯提亚大路向被称为"救命泉"的地方走去,在他的身后也跟着一大群被他改宗信了基督教的信徒们。由

---

① 原文是拉丁文。

于他是罗马有身份的公民，押送的士兵对他也更礼貌些。他一遇见熟人便停下来，和他们说说话。走到泰尔盖密拉城门外时，他遇见了弗拉维乌斯·萨比努斯总督的女儿普拉乌提拉。普拉乌提拉泪流满面，他便对她说："普拉乌提拉，永远得救的女儿，安安静静地离去吧！请把你的面巾借给我用一下，我就要离开尘世到主那里去了，我要用它蒙住眼睛。"接过她的面巾之后，他又高高兴兴地继续往前走去，就像一个工人卓有成效地干了一整天活后现在正要回家去休息一样。他的心境也和彼得一样，像黄昏的天空那么平静和安详。他用一双沉思的眼睛注视着前面一望无垠的大平原和在夕阳映照下的阿尔班山，千思万绪这时突然涌上了心头，他想起了他一生的旅程、辛劳和工作，想起了他的斗争和胜利，想起了他在海外、在世界所有的国家建立起来的教堂。他已经完成了自己的使命，可以安心地休息了。他创建了不朽的业绩，确认自己播下的种子任何恶势力的狂风都不能把它卷走。他虽然就要离开人世，但却充满了信心，相信他向全世界宣扬的真理一定会取得胜利，因此他在灵魂深处感到无限的欢乐和平静。

通往刑场的路程很远，但夜幕已经降临，给山峦染上了一层紫红色，使山麓渐渐陷入了黑暗中。一群群牲畜被赶着往家里走去，成群的奴隶扛着农具也匆忙地走在回家的途中。在房前的大路上，一些嬉戏玩耍的孩子都好奇地望着这队路过的士兵。在这个黄昏时刻，那透明而又金光闪闪的天空充满了宁静和恬适的气氛。大地上响起了一种和谐的乐声，从地上一直传到了天上。保罗一听到这种乐声，心中便充满了欢乐，因为他想起了在这种乐声中还加入了另一种至今从未听到过的声音,没有这种美妙的声音,整个世界就会变成"叮当的铜器或者哧嚓的铙钹"。

他又想起了他是怎样教导人们彼此相爱的。他对他们说过,如果没有爱,就是把财产分给穷人,就是掌握所有的语言,知道所有的秘密都是没有用的。爱就是慈悲,就是忍耐,就是不加害于别人,不沽名钓誉,爱就是忍受一切,相信一切,对一切都抱有希望,对一切都百折不回。

保罗一生都在用这个真理去教诲众人。现在他暗自说道:"有什么力量能够抵挡和战胜这个真理呢?皇帝即使拥有比现在多两倍的军团,多两倍的城市、海洋、土地和人口,又怎么消灭得了它呢?"

他是一个胜利者,现在要去领取主的赏赐。

押送他的队伍后来离开了大道,转向东边的一条小路上,往"救命泉"走去。那血红的太阳正躺卧在灌木丛上。到了泉边就要行刑了,百夫长命令士兵停了下来。

保罗从肩上取下了普拉乌提拉的面巾,准备用它蒙住自己的眼睛。他最后一次把他那双平静的眼睛抬了起来,望着这黄昏时刻的永恒光辉,开始做祈祷了。是的,最后的时刻来到了,他在夕阳的霞光中看到了通往天国的康庄大道。他刚才认为自己的使命已经完成,临终时刻即将来到时说过的话现在又回响在他的心中:"我打了一场漂亮的胜仗,创立了我的伟业,我保持了我的信仰,正义的桂冠最终是属于我的。"

第七十二章

罗马依旧是那么疯狂。仿佛这座征服过世界的城市因为缺乏统一的领导已经从内部分崩离析。在彼得被处死之前就发生了披索的阴谋叛变，随之而来的便是对罗马的上层贵族疯狂的屠杀，使得那些过去对尼禄敬若神明的人都把他看成是死神了。悲哀的气氛笼罩着整个罗马，家家户户，人人心上都充满了恐怖。但是那许多柱廊依然装饰着鲜花和常春藤，不许为死难者举哀。人们一清早醒来，就惶恐不安地问自己，今天不知道又轮到谁去死了？跟在皇帝身后的幽灵队伍在日益增多。

披索由于这次叛变被杀了头。在他之后便轮到了塞内加和琉康，轮到了菲纽斯·鲁弗斯、普劳茨尤斯·纳泰拉努斯和弗拉维尤斯·斯采维努斯、阿弗拉纽斯·克文茨亚努斯和曾经参加皇帝放荡和疯狂活动的同伙杜留斯·塞内茨约、普罗库卢斯和阿拉雷库斯、杜古雷努斯和格拉杜斯、希拉努斯和普洛克塞姆斯，还有以前对尼禄忠心耿耿的索布留斯·弗拉维尤斯和索尔比茨尤斯·阿斯佩尔。他们有的死于自己的卑鄙无耻，有的死于生性怯懦，有的因为有巨额财产，或者因为骁勇善战，遭到敌视而被害。皇帝看到参与阴谋的人数如此众多也大为吃惊，于是调来军队驻守在城外的四郊，使得整个罗马都好像被大军围困了似的。此外他还天天派百夫长到他怀疑的人家里去宣布死刑的判决令。可是那些被宣判的人全都

710

唯皇帝的命是从，他们在致皇帝的信中，还极尽阿谀奉承之能事，对他的死刑判决表示感谢，有的人甚至表示愿意献出一部分财产，只求皇帝能给自己的子孙留下一部分，别把它全部抄走。后来，尼禄要了解那些奴颜婢膝的人到底下贱到了什么程度，他们对血腥的镇压还能忍受多久，便更加肆无忌惮地胡作乱为起来，比如在血洗了叛逆之后，又大批地株连他们的亲友，甚至连一般的熟人都不放过。那些住在大火以后兴建起来的华美住宅里的人们认定，只要他们来到大街上，就会遇到许多送葬的队伍。波姆佩尤斯、科尔内里尤斯·马尔茨亚里斯、弗拉维尤斯·内波斯和斯塔茨尤斯·多米茨尤斯等人都以所谓对皇帝缺乏敬爱的罪过遭到了杀害。诺维尤斯·普雷斯库斯因为是塞内加的朋友也未能幸免。鲁菲乌斯·克雷斯比纳是波贝亚的前夫，被剥夺了使用水与火的权利。大特拉泽阿斯则因为品德高尚而被害。还有许多出身高贵的人都惨遭毒手，就连皇后波贝亚也成了皇帝一时恼怒的牺牲品。

元老院对这位凶恶残暴的君王也同样采取了卑躬屈膝、百般讨好的态度。他们给他建了一座神庙，以表示对他的敬仰。为了赞美他的好嗓子，他们给他做了一次大献礼。他们还给他的塑像戴上花环，甚至把他当作真神一样选派了祭师。元老们开初都很害怕地来到了帕拉丁宫，齐声唱起了一首阿谀皇帝的歌曲《地久天长》，可是后来他们又和皇帝一起，在裸体、美酒和鲜花丛中狂欢滥饮，淫佚放荡。

然而这个时候，在被鲜血和泪水浸透了的土地下面，彼得播下的种子在悄悄地生根发芽，成长壮大。

第七十三章

维尼茨尤斯给裴特罗纽斯的信：

　　最亲爱的①舅父，罗马发生的事情我们这里也是有所耳闻的。如果还有不清楚的地方，看了你的来信也就一目了然了。帕拉丁宫里的疯狂的罪恶就像一块石头扔进水中掀起的波浪一样，它向四面扩展，越扩越大，已经扩展到我们这里来了。皇帝为了充实他那早已空虚的御库，在去希腊的途中，派卡雷纳斯来到这里，把城里和神庙里的财物都劫掠一空。他用人民的血汗和眼泪，在罗马建起了他的"金銮宝殿"，像这样奢侈豪华的宫殿，在全世界恐怕都找不到，这样的暴虐无道也肯定是前所未有的。你不是也认识那个卡雷纳斯吗？他很像那个到死后才赎了生前罪过的基隆。他手下的人倒是没有到我的住地附近的各个城镇来，大概是因为这些地方没有神庙和金银财宝吧！你问我在这里安全不安全？我只有一个回答，就是我们已经被人遗忘了，我想这个回答已经足够了吧！我这封信是在一个柱廊下写的，我正在这个柱廊下眺望着平静的海湾。乌尔苏斯驾着一只小船，在明净的海面上撒下了渔网。我的妻子就在我身边编织着红羊毛。花园里，奴隶们都唱着歌儿在杏树的阴影下纳凉。

---

①　原文是拉丁文。

啊，最亲爱的①！这里是多么宁静啊！我们早就忘记了过去的恐惧和痛苦。但这种幸福甜蜜的生活并不是命运女神为我们编织的，就像你信中所说的那样。它是基督给我们的祝福，是我们衷心热爱的上帝和救世主的恩赐。我们懂得什么是悲哀和流泪，因为我们的宗教教导我们要为别人的不幸而流泪。在这些眼泪中，也包含着一种你们不懂得的自我安慰。它表现在将来有一天，当我们的生命结束的时候，我们就会和所有为了上帝的教义而殉难或者将要殉难的亲人团聚，和他们永不分离。在我们看来，彼得和保罗并没有死，他们都在光荣中重生了。我们的灵魂看见了他们，我们的眼里虽然充满了泪水，但我们心中为他们的幸福和欢乐而高兴。

啊，亲爱的舅父！我们都是最幸福的人，这种幸福是任何力量都剥夺不了的。你们认为死是所有一切的终结，可对我们来说，那不过是一种过渡，向着更加深远的平静、更加伟大的爱和更大的欢乐的过渡。

我们的日子就是在这种毫无忧愁和烦恼的心境中度过的。我们的仆役和奴隶也和我们一样地信仰基督。基督教导我们爱，所以我们大家都相亲相爱地生活在一起。当夕阳西下或者月光映照在海平面上的时候，我和莉吉亚有时也在一起谈起过去的那些往事，现在想起来那真是一场梦。我时常这么想，这个我每天都要抱在怀里的亲爱的头差点遭到了酷刑和虐杀。只有基督才能够把她从魔鬼的手中夺过来，把她从竞技场上救出来，把她永远

---

① 原文是拉丁文。

送还给我,我要以我的整个灵魂来对"他"表示我的感谢和敬仰。啊,裴特罗纽斯!你已经看到,这个宗教在人们遭到不幸的时候给他们带来了多么大的安慰,使他们变得多么坚强,在临死的时候又给他们增添了多么大的忍耐精神和勇气。请你快到我们这里来吧!快来看看这个宗教在最平凡的日常生活中给我们带来了多大的幸福吧!你知道,人们之所以不懂得彼此相爱,就是因为他们不知道有这么一个他们能够去爱的上帝,这就是他们不幸的根源。正像光明来自太阳,幸福来自爱。可是不论制定法律的人还是哲学家,都没有把这个真理教给人们,所以它在希腊和罗马都是不为人知的。我说的罗马,就是指全世界,所以它在全世界也是不为人知的。禁欲派的冷冰冰的枯燥无味的说教虽然受到一些有德之人的推崇,可是它把人的心当成利剑那样地去磨炼,结果不仅没有把它炼得善良一点,反而使它变得更加残酷无情了。你见多识广,比我知道得更多,我又何必把这些事情向你唠叨个没完呢?你也认识塔斯的保罗,而且不止一次和他长谈过,所以你应当清楚,和他讲述的真理相比,你们的那些哲学家和诡辩家的全部说教,只不过是转瞬即灭的肥皂泡和一阵毫无内容的空洞的响声罢了。你不会忘记保罗曾经问过你:"你们的皇帝要是成了基督徒,你们不是可以感到更加安全,对你们的财产不是可以更加放心,不用整天那么害怕,也不用为明天而担忧了吗?"你过去对我说,我们这个宗教是人生的仇敌。可是我现在要告诉你,我在这封信中就是从头到尾都写满了"我是幸福的"这句话,也表达不了我所感受到的全部幸福。

也许你还要说，我的幸福不就是莉吉亚一个人嘛！是的，亲爱的！因为我爱的是她那永生不灭的灵魂。我们两个既然都爱基督，那么这种爱就不会使我们分离，就不会导致变心和背叛，就不会衰老和死亡。我们的青春和美貌都会消失，我们的身体也会衰老、萎缩和死亡，但我们的爱情永远也不会消失，我们的灵魂永远也不会死去。我在没有见到光明之前，为了莉吉亚，也确实想过要烧掉我的房子，可我现在要告诉你，我当时并不是真的爱她，只有当基督教会了我怎么去爱，我才懂得了真正的爱情。幸福和平静都是基督赐予的，这不是我有意夸张，而是事实如此。你只要把你们那恐怖中的寻欢作乐，前途未卜的自我安慰，像举行丧事酒会那样的狂欢饮宴和我们基督徒的生活比较一下，你就会充分地认识到这一点。为了你能更好地做这种比较，请你尽快到我们这里来吧！到我们这散发着香薄荷芬芳的山丘上来吧！到我们这绿茵如盖的橄榄林中和这遍地都是常春藤的岸上来吧！你很久都没有过这种平静的生活了，这里有两颗真诚热爱着你的心在等着你。你品德高尚，心地善良，应当享受这种幸福。你那聪明的才智是能够识别真理的，你只要认识了它，你就会热爱它。但你要是对它没有认识，你就会像皇帝和蒂盖里努斯那样，成为它的仇敌。不论是谁都不能认为他和这个真理毫无关系，对它采取事不关己的态度。啊！裴特罗纽斯！我和莉吉亚都热切希望不久后，能够在这里见到你。祝你幸福、健康，盼你早日光临！

裴特罗纽斯接到维尼茨尤斯这封信时，他正好在邱马伊。他是和别的朝臣在皇帝的带领下一起到这里来的。他和蒂盖里努斯之间长期的争斗现在快要结束了。裴特罗纽斯知道，他在这场斗争中要遭到失败，也很清楚他之所以失败的原因。尼禄一天天堕落下去，甘愿充当戏子、小丑和车夫的角色，越来越沉溺于病态的疯狂和卑鄙、粗野、荒淫无耻的生活中，所以，这个情趣高雅的"风雅裁判官"也就成了皇帝的眼中钉。他即使一言不发，皇帝也会把这看成是对他的不满，如果他对尼禄大加吹捧一番，尼禄又会说他是在讥讽他。这个高贵的贵族伤了皇帝的自尊心，同时也引起了皇帝的妒忌。他那些价值连城的艺术珍品和他的全部财产就成了这位国家的最高统治者和那个大权在握的佞臣馋涎欲滴、必欲夺取的对象。尼禄之所以到现在还没有除掉他，那是因为这次阿哈亚的巡幸少不了他那高雅的情趣和他有关希腊艺术的渊博知识和鉴赏能力。但是蒂盖里努斯却一直在尼禄面前进谗言，说卡雷纳斯不论鉴赏趣味还是学识水平都比裴特罗纽斯要高得多，到了阿哈亚后，他比裴特罗纽斯也更善于组织演出，举行宴会，使一切都获得圆满的成功。裴特罗纽斯命里注定要完蛋了。不过在罗马，他们还不敢直接判他死刑，因为尼禄和蒂盖里努斯都没有忘记，这个美学家虽然表面上看来优柔寡断、软弱无能，过的是一种昼夜颠倒的生活，终日沉醉于艺术欣赏、享乐和宴会之中，可是他在担任比提尼亚总督，后来又官升京畿总督的时候，曾经表现出惊人的才干和魄力，做出了令人称羡的政绩，被认为是一个无所不能的人。他们也知道，裴特罗纽斯不仅受到人民群众的爱戴，而且军队也拥护他，如果触怒了他，他会干出什么事来，就连尼禄的亲信也难以预料。因此他们认为，只有把他引出罗马，到了外省才有把握把他除掉。

　　正是出于这个目的，他们才向他发出了邀请，让他和别的朝臣一同到邱马伊去。裴特罗纽斯也猜到了他们的这个阴谋,但他还是去了,这也许是他不愿意公开抗拒皇帝的意旨,或者要在皇帝和朝臣们面前再次表现一下他从来就是那么高高兴兴、无忧无虑的样子,使他在和蒂盖里努斯最后的决战中能够夺得胜利。

裴特罗纽斯刚一离开罗马,蒂盖里努斯就马上告发了他和披索阴谋集团的核心人物斯采维努斯关系密切,因此他在罗马家里所有的人都被关进了监狱,他的府第也有禁卫军在那里看守。但是裴特罗纽斯听到这个消息并不感到惊慌,也没有产生丝毫的烦恼,他总是满面笑容地对那些到他在邱马伊的豪华的别墅里来看望他的朝臣们说:

"红胡子不愿有人直截了当地去问他,如果我当众质问他凭什么把我家里的人关在牢里,你们就看他是怎么慌乱的吧!"

说完他还向客人们宣布,在"继续旅行"之前,他还要请大家来参加一次他举行的盛大的家宴。维尼茨尤斯的信就是他在准备这次宴会期间收到的。

裴特罗纽斯读完这封信后沉思了片刻。他的脸上依然像平常那样,显得毫不在意的样子。当天晚上他就写了下面这封回信:

> 我为你们的幸福感到高兴,也很称羡你们美好的心境。最亲爱的①!我原以为,你们这一对恩爱夫妻再也不会想起我这个远方的第三者了。可是你们并没有把我忘记,而且还邀请我到你们那里去,让我分享你们的食粮,或者像你们说的那样,让我和你们一起来到那位赐给

---

① 原文是拉丁文。

了你无限幸福的基督的身旁。

基督如果真的给予了你们那么多的幸福，你们就应当崇拜他。不过我认为，亲爱的，莉吉亚之所以能够回到你的身边，也应当归功于乌尔苏斯的努力和罗马市民的支持。如果尼禄是另外一个人，那我还会认为，他是因为蒂贝留斯曾把他的孙女嫁给维尼茨尤斯家的人而顾及你们的姻亲关系，才没有继续对基督徒进行迫害。你既然认为这是基督保佑了他们，我也不反对。是的，你对基督应当多献上一些供品。普罗米修斯为人类也付出了牺牲。可是，天哪！普罗米修斯不过是诗人想象出来的一个人物而已。还有一些忠实可靠的人对我说，他们亲眼见到过基督。我和你们一样，也认为基督是所有的神中最令人敬佩的神。

我还记得塔斯的保罗向我提过一个问题，我很同意他下面的这个看法：如果红胡子能够按照基督的教义生活，那我就会有空闲时间来西西里岛看望你们。到那个时候，我们就可以在树荫下，在泉水边，畅所欲言地谈论所有的真理和神明，就像希腊的哲学家们早先自由争论过的那样。可是今天，我只能给你写这么一封简短的回信了。

我只承认两个哲学家，一个叫皮浪，另一个叫阿纳克瑞翁。别的人我都可以把他们和希腊罗马的禁欲派一起廉价地卖给你。真理住在那么高的地方，连诸神站在奥林匹斯山顶上也看不见它。**亲爱的①**！你大概认为你们的奥林匹斯山还要高吧！所以你要站在上面来召唤我：

①　原文是拉丁文。

"上来吧,看看这里的景象,它是你从来没有见过的呀!"也许那样的景象我真的没有见过。可是我要告诉你:朋友,我已经没有脚可以走路了! 你只要读完这封信,就会知道我说的是真话。

不! 启明女神幸福的丈夫啊! 你的宗教我是不会接受的。总不能要我去爱那些给我抬轿子的比提尼亚人和给我烧水的埃及人吧? 总不能要我去爱尼禄和蒂盖里努斯吧? 凭美惠三女神洁白的膝盖起誓,我就是想那么做也是做不到的。罗马城里至少有十几万人身体的发育是畸形的,他们有的肩胛骨是弯的,有的膝盖长得太大,两条腿又特别瘦小;有的长着一双圆鼓鼓的眼睛,有的脑袋又大得惊人。我怎么会去爱他们呢? 既然我心里都没有这样的爱,那我又到哪里去找这种爱呢? 如果你们的上帝要我去爱这样一些人,那么"他"为什么不用他无边的法力,把他们都变得像你在帕拉丁宫看到的尼俄柏雕像那么美丽呢? 凡是爱美的人都不会去爱丑恶。信不信诸神并没有什么关系,但我却很喜爱他们,菲迪、普拉克塞泰列斯、米隆、斯科帕斯①和李齐普那些人不是也很喜欢他们吗?

我就是想按照你们的指点去做也是做不到的,而且我现在也不想那么做,既然这样,我当然就更做不到了。你像塔斯的保罗那样,相信将来在斯提克斯②的彼岸、在伊甸乐园中能够见到你们的基督,那当然是一件很好的

---

① 这些人都是古希腊著名的雕塑家。
② 即冥河,此河绕冥府七匝,死人的灵魂要从这里渡过。

事。不过也请你替我问他一声,像我这样的人要是带着我的金银财宝,带着我的米里内花瓶和苏茨尤斯出版的书籍,还有我的金发美人尤妮丝一起去找他,他会不会欢迎呢?想到这一点,我亲爱的,我自己都觉得好笑了。塔斯的保罗曾经对我说:要到基督那里去就必须抛弃那些花环和宴会、抛弃富贵和享乐。他确实给我许诺过另一种幸福,可我当时就拒绝了他,我说,我的年纪太大,没有那种福分了,我只要能见到玫瑰花就很高兴了,紫罗兰的香气总比苏布拉区那些"贱民"的汗臭要好闻得多吧!

这就是我不能接受你们的幸福的原因。此外还有一个原因,那要等到最后才告诉你。死神已经在召唤我了。你们的生活正处于黎明的时刻,还刚刚开始,可我的生命已经到了夕阳西下的黄昏时刻了。我的头上是一片黑暗。一句话,我快要死了,亲爱的①!

关于死的事情也用不着那么去白费心思,反正是一死嘛!你是知道红胡子的,所以你对这件事不会不理解。蒂盖里努斯战胜了我,这说明我的胜利已经到头了。我活着是按照我自己的意愿,我死也会按照自己的心愿高高兴兴地死去。

你们不要为这件事替我忧心,任何一个神明都没有保证我永生不死,我也不会遇到什么意外的情况。维尼茨尤斯,你认为只有你的神才教人平平静静地去死,这是不对的。不,早在你们之前,这个世界上的人就知道,喝完最后一杯酒,就是离去和休息的时候了,因此他们也会

---

① 原文是拉丁文。

高高兴兴地这么去做。柏拉图说过,美德就是音乐,而圣人的生活则是一种和谐的音乐。如果是这样,那么我不论活着,还是死去,都要保持高尚的品德。

现在,当我就要和你们告别的时候,我要向你那天仙般的妻子把我在普劳茨尤斯家对她说过的话再说一遍:"我看见过许多国家数不清的美人,但是没有一个比得上她。"

如果灵魂比皮浪说的还要多一点什么的话,那么我的灵魂就会越过海洋,像一只蝴蝶,或者像一只鹰那样,飞到你们的家里去。

除此以外,我就没有别的办法到你们那里去了。

现在,我祝愿你们的西西里岛变成赫斯珀里得斯的花园,愿田野、森林和泉水女神都在你们的小路上撒满鲜花,愿雪白的鸽子在你们家的圆柱顶端的叶形雕饰上筑构巢穴。

第七十四章

裴特罗纽斯的估计没有错。过了两天,那位对他非常友好和忠实于他的青年内尔瓦就派了他的解放奴隶到邱马伊来,向裴特罗纽斯报告了皇宫里发生的所有事情。

他们对裴特罗纽斯已经作了死刑的判决,准备第二天晚上派一个百夫长来,向他宣布留在邱马伊听候处置的命令,过几天,再派一个信使给他送来死刑的判决令。

裴特罗纽斯听完解放奴隶的话后，他那平平常常的样子一点也没有改变。他对这个解放奴隶说：

　　"我有一只珍贵的花瓶，你回去的时候请把它带给你的主人，请你转告他，我衷心感谢他在判决下来之前把所有这些情况都告诉了我。"

　　说完他突然大笑起来，好像他又想出了一个好的办法，一定能够取得胜利似的。

　　这天晚上，他马上派了他的奴隶，去把在邱马伊的所有朝臣和他们的夫人都请到了他这位"风雅裁判官"豪华的别墅里来参加他的宴会。

　　他自己坐在书房里写了一个下午，然后又洗了个澡，让管服装的奴隶给他穿好衣服，打扮得像神仙一样高雅华贵，富丽堂皇。他走进宴会厅，以行家的眼光检查了一下那里准备的情况。接着他又来到了花园，这里有一伙少年和海岛来的希腊少女正在为晚上的宴会编织玫瑰花环。

　　他的脸上看不出任何忧郁的神色，但家奴们都知道这次宴会非同寻常，因为他事先已经发话：要给那些工作令他满意的奴仆以特别优厚的奖励，对那些工作不合他的心意的人或者以前就该受到处罚和责备的人处以轻微的笞罚。他家里的琴师和歌手都得到了丰厚的赏赐。阳光透过花园里的山毛榉树枝在地上留下了许多斑点，于是他在一株山毛榉树下坐了下来，把尤妮丝叫到了自己的身边。

　　她来了，穿一身洁白的衣服，头上戴着桃金娘花环，像美惠三女神一样美丽。裴特罗纽斯让她坐在自己身边，用手指轻轻地抚摩着她的鬓角，满心欢喜地注视着她，仿佛一位艺术鉴赏家正在欣赏一尊出自名师的雕像。

"尤妮丝,你知道吗,你早就不是奴隶了?"他说。

尤妮丝抬起她那天蓝色的平静的眼睛望着他,摇了摇头,表示不同意他的这种说法。

"老爷,我永远是你的奴隶!"她回答说。

裴特罗纽斯继续说:

"你大概还不知道,这幢别墅和这些编织花环的奴隶,这里所有的一切,包括土地和牲畜,从今天开始,全都是你的了。"

尤妮丝听到这些话后,突然从他的身边走开,以惶恐不安的声调问道:

"老爷,你为什么对我说这些话呢?"

然后她又走到他面前,眨巴着一双充满了恐怖的眼睛,不停地望着他,过了片刻,她的脸色变得像亚麻布一样苍白。但裴特罗纽斯仍在不停地微笑,最后只说了一句话:

"这是真的。"

接着是一阵沉默,只听见微风吹拂着山毛榉树叶的瑟瑟声响。

裴特罗纽斯真的要把站在他面前的这个美人当成一座白色大理石雕像。

"尤妮丝,我要平静地死去。"他说。

尤妮丝一听这话便露出了一丝痛苦的微笑,她望着他轻声地说:

"我听你的吩咐,老爷!"

到了晚上,客人们纷纷前来赴宴。这些人因为过去都多次参加过裴特罗纽斯的宴会,知道他家的宴会要比皇帝的宴会高雅大方和活泼有趣得多,可是谁也没有想到这就是他要举行的最后一次宴会了。许多客人都知道,这位"风雅裁判官"的头上已经布满了皇帝不满的阴云,然而这种情况过去发生过多次,而且每一次裴特罗纽斯都善于用巧妙的手段和有胆识的语言把乌云驱散,因此也没有人想到,他现在确实遇到了最可怕的危险。他那高兴的神色和平常那种无忧无虑的笑貌,也使在场的人不会对他产生丝毫的怀疑。貌若天仙的尤妮丝平日把裴特罗纽斯的每句话都当成神旨一样不可违拗,因此她听到他说要平静地死去后,也装出了一副轻松自如的样子,她的眼里甚至闪出了一种奇异的欢乐光辉。宴会厅的门口站着一些侍童,他们的头发上都戴着金线网套,见到客人来到时,便给客人的头上戴上玫瑰花环,同时按照习惯,提醒他们注意先把右脚跨进门槛。整个大厅都散发着紫罗兰的微微清香,灯火透过亚历山大的彩色玻璃罩放射着五颜六色的光芒。每张躺椅旁边都站着一个希腊姑娘,她们将不断地给客人的脚掌洒上香水。琴师们和雅典歌手们都坐在墙旁边,等着指挥发出演唱的号令。

　　餐桌上摆设得极为豪华,但并不使人感到沉闷或刺眼,倒像是布满了盛开的鲜花。一种自由欢快的气氛和紫罗兰的清香融合在一起,使客人们一走进大厅就充分地感受到了这里的恬适和祥和,丝毫没有皇帝宴会上的那种胁迫和拘束。在皇帝那里,谁只要对他的诗歌和演唱有点吹捧得不够,或者一句话说得不合他的心意,马上就有掉脑袋的危险。宾客们看见这里五彩缤纷的灯光、裹着常春藤花束的酒盏、雪窖中冰过的美酒和各种珍馐美味都兴高采烈,便开始欢欢喜喜地谈起话来,像一群蜜蜂在鲜花盛开的苹果树上嗡嗡地叫着一样。他们在谈话中不时发出欢乐的笑声,不时低声地赞叹。有时还可听到在赤裸的肩膀上亲吻的响声。

客人们喝酒时,都要从酒盏里洒出几滴酒,以求永生不灭的诸神保佑主人的平安。虽然他们中有不少人并不信神,但这也不妨碍他们这么去做,因为这是他们的一种习惯和迷信。裴特罗纽斯躺在尤妮丝旁边,兴致勃勃地谈起了许多许多罗马的新闻:最新的离婚案、恋爱调情、赛车会、赛场上近来名噪一时的新星斯彼库列斯,以及阿特拉克杜斯和苏茨尤斯书店最近出售的新书。他洒酒时宣称,这是为了对塞浦路斯女神表示敬意,因为在他看来,只有这位女神才真正是所有神明中最古老和最伟大的神,只有她才是一位千古不朽、万世流芳和至尊至圣的神。

他们的谈话就像阳光一样给各种事物增添了光彩,又如夏日的和风轻轻吹拂着园中的花卉。后来他向乐队指挥点头示意,三角琴便马上发出了悦耳的乐声,年轻的歌手在琴声的伴奏下也开始唱起歌来。尤妮丝的同乡——一些从科斯来的舞女于是翩翩起舞,透过轻柔的纱裙,她们那闪动着的玫瑰红的肉体隐约可见。最后,一个埃及的算命先生根据水晶盘中一个霓虹色彩的鱼状物的转动,给客人们测算了未来。

正当大家玩得尽兴的时候,裴特罗纽斯却从他那叙利亚的坐垫上稍稍地站立起来,有点迟缓地开口说道:

“朋友们!请原谅我在这个宴会上要向各位提出一个要求:我要把那些你们最先洒酒祭神和求神保佑我吉祥如意的酒盏作为礼品馈赠给你们,请你们收下吧!”

裴特罗纽斯的那些酒盏都镶嵌着黄金、宝石和各种精美绝伦的雕刻,显得光彩夺目。宴会上赠送礼物在罗马本来是件平常的事情,但大家因为得到了这么贵重的礼品,都高兴极了。

有些客人向他表示深深的感谢,并且称赞他的好客;另一些人还说朱庇特在奥林匹斯山上也没有向诸神赠送过这么珍贵的礼品。还有一些人则认为赠送这么贵重的礼品似乎不合常情,因此在考虑是否接受它时还有些迟疑。

这时裴特罗纽斯举起了一只米里内制的酒盏,它像彩虹一样光彩夺目,的确是一件无价之宝。他接着说:

"我就是用这只酒盏去祭奠塞浦路斯女神的。现在,任何人也别想再用嘴唇去碰这个酒盏,或者用手拿它去祭奠别的女神。"

说完他把这个酒盏向撒满了番红花的石地板上使劲地摔去,酒盏被摔得粉碎,这时他看见周围的人都露出了惊慌的目光,便说:

"亲爱的朋友们,你们不必惊慌,还是尽兴地玩吧!衰老是人到晚年可悲的伴侣,可是我要向你们做一个好的榜样,做一番善意的劝告,那就是:未至耄耋早离去,正如你们看到的那样,我就要自愿地离开这个人世了。"

"你想干什么?"有好几个人都惶恐不安地问道。

"我要痛痛快快地玩一场,听听音乐,把酒喝个够,尽情欣赏我身旁这些你们也看到了的天仙般美丽的形体,然后我就要戴着花冠长眠不醒了。我已经向皇帝告别了,你们愿不愿听听我写给他的告别信呢?"

他从紫红色的靠垫下取出那封信,开始读了起来:

> 啊,陛下,我知道你正在焦急地等着我的来到,你那颗真挚友爱的心日日夜夜都在思念着我。我知道你要赠送给我许多礼品,还要任命我为禁卫军司令官,让蒂盖里努斯恢复诸神赐给他的原来的那个样子,命令他到你毒

死多米茨尤斯后霸占的那块领地上去放骡子。可是请你原谅，我凭哈得斯起誓，我以你的母亲、妻子、兄弟和塞内加的亡灵起誓，我不能到你那里去了。生命是一个伟大的宝库，我亲爱的陛下，我从那个宝库中已经挑选出了最珍贵的珠宝，但是生活中也有一些事情我再也忍受不了啦！你不要以为，你杀死母亲、妻子和兄弟，你放火烧毁了罗马，你把你的国中所有正直和有德行的人都送进地狱，会使我感到愤慨。不！克罗诺斯的后代啊！死是每个人都避免不了的，反正你再也搞不出什么新的名堂了。可是多年来听你唱歌，我的耳朵里都听得生蛆了。既要看你用你那多米茨尤斯家生出来的细腿跳希腊式的舞蹈，又要听你的演奏、你的朗诵和你的长诗，你这个城郊粗野的诗人啊！这才是我真正忍受不了的，也是我想要死去的唯一的原因。罗马一听到你唱歌，就要塞住自己的耳朵，全世界都在嘲笑你，我不愿再替你脸红了。我亲爱的陛下！塞尔贝尔的吠叫声虽然和你的歌声也差不多，但它和我却没有什么关系，因为它从来不是我的朋友，我没有责任去替它害臊。请你自重吧！可别再去唱歌跳舞了，可别再写什么诗弹什么琴了，你还是干你的杀人放火的勾当去吧！你还是放毒去吧！这就是我这个"风雅裁判官"对你的祝愿和最后一次朋友的劝告。

客人们都吓坏了。他们知道，对尼禄来说，就是丧失罗马帝国也不会比这个打击更加可怕。他们也知道，写这封信的人固然必死无疑，听了这封信的人大概也逃不了命，因此他们全都脸色煞白了。

可是裴特罗纽斯却真的很高兴地大笑起来，仿佛他只不

过开了一个天真的玩笑,然后他向在场的客人们扫了一眼,说道:

"你们高高兴兴地玩吧,没什么可怕的。你们谁也不要去自我炫耀,说听到过我这封信。至于我,我大概要到坐船渡过冥河的时候,才会把这封信向我的舵手卡戎夸耀一番。"

他说完后,便点着头把希腊医生招呼过来,向他伸出了一只胳膊。那个手脚麻利的希腊人用一条金色的带子,一眨眼工夫就把那只手臂捆了起来,然后割开手腕上的动脉,鲜血即刻从脉管流了出来,喷洒在坐垫和尤妮丝的身上。尤妮丝正托着裴特罗纽斯的头,便马上弯下腰去对他说:

"老爷,你以为我会离开你吗?即便诸神赐予我长生不老,皇帝把统治世界的权力让给我我也不要,我要永远陪伴着你。"

裴特罗纽斯微微地笑了,他把身子稍稍抬了起来,把自己的嘴唇紧贴在她的脸上、唇上,回答说:

"那你就和我一道去吧!"

接着他又说:

"你真的爱我吗,我的仙女?"

尤妮丝也向医生伸出了她的玫瑰色的手臂。过了一会儿,她的血便和裴特罗纽斯的血流在一起了。

裴特罗纽斯示意乐队指挥重新开始演奏,琴声和歌声于是又奏响了。首先唱的是一首《哈尔摩迪斯之歌》,后来又唱了阿纳克瑞翁的一首歌,这位诗人在歌中诉说:有一次,他发现阿佛罗狄忒的孩子在门外挨冻,正在大声地哭叫,便把他带进屋里,给他暖和身子,擦干了他的小翅膀。可是这孩子却恩将仇报,用自己的箭去射他的心,诗人从此失去了安宁……

裴特罗纽斯和尤妮丝像一对美丽的仙子,相互依偎在一起。他们静静地听着歌曲,脸上露出了笑容,可是他们的脸色却越来越苍白了。裴特罗纽斯听完这首歌后,又吩咐添上酒和菜。后来他和坐在他近旁的一些客人还谈起了宴会中经常谈及的一些并不重要却很有趣的事情。过了一会儿,他又把医生叫来,要他暂时捆住那条割开的血管。因为他觉得瞌睡来了,在塔纳托斯①让他长眠之前,他还要去和希普洛斯②亲热一下。

　　他真的睡着了。当他醒来的时候,尤妮丝的头像一朵白花一样正躺在他的胸口上。他把她移到坐垫上,再仔细地看了她一眼,然后他又吩咐医生放开了他的血管。

　　与此同时,他还示意歌手们唱起了阿纳克瑞翁的一首新歌,为了使客人把歌词听得更加清楚,还特意让琴师压低了伴奏的乐声。可是他的脸色越来越苍白了,等到最后一个乐调唱完之后,他再一次转向宾客,说道:

　　"朋友们,说真的,都和我们一道去吧……"

　　他这句话已经说不完了。他用手臂做了最后一个拥抱尤妮丝的动作,他的头就马上倒在靠垫上——他死了。

　　客人们望着这两具宛如美丽的雕像似的洁白的尸体,这才领悟到,他们这个世界唯一保存下来的东西——诗和美,也和死者一起被毁灭了。

---

① 塔纳托斯,死神。
② 希普洛斯,睡神。

尾　声

以文德克斯为首的高卢军团的暴动最初并没有构成很大的威胁。尼禄当时才三十一岁，谁都不会认为这个世界很快就会从这个恶魔的残酷统治下获得解放。他们想到过去那么多的朝代都发生过军队的叛乱，可是那些叛乱都被镇压下去了，并没有造成改朝换代的结果。如在蒂贝留斯当政时期，德鲁苏斯就镇压了帕诺尼亚军团的叛乱，日耳曼尼库斯也平息了莱茵河的暴动。有人说，奥古斯都皇帝的后代都被尼禄杀光了，还有谁能继承尼禄的皇位呢？另一些人看到他那巨大的雕像，都把他当成赫拉克勒斯，他们不得不承认，像他这么强大的势力是世界上任何力量都推翻不了的。还有一些人在尼禄到阿哈亚去了之后，又盼着他早日归来，因为他把罗马和意大利的政权交给了赫利乌斯和波里泰特斯这两个比他更加凶恶的统治者，他们杀人流的血比尼禄还多。

没有一个人的生命财产能够得到安全的保障。因为法律已经不起保护作用了，人的尊严和道德都不存在了，家庭的联系被拆散了，人心惶惶，大家都感到毫无希望了。每天都可听到皇帝在希腊获得前所未有的巨大成功的消息，说他在那里得到了成千上万的桂冠，战胜了几千个竞争者。整个世界都变成了一场充满了血腥气味的滑稽戏表演的大狂欢。人们确信，道德和尊严的时代已经结束，取而代之的是跳舞、音乐、淫乱和流血。生活将按照这种方式存在下去。皇帝因为叛乱找到了进一步搜刮民财的借口,有时甚至表现出一种兴高采烈的情绪。他对叛乱集团和文德克斯并不加以防范,而且他也不愿意离开阿哈亚,直到后来赫利乌斯向他报告,如果再留下去就有失去皇位的危险,这才以胜利者的姿态回到了那不勒斯。

他在那不勒斯依然整天地唱歌和奏乐,根本不把日益严重的局势放在心上。蒂盖里努斯于是向他述说了过去的暴动大都没有领头的人,现在可不一样了。这次叛乱为首的是一个阿克维塔尼亚高卢先王们①的后裔,他是一个久经沙场、威名显赫的军人,因此有很大的威胁。可是尼禄对这些话也听不进去,他回答说:"这里的希腊人爱听我的歌,只有他们才懂得音乐,也只有他们才有资格听我的演唱。"他还说艺术和荣誉是他的第一使命,因此当他听到文德克斯说他这个艺术家一文不值的时候便怒火冲天,决定即刻返回罗马。裴特罗纽斯给他的心灵造成的创伤在希腊逗留期间本来已经淡忘,可是现在,这种伤痛在他的心上又受到了极大的刺激,因此尼禄要让元老院对这种空前未有的诽谤做出公正的判决。

他在途中看见了一组青铜雕像,雕的是一个罗马骑士打败了一个高卢骑士。他认为这是个好兆头,因此他从这个时候起,一说起叛乱的军团和文德克斯就嘲笑他们。他进入首都的时候真是盛况空前,坐的是奥古斯都皇帝凯旋班师时坐过的那辆战车。为了让他的大队人马通行无阻,还特意拆除了竞技场上的一座拱门。元老院、骑士们和数不清的民众拥

---

① 阿克维塔尼亚是高卢被罗马征服后在这里设立的行省,这里的先王指的是高卢人原先的国王。

上街头,向他表示热烈的欢迎,雷鸣般的欢呼声把城墙都几乎震塌了:"欢迎,欢迎,皇帝陛下万岁! 欢迎,赫拉克勒斯万岁! 至尊至圣的皇帝陛下万岁,万万岁! 欢迎你,奥林匹斯山和佩提亚城永生不灭的神明!"在他的战车后面,还有一些人抬着他获得的桂冠,以及那些他曾取得巨大成功的城市的名称和被他战胜的那些著名的竞争者的姓名牌。尼禄利令智昏,不可一世,他甚至十分激动地对他身边的朝臣说:恺撒的胜利和他这个胜利者相比又算得了什么? 他也从来没有想过一个凡夫俗子胆敢反抗像他这样一个半神的无敌于天下的统帅。他认为他就是奥林匹斯山上的天神,他是不会遇到任何危险的。民众的热情和疯狂更激起了他的疯狂,在这个胜利的日子里,不仅皇帝和整个罗马,就连整个世界都仿佛失去了理智。

可是在鲜花和桂冠丛中,谁也没有看到那个隐藏着的无底的深渊。就在当天晚上,许多神庙的圆柱和墙壁上都贴满了揭露皇帝罪恶的标语,这些标语还对他以艺术家自诩进行百般的挖苦和讽刺,宣称复仇就要降临到他的头上了。在群众中还流传着一句口头禅:"他只要没有惊醒那些公鸡(高卢人),就会一直唱下去。"在这同一个时候,罗马城里也传遍了许多可怕的消息,使朝臣们个个胆战心惊。老百姓因为不知道将来会怎么样,也不敢表示自己的要求和希望,到最后,连自己的感受和想法都说不出来了。

但尼禄却依然沉醉在戏剧和音乐的欣赏中。他关心的是一件新发明的乐器和新的水动风琴,打算在帕拉丁宫里用它们来进行表演。这个因为没有主见而不能做出果断决策的尼禄以为只要许诺以后举行大规模的表演和竞技大会,就能扭转危急的局面,因此他既不去调兵遣将,也不采取任何防范的措施,而只是成天思考着如何在自己的诗歌中表现这种危险,一些近臣看到他这样,都不知怎么办才好。另外一些人则认为,尼禄心中也很不安,只不过想以吟诗来自欺欺人罢了,他的行为举止都反映出了他那焦急不安的心情。他的脑子里每天都要出现成千上万种计划和打算。有时他这么想,要不怕危险,就得把竖琴和笛子都搬到战车上去,让年轻的女奴隶像亚马孙人①那样全副武装起来,还要把东方的军团调回罗马。有时他又以为不必以战争的方式,只要唱几首歌就能平息高卢军的叛乱。他一想到歌声能够征服士兵的场面便不由得乐呵呵地大笑起来。他仿佛看见那些军团的士兵就在他的周围,一个个都满噙着眼泪,他向他们高唱着胜利的赞歌。他认为无论对他还是对罗马来说,一个黄金的时代很快就要来到了。但他有时又想要去进行一场血的屠杀。有时他还宣称,如果他能成为埃及的统治者,他这一辈子就别无所求了。他想起了算命先生曾经预言他将统治耶路撒冷。他还颇为激动地把自己想象成一个流浪的歌手,为了谋生而到处卖唱,到那个时候,他将从一个受到所有城市、国家敬仰的皇帝和世界的君王变成一位人间从未有过的伟大歌手,赢得普遍的赞誉。

他整天就是这么胡思乱想、奏乐和歌唱,时而改变计划,时而更换诗句,把自己的生活和世界变成了一场虚幻、离奇而又十分可怕的噩梦,一场用庸俗的吹捧、低劣的诗句、呻吟、哭泣和不断流血来进行的喧闹一时的滑稽表演。可这时西方已

---

① 亚马孙人,根据希腊神话,黑海边上有一个女人国,这里的女人都是英勇善战的战士。

经出现了一片乌云,这片乌云在不断地伸展和扩大。这位至尊的皇帝由于恶贯满盈,他的这幕滑稽喜剧马上就要结束了。

当他听到加尔巴和西班牙也参加了叛乱的消息后,一怒之下就把酒杯摔得粉碎,把宴会上的桌子全都掀翻,像发了疯似的。他甚至发布命令,要把住在罗马的高卢人全都杀掉,一个不留,要再一次地放火烧城,把兽苑里的野兽都放出来,把都城迁到亚历山大去。他的这个命令连赫利乌斯和蒂盖里努斯都不敢执行。可他却认为这正是他要完成的一桩惊天动地的伟业,而且要完成它也并不难。可是他过去那种耀武扬威的日子已经一去不复返了,连他的罪恶同伙也把他看成是一个神经错乱的狂人了。

后来,文德克斯的死和暴乱集团的内讧,使得政局的天平又倾向于他那一边,变得对他有利了,于是他又拼命地宣扬要在罗马再次举行宴会和祝捷大会,发布新的死刑令。可是有一个晚上,禁卫军的野营里突然派出一个急使,骑着一匹快马赶来禀报说,罗马驻军的士兵们已经举起了暴动的大旗,他们拥戴加尔巴当皇帝。

急使到达的时候,尼禄正在睡觉,但他马上惊醒过来,急忙呼唤守卫寝宫大门的卫士,可这时候宫里的人都已经逃离一空,他的呼唤是徒劳的。有些奴隶躲在远处一些僻静的地方,正在抢劫一切能够抢到的财物,他们一见到皇帝便吓得浑身发抖。但尼禄却只能独自一人在宫中徘徊,发出绝望和恐怖的叫喊声。

最后,他的解放奴隶伐恩、斯彼鲁斯和埃帕弗罗迪特总算来到了他的身边。他们力劝皇帝即刻逃走,说是再耽误下去就来不及了。但尼禄依然执迷不悟,他自以为是地这么想道,他如果穿一身丧服去元老院发表演说，那些元老们怎么能不为他的眼泪和雄辩所打动呢？如果他把他非凡的辩才、他漂亮的演说和他的表演艺术全都表现出来，在这个世界上还有谁敢反对他呢？他们总不至于连一个埃及总督的职位都不肯给他吧？

只知道阿谀奉承的解放奴隶对他的意见不敢直言反对，但他们也不得不警告他说：如果再迟疑不决，他还没有走到市政广场，老百姓就会把他撕得粉碎。他们还直截了当地说，如果他不即刻上马，他们就要离开他而各自逃命去了。

伐恩表示愿把他在诺门塔拉城门外的一幢别墅给皇帝作为临时避难的地方。过了一会儿，他们全都披上了斗篷，用它遮住了面孔，然后便纵身上马，向城外疾驰而去。天色已经发白，街上出现了许多异常的情况，说明一个不平常的时刻就要来到了。分散在城里的士兵有的单独行动，有的组成了小队。皇帝的马跑到离军营不远的地方时，突然见到一具躺在路上的尸体，便吓得跳到了一旁，他的斗篷随之也从头上掉下来了。就在这一瞬间，他被站在他身旁的一个士兵认出来了，这个士兵因为意想不到地遇到了皇帝而不知所措，便向他行了个军礼。他们跑过禁卫军的军营时，听到那里的士兵发出了雷鸣般的欢呼声，原来是向加尔巴表示致敬。尼禄这时候终于明白他的死期已经来到，他为他的罪恶受到了良心的责备，他的心里充满了恐怖。他说他眼前是一片漆黑，好像被乌云遮住了似的。可是在这片乌云中又出现了几个面孔，原来是他的母亲、妻子和兄弟的面孔。他吓得牙齿不停地打战，然而在这种恐怖和危急的时刻，他那喜剧演员的心灵却依然具有很大的魅力。他认为,他本来是这个世界至高无上的统治者,今天却失去了一切,这才是悲剧的高潮,他一定要忠实于他的这个角色,把它一直演到终场。此外他还有一个强烈的愿望:要写出几句名言,让他身边的人都牢牢记住,把它们传给后代。他不断地说他想要死去,并且呼唤着斯彼库卢斯这位杀人最熟练的角斗士的名字,或者大声地喊道:"母亲、妻子和父亲都要把我叫到死神那里去。"但他有时却又抱有一线能够活下去的希望。这种希望当然是幼稚和空虚的,说明他知道他正在走向死亡,但又不愿意自己去死。

诺门塔拉城门已经打开,尼禄和这几个解放奴隶一大早就穿过城门向前奔去,然后经过使徒彼得曾经说教和给基督徒洗礼的奥斯特里亚努姆坟场的旁边,来到了伐恩的别墅里。

到那里后,这几个解放奴隶便不再向尼禄隐瞒他的死期已经到了。尼禄于是叫他们给他挖掘墓穴,他躺在地上比了一下,好让他们挖出一个合适的样子来。可是他一看见这些奴隶挖出土来又害怕了。他那浮肿的面孔变得煞白,额头上也渗出了一颗颗像朝露一样的汗珠。他想拖延一下时间,用一个演员演戏时的那种发抖的声音说他的死期还没到,因此他又朗诵起诗歌来。直到最后,他真的无路可走了,只好向那些奴隶提出了一个要求,就是在他死后把他火化掉。与此同时,他还一再叹息地说:"一位多么了不起的艺术家就要死了!"

就在这个时候,伐恩派去的信使前来报告,元老院对尼禄的弑母罪已经做出了判决,要按照古老的习惯予以惩处。

"什么样的习惯?"尼禄吓得嘴唇发青,问道。

"先用叉子叉住你的脖子,再用鞭子抽打你,直到把你打死为止,然后再把你的尸体扔到第伯河里去。"埃帕弗罗迪特毫不留情地回答说。

尼禄揭开他胸前的外衣,抬眼望天地说道:

"那么,时候已经到了!"

"一位多么了不起的艺术家就要死了!"他把刚才的话又说了一遍。

传来了迅疾奔跑的马蹄声,一个百夫长带领一队士兵,要来割取红胡子的首级。

"快点!"解放奴隶们叫道。

尼禄把尖刀对准自己的咽喉,可是他的手却颤抖不止,很明显,他不敢把刀刺进去。这时埃帕弗罗迪特突然猛劲地推了一下他的手,将那把尖刀一直刺到了刀柄,尼禄的两个眼珠鼓了出来,显得又大又可怕。

"我来救你的命了!"百夫长马上跑了过来,喊道。

"太晚了!"尼禄以嘶哑的声音回答说。

过了一会儿,他又补充了一句:

"啊!这才是一片忠心啊!"

一刹那工夫,死神便抱住了他的脑袋,那乌黑的脓血从他的脖子上一股股地喷射出来,溅洒在花园里的鲜花上。他的两条腿在地上乱蹬了几下,便命丧黄泉了。

第二天,那个忠贞不渝的阿克台用珍贵的布料将他的尸体包了起来,放在撒满了香料的柴火堆上火化了。

尼禄像一阵狂风、一阵暴雨,或者像火灾、战争和瘟疫一样,就这么消失了。可是彼得建立的教堂至今依然屹立在梵蒂冈山丘上,统治着罗马和全世界。

在古老的卡彭城门的近旁,现在还保存了一座小小的教堂,教堂的大门上有一行虽然久经磨损但仍依稀可辨的题词:"主啊,你往何处去?①"

---

① 原文是拉丁文。

"外国文学名著丛书"书目

第 一 辑

书　名	作　者	译　者
伊索寓言	〔古希腊〕伊索	周作人
源氏物语	〔日〕紫式部	丰子恺
堂吉诃德	〔西班牙〕塞万提斯	杨　绛
泰戈尔诗选	〔印度〕泰戈尔	冰　心　石　真
坎特伯雷故事	〔英〕杰弗雷·乔叟	方　重
失乐园	〔英〕约翰·弥尔顿	朱维之
格列佛游记	〔英〕斯威夫特	张　健
傲慢与偏见	〔英〕简·奥斯丁	王科一
雪莱抒情诗选	〔英〕雪莱	查良铮
瓦尔登湖	〔美〕亨利·戴维·梭罗	徐　迟
欧·亨利短篇小说选	〔美〕欧·亨利	王永年
特利斯当与伊瑟	〔法〕贝迪耶	罗新璋
巨人传	〔法〕拉伯雷	鲍文蔚
忏悔录	〔法〕卢梭	范希衡　等
欧也妮·葛朗台 高老头	〔法〕巴尔扎克	傅　雷
雨果诗选	〔法〕雨果	程曾厚
巴黎圣母院	〔法〕雨果	陈敬容
包法利夫人	〔法〕福楼拜	李健吾
叶甫盖尼·奥涅金	〔俄〕普希金	智　量
死魂灵	〔俄〕果戈理	满　涛　许庆道

书　名	作　者	译　者
当代英雄	〔俄〕莱蒙托夫	草　婴
猎人笔记	〔俄〕屠格涅夫	丰子恺
白痴	〔俄〕陀思妥耶夫斯基	南　江
列夫·托尔斯泰中短篇小说选	〔俄〕列夫·托尔斯泰	草　婴
怎么办？	〔俄〕车尔尼雪夫斯基	蒋　路
高尔基短篇小说选	〔苏联〕高尔基	巴　金　等
浮士德	〔德〕歌德	绿　原
易卜生戏剧四种	〔挪〕易卜生	潘家洵
鲵鱼之乱	〔捷〕卡·恰佩克	贝　京
金人	〔匈〕约卡伊·莫尔	柯　青

第 二 辑

荷马史诗·伊利亚特	〔古希腊〕荷马	罗念生　王焕生
荷马史诗·奥德赛	〔古希腊〕荷马	王焕生
十日谈	〔意大利〕薄伽丘	王永年
莎士比亚悲剧五种	〔英〕威廉·莎士比亚	朱生豪
多情客游记	〔英〕劳伦斯·斯特恩	石永礼
唐璜	〔英〕拜伦	查良铮
大卫·科波菲尔	〔英〕查尔斯·狄更斯	庄绎传
简·爱	〔英〕夏洛蒂·勃朗特	吴钧燮
呼啸山庄	〔英〕爱米丽·勃朗特	张　玲　张　扬
德伯家的苔丝	〔英〕托马斯·哈代	张谷若
海浪　达洛维太太	〔英〕弗吉尼亚·吴尔夫	吴钧燮　谷启楠
哈克贝利·费恩历险记	〔美〕马克·吐温	张友松
一位女士的画像	〔美〕亨利·詹姆斯	项星耀
喧哗与骚动	〔美〕威廉·福克纳	李文俊
永别了武器	〔美〕欧内斯特·海明威	于晓红

书　名	作　者	译　者
波斯人信札	〔法〕孟德斯鸠	罗大冈
伏尔泰小说选	〔法〕伏尔泰	傅　雷
红与黑	〔法〕司汤达	张冠尧
幻灭	〔法〕巴尔扎克	傅　雷
莫泊桑中短篇小说选	〔法〕莫泊桑	张英伦
文字生涯	〔法〕让-保尔·萨特	沈志明
局外人　鼠疫	〔法〕加缪	徐和瑾
契诃夫小说选	〔俄〕契诃夫	汝　龙
布宁中短篇小说选	〔俄〕布宁	陈　馥
一个人的遭遇	〔苏联〕肖洛霍夫	草　婴
少年维特的烦恼	〔德〕歌德	杨武能
德国，一个冬天的童话	〔德〕海涅	冯　至
绿衣亨利	〔瑞士〕戈特弗里德·凯勒	田德望
斯特林堡小说戏剧选	〔瑞典〕斯特林堡	李之义
城堡	〔奥地利〕卡夫卡	高年生

第　三　辑

埃斯库罗斯悲剧二种	〔古希腊〕埃斯库罗斯	罗念生
索福克勒斯悲剧二种	〔古希腊〕索福克勒斯	罗念生
欧里庇得斯悲剧二种	〔古希腊〕欧里庇得斯	罗念生
神曲	〔意大利〕但丁	田德望
西班牙流浪汉小说选	〔西班牙〕克维多　等	杨　绛　等
阿拉伯古代诗选	〔阿拉伯〕乌姆鲁勒·盖斯　等	仲跻昆
列王纪选	〔波斯〕菲尔多西	张鸿年
蕾莉与马杰农	〔波斯〕内扎米	卢　永
莎士比亚喜剧五种	〔英〕威廉·莎士比亚	方　平
鲁滨孙飘流记	〔英〕笛福	徐霞村

书 名	作 者	译 者
彭斯诗选	〔英〕彭斯	王佐良
艾凡赫	〔英〕沃尔特·司各特	项星耀
名利场	〔英〕萨克雷	杨 必
人性的枷锁	〔英〕威廉·萨默塞特·毛姆	叶 尊
儿子与情人	〔英〕D. H. 劳伦斯	陈良廷 刘文澜
杰克·伦敦小说选	〔美〕杰克·伦敦	万 紫 等
了不起的盖茨比	〔美〕菲茨杰拉德	姚乃强
木工小史	〔法〕乔治·桑	齐 香
恶之花 巴黎的忧郁	〔法〕波德莱尔	钱春绮
萌芽	〔法〕左拉	黎 柯
前夜 父与子	〔俄〕屠格涅夫	丽 尼 巴 金
卡拉马佐夫兄弟	〔俄〕陀思妥耶夫斯基	耿济之
安娜·卡列宁娜	〔俄〕列夫·托尔斯泰	周 扬 谢素台
茨维塔耶娃诗选	〔俄〕茨维塔耶娃	刘文飞
德国诗选	〔德〕歌德 等	钱春绮
安徒生童话选	〔丹麦〕安徒生	叶君健
外祖母	〔捷〕鲍·聂姆佐娃	吴 琦
好兵帅克历险记	〔捷〕雅·哈谢克	星 灿
我是猫	〔日〕夏目漱石	阎小妹
罗生门	〔日〕芥川龙之介	文洁若

第 四 辑

一千零一夜		纳 训
培根随笔集	〔英〕培根	曹明伦
拜伦诗选	〔英〕拜伦	查良铮
黑暗的心 吉姆爷	〔英〕约瑟夫·康拉德	黄雨石 熊 蕾
福尔赛世家	〔英〕高尔斯华绥	周煦良

书　名	作　者	译　者
月亮与六便士	〔英〕威廉·萨默塞特·毛姆	谷启楠
萧伯纳戏剧三种	〔爱尔兰〕萧伯纳	潘家洵 等
红字　七个尖角顶的宅第	〔美〕纳撒尼尔·霍桑	胡允桓
汤姆叔叔的小屋	〔美〕斯陀夫人	王家湘
白鲸	〔美〕赫尔曼·梅尔维尔	成　时
马克·吐温中短篇小说选	〔美〕马克·吐温	叶冬心
老人与海	〔美〕欧内斯特·海明威	陈良廷 等
愤怒的葡萄	〔美〕斯坦贝克	胡仲持
蒙田随笔集	〔法〕蒙田	梁宗岱　黄建华
悲惨世界	〔法〕雨果	李　丹　方　于
九三年	〔法〕雨果	郑永慧
梅里美中短篇小说选	〔法〕梅里美	张冠尧
情感教育	〔法〕福楼拜	王文融
茶花女	〔法〕小仲马	王振孙
都德小说选	〔法〕都德	刘　方　陆秉慧
一生	〔法〕莫泊桑	盛澄华
普希金诗选	〔俄〕普希金	高　莽 等
莱蒙托夫诗选	〔俄〕莱蒙托夫	余　振　顾蕴璞
罗亭　贵族之家	〔俄〕屠格涅夫	陆　蠡　丽　尼
日瓦戈医生	〔苏联〕帕斯捷尔纳克	张秉衡
大师和玛格丽特	〔苏联〕布尔加科夫	钱　诚
茨威格中短篇小说选	〔奥地利〕斯·茨威格	张玉书 等
玩偶	〔波兰〕普鲁斯	张振辉
万叶集精选	〔日〕大伴家持	钱稻孙
人间失格	〔日〕太宰治	魏大海

第 五 辑

书　名	作　者	译　者
泪与笑　先知	〔黎巴嫩〕纪伯伦	冰　心　等
华兹华斯 柯尔律治 诗选	〔英〕华兹华斯 柯尔律治	杨德豫
济慈诗选	〔英〕约翰·济慈	屠　岸
汤姆·索亚历险记	〔美〕马克·吐温	张友松
大街	〔美〕辛克莱·路易斯	潘庆舲
田园三部曲	〔法〕乔治·桑	罗　旭　等
金钱	〔法〕左拉	金满成
果戈理小说戏剧选	〔俄〕果戈理	满　涛
奥勃洛莫夫	〔俄〕冈察洛夫	陈　馥
谁在俄罗斯能过好日子	〔俄〕涅克拉索夫	飞　白
亚·奥斯特洛夫 斯基戏剧六种	〔俄〕亚·奥斯特洛夫斯基	姜椿芳　等
复活	〔俄〕列夫·托尔斯泰	草　婴
静静的顿河	〔苏联〕肖洛霍夫	金　人
谢甫琴科诗选	〔乌克兰〕谢甫琴科	戈宝权　任溶溶
维廉·麦斯特的学习时代	〔德〕歌德	冯　至　姚可崑
叔本华随笔集	〔德〕叔本华	绿　原
艾菲·布里斯特	〔德〕台奥多尔·冯塔纳	韩世钟
豪普特曼戏剧三种	〔德〕豪普特曼	章鹏高　等
铁皮鼓	〔德〕君特·格拉斯	胡其鼎
加西亚·洛尔卡诗选	〔西班牙〕加西亚·洛尔卡	赵振江
你往何处去	〔波兰〕亨利克·显克维奇	张振辉
显克维奇中短篇小说选	〔波兰〕亨利克·显克维奇	林洪亮
裴多菲诗选	〔匈〕裴多菲	孙　用
轭下	〔保〕伐佐夫	施蛰存

书　名	作　者	译　者
卡勒瓦拉（上下）	〔芬兰〕埃利亚斯·隆洛德	孙　用
破戒	〔日〕岛崎藤村	陈德文
戈拉	〔印度〕泰戈尔	刘寿康